百部红色经典

焦裕禄

（修订版）

何香久　著

北京联合出版公司
Beijing United Publishing Co.,Ltd.

图书在版编目（CIP）数据

焦裕禄：修订版 / 何香久著. -- 修订本. -- 北京：
北京联合出版公司，2021.7（2025.2重印）
（百部红色经典）

ISBN 978-7-5596-5000-9

Ⅰ.①焦…　Ⅱ.①何…　Ⅲ.①长篇小说—中国—当代
Ⅳ.①I247.5

中国版本图书馆CIP数据核字(2021)第015191号

焦裕禄：修订版

作　　者：何香久
出 品 人：赵红仕
责任编辑：管　文
封面设计：李雅楠

北京联合出版公司出版
（北京市西城区德外大街83号楼9层 100088）
北京新华先锋出版科技有限公司发行
小森印刷霸州有限公司印刷　新华书店经销
字数680千字　787毫米×1092毫米　1/16　39印张
2021年7月第1版　2025年2月第4次印刷
ISBN 978-7-5596-5000-9
定价：79.00元

出版前言

　　为庆祝中国共产党成立 100 周年，全面展现中国共产党成立以来中华民族辉煌的发展历程、取得的伟大成就和宝贵经验，集中体现中华民族的文化创造力和生命力，北京联合出版公司策划了"百部红色经典"系列丛书，希望以文学的形式唱响礼赞新中国、奋斗新时代的昂扬旋律。

　　本套丛书收录了近一百年来，描绘我国人民在中国共产党的领导下艰苦奋斗、开拓创新、改革开放的壮美画卷，充分展现我国社会全方位变革、反映社会现实和人民主体地位、弘扬社会主义核心价值观、讴歌中华民族伟大复兴中国梦的 100 部文学经典力作。

　　本套丛书汇集了知侠、梁晓声、老舍、李心田、李广田、王愿坚、马烽、赵树理、孙犁、冯志、杨朔、刘白羽、浩然、李劼人、高云览、邱勋、靳以、韩少功、周梅森、石钟山等近百位具有代表性的中国现当代著名作家。入选作品中，有国民革命时期探索革命道路的《革命的信仰》《中国向何处去》，有描写抗日战争的《铁道游击队》《敌后武工队》《风云初记》《苦菜花》，有描绘解放战争历史画卷的《红嫂》《走向胜利》《新儿女英雄续传》，有展现新中国建设历程的《三里湾》《沸腾的群山》《激情燃烧的岁月》，有寻找和重建民族文化自信的《四面八方》，也有改革开放后反映中国社会现状、探索中国道路的《中国制造》，同时还收录了展现革命英雄人物光辉事迹的《刘胡兰传》《焦裕禄》《雷锋日记》等。

本套丛书讲述了丰富多样的中国故事，塑造了一大批深入人心的中国形象，奏响了昂扬奋进的中国旋律。这些经历了时间检验的文学作品，在艺术表现形式、文学叙述方式和创作技巧等方面都具有开拓性和创造性，作品的质量、品位、风格、内涵等方面都具有很高的水准，都是有筋骨、有道德、有温度的优秀作品，很多作家的作品都曾荣获"五个一工程奖""茅盾文学奖""鲁迅文学奖""国家图书奖"等奖项。

为将该套丛书打造成为集思想性、艺术性、时代性为一体，展现新时代文学艺术发展新风貌的精品图书，北京联合出版公司成立了由出版界、文学艺术界的资深专家和学者组成的编辑委员会。他们从文学作品的历史价值、文学价值、学术价值、现实意义等维度对作品进行了深入细致的研读和筛选，吸收并借鉴了广大读者的意见与建议，对入选作品进行深入细致的分析与综合评定，努力将"百部红色经典"系列丛书打造成为政治性、思想性和艺术性和谐统一的优秀读物，向伟大的中国共产党成立100周年这一光荣的日子献礼！

民心如椽　坊间有碑

高建国

2009 年 10 月，一个金风送爽的响晴天，十五年前揎掇殷允岭赴兰考写《焦裕禄传》的编辑陈新，以如簧巧舌说服河北省沧州市政协副主席、作家何香久跟他出了门，带他径直来到北京皇城根下。

何香久生于 1955 年，河北黄骅市人，因家中四代单传，从小不让过生日，怕阎王爷知道后收走，结果把生日给整忘了。上初中填表须填月份，于是择日不如撞日，索性将填表那天的 10 月 21 日，作为自己生日。何香久 1982 年考入北京大学中文系前，任沧州文联《无名文学》编辑兼创作员，已通过小说、诗歌、散文、报告文学、戏剧影视剧本等各种体裁作品，把自己的名字印上了全国几乎所有文学刊物，是个围着桌子能转一圈的主儿。

陈新带何香久来到河北驻京办事处，把他介绍给人称万老大的中国传记文学学会会长万伯翱。这个五冬六夏总把一顶帽子扣在头上的掌门人，对仕途看得很淡，却热衷于把影响一个时代的共和国英雄搬上荧屏。万老大组织拍摄的电视连续剧《雷锋》刚封镜，又雄心勃勃提出把国人熟稔的焦裕禄搬上荧屏。眼下，这个出马一条枪、不打圆圈语的爽快汉子，仔细打量着著述甚丰、风头正劲的国家一级作家，伸手抬了抬那顶扣在头上的帽子，不容置疑地说："别再犹豫了，赶紧去兰考。再过一千年，人们还记得焦裕禄！"

不得不说，动员一个佳作迭出的知名作家出征，万老大确属大师级人物。他近乎精辟的"千年论"，令何香久听后为之一震。

可何香久还在犹豫。他的眼前总是晃动着一篮子大馍。那馍有穆青、冯健、周原写的影响了几代人的《焦裕禄》通讯，有李雪健主演的彩色宽银幕故事片《焦裕禄》，还有难以胜计的传记、报告文学、戏剧、散文、诗歌、音乐……偏偏活色生香的画面之外，却伴着充满哲理、耳熟能详的画外音："吃别人嚼过的馍没味道！"

何香久承认，写焦裕禄，馍的确是好馍。可这馍让人嚼得次数太多了，好滋味怕是都让别人吮走了，自己还能嚼出味道来吗？

何香久第一次知道焦裕禄，还是个不到十一岁的孩子。1966年2月7日，在黄骅县城关镇大杨村中心小学校长何清峰家，墙上挂的广播匣子讲的焦裕禄的故事，把家中独苗何香久的心给揪住了。父亲诲人不倦，何香久又天资聪颖，酷爱读书，读了两年小学就跳级读初中。报纸广播宣传焦裕禄时，他正读初一。那时，农村有线广播网都用铁丝做导线，广播匣子里的声音总是断断续续的，还带着刺耳的沙沙声。那一天，当播音员讲到焦裕禄临终时，要求把自己埋在兰考的沙堆上时，少年何香久嘤嘤啜泣起来。第二天，父亲订的《人民日报》一到，他就贪婪地读完了《焦裕禄》通讯。后来他才知道，当年那个在广播匣子里差点把自己五脏六腑掏空的播音员，名叫齐越，并与附近沧县姚官屯乡姜庄子村，有着某种血肉联系。

不过，万老大的力道确实太大了。何香久虽没敢应承写剧本，但还是抱着看看再说的态度驱车南下。到兰考那天，已是下午五点钟光景。何香久顾不上安顿自己，随县委宣传部副部长径赴焦裕禄墓。离墓碑老远，他就瞅见了供桌上摆的白面馍、水果和缭绕的香火。他的心像被猛地撞了一下，脱口问道："今天是啥日子？"

"不管你哪天来，都能看到今天这样的场景。在兰考老百姓眼中，焦裕禄已经成为一尊消灾祈福的神。"

县委宣传部副部长的现场诠释，颇令何香久神往。他了解到，前些年，朝暮晨昏，常有心怀惆怅的人们，悄没声地来到这里，诉说对某些基层干部不良作风的愤懑，对各级提留过多、群众负担过重的怨尤，对化解婆媳勃豀、姑嫂斗法良策的希冀，对护佑家庭延续香火、早得贵子的向往。如今，老百姓有啥高兴的事，也来给老焦说说。仿佛一股炽热的冲击波直抵心房，何香久仰视大馍生出的心结，瞬间就给融化了。他透过供品后面千千万万老百姓那颗赤红滚烫的心，看出焦裕禄是个有故事的人！于是，当年大杨村老屋广播匣子里齐越激情四射的声音，又奇妙地从遥远的幽燕海滨穿越而来。他嗅到了那篮子大馍醇厚馥郁的馨香，无可抑制地产生了一种跃跃欲试的"嚼馍"冲动。当晚，何香久迫不及待给万老大打电话："我签约了！"

何香久说的签约，是指根据殷允岭、陈新写的《焦裕禄传》，改编长篇电视连续剧《焦裕禄》一事。几十年的笔耕生涯使他悟出，诗人是在天上飞的，小说家是在地面走的，剧作家是在水里游的，而做学问是在地下钻的。这次创作虽是根据人物传记改编，但重返历史现场的跋涉，是别人无法代替的身心和艺术修为。他迈开双脚，沿着焦裕禄在兰考留下的脚印走，悉心触摸远行楷模的温度和精神质地。

在兰考，双杨树村群众含泪讲述，当年焦裕禄来村，吃的是外出逃荒讨来的刮掉黑毛、绿毛，用野菜烩的"百家干粮"。焦裕禄端着碗吃，百姓抹着泪看，发誓丰收后一定给老焦蒸白面馍、炖老母鸡吃。

在尉氏，干部群众回忆，焦裕禄和徐俊雅参加工作队，住处囤有红枣。徐俊雅煮小米稀饭时，有来串门的抓了一把红枣扔在稀饭里。焦裕禄回家发现后，数清共十二个红枣，主动赔钱还做检讨。

在洛矿，一位八十多岁的老工程师说，当年，焦裕禄把工程技术人员当宝贝疙瘩，无微不至关怀，甚至用自家的细粮换他们家的粗粮。焦裕禄知道他是南方人，就自己掏钱给他买大米吃。

在郑州，当年兰考的林业技术员朱礼楚已失语，坐在轮椅上不住地伸手指墙。何香久扭头一看，原来是一张几乎与墙同色的旧奖状。"这是焦书记发给你的吗？"朱礼楚流着泪频频点头，嘴吃力地喏嚅："老焦……"

何香久一头扎进兰考县委档案馆，贪婪地在文件档案的海洋畅游，几番劈波斩浪，几度深潜探摸，他惊异地发现，焦裕禄主政兰考，绝大多数时间都在乡下！他的办公桌，安放在沙丘上、碱窝里、河渠中。焦裕禄故后第二年，豫东史上有名的缺粮县兰考，初步实现粮食自给。1964 年冬到 1965 年春，兰考刮了七场大风，没有一亩庄稼被风沙打死；秋天连降三百八十四毫米雨，没有一个村庄被淹。

学问与生活，是何香久两大优势。在北大，他亲聆季羡林、严家炎等名师教诲，几乎看完善本库所有好书。此前，他在治理海河工地三历寒暑，推过数百斤重的小车；同渔民远海捕鱼闯过晕船关，回来竟"晕路"，眼中的楼房都是倒置的。在社会底层同老百姓滚在一起，使何香久认识了国情、民情。农民对苦难的旷达和近乎麻木的隐忍，则成为他体悟焦裕禄大义肝胆和悲悯情怀的宝贵情感积淀。从兰考到洛阳、尉氏、博山、抚顺、大连、哈尔滨，一路走来，他访谈了一百二十四人次，在沙里淘金中悟出，正是对信念宗旨的尊崇与敬畏，使焦裕禄义无反顾奉身堪称壮丽的事业，摆脱了精神上的匍匐和低回，攀上使命与道义的高峰，成为一个大写的"人"。

真实最有感染力，真实的力量也最强大。2011年年底，何香久蹲在沧州，半年写完了《焦裕禄》电视剧本。回头一看，剧中百分之七十的情节都是真实的。何香久如释重负，但他很快发现，从剧本到荧屏，这还仅仅开了个头。剧本第十一稿在黑河片场改定。何香久边改边把成稿交给记去分镜头，同时告诉管生活的老师，把盒饭挂在门外把手上就行了，自己什么时候饿了，就开门拿进来吃。他锁上房门，关闭手机，昼夜与焦裕禄同行，忘记了星流月转和浮世精彩。及至改完最后一场戏，他才感到饿坏了。开门一看，门把手上已经挂了五个餐盒！何香久瞥了一眼走廊窗外，发现马路对面是一家韩国烤肉店。他飞快冲进店里饕餮大啖，一人吃了两斤烤肉。

这一代作家，比柳青、赵树理、李准要幸运得多。2012年10月，电视连续剧《焦裕禄》在中央电视台开始播出，两年后获中宣部"五个一工程"奖。随后，应河南文艺出版社总编辑陈杰之约，何香久依托前期的行走、阅读和积累，将剧本改写成了五十万字的长篇小说《焦裕禄》。这部作品2019年入选"新中国70年70部长篇小说典藏"。

焦裕禄鞠躬尽瘁为人民，人民也用无尽追思把自己儿子写入历史。历史记住了焦裕禄，也记住了讴歌焦裕禄的辛勤的耕耘者。

（本文节选自作者在作家出版社出版的长篇报告文学《大河初心——焦裕禄精神诞生的风雨历程》）

目 录

★ ★ ★

后　记

附　录

第一部

★★★

鬼子来了

1

鬼子来了，崮山的天一下子黑了。

日本鬼子是民国二十六年农历十一月二十八占领的博山县。五百多个鬼子，在联队长菊池永雄的率领下开进"四十亩地"。闪亮的钢盔，闪亮的三八大盖，枪刺上挑着太阳旗，旗子上的那太阳真像刚烤过的一贴膏药。

博山真是个好地方呀，可惜让这帮子畜生糟蹋得不成样子了。

这个地处鲁北腹地的县份，有山有水。山有鲁山、原山、鹿角山、岳阳山，水有淄河、孝妇河、青阳河、牛角河，虽然算不上是名山大川，但一样风景秀美。山脉西连泰岱，群峰逶迤，最美的是岳阳山，有九十九座山峰，主峰就在崮山北。在崮山上的望月台上看日出，比在泰山极顶观日还要惬意。

五百多个鬼子分成两个中队和宪兵队、守备队，分散在源泉二郎山、北博山、西石马、下庄等二十五个据点上。他们还网罗土匪和国民党军队组建了伪军警备大队，北崮山是交通要枢，所以也是鬼子和伪军重点把守的地方。

民国三十年，老天不睁眼。

一开春就是卡脖大旱，麦子稀得像兔子毛，一季连种粮也没收回来。秋庄稼正灌浆时，又连着四十多天没掉一个雨点，地上裂了尺把深的口子，秋庄稼全枯了，蔫蔫的在毒日头下枯黄着，仿佛落上一个火星就能烧起来。

天一旱，蝗虫起来了。

那些蚂蚁般的小螭子，仿佛是让燥热的风吹着，一夜间长成了翅膀坚韧、大腿雄壮的绿头蚂蚱。它们飞起来遮蔽了白亮亮的日头，天空中犹如笼罩着一层层乌云。十万亿翅膀的振动，响如雷鸣，轰轰隆隆地滚过树梢、屋顶。它们降落到地上，抱住半枯的庄稼秆子大嚼，不消一时三刻，大片的山地便消失了所有的绿色。

吃完了一片，又潮水般涌向另一片。遇上河渠，它们抱成一个大球，滚动着从河面上漂到对岸。一上岸，一个个蝗虫的巨球轰然炸开，又成了一片片涌动的虫浪，席卷大地。它们一边大快朵颐，拼命地吞噬，一边疯狂地排泄，被剃过一样的土地里立刻就铺满了一层层绿色的蚂蚱粪，在暑气的蒸腾中散发着让人作呕的腥臭。

它们无往不胜，无坚不摧。吃光了地里的庄稼和青草，又扑向村子，把一家家草屋的屋檐都啃得光秃秃的。

这一季粮食又白瞎了。

大旱、灾荒、蚂蚱、鬼子兵！

老人们叹息着：老天爷要绝这一方人呀！

2

鬼子一来，北崮山村焦家的油坊生意就一天不如一天了。

这个油坊从主人焦念礼的爷爷辈传下来，已经传了三代。

三代人惨淡经营，油坊的规模也没能扩大多少，照旧只有两盘大青石碾砣子。这两盘碾砣都是上好的青石，长年累月碾轧那些榨油的植物种子，它们通身油光闪闪，仿佛油已经浸透了石头，好似两大坨温润光洁的青玉。

碾坊传到了焦念礼手上，多了一头大青骡子。而如今，这头骡子已经和它的主人一样衰老了。

它步履维艰地拉着大青石碾子，头深深地低下去，嘴里呼哧呼哧吐着粗气。它的肚皮软塌塌地垂着，支撑肚腹的肋骨一根根清晰可辨，而脊梁骨刀削一般的高耸。它实在是太瘦弱了，瘦弱得仿佛一根麦草就能压倒它。钉了掌的蹄子在碾道上叮叮当当敲打着，不时发出一声尖厉的吱吱声，那是它走不稳时几乎滑倒的声音。

那个声音让一个少年无比揪心。

少年是油坊主人焦念礼的孙子焦裕禄。如果没有这场变故，他将顺理成章地成为这个油坊的第五代继承人。

焦裕禄十六岁了。十六岁的少年长成了一副牛高马大的骨架，个头比他爹焦方田还要高大，而且英俊。他的脸庞有些消瘦，嘴边长出了细细的绒毛，眼神里带着悲悯与忧郁。

一个十六岁的少年，无论如何不应该有那样的眼神。

瘦弱的老骡子疲惫地拉着巨大的青石大碾砣子，在环形碾道上转着圈子。

它实在太老又实在太弱了，走得磕磕绊绊。它眼睛上戴着破布做的"捂眼"，走几步就要停一停。

碾棍发出吱吱呀呀不堪重负的声音。

焦裕禄的父亲焦方田，一个四十来岁的汉子，心疼地抱起碾棍，帮老骡拉碾。

焦裕禄抄过父亲怀里的碾棍。他用力推着，想让老骡子省些力气。

他看父亲用铁铲刮碾道，弄出咯吱咯吱的声音。焦裕禄问父亲："爹，你干啥哩？"爹只是"嗯"了两声。

这老骡子有通人的灵性，凭着长年累月拉碾子的经验，听见这声音，它知道活儿快干完了，正在扫碾盘，果然一时来了精神，步子也快了许多。

焦裕禄说："爹，别这样了。"他给老骡子把捂眼摘了下来。老骡子回头瞅了一眼碾盘。焦裕禄看见，有两大滴浊泪挂在它的眼角上。

爹长叹一声。这时，那头老骡子一个前失，两条前腿齐齐跪地，跌倒在碾道上。祖孙三人大惊，焦念礼忙找来扁担、绳子，招呼着儿子、孙子抬骡子。费了半天劲，也没把骡子抬起来。又喊来了邻家两个后生来帮忙，才算把骡子抬出了碾坊。

那个晚上，焦家人谁也没睡。爷爷坐在大青骡子旁边，一双手不停地在大青骡子脖子上抚摩着。他感觉到大青骡子身体的温度在一点点退下去。它的毛湿湿的，是那种黏稠的、冰冷的湿润，不知是汗水还是露水。爹坐在板凳上抽闷烟，暗夜里只看见一豆亮亮的红火头闪烁。这是个连叹息也少有的男人，虽然四十岁刚出头，却腰弯背驼，脸上刀刻般布满了深深的岁月的吃水线。焦裕禄发现，这两年，爹的话是越来越少了，走在街上，人家和他打招呼，他只是"嗯"一声，点个头。在家里，娘唠叨半晌，爹最多也只是含混不清地"嗯"两声。焦裕禄知道，爹虽然话少，可心里却明明白白。他是让越来越重的苦难压得喘不过气来了，那一种因重压而产生的忧虑、绝望的情绪，让本来性格懦弱的他真正变成了一个闷葫芦。

娘和嫂子在煮米汤。半锅清水，煮着小半碗黄米。柴火有点湿，火苗很弱。娘趴在灶口不停地用蒲扇扇着风，黄烟从灶口一股股涌出来，呛得娘直咳嗽。跟爹的性格完全相反，娘是一个快言快语的人。平日，这个家里似乎就只有她的声音。

嫂子默默地用马勺搅着那锅稀稀的黄米汤。要不是脸上的菜色，她应该是一个漂亮的小媳妇。哥哥焦裕生从前年外出谋生，两年多时间音信杳然，嫂子也渐渐沉默寡言了。熬好的米汤盛在一只瓦盆里，端到老骡子嘴边。也许是闻到了米汤的香气，它的头抬了一下，眼也睁开了。它的前腿甚至悬空蹬了两下。可是当焦念礼把一勺米汤喂到它嘴边，它却一下子把头垂下去，眼睛也闭上了。

老骡子死了。焦家人哭成一团。焦裕禄三岁的小侄子守忠醒了，他的哭声尖厉而恓惶。爹大喊了一声："老天爷，你杀我呀！"

天刚亮，一个名叫焦绍中的本家就进了院子。

焦念礼带着一家人去山下埋那头骡子，院子里只有焦方田一人。焦绍中凉鞋净袜，他是北崮山村的富户，也是焦姓家族里一个头面人物。他长相斯文，满脸忠厚之相。他迈着四方步踱进焦方田家小院时，把焦方田吓了一跳。焦方田只"嗯"了一声。焦绍中看了一眼焦方田，慢条斯理地问："方田啊，那十块大洋，你是不是该还了？"这话，他不知说了多少遍了。有时在路上相遇，有时在地头碰见，他总是笑眯眯地这样问。焦方田却在那张慈祥的笑脸上感觉到了刺骨的寒意。最初，焦方田借焦绍中大洋的数目只是两三块钱。他借钱本来是为油坊购买黄豆和蓖麻子，可这笔债却像滚雪球一样，几年间就滚到了十块大洋，而且还在像蝗虫蛋一样，越滚越大。

焦方田是深知焦绍中为人的。他宽厚儒雅，慈眉善目，却是个肚子里长牙的角色，向来说一不二。他对你开口微笑的时候，那张血盆大口，却要把你囫囵吞进肚里。焦方田嗫嚅地乞求着："再宽限两天吧。骡子又死了，油坊是开不下去了……"焦绍中仍然笑着："我也有难处哩。你还是上上心吧。再还不上，你就得想想别的办法了。"

他踱着方步走出了院子。

"别的办法"是啥办法，焦方田几乎不用想就猜出了焦绍中的用心，他是看中了焦方田家的那两亩山地了。焦方田的心像被蜂子猛地蜇了一下，立刻抽紧了。

3

群山逶迤，岚雾中一片鸡鸣犬吠之声。

山脚下的北崮山村，甩出一条麻石小径。村口大路边设着岗亭，岗亭上插着日本太阳旗，一侧的土墙上写着标语："中日亲善，建设王道乐土。"

一个十六七岁的日本小兵在站岗，他背着三八大盖，身边是一条大狼狗。进出的村民都要向他鞠躬。日本小兵十分傲慢。他鼻孔朝天，用眼角的余光扫视着行礼的人，如果他觉得哪个人行礼的动作不够恭敬，抡起枪托就打。日本小丘八那张稚气未脱的脸上，竟有着与他的年龄十分不相称的狰狞。如果不是战争，这个年龄的孩子，也许会在他故乡的河边捕鱼，在课堂里无所忧虑地读书，可是他现在却作为战争机器上的一个小部件，在异国他乡的土地上疯长自己的恶行。

狼狗有小牛犊一样大小，一条鲜红的舌头伸出来，舌头上挂着长长的涎水。这个畜生凶狠地冲着人们低声吠叫着。那老谋深算的低吠仿佛是从它的獠牙间挤出来的，让人不寒而栗。

焦裕禄肩上搭着绳子，腰里别着柴刀走过岗哨，他没有给日本小兵鞠躬。

日本小兵怔了一下，他甚至有几分好奇地打量着这个同他年纪相仿的中国少年——

他清瘦的身材，虽然穿着补丁衣裳，却干干净净，留着学生头，似不类农家子弟。他的眼神是坚定的，那坚定的目光里一定有轻蔑和仇恨。

日本小兵哇啦哇啦叫着，拉住焦裕禄。

焦裕禄问："你干什么？"

日本小兵比比画画，说着日本话。

焦裕禄指指远处的崮山："我要到山上去，砍柴。"

日本小兵哇啦哇啦叫着要按他的头。可他个子太矮了，手只够到焦裕禄的肩膀。

焦裕禄拨开日本小兵的手。"八嘎！"日本小兵气急地用脚踢焦裕禄。焦裕禄推开日本小兵。日本小兵叫着又举起枪刺。

这时，一个已经走过岗哨的穿长衫的人又折回来，对日本小兵用日语喊了一声。日本小兵惊异地收起枪，看着那个穿长衫的中国人。日本小兵用日语问了句话。穿长衫的人用日语回答："博山县第五区南崮山高等小学的老师。"日本小兵悻悻地挥挥手，让他们过去了。

焦裕禄认出来了，穿长衫的人是他的小学老师张慕陶先生。他深深鞠了一躬："张老师！您啥时回来了？"

博山县第五区南崮山小学是方圆很著名的学校。北崮山和南崮山两个村子相隔不远，北崮山没有学校，北崮山上学的孩子就到南崮山小学去读书。张慕陶老师是这所学校的语文老师，他很喜欢焦裕禄，连"焦裕禄"这个学名也是张老师给起的。张老师的学问很好，还精通各种乐器。焦裕禄读三年级时，学校组织了个"雅乐队"，器乐教练就是张老师。焦裕禄在"雅乐队"里学会了二胡和小号。焦裕禄最崇拜的人就是张老师，张老师不光是课讲得好，听说还在日本留过学。焦裕禄读到四年级就辍学了，他后来听说张老师也离开了学校。

张老师说："今年开学我就回了南崮山，还打听你呢。焦裕禄同学，几年没见你了，听说你下学后帮你爹打理你家的油坊了？"焦裕禄说："我家油坊快要开不下去了，欠了人家很多债，我爹天天愁得要死要活的。我哥走了几年没音信，赶上这乱世道。先生您怎么样？"

张老师说："三年前我就到博山城里去了。他们要在学校里开日语课，我不教日语，就辞了职。上个月又把我请回来，还当南崮山高小的老师。今天我有事进趟城，焦裕禄同学，你有空到学校里来吧。"

焦裕禄又给张先生鞠了个躬："谢谢张老师。"

他们分手了。焦裕禄走出好远，还看见张先生站在那里的身影。

4

深秋的崮山在焦裕禄眼里铺展着一幅美丽的画卷。

山上元宝枫的叶子一片金红，黄栌的叶子一片金黄，金红、金黄相间的是千头柏、鹿角桧的苍绿。南坡北坡的柿子树，一片一片红得鲜艳。酸枣更是随处可见，一嘟噜一串，紫气闪烁。

那一道从山上流下的泉水，细细的，千折百回地从望月台那边流过来，流到一个两三亩大小的潭里。如果不是大旱年景，这道泉水是十分壮观的。这道泉水被称作阚家泉。

焦裕禄砍柴砍得累了，他趴到泉边，捧着泉水喝了几口，清凉甘甜的泉水让他周身通泰。焦裕禄读四年级时，写过一篇《阚家泉的风景》的，这篇作文受到了张老师的大力褒奖。那天，张老师带领他们班的学生游山，游到阚家泉的时候，张老师让同学们背诵那篇作文，同学们背诵完了，张老师说："同学们，我们山东的山水，养育了孔子、孟子这两位圣哲，这山水充满了灵性啊！焦裕禄同学的这篇作文，不但写出了崮山景物的美丽，而且写出了他的抱负，那就是用我们的才能报效国家。有这样的抱负，我们的中国会有希望的……"

焦裕禄坐在泉边，他的眼前不断浮现着游山的场景。山脚下就是他们的南崮山小学，山风传来的，却是孩子们用日语朗读的声音。

焦裕禄往手心吐了口唾沫，开始捆柴。

他背起大捆山柴，缓缓走在山路上。他的耳边又响起同学们背诵他那篇作文的声音了：

"仁者爱山，智者乐水。我钦佩那些胸怀浩然之气、为国家建立过功勋的仁人智者，更爱哺育过无数仁人智者的好山好水。而令我最喜爱的，就是崮山西山脚与岳阳山南山脚交汇处的阚家泉……

"我常常在湖里河里游水捉鱼，也想看见那条蛟龙是怎样自泉眼钻出，张开巨口对着山上的旱地喷水……"

那个声音伴随背着山柴的焦裕禄转过山坳：

"在泉水边，挖野菜的母亲对我讲岳飞精忠报国的故事。我的思绪随着泉水远去，我美丽的家乡属于美丽的中国，我的心里充满了对她的热爱……"

焦裕禄有些累了，他把担子靠在山坡上擦汗。

他背起了柴担，而这时，却有一双穿马靴的脚站在他面前。

被柴捆压弯腰身的焦裕禄顺着那双马靴向上看去，那个早晨在村口站岗的十六七岁的日本小兵，站在他面前。他背着三八大盖，皮带上挂着一只野兔子，那条大狼狗，牵在他手里。显然，他是下了哨之后带上狼狗去撵野兔，在这里同焦裕禄相遇了。

日本小兵拦住了焦裕禄，他仍旧是那一脸与他的年龄十分不相称的傲慢，又有几分顽皮，看样子，他要寻焦裕禄的开心。焦裕禄想绕过去，日本小兵横过三八大盖，用日本话吆喝他站住。

焦裕禄往东绕，他在东边拦着；焦裕禄往西绕，他又在西边截住。

焦裕禄放下柴担，捏紧了拳头。他问小鬼子："你要干什么？"

日本小兵叽里呱啦说了一通，焦裕禄一头雾水，摇摇头。日本小兵见焦裕禄没听懂，背上枪，两只手比画着，指指他的狼狗，又指指焦裕禄，两只拳头对碰。焦裕禄这下明白了："让我跟你的狼狗打一架？"

日本小兵笑了，点点头："呦希！"焦裕禄问："怎么打？"日本小兵比画了一通。焦裕禄问："打得过你的狼狗，我的开路？"日本小兵点点头："呦希！"焦裕禄又问："让你的狼狗咬死，算我活该？"日本小兵竖起大拇指："呦希！"

焦裕禄看一眼端着三八大盖的小鬼子，又看了一眼他身旁的狼狗。那条狼狗眼里冒着凶光。焦裕禄挽了挽袖子，往手心吐了口唾沫，丁字步站稳。他冲日本小兵招招手："来吧！"日本小兵吹了声口哨，那条狼狗向焦裕禄扑过来。焦裕禄迅速弯下身子，狼狗扑了个空。

狼狗再次凶狠地扑过来，裹挟着一股腥臊的风。它要把焦裕禄的喉咙咬断，这只狼狗不知咬断过多少中国人的喉咙，血的滋味，会让它无比兴奋。焦裕禄一个腾身闪在一边，狼狗又一次扑空。狼狗扑了两次，没有扑到焦裕禄，它有些耐不住性子了。它低沉的吠叫声一下子高亢起来。第三次扑过来时，焦裕禄一个机灵，猛地抓住了狼狗两条后腿。他用力把狼狗抡了个圆，然后狠狠地摔在石砬子上。

只听啪的一声，狼狗当即被摔得脑浆迸裂。日本小兵见狼狗被摔死，大叫一声"八嘎"，端起上刺刀的三八大盖，向焦裕禄刺过来。焦裕禄抄起柴担，抵挡小鬼子的刺刀。日本小兵刺了个空，惯性让他扑倒在地上。焦裕禄抬脚踢开三八大盖，和日本小兵扭打在一起。

他们在山路上翻滚。日本小兵骑在焦裕禄身上，要掐他的脖子。焦裕禄一翻身把日本小兵翻倒，用力扭住日本小兵的胳膊。日本小兵身子一拱，挣脱出来。焦裕禄去按他脑袋，被小鬼子咬住了手指。焦裕禄用一只手把他的头按住，狠狠磕在石头上，乘机抽出手指。

焦裕禄蹬了一脚，日本小兵滚下山崖。山崖下惊飞一群山老鸹。

短时间的寂静。秋蝉鸣叫的声音被放大了许多倍。还有蛤蟆的聒噪。山鸟掠过树梢。

焦裕禄背起了柴担。他刚要走，又想起什么，放下柴担，把那条被他摔死的狼狗也扔下了山崖。

5

焦裕禄进了村子，听到了自家院子里传出的哭声。他愣住了，一种不祥的情绪立刻把他笼罩了。

他扔下柴担，跑进家，见父亲焦方田躺在一张门板上。

乡亲们挤了一院子，爷爷蹲在墙角上哭，娘和嫂子趴在父亲身上哭得死去活来。三岁的小侄子守忠摇着爷爷的胳膊哭着。焦裕禄拉住爷爷："爷爷，我爹怎么了？"爷爷哭得说不出话来。他又拉住嫂子："嫂子，咱爹怎么了？"嫂子哭得上气不接下气。

他拉住哭得没了声气的娘："娘，我爹他怎么了？"娘抱住焦裕禄："禄子，你没爹了！你爹受不了人家要债，寻短见了！"

焦裕禄撕心裂肺地哭喊着："爹呀！"

乡亲们也哭成了一团。一位族爷拉起了哭得昏天黑地的焦裕禄："禄子，你爹没了，你哥又不在，你就是这个家的顶梁柱了。快起来，商量商量你爹的后事吧。"焦裕禄站起来，擦了把泪，又去搀扶哭得几次昏厥的母亲："娘呀，我会把这个家撑起来的，穷家、富家都是家呀。欠人家的债我来还，可我爹也不能白死，我不做冤死鬼的儿子！从今天起我要活出个人样来！"

他又拉起爷爷："爷爷您年纪大了，别伤了身子。禄子给您养老送终，禄子让您享福。"乡亲们夸赞着："多懂事的孩子呀！""这个家有禄子，天塌不下来。"

鲁南葬俗，故去的人，不论贫富，一般都要砌寿坟，做寿衣、寿棺。寿坟用青砖或雕琢的青石砌筑，大碹棚顶。寿衣要五领，也就是五件上衣，用绢和棉来做，取"眷恋""缅怀"之意。寿棺上讲究的人家都要用柏木来做。焦家穷成这个样子，寿坟自然是没钱砌的，五领寿衣也无力置办，只好把穿着一身补丁衣裳的焦方田抬到用门板搭的灵床上。至于寿棺，柏木是用不起的，乡亲们从山上砍了几根鲜柞树，会木匠手艺的后生们锯的锯、刨的刨，小半天工夫拼出了一口薄皮棺材，草草装殓了劳碌一生的焦方田。

夜里，起风了。焦家门口外，用草席搭起了一个简单的灵棚。

灵棚里停着那口鲜柞木的薄皮棺材，前边是灵桌，桌上点着一盏孤灯，灯火在风里明明灭灭。穿着孝衣的焦裕禄独自为爹守灵。一阵风吹来，把灯火吹得摇晃起来，焦裕禄忙用双手捧住。

摇曳的灯火中，浮现出父亲焦方田憔悴的面容。在焦裕禄的记忆里，父亲这张脸上很少浮现过笑容，偶尔因什么事牵动一下嘴角，那笑也是如电光石火一般，稍纵即逝。焦裕禄上学时，每天放学，娘手里都攥着一把小笤帚，给他通身上下扫一遍，爹则站在一边，无言地瞅着儿子，嘴角往上动一动也就没有了别的表情。

通常，晚上焦裕禄在油灯下念书，娘坐在旁边纳鞋底，爹蹲在一边搓草绳，那是一家人最惬意的时刻。娘吱啦吱啦扯动麻绳的声音在焦裕禄听来如闻仙乐，而爹搓草绳则哑然无声。一把谷草在他那双生满铁茧的手里搓一把就成了绳，金黄色的草绳在无声地延伸着，草绳在爹的身后跃动，好似蜿蜒的长蛇。

有时，"雅乐队"的同学来找焦裕禄练习乐器，那是焦家最热闹的时候。笙、笛、二胡、洋鼓、洋号合奏出一曲曲高亢美妙的乐曲，引得东邻西舍的乡亲们挤了一院子。爹把家里的板凳、杌子全搬出来让乡亲们坐，自个儿则到一个角落，坐在倒扣的箩筐上，享受着音乐，也享受着乡亲们对儿子的夸赞。也只有那个时候，父亲脸上的笑容才有可能停留得长一些。

焦裕禄往火盆里化着纸钱，突然村上一片人声吵嚷、犬声鼎沸。

没等焦裕禄闹明白是怎么回事，灵棚里突然闯进几个日本兵和皇协军，不由分说，扭住焦裕禄就用绳子绑了起来。

娘和爷爷、嫂子从屋里出来，焦裕禄已经被日本人抓走。娘哭喊着："禄子！禄子！"爷爷大叫着："禄子！禄子！"

灵前灯被风刮灭了，棺材前的引魂幡在风里狂舞。娘和爷爷、嫂子追到大街上。大群的鬼子和皇协军在鸡飞狗跳地抓人。他们已经抓了几十个年轻人，都用绳子捆绑着。被捆绑的焦裕禄还穿着孝衣，戴着孝帽。

鬼子和皇协军把在村上抓到的人正押解上汽车。娘哭喊着："禄子！禄子！"

焦裕禄听见了娘的声音，他也大声叫着："娘！娘！"

爷爷抓住一个日本伍长的腿哀告："太君，您行行好吧，放了俺这孙子吧！"

日本伍长抽出东洋刀，用刀背狠敲了一下爷爷，爷爷被打倒在地上。焦裕禄怒不可遏，挣扎着要去拼命，日本伍长用洋刀顶住他的喉头。爷爷又要抱日本伍长的腿，被日本伍长一脚踢到沟里。

焦裕禄被押到汽车上。小守忠哭喊着："老叔！老叔！"焦裕禄眼里噙着泪对娘喊："娘，快去救爷爷！"

那面挑在枪刺上的膏药旗，在少年焦裕禄眼中迷离成一片灼人的血色，他只觉得天地间一团漆黑，黑得见不到一点光亮。

四十亩地

1

博山县城的日本宪兵队，就在城外"四十亩地"。那里有一家木材货栈，鬼子把货栈的仓库全改造成了军营，在墙上拉了电网，从大门口往外三里地，三步一岗，五步一哨，戒备十分森严。

焦裕禄被关进日本宪兵队的牢房。同他关在一间牢房里的还有他的本家爷爷焦念重。他虽辈分高，年龄却不甚大，不过四十多岁，是个老实巴交的庄稼汉子。他为焦裕禄揩拭着脸上的血："禄子，疼吗？"焦裕禄问："小爷，咱村抓来的人都关在什么地方了？"焦念重看了看四周，悄声说："大概都在这宪兵队了。有裕征，还有方开、西月，都在这儿。"

焦裕禄忧心忡忡地说："小爷，我爹还没入土呢，我给鬼子抓了，愁着我娘可咋办？"

焦念重叹了口气："禄子，你娘可怜见呀。你爹这一死，家里顶梁柱塌了。你哥一走几年不见音信，你娘差点哭瞎了眼。你嫂子少女嫩妇的，没脚蟹，你又被抓了，你爹出殡，谁给他顶棺打瓦？"

听小爷这一说，焦裕禄心里更麻乱了。

"顶棺打瓦"是鲁南地区的葬俗，家里老人故去，下葬时孝子引棺出门，头上须顶着一个用草纸包着青灰的灰包，包上放一块瓦片，到村口时，孝子跪地，打摔瓦片，把头上顶的灰包取下放在棺材头上。

"顶棺打瓦"，一般长子才有资格，焦裕禄的哥哥在外谋生，不知流落何方，这"顶包打瓦"的事只有让焦裕禄来做了。而他现在又被关进了鬼子宪兵队。

养了两个儿子，临了却没有"顶棺打瓦"的人，父亲走得多恓惶呀。只有那些没儿没女的绝户人家，才会雇人去代替孝子履行这一职责。

想到这些，焦裕禄心如刀绞。牢房的隔壁就是审讯室，拷打声和惨叫声不断传过来。身边一个三十多岁的人告诉焦裕禄："那边又审政治犯了。"

焦裕禄不解："啥叫政治犯？"

那人小声说："就是共产党。"

焦裕禄问："咱崮山还有共产党？"

那人说："这你还不知道？日本人的电线杆子被放倒、据点被炸，全是共产党干的。那个政治犯是第五区第五高小的教书先生，听说是在县城开秘密会被抓来的，日本人说他是个共产党头目，打得死去活来的，就是不屈服。"

焦裕禄一个激灵："你是说他是第五区第五高小的？是不是姓张呀？"

那人说："姓啥知不道。"

焦裕禄问："大哥，你是哪村的？"

那人说："南崮山的，俺叫二柱。"

半夜，牢房里难友们都睡下了，焦裕禄辗转反侧不能入睡。他自言自语："第五区第五高小，一定是张老师了。"想到这一点，他的心立刻就扑通扑通大跳起来。

张老师的身影不断在他的眼前幻化着。一会儿是穿一件青布长衫，站在课堂上讲《孟子》的张老师——

张老师讲课，喜欢背着手在课堂上踱过来踱过去，一边踱步一边讲，而且喜欢和同学们互动，引申出一些题目让学生讨论。他手里拿一部线装的《孟子大义》。张老师带点沂南口音，讲课腔音非常洪亮："'民为贵，社稷次之，君为轻。'上一堂课我们讲了孟子民本思想的大义，哪位同学来谈谈对孟子这段话的理解？"很多同学都举起了手。张老师点了一个前排的学生："焦裕征同学。"焦裕征站起来："这句话的意思是说，老百姓是最尊贵的，其次是国家江山社稷，再其次才是君王。"张老师抬一下手："好的，坐下。哪位同学有不同的理解？"

焦裕禄高高举起右手。张老师眼睛一亮："焦裕禄同学，你来谈谈。"焦裕禄站起来："孟子这段话，我认为有两层意思：第一层意思说的是人民、社稷和君王三者之间的位置，人民永远是应该排在第一位的。人民是国之根本、国之基础，没有人民，就不会有国家，更不会有君王；第二层意思说的是，孟子让人民一定要明白自己才是国家的主人！中国人常说百姓是草，社稷是山，君王是天，其实百姓才是山，百姓才是天！"

张老师有些震惊了，他的声音里带着兴奋："说得太好了！同学们，焦裕禄同学回答得非常好！他说出了孟子'民本'之说的真正内涵。将来有一天如果你们哪一位成了国家的栋梁，一定不要忘记人民才是山、人民才是天，人民永远是排在首位的！"

一会儿又是在"雅乐会"上指挥同学们唱歌的张老师——

在二胡、长笛的伴奏下，张老师打着拍子，带领同学们合唱《正气歌》：

> 天地有正气，杂然赋流形。
> 下则为河岳，上则为日星……

这是让张老师最动情的歌，每次唱起，他都热泪满面。

一会儿又是在北崮山镇集日上宣传抗战的张老师——

"五卅"之后，张老师带领学生打着"不忘国耻"的横幅，在熙来攘往的集市上唱起《五卅惨案》歌，那首歌是由焦裕禄领唱的，把人们唱得热血沸腾，赶集的乡亲们群情激愤，高呼："打倒日本！""血债血还！"

此时，焦裕禄心里想着：如果张老师真的是共产党，那我以后就跟上他去打日本！

一阵沉重的铁镣声哗啦哗啦从窗外响起，打昏的人被拖着往外走。他长长的头发，长衫上全是血渍，焦裕禄一眼就认了出来，他果然就是张老师！

焦裕禄刚叫了声"张——"他身边的本家爷爷焦念重连忙捂住了他的嘴。

看守跑过来，问："谁在喊什么？"

焦念重遮掩说："没啥，这孩子说梦话了。"

2

这个夜晚，焦姓族人集聚在焦裕禄家里，商议焦裕禄父亲的丧事。

族长对焦裕禄的娘说："方田家的，你家大儿子离家几年了，音信不见，小儿禄子又被日本人抓了，方田这殡，咋出啊？"

焦裕禄的娘是个坚强的女人。从嫁到焦家，她实际上就撑起了这个家的半个天。她的性格正好和沉默寡言的丈夫形成了反差，在村里人缘极好。长辈喊她方田家的，妯娌辈喊她方田嫂子、禄子娘，她的大名谁也不知道。

禄子娘说："禄子他爸死得冤屈，是让人逼债逼死的。家里到了这个份儿上，能卖的都卖了，连身像样的寿衣也买不起。"

族长在鞋底上磕了磕烟袋："不是说这个。咱崮山的风俗还有咱焦家的规矩你又不是不知道，方田出殡，要有孝子顶灰包摔瓦片，这是祖宗留下的旧制。可你家两个儿子都不在呀。"

禄子娘犯难了："那该咋办？要不让守忠给他爷爷顶包打瓦吧，他是长房长孙哪，也是孝子！"

族长说："不行。顶包打瓦的只能是儿子！老规矩，没儿子的人家，花二斗粮食，在当门近支里找一个人当孝子，还有你家的产业，将来也是由这个人承继的。"

禄子娘说："家里到了这步田地，拿不出粮食呀。"

族长不满意了："你家不还有二亩地吗？不还有这几间房子吗？"

禄子娘强压着心里的愤懑："禄子他爷爷还在，他哥是几年没回来了，可他嫂子还在家里，再说还得去救禄子，这地和房子卖了，指望个啥？"

族长不耐烦了，用烟袋锅敲敲炕沿："方田家的，这是祖上的规矩！"

家里没有主事的，理应听凭族长的安排，可禄子娘不是个任人摆布的人。她跳下炕来，站在屋中央，大声说："要说祖宗留下的规矩，这规矩早叫老天破了。荒年下来，逃荒的逃荒，要饭的要饭，多少人死在路上，谁给他们顶棺打瓦？这祖宗的规矩怎么去守？再说日本鬼子的祸害，好端端的人拉去埋了、砍了，活不见人死不见尸，还能守啥规矩？如今天灾人祸我全占了，方田让人逼死，日本鬼子抓了我儿，我要一撒手也死了，这个家就干净了。那天灾、阎王、日本鬼子杀剩下的，再让祖宗的规矩拾掇了，岂不是天下冤屈全叫我一家占了？"

族人听了都抹眼泪。族长为难了："那咋办？"

禄子娘斩钉截铁地说："我替我禄子，给他爹顶棺打瓦！"

焦方田出殡的那天，下起了小雨。

大户人家办丧事，高搭彩棚，摆灵楼香案，停灵七天、九天甚或四十九天。请僧道设坛场做佛事，发丧前还要"暖墓"——在坟内设火煎米糕。殡行路上，旗、锣、伞、扇、幡幢和纸扎的马、牛、车轿以及吹鼓手、僧道为前导，孝子队伍紧随于后，街头亲朋设祭，往往一场好殡引得四邻八村都来围观。穷人家就不一样了。焦方田家与一般的穷人家更不一样。不过乡亲们来了不少，知道一个寡妇人家顶大事不容易，都来帮忙。

母亲代替儿子，披麻戴孝，手拿哭丧棒，头顶灰包、瓦片，哭得肝肠寸断。乡亲们纷纷赞扬："从古到今，没见过女人给当家男人顶棺打瓦的。""方田家的，真是个有血气、有志气的女人。""一个女人，撑着这么个家，真难为她了。"

焦方田这个含冤而死的穷汉的殡事，比富人家的葬礼要热闹许多，而且震动了十里八村。

3

宪兵队里，焦裕禄从审讯室被拖回牢房。

这些日子，关进来的人轮番受审，罪名是"八路嫌疑"，问是不是通匪，枷、棍、杠子、蘸了盐水的皮鞭子……各种刑具一起上，打昏了用凉水兜头一泼，醒了接着审讯。

焦裕禄过了三次堂了，每一次回来都遍体鳞伤。今天他被拖进牢房时仍旧昏迷着，身上、脸上新伤痕叠旧伤痕。

焦念重把他抱在怀里，轻声喊他的名字："禄子！禄子！"

焦裕禄的嘴唇干裂，嘴巴艰难地一张一合。焦念重用水湿润着他的嘴唇。焦裕禄说着胡话："娘……娘……骡子站不起来了……娘……叫我爹……来抬……抬骡子……"

焦念重轻轻叫着："禄子！禄子！禄子，你醒醒！"

南崮山的二柱凑过来，用手指蘸水去润焦裕禄干裂的嘴唇："造孽啊，你看这孩子身上让火油烫的，全是水疱了。"

一个难友说："天天过这鬼门关，谁受得了啊？老虎凳、压杠子、灌辣水是家常便饭，火油烧、烙铁烫、钉竹签，不把你折磨死不算完。这孩子还真有骨气。"

另一难友说："咱们大伙儿商量好了，下回再过堂，都说是共产党，说了少挨打，要死死一块儿！"

看守送进了午饭，每人一个橡子面窝头。二柱问："咋俺这号子少了一个窝头？"看守没好气地把干粮笸箩蹾在地上："没张铁拴的那份儿了。张铁拴，出来，你家来人了，保你回家。"

那个叫张铁拴的难友急忙和大家拱手告别："各位兄弟爷儿们，我走了。盼你们也早点出去啊！"

铁门关上了。焦念重叹了口气："禄子，咱村的人保回去好几个了，就剩下咱爷儿俩了。俺是没指望了，家里一分地、一间房也没有，拿啥来赎俺？"

二柱"呸"了一口："保出去家也败啦，哪一个出去的不是耗尽了家产。俺也出不去了，家里没钱保。除非泼条命挣出去。"

焦念重说："那可不是容易事。这宪兵队就是个阎罗殿，牛头马面凶神恶煞，怕是命泼出去了也白搭。"

二柱说："反正横竖是在阎罗殿里，咋也是个死，要这命做啥？"

4

办完丧事，禄子娘脱下孝衣，就挨门挨户去借钱了。

北崮山村被抓到四十亩地的人，有不少已经出来了，那是家里人向博山的汉奸手里塞了大洋给赎出来的。

禄子娘也借到了两三块大洋，没有办法拿出钱的人家，就抓几瓢粮食给她，让她空着手出门，他们从心上不忍。

她发誓要救出儿子。她打听了，村上有一位名叫郑汝奎的，在县城开药铺，村上抓去的十几个人有不少是通过他给保出来的。可是这位郑老板从小离村，没怎么回过老家，她又不认识人家。为了儿子，没得说，只得去闯一闯了。

去县城之前，她到丈夫坟上烧了纸。她跪在坟前，一边烧着纸，一边诉说着："他爹，俺就要到博山城里去救禄子啦。俺打听啦，禄子就关在博山城里日本人的宪兵队。俺进不去那地方，俺只能托咱村在博山开药铺的老郑家打探关节。禄子没有给你顶棺打瓦，俺替他做了。等禄子回来给你烧纸。咱禄子是个懂事的孩子……咱家还有两亩地，再不行还有那几间草房子，就是把血卖干，俺也要把禄子救回来。"

烧完纸，她背起蓝花包袱，颠着一双小脚，走上了通往县城的山路。强劲的山风刮得她趔趔趄趄，她的头发披散开了，走不动时，她就扶住路边的树，喘息片刻。不时有鬼子的汽车从路上驶过，汽车卷起滚滚烟尘。

在县城里，她终于打听到了郑家药铺，就在南关大福街门里，紧傍着博山最大的药店广生堂。郑家的药铺叫普济堂，门口插着个狗牙边旗子。她在大福街找到了普济堂药铺。进了门，一个五十多岁的秃顶男人正在给顾客包药，想必就是郑掌柜了。她犹豫地问："这是郑掌柜的药店吗？"

男人愣了下神："我是郑汝奎，这位大嫂……"

禄子娘给郑掌柜跪下了。郑汝奎吓了一跳，忙去拉禄子娘："使不得，使不得，这位大嫂快快请起。"

听禄子娘述说了缘由，郑汝奎说："方田嫂子，咱村有几个人，确是我牵线保出来的。保安队里有个营长叫谢老晌，有一阵子，他在我铺里包过药。不过，我跟他没啥交情，这小子心黑，除了钱，大概连他亲爹也不买账。"

禄子娘再三哀告，郑掌柜只好陪她走一趟。郑汝奎带着禄子娘，在一个大烟馆里找到了谢老晌。

过足了烟瘾的谢老晌打了个哈欠，坐在太师椅上，眯着眼喝着烟馆伙计端上的茶水，一边吐着茶叶末，一边听郑掌柜说完了焦家的事。说着话，郑掌柜把几块大洋放到谢老晌喝茶的小桌上。谢老晌眼皮也不抬。郑掌柜鞠了个大躬："谢营长，俺乡亲的事，让你操心啦。"谢老晌瞄了眼桌角上的大洋："郑掌柜，不客气。你知道关进宪兵队的人都是重案，是八路嫌疑，要打通的关节多，这个少了，难办啊！"

他伸出右手拇指、食指比画了个圆圈。禄子娘跪下了："谢营长，俺儿的命就在您手里啦，只要能救俺儿出来，把俺的血倒干了俺也认。"

谢老晌挥挥手，郑掌柜扶起禄子娘，出了烟馆。

禄子娘又走了三十五里山路，回到北崮山时，已经掌灯时分了。

焦裕禄的爷爷焦念礼打着火把在山道上迎接。他看见儿媳一个人回来了，失望地问："方田家的，你没把禄子带回来？"

禄子娘疲倦至极地摇摇头。

5

日军宪兵队审讯室里，焦裕禄已是第四次过堂了。

这一回，刑罚也最重，压了杠子，灌了辣椒水，又上了老虎凳。折磨了半上午，焦裕禄昏过去好几次。两个皇协军用冷水把他泼醒了。负责审讯的皇协军头目走过来，他就是那个谢老晌。他扳起焦裕禄的下巴，焦裕禄眼睛睁了一下又闭上了。谢老晌打了焦裕禄一个耳光，凑到他耳边大声说："小子，年纪不大，骨头倒是挺硬。再问你句话，你家开油坊，一年能挣多少钱？"

焦裕禄把一口带血的唾沫吐到谢老晌脸上。谢老晌抹了把脸，大骂："小兔崽子，老子一定要让你知道马王爷长了几只眼！给我吊起来，狠狠地打！"

焦裕禄被拖回牢房时，胸口只有一丝游气了。

6

那个晚上，在焦家，也是一个焦灼的夜晚。

为了救儿子，能借的都借遍了，能卖的都卖光了，禄子娘决定卖掉最后的家产——山前的两亩薄地。她打了两壶酒，备了几样简单的酒菜，请焦家族长和近门家族中人来议事。

酒，谁也喝不下去，大家的心都揪成了一团。族长沉吟半晌，说话了："方田家的，你要想好了，你家可就剩下这两亩半了。"

禄子娘说："顾不了那么多了，只要能救出禄子，咋都行。"

一个族人叹口气："唉，你说那宪兵队咋那么粗的食肠？整个一个没底的黑窟窿，得多少钱填满他？"另一个族人说："看看咱村上那些赎回来的人，哪一家不是倾家荡产？宪兵队多粗的食肠？比牛腰还粗呢。"

族长端起碗抿了口酒："方田家的，也真累了你了，一个女人家，隔天跑一趟县城，来回七八十里地，这罪咋受来？这地卖不卖，还真拿不准主意。卖吧，这是一家人的养命地；不卖吧，眼看着禄子就救不出来。还是念礼来拿大主意吧。"

焦念礼把烟袋往炕沿上重重一磕："卖！"

卖了地，禄子娘背起蓝花布包袱，又上路了。从北崮山到博山县城，往返七十多里山路，这位坚强的母亲隔天就要走一个来回。看山不再像山，看云不再像云，却看见无论从何而来的每一个身影，都像自己朝思暮想的儿子。

这一天，谢老晌望着桌上的一摞大洋，眉开眼笑了。他拿起两块敲了敲，又放在耳边去听，对禄子娘和郑掌柜说："你们呢，回去等消息，过几天，也许人就会放回去了。这些日子我得上上下下替你们去打点打点。"

郑汝奎说："谢营长，这钱是焦家卖了最后的两亩地筹来的，家里的油坊也早折变了，再也没什么东西可卖了。"

谢老晌沉下脸说："郑掌柜，你说的啥话？好像我谢老晌是个砸明窑的。人在我这里押着不假，可放不放人，我自个儿说了不算，我去打点人家不能只用唾沫粘吧？"

郑汝奎马上说："那是那是。"

谢老晌说："那你们先回去，三天后等个信儿。"

禄子娘只有千恩万谢。

7

牢房里，难友们都睡着了。焦裕禄不停地翻动着身子，实在睡不着，干脆披着衣服坐起来。焦念重按了他一把："禄子，睡吧。"焦裕禄悄声说："小爷，听二柱哥说，日本人要把咱送东北大荒山里去。"

焦念重叹口气："他想往哪儿送往哪儿送，咱是人家菜板上的肉，由得了自个儿？禄子，你还小，日子长了还能回来，小爷怕是不成了。"

突然间，外边传来鬼子和汉奸的叫喊声，还有狼狗的狂吠，紧接着是一阵清脆的枪声。难友们全醒了，都问："咋回事？"焦念重瞅了一眼牢里，惊呼："二柱呢？二柱咋不见了？"

一队皇协军闯进来，呵斥着："都他妈起来，到外边去！"

焦念重问了声："干啥去？"

一个皇协军拿枪托狠狠捣了焦念重一下："干啥去？枪毙去！省得你们自个儿跑！害老子不宁静。"

牢房里的人全被驱赶到宪兵队大门外水塘边。四周围一片灯火通明。鬼子、皇协军端着上了刺刀的枪，一条条狼狗猖猖狂吠。一个血肉模糊的人被拖来扔在队前，他的腿已经被打断了。焦裕禄心里一颤，这人是二柱。

谢老晌指着那个人说："你们大伙儿都看看，这个人叫王二柱，他半夜从后窗跳水塘逃跑，被捉住了！告诉你们，进了四十亩地，你就是变成家雀儿，也别想从这里飞出去！"

鬼子兵咕噜了几句，两条狼狗蹿了出来。鬼子兵同时挑断了捆在二柱身上的麻绳。两条狼狗张开血盆大口，扑向二柱。那条个头儿最大的，一下子就把二柱扑倒了。二柱一个急劲掐住了狼狗的脖子。另一条狼狗咬住二柱的小腿，撕下血淋淋一块肉。二柱惨叫着，他手一松，那条个儿大的狼狗挣脱了，反身咬住了他的肩胛。二柱翻滚着甩开狼狗，撑着断腿跳进了水塘。两条狼狗也追进塘里，一前一后撕扯着他的身子，二柱的肚子被狼狗撕开，肠子肝肺漂在水里，血把塘水染得鲜红。鬼子哈哈大笑。

谢老晌大声号叫着："你们谁想跑，王二柱就是样子！"

岸上，胆小的几个难友当场惊吓得昏死过去，焦裕禄把嘴唇都咬破了，他发誓，如果有朝一日能从四十亩地这活地狱里出去，一定要杀光这些没人性的鬼子汉奸。

8

禄子娘又一次来求谢老晌了。

家卖光了，钱花完了，可救人的希望却越来越渺茫。禄子娘心里盘算着，一趟一趟跑宪兵队，把钱淌水似的花在了这个姓谢的矬子身上，他是个铁石心肠，也该有点温热了。没想到谢老晌对两手空空的禄子娘马上就换了一副面孔："什么都别说了，你儿子出不来了！八路嫌疑，谁敢放？"

禄子娘跪下了："谢营长，你就行行好吧。俺家实在拿不出卖钱的东西了，等借了钱俺就送来。"

谢老晌把脸一仰："你觉得你家花了几个糟钱儿，你儿子就该出来了？告诉你，这小子事大了。前几天跑的那个王二柱，跟他也有关联。要不是我横里竖里说着好话，你儿子早变成皇军的枪粪了！你那几个钱，别说买下你儿子一条命，买条胳膊、买条腿都不够。你快走吧！快走！"

禄子娘呆立在那里，接着她撕心裂肺地扑向谢老晌："长官呀，他可是我焦家的命根子啊！求求你救救他吧！让我这条老命替他去死吧！"

谢老晌被她缠得心烦，一把将禄子娘狠狠地推在了地上。

谢老晌大声喊道："来人，把这个胡搅蛮缠的老娘儿们给我赶出去！"

即刻冲出来几个皇协军，连拉带拽地把禄子娘拖出了大门外。禄子娘被远远地扔在了地上。

从博山回来，禄子娘又到丈夫坟上哭诉了："他爹呀，我没把禄子救回来呀！快仨月了，咱家能卖的都卖光了，你伸脚走了，俺可咋办呀，俺那好儿呀，俺的心全碎了呀……"

天气已经入冬了，草木凋零。

禄子娘又开始了奔波。一辆满载着皇协军的汽车驶来，谢老晌就在车上。车子开过时，他看到了背着蓝布包袱的禄子娘。谢老晌厌恶地吐了口唾沫："又是那个救她八路儿子的娘儿们，让她缠得心烦，干脆崩了她算了。"

黑洞洞的枪口指向了她。她甚至听到了拉枪栓的声音。她精神恍惚地站在那里，枪声响了。子弹从她的耳边呼啸着飞过。她听见谢老晌的声音："真他娘的臭手，拿枪来，看我的！"她慌乱地拐进一片荆棘林子里。枪弹在荆棘林中穿飞。她跌跌撞撞地奔跑，气喘吁吁："我不能死，我还没看见我儿子呢！"

9

这些日子，四十亩地的鬼子和汉奸加紧了对"八路嫌犯"的折磨。三十多人拥挤在一间牢房里，屎尿横流，每人每天只给两个高粱面小窝头。这两天不知谁又冲撞了他们，连着三天一滴水也不给，难友们焦渴难忍，恨不得把尿喝了，可是连尿也没一滴呀。

焦裕禄的本族爷爷焦念重躺在干草上，他的嘴唇干裂，气息微弱地叫着："禄子，禄子……"

焦裕禄声音嘶哑地应着："小爷，我在。"

焦念重叫着："渴呀……水……水……"

焦裕禄看着窗台上几只缺边的空碗，还有难友们那干裂、渗着血珠的嘴唇。焦裕禄恨恨地说："鬼子是黑下心要渴死咱啊，整整三天了，一滴水也不给！"

一个难友说："鬼子发话了，只要咱们不承认是八路，就把咱全渴死。"

另一难友说："认了八路被打死，不认被渴死，横竖是死，老子认了，老子就是八路。"

焦裕禄摇着铁门大喊："给我们水！"

难友跟上喊："给我们水！"

大家一起喊："给我们水！给我们水！"

看守走过来："喊叫啥？不许喊叫，要造反啊？"

大家一起喊："给我们水！给我们水！"

看守狞笑着："给你们水？做梦去吧。皇军说了，不承认是八路，就把你们晾成干鱼！"

焦裕禄拼着全身力气大喊："给我们水！"

大家一起喊："给我们水！给我们水！"

喊声招来了日本宪兵和汉奸。一个日本军官咕哝了两句，摆摆手。日本宪兵们把胶皮水管子接在龙头上，拧开水龙头，水柱激烈地向人们喷射。难友们顾不上高压水柱的冲击，或张着嘴或趴在地上接水喝。

焦裕禄用手接了水，捧着送到焦念重嘴边。日本宪兵哈哈大笑，大叫着："大大的米西米西！"

就在这天半夜，两个皇协军进了号子，拨拉着焦裕禄和几个年轻人："你们四个出来！"

焦裕禄问："干啥？"

皇协军一瞪眼："叫你出来就出来，不许问！"

他们被带到审讯室屋檐下。那里用席子盖着几具尸体。院子里停着一辆马车。皇协军冲那里一指："把那几个人抬车上去！"

他们抬出的一个人，长长的头发披散着，胡子老长，长衫上满是血迹。借着昏暗的灯光，焦裕禄看到了一张熟悉的面孔。

他失声叫着："张老师！"泪水模糊了他的眼睛。他用手细细梳理着张老师蓬乱的长发。

10

禄子娘又奔波在崎岖的山道上。为了避开鬼子和汉奸，她不敢走大路，从陡峭的小路绕着去博山。

脚下的一块石头塌落，她一脚踩空，抓住一丛灌木，才没摔下去。惊魂甫定，她靠在石崖上喘息：我不要死，我要救禄子……

进了博山县城，在靠近四十亩地的那条街上，她看见街道两侧站满了日本宪兵和皇协军。禄子娘被挡在人群里。几辆汽车从街口开过来，车厢里站着捆得五花大绑的中国人，押解他们的是端着上了刺刀的三八大盖的日本宪兵。

站在人群中的禄子娘向车厢里张望着。果然，她看见了她的儿子！五花大绑的焦裕禄就在第一辆车上，她叫了声："禄子！"焦裕禄也看见了母亲，他喊着："娘！娘！"她不顾一切地向汽车扑去，被站在路边的日本宪兵一枪托打倒在地上。

焦裕禄大喊："娘！娘！"押解的日本宪兵把刺刀抵在他的喉咙上。

血火大山坑

1

一列闷罐火车汽笛呜咽，穿过幽长的隧道。高速前进的火车铁轮，在铁轨上摩擦出串串火花。

焦裕禄和难友们被押解在车上。

他的眼前总是浮现着母亲跟跟跄跄扑过来的身影。连着三个多月啊，母亲隔一天就要往返七十多里山路进一趟博山县城。近一百天跑了差不多五十来个往返，那是三千五百里山路啊！娘一双小脚，不管风天、雨天、雪天，硬是把从崮山到县城的山路丈量了五十遍！到最后，娘只有一个愿望了，那就是她一定要看见她的儿子还活着。天底下还有这样的娘吗？！不知道娘现在怎么样了，见不到儿子，她该急坏了。

想到这些，焦裕禄泪流满面。他又想起七岁那年夏天吃午饭时娘和爷爷的那段对话。焦裕禄清楚地记得，那天的午饭，是野菜汤。焦裕禄的哥哥焦裕生见碗里又是绿汪汪的野菜汤，问："娘，又是野荠菜粥，咱家咋天天吃野菜？"爷爷说："生子，这年景，有野菜就算不错了。你娘从鸡叫头遍上山，到晌午回来，才挑了半筐野菜。"

焦裕禄说："哥，这野荠菜粥最好喝了，我一定要喝三碗。"

他喝着野菜粥，唱着歌谣：

> 灰灰菜，苦苦菜，十吊铜钱俺不卖。
> 荠菜棵，熬豆沫，大碗冷着小碗喝，
> 松松裤腰喝三锅。

他一边唱一边拍自己的小肚子。爷爷乐了："古人说，咬得菜根，百事可为。能吃苦，才有大出息。"

娘对爷爷说："爹，跟您商量件事。"

爷爷说："方田家的，说吧。"

娘说："小二过年就八岁了，俺想让他去上学。"

爷爷沉吟："上学？生子不是上着学了吗？咱这个穷家供两个孩子上学，难哪。"

娘说："穷人不认字，一辈子是受人欺侮的命啊！"

爷爷说："方田家的，你说得对。俺就是因为不认字，才吃了人算计，错在欠账单子上画了押，背了一身冤枉债，差点就家破人亡啊！二子这孩子，聪明，懂事，他念了书，会有出息的。可眼下咱这家境……"

娘说："俺想好了，跟他两个舅舅好好说说，让他们帮衬些。就是卖了房，卖了地，也得供出这两个学生来。"

新学期开学那天，是爷爷把他送到南崮山学堂的，爷爷一路不停地嘱咐着他。每天放学时，娘总在门口迎着，手里捏把小笤帚，给他浑身上下扫一遍："禄子，记住，咱家虽穷，可穿出去的衣裳，一定要干干净净的。"

夜里，焦裕禄在灯下读书，总是母亲做针线陪着他。

焦裕禄念着课文：

> 三才者，天地人。
> 三光者，日月星。

娘说："禄子，天上一颗星，地上一个人。人行得正，走得端，天上的星就是亮的，一旦他走偏了路，他的星也就暗了。你要记住啊！"

焦裕禄说："娘，我记住啦！记一辈子！"

他又想到了张老师。想起张老师最后被抬上马车的情景。张老师几乎就是他一个人抱上车的，他那么轻，轻得几乎没有重量……

闷罐车厢里，难友们瑟瑟发抖地拥挤在一起。

焦念重捅捅身边的焦裕禄："禄子，咱们走了几天了？"焦裕禄说："小爷，咱在这闷罐里，不见天日，谁知道走了多久了？"一个难友说："我记着呢，咱一天两顿饭，吃了十四顿饭，走七天了。"

焦念重有些怕了："这是把咱们往哪儿拉呀，越走越冷。"

焦裕禄说："咱们给弄上车的时候，我瞥了车门上贴着的一张字条，上面好像写着'抚顺劳工招募所'。"

那个难友骂道："日他娘的，真把老子弄东北大荒山来啦！"

火车开开停停，又走了两天，停在一个站上，焦裕禄和难友们被驱赶着下了车。焦裕禄看见火车停靠站的站牌上写着"抚顺"两个黑字。

大风搅着漫天飞雪。天冷得邪乎，风吹在脸上像用刀子割肉，仿佛全身的骨节全冻住了。下了闷罐车的难友们集合在风雪交加的站台上。

押解的皇协军厉声命令："站好队！站好队！报数！"

报完数，皇协军又命令："背誓词！"他起了个头，"我等逃脱……背！"

难友们背诵："我等逃脱九死一生之难，由过去迷梦中觉醒而苏生……"

呼啸风里，他们的声音断断续续：

"我等沐中日亲善之春风，幡然来归，开自新之路……觉悟前非，速归复兴大亚细亚之正道……"

2

一队汽车开出车站，行进在风雪迷茫的山野。

黎明前的曦光里，看到了天轮的剪影。一轮冷月挂在西天，月亮似乎也成了一块圆圆的大冰坨子，闪着青色的雪光。焦裕禄同被抓来的人一起被驱赶下汽车。他们当时还不知道，这里就是有名的大山坑煤矿。

焦裕禄和他的本族爷爷焦念重被带进一个大工号。工号里住着几十名矿工。他们有的刚从井下出来，有的背起矿灯准备下井，一个个蓬头垢面，形同囚犯。

押送的警察对一个大个子说："王大个儿，这两个人交到你们'丙字号'了，明儿一早随着下井，你给调教调教。"说完就走了。

大个子问焦裕禄："刚来的？从哪儿来？"

焦裕禄回答："山东。"

大个子问："山东？山东么地儿？"

听他的口音，也有足足的山东味儿。

焦裕禄回答："博山。"

大个子笑了："听你口音这么耳熟，原来咱是老乡啊！"

焦裕禄问："大哥也是博山人？"

大个子说："不是博山，是聊城。千多里到这里，都是老乡。俺姓王，人家都叫俺王大个儿。"

他招呼屋里的人："来来，都认认，这也是咱老乡，山东曹州的，李大哥；这是河南漯河的，许大哥；这是刘大哥……"

被称为刘大哥的那个汉子过来，双手比画着，嘴里哇呀哇呀叫着。

焦裕禄愕然。

王大个儿一拍脑袋："噢，忘了，这刘大哥是个哑巴。虽然他说不出话，可耳朵并不聋，别人说啥他都能听得见。这刘大哥原本不是哑巴，他是山西大同人，日本人抓了六千民夫给他们修秘密工事，把这六千人都打了哑针，成哑巴了。刘大哥一身好功夫，摔跤是高手，你可别惹他。"

刘大哥哇哇叫着，拉开架势，冲焦裕禄比画。

焦裕禄愣了一下。李大哥说："哑巴说，他要教你摔跤。"

王大个儿拍拍焦裕禄的肩："咱这个工号叫'扩大利用新生队'，也叫'矫正队'，大伙儿都是从'矫正辅导院'和监狱来的，还有……"

他拉过一个十一二岁的孩子："这是小奉天，刚十二，这不是造孽吗？人还没镐把高呢，你说他怎么就给'矫正'到这儿来受洋罪了。"

焦裕禄自我介绍："我叫焦裕禄，这是我的本家爷爷，大名焦念重。"

王大个儿说："看你兄弟这做派，倒像个文墨人儿。"

焦念重说："俺这小爷儿们，念过高小呢！不光识文断字，吹拉弹唱可是样样精通！"

王大个儿乐了："好啊，咱们这些都是睁眼瞎，来了个识文断字的秀才，大伙儿就有眼目了！"他招呼小奉天："把秀才的草苫子拿过来，挨着我。"

接着有人给新来的人送来棉衣、工具和矿灯。焦念重看了看棉衣："哎呀，咋这棉裤上还有血？"

焦裕禄也说："我这棉袄袖子全是破的。"

李大哥戚然地说："兄弟别嫌弃，这棉衣是从死人身上扒下来的。"

焦念重吓了一跳："啊？！"

李大哥说："咱挖煤的死了，扒光了衣服送'死人仓'。"

许大哥补充说："也有病重的，看你干不了活儿，硬拖到死人仓去的，衣服也要扒掉。新来的就发这衣服。新衣服的'工装费'早让把头扣自家腰包里了。"

焦裕禄问王大个儿:"王大哥,你刚才说咱们这个工号叫'扩大利用新生队',都是从'矫正辅导院'来的,这是咋回事?"

王大个儿说:"'矫正辅导院'就是日本人给咱中国老百姓设的监狱,他们把好端端的老百姓随便抓进来,给你安个'政治犯'的罪名,就把你送到这里来做苦役。我被抓来以前在四平街开饭铺,日本人在四平街抓'浮浪'——'浮浪'就是流浪汉——正赶上我买菜回来,就把我给当'浮浪'抓了。关了半个月,说咱是'政治犯',给送到大山坑煤矿来了。住在这个号里的人都差不多是这么进来的,只有许大哥,他是从二道台子矿过来的。"

焦裕禄问:"他为啥成政治犯了?"

王大个儿一笑:"啥也不因为,就因为看飞机。"

焦裕禄惊诧了:"看飞机?"

王大个儿说:"以后你让老许自个儿说。你不让他说都不行。谁到这儿他都讲他的'看飞机'。"

刚睡了没多久,哨子响了,送了饭来,是橡子面窝头,大糙子粥。

许大哥说:"日他姐!天天大糙子粥,橡子面窝头,在二道台子还能吃上高粱米呢。"

王大个儿哂笑:"老提你那二道台子干吗?那又不是关'矫正工'的地方。"

李大哥对焦裕禄说:"吃这橡子面窝头,记住千万别吃辣椒。吃了辣椒,拉不出屎来,得用筷子往外剜。"

没等吃上两个窝头,就进来一个监工,手里拎一个木榔头,大声催促着:"下井了!下井了!"

他一离开,王大个儿说:"这个监工姓杨,外号杨大榔头,鬼子的一条狼狗,比他妈鬼子还坏。"

3

下井了。

井口的牌子上写着"大山坑采炭所"。"矫正工"们被矿警押着到坑口,翻牌子，搜身检查，然后下井。

许大哥对焦裕禄说："日他姐！咱煤黑子下井八道关，刚过了催班、排灯、翻牌子、搜身这四道。这是鬼门关，还没进阎王殿呢。"

刚进掌子面，杨监工就喊叫："今天是'大出炭'的日子，大伙儿加劲干，谁磨洋工，我认得你，我的榔头可不认得你。听见没有？"

大伙儿说："听见了。"

杨监工晃了晃手里的榔头走了。

王大个儿骂道："日他奶奶的，天天'大出炭'，还让老子活不！"

大家用镐挖起煤来。许大哥说："小焦兄弟，刚才我说煤黑子下井八道关，头四道是'鬼门关'，这回咱就进了'阎王殿'了。这'阎王殿'里还有四道关，就是大票溜掌子、鬼子查掌子、大票的榔头、鬼子的狼狗。慢慢你就知道滋味了。"

王大个儿见焦裕禄挖煤有些在行，就问："兄弟，你干过这个？"

焦裕禄说："俺老家也有煤窑，没这里的大，俺在老家也下过'地窝子窑'。"

一会儿，杨监工又来"溜掌子"，他见焦念重抡不动采煤的大镐，就用榔头敲他，焦裕禄护住焦念重，推开杨监工："凭什么打人？"

杨监工歪头瞅着这个新来的半大小子："嚯！新鲜！老子的外号就叫杨大榔头，打了这么多年人了，从来没人敢问个为什么。凭什么打人？就凭老子是监工，就凭你他妈的是'矫正工'！"说着就拿木棒在焦裕禄身上敲。哑巴刘大哥哇哇叫着，向杨监工挥着拳头。杨监工悻悻转过身。王大个儿劝着："他们今天刚到矿上，就下溜子了，还不熟悉呢。"

杨监工又转到小奉天身边，嫌他干得慢，要打他："你个小猴崽子，一干活儿就偷懒，想吃扁担烤肉了不是？！"

王大个儿说："小奉天病了，夜里烧得说胡话。"

杨监工敲敲他的头："脑袋还硬着呢。脑袋硬就没事。快干活儿！"

确认杨监工走开，到别的巷子去了，王大个儿就招呼大家休息："弟兄们，大伙儿歇歇气。小奉天，你在巷道口那儿放个哨。"

大伙儿停下手中的镐，凑到一堆，说说笑笑。王大个儿对许大哥说："许老大，昨天那《水浒》你讲到哪儿啦？"

许大哥说："讲到《吴用智取大名府》了。"

王大个儿说："你接着讲。"

许大哥说："今天不讲《水浒》了。我给新来的兄弟讲讲我的'看飞机'中不中？"

曹大哥说："你都讲了多少遍了？来一个人，你就讲一遍。"

许大哥说："人家是新来的嘛，又没听过。"

曹大哥说："好好，你讲，你讲。"

许大哥清清嗓音，摆出一副说书人的样子："俺大老许名叫许树茂，家住河南漯河许家漕，只因老家发大水，被骗到东北就下了煤窑。几句引子说罢言归正传。话说去年春上，俺大老许带着老婆逃荒到了抚顺，被招工的骗进二道台煤矿，讲的是一个月工资十五块钱，俺大老许心里头那叫高兴，没想到头一个月发了工资，反倒欠了把头两块钱。为啥？全扣光了。扣的啥？大把头老爹过寿日，要有'上寿钱'，二把头孩子过百岁，要有'满月钱'，还有'请客钱''烟酒钱''医药钱'……下个月又欠了三块，一年下来欠了三十多块，为啥欠这么多？大把头他爹一年过三回生日，二把头他儿子一年过五回满月。这三十多块可是'驴打滚儿'，咱大老许这辈子是还不清了。最后一回实在没的扣了，扣了四块'看飞机钱'。"

焦裕禄问："啥叫看飞机钱？"

许大哥说："一出坑口天上飞着一架飞机，个儿挺大的，抬头看了一眼。扣了四块'看飞机钱'……"

正说着，听到小奉天咳嗽一声，王大个儿说："抄家伙！"大家就抄起工具叮叮当当地干起活儿来。

王大个儿让大家在煤层上掏了几个洞，就嚷着："点炮！点炮！"焦裕禄问："这活儿咋干的？王大哥，这掌子面连个板子也不撑呀？"

王大个儿说："鬼子拿咱中国人的肉换煤呢。这大山坑煤层浅，用的一直就是这'采大院'的办法，凿开井口，拉开门就采煤，在煤层上打眼放炮，崩一层用镐刨一层，再打眼放炮，一层一层地崩。这二三十米厚的煤层从来就连个支柱都没有。"

王大个儿看看装好了雷管，喊一声："闪闪，点炮了！"

接着，巷道里响起一声声闷雷，烟尘翻滚。尘烟消散，大家各自抄起工具刨挖被炸药炸得松动了的煤层。

王大个儿对焦裕禄说："你就往没亮光的地方挖，多挖矸石少挖煤。刚才点炮捻也是拣矸石多的地方放雷管。鬼子天天搞'大出炭'，老子给他来个'大出石头'！"

他们叮叮当当弄出很大的声音。王大个儿对焦裕禄说："兄弟，你记住，干活儿就这么干。大票和鬼子来溜掌子，就卖力气给他们做做样子，等他一走，就由不得他了。咱中国的煤多好，咱两块石头夹一块肉，一镐一镐刨下来，狗日的全弄回日本去了。日本是东洋三岛[1]，没煤，把咱的煤运回去填在大海里，让他子子孙孙享用。抚顺这个矿，日本人开了快四十年了，弄走了咱多少煤呀？"

4

疲惫不堪的人们从罐笼里上到地面，已是夜里八点多钟了。

他们一个个东倒西歪。曹大哥伸个懒腰："日他姐的，又算赚了阎王爷一天。"

焦裕禄问许大哥："许大哥，你那'看飞机'的事还没讲完呢。"

许大哥说："累散了骨架子了。讲到哪儿都忘了。"

小奉天说："我替许大哥讲吧，他讲哪儿啦？"

焦裕禄说："讲有一天一出坑口天上飞着一架飞机，抬头看了看，到月底扣了四块看飞机钱。"

小奉天咳嗽了两声："我接着讲。这四块钱扣得大老许心里窝憋。你说好不容易这个月没过百岁的没祝寿的，看看飞机还扣四块钱，那飞机在天上飞，看一眼也不会把它给看下来，凭啥还要扣'看飞机钱'？他就找大把头去了。大把头一听火了：'那飞机能随便看吗？你知道飞机上坐的谁？过去皇帝的车驾出来你看一眼没准儿还要砍头呢。扣你四块钱是轻的。'大老许心里火冒三丈，恨向胆边生——前边那句咋讲来着——大老许怒从心头起，恨向胆边生，一拳揍歪了大把头的鼻子。这一拳不要紧，把他关'矫正辅导院'去了。关了三个月，就放在咱矫正队了。他老婆也让那个混账把头给卖了。"

许大哥脸一下白了："你提我老婆让人卖了干啥？这些日子，俺天天梦见她哩，俺发过誓了，出了矫正队，就把她找回来。"

---

[1] 东洋三岛：日本三岛，清末民初对日本的别称。

5

工号里人躺得密密麻麻，一个挨一个。王大个儿问："咱就睡了，大伙儿想翻个身儿不？"众人答："想。挤得腰都酸了。"

王大个儿说："好。我喊个号，大伙儿一块儿往里面翻。一、二、三，翻呀！"众人随着号子翻了身。王大个儿对焦裕禄说："咱号子里人多，不这样，你翻个身儿都没法儿翻。记住啊，夜里尽量别起夜，你出去撒泡尿，回来就没你躺的地方啦。"

很快，工棚里鼾声雷动。疲惫至极的焦裕禄进入了梦乡。

焦裕禄做了一个梦。梦中，第五高小"雅乐队"的他在崮顶上练习拉二胡。他拉的是《彩云追月》。在他的二胡声中，漫山遍野的花开了，大群大群五彩斑斓的蝴蝶绕着他翩飞。

他手里的弓子在飞快地旋转，演奏声激越亢奋。突然，嘣的一声，他二胡的弦断了。焦裕禄从梦里惊醒过来。

6

醒过来的焦裕禄听到了一阵激越的二胡声。

拉的竟也是《彩云追月》。

焦裕禄怀疑自己还在梦中。他揉揉眼睛，坐起半个身子。二胡声越来越清晰起来。他悄悄爬起来，溜出工号，循着二胡声找去。一直找到井口门房，看见一个四十来岁的值班矿警在拉着二胡。

他正拉得陶醉，一抬头，看到玻璃窗上贴着一张脸，吓了一大跳，二胡也扔了。他忙抄枪，大声喝问："谁！站出来！"

拉开门，他看见了焦裕禄："你是谁，想逃跑吗？"

焦裕禄说："我是丙字号的，叫焦裕禄。"

矿警问："我咋不认识你？"

焦裕禄说："我刚来，还没半个月呢。"

矿警打量了一眼焦裕禄："你是不是想逃跑？告诉你，进了这地方，你就是变成带翅膀的雀子也飞不出去！"

焦裕禄愣怔地盯着他手里的那把二胡。矿警又说："看你还小着呢，告诉你吧，这地方拉着两道电网，三道铁蒺藜，还有日本人的狼狗。你快回去吧。幸亏是我，赶上别人值班，就把你送矿警队了。哎，你盯着我手里的胡琴干啥？"

焦裕禄说："大叔，我正做梦拉二胡呢，醒了，听见有二胡声，跟我梦里拉的是一支曲子。我就找过来了。"

矿警一脸疑惑："你说什么，你做梦拉二胡？你也会拉二胡？"

焦裕禄说："在俺山东老家上高小的时候，我是学校'雅乐队'的，练过二胡、板胡和小号。"

矿警乐了："你是山东人啊？"

焦裕禄说："山东博山。"

矿警说："知道。你们博山，出好瓷，出好琉璃，可是个好地方。"

焦裕禄问："大叔府上是……"

矿警说："我是河南考城县的，咱算是大老乡。我姓洪，你叫我老洪就行。"

焦裕禄说："那我喊你洪叔吧。"

老洪说："你这孩子挺懂事。你说你会拉二胡，那你拉一个我听听。"

焦裕禄接过二胡，调了调弦，很熟练地拉起来。他拉的也是这支曲子。老洪用和蔼、欣赏的目光看着他。

老洪说："真没想到，真想不到，你拉得这么好。简直是太好啦。我礼拜二四值夜班，一三五六值白班，你有空就来。我这里也有板胡，咱们唱几段京戏。"

焦裕禄回到工号，倒夜班的工人在做着出工准备。王大个儿也醒了，见焦裕禄回来，问："禄子，你到哪儿去了？是不是起来撒尿，回来找不到插身的地方了？"

焦裕禄说："没。做了个梦，到外边转了转。"

王大个儿吓了一跳："咋？你梦游啊？"

焦裕禄说："不是，梦见俺拉胡琴了，醒了真听见有人拉胡琴，过去听了听。"

王大个儿笑了："准是老洪，只有他会拉胡琴。拉得可是不赖。以为是你出去撒尿回来躺不下了呢。咱这号子人多，大家睡下翻个身也得喊号子一起翻。出去再回来人就插不下身了，只好到灶台上蜷着将就一下。"

许大哥揩拭着矿灯，对王大个儿说："禄子说他做梦拉胡琴哩，大个子，俺也做了个好梦。"

王大个儿问："啥好梦？"

许大哥说："梦见你嫂子了。"

王大个儿笑了："想老婆了呗。等出了这矫正队，找着嫂子，把她赎回来。"

李大哥问："老许啊，你说说，梦见跟俺嫂子干啥啦？"

许大哥抓抓头皮："这，这咋说呢……"

大伙儿起哄："说，说，和俺嫂子做啥咮！"

许大哥说："梦见，梦见你嫂子给俺生了个嫚儿，这嫚儿一落生穿双大红鞋。"

王大个儿一下变了脸："呸呸呸，这话就当没说啊！"又说，"有酒吗？拿酒来让许大哥漱漱嘴。"

许大哥慌了："俺说的咋不对哩？"

王大个儿说："生个嫚儿没啥，只是这嫚儿不该穿红鞋。许大哥，你喝口酒漱漱嘴就冲了。"

许大哥就用酒漱了口。

临出门，王大个儿问："许大哥，你们倒夜班今天去几号掌子？"

许大哥说："去五号。"

王大个儿叮嘱："那你们干活儿千万多留点神。"

许大哥答应着和大家一块儿走了。王大个儿说："咱今儿个上中班，多睡会儿。一有倒夜班的就睡不稳。"

大伙儿又睡着了。

7

桅灯的火苗暗淡下来。

太阳高高挂在天轮顶上。王大个儿起来了，给小烟袋装上一袋烟，用火镰吭哧吭哧打火，打了半天才打着。焦裕禄问："王大哥，你醒了？"

王大个儿说："半夜没睡踏实，眯了一觉，太阳就这么高了。"

焦裕禄又问："你刚才说嫚儿穿红鞋咋回事？"

王大个儿说："你还惦着啦？咱听人说，梦见嫚儿穿红鞋，是跳火坑，不吉利。"

焦裕禄说:"王大哥,你真信呀?"

王大个儿一脸凄楚:"我这人啥都不信,就是信命。命这个东西太奇怪了,奇怪得你琢磨不透它。咱在这两块石头夹一块肉的井下,吃的是阳间饭,干的是阴间活儿。命是提在阎王手里呢。这些年,死了咱多少中国劳工啊!这一带,东大卷、西大卷、老虎台、万达屋、丘楼子,还有咱们大山坑,每个矿都有几个埋尸坑,里面白骨何止成千上万!咱这地儿天天都死人,死了往死人仓里一拉,攒够了一车,拉到山沟里一扔,把山沟都快填满了。山沟里的脑壳像地里的西瓜,遍地都是。"

两个人正说着话,听见外边一片嚷乱。

有人喊:"五号巷着火了!五号巷着火了!"

焦裕禄和各工号里的矿工们都往井场上跑去。井场上乱成一团,五号巷口,火光映红了半个天空。

一个日本大票头名叫安藤的,正带领一群日本矿警驱赶着矿工们:"快快地,快快地,用黄泥封闭井口。"

王大个儿急忙拦住:"井口封不得,封了井口,怎么下去救人?"

焦裕禄也喊:"不能封井口,我们要下井救人!"

大家一起喊:"不能封井口!"

安藤眼露凶光:"中国人多多的,死几个没关系。火的起来,瓦斯爆炸,坑口的坏了,日本衙门大大地赔账!快快把井口封闭,钉住风门!"

王大个儿急得直跳脚:"不能封井口呀,那是多少人命呀!"

焦裕禄冲到最前头,大声喊着:"不准封!"

安藤大骂:"八嘎!谁挡封井,死啦死啦的。"

矿工们不顾一切地冲向五号巷井口。日本矿警推搡着王大个儿、焦裕禄和矿工们。安藤指挥日本矿警拿着警棍对矿工大打出手。

焦裕禄振臂高呼:"我们要下井救人!"

日本矿警抡起警棍向他打去。焦裕禄倒下了,血从他脸上流下来。

8

工号里,焦裕禄醒来了。头上缠着布条,躺在焦念重怀里。

焦念重见焦裕禄醒了,长舒了一口气:"禄子,你可醒过来了!"

焦裕禄只觉得全身骨节都僵住了，他叫了声："小爷……"

焦念重说："禄子，你昏睡了一天一夜，可把小爷吓坏了。"

工友们见焦裕禄醒了，都围拢过来。焦裕禄问王大个儿："王大哥，井场那儿……五号巷里的人……救出来了吗？"

王大个儿哽咽着说："没，没救出来。狗日的鬼子矿警队用黄泥封了上风口，里边的兄弟一个也没出来，上百条性命啊，一下子全完了。咱丙字号的，就有八个兄弟呀！"

工号里笼罩着悲哀的气氛，丙字号上夜班的八个矿工全死在五号巷里。他们用过的饭碗、旧安全帽并排放在窗台上。

王大个儿说："咱给丙字号死了的八个弟兄供碗水吧！狗日的鬼子说咱矫正队带头闹事，一天没让给咱们送饭了。"

焦裕禄也挣扎着站起来，和王大个儿、小奉天把瓦罐里的水倒进窗台上的八只空碗里。

大家随着王大个儿跪下来。王大个儿把水碗举过头顶："许大哥、曹大哥，诸位哥哥兄弟，咱丙字号的弟兄们给你们倒碗水，送你们上路了。"

工号里一片呜咽之声。

晌午过了，安藤和鬼子、汉奸票头押着送饭的人进了工号。

王大个儿问："为什么一天不让吃饭？"

安藤黑着脸说："矿井检修的干活，你们不下井，饭不能吃的。"

杨把头[1]阴阳怪气地说："这是给你们点颜色瞧瞧，看以后谁还敢闹事？！"

盛窝头的筐箩和盛粥的桶放在地上，鬼子和汉奸却挡着不让人们靠近。杨把头说："你们听好了，饭是送来了，太君有令，今天的饭，不是那么好吃的。吃了这顿饭，你们要明白自个儿是个啥。说明白了，谁学一声狗叫，就给他一个窝头。不学狗叫，连口汤也不给他喝！谁先学呀？"

大家捏着拳头，谁也不说话。工人愤怒的眼神与鬼子汉奸调笑的眼神长时间沉默地对峙。杨把头从筐箩里拿了一个窝头："怎么没人来吃呢？这窝头多香啊，每天是橡子面的，今天太君慰劳你们，改苞谷面了，真香啊！"

没有人说话，很多人的喉结在动。

---

[1] 杨把头：乃上文所提"杨监工"。

杨把头叹口气："这饿的滋味可不好受啊！咱也尝过那滋味，一百只小老鼠在肠子里挠啊！太难受了，眼前有块砖头都想嚼了咽下去，对不对？尤其是香喷喷的窝头放在眼前，看得见，吃不上，就更难受啊！"

大家把眼睛闭上了。

杨把头拉着长声说："闭上眼顶什么事？到这份儿上，肚皮不听眼皮的啦！人是铁，饭是钢，一顿不吃饿得慌。这一天没吃了，你是个铁人也扛不住啊！"

依然是燃烧着地火的沉默。

安藤挥挥手："干粮的撤走！统统地饿死！中国人多多的，死了的没关系！"

杨把头忙拦住："慢，慢……我说你们咋这么犟？不就是学狗叫吗？换了我，只要有饭吃，叫爹也成。"

大家把身子扭过去了。安藤抬起右手往下一劈："撤走！中国人统统地饿死！"

正指挥人抬走笸箩，一个矿工站出来："别，别抬走。我学。"

他趴在地上，"汪""汪"学了两声狗叫。

安藤哈哈大笑，杨把头把两个窝头扔在地上，他抓起来塞进嘴里。

小关东也学了两声狗叫，他把窝头塞进嘴里，噎得直打嗝儿。

又有两个矿工趴在地上学了狗叫。焦念重看了看焦裕禄，走出人群。他趴在地上，"汪""汪"叫了两声。杨把头笑了："这条老狗，叫得还挺有模有样的。"鬼子汉奸发出一片笑声。

焦念重拿了窝头，放在焦裕禄嘴边："禄子，你吃吧，小爷怕饿坏了你呀。"

焦裕禄看也不看，把脸扭过去了。

再也没人学狗叫了。杨把头问："谁还来，你们都看见了，谁学狗叫就有窝头吃！"

焦裕禄艰难地站起来："你们走吧，中国人是人，不是狗！"

安藤气急地下令："统统地抬走！"

日本人走了，焦念重打自己的嘴巴："我丢人了，我在鬼子面前学狗叫了，我不是人！"

那几个学过狗叫的矿工也都打自己的脸。焦裕禄抱住焦念重："小爷，我知道你是为了我。可是你得知道，人活个啥？活的就是一口气！"

命悬一线

1

掌子面作业区里，矿工们在紧张地作业。

焦裕禄、小关东几个人往"轱辘马"（在铁轨上运煤的电动斗车）上装煤。杨把头倚着掌子面的一根立柱在监工。他手里拎着榔头，气狠狠地叫着："快点！快点！今天完不成'大出炭'的指标，不准上井！"

焦念重抡着十字镐刨煤，干着干着，他拼命地咳嗽起来，他停下来用镐把顶住胸口，还是咳个不停。王大个儿给他捶着背："老焦大哥，你怎么了？"

焦念重咳出了一口血，大家吓了一跳。李大哥惊叫一声："血！老焦大哥，你咯血了！"

焦念重使劲儿喘着气："没事，不……不要紧……"

王大个儿把他扶到一边，脱下自己的棉袄，给他垫在身子后边："你先歇歇气。"

这时杨把头过来了："怎么回事？你怎么跑溜子上睡大觉来啦？"

王大个儿说："老焦病了，刚还咯了血，让他歇会儿。"

杨把头脑袋一歪："病了？早不病晚不病，一干活儿就病？"

王大个儿说："老焦这几天总是咳嗽得厉害，今天都咯血了。"

杨把头伸过手："来，我摸摸他脑袋硬不硬。"

他在焦念重头上摸了几下："脑袋还硬着哩，快起来，脑袋硬就得干活儿！"

他拉了一把，没拉动，举起榔头就往焦念重身上砸。

刘大哥捏住杨把头的腕子，杨把头疼得直转圈："哎！哎！哎！你想干什么？"

刘大哥眼睛瞪得血红，他一松手，杨把头摔了个跟斗。

焦裕禄也跑过来，扶住焦念重。杨把头骂着走了。

王大个儿说："老焦大哥你就歇着，阎王还不差病小鬼呢，这群混账东西倒比阎王还阎王！"

大家继续干起活儿来。

2

巷道里，焦裕禄和小奉天装满了车。乘人不备，小奉天把一块大矸石放在走"轱辘马"的小铁道上。他凑到焦裕禄耳边说："我给他来个倒翻连城。"

第一辆"轱辘马"走到那儿，轧上石头，就翻了车。后边的撞上前面的，一辆车接一辆车全翻倒了。

负责监车的一吹哨，杨把头过来了："越忙越出乱子，咋又翻车了？咋整的？"

小奉天故作着急地说："前边的'轱辘马'脱轨了。"

杨把头看了看，一拉溜翻倒了十几辆"轱辘马"，要清理妥当，没半天时间不行。他骂着："净他娘的误工，快让人来清理。"

这半天，工友们可以堂而皇之地轮番休息了。王大个儿说："清理道轨呢，咱歇歇。可惜许大哥死了，没人讲《水浒》了。"

焦裕禄问："许大哥讲到哪儿啦？"

王大个儿说："讲到《吴用智取大名府》了。"

焦裕禄说："我接着讲吧。"

王大个儿高兴得直拍巴掌："中！中！忘了，咱这儿有个文墨人儿哩，你讲吧。"

焦裕禄咳嗽了一声，清清嗓子，开讲了："好。先说这大名府是个啥地面，这大名府，是河北头一个大地方，有各路买卖，云屯雾集，十分热闹。上一回许大哥讲的应该是《时迁火烧翠云楼》，那个时候正是大名府元宵节放灯，这大名府比寻常更热闹了，来看灯的人挤得不得了……"

正讲着，杨把头拎着榔头来了："借故磨洋工了不是，快干活儿。"

王大个儿说："你不看见了吗？'轱辘马'翻倒了十几辆，道轨清不出来，挖了煤也没地儿放。"

杨把头说："那你们清道轨去！"他走到焦念重身边："我刚才摸了，你的脑袋硬着呢。脑袋硬你就得干活儿，听明白没有？"

焦裕禄说："他真的病了，干不了！"

杨把头鼻子里哼了一声："我知道你是个刺儿头，我杨大榔头就是不怕刺儿头！我告诉你，这没你说话的地方！"

焦念重撑着站起来："我干活儿……干活儿……你别难为禄子……"他站起身子，刚掘起镐，又剧烈地咳嗽起来，吐了一口血。

杨把头一看："哎哟！还真有血。别是伤寒病吧？我叫两个人弄你上去，送医院。"他叫来两个人，把焦念重架上走了。

焦裕禄要随去，杨把头拦住他："你不能动！快到溜子上去！"

3

从井下回到工号的工友们累得东倒西歪。

焦裕禄对王大个儿说："我得去找我小爷去，不知他咋样了。"

王大个儿犯了难："医院不在矫正队院里，咱进不去呀！"

焦裕禄说："我找老洪去。"

井口门房里，老洪正一个人拉二胡，焦裕禄来了，老洪乐了："来得正好，咱俩拉一段吧。"

焦裕禄说："洪叔，我小爷病了，从溜子上给弄医院去了，我想找医院去问问。你给我帮个忙。"

老洪说："医院在西院子那疙瘩，不让你们矫正队的人去，我一个人值班也走不开。这样吧，我打个电话，找个人去问一问。"他抄起了电话，摇了半天："喂，劳务系吗？是，我老洪。你老邹呀？就找你。今天上午有个老乡，丙字号的，叫——"

他瞅着焦裕禄。焦裕禄说："叫焦念重。"

老洪对着听筒说："叫焦念重。他在九号小掌子面被弄上来送医院了，你去问一下这个人情况咋样了。"

焦裕禄感激地说："洪叔，真谢谢你啊！"

老洪一笑："谢啥谢。这几天我就想到你们工号去找你呢。你这个孩子，一看就不一般。"

正在这时电话铃响了，老洪抄起电话："喂，老郭呀。你问了？什么？送到了医院，没进门，就送大房子了！"

他放下了电话，神色戚然。焦裕禄焦急地问："洪叔，我小爷送哪儿去了？"

老洪叹口气，摇摇头："说到了医院没进门，就送大房子去了。"

焦裕禄问："大房子是什么地方？"

老洪说："大房子，就是死人仓呀。"

焦裕禄疑惑了："死人仓？"

老洪说："死人仓是放死人的地方。这些日子听说有伤寒病，发现了不管死没死，都往死人仓里送。天天有送进去的，攒多了再拉到埋尸坑去埋。"

焦裕禄说："我小爷不打摆子，不泻不吐，肯定不是伤寒，他吐血是累的。"

老洪愤然地说："他娘的啥世道！"

焦裕禄说："我小爷肯定没死，我得把他找回来。"

老洪说："你哪行啊，死人仓里都是死人，四周野狗成群。你一个孩子……"

焦裕禄说："我不怕！"

老洪说："我跟你去吧。"

他拿了把手电筒，揣了把钳子，背上枪，带上焦裕禄走了。

两个人深一脚浅一脚地走着。风啸叫着，四外是皑皑雪野。远处近处，鬼火般的亮光像星星一样闪烁，忽明忽暗。

他们走近了一排大房子。老洪指着大房子说："这就是死人仓。"

那排大房子笼罩着神秘、恐怖的气氛。一群群野狗围在房子周围，足有几十只。这些野狗吃死人吃得眼都红了，见来了人，毛都竖了起来，猖猖低吠。老洪拉了几下枪栓，喝开了野狗，又用钳子砸开了锁。推一下，门吱呀一声开了。

老洪问："你敢进去吗？我认不得你小爷是哪一个。"

焦裕禄说："敢！"

老洪说："那你进去仔细找找看，我在外边看着门。"

他把手电筒交给了焦裕禄。焦裕禄打着手电筒进了死人仓。死人仓里横七竖八全是死难矿工的尸体。靠墙的一排大都被剥去了衣服，赤裸着。这些冻成直棍的尸体被整齐地叠码着，等待马车把他们运走。丢在地上的人是刚进来不久的，有的显然还没有断气，有人发出一声凄厉的哀叫。

焦裕禄吓了一跳，手电筒摔在地上。他捂着胸口，小心地捡起手电筒。他往前走一步，差点让一具尸体绊倒，不由得捂住胸口，失声叫了一声。

门外老洪轻声喊："别怕，别怕。有活着的肯定往门边上爬，你在门四周看看。"

焦裕禄用手电筒四下照着。他听到一个人细微的呻吟声。他把手电筒照过去，惊喜地叫一声："小爷！"

在墙角缩着的那个人正是焦念重。焦裕禄靠近他，叫着："小爷！小爷！"

焦念重听到了他无比亲切的声音，不敢相信眼前的事实。他小声问："是禄子吗？"

焦裕禄说："小爷，是我呀。我是禄子！"

焦念重哭了："禄子，俺还活着吗？"

焦裕禄也哭了："小爷，快，俺背你走。"

他背上焦念重出了门。老洪关上大门。焦裕禄说："洪叔，俺小爷还活着。"

老洪拍了拍焦裕禄的肩："快背回去，别让巡夜的看见。"

他把手电筒关了。焦念重在焦裕禄背上唏嘘着问："禄子，小爷不是做梦吧？"

焦裕禄安慰着他说："小爷别怕，没事了。多亏了洪叔，你把命捡回来啦。"

焦裕禄和老洪把焦念重背回工号。大伙儿睡不着，正等着焦裕禄的消息，见把焦念重背回来，都上来接着。

王大个儿问："禄子，咋从医院把你小爷背回来啦？"

老洪说："不是从医院背回来的，是从大房子背回来的！"

王大个儿吃了一惊："啊，他们把老焦哥送了死人仓？"

老洪点点头。李大哥问："明天把头来催工，看见老焦哥咋整？"

老洪说："别怕，明天一早我带个医生来给老焦哥开几服药，我跟催班的说，就说老焦哥是我亲戚。你们放心，一切有我呢。"

大家这才放下心来，给焦念重喂水擦脸。焦念重死后重生，百感交集，早哭得抬不起头来。

4

矿工们在掌子面上劳作时，杨把头照旧倚着掌子面唯一的木柱子监工。他一双眼贼溜溜地盯着每一个人，谁抡镐的动作慢些，谁的风枪停了，他走过去，不由分说掂起手里的榔头就打。

焦裕禄和小奉天往"轱辘马"上用大铁锨装车。车斗装满了，焦裕禄瞅瞅无人，在小铁道转弯的地方放了一大块煤矸石。

不想这个情形却被潜在巷道背影处的杨把头看了个满眼。这时，启动"辘辘马"的工人刚刚推上电闸刀，杨把头上来把闸刀又拉了下来。他揪住焦裕禄的衣襟："看你这回还怎么赖账！你干的好事，被老子逮了个正着。"

焦裕禄推开他："你干啥？"

杨把头阴笑着说："干啥？老子盯你好几天了。你不觉得掌子面天天在闹鬼吗？不是传动机里放了石块，就是轴瓦里放了沙子，轴瓦天天烧，'辘辘马'天天翻车，我早就怀疑了。今天看明白了，原来是你们捣鬼呀！"

焦裕禄说："你别血口喷人！"

杨把头嘴一歪："你他妈的嘴硬有啥用？你说，你往铁轨上放石头干吗？说呀！"

焦裕禄说："那石头不是我放的，是从前边过的车上掉下来的，我怕矿车轧上会脱轨，想搬开它。"

杨把头冷笑道："真会说，我明明看见你放石头了。"

干活儿的工人们也都过来给焦裕禄帮腔，掌子面上一片吵嚷声。安藤带了两个日本矿警过来了。安藤问："吵什么？"

杨把头立刻换了一副嘴脸，媚笑着，腰也弯下去九十度："报告安藤队长，我抓到了往小铁道上放石头的人，他不认账。"

安藤问："是谁？"

杨把头一指焦裕禄："就是他！"

安藤挥挥手："带走！"

两个矿警把焦裕禄带走了。王大个儿们拦着，安藤拔出洋刀，顶住了王大个儿的咽喉，把他们逼到掌子面上去。

5

焦裕禄被带到了矿警队，进了门，就给捆在一条大长凳上。

安藤亲自审问焦裕禄："你的说，为什么故意搞破坏，把石头放在轨道上？"

焦裕禄说："我没放石头，那块石头是从前边车上掉下来的，我是想搬开那块石头，以免让后边的车脱轨。"

安藤不信："你的说谎，杨的亲眼看见你放石头。"

焦裕禄说："那个杨监工是想邀功请赏，这几天矿上有些事故，他怕上面说他无能，才陷害我们。"

安藤眼一瞪："你的说谎！打！"

矿警们抡起皮鞭，一下一下抽打着焦裕禄。一鞭下去，身上就是一道血岗子。安藤又问："说，你这么干受了谁的指使，有没有共产党让你这么做？"

焦裕禄斩钉截铁地说："我没有放石头，我是把石头搬开。打死我也是这事！"

安藤手一劈："实话的不说，打！"

皮鞭再次雨点般抽下来。焦裕禄一次次昏死过去，日本矿警用冷水一次次把他泼醒。安藤扳着焦裕禄的下巴："你的实话的说，这是最后问话，实话的不说，拉出去喂狼狗的干活！"

额头上的血流下来，模糊了眼睛。这时焦裕禄眼里的安藤，成了一个红毛的恶魔。焦裕禄吐了一口嘴里的血块："我说的……全是……实话。要杀要剐，随你……随你便！"

安藤见问不出什么，挥挥手，让矿警们把焦裕禄拖了出去。

两个矿警把打得遍体鳞伤的焦裕禄拖回丙字工号。工友们围上来，给他揩拭头上、脸上的血。

焦念重拖着病躯扑过来，叫着："禄子！禄子！"

李大哥擦着他脸上的血："日他姐，鬼子下手太狠了，看把禄子打成了啥样！"

王大个儿骂道："日他姐的，杨大榔头这个犊子，全是他害的，老子有一天活剥了这个王八蛋！"

小奉天也过来给焦裕禄擦洗："禄子哥，我给你报仇，你等着，我让杨大榔头这杂种死了也不知咋死的。"

6

杨把头又转到丙字号的溜子上来了，他走到焦裕禄身旁，问："小子，问你个事。"焦裕禄不理他，抡镐刨煤。杨把头扳着焦裕禄的肩："问你话呢！耳朵塞兔子毛啦！"

焦裕禄停下："有话你就说，俺干活儿呢。你不是让'大出炭'吗？"

杨把头歪着头："问你，马王爷几只眼你知道不知道？"

焦裕禄眼皮也不抬："不知道！"

杨把头冷笑道："好小子，有种，告诉你，马王爷他三只眼。"说完，抬起手里的榔头在焦裕禄肩上敲了两下，背着手走了。

杨把头回到大掌子面上，倚着柱子，哼起了小调。正唱着，听见有人叫："榔头，安藤大票头让你到三号去一下。"他答应着走了。

看见他走到了巷道的另一头，小奉天快步跑到大掌子面上，把杨把头经常倚着的那根木头柱子的楔子用斧子凿下来了。小奉天晃了晃柱子，又把楔子虚插上，用煤埋住。干完这事，小奉天回到溜子上，对焦裕禄说："一会儿杨大榔头这王八犊子就知道马王爷几只眼了。"

他又凑到王大个儿耳边说："王叔，等杨大榔头来了再点炮啊！"

王大个儿会意："好嘞！"

不一会儿，杨把头又转回来，仍旧倚在那根柱子上。他冲这边喊："哎！我说王大个儿，你们怎么还没点捻子？"

王大个儿答应着："就点，就点。"

他喊一声："大伙儿往棚空子避避，点炮了！"

轰隆一声，浓烟充满巷道。烟雾里，杨把头倚着的那根柱子被群炮震倒了，大片煤层轰隆隆砸下来。杨把头被埋在厚厚的煤堆里。

大伙儿开心极了。小奉天又叫又跳："禄子哥，俺说了要给你报仇的。这下杨大榔头一定知道马王爷几只眼了！"

李大哥说："这狗日的砸死了，除了一大害！小奉天，看不出你小子人小鬼大。"

小奉天得意地说："俺早留心了，这小子天天倚着大掌子那根立柱，俺把那柱子的铆楔给弄下来了，咱这边炮一响，柱子就会给震倒，柱子一倒大顶准会塌，大顶一塌，杨大榔头就是再生两条腿也跑不出去！"

王大个儿说："俺也看出来了，这回多点了四个捻子，来个群炮送他上西天大路。"

小奉天见焦裕禄不说话，问："禄子哥，仇报了，你不高兴？"

焦裕禄却说："快，咱们动手把杨大榔头扒出来！"

王大个儿一头雾水："禄子你说啥？把杨大榔头扒出来？"

焦裕禄说："对。"

焦念重说："禄子，咱们让姓杨的糟害苦了，好不容易把他收拾了……"

焦裕禄说："要快点扒，晚了杨大榔头就真闷死了！"

李大哥说："这个铁杆汉奸有了今天，让他活过来又会糟害咱们弟兄呀。"

哑巴刘大哥又跺脚又攥拳。

小奉天问："禄子哥，你怕了？"

王大个儿更是吼叫着："杨大榔头这个犊子，早该死上一百回了！饶了他？俺宁愿饶了蝎子！把这王八犊子刨出来？那先把俺埋进去！"

焦裕禄说："各位大叔大哥，要说恨，我最恨杨大榔头这个王八蛋了！可咱们静下心来想想，如果姓杨的死在掌子面，鬼子会不会善罢甘休？这可不是杀十个八个兄弟能了结的事。他死了，再换哪一个把头都不会是个好东西。假如把他救出来，还能感化他，对大家有些好处。这回惩罚了他，也是给他个教训。"

王大个儿不吭气了。他开始佩服小他十多岁的焦裕禄。

焦裕禄问："王大哥，您说呢？"

王大个儿沉吟："嗯，有道理！有道理！弟兄们，快点扒，晚了这王八犊子可就真没命了！"

大家七手八脚地扒起了煤堆。没多久，杨把头从煤堆里被扒了出来。他的头被砸破了，满脸是血。他睁开眼睛，看见了一双双流血的手，看见了焦裕禄和矿工们。

他满怀狐疑地问焦裕禄："真的是你们救了我？"

焦裕禄点点头。

杨监工问："你们不恨我？"

焦裕禄咬着牙关说："恨！"

杨监工不解："那你们为啥还救我？"

焦裕禄说："因为你说过你也挨过饿，因为你现在还算是个中国人。"

杨监工深深地低下头去。

7

晚上，老洪来到了工号，他端着给焦念重熬的草药，还拿着那把二胡。

大家亲热地和他打招呼。老洪问焦念重："老焦大哥，好些了吧？"

焦念重说："好多了。多亏了你熬的药，吃了这几服药，心口不疼了。"

老洪说："再吃两服调理调理，就差不多了。"

焦念重感激地说："洪警官，你真是难得的好人哪。"

老洪说："要说好人，我知道你们可都是好人。禄子一个孩子，敢闯死人仓，这是多大的德行啊！听说你们今天把杨大榔头也救了？"

王大个儿说："老洪哥，你咋知道了？"

老洪笑笑："杨大榔头自个儿说的。他说掌子面的撑柱让炮震倒了，顶子塌了，把他给埋在里边。你们为救他手指头都扒成了血葫芦。我对他说：'就凭你小子对人家做的那些阴损事，死上十回人家也解不了恨。可是人家把你救了。人的心要坏了，狗都不吃啊，对不？以后咋做人，你自个儿掂量掂量吧。'不说啦，禄子，我拿板胡来啦，咱俩拉一段？"

焦裕禄说："行。拉段啥？"

老洪说："拉那段《苏武牧羊》的西皮流水[1]吧，上回在我那儿咱们练过的。你拉，我来唱。"

焦裕禄调了调板胡的弦，拉了"过门"，老洪就唱起来：

> 咱本是忠良将，
> 怎教咱顺夷虏背离君亲……

8

用绷带吊着胳膊的杨把头又来巡视丙字号作业区了。

他见了大家满脸堆笑，手里常拎着的榔头不见了，脸上也早没了那副凶神恶煞的样子。他向大家拱拱手："各位兄弟爷儿们，大家歇会儿，歇会儿。今后大家有什么事，杨某一定会尽心尽力。"

他看了看地上的水桶，桶里已没水了。他把空桶拎起来晃了晃："井下这么重的活儿，没水咋办？让人去上面打点水吧。"

王大个儿说："矿里不让到上面打水。"

杨把头说："你们到井口门房去打，就说我让去打水的。"

---

[1] 西皮流水：一种京剧声腔板式。

焦裕禄说："我去吧。"

他拎起水桶去了。井口门房里，老洪正拉着板胡唱京戏，椅子上坐着安藤，他眯着眼听着，手里还打着拍子。老洪唱的是《琵琶记》：

> 叹双亲把儿指望，
> 教儿读古圣文章。
> 比我会读书的倒把亲撇漾，
> 少甚么不识字的倒得终养。
> （念白）书啊——
> 我只为你其中自有黄金屋，
> 却教我撇却椿庭萱草堂。
> 还思想，毕竟是文章误我，
> 我误文章……

焦裕禄拎着水桶刚要推门，隔窗见安藤在里边，就停下了站在窗下。安藤摇头晃脑接着唱：

> 我只为你其中有女颜如玉，
> 却教我撇却糟糠妻下堂。
> 还思想，毕竟是文章误我，
> 我误妻房……

唱完了，安藤站起来："洪的，我是个帝国的军人，不能在战场上与中国军队作战，心里大大的委屈。中国京戏大大的好，让我开心，我的大大的喜欢。下次再把后边一段教我。我的走了。"

焦裕禄忙闪在墙后。安藤摇摇摆摆走了，一边走一边哼着刚才的戏文。

送安藤出来的老洪正要进屋，焦裕禄喊了声："洪叔！"

老洪见焦裕禄拎着水桶，问："干啥咪？"

焦裕禄说："洪叔，我来给矿上打点水。"

老洪乐了："行，杨大榔头这块顽铁，算是让你们给熔化了。"

焦裕禄说："真没想到，安藤这老鬼子还会唱京戏！"

老洪的神色暗下来："这家伙因为不能到战场上杀中国人，觉得心里窝憋，脾气暴虐。他是个中国通，专爱听中国京戏，没事就到我这儿来散心，让我唱几段，有时让我拉弦他唱。"

打了水，焦裕禄要走。老洪拉住他说："慢——"

焦裕禄问："有事啊洪叔？"

老洪说："咱俩整一段。还是你拉我唱，就唱那段《苏武牧羊》。"

焦裕禄问："洪叔，还没唱够？"

老洪摇摇头："禄子你不知道，我恨这个鬼子，可又不能不陪他唱。我不陪他散心，他就会把火往咱中国矿工身上发泄。这小子手黑着呢，简直是个活阎王，撞他手里谁也囫囵不了。陪安藤唱一回戏我心里就别扭好几天，非得自个儿再唱几段、再拉几回，才能把心里的闷气发散了。心里苦啊！"

焦裕禄说："洪叔，我陪你。"他拉起板胡，老洪唱：

你那咳咳的泼佞臣，

巴巴的逞花唇。

恁只管絮絮叨叨聒杀人，

我把你那臭名儿万载千秋……

地火喷涌

1

杨监工被劳工们感化之后，良心发现，他不再穷凶极恶地对待矿工，看见谁偷点懒，他睁只眼闭只眼，有时还故意让大家磨一磨洋工。三个月后，他被调到井上去了，取代他的竟是日本大票头安藤。

安藤上任头一天，在井口给矫正队的矿工训话："你们听着，杨把头监工大大的不力，你们怠工大大的，他的统统地不报告，你们这几个月出炭大大的减少。杨的失职，调到井上去了。从现在起，你们矫正队归我来管。每天完不成'大出炭'指标，不准上井，谁敢磨洋工，死啦死啦的！"

他拔出洋刀，做了个砍头的动作。在矫正队的作业区巡视，他挎着洋刀，手里拿着皮鞭，虎视眈眈地盯着每一个矿工。看到有人干活儿慢了，他上去就抽一鞭子。走了两趟，他就回到大掌子面上，两手挂着洋刀，死死盯着干活儿的人们。

那天，大家正奋力挖着煤层，突然顶子上出现了咔嚓咔嚓的响声。顶子上的煤块在松动、坠落。王大个儿喊了一声："掌子来劲儿了，快上大巷子！"

"来劲儿"就是要冒顶的意思，大家一起往大掌子面跑。安藤堵住作业区巷道："八嘎呀路，你们为什么的离开？"焦裕禄说："掌子面冒顶了！"安藤抽出洋刀拦截着人们："统统地回去！"焦裕禄说："掌子面冒顶了，危险！"安藤脸色铁青，吼叫着："我命令你们统统地回去！你们死了的没关系，机器的要！溜子、链子的要！"

他挥动洋刀，把大家逼近作业区。

王大个儿喊着："弟兄们，快点搬机器出来！"

冒顶发生了，大块大块的煤层塌落了下来。轰隆隆几声闷雷般的巨响，巷道里腾起一团团黑色的烟雾。大块的煤和石头在不断地塌落，焦裕禄用身体护住了焦念重和小奉天。塌落的煤和石头砸在他身上。通往大掌子面的巷道被堵死了。

小奉天哭起来。焦裕禄说："不要哭！看看有受伤的没有？"王大个儿说："李大哥的腿压住了！后边还埋住了十来个人。"焦裕禄指挥着："快！留下几个人帮刘大哥，其他人到巷道后边，把埋住的人救出来！"

李大哥的腿被压在煤堆里，焦裕禄爬过去奋力扒着。李大哥不停地叫："俺的腿断啦！"焦裕禄安慰着他："李大哥，你一定要挺住呀！"

大家七手八脚，终于把李大哥的腿扒了出来，焦裕禄又和大家去营救隔在巷道后端的矿工了。他见大家的矿灯都还亮着，忙喊："留下三盏矿灯照着，其他都关掉！"

黑暗的巷道里，只剩下了微弱的三豆灯光。灯光照着焦裕禄刚毅的脸和那双充血的眼睛。镐头在煤层上刨动溅出火花，一双双手扒着煤层。

忽然有人喊："听！"大家静下来，听见巷道那一端有金属的敲击声。焦裕禄兴奋起来："咱们的人活着，他们也在那边刨巷道呢！"

堵住的巷道挖出了个洞口。听见那边的人喊："我们有救了！"

这边的喊："你们怎么样？"那边答："都还活着。"

2

在大掌子面通往矫正队采掘作业区的巷口，老洪带着救援的矿工在挖巷道。

有人问老洪："老洪，都两天了，也听不到里边一点动静，不知里边的人是不是还活着？"

老洪说："他们不会死的！"

在坍塌的作业区内，焦裕禄和大家也在挖着巷道。由于饥渴难忍，人们已虚弱不堪。

李大哥问："兄弟们，咱们埋在这儿有几天了？"王大个儿说："按矿灯用的时间看，大概两天多了吧。"李大哥有些泄气："挖了两天了，连个亮光也看不见，咱怕是出不去了。可怜俺老家还有八十多岁的老爹……"李大哥说着哭起来。他一哭，焦念重也哭了。焦裕禄说："小爷，李大哥，男人的眼泪是金豆子，这个时候更不能掉。刚才我跟王大哥又看了看，咱们找的出口方向没出错，只要出口找不错，咱就能出去。"

焦念重说："再挖不开，咱闷不死，也得渴死、饿死。"焦裕禄说："老天不灭咱，小爷，你看顶子上不是一直还有往下滴的水珠吗？咱接水的棉袄还湿着呢。再咬牙坚持一下，咱就能看见光亮了。"王大个儿说："禄子说得对，兄弟们，气可千万别泄呀。"焦裕禄问小奉天："还有几只矿灯有电？"小奉天回答："还有六只。"

焦裕禄说："都打开！"王大个儿不解地问："都打开？禄子，亏着你心细，一开始就想出了轮换用矿灯的办法，这回都打开，电都用光了咋办？"焦裕禄说："刚才咱们挖到放水桶的座子了，这个座子是个标志，咱离大掌子面没多远了，亮堂一下让大伙儿提提神，我给大伙儿唱个歌，一鼓劲儿就挖开了。"

所有的矿灯都打开了。

3

在大掌子面通往作业区的巷道口，老洪带着救援的队伍在奋力挖掘。突然有人喊："你们听，里边好像有人在唱！"

一个矿工说："不会吧，埋在里边三天了，谁还有唱的气力？"

开头喊的那个矿工把耳朵贴在石壁上："真的，你听听……"

大家屏住声气，听见那边传来很细微的唱歌声：

> 天地有正气，
>
> 杂然赋流形……

老洪兴奋起来："是禄子在唱，他们还活着！大家快加劲挖呀！"

4

坍塌的作业区内，焦裕禄和大家打亮矿灯，正鼓劲儿挖着坍塌的通道。

听得小奉天喊："禄子哥，我听见有人唱！"

焦裕禄一喜："真的？"

小奉天说："真的，你听……"

大家屏住声气，听见石壁对面传过来老洪唱的京剧：

> 咱本是忠良将，
>
> 怎教咱顺夷虏背离君亲……

焦裕禄兴奋起来："是洪叔！洪叔来救咱们啦，大家加把劲啊！"

大家精神立时为之一振。王大个儿喊道："兄弟们，咱们有救了！加把劲呀！"

巷道挖通了。一道水桶粗的光亮射进来，坍塌的作业区巷道里立刻就亮了。骤然而至的光亮让受困的矿工们一时眩晕。双方欢呼起来。

焦裕禄从挖开的洞口爬过去，和老洪抱在一起。

5

夜已经很深了，井口门房里，老洪和焦裕禄还在聊天儿。小桌上有一小坛快见底的烧酒、一碟花生米、一碟猪头肉。

老洪已有了几分醉意，他给自己碗里倒酒，又给焦裕禄倒上："禄子，来，喝！"焦裕禄拦住他说："洪叔，我真的不行。"老洪醉态可掬："咋不行，这清烧，它，它不上……不上头。喝了晕乎乎的，才是小神仙啊！"焦裕禄说："洪叔，您刚才说到您上戏班子的事了。"

老洪说："你还愿听？跟你说了多少回了，别叫洪叔，就叫洪哥。"

焦裕禄说："那咋成？洪叔就是洪叔嘛。"

老洪又喝了一盅："就叫洪哥！你叫洪叔，我就真老了。你十九，俺三十二，不该叫洪哥呀？你洪哥这些年啊，碱水里也泡过，血水、血水里也浸过，啥、啥样事都历、历过，啥、啥样人都交、交过，你洪哥我呀……来，喝。"

他端起碗，把碗里的酒又干了，接着说下去："说戏班。我去戏班子的那年，十……十一二岁吧。那个戏班叫'同庆班'，班主就是师父，唱梆子戏，也唱柳琴。来，喝……"

这回是焦裕禄给他倒了酒。

"给班主提了三年尿罐子，才学胡琴，唱戏。到了十七八岁，你洪叔，不，你洪哥我，就成戏班子里的台柱子了。洪哥有个艺名，叫'小金铃'，唱小生，到哪儿唱都追一伙儿大闺女、小媳妇。后来，后来到东北混饭，一个闺女追着戏班子就不走啦，俺们戏班走到哪儿，她追到哪儿。来，喝……俺在台上一亮相，就看见台底下那双黑溜溜的大眼。再后来她干脆追到后台去了。再后来她就成了你洪嫂，也跟我上了戏班子里。来，喝……"

焦裕禄按住盅子："洪叔，您还是少喝点。"

老洪舌头有些直了："没，没事……成了你洪嫂啊！又过了两年，戏班子散啦，你洪嫂也死啦，俺就流落在东北啦，要过饭、伐过大木，后来下了煤窑。挖了几年煤，拾了几回命。亏了上过几年私塾，窑上缺个记账的，找上你洪哥了。这太平日子没过几年，日本人来了。有人保荐我上日本煤窑的大柜，我不干，当了个门房。来，喝……"

焦裕禄夺下盅子："洪叔，别喝啦。"老洪用筷子敲了一下焦裕禄的头："没记性！叫洪哥！酒是个好东西呀，何以解忧，唯有杜康。禄子，洪哥，跟你说句实话，你真想在这阎王殿待着？"

焦裕禄摇摇头。老洪叹口气："可是你跑不了，三道铁蒺藜，两道电网，鬼子的巡逻队，成群的狼狗，想从这儿跑出去的人不少，没有一个人跑成过，不是让狼狗撕了，就是挂电网上烧成煳家雀儿了。硬跑可不成啊！"

焦裕禄抱住老洪："洪哥——"老洪拍打着他的肩："洪哥看你和别人不一般。洪哥会给你想办法……"

6

入睡前，大家躺在地铺上聊天儿。

李大哥问小奉天："小子，你想过没有，有一天你出了这矫正队，想干啥？"小奉天说："俺想，俺想，俺还没想呢。俺想先到俺舅的馃子铺里，吃一顿香油馃子，一气儿吃二十根，不，三十根！"

李大哥笑了："小孩子家，就知道吃。"一个二十多岁的矿工说："俺要能回去，先娶了媳妇，让她给俺生个黑小子。"王大个儿问："生个黑小子让他干啥？"那个矿工说："像俺来矫正队以前一样，在俺老家山沟里打石头。"大伙儿笑了。

焦裕禄说："俺啥也不想，就想守在俺娘身边，好好地伺候俺娘。俺娘太苦了。"哑巴刘大哥呀呀地叫着，一边叫一边坐起来比画。焦念重问："哑巴说啥？"小奉天说："他说他出去当响马，杀回矿里来，宰了那些鬼子，把弟兄们搭救出去。"李大哥长叹一口气："到了这阎王殿里，出去比登天还难呀。甲字号的一个弟兄，昨天不刚挂电网上了？烧得都没个人样了。"王大个儿摇摇头："别净说那些了。早点睡，明早还上溜子呢。来，我数一二三，大伙儿翻个身！"

7

上完夜班的矫正队矿工们出了矿井。

井口围了一圈人，场子中间是安藤，周围有七八个日本矿警，他们拦住出矿井的矿工们，让他们与安藤摔跤取乐："安藤太君打摞的干活，你们统统地不准走开！"

安藤脱了棉上衣，正和一个矿工摔在一处，他显然受过严格的摔跤训练，和他摔跤的矿工也是个牛高马大的汉子，但刚一交手就被他掼在地上，摔个半死。

他又拉过一个矿工，三下两下，又把这个矿工摔在几步远的地方。

日本矿警们发出一阵阵狂笑。每摔倒一个矿工，安藤都会伸出小拇指轻蔑地说："支那人，小小的，东亚病夫的！"又拍着自己的胸脯子，"大日本，大大的！"

他已经接连摔倒了五六个矿工。一个日本矿警上去举起安藤一只胳膊："安藤太君，大日本大大的英雄，敌手的没有！"

刚下井的哑巴刘大哥挤上前去，挽了挽袖子，冲安藤比画了两下。

安藤看了看哑巴刘大哥，摇摇头："你的，小小的，不行！"

哑巴刘大哥叫喊着做了个手势。安藤被激怒，狂笑一声扑上去。

第一个回合，哑巴刘大哥把安藤摔了个嘴啃泥。安藤从地上爬起来，竖起大拇指："你的，大大的。"

第二个回合，安藤又被哑巴刘大哥扔出去十来步远。安藤抹了一下嘴角，手上沾了血。他发了狠，号叫着熊一样再次向哑巴刘大哥扑去。两人扭结在一起，安藤伸手要掐哑巴刘大哥的脖子，刘大哥机灵地闪开，又一个漂亮的别腿把安藤重重地摔了出去。

矿工们拍起手来。安藤真的气极了，他脸色铁青，眼里冒着火。哑巴刘大哥伸出小拇指，冲安藤轻蔑地笑着。安藤骂一声："八嘎！"他又脱了衬衣，光着膀子，瞪起冒火的眼睛，扑向哑巴刘大哥。

哑巴刘大哥不慌不忙，以逸待劳。待安藤上去扳住他的肩，刘大哥身子猛地向下一蹲，肘抵了过去，没等安藤反应过来，安藤就被摔了出去。这第三个回合，安藤摔得更重，几乎都爬不起来了。两个日本矿警把他搀了起来。

安藤恼羞成怒，命令哑巴刘大哥："向后转！立正！"

哑巴刘大哥刚转过身，安藤拔出洋刀，从背后刺向了他。哑巴刘大哥哇地叫一声，嘴里喷出鲜血。

一向老实懦弱的焦念重，在安藤抽出洋刀劈向哑巴刘大哥时猛扑过去，要夺安藤手里的刀。安藤骂了一声"八嘎"，反手一刀刺倒了焦念重，又在他当胸狠狠踹了几脚。焦裕禄喊了一声："小爷！"他和矫正队的矿工们冲上去，日本矿警端起上了刺刀的三八大盖拦住了他们。

8

夜深了。焦念重躺在焦裕禄怀里，矿工们围拢在旁边。他的呼吸已非常微弱。

焦裕禄给他喂草药："小爷，洪哥熬来的药，你吃了会好的。"

药喂在焦念重嘴里，又从嘴角流了出来。焦裕禄轻轻给他揩拭了，又喂了一口。焦念重摇摇头，嘴巴一张一合，像要说什么。

焦裕禄问："小爷，你要说啥？"焦念重含糊不清地说了句："我……我……要回……回家……"他的头无力地垂下来。

焦裕禄哭喊着："小爷！小爷呀！"

窗外狂风怒号。而此时，在井口门房里却传出吱吱哇哇的板胡声。大有醉意的安藤一个人用老洪的板胡自拉自唱：

> 我正在城楼观山景，
> 耳听得城外乱纷纷。
> 旌旗招展空翻影，
> 却原来是司马发来的兵……

9

安藤又到掌子面上来巡视了，矿工们怒目相向。他看到了人们眼里燃烧着的仇恨的火焰。连杀二人的安藤感觉到矿工们的敌意，他的东洋刀换成了一支上了刺刀的三八大盖。他警惕地注视着每一个人，注视着矿工们手中闪亮的铁锨、大镐。

那个晚上，焦裕禄又无法入眠了。他不停地努力去翻动身子。身边的王大个儿醒了："禄子，又睡不着了？你这孩子心忒大。明儿还下井呢，快睡！"焦裕禄问："王大哥，你说，这人靠啥活着？"王大个儿说："人活着靠啥？靠一口气呗。一口气没了，人就没了。你没听人说：人争一口气，佛争一炉香。"焦裕禄点点头："你说得对。人就靠一口气活着。这口气是啥气？就是'浩然之气'呀。"

王大个儿说："啥叫浩然之气？咱不懂。"焦裕禄说："这是孟子说的。"王大个儿拍拍焦裕禄的头："行啦，快睡吧。"

焦裕禄曲肱而枕，他沉入了对往事的回想。

那是焦裕禄四年级时，博山县第五区第五小学课堂上，张老师捧着一部《孟子》，在做着讲解："'我知言，我善养吾浩然之气。敢问何谓浩然之气？曰：难言也。其为气也，至大至刚，以直养而无害，则塞于天地之间。'——公孙丑问孟子：先生擅长什么？孟子说：我能够辨听别人的言语，也善于培养我的浩然之气。问：什么是浩然之气？答：那种气很博大，很坚强，用正确的方法去培养它，它就能充满天地之间！焦裕禄同学，你能解释一下这'浩然之气'究竟是什么气吗？"

焦裕禄站起来回答："我觉得'浩然之气'就是天地间的正气。一个人有了这天地正气，能顶天立地，一个国家有了这天地正气，它就不会被别人打垮！"

张老师击节："好！太好了！浩然之气，就是天地的正气，就是咱民族的正气！同学们，我们读圣贤书，就要学习圣贤的品格！"

每次回想起张老师讲《孟子》，焦裕禄心中都会泛起一股热流。张老师太喜欢孟子了，焦裕禄也太喜欢孟子了。在他的心目中，孟子是个顶天立地的男子汉，富贵不能淫，威武不能屈，做男人就要做这样的男人。

呼啸的北风把安藤狼嗥般的唱腔断断续续传过来：

八月十五月光明，

薛大哥在月下修书文……

焦裕禄心里发誓："我一定要宰了这个狗杂种！"

10

安藤又一次在醉酒后下井了。

他手里握着寒光闪闪的东洋刀，趔趔趄趄，东瞅西戳，嘴里"八嘎""八嘎"地骂着，把洋刀对着矿工们比画，打着酒嗝儿："你们，大大地仇视大日本皇军，煤的挖完了，你们，统统地喂大日本的狼狗！"

焦裕禄借给大家送水的机会，给工友们丢眼神，让大家小心。他走到王大个儿旁边，王大个儿也向他使个眼色。

安藤在巷口招呼焦裕禄："喂！你的，水的端来！"

焦裕禄在桶里倒了一碗水，端起来。

王大个儿用手抹了一下脸。焦裕禄会意，端着大号粗瓷水碗一步步向安藤走去。

走近安藤，他说了句："水的来啦！"

安藤把东洋刀插进刀鞘里，伸出右手接水碗。焦裕禄猛地把水碗砸向安藤的头。

安藤大叫一声，没等他反应过来，焦裕禄又飞快地向他眼上打出一拳。安藤欲抽刀，焦裕禄急拽住他抽刀的右手，安藤顺势一带，险些把焦裕禄带倒在地。焦裕禄一跃，连刀带人死死抱住，他用了哑巴刘大哥教他的一招，一个大背跨，把安藤反背起来，猛地一摔，把他掼倒在地。王大个儿喊一声："弟兄们上啊！打死这王八犊子！"

矿工们手里握着大镐、铁锹一拥而上。安藤一个翻身，把焦裕禄压在身下。他正要伸手掐焦裕禄的脖子，几把镐头、铁锹砸在他的头上、背上。安藤来不及叫出一声就瘫软下来。

王大个儿指挥矿工们在掌子面上刨了个坑，把安藤的尸体和东洋刀埋了进去。小奉天说："安藤这王八犊子总算让咱收拾了，这下再不受这王八犊子的气了！"

王大个儿见焦裕禄不说话，伸手扶在他肩上："禄子，咱下一步咋办？"焦裕禄说："把鬼子埋在掌子面上，只是个暂时的办法。如果矿上发现安藤不见了，牵着狼狗进来寻，那狼狗可是一下子就能闻出来的。"王大个儿说："那咱再把他埋深一些，深深地埋，让狼狗闻不出味来。"焦裕禄说："那也不行。"李大哥问："为啥？"

焦裕禄说："安藤莫名其妙地在井下失踪了，鬼子能善罢甘休吗？咱们矫正工本来就是鬼子的眼中钉，能轻易放过咱？"大家着急了："那该咋整？"王大个儿说："好办，你们大伙儿都说安藤是我打死的，我一个人担，让鬼子杀我好了！禄子，你还小，家里还有老娘。我光棍儿一个，砍了头是个独桩！"

大家说："要认咱们大伙儿一块儿认，要死死一块儿。"焦裕禄说："不行！

我倒有个主意，咱们中要是有一个逃跑了，大伙儿倒是可以把这事推给这个逃跑的人。"李大哥沉思片刻，说："这办法也不中，这地方根本就跑不出去！两层电网、三道铁蒺藜，出进好几道关。想跑的人，让电网烧死的、让狼狗撕裂的，哪个月都有。这会儿又是大白天，往哪儿走？不行！"

焦裕禄说："别争了。到了下班就来不及了。"王大个儿问："谁能充当那个逃跑的人？"焦裕禄拍拍胸脯："我！"王大个儿说："你？不行！你太小，别冒这个险！要去我去！"

焦裕禄说："王大哥，你们谁也别争了。我比你们多个有利的条件，也许洪哥能帮我的忙。"王大个儿猛地把焦裕禄抱住了："禄子——"

焦裕禄说："就这样了，王大哥，我走了，剩下的事还得你处理，大伙儿全靠你了。"他抱抱拳，"各位大叔大哥，兄弟们，我走了。等大伙儿出了矫正队，咱们还有再见面的时候。"

矿工们围上来，抱住焦裕禄，不禁热泪盈眶。小奉天哭了："禄子哥——"焦裕禄拍拍小奉天的肩："好兄弟，哥没事。"王大个儿热泪难禁："九死一生啊，禄子，你多保重！"焦裕禄推开工友，拱手说声"再会"，拎了平日打水的水桶往井上去了。

井口门房里，老洪正在值班，看见焦裕禄来打水，非常高兴："哟！禄子，又上来打水啦？"焦裕禄叫了声："洪哥。"老洪摘下墙上挂的板胡："先不忙打水，咱还是来一段《苏武牧羊》。"

焦裕禄欲言又止："洪哥，我——"老洪说："没事，不在乎这一小会儿。"焦裕禄吞吞吐吐地说："洪哥——"老洪甚感诧异："你今天咋啦？"

焦裕禄不语。老洪拉他坐下："来，拉吧。啥事都不管，咱唱一段。"

焦裕禄调了弦，定了弦，拉了过门。老洪唱：

> 万苦千辛脱祸殃，
> 此身不料再还乡。
> 牧羝羊生乳放归程，
> 十九载音书难寄祈天壤……

焦裕禄停下来。老洪问："咋回事？"焦裕禄说："洪哥，我今天得走，你一定得帮我。"老洪深感意外，惊问："上哪儿去？"焦裕禄说："出这活地狱去。"老洪吓了一跳："大白天从这儿出去？除非你变成天上飞的。这不是白送死吗？快快打了水回去，别瞎说！"

焦裕禄说："真的，洪哥，我必须走！"老洪说："八九个月都熬出来了，你急啥？想走，也得等我值夜班的时候，或者想办法给你弄一个良民证。"焦裕禄说："那就来不及了，洪哥！"

老洪沉下脸来："不行！"焦裕禄说："那我不求你了，我自己走。"

老洪拉住他："回来！胡闹！没见前天那个在电网上电死的人吗？从日本人占了这矿，谁从这里跑出去过？"

见焦裕禄瞅他的枪，老洪说："甭打歪主意，这枪你抢了也没用。快走！快走！"

焦裕禄说："洪哥，我把安藤拾掇了！"

老洪大惊："你说啥？再说一遍！"

焦裕禄很平静地说："我把安藤杀了！"

老洪吓了一跳："当真杀了？"

焦裕禄点点头："当真！我天黑前走不出去，等着该安藤出矿井的时候，就露馅儿了。"

老洪握住焦裕禄的手："俺的好兄弟，洪哥原先只知你聪明伶俐，没想到你是个少年英雄！洪哥今天开眼了。你了不得。罢罢罢！洪哥豁出这腔子血了，来来来。"

他拉起焦裕禄，拿了一把钳子就走。老洪带着焦裕禄绕过矿井警戒区的岗哨，又绕过两片棚号，七转八拐，到了一道铁丝网前。

日本矿警巡逻队的车驶过，老洪拉焦裕禄隐在木垛子后边。突然，木垛子后边闪出两只野狗，野狗睁着血红的眼睛向焦裕禄逼近。老洪轻声说："这里不远是三区的死人仓，野狗吃死人都红眼了，别理睬它。"

老洪举起枪，拉一下枪栓，两只野狗跑开了。老洪说："这地方是个监视的死角，只这儿没电网。你出去，往北跑，一直到鞑子营，找我一个亲戚，他叫范慎五，在鞑子营东头开剃头铺。你说是我表弟，他会给你弄张良民证，没这玩意儿你还是插翅难飞。记住了？"

焦裕禄点点头。老洪咔嚓剪开铁丝网，从怀里掏出一卷纸币，塞到焦裕禄怀里，把他推过铁丝网去。

家在风雨飘摇中

1

逃出了大山坑，焦裕禄按照老洪指点的，一直往北跑。

他不知道鞑子营还有多远，也顾不得看看四外的一切，只是一个劲儿地跑。

他不觉得累，不觉得乏，甚至不曾感觉到天黑了，月亮又出来了，两条腿就像安上了风火轮。不知跑了多久，他突然觉得两腿发软，身子也不由得倒了下去。他的心咚咚跳得厉害，像是要从喉咙里蹦出去。嗓子眼里像是烧着一个火球，从嘴里吐出一口黏痰，有血的腥味儿。

在地上躺了好一会儿，心不那么跳了，可两腿却更软了，软得站不起来。这个时候，他感觉到通身燥热。他脱掉了上衣，赤着胸脯贴近泥土，泥土是温热的，有风吹过来，挟带着一种香气。他这才发现自己躺在一片豆子地里，身旁就是足有半人高的摇铃的大豆。他听到了叫蝈蝈的声音，"咽咽咽咽"，特别好听。有几只蝈蝈大概离他很近，就在他脸颊旁边的豆棵上，他甚至听见了它们翅膀的摩擦声和弹击大腿的声音。

头上是一轮刚从云缝里挤出半个身子的月亮，有些灰蒙蒙的，但边缘异样的发亮，像镶了一道金边。焦裕禄想不起自己有多久没有看过月亮了，而这镶了金边的月亮更带给他一种别样的新鲜感。

这个时候他才感觉到了饥饿。一感觉到饥饿，心又咚咚跳起来。他顺手摘下了一把豆荚。豆荚鼓鼓的，剥开，即将成熟的豆粒浆水丰盈。吃在嘴里，略有一点豆腥，回味却很香甜。饱餐了一顿之后，他浑身涌动起了一股热流。

这个时候，他才意识到自己是个自由身了。他不再是大山坑那活地狱里的一个戴着锁链的奴隶，不再是日本鬼子刀下的一块肉，不再属于凶险四伏的掌子面，不再属于在日本鬼子刺刀下流血汗的矫正队，不再属于连身也不能翻一下的丙字号，不再属于电网和死人仓……他自由了。他可以裸着胸膛让大野的风吹拂；他可以躺在如洪波翻涌的豆子地里吃着浆水丰盈的豆粒，看镶了金边的月亮；他可以欣赏蝈蝈们合奏的天籁。自由啊！自由是天底下最珍贵的东西。

他转而又为老洪和工友们担心起来。如果鬼子发现安藤死了，会不会把矫正队的工友们抓到矿警队去？让他们受刑，甚至会让狼狗去撕咬他们的肉身。老洪会不会受连累？想到这些，他的泪水再也忍不住了。

焦裕禄深知自己唯一能做到的，就是找到鞑子营，找到剃头的范师傅。如果幸运，他可能会打听到他逃离之后大山坑的情况。

确认身上有了力气，焦裕禄又上路了。夜里辨别不清方向，他就去摸树干，以树皮的平滑和粗糙来辨识方向。到了天亮，他进了一个村子。在村口他问一个下地的老汉，这个村子是不是鞑子营。老汉说，这个村子叫午马营，鞑子营已经过了二十多里了。往回走过大柳趟子、东小营，有个木牌坊的才是鞑子营。鞑子营是个大村镇，好找。

焦裕禄只好又往回折返。到了鞑子营，他很顺利地找到了剃头师傅范慎五。

范慎五有五十多岁，微胖，慈眉善目。这个剃头匠自己却没头发了，油亮的光头上冒着热气。一听焦裕禄是老洪打发来的，范师傅很是热情，满口答应帮忙去弄良民证。他找了经常在他铺子里剃头的一个警官，说自己的外甥从山东来看他这个舅舅，把良民证弄丢了，回去连火车也坐不上，请他帮忙办一个。

那个警官说："良民证不好补办了，这几天上峰督察很严。我给他开个证明，再把他送上车，车上没人会为难他。"

焦裕禄在范师傅的护送下坐上火车的时候，还不知家里已经发生了塌天大祸。

2

那场灾祸发生在三个月前。

那天，日本鬼子又来扫荡了。大队的鬼子、汉奸闯进了北崮山，整个村子哭声一片。焦裕禄的大嫂赵氏正在生病，来不及跑，盖着棉被躺在床上。五六个鬼子端着明晃晃的刺刀，闯进屋里。他们翻箱倒柜，乱砸一气，一枪托打倒在床前守护着儿媳的禄子娘，用刺刀挑开盖在赵氏身上的棉被。见床上躺着的是一个年轻女人，鬼子哈哈狂笑，他们叫着："花姑娘！花姑娘！"

鬼子用刺刀一刀刀挑开她的衣服，又用刺刀在她胸前、眼前比画着杀的动作，"呀呀"怪叫。

小守忠哭叫着："娘！娘！"一个鬼子把他拎起来摔到地上。禄子娘几次扑上去，几次被枪托打倒。赵氏一声声尖叫着，往墙角躲闪。鬼子狂笑着要扑向赵氏，这时响起一阵急促的集合哨声，鬼子收拾起抢的东西走了。

赵氏缩在墙角，裹着被子抖成一团。小守忠抱着赵氏的头，喊着："娘！娘！"

禄子娘从地上爬起来，去安抚儿媳："孩子，别怕，鬼子走了。"

赵氏瞪着惊恐的眼睛尖叫着跳下炕，跑到院里大叫："鬼子来啦！撕活人啦！"

她疯了。

疯了的赵氏天天在大街上跑着呼喊："鬼子来啦！撕活人啦！"

焦母请了医生，来给儿媳医治。开了药方，焦母把儿媳抱在怀里，一口口给她喂药。

外边一阵狗叫，赵氏推开药碗，裹着被子躲到墙角，叫着："鬼子来啦！撕活人啦！"

就这么折腾了三个月。就在焦裕禄逃出大山坑的三天前半夜里，赵氏突然从婆母怀里抬起头来，问："娘，啥时候了？"

禄子娘说："三更天了，孩子，你快睡吧。"

赵氏抓住婆母的手："娘，苦了你了。"

禄子娘一阵惊喜："孩子，你醒过来啦！"

赵氏问："娘，禄子有音信吗？"

禄子娘说："还没有。你放心，禄子这孩子机灵，他不会有事的。"

赵氏又问："娘，守忠他爹，也没信吧？"

禄子娘说："前两天有人捎了信来，说在汉口那边呢。这兵荒马乱的，也没法子给他写个信。"

赵氏说："娘，我等不来守忠他爹了。"

禄子娘把赵氏搂在怀里，劝慰儿媳："好孩子，快别说这话，年轻轻的。你醒了，娘心里就踏实了。"

赵氏流泪了："娘，我要去了。您告诉守忠他爹，就说，就说……我是让鬼子害死的，我没有……没有给他丢人……还有……守忠这孩子……刚这么小，就没……没娘了，您老……"

禄子娘也伤心起来："孩子，别说了。你这不是醒过来了吗？"

赵氏从婆母的臂弯里垂下头去。禄子娘呼喊着："孩子！孩子！"

可怜她醒过来没一个时辰就死了。

3

一弯冷月下，死一样静寂的村庄。

胡同里，断墙隐着一个黑色的身影。这个黑色的影子顺着墙根，走进麻石铺地的小巷，隐在夜幕里的炯炯发亮的眼睛机警地看着四周。

身影靠在焦家老屋门前的小槐树上，他是回到家乡的焦裕禄。

家已破败不堪，门上贴着残破的报丧的白纸。焦裕禄吃了一惊，身子抖了一下。经过了九死一生，回到了他魂牵梦萦的故乡。当他看见自家破烂的、如死鸡翻卧的草屋之时，不由得心如同刀绞。

屋里，禄子娘正在油灯下纺线，小孙子守忠在地上骑着板凳玩耍。

"忠儿，奶奶困了，你给奶奶唱个歌吧。"

小守忠唱起《小白菜》：

　　小白菜呀，叶叶黄呀。

　　娃儿三岁，没了娘呀……

奶奶擦起眼泪来："忠儿呀，别唱了。"

听到有拍门板的声音，她一口气把灯吹灭了。禄子娘贴在窗户上听着门外的动静。她听到有个耳熟的声音，心里一惊。

她立刻点亮了油灯，隔着门，问："谁呀？"她听到的是一个盼了许久的声音："娘，我是禄子。"

"禄子！真是禄子？"

焦裕禄急切地回答："娘，真是我呀，我回来了。"

门哗地打开了，娘把焦裕禄搂进怀里。焦裕禄哭着："娘。"

"孩儿呀，娘天天盼着你，眼都快瞎了。"

进了屋子，禄子娘叫着："忠儿，你老叔回来了。"

小守忠怯怯地望着焦裕禄。禄子娘笑了："傻小子，这是你老叔呀！"

小守忠怯怯地叫了声："老叔。"

焦裕禄抱起了小守忠。娘端起油灯，拉过焦裕禄："禄子，让娘好好看看，我儿瘦了，也黑了。"

焦裕禄问："娘，我爷爷、我嫂子呢？"

娘没回答，只是问："禄子，你饿了吧？"

她从屋梁上摘下一只筐子，筐子里有几个菜饼子。焦裕禄真的饿坏了，抓起一个就大口大口地吃起来。吃了两个菜饼子，又从水缸里舀了一瓢水，一仰脖子灌了下去。

焦裕禄又问："娘，我爷爷、我嫂子呢？"

"你让鬼子抓走后，你爷爷生了场大病，二十天不到就没了，临死还喊：'禄子！禄子！'三个月前，你大嫂着了一场惊吓，也死了，他们都是让鬼子害死的呀。"

听老娘讲了一遍嫂子被日本鬼子惊吓而疯，又最终死于非命的经过，焦裕禄哭得站不稳了。

娘说："埋了你嫂子，家里一粒粮食也没有了，我就带上守忠去要饭。各村的人都知道咱一家遭的灾祸，都知道守忠是个没娘的孩子，到谁家门上也没空过……我对守忠说：'忠儿，腰杆挺直些，别看咱是要饭的，这腰杆可不能塌。你再小也是个男孩子，男孩子无论啥时候都要直着腰见人。'守忠这娃儿懂事，每次出去讨吃，腰总是挺得直直的。"

焦裕禄说："娘，您老头上添了这么多白头发？"

娘说："禄子，看看咱这个家吧，就这么几年，你爹死了，你爷爷死了，你嫂子也死了。你哥走了几年，不知流落在哪儿，你又让日本人抓了，好端端一个家，家破人亡啊！娘不是心里盼着你，不是因为守忠这个没娘的孩子，娘也随他们去了。"

焦裕禄扑在娘怀里："娘，娘！我回来了，我哪儿也不去，天天守着娘！"

4

乌云密布。

崮山脚下焦家坟地里，凸起了三座新坟。焦裕禄在为父亲、爷爷和嫂子上坟。他跪在坟前烧化纸钱："爷爷、爹、嫂子，禄子来给你们烧纸了。爹，禄子没能给你顶棺打瓦；爷爷，你走的时候还喊禄子的名字；嫂子，俺在家就不会让鬼子把你害死……禄子对不住你们……"

爷爷、父亲、嫂子的面容交替在他眼前浮现。

隆隆的雷声滚过，大雨滂沱而下。焦裕禄站在雨中，任雨的鞭子抽打。

上坟回来，焦裕禄就病倒了。他躺在炕上，额头上盖着一块湿毛巾，娘坐在他身旁给他喂水，他一个劲儿地喊着："小爷！小爷！洪哥……洪哥打狗……"

一邻家大婶过来，送了些鸡蛋，问焦母："禄子好些了吗？"

"他去给他爹、他爷爷、嫂子上坟，让雨淋了，回来就发烧，烧得说胡话，喊叫他小爷。"

娘用湿毛巾擦着他的脸，叫着："禄子！禄子！"

焦裕禄醒过来了。他睁开眼，嘴唇抖动着："娘，娘……"

乡亲们也来看他，纷纷问候着。有人问："禄子，你小爷没回来啊？"

焦裕禄痛哭失声："我对不起小爷，他一条命扔在东北了，我连他一把骨头都没带回来呀。"

乡亲们劝慰他："禄子，别难过了。让鬼子抓到煤窑里的人，能有几个回来的？"

突然外边一阵嚷乱，镇长带着一群乡丁闯进屋里。他们一进门就叫嚷："焦裕禄呢？回来了为什么不到镇公所去报告！"

禄子娘说："我儿子病了。"

镇长走过去摸摸焦裕禄的头："病了？你的良民证呢？"

焦裕禄说："丢火车上了。"

镇长头一歪："丢火车上了？你看看你这样子，是坐火车回来的吗？八成是跑回来的吧？走，到镇公所走一趟！"

娘忙拦着求情："你们不能这样，行行好吧，孩子还发着高烧哪！"

乡亲们也帮着讲情。乡丁推开禄子娘，硬是把焦裕禄从炕上拉下来带走了。

禄子娘在后边追着："你们这是把我禄子带哪儿去呀？他还病着……"

　　焦裕禄被关在八陉镇镇公所一间黑屋子里。

　　一个背枪的乡丁进来了，轻声叫着："禄子。"

　　焦裕禄疑惑地看着他。这个乡丁给焦裕禄带来两个烧饼。乡丁朝外看了看，悄声说："我是南崮山的。你们村焦家的亲戚。这些天你娘为救你，到处借钱，给镇长买了大烟膏，镇长才答应要放你走。你趁热先把烧饼吃了。"

　　焦裕禄吃着烧饼，那个乡丁又说："镇长说了，如果你答应参加'和平救国军'，就放你走。你不答应，就把你送博山日本人的宪兵队。"

　　焦裕禄问："啥叫'和平救国军'？"

　　那个乡丁说："就是日本鬼子组织的地方保安军。"

　　焦裕禄说："那不当汉奸了？"

　　乡丁说："你就先应下来，最后去不去不在你自个儿啊？长个心眼儿，别跟他们硬较劲。"

　　焦裕禄问："上哪儿当这'和平救国军'去？"

　　乡丁说："先要到天井湾区公所去报上到。"

　　外边有人喊："镇长让把崮山那个焦裕禄带过去。"

　　镇公所里，镇长躺在太师椅上刚烧完一个大烟泡，焦裕禄被带了进来。镇长说："焦裕禄，你逃亡回家，拿不出良民证，按规矩就得把你送县里日本宪兵队发落。念你孤儿寡母，就不追究了。你愿意当'和平救国军'，今儿个就放你。你不愿意，只能把你送博山宪兵队了。你愿不愿当'和平救国军'？"

　　焦裕禄点点头。

　　镇长挥挥手："那你拿上文书，自个儿去天井湾区公所报到。"他把一张纸交给焦裕禄。

　　焦裕禄走在半路上，掏出那张"文书"看了看，上边写着：兹有北崮山村焦裕禄一名前去和平救国军部报到。他骂了声："呸！去你娘的'和平救国军'！让俺当汉奸，瞎了你狗眼！"

　　他把"文书"团了团，扔在山路边草丛里。走了几步，想了想，又把那张纸捡回来，在石头上弄平整，揣回兜里。走了四五里路，恰好撞见一队扫荡的鬼子、汉奸从山路的另一边走过来。他们枪刺上挑着抓来的鸡、鸭，背着抢的东西。焦裕禄拐过山坳，看见了鬼子的队伍，就想赶快躲开，但已经躲不开了。

他又一次被抓走了。再一次被抓到红部。

一个鬼子和一个翻译官审问他，鬼子咕噜了几句，翻译官问："少佐问你，你是不是八路？"

焦裕禄摇摇头。翻译官问："那你为什么没良民证？没良民证就是八路！"

焦裕禄说："我是当'和平救国军'去啊！"

翻译官问："上哪儿当'和平救国军'去？"

焦裕禄说："去天井湾区公所。"

翻译官喝道："净他娘的胡说！你蒙谁？去天井湾是从那条路上走吗？那是去崮山的路！"

焦裕禄说："俺先回家拿了东西再去。俺这儿有'文书'。"

他掏出那张纸给了翻译官。翻译官看了看。焦裕禄说："你可看仔细了，俺要是八路，能去当'和平救国军'吗？咱们不是一家人吗？俺这还没去天井湾吃粮，先弄你们四十亩地红部来啦，误会，都是误会！"

翻译官给鬼子少佐咕哝了一阵日本话。日本少佐接过那张纸看了看，挥挥手。

翻译官说："小子，的确是场误会。你可以走了。到了'和平救国军'好好干，跟着皇军，吃香的喝辣的。你走吧。"

5

焦裕禄不敢进村，怕再让汉奸看见，他藏在村外一片柳树林子里，直到半夜了才潜回家中。

娘把回家的儿子紧紧抱在怀里："禄子，吓死娘了。你千里万里九死一生地回来，又进了狼窝，娘的命好苦呀！"

焦裕禄说："娘，俺让鬼子汉奸抓了这两回，把咱一个家折腾光了，你的头发也白了，这回俺一定好好守着娘。"

娘抚摩着儿子的脸："禄子啊，只要有你，娘受多大罪都没啥。天就要亮了，你睡会儿，娘给你打更！"

刚睡下不久，鸡叫了。天快亮了。娘没睡，她在油灯下纳着鞋底，爱怜地看着熟睡的儿子。

又一阵敲门声响起来，焦裕禄猛然惊醒。

禄子娘拉起儿子："禄子，别是他们来抓你，快到柴火垛里去躲躲！"

焦裕禄钻进了院里的柴火垛。敲门声越来越急迫了，禄子娘问："谁呀？"

外边人回应："婶子，俺是裕征呀。"

禄子娘打开门。一个二十多岁的小伙子进了院子，问："婶子，俺禄子哥呢？"

焦裕禄从柴火垛里钻出来，十分惊喜地说："是裕征兄弟呀。"

焦裕征是他一个本家兄弟，俩人从小就十分要好。

禄子娘给焦裕征搬了个杌子："让那些鬼子汉奸都折腾怕了。俺这会儿一听有人打门心里就哆嗦。"

焦裕禄问："裕征，有事啊？"

焦裕征说："禄子哥，俺来找你商量个事，咱村的窦安庆回来招兵了，咱们一块儿去当兵吧！"

焦裕禄问："招兵？什么兵？"

焦裕征说："听他们说是正规军，刚成立的，叫个啥'第四方面军'。说这队伍是打鬼子的。他们队伍就在交庄，离咱村又不远。"

焦裕禄问："真是打鬼子的队伍？"

焦裕征说："是啊！有不少人去报名啦。"

焦裕禄说："真要能打鬼子，我就干。"

禄子娘拉住儿子衣襟："禄子，你还要走？"

焦裕禄说："娘，俺在家，没个良民证，真保不住哪天又让鬼子汉奸抓了去。还不如出去先闯一闯呢。"

6

他们到了交庄。村口大槐树下放着一张破桌子，插着的布招子上写着"第四方面军新兵招募处"。

两个穿着灰不灰、黄不黄颜色军装的军人，衣冠不整，坐在那里填写登记表。一个叼烟卷的问："姓名？"

焦裕禄回答："焦裕禄。"

叼烟卷的又问："哪个村的？"

焦裕禄说:"天井湾区八陡镇北崮山,哎,你把我名写错啦,是'富裕'的'裕'、'俸禄'的'禄',不是'玉石'的'玉'、'走路'的'路'!"

叼烟卷的不耐烦了:"咋写不行?你就叫'焦玉路'不行呀?"

焦裕禄说:"名字哪有随便写的。"

叼烟卷的说:"长官点名叫你时就应个'到',哪这么多讲究?"

焦裕禄说:"你咋不讲道理?"

叼烟卷的把烟卷一吐:"啥道理,老子咋写咋就是道理!"

焦裕禄一甩袖子:"这兵俺不当了!"

他拉起焦裕征就走。叼烟卷的刚把耳朵上夹的一支烟取下来叼上,见焦裕禄要走,当胸就是一拳。焦裕征上去揪住那小子的衣服,扭打在一起。一个当官模样的人喊:"住手!"

他问焦裕禄:"你识字?"

焦裕禄点点头。

当官的说:"你自己把名字写上去吧。他写不出来。"

焦裕禄写上了自己的名字,又写了焦裕征的名字。那个当官的说:"你们俩上第四连。"

第四连在一个财主的场屋里,报到的也就只有三十来个人,都是附近村上的农民。有的问:"发不发饷?"有的问:"发不发枪?"

到了中午时分,一阵急促的哨子声响起,有人喊:"第四连,集合了。"三十来个人站成稀稀落落的一排,只有三四个人背了枪。还是开头让焦裕禄自己写名字的那个军官模样的吆喝着:"站好,站好。团长来训话了!"

一会儿过来一个矮胖子,穿了身黄呢子军衣。焦裕禄认出来了:这不是谢老晌吗?他咋成了第四方面军了?

连长喊着口令:"立正,向前看!报数!"最后一个报数是三十一。焦裕征悄声问焦裕禄:"咋一个连就三十一个人呀?"连长说:"不许说话!谁说三十一个人,俺就不算人?三十二个!"队伍里一阵笑声。连长大声说:"不准笑,听团长训示!"

谢老晌站在队前,往队伍里扫了一眼:"本团长,大名谢老晌。你们都给我记住!'上不谢天、下不谢地'的'谢','老子'的'老','晌午'的'晌'。国有国法,军有军规,俺就宣布军规:第一条,一切要听从命令。让你上东不准上西,让你打狗不准撵鸡;第二条,不准当逃兵,当了逃兵,军法从事,抓回来枪毙；第三条……"

焦裕禄怕让谢老晌认出来，赶紧把帽子往下拉了拉。

晚上睡觉，三十多人挤在一个大车屋筒里睡。门口点着一盏马灯。焦裕禄对焦裕征悄声说："我认得这个团长，他在日本人红部里当皇协军的营长，咋又到这儿来了？咱得留点心，我看这第四方面军，来路不正。"

焦裕征说："对。我也觉得他们这个来头不像是抗日队伍。"

一阵急促的哨音响过，一个连副过来，吆喝着："睡觉了！把鞋子脱下来，把裤腰带抽下来，放一堆收走。"

大家脱下鞋子，抽下裤腰带，他给捡到一个筐里，又问："今晚上该谁值夜喂马？"

有两个人说："我们值夜喂马。"

那个连副说："那你们到筐里找自个儿的鞋子、裤腰带。记住，以后除了值夜喂马的，睡觉前都要把鞋和裤腰带集中放在连部，明天出操再还给你们。"

那两个值夜喂马的在筐子里找了好大工夫才找到自己的鞋和腰带。连副拎上盛鞋和腰带的筐子走了。

焦裕征问："为啥把咱鞋跟腰带全给收走了？"

一个络腮胡子说："怕咱逃跑呗。没鞋子，没扎裤子的东西，你能跑到哪儿去？"

第二天一早，连副带着大家在场院里跑步。新兵有跑得慢的，就一顿拳打脚踢。后来见大家都跑不动，就让大伙儿停下，问："你们咋啦？跑起来松松垮垮的，没个样子？"一个新兵说："报告连副，吃不饱啊，一顿饭俩糠窝头，不挂肠子。拉了屎，风一刮就刮跑了。"

大家笑了。连副问："你叫啥？"

新兵回答："报告连副，咱叫王荣新。"

连副说："王荣新，关你两天禁闭，一天给你一个窝头。"

那个叫王荣新的新兵说："报告连副，我还有话说。"

连副不耐烦地命令："有屁就放！"

王荣新问："我想问问咱们啥时去打日本？"

谢老晌不知啥时来了，他趿着鞋，端着大烟斗："打日本？笑话！打日本干啥？谁说咱去打日本了？"

7

马槽上拴着三匹马，还有两头骡子。柱子上挂着的桅灯，灯火在风里晃荡。

终于轮到焦裕禄和焦裕征喂马了。

焦裕征问："禄子哥，我咋觉得不对劲儿呀？"

焦裕禄说："是啊，这队伍哪像是打汉奸、打鬼子的正规军呀，咱们上当了。"

焦裕征说："咱是稀里糊涂当了汉奸了。"

与马房相邻的四连连部院子里，传来一阵喝骂声，他们悄悄潜过去，隐在暗处看。一个老百姓被吊在树上打，谢老晌带着几个人在审问他。

谢老晌问："说，你是不是八路？"

被吊起来的人回答："老总，俺不是八路，俺是个卖豆腐的。"

谢老晌问："卖豆腐的？那你家豆腐坊开得多大？有多少铺面？"

那人说："老总，俺豆腐坊没铺面。"

谢老晌不信："豆腐坊能没铺面？"

那人说："俺一天做两个豆腐，就在家里做，做完了自个儿推车卖。"

谢老晌又问："那你家还有多少地？"

那人回答："只有九分地了。"

谢老晌问："你家能花多少钱赎你？"

那人哀告："老总，你行行好吧，俺家真的没钱。"

谢老晌说："行好？行好上庙里去！俺这儿不行好，知道不？你家有钱赎，就放你一命；没钱，割一只耳朵明天送你家去。"那人被打得哭叫连天。

焦裕禄拉着焦裕征回了马房。焦裕禄说："裕征，咱们真的上当了，这队伍不是什么正规军，更不是打鬼子、打汉奸的队伍。他们不但是汉奸，还是绑票的土匪。"

焦裕征说："我听他审那个卖豆腐的，出了通身冷汗。禄子哥，那咱咋办哩？"

焦裕禄说："趁现在还容易跑，咱们跑吧。"

焦裕征问："咋跑？"

焦裕禄说："这两天我把周边情形都留心看了，就等着该值夜喂马的机会了，你跟我来。"

焦裕禄拉着焦裕征来到后院。他们凭借一棵树爬上墙头。

翻墙而下的焦裕禄、焦裕征很快消失在夜色里。

焦裕禄跑回家，娘爱怜地看着儿子三口两口扒完了一碗野菜糊糊，最后把碗都舔干净了。娘说："禄子，看把你饿的。咱家就这碗野菜糊糊了，天亮了，娘去借点粮食。"

焦裕禄说："娘，我还是把您老人家送南崮山我舅那里躲几天吧。我从队伍上跑回来，他们一定会到家里来抓人，您在家不行。"

娘问："那你呢？"

焦裕禄说："把您老人家安顿好我才放心，我嘛，大不了钻几天山洞。"

娘说："孩子，这不是办法呀。躲能躲到哪一天？你也没良民证，鬼子、汉奸天天来村里闹腾，又加上个什么方面军，你能躲哪儿去？"

焦裕禄说："躲一天算一天吧。"

娘说："咱这一带一连几年闹水灾、旱灾，人们都去安徽那边逃荒了。你还是先出去躲些日子吧。"

焦裕禄说："俺不敢再离开娘了！"

娘说："儿啊，只要你好好的，你走到哪儿娘心里都熨帖。不用担心娘，娘等你回来。"

焦裕禄叫声："娘！"

娘说："禄子，要走你就早些，天亮了就不好走了。等天亮我就去你舅家。有你舅呢，你就放心。"

外边传来鸡叫声。

娘催促着："鸡叫头遍了，你快走吧。"

她拿出一个看不出颜色的包袱，取出几张纸币："这是你被抓进镇公所时，赎你剩下的一点钱，你带上。"

焦裕禄说："娘！我不走了。"

娘推了儿子一把："快点吧，禄子。娘好好的，等我儿回来。"

焦裕禄跪在地上给娘磕了个头。

早晨，连副带领一群人扑进焦家老屋，已是人去屋空。

他们发狠地把锅碗瓢盆全砸了个粉碎。

归来已是战士

1

北崮山的阳光闪烁着金属的色彩。

天上有些薄云，阳光从云层里透过来，千万束古铜色的线纠结着铺展在大地上。铺在大地上的阳光仿佛有着金属的质感，伸出指头敲一下，就能敲出金属的音色。

秋庄稼还没上场，稀疏的高粱在山地里懒洋洋地晒米，茎叶半枯的玉米在坡地上蔫巴巴地灌浆。这又注定不是一个好年景。可是打谷场上已经热闹起来了，靠大路架起彩门，傍场屋搭起戏台，锣鼓点子敲得人血液鼎沸。北崮山、南崮山的乡亲们都集中在这里，学校的学生们排着整齐的队伍，敲着小鼓，吹着洋号。青年男女们扭着秧歌，踩着高跷，他们在举行一个盛大的庆典。

日本投降了！这个消息对于饱受鬼子蹂躏的山东乡亲，无疑是久旱后的第一场甘雨。

一个青年人背着简单的行李卷，出现在狂欢的乡亲面前。

他是焦裕禄。两年前跟逃荒的乡亲们一路走到江苏宿迁，给一家姓胡的地主扛长活，听到日本人投降的消息，马上辞了工，昼夜兼程，回到故乡。

最先看见焦裕禄的是戴着大头面具的焦裕征，他踩着高跷奔过来，叫了声："禄子哥！"

焦裕禄一愣怔。焦裕征摘下大头面具。焦裕禄认出来了："裕征兄弟！"两个人抱在一起。

焦裕征问："禄子哥，这两年，你到哪儿去了？"

焦裕禄说："我跟逃荒的乡亲们去了宿迁，给一家姓胡的地主扛了两年多长工。这两年多，心里憋屈得不行，听到日本鬼子投降的消息，我就辞了工，一个劲儿往家奔呀！"

焦裕征说："日本鬼子投了降，咱崮山一带也成了解放区，咱的苦日子，快要熬出头了！"

乡亲们也都认出了焦裕禄，纷纷跑过来，和焦裕禄互道着问候。

一个背着枪的中年汉子迎过来，拍着焦裕禄的肩膀："禄子回来啦，两年不见，长高了半头，成了这么棒的小伙子啦！"

焦裕禄喊了声："方开叔！"

他是焦裕禄的族叔焦方开。

焦裕征说："禄子哥，方开叔现在是咱村民兵队长啦。"

焦裕禄兴奋起来："太好啦，方开叔。当年咱们被抓进博山日本宪兵队时，你就是个好样的。"

焦方开又拉过一对青年男女："禄子，还记得他不？"

焦裕禄笑了："咋不记得，这不是方亭叔吗？当年也进过博山日本宪兵队的。"

焦方开指着焦方亭身边一位漂亮的女子："这你就不认得了吧？这是你方亭婶子，过年时刚娶过门的。"

焦裕征说："方亭叔是民兵班的班长，婶子是妇女主任。都是人物啦！"

大家笑了。

焦方开说："禄子，快回家看看你娘吧。"

2

焦裕征伴着焦裕禄回了家。一进院门他就喊："婶子！婶子！你看谁来了？"

禄子娘揉着眼睛从屋里迎出来："裕征呀，谁来啦？"

焦裕禄怔住了，这是娘吗？两年不见，头发全白了，脸上皱纹纵横，走路也有些踉跄了。

娘扑过来："禄子！禄子你回来啦？"

焦裕禄一把搀住差点摔倒的母亲："娘，我回来了！"

娘抚摩着儿子的脸，手颤抖起来："俺不是做梦吧？"

焦裕征笑了："看俺婶子乐糊涂了，不是俺禄子哥又是谁呀？"

娘一阵惊喜，差点昏厥过去。焦裕禄喊着："娘！娘！"

小守忠跑过来，抱住了焦裕禄的脖子，一连声地喊"叔"。焦裕禄摸摸守忠的小脑瓜："守忠长这么高了！"

娘说："从去年就上学了，在南崮山，你从前读书的那个学堂。"

焦裕禄问："守忠，学校里学的啥？"

小守忠说："学的唱歌。"

焦裕禄问："唱啥歌？"

小守忠回答："《上学歌》，俺给你唱一个。"

娘说："这个歌是你叔上学时唱的。"

焦裕征感叹道："禄子哥，婶子不容易啊！要着饭也供孩子上学，咱们十里八村，提起拉棍要饭也供孙子读书的老太太，都挑大拇指呢！"

焦裕禄跪下了："娘，俺再也不离开您了！"

鸡叫了，焦裕禄醒来，从炕上探起身子，看见母亲在鏊子上摊煎饼。灶里的火映红了她的脸。

焦裕禄说："娘，咋这么香啊？"他下了炕，"娘，俺说这么香呢，您摊煎饼啦。"他拿起一张，卷上大葱，大大咬了一口，"嚯，好香！娘呀，这几年，俺总是做梦吃您摊的煎饼，今儿个这梦成真的了。"

娘说："你从小就爱吃娘摊的煎饼。你走了这几年，娘真没摊过煎饼，咱家的煎饼鏊子都生了锈了。"

3

民兵队部里，队长焦方开正在给大伙儿开会，参加会议的有民兵班长焦方亭和他媳妇、妇女主任刘美元、民兵班长王西月，几个人正说得热闹，焦裕征带着焦裕禄进来了。

焦裕征对焦方开说："队长，俺禄子哥有个请求。"

焦方开笑了："说吧，啥请求？"

焦裕征说："俺禄子哥他想当民兵。"

焦方开一拍巴掌："禄子想当民兵，好哇！你们说咋样？"

焦方亭说："那当然好！禄子，你有文化，又机灵，你来参加，那太好了。"

王西月说："好！禄子当民兵，咱民兵队又多一员虎将！"

焦方开说："禄子，咱北崮山虽然是解放区，可离咱六七里路远的八陡就是国民党还乡团的老巢，他们经常来进攻。咱们北崮山呀，就是解放区的前沿阵地，对敌斗争形势还是很严峻呀。当了民兵，要有坚强的革命意志，不能怕流血牺牲。"

焦裕禄郑重地点点头。

焦方开说："那从今天起，禄子就正式加入咱民兵队啦！"大家鼓起掌来。焦方开发给他一支枪，还有一把军号："禄子，你上学时就喜欢摆弄个乐器啥的，这不是，区上给咱民兵队一把军号，可咱没人会吹，就交给你了。"焦裕禄郑重地接过来。

走进家门的焦裕禄已经是一个英俊的民兵战士了。他穿一件大袄，皮带扎腰，肩背一支汉阳造步枪，斜挎一只公文包，红绸缨子军号系在腰带上，一副英豪男儿风度。

娘喜得合不拢嘴，抻抻他的衣角，理理他的挎包："禄子，明儿个到你爹坟上磕个头，让你爹看看，我儿出息了，能为国尽忠了！"

4

焦裕禄被派到天井湾区部去短期受训。

到了区部，刚报上到，通信员来招呼他："是北崮山的焦裕禄同志吧？张区长要见你。"

焦裕禄跟着通信员进了一个院子，通信员喊了声"报告"，张区长就从屋里迎出来了。焦裕禄一见张区长，吓了一大跳，顿时惊得目瞪口呆：俺娘哎！这不是张老师吗？

张区长笑着说："怎么了？焦裕禄同学，不认识了？"

焦裕禄还没缓过神来："张、张老师……"

张区长走过来拍拍他的肩："来，屋里坐。"

进了屋，他给焦裕禄倒了一碗水。焦裕禄看张老师，还是那张英俊的国字脸，比以前清瘦了些，头上也有了一些白发，那容貌是一点也没变化。他心里一直在想着，当年在博山县城四十亩地日本鬼子的监房里，明明是我把被鬼子打死的张老师抬上运尸的马车的呀！

张老师说："焦裕禄同学，我看见北崮山民兵队报上来的受训名单上有你的名字，当时也很吃惊，你这几年是不是一直不在村上？"

焦裕禄说："日本鬼子把我抓进四十亩地，关了三个多月，就送到了抚顺大山坑煤矿挖煤。在那里待了一年多，因为打死了日本监工，跑出来了。没有良民证，在家里不能住，又到安徽那边当了两年长工。日本鬼子一投降，我就跑回来了。"

张老师说："我打听过你，知道你被送去了东北，再以后就不知道了。"

焦裕禄问："张老师，您……"张老师拦住话头说："我知道你要问什么，我被日本人抓进四十亩地，打得昏死了几次。最后一次，他们以为我已经死了，就把我扔进了山沟里。半夜里下了场大雨，把我浇醒了，我爬出了山沟。我在老乡家养好了伤，找到了队伍，先是在军区，后来又从军区到咱们县大队。日本鬼子投了降，刚调回咱们区工作。"

焦裕禄说："张老师，您不知道，那年在四十亩地，就是我把您抬上马车的。那一天我发誓，一定要记住日本鬼子的这笔血债，给您报仇！我真没想到您逃过了那场生死大劫。"

张老师说："裕禄啊，我们参加革命队伍，不光是为了报仇，而是对民族解放的担当。我这里有几本书，你看看，一些道理慢慢就清楚了。"

焦裕禄郑重地点点头，张老师把手重重地按在他的肩膀上。

这次培训，时间虽短，但内容非常丰富。有政治课、军事课，还有文艺课，更重要的收获，是他重新回到张老师身边，亲耳聆听他的教诲。再就是他在培训班上认识了很多朋友。

跟他住同屋的，有从邀兔崖村民兵队来的一个名叫盛子的小伙子，他枪法特好，在墙头上摆一溜酒瓶子，单手举枪，一枪一个，枪枪不空。他还有一手绝活儿，拆了枪，让人蒙上眼睛，只需三五分钟，就能把拆得七零八落的零件拼装好。焦裕禄天天缠着他学，没几天，也能熟练地蒙眼拆装枪零件了。还有北蚕场村一个叫张虎头的民兵，是个石匠出身，天天抱块石头，琢磨着制造石雷。他总爱拉上焦裕禄跟他一起搞试验，可惜还没试验成功，培训班就结束了。

5

这是一个天然形成的溶洞，从外边看，这个溶洞的洞口被丛生的灌木遮掩着，不很显眼。但通过一个狭长的巷道走进去，马上豁然开朗。这个洞府迎面如大厅般开阔，洞里有一个小潭，潭水清澈见底，洞壁上是奇形怪状的钟乳石，在松明子的照映下折射着五彩缤纷的光晕。

外边热浪滚滚，而洞府里却凉爽宜人。

从区上受训回来，焦裕禄当了北崮山民兵队的政治教员，在山洞里教大家认字。

这天，放哨的战士来向焦方开报告："焦队长，张区长来了。"

张区长一进洞就说："方开，你们这里好凉快呀，洞天福地！比孙悟空的水帘洞还漂亮呢。"

焦方开问："区长，您咋来了，有情况？"

张区长说："是啊，还是个紧急情况，博山保安队和八陡镇谢老晌的还乡团最近要有大的活动。"

焦裕禄一怔："谢老晌？他不是'第四方面军'的团长吗？"

张区长说："对，就是他！他那个'第四方面军'是个土匪加汉奸的队伍，日本人投了降，他的队伍又让国民党收编了。不知为了啥和他上司闹内讧，从队伍上回了老家，正赶上这一带的被斗地主组织还乡团，这小子是个兵痞，就让他们拉去成了还乡团的头目。"

焦方开说："谢老晌可把咱们看成眼中钉了。他这回又打啥主意？"

张区长说："这两年咱们这一带遭灾，粮食打得少，我们缺粮，敌人也缺粮。眼下马上就秋收了，我们得到情报，县保安队联合谢老晌的还乡团，正准备到崮山抢粮，最近县委发出了开展保粮战的指示。我们的任务，就是卡住敌人的脖子，不让敌人抢走一粒粮，也不让一粒粮通过北崮山进入敌占区……"

张区长离开后的第二天，八陡的还乡团和博山保安队就开始了对崮山根据地的突袭行动。

这一次可真算得上是"兴师动众"，除了八陡的还乡团倾巢而出，谢老晌还联合了岱庄的还乡团，又搬来了县保安队的援兵，浩浩荡荡四百多人，后面还跟着几十辆马车，是准备拉粮食的。

而崮山的民兵也早就为他们布好了口袋。他们设伏的地方就选在崮山口。那里有一片茂密的灌木林子，可以掩护。焦裕禄却不同意把伏击圈设在这里。他说："方开叔，咱们打伏击的这个地方，我觉得再往上走一走，选在三道口那里会更好。"

焦方开说："禄子，三道口那边没这片灌木条子，光秃秃的，不好隐蔽。"

焦裕禄说："怕是谢老晌也会这么想。方开叔，但他们想不到三道口那边的山坡是个斜坡，看起来没遮没拦，实际上坡上有一道石碴子，正好可以隐蔽。"

焦方开想想，一拍大腿："着！好计好计！"

谢老晌的队伍出现在山道上。谢老晌骑在马上，不时用望远镜向四外看着。保安大队长陈乐天问谢老晌："老谢，你说的北崮山土八路真有那么厉害？"

谢老晌说："可不咋的，要不我怎么会到县保安队搬你老兄的大兵呢？"

陈乐天向四外望了望："这里没有八路的正规军吧？"

谢老晌说："我派出去的人探听实了，没正规军。"

陈乐天放下心来："只要没八路正规军，北崮山的民兵再厉害也经不住我保安队的小洋炮儿！"

他问身边的一个副官："你说，他们要设伏，会在什么地方？"

副官说："这条路没啥遮拦，只有崮山口那儿树棵子最密，容易藏人。到那地方加点小心。"

民兵们埋伏在斜坡一侧石碴子后边。对面传来一高一低两声斑鸠叫，是放哨的焦裕征、王西月发过来的暗号，表明敌人已进入包围圈。焦方开兴奋地说："狗日的来啦。准备战斗。"

谢老晌的队伍进入山口。谢老晌下令，让队伍向两侧的灌木丛疯狂开枪射击，子弹打得灌木丛枝叶乱飞，打了一阵枪，谢老晌让两个还乡团去看一下动静，两个还乡团在树棵子里蹚了蹚，报告说："没情况。"

听见崮山口那里响枪，民兵们互相交换着眼神。焦方开轻轻捣了身边的焦裕禄一拳："好小子，料敌如神！"

谢老晌的队伍向灌木丛扫射了半天，不见动静。他挥挥手，队伍继续前进。

见敌人进了伏击圈，焦方开下令："狠狠地打！"

一时间枪声、手榴弹爆炸声大作，这下谢老晌蒙了。半天醒过神来，知是中了埋伏，忙组织还击。哪知这地方没遮没拦，民兵们又是居高临下，还乡团只有挨打的份儿，立刻乱了阵脚。

谢老晌喊："土八路就几杆破枪，剩下全是老套筒，怕什么？弟兄们冲啊！"

保安大队支起几十门小洋炮，向民兵的阵地猛烈轰击，民兵的火力被压了下去。保安大队和还乡团再次在火力掩护下发起攻击。民兵们渐渐抵挡不住了。

焦方开的胳膊中了一枪，血一下涌出来。民兵们一下慌了神。焦裕禄忙撕下自己的袖子给他包扎伤口，焦方开推开他："禄子，顶不住了，我掩护，你和大伙儿往后撤。"

焦裕禄说："不行呀，方开叔，咱们一撤，乡亲们就要遭殃了。"

焦方开问："那咋办？"

焦裕禄刚要说什么，一发小炮弹落在不远处，焦裕禄急忙按倒焦方开。炮弹炸响了，两个人差点让土埋住。扑打身上的土时，焦裕禄的手碰上了腰里别的军号。他愣了下神，对焦方开说："方开叔，你等着！"

焦裕禄飞步登上北崮山顶，面对着凶焰万丈之敌，吹起了军号。他吹的是激越的"调兵号"，气势如虹，回声激荡。号声在四山回应，大山中似埋伏了千军万马。

准备撤退的民兵们听到"调兵号"士气大振。焦万开喊道："同志们，八路军主力部队来增援我们了，顶住啊！"

民兵们抢占了有利地形，组织抵抗。

正在组织冲锋的敌军听到四山回响的军号，一下乱了。陈乐天问谢老响："你说这里没有八路主力，那这'调兵号'是咋回事？"

谢老响也乱了方寸："这……是土八路吹的号吧？"

陈乐天说："胡说！土八路哪里有军号？就算有军号，也吹不出这么规范的'调兵号'！这'调兵号'只有八路正规军才会有！"

谢老响一拍脑门："真是没想到，这八路……诡计多端。"

陈乐天说："咱中了八路正规军的埋伏了，快撤！"

还乡团和保安大队回头就跑。

焦裕禄见敌人撤了，又吹起了"冲锋号"。保安大队和还乡团队伍大乱，敌兵们喊着："八路正规军来啦，快跑啊！"

陈乐天叫骂着："谢老响，你个浑蛋，明明知道这里有八路正规军，还谎报军情，我的队伍少了一兵一卒，饶不了你！"

一颗手榴弹在旁边炸响，谢老响的马受了惊，把他掀翻在地。谢老响号叫着："谁往后退毙了谁！"可谁也顾不上听他的了。

民兵们越打越来劲，焦裕禄沉着冷静，他枪法很准，一枪一个，看得人都愣了。吃了大亏的谢老响急忙下令撤退。民兵们收拾战场，缴获了十几支枪，还有一些马匹、车辆。

嘿，石头开花儿

1

快过年了。村街上响着稀稀落落的鞭炮声。

虽然兵荒马乱，但年终究还是要过的。可是村里鞭炮一响，焦裕禄却没了身影，他一连十几天钻在山洞里，带着一帮子年轻后生，拉上村里的一个老石匠，鼓捣石雷去了。

前几天在区里的培训班上，焦裕禄听北蚕场的一个民兵说，眼下民兵队弹药缺乏，要是能用石头做成地雷，就能解决弹药不足的问题。崮山上到处是石头，取之不尽，用之不竭，而且这石头雷肯定威力强大。焦裕禄就动了心思。

可事实上并不是所有的石头都适合造地雷。焦裕禄他们试了几次，有的石头炸不开，有的石头又一下子炸成了石粉，没有杀伤力。焦裕禄找来村上一个七十多岁的老石匠，老石匠指导后生们选了一种大青石做制造石雷的材料，这种石头纹理是斜生的，粗细得当，敲起来脆生生响，放进去火药，点上捻子一下就能炸开，而且炸出的石砟都带棱带刺。

他们打制好了个头儿不同的几个石雷。试雷那天，叫来了民兵队长焦方开。老石匠把石雷一个个拿到秤上称了分量，问："禄子，这几个石雷最小的二斤，最大的七斤，装的药都一样。咱们试试哪个好？"

焦裕禄说："挨个儿试一遍，才好总结经验。"

大家找了个空场，把一个石雷埋下，系好绊线，趴在石砟子后边。焦裕征问："禄子哥，这玩意儿成吗？"

焦裕禄说："这是个绊雷，只要蹚上线就炸。来，拉绳子。"

焦裕征一拉绳子，轰的一声，石雷炸了，碎石四处飞溅。大家欢呼起来。

焦裕征说："好家伙，这石蛋子一开花，碎石子飞出几丈远，你们看，这片树皮都给撸下来了！"

焦方开兴奋了："真是石头开花啊！禄子！咱崮山青石有的是，让它们遍地开花，看谢老响的还乡团还敢不敢来捣乱！"

把几个石雷都试了一遍，老石匠说："试了这几个，心里有底了，石雷最大不能超过五斤。过了五斤就不好使了，六斤的开了一半，七斤的就没开花。"

焦裕征说："不知这东西真用起来咋样？"

焦方开说："别忙，咱们真刀真枪地试一回看看。"

从县城通往山里的公路上。焦裕禄隐在路旁树丛里，观察着前方的动静。他把耳朵贴在地上听着，远方传来隆隆的汽车马达声。焦裕禄飞快地在路上埋下了两个石雷。

他隐身在树丛里，看见一辆给八陡镇的还乡团运粮食和布匹的汽车开过来。汽车进入焦裕禄布下的雷区，一阵石破天惊的巨响，汽车被炸翻了。开车的士兵被炸死，押车的两个士兵从车上摔在地上。

焦裕禄从树丛里刚要探出身子，一个押车的士兵举起枪来。他负了伤，满脸是血。枪声响了，子弹没有打中焦裕禄。焦裕禄飞步冲到路上，大喊："不准动！"举枪的士兵吃了一惊，枪掉在了地上。忽然，他转身扑向焦裕禄。另一个士兵也扑过来，和焦裕禄扭作一团。焦裕禄用膝盖一顶，抱住他的那个伤兵号叫一声滚在地上。另一个士兵是个大块头，他在翻滚中用身体压住了焦裕禄。那个负了伤的士兵爬着去捡枪，这时焦方开带领七八个民兵赶过来，焦方开抡起枪托向压住焦裕禄的士兵砸下去，那家伙不动了。

焦裕征用脚踩住那个捡枪的士兵的胳膊，用枪顶住他："不准动！"

两个押车的都做了俘虏。焦裕禄说："方开叔、裕征，你们来得太好了！"

焦裕征说："禄子哥，你一个人出来，我就知道你是来试验石雷了，你咋不喊上我？"

焦裕禄说："我急着想试试这石雷能不能真派上用场，想不到歪打正着，把这汽车炸了。"

焦方开说："这石雷太管用了。咱缴获了从博山给八陡还乡团运送的这车粮食、布匹。大伙儿快卸车，把咱们的战利品运到区里去。"

2

那个年，崮山的老百姓过得十分热闹。

谢老晌的还乡团趁过年到崮山来袭扰了几回，都吃了石雷的大亏。

吃了亏，他们也学乖了，行军就赶着牛羊在前头蹚雷，这几天不知又用了啥招数，把民兵们布下的雷给弄走了不少。

此时，在八陡的还乡团团部里，谢老晌和几个小头目正围着几个石雷反复地端详。一个小头目说："大哥，你说北崮山民兵摆弄的这些石头蛋子，咋这么厉害？几天工夫，可把咱害苦了。现时只要一往崮山那道上走，腿肚子就抽筋。"另一个小头目说："是哩，一到那地方，头皮就发麻，眼也花了，看哪块石头都像是土八路的石雷。"

谢老晌笑了："你们知道一句老话不：道高一尺，魔高一丈？他土八路的石雷再厉害，现在不全都白瞎了。我告诉你们，我已经知道土八路的雷是从哪儿造出来的了，今儿个咱给他来个一锅端！"

山洞"兵工厂"里，民兵们在打造石雷。他们这回造出的石雷，从外观上看全是未经打磨的石头蛋子。焦裕征不解地问焦裕禄："禄子哥，咋这雷也不弄弄平整啊，一个个全是三角八棱的？"焦裕禄说："到时候你就知道了。"

焦裕禄找了块大块的石头，用木炭画了一个人的漫画像，在下面写上："炸死谢老晌！炸死还乡团！"

几个民兵称赞着："这不是谢老晌吗？画得真像！"

焦裕征更困惑了，问："禄子哥，还乡团把咱埋下的雷挖出来了呢，你把谢老晌画上，不是明告诉他这是地雷吗？"

焦裕禄说："这谢老晌啊，他可是个明白人。咱不能让人家稀里糊涂把命花了，对不对？"

焦裕征摇摇头："不明白。"

谢老晌带领还乡团袭击北崮山"兵工厂"，怕蹚上地雷，他们选了一条荆棘丛生、四面是深谷的险道。他们拨开荆棘，在那条险路上小心地行进着。

得到情报的民兵队早有行动，焦方开带领民兵埋伏在山头上，他们不知道谢老晌已选了一条险路。焦裕征问："谢老晌不是说来偷袭咱的兵工厂吗？咋不见人影了？"

险峻的山路上，行进的还乡团队伍停了下来。他们看见路上摆着一些石块。一个小头目喊："大哥，你看，这些石头，没准儿是八路的石雷吧？"

谢老晌瞅了瞅："胆小鬼，看见几块石头就石雷啦？你吓破胆了吧？"他冷笑一声，命令那小头目，"今儿个你练练胆儿，在前头走！"

那个小头目脸上汗都下来了："大、大、大哥，我、我……"

谢老晌骂道："知道你他娘的就是个尿包软蛋。"他又命令另一小头目："你在前头走！"那小子当即给谢老晌跪下了："大哥，俺、俺、俺……"谢老晌一脚把那个差点尿了裤子的家伙踹倒了，他掏出大肚匣子，往那些石头上打了一梭子。

那些石头没有任何动静。谢老晌自己走过去，在那些石块上踢着，又搬起石块往山根上摔。

谢老晌开心地笑着："咋样？我说不是雷，你们谁也不信。"

还乡团的队伍从石阵上过去了。

民兵阵地上，大家听到了传来的枪声。

焦裕征说："听，哪儿打枪？是谢老晌来了吧？"

焦裕禄辨听着枪响的方向："谢老晌暴露目标了，他走的是从后山迂回的路。"

焦方开命令："快，到山后截住他。"

谢老晌的队伍刚过了那片石阵，头顶上枪声响了。谢老晌的队伍立刻大乱，直往路边荆棘里钻。

枪声响了几声就停了。一个小头目说："大哥，别是土八路给咱设了埋伏吧？"

谢老晌说："土八路不会想到咱往这里走，刚才不该打枪，把咱自个儿暴露了。快，往老路上绕，别让土八路把咱后路断了。"

他们开始往山一侧迂回。匆忙中，他们又看见挡路的几块石头，一个团丁嚷起来："看那石头上还画着画呢！"

旁边的人说："这不是画的咱队长吗？看那大板牙！"

一个小头目凑过来看了看："那上面还有字呢！"

谢老晌问："写的啥？"

那个小头目小声说："写着'炸死谢老晌！炸死还乡团！'"

谢老晌气红了眼，骂道："去他娘的，又是老把戏，老子不是三岁的孩子，给我搬开。"

团丁们谁也不敢动。谢老晌骂着，亲自去搬石头，没想到这回碰上的，却是真正的石雷。"轰"的一声，石雷爆炸了。

石头开花了！

石头开出了愤怒的花朵。

一块飞起的石头正中谢老晌的眉心，谢老晌倒地，吐了口鲜血，不动了。还乡团队伍乱成了没头的苍蝇，团丁们往路边树棵子里钻，又碰上挂雷、绊雷。爆炸声此起彼伏。这时，犹如神兵天降，风卷残云，民兵队伍从山头上冲了下来。

3

已经是桃红柳绿的春天了。

这年春上，焦裕禄从崮山民兵队调到了区武装部，他入了党，当了干事，负责全区民兵的组织工作。焦裕禄很高兴，因为又可以经常和张老师在一起了。

那天，焦裕禄回来，已是傍晚时分，天上雷声隐隐，在酝酿着一场大风雨。他身上背的挎包还没放下，张区长就带着几个穿军装的同志来了。

张区长问："裕禄，上哪村了，才回？"

焦裕禄说："张老师，我去了趟盆泉，他们村的民兵队也搞石雷呢。"

张区长向他介绍几个同志："裕禄呀，这是咱们九纵队的王参谋，这是侦察连的张连长，这是侦察员小李同志。他们找你来，有个任务需要你配合一下。"

焦裕禄问："张老师您说，啥任务？"

张区长说："还是让王参谋说吧。"

王参谋说："焦干事，事情是这样的：国民党第七十四师，准备向崮山解放区发动大规模进攻。为了摸清敌人兵力部署和进攻日期，需要地方党组织的配合，有一位熟悉周边情况又有战斗经验的地方同志，配合野战军侦察部队，完成侦察任务。你们区党委说你在北崮山村民兵队的时候，曾经几次出色地完成过侦察任务，就推荐了你。先来征求一下你本人的意见。"

焦裕禄说:"没问题。首长尽管下命令。"

王参谋说:"军情紧急啊,这回是直接到老虎嘴里拔牙,我们需要了解博山保安队的情况,你和我们侦察员小李还得往县城走一遭。"

焦裕禄问:"啥时去?"

王参谋说:"明天一早。"

4

正是灵泉庙会期间,博山县城里,颜文姜祠前异常热闹。各种买卖摊子挨挨挤挤,小贩们吆喝着:

"锅饼!锅饼!"

"好香的火烧!"

"油粉啦!油粉!"

卖瓷器、琉璃器具的摊子五光十色,打铁的铺子里锤声铿锵,到颜文姜祠里烧香的善男信女成群结队。

焦裕禄和侦察员小李化装成卖油的小贩,推着装了两只油篓的独轮车走在人群里。

家里开油坊时,焦裕禄经常推着小车到县城里卖油,干这个活儿他是熟门熟路。

保安大队就在颜祠附近的街面上,门口站着岗哨。推着油车的焦裕禄和小李转到保安大队门口,焦裕禄十分在行地吆喝着:"好豆油咧,又清又亮的好豆油咧……"

站岗的呵斥着:"到别处卖去,不长眼啊,这是啥地方,让你扯嗓子吆喝?"

焦裕禄说:"老总啊,咱这油车子挤不进街面里去。你这大街门豁亮,俺就当在这儿歇歇,不吆喝了行不?"

站岗的说:"你们再离开几步,吆喝得怪好听的。"

焦裕禄把车子往外推了几步,吆喝着:"好——豆——油咧!又清又亮的好豆油咧……"

一个穿军装、戴眼镜的人走了出来。他三十多岁,白白净净,一副文绉绉的样子。站岗的和他打着招呼:"周文书,干啥去?"

那个被称作周文书的说:"刚才听见有人吆喝卖好豆油?"

站岗的一指："那不是，堵着咱大门口吆喝，让我轰一边去了。"

周文书说："家里正好没油了，买点油去。"说着他走过来，"你们这油多少钱一斤？"

焦裕禄说："老总你要买俺的油，算是抬举俺，哪敢多要钱？四块一斤吧。"

周文书问："你这一篓多少斤？"

焦裕禄回答："一篓四十斤。"

周文书说："我多买点，送我家行不？"

焦裕禄说："行。老总你让我们送哪儿我们送哪儿。"

周文书说："那你们跟我走。"

周文书背着手，带着焦裕禄和小李穿过两条小胡同，进了一座有葡萄架的小院。周文书开了锁。焦裕禄四下看看说："府上好清静呀。"周文书说："太太带上孩子回娘家了，晚半晌就回来了。"

说着话，焦裕禄和小李把两篓油都从车上卸下来了。周文书拦着："要不了那么多，我买十斤，十斤就行。"

焦裕禄说："老总你看看这油，清得透底，黄亮黄亮，像把金条给化了一样。你难得碰上，就这两篓，你全要了吧。"

周文书说："说实话，我一个穷文书，哪里买得下一篓油？十斤就咬牙了。"

焦裕禄笑了："老总，就冲你这句话，看出你是个实在人。这两篓油俺们送你了。"

周文书说："玩笑话，玩笑话，岂有这样的事？"

焦裕禄说："真的，老总，俺把油送你，你送俺一件东西就成！"

周文书问："啥东西？你看俺这个家，清汤寡水的，啥值钱的都没有！"

焦裕禄指着自己的脑袋："俺们不要你家里的东西，只要你这里的东西。"

周文书一惊："你……你说啥？"

焦裕禄说："你把保安队的情况告诉俺们就成了！"

周文书吓了一跳："你……你们到……到底是谁？"

小李掏出枪来抵在他胸前："俺们是九纵的！"

周文书汗都下来了："啊，九……九……九纵的？"

小李脸一黑："别啰唆，快说，你们保安队现在有多少人？最近有什么行动？"

焦裕禄拍拍周文书的肩："你不要怕，只要你说出保安队的情况，就不会难为你。"

周文书说："我说，我说，现时保安队有七……七百多人。"

小李一瞪眼："你胡说！一个博山保安队，能有七百多人？"

周文书说："从打七十四师过来了，保安队集中了博山、淄川、章丘三个县的兵力，还有三个县的'复员工作队'，所以有七百多人了。"

小李问："什么是'复员工作队'？"

周文书回答："贵军把他们叫'还乡团'。"

焦裕禄问："集中三个县的保安队和还乡团干什么？"

周文书说："我一个当文书的，哪会知……知道那么多？"

小李把枪往他下巴上一顶："别装腔作势了，你说还是不说？"

周文书说："我说，我说。上峰指令，配合国军七十四师一部，准备近几天血洗崮山。"

焦裕禄说："说说你们的详细计划。"

周文书说着，焦裕禄仔细做了笔录。最后，焦裕禄又核实了一遍，给他写了一纸便条："如果你提供的情况是真实的，你就算立了功，县城解放以后，可以凭这个证明，获得人民政府的宽大处理。"

周文书说："谢谢！谢谢！我天天害怕有一天贵军打下县城，我一家性命不保。今日有幸立功，全是祖宗有德，是两位恩公赐我的福分。"

焦裕禄说："我们这两篓豆油就算对你的酬谢了。"

周文书说："不敢！不敢！我一定付钱。"

焦裕禄说："我们说话算话。"

周文书还在发抖："两位恩公大恩大德，周某永世不忘。"

焦裕禄说："只好先委屈你一下了。"

他们把周文书捆起来反锁到房里，然后混在人群里出了城。

5

区委紧急会议，气氛十分紧张。

张区长在讲话："同志们，最近形势发生了重大变化。焦裕禄同志协同九纵侦察连几次深入敌后侦察，获得了敌七十四师和保安队的重要情报。我主力部队为完成上级部署的作战任务，已离开崮山地区。由于我们地方武装兵力太弱，不可能战胜数倍于我们的敌人，县委命令我们做好安排崮山区百姓撤离和坚壁清野工作……"

参加会议的干部们情绪低沉，大家抽着烟，闷闷无言。张区长也吐了一口烟："是啊！同志们，我理解大家的心情。我们好不容易才建立了这块处于强敌包围之中的根据地，可是我们却要放弃它了。国民党和地主武装卷土重来，将给这块土地带来深重的灾难。一旦敌人攻入崮山，再好的转移，再快的撤离，也难免有走不脱的百姓，所以我们要尽最大努力，做好乡亲们的工作。"

所有参加会议的人都深深埋下头去。屋外起风了，接着就是隆隆的雷声。

6

直到夜深了，焦裕禄才回了家。母亲给儿子端上饭菜："禄子，你又是十几天没进家了，娘摊了煎饼，你就吃些吧。"

焦裕禄没吃几口就放下了筷子。娘见他一副心事重重的样子，爱怜地摸摸他的头："我儿累坏了，好好歇几天。先把饭吃了，来，喝点粥。"

焦裕禄端起粥碗愣神，筷子夹了菜，忘了往嘴里送。

娘问："禄子，咋了？"

焦裕禄说："娘，没咋。"

娘儿俩正说着，焦方开、焦裕征、王西月来了。

焦方开问："禄子，听说县委要咱们撤出根据地，是真的吗？"

焦裕禄点点头。焦方开又问："七十四师真的要来？"

焦裕禄点点头。

焦方开说："今儿下午区里传达了县委指示，让坚壁清野，不给敌人留下一粒粮食、一尺布。俺想不通，咱拼了命打下的根据地，凭啥说丢就丢下？"

焦裕征说："咱们要有诸葛亮退司马懿的大兵的本事就好了，摇着鹅毛扇往城楼上一坐，就把国民党的大兵吓退了。"

焦裕禄一下乐了："对对对，有了，有了。"他一推饭碗就要往外走。

焦裕征愣了："有啥了，禄子哥？"

焦裕禄一边穿鞋一边说："有了退敌兵的办法了！"

焦方开问："啥办法？"

焦裕禄拉上他的袖子说："方开叔，咱们快去找张区长。"说完拽上焦方开等人就出了门。娘在后边追着喊："禄子！禄子！"

焦裕禄决定要再设一次"空城计"。

他带着会写字的人在崮山区内外几十个村庄的房子上，全用石灰水写上了"十七团二营驻""独立营七连驻""山东纵队四支队驻""岳庄民兵连驻""七家裕民兵连驻""乐疃区民兵驻"等大字。

有人问："焦干事，号这么多房子，要来大部队啊？"

焦裕禄朗声回答："可不是嘛，九纵、四纵全上来了，连徐化鲁司令的部队都打回来了，还有独立营的，房子少了住不下啊！"

又有人说："我看见咱们区几十个村的房子全号了，这事还从来没见过。"

一个劁猪匠担着挂红缨的挑子，吆喝着"劁猪好——"走了过来，他悄悄地放下担子听人们说话，也不吆喝了。

有人接着问："焦干事，咱们这儿是不是要打大仗啊？"

焦裕禄说："是啊！国民党要进攻解放区，咱们得保卫胜利果实啊！我们部队已经部署要在岳阳山一带打一场大阻击战，这下国民党七十四师要吃大苦头了。"

拿红缨枪的小守忠和一个民兵围住了偷听的劁猪匠："不准动，你是干什么的？"

劁猪匠指了指放在旁边的挑子："劁猪的。"

民兵上去扭住劁猪匠："别胡说八道了，你分明在偷听，走！"押上他要走。焦裕禄过来了，问："怎么回事？"

民兵说："报告焦干事，他偷听你们说话。"

小守忠用红缨枪顶劁猪匠的腰眼："叔，我们跟着他半天了，他是个奸细。"

焦裕禄打量着那人，问："你是干什么的？"

劁猪匠做出一个苦脸："俺是劁猪的。"

扭住他的民兵说："劁啥猪？我跟你半条街了，你钻巷穿街，专盯着号的房子看，还胡乱打听哪儿来的队伍，有多少人。你见了猪圈瞅都不瞅一眼，算啥劁猪的？俺弄头猪来，你劁给俺看看！"

劁猪匠又是弯腰又是打躬："俺只觉得新鲜，问了人家几句，哪有别的意思。"

焦裕禄不耐烦地挥挥手："我这忙号房子哩，大部队说来就来，哪有空管这闲事。不就一个劁猪的吗？快把他放了，干咱正事。"

民兵说："什么？放了？这家伙没准儿真是个奸细！"

焦裕禄连连摇头："一个劁猪的，啥奸细？你看他那长相……"

民兵说："那奸细脑门儿上又没写着'奸细'这俩字儿。"

焦裕禄说："快放了他，咱没空跟他磨牙。"

民兵只好松开了手。那劁猪的担子也顾不上，匆匆跑了。

刚放了劁猪匠不一会儿，两个执勤的民兵从后街又押来一个打莲花落的叫花子，交给焦裕禄发落："焦干事，我们抓了个探子！"

焦裕禄问："这个人是干什么的？"

打莲花落的说："俺是打莲花落要饭的。"他敲敲手里拿的一对牛胯骨，"不信，俺打一段。"

押他来的民兵呵斥道："别装疯卖傻了，你说你是打牛胯骨唱莲花落的，可咋看也不像。衣裳是破的，可你长得肥头大耳，白白胖胖，天底下哪有这么富态的叫花子？"

叫花子说："爷呀，俺是刚败了家的。"

执勤的民兵问："你要饭怎么还直打听来了哪个部队呢？俺盯住你了，你要来的干粮，转身就喂狗了。"

焦裕禄眉头拧成个疙瘩："这里都忙得脚不沾地了，哪有空管他要饭不要饭的事？放了他，把他赶出去，不该打听的别让他胡打听！"

执勤民兵说："焦干事，先关他两天，审完了再放吧。"

焦裕禄说："大部队马上就要到了，各项准备还理不出头绪呢，没空审他。放了！"

民兵只好放了他。叫花子千恩万谢，夹着牛胯骨跑了。

7

区公安队的监守所里，还关押着三四个被俘的还乡团小头目。

半夜里，监房外人声鼎沸，一片忙乱，监舍里几个人小声嘀咕着。

一个大胡子悄声说："哎，我说几位，可能要出大事了，你看这里的人都忙乱成一锅粥了。"

一个秃头说："刚才听见他们有人说啥要打大仗、要转移。"

一个瘦子说："不知把咱往哪儿转移，怕是要把咱们枪毙了吧？"

大胡子说："奶奶的，趁他们乱着，弟兄们想法跑出去，别傻呆呆地等死。"

这时外边有人大声说话，听话音是张区长："咱们大部队上来了，马上要做打大仗的准备。你们这里要尽快安排好，及时把在押的反革命转移出去。"

监守所所长大声说："请区长放心，我们这就检查一下各号的情况。"

几个看守打开房门进来，给在押者打开了镣铐："一会儿要给你们换个地方，现在谁也不要动！"

大胡子问："深更半夜的，换啥地方？"

瘦子问："是不是你们要打仗了，先枪毙俺们？"

看守喝道："不准说话，老实待着。"

门外脚步纷乱，响起了哨子声。只听见有人嚷："一中队集合！"看守慌乱中跑了出去，竟忘记了拔牢门钥匙。

脚步声远了。大胡子轻手轻脚地摸到门边，见一串钥匙还插在大铁锁上，急忙拔了下来，兴奋地说："弟兄们！弟兄们！天赐良机，他们把钥匙都忘拔出来啦！"

秃头也乐颠了："那咱快跑吧！"

瘦子问："共产党追上来咋办？"

大胡子说："放风时我早就留心了，东墙头比较矮，还有个豁口。出了墙头就是大野地，谁也追不上。"

秃头催促着："事不宜迟，快走！晚了就变成共产党的枪粪啦！"

他们用钥匙捅开锁孔，贴着墙溜出监舍。警卫抱着枪在打瞌睡，他们没费什么劲就溜了出去。

几个人刚爬上了墙头，就听见后边有人嚷："三号的人跑啦！"有人叫着："快到外边追！"砰砰啪啪的枪声划破夜空。几个人翻过墙头，消失在暗夜中。

区委会里，张区长拍着焦裕禄的肩膀："裕禄，你这出戏唱得好。等不到天亮，这些'盗书'的'蒋干'就会把咱们制造的情报传到保安队了。"

焦裕禄说："为了邀功请赏，他们还得添油加醋。"

两人相视大笑。

8

那出戏果然在保安队里开场了。

队长陈乐天在听几个探子的情报。那个劁猪的说："陈队长，我看得千真万确，从岳庄到岱庄、北崮山、南崮山、东崮山、天井湾、刘家峪、石马庄、邀兔崖、北蚕场、西沙井、盆泉这十几个村子的房子都号下了，写的有四纵队的，有九纵队的，有独立营的，还有各庄民兵也号了房子驻扎了。我听一个当官的说连徐化鲁的部队都来了。"

陈乐天拍着脑门儿："这么大的阵势？"

那个打牛胯骨的说："阵势确实不小。都说是要在岳阳山打个大仗，人们忙得炸窝一样。还有几十挂大车，听说是给大部队拉的炮弹。俺正打听着，让人抓了，俺编了套谎话蒙过了他们，才跑回来。"

正说着，大胡子等三个还乡团的小头目进来了。他们衣衫褴褛，有的鞋子都跑丢了。大胡子说："陈大哥，俺们弟兄跑回来啦。"

陈乐天问："咋跑回来的？"

大胡子说："共产党要打大仗了，说要转移俺们。这转移还不就是枪毙呀？弟兄们豁出一条命也要拼个鱼死网破，趁他们乱着，俺们打死了几个看守，就跑出来啦。"

陈乐天问："他们那边有啥情况？"

秃头说："从来也没见他们这么乱哄过，好像是有什么大队伍要开进来。"

陈乐天说："我他妈早料到共产党不会轻易丢掉崮山。"

9

接下来出现的情况就让人困惑了。转眼间到了七月尾，七十四师和保安队仍在按兵不动，不打，也不撤。

侦察员来报告，博山城里，那些有钱的商人大车小辆地往外搬运东西，保安队也在修筑防御工事，城里纷纷传说：青纱帐起来了，八路要攻城了。这局势，真中了一句山东老俗话："麻秆打狼，两头害怕。"双方都吃不透对方葫芦里到底卖的什么药。不过对于我方来说，赢得的这段时间正好来做转移和坚壁清野工作，区队和民兵也做好了迎敌的准备。

南崮山村有座形同地堡的砖瓦窑，正对着大路。焦裕禄、张区长、焦方开等人到窑里勘察，要把它改造成防御工事。

焦裕禄对张区长说："张老师，这土窑正好把住路口，位置绝佳，就是个把关的铁将军。"他敲着窑壁，"你听，都烧炼成琉璃了，好像太上老君的八卦炉啊，天然的一个大防御工事。"

焦方开也说："是啊，这窑壁足有六尺厚，把中间掏空了，是个再合适不过的藏兵洞。把弹药、干粮和水运进去，坚守上几天都不成问题。"

看完了大窑，焦裕禄和张区长等人走出砖窑，走进大野地里。焦方开问："张区长，你说这七十四师也真沉得住气啊！都到七月底了，还按兵不动，也不知打的啥主意。"

张区长说："咱们侦察员说，博山县城这半个多月里，那些富家巨商也是人心惶惶。天天有消息说八路要攻城了，正在部署重炮阵地啦，把陈乐天的三县保安队和还乡团闹得军心大乱。他们怕咱攻城，天天忙着修工事呢。"

焦裕禄说："张老师，现在是箭在弦上了，还真等得有些心焦呢。"

回到区委，来开会的各村干部都到了。张区长问："各村的转移工作怎么样了？"

焦方开说："北崮山的乡亲们全部转移到后方去了。"

南崮山的民兵队长汇报："南崮山也完成了转移。"

天井湾民兵队长说："天井湾没问题。一条板凳也不会给还乡团留下！"

石马庄、刘家峪等村的民兵队长也都通报了情况。

正开着会，通信员进来报告："博山的敌人出动了！"

张区长问："哪一部分？"

通信员说："先头部队是三县保安队和还乡团，后边还有七十四师混成旅。"

张区长命令："散会。各民兵队准备战斗！"

敌人终于明白又一次中了"土八路"的"空城计"，疯狂扑向崮山。

焦裕禄带领民兵守在大窑里，这里是拒敌的第一道防线。打先锋的是三县保安队和还乡团，他们被砖窑里的火力压在路边上不能前进。机枪子弹在窑壁上爆起一朵朵土花。敌人用大炮轰击砖窑，窑顶的硬土大片坍塌。保安队和还乡团在炮火的掩护下又一次冲上来。焦裕禄带领民兵们咬牙坚持，向逼近之敌射出一排密集的子弹。

大窑外，崮山、岳阳山的民兵也早抢占了有利地形，与窑上的火力构成密集的火力网，把敌军逼迫在地上爬行。敌人把大窑作为进攻的主目标，炮火越来越猛。

窑顶就要塌了，焦裕禄喊一声："快进工事！"民兵们刚躲进壁洞里，窑顶就在炮火里塌落下来。

敌人冲上来，大窑里的枪声停息了，他们没有得到还击。看到塌顶的土窑已空无一人，他们兴高采烈，大喊大叫："土八路都压在窑顶下边了！"

隐在窑壁里的民兵打起一阵排子枪，丢下一颗颗手榴弹。敌人遭到突袭，被打蒙了头，互相冲撞、践踏，丢下一片死尸，败退下去。敌人再次对我阵地发起炮击，非常猛烈。硝烟未散，又发起集团冲锋。

保安队长陈乐天挥着手枪督阵："收拾土八路就在今天啦，弟兄们快冲啊！"

大窑里，焦裕禄喊一声："撤！"命令民兵扔出一排手榴弹，趁着硝烟的掩护边打边撤离。他们会合南崮山村里坚持拒敌的民兵，退向崮山。

穷追的敌人进村后，才发现这已是一个空村。一伙儿敌人闯进一家院子，他们翻箱倒柜找东西，箱柜全是空的。他们气急地把空空的箱柜用枪托捣在地上。他们扑到厢屋，一进门就踏上了绊雷。石雷爆炸，敌人倒下一片。村子里的草垛边、围墙下、门框上到处都是地雷，蹱上就是一片爆响。

又一次的石头开花。

在逃出村的时候，他们又蹱上了连环雷，死伤惨重。陈乐天也受了伤，满脸是血。他大叫："他妈的，老子又上当了！土八路根本就不在村里。"

副官说："他们都撤到山上去了。看他们火力情况，山上也只有这一带的土八路，兵力薄弱，根本就没什么正规军。"

陈乐天喊着："冲上去！"

村外，大队敌兵重新组织了冲锋，仗着人多势众，漫山遍野攻向大山。紧接着，国民党七十四师混成旅也在军号声、哨子声中扑向山冈。

民兵们倚仗山头险势，拼力抵抗。焦裕征对焦方开说："方开叔，狗日的全疯了，蝗虫蚂蚱似的往上拥，咱的子弹不多了！"

焦方开命令："节约子弹，等狗日的近了甩手榴弹！"

焦裕禄枪法很准，一枪撂倒一个，一边的王西月直向他竖大拇指。焦裕禄再次扣动扳机时，却打了空枪。焦裕禄焦急地喊："西月，我没子弹了！"

王西月摘下自己的子弹袋抛过去，焦裕禄也只找出了四五发子弹。王西月又给他拿来两个手榴弹："禄子，咱们子弹、手榴弹都没了。"

焦裕禄发狠地说："没子弹、手榴弹了，就用石头砸，决不把阵地让给敌人！"

枪声稀疏下来。陈乐天声嘶力竭地喊着："弟兄们，土八路没子弹了，冲啊！"

大群敌兵又号叫着冲上来。从山上砸下雨点般的石块又一次阻挡了他们的进攻！陈乐天挥着手枪大声斥骂着退下来的保安队："他娘的，土八路没子弹了，你们怕个屌！上！谁往回退老子毙了谁！"

敌兵又一窝蜂往上冲。王西月、焦裕征等民兵合力推下一块碾盘大的滚石。躲闪不及的保安队和还乡团被滚石冲碾得七零八落，但是，他们很快又以更猛的火力发动了新的一轮冲锋。双方都打红了眼。

眼看敌人越来越近，焦裕禄甩出了最后两颗手榴弹。手榴弹在敌群中爆炸，保安队和还乡团倒下一片，剩下的敌人退了下去。

陈乐天骂道："他娘的，土八路不是没弹药了吗？"

副官说："土八路一向诡计多端，不可轻敌。"

陈乐天说："估计打了这半天，他们弹药也该绝了。再也不能上他们的当了，冲！"

在他的威逼下，敌兵又向山上阵地冲来。

焦方开摘下肩上背的大刀片，准备和敌人短兵相接。突然间，崮山、岳阳山密林中响起冲锋号声。民兵们一惊："谁吹军号？"焦方开大声喊："同志们，是咱们九纵来啦！"

军号声让民兵们精神大振，阵地上一片欢呼声！穿灰布军装的九纵战士如猛虎下山，从山林里直冲出来，一阵密集的枪声，把冲上半山的敌兵打得连滚带爬地退了下去。

王参谋看见了焦裕禄，他飞跑过来，喊着："焦干事！"

焦裕禄也喊着："王参谋！"两个人在阵地上拥抱在一起。

突降的天兵把敌人打蒙了头。七十四师混成旅旅长问陈乐天："怎么回事，你不说土八路用的是空城计吗？怎么这山林里埋伏着共军的大部队？"

陈乐天直抓头皮："不对呀，土八路明明是弹尽粮绝了，他们连石头都用上了，哪儿来的正规军呀？从天上掉下来的？"

混成旅旅长命令："快往县城撤，小心共军乘机抄我们后路，再攻县城。"

九纵战士们和民兵如猛虎下山，追击残敌。焦方开一看："敌人是往博山撤退呢。"

王参谋笑道："我们的两个团早就把他们的后路断了。"

焦裕禄问："山头镇那边七十四师会不会来打增援？"

王参谋说："焦裕禄同志，上回你们取得的情报，这回可真起到了关键的作用，山头镇的七十四师一部已经解决掉了，这等于掐掉了敌人的后援。部队现在正在攻城呢，博山很快就要回到人民手中了！"

望着七十四师混成旅向淄川龙凤山方向撤离，陈乐天大骂："姓张的，我日你八辈祖宗！"

溃不成军的三县保安队和还乡团残部被包围在岱庄大野里，没死的都做了俘虏。

陈乐天钻进一条水沟里，也被民兵们活捉了。

南下！南下！

1

武装部里，焦裕禄正在补衣服。张区长进来了，他手里提着一块肉、两个点心包。张区长问："裕禄，干啥呢？"

焦裕禄笑笑："张老师，我这衣裳破得挂不住身了，拿针线连一连。"

张区长说："了不得，了不得，没想到你还会针线活儿呢。"他拿过焦裕禄补的军装，赞叹不已，"了不得，了不得！比巧媳妇的活儿还巧哩。"

焦裕禄见张区长手里提着东西，问："张老师，您这是……"

张区长说："裕禄啊，这一仗打完了，该回家看看老娘了吧？"

焦裕禄说："正想请天假呢，就在家门上，可有个把月没回家一趟了。"

张区长说："我批准了，现在就去看老娘，刚割了几斤肉，买了两包槽子糕，给老娘捎去。"

焦裕禄说："张老师，这咋行？"

张区长说："咋不行？你那老娘呀，是天下第一的好娘！多坚强啊！"

焦裕禄说:"张老师,俺总觉得对不住俺娘。俺从大山坑煤矿回来,跪在俺娘跟前发誓,再也不离开俺娘了。可俺没做到。等不打仗了,俺天天陪着她老人家。"

张区长把手按在焦裕禄肩上:"裕禄啊,恐怕还得对不起老娘一回。"

焦裕禄马上站起身子:"张老师,又有任务了?"

张区长按住他:"坐下,坐下。裕禄啊,县委让我和你谈谈对你的安排。"

焦裕禄一时怔住:"对我的安排?"

张区长拿起桌上的茶缸倒了杯水,说:"眼下咱们新解放区在迅速地扩大。上级党组织决定从解放区抽调一批优秀干部随军南下,为解放区的行政管理和土地改革注入新鲜血液。县委点了你的名啊!让区里征求你有啥意见。"

焦裕禄又站起来:"我服从组织安排。啥时走?"

张区长说:"明天天亮就随大队出发。"

2

夜茫茫,雪茫茫。老北风啸叫着,搅着一天一地的鹅毛大雪,在平原上拧着旋子、打着滚儿地撒野。

雪夜里,一支长长的队伍在跋涉。这支队伍前不见头,后不见尾,每个战士都背着背包、米袋、枪支。雪深可没膝,顶头风呛得人喘不过气来,行军的战士走得趔趔趄趄。不时有人掉进雪坑里,一个人陷进雪坑,周围的人连拉带拽半天才能把他拽出来,队伍行进得十分艰难。这支队伍是为支援和建设新解放区而组建的"淮河大队",焦裕禄也在这个队伍里。

从七月离开家,到渤海地区惠民县的油坊张家集训,三个月过去了。南下开始时正是北方冰天雪地的十月天气。淮河大队有一千多人,来自全国各地,以山东人为最多,是部队建制,有三个中队、九个分队,焦裕禄是一中队一分队三班班长。

敌机的轰炸,敌兵的围堵,逼迫他们只能在夜里行军,而且夜奔百里。此刻,走在队伍里的他背上有三个背包、三只米袋、两支枪,差不多有七八十斤重。这些都是替身边的战友背的。背包一个是老涂的,一个是王艾的。

老涂名叫涂明伦,安徽人。本是牛高马大的一条汉子,因为得了重感冒,浑身没有四两力,平时走路还打晃,大风雪夜里行军,一个背包压在身上好像扛着一座山，焦裕禄就把他的背包抢下来了。

王艾是个从苏北来的女娃娃，刚十七岁，瘦瘦弱弱，焦裕禄替她背了背包，连米袋子也捎上了，只让她背上那支七斤半重的汉阳造步枪。这么多东西背在后边，看上去像扛着两三个大麻包。

正走着，身边的王艾一个失脚没影子了，焦裕禄听见她叫了一声："俺娘哎！"焦裕禄四下寻找，看见雪坑里只露着半个头，身子整个陷进去了。焦裕禄忙去拉她，可找不到下手的地方。他只好把背的东西放在一边，去拽王艾。他刚一靠近王艾，扑通一声，自己也掉了进去。他觉得自己在一点点往下沉，再看王艾，连露出的半个头也不见了。

糟了，这一定是个土井，井口让厚厚的雪盖住，就成了一个天造地设的陷阱。这个井到底有多深，他也感觉不出来，只觉得自己在一个劲儿地往下滑，塌下的雪盖住了头顶，连气也透不过来了。

他顾不得多想，赶紧去找王艾，他两手拼命在雪坑里扒着。扒了一会儿，他摸到了王艾的军衣。他拽着王艾的衣服，又拉到了王艾的胳膊。他大声叫着王艾的名字。王艾连吓带摔，差不多快昏过去了。

雪撑不住两个人的重量，他们一下滑到了井的深处，焦裕禄感觉到脚下咔嚓响了一声，水一下没到了齐腰。

他另一只手往外一撑，摸不到井壁，只有软绵绵的雪。上边是压下来的积雪，下边是深不可测的井水，焦裕禄只觉得连空气也稀薄起来，喘不出一口气，憋得胸腔都要炸开了。巨大的恐惧一瞬间攫住了他。他心里叫了声：这下怕是要光荣啦！

他努力让自己定下心来，再摸一把，他摸到了王艾背着的枪。他使出浑身解数，把枪从王艾的肩上解下来，一手托着王艾，一手把枪举起来往上捣。他用这支枪捣出了一个雪窟窿，空气透进来了。清爽的空气让他如同吸了仙气一般，身上顿时有了力气。

捣开了雪窟窿，他也听到上面一片嚷乱的声音。他憋足气力大叫了一声："我在井里！"

上面的闹嚷声一下停息了。他听见有人喊："老焦！"他又大叫了一声："井里啦！"

上面，战友们飞快地扒着积雪，井口被扒开。几个战友用背包绳子系着下到井里，把两个人救了上来。焦裕禄说了句"别管我，快看王艾怎么样了"，就昏过去了。

天亮后，队伍在一个村子里休整，焦裕禄才苏醒过来，他觉得身子像架在炭火上一样，通身燥热，喉咙里直蹿火，后背和两条腿却如同浸在冰水里，连骨头缝都是冷的。他打摆子一样浑身发抖。

他睁开眼睛，看见身边围了一圈人，连王新友政委也在身边。王艾抱着他的一只胳膊，只是哭泣。他咧开嘴笑了，一张嘴仿佛被钳住一样，挣得两片嘴唇刀割一样疼。他说："王艾，你挺够意思的，跳水晶宫里也没忘捎上我。"大家一下子笑起来。

3

一夜百十里的行军，淮河大队很多人支撑不住了。全队一千多号人，全都脚上打了泡，有些人小腿都肿了，行军的速度明显慢了下来。涂明伦走在焦裕禄前边，走着走着，焦裕禄发现他身子摇摇晃晃，直往后仰，忙上前扶住，刚要问他怎么回事，却听到老涂鼻子里发出了打鼾的声音，原来他是睡着了。焦裕禄推了一把，老涂懵懵懂懂醒了，问："在哪儿开饭？"队伍里立刻爆出一阵大笑。

走了一段路，中队长说声"休息"，立马躺倒一片。很多人倒头便睡。中队长说："别睡别睡，这大雪地的，一睡着非得场大病不可。谁来讲个笑话，给同志们醒醒盹儿？"

半天没人应声。

老涂说："中队长，都累成这个样子了，谁还讲得出笑话来？"

焦裕禄站起来说："我给同志们唱支歌行不行？"

中队长说："太好了，焦裕禄同志给大伙儿唱歌，同志们呱唧呱唧啊！"

中队长是河北人，他说"呱唧呱唧"就是让大家鼓掌的意思，大伙儿一起鼓起掌来。焦裕禄就唱了一个《热血滔滔》，这一下，把大伙儿情绪调动起来了。

王艾说："俺也唱一个吧。"

她就唱了一个《打秋千》，大伙儿一个劲儿鼓掌，都说："看不出，这丫头嗓子银铃似的。"

不知什么时候，淮河大队政委王新友也来了。他说："咱们干脆就组织个宣传队吧，把你们中队像焦裕禄、王艾这样的文艺人才推荐出来，排练一些节目。一来鼓舞士气，二来也可以宣传群众嘛！"

涂明伦说："俺老涂也报名参加！"

中队长问："你会啥？"

老涂说："俺会说快板书。"

又有很多人举手报名。

王新友说："好好好！你们中队先搞个选拔，把选出的人才推荐到大队，过几天咱们就把宣传队组织起来。"

淮河大队的宣传队很快就组织起来了。王新友政委还给宣传队买了二胡、板胡、笛子、锣鼓等乐器。他们不仅排练了便于行军演出的歌曲、快板，还排练了一出大型歌剧《血泪仇》。

《血泪仇》是当时很流行的一个剧目。剧情大概是河南贫苦农民王东才为还债把自己的三亩地、两间房抵押给了地主，一家人以讨饭为生。在讨饭路上，王东才的儿子小栓又被田保长抓了壮丁。王东才走投无路，只得卖掉女儿桂花去赎小栓。田保长又欲对桂花图谋不轨。在这个戏里，焦裕禄演男主角王东才，王艾演王东才的女儿桂花，从三中队来的一个大老李演田保长。焦裕禄很快就进入了角色，演得声情并茂。他们一路走一路排练，到了河南鄢陵，戏就在行军的间隙里排练好了。王新友政委决定来一场公演。

那天，淮河大队驻扎在鄢陵标岗村。这村上街口有个带戏台的小戏楼。据说清时村上有个做京官的，这人特别喜欢听戏，告老还乡时带了一个戏班子回来，就盖了这座戏楼。百十年过去，戏楼、戏台都还很完整。王新友政委说："就在这儿公演了。"

一听说八路军淮河大队要演戏，而且是演《血泪仇》，十里八村的乡亲们都来了，加上解放军的一支部队，台下黑压压地坐了一千多人。

这个时候后台却出了岔子。演戏的服装，都是向村上的老百姓借来的，又脏又破。王艾拿着给她借来的一件花棉袄，眉头直皱。这件棉袄要多破旧有多破旧，补了十几个不同颜色的补丁，两只袖子上的洞还露着棉花。她翻开里面一看，头皮一下子就麻了，她看见里边密密麻麻一层麦粒大的虱子，一只只撅着尾巴，头拱进衣裳缝里。王艾说啥也不穿了，谁劝也不听。有人把在另一间屋子化妆的焦裕禄找来了。王艾见了焦裕禄就哭了："焦班长，你看这棉袄，咋穿呀，那虱子一层。"

焦裕禄把那件棉袄拿过来看了看，问王艾："王艾，你参军以前穿没穿过破棉袄？"

王艾嗫嚅地说："穿过。"

焦裕禄又问："生没生过虱子？"

王艾点点头。

焦裕禄说："穷人家穿的棉袄，都这样。你看看我穿的这身。"

他那身棉衣也是从老乡家借来的，更脏更破。焦裕禄把棉袄脱下来让她看，棉袄里子的衣缝里，虱子更多，有的吸饱了血，翘着血红的肚子。焦裕禄说："这棉衣是我和地方上的同志在老乡家借来的，你这件是老乡闺女的棉衣。这父女俩把棉衣借给咱们，他们连戏也不能看了，因为他们父女俩都只有一件棉衣。可为了让更多的乡亲看戏，他们还是把这唯一的一件棉衣借给了我们。我们今天穿上这棉衣演戏，就是为了明天老乡们不再穿这样的棉衣呀，对不对？"

王艾眼里闪着泪花，二话不说，把棉衣穿在身上。

开戏的锣鼓响了。男女主角演得十分投入，台底下的观众也看得忘情。演到女主角被卖一场，台上台下的气氛一下子达到了高潮。

台下，看戏的人纷纷议论。

一位老者说："你看人家演得多好！"

一个女人说："就像真事一样。"

一个中年人说："演王东才的这位同志我认识，是淮河大队里的焦班长，他上午去村上借衣裳、板凳来着。焦班长肯定是受过苦的，演受苦人当然演得活了。"

台上，王东才看到了田保长拉扯着女儿往前走，忙上去拉扯。田保长的鞭子一次又一次抽打下来。王东才护住女儿，田保长一脚把王东才踹倒，皮鞭雨点一样打在他身上。

这时台下哭成一片。有人喊："打死狗日的田保长！"

解放军方队最边上的一位战士端起枪，瞄准演田保长的大老李就搂火，他旁边一位地方干部急忙把枪往上一推，砰的一声，枪响了，子弹射向天空。

枪一响，满场大惊。人们都围过来，纷纷询问着："咋回事？"

那位干部夺下战士的枪："你疯啦，这是演戏！"

那个战士哭着说："俺想起俺爹来啦，俺妹也是被卖了的，俺爹也是让保长打死了的，和这上边一模一样，俺忘了是演戏啦！"

部队的干部命令战士们："都坐好，把枪栓退下来！"

戏接着开演，饰演田保长的大老李出了一身冷汗。

从那以后，淮河大队宣传队就出了大名，部队上来请，地方上来接，一连演了几十场。都知道淮河大队里有个焦裕禄，把《血泪仇》里的王东才演活了。

彭　店

1

两个月后的一个上午，一身戏装的焦裕禄背着背包，走进河南尉氏县彭店区委。

淮河大队本来是要开进大别山的，但此时解放战争已进入大规模的战略反攻阶段，刘邓大军渡过黄河，直取大别山。华东野战军也已经解放了鲁西南，横扫了豫皖苏地区的蒋军。在这种形势下，新解放区的政权建设迫在眉睫。上级党委决定淮河大队留在豫皖苏边区，一九四八年二月，焦裕禄随豫皖苏党委土改工作团来到了河南尉氏县，任彭店区委委员。

那天彭店区区长白常业正给土改工作队队员们开会，焦裕禄在门口喊了一声："报告！"

白区长应声："进来。"

打开门，焦裕禄敬个礼："我是焦裕禄，来报到了。"

他递上介绍信。白区长看了一眼就把他一双手攥住了："焦裕禄同志，好啊！我是区长白常业，县委早就通知我们了，说从豫皖苏土改工作团淮河大队派了个南下干部，来咱彭店区工作，我们早就盼着呢！"

他向开会的土改工作队队员们介绍："同志们，这就是焦裕禄同志，咱们彭店区新任区委委员、土改工作队队长、区武工队队长。"

大家鼓起掌来。

白常业说："同志们，你们知道淮河大队吧？焦裕禄同志就是淮河大队里演

《血泪仇》的主角的那位同志！"

大家一下把惊奇、敬佩的目光投向了焦裕禄。

白区长说："裕禄同志啊，今天我们开得是土改工作队的会，这些全是你的兵，你给大家讲讲吧。"

焦裕禄站起来敬了个礼："不讲了。初来乍到，不敢说什么。只想把这罐子血和大伙儿倒在一处，一起建设咱们的新政权。"

月光如水。院里，白常业区长和焦裕禄坐在区委院子里一个碾台前聊天儿。

白常业说："焦裕禄同志啊，你可能没想到，我认识你！"

焦裕禄说："还真没想到，白区长您……"

白常业一笑："你当然不认识我了，上个月在鄢陵标岗村受训，看了你演的一场戏《血泪仇》。你演得真是太好了，你在台上演，台下哭倒了一片呀。部队一个战士就在俺身边，举枪要打那个演田保长的，我马上把他按住，告诉他这是演戏，才没出事。"

焦裕禄也笑了："那天也把那演田保长的老李同志吓了一跳，脸都白了。"

白常业说："老焦啊，你真是太了不起了。"

焦裕禄说："白区长，俺也是个受苦的人，受苦的人的感受是一样的。俺本来不会演戏，可这样的戏不用人教俺也能演。"

白常业感叹道："是啊！"

焦裕禄说："白区长，咱们区土改的情况，你得多给我念叨念叨。"

白常业掏出烟荷包，用纸拧了支"喇叭口"，递给焦裕禄，又给自己拧了一支："老焦啊，咱们这里的土改，就四个字：困难重重。彭店是当地大土匪头子聂峦的老巢，情况十分复杂。这里是解放区，可不远的尉氏县城和邻近的鄢陵县城都被国民党军队占着，南门外双洎河南岸就是敌占区，所以老百姓不敢亲近工作队。就是贫雇农，也是前怕狼后怕虎，给他粮食，他不敢要；给他地，他不敢种。一怕人民政府长不了，二怕政府对地主恶霸不会彻底镇压，三怕土匪恶霸记变天账，反攻倒算。那个大土匪聂峦说啥，谁跟共产党跑，我老聂回来就扒了他的皮，挖了他的肝，放到油锅里滚三滚！"

焦裕禄说："咱们河南搞的是'急性土改'，群众对形势还不理解。做好群众工作，才是土改的关键条件。这样吧，明天我就带工作组下村去住些日子，先摸摸底。"

2

焦裕禄带领工作队队员进了村，行李卷放在十字街上，村民们远远看着这几个"公家人"，谁也不愿上前和他们说话。

焦裕禄拉住一个担粪的老人："大伯，下地啊？"

担粪老汉支支吾吾："是呀，下地，下地。"

焦裕禄问："大伯，是土改分的地还是自家的地？"

担粪老汉眼睛不停地朝四周张望，嘴里应着："自家的地，自家的地。"

焦裕禄："大伯，分地了吗？"

担粪老汉又紧张地看了看四周："分了，那是东家的地，咱可不能要。"

焦裕禄问："大伯，咱村上谁家最穷，谁家最富？"

担粪老汉一个劲儿地摆手，汗都下来了："这，这个，俺不知道，俺下地啦。"

老汉匆匆忙忙走了。

工作队队员小高又拦住一个抱孩子的女人："大嫂，跟您打听个事儿。"抱孩子的女人警惕地四下张望了一下，说："俺啥都不知道。"说完急急走了。

队员们又问了几个人，人们支支吾吾不敢讲。一个留着猪尾巴辫子的小男孩在一旁玩，笑着说："谁家最穷，俺知道。"

焦裕禄抻抻他的小辫子："好呀，小弟弟，你说，谁家最穷？"

小男孩说："刘庚申家最穷。"

小男孩带着焦裕禄一行来到刘庚申家。

这真正是一个穷家。歪歪斜斜的两间矮草屋，没院墙，夹个篱笆小院。小男孩一指："这就是刘庚申家。"说完小男孩走了。

刘庚申三十多岁，穿身破衣，正和他娘洗红薯叶。穿便衣、挎手枪的焦裕禄推开了他家柴门。刘庚申想躲，已来不及了。焦裕禄问："大哥，请问，你是刘庚申吧？"

刘庚申一下慌乱起来："是，啊，不，不是，你找错人了。"

焦裕禄笑了："大哥，别怕，俺从山东来，也是个穷人。穷人知道穷人的苦处，俺不难为你，只是想跟你唠唠嗑儿。"

刘庚申仍然不开口。焦裕禄在刘庚申老娘面前蹲下，帮着择薯叶，笑着问："大娘，您老有几个儿子？"

刘庚申的老娘看起来有六十多岁，头发全白了。她疑惑地看着眼前这个陌生人，高高的个子，一身洗得发白的灰布军装，满脸忠厚相，她小心地回答："就这一个儿子，靠要饭过日子。"

焦裕禄说："您老从今儿个起呀，就有俩儿子了。俺就是您的二儿子，俺俩养活您，娘呀，您说中不中？"

刘庚申老娘吓了一跳："你刚才喊俺啥来？"

焦裕禄说："俺喊的是娘呀！在俺山东老家，俺娘也像您老这个岁数。"

刘庚申老娘撩起大襟擦擦眼："俺一个要饭的穷老婆子，咋担得起哟。"

焦裕禄把坐在身下的短凳向老太太拉近了些："娘呀，俺娘也要过饭，俺也逃过荒，坐过日本人的监牢，挖过煤，穷人受的罪，俺也全受过，娘，咱是一家人。"

刘庚申老娘问："孩子，你是干啥的？"

工作队队员小高说："大娘，这是工作队的焦队长。"

刘庚申老娘问："队长？是个当官的？"

焦裕禄说："娘呀，俺不是啥官，是给咱老百姓做事情的。"

刘庚申家连一条被子都没有，焦裕禄把自己的背包打开，把一床被褥都给老太太铺在炕上。夜里，他和刘庚申睡在一条土炕上，俩人盖着麻袋，枕着坯头。

刘庚申问："兄弟，你冷不？"

焦裕禄说："哥，咱家炕热着呢，不冷。"

刘庚申说："你把自己的铺盖让给了老娘，跟俺睡这个灰搅柴、土搅灰的草屋土炕，盖这麻袋片片，真委屈你了。"

焦裕禄说："哥，可别这么说。俺在抚顺日本人的煤窑里挖煤，住的是马架子房，盖的也是麻袋片。"

刘庚申说："难为你了，兄弟，俺知道你是干啥来了，可咱彭店搞这个事，难呀！"

焦裕禄拨了拨灯花："咋个难？哥，你说说。"

刘庚申说："兄弟，哥问你，你得说句实话。"

焦裕禄把身子向刘庚申靠了靠："哥，你说。"

刘庚申说："哥就想知道，你们这共产党、人民政府能长远吗？"

焦裕禄说："哥，你放宽了心，这老百姓呀是水，共产党呀，就是鱼。只要有水，就总会有鱼。人民政府是咱老百姓的政府，是为咱老百姓做事情的。这江山本来就应该千秋万代是咱老百姓的江山，有啥不长远的。"

刘庚申说："土匪说你们共产共妻，搞完了就跑，长远不了。"

焦裕禄说："哥，土匪还说共产党是红眉毛、绿眼睛呢，你看看我这个共产党，有啥不一样的？"

刘庚申笑了："一个样，和咱穷人一个样！"

第二天，焦裕禄见刘庚申在院子里编筐，也坐下，拿了把树条子，编了起来。刘庚申看着他熟练地编着条子，赞赏不已："兄弟，想不到你干这活儿还挺在行哩。"

焦裕禄笑说："这编筐织篓，全在收口，收口才见功夫哩。哥，咱多编点筐，到时卖个好价钱，这房子也就能翻盖一下了。"

刘庚申问："这能中？"

焦裕禄说："中！好日子在后头呢。"

刘庚申的老娘在门口喊："你们哥儿俩别光顾上干活儿，快吃饭吧。"

两人答应着，放下手里的活儿，进了屋。炕桌上只有菜饼子、咸菜疙瘩。刘庚申的老娘要盛粥，焦裕禄忙抢过饭勺："娘呀，你上炕，我来！"把老太太扶到炕上去了。他给老太太盛了粥，拿了筷子。

刘庚申的老娘说："孩子，咋让你伺候了，真是的。"

焦裕禄说："娘，儿子侍奉您是应当应分的事。"

老太太又撩起大襟擦眼泪了："孩子，要不是你送了粮食，咱这个家，早就揭不开锅啦。"

焦裕禄说："娘，别这么说，咱是一家子。这日子才开了个头，等以后日子过好了，俺让娘天天有白面烙饼吃。"

刘庚申的老娘说："你这一来，娘就有盼头了。"

焦裕禄说："娘，咱们共产党，就是想让咱们穷人都能看到盼头。"

刘庚申说："娘，俺弟说得对。俺联系了几户穷人，吃了饭，带俺弟去走走。"

3

刘庚申带领焦裕禄来到孤寡老人郭大娘家。郭大娘病了，正在炕上躺着。

刘庚申喊了声："大娘。"

郭大娘听出了声音："是庚申哪。"

刘庚申问："大娘，病好点了吗？"

郭大娘从破被窝里探出身子："我一个孤老婆子，病在炕上，没人端一口水，早死一天，少受一天罪。"

焦裕禄想给老人倒碗水，一看，壶是空的，水缸里只有一点水，他舀了两瓢在锅里，蹲在灶前，拉着风箱给老人烧水。

郭大娘问刘庚申："这是谁呀？"

焦裕禄说："娘啊，听说您老没儿子，俺来认娘啦！"

郭大娘问："你是谁呀，孩子？"

刘庚申说："大娘，这是俺弟，从山东来的，也是咱穷人。"

郭大娘问："大娘让你们闹糊涂了，庚申，你啥时有个山东的兄弟？"

焦裕禄笑笑。水烧开了，他给老人倒上一碗，双手捧给老人："娘，您老喝水。"他抄起水桶、扁担，去井上挑水去了。

郭大娘问刘庚申："庚申，这孩子到底是谁呀？"

刘庚申说："大娘，这是咱区工作队的焦队长。"

郭大娘问："队长？队长是个啥官儿？"

刘庚申抓抓头皮："俺也弄不清，反正乡长也得听他的。"

郭大娘一拍巴掌："哎哟，天爷菩萨，人家这样一个官儿，还认俺这孤老婆子做娘，俺不是做梦吧？"

焦裕禄担水回来了，把水倒进缸里。郭大娘扯住他衣裳："孩子，快歇着，你一个比乡长还大的官儿，给俺挑水，俺怎么承受得起！"

焦裕禄说："娘，您老别见外，俺可不是啥官儿，俺就是您老的儿子！"

4

在彭店住了几天，焦裕禄渐渐地同乡亲们熟识起来。见这个工作干部这么面善，说话句句入耳入心，乡亲们不再心存戒备。

这天，月亮刚升起来，一群乡亲就挤在刘庚申家篱笆院里，其中有郭大娘、担粪的老人和那个带路到刘庚申家的男孩。焦裕禄给大家拿碗倒上水，给抽烟袋的担粪老人点上火："大叔，我一进村那天咱们见过面吧？大叔，您老贵姓？"

担粪老人说："姓刘，叫刘长恩。"

刘庚申说：“长恩大叔祖祖辈辈给人扛活儿，也是咱村最穷的人。大叔胆小，分了地一直不敢要。”

焦裕禄问：“大叔，有啥怕的？”

刘长恩嗫嚅地说：“地不是咱的，怕要了东家不依。”

焦裕禄说：“大叔，不用怕。今天咱就说这个事。大爷大娘、大叔大婶、大哥大嫂，各位兄弟姐妹，这些日子和大伙儿也都熟悉了，各家的热炕头我也坐过了。大伙儿不拿我当外人，我当然也不拿自个儿当外人。我跟大伙儿一样，也是个穷出身。一个'穷'字掰不开，咱是一家人。把大伙儿请到这里开个会，是商量咱穷人自个儿的事情。我先给大伙儿唱段戏文。啥戏文？有出戏叫《血泪仇》，唱的是咱河南穷人受苦的事，我来唱一段。”

唱到动情处，他已泣不成声。乡亲们也在抹眼泪。

焦裕禄说：“乡亲们，我家受的苦，跟这戏文里一样。我爹是让人逼债上吊死的，我嫂子让日本鬼子活活吓死了。我坐过鬼子的牢，又给送到抚顺大山坑煤矿挖煤，逃回来没良民证，在家不能待，又去宿迁逃荒，真是九死一生啊！走上革命道路，我才明白，咱穷人要翻身，就要团结起来，拧成一股绳。”

群众情绪调动起来了。长恩大叔说：“过去总觉得咱就是受穷的命，这些日子听焦队长一讲，咱心里透亮了。”

抱孩子的女人说：“穷人谁不想过好日子哩，咱是让土匪吓怕了。”

一个小伙子说：“焦队长，你说得对。俺们听你的。”

焦裕禄说：“乡亲们，咱穷人要翻身，就要当家做主。咱们今天呀，就要选一个能为咱穷人做事的人当农会主席。咱们还要有枪杆子，建立咱穷人自己的武装组织——保田队，保卫咱们土改的果实。大家看谁当农会主席和保田队长最合适？”

担粪的老汉说：“我看庚申就行。他人厚道，也机灵，有个热心肠。”

大伙儿都说：“行！就庚申吧。”

5

焦裕禄背着一捆柴火进了郭大娘家小院，叫了声：“娘！”

郭大娘忙去接着：“哟，咋背了这么大捆柴火？快放下，歇歇。”

焦裕禄说：“到城里药铺给您老抓了几服草药，回来的路上，就顺便拾了捆柴火。"

郭大娘说："孩子，俺这是修了几辈子福呀……"

焦裕禄说："娘，您老别这么说。"他蹲在灶坑里给老人煎药，煎好了，自己先尝尝，又把药碗捧到老人手上。

彭店村的土改搞得红红火火，保田队也组织起来了。保田队员们发了枪，焦裕禄带领他们在打谷场上训练，教大家枪的用法。

刘庚申家这个篱笆小院，成了全村最热闹的地方。每天晚上，都有很多青年人集中在这里，焦裕禄给他们讲山东解放区，教他们唱歌，这个穷村从没有过这样的快活。

6

大片大片的麦子熟了，大地上浮光跃金。

这一年的年景不错，雨水充沛，麦子长势极好，大大的穗头在风里摇摆着，风从麦垄间挤过来，裹挟着一种甜丝丝的清香。乡亲们心里乐得不行，都说："这下有麦子面吃了！"刘庚申让保田队员背着枪轮班站岗，守护着胜利果实。

焦裕禄、刘庚申和几个保田队骨干队员正在开会。焦裕禄刚说了句："眼下，咱们一个重要任务就是保卫麦收，不能丢失一粒麦子……"区里一个联络员就进来向他报告："焦、焦队长，来、来啦……"

焦裕禄问："别急，慢慢说，谁来啦？"

联络员说："洪大脑袋和佟二愣子来、来啦，说来、来收麦子。有一个团的人哪！"

刘庚申说："洪大脑袋就是鄢陵县保安中队队长洪启龙，这佟二愣子是咱村人，叫佟大民，是洪启龙的副官。"

焦裕禄问："他们到什么地方了？"

联络员上气不接下气地说："到了南门外老桥头了。"

保田队员有些慌了。刘庚申说："我的娘，这下咋办？咱只有十几个人，十来条枪，咋对付？"

焦裕禄沉着地说："三四百人就敢吹成一个团，有啥可怕的？赶快组织群众转移，咱们全力顶住。庚申，你我各带一组，把住两头，枪少不怕，把咱准备的鞭炮和洋铁桶子带上。"

敌人真刀真枪地杀过来，保田队员哪里见过这阵势？到了村外，很多人吓得躲起来了，只集合了十三个人，有十支长枪、三支短枪。焦裕禄把十三个人分成两个战斗小组，他和刘庚申各领一组，很快占据了有利地形。

敌军先头部队进入射程，焦裕禄一声号令："打！"左边坡梁上刘庚申和保田队员打出一排子弹，右边壕沟里焦裕禄率领的一组也打出一排子弹。两边交替开火，把保安队压在一片坟地里。洪启龙带领的保安大队遭到突袭，不敢再前进了。他们伏在坟丘里，向民兵们还击。打了一阵枪，他们听到对方枪声稀稀落落的。洪启龙叫一声："弟兄们，别怕，村里都是民兵，没几条枪，上啊！"

他们一窝蜂般往上冲。焦裕禄指挥民兵们打出一排子弹，刘庚申那边枪也响了。前头的保安队被撂倒了几个，剩下的开始往回退。洪启龙在后边叫着："弟兄们别怕，民兵没几条枪！冲上去啊！"退回来的保安队又折回去往上冲。

焦裕禄一边指挥保田队员们还击，一边对身边的一个队员命令："放炮！"

那个队员把一长串鞭炮挂在一棵矮树上，把洋铁桶放在下面，点燃了鞭炮。鞭炮在洋铁桶里砰砰响声一片，好像机枪连发。前边两组交相开火，保安队又一次被打退，压在坟地里。

保安队佟队副对洪启龙说："洪队长，咱遇上的不是保田队，是正规军。"

洪启龙说："不会吧？不是说彭店除了工作队就是几个保田队吗？"

佟队副说："你听，他们连机枪都有，保田队哪有机枪？"

焦裕禄命令开火时，保田队员们有的心里紧张，早搂了火，有的晚扣了扳机，这样十几条枪错错落落地响起来，无意中有了机枪的效果。

佟队副对洪启龙说："队长你听，这不是机枪是啥？"

洪启龙悻悻地挥挥手："他娘的，撤！"

洪启龙一发话，保安队脚底板上像抹了油，溜得飞快。

刘庚申喊着："保安队跑了！"

保田队员们欢呼起来！

一个队员敲着洋铁筒："咱这土机关枪今天派了大用场，吓退了洪启龙的保安队！"

焦裕禄对刘庚申说："在梁子外再增一道暗哨，密切监视保安队的行动！"

洪启龙带队伍撤到半路，突然，他挥挥手，让队伍停下了。佟队副问："洪队长，咋不走了？"

洪启龙说："你们没觉得这事有点不对劲儿？"

佟队副问："咋不对劲儿？"

洪启龙反问他："交火的时候咱在上风头还是下风头？"

佟队副说："哪还顾上想上风头还是下风头的事？"

洪启龙看了看风向，说："咱占的那坟地在下风头。"

佟队副问："下风头咋了？"

洪启龙说："我咋闻着一股子硫黄味呢？"

"硫黄味？"

佟队副百思不得其解。

洪启龙说："没错，是硫黄味。一股子呛鼻子的硫黄味！"

佟队副问："硫黄味咋了？"

洪启龙说："那是保田队放鞭炮吓唬咱呀，鞭炮里才有硫黄。你想，要真是正规军的机关枪，那么一突突咱得扔下多少弟兄？"

佟队副一拍大腿："对呀！"

洪启龙又说："真要是正规军，咱一撤他不来追击？"

佟队副又一拍大腿："着呀！队长，你真是智赛诸葛，俺咋就没想到呢？"

洪启龙骂道："你们都是他妈的狗脑子，一响枪就尿裤子。"

佟队副问："那咋办？"

"咋办？杀他个回马枪，打他个措手不及！"

洪启龙命令："往回走！"

7

焦裕禄和刘庚申母子正在吃饭，站岗的进来报告："焦队长，洪启龙的保安队又来了。"

焦裕禄推开饭碗："又来了？饭也不让咱吃呀。庚申，你快去招呼保田队的民兵，掩护乡亲们，我到村口看看去。"

他刚到村口，刘庚申带着找到的四五个保田队员来了。保安队也到了离村不到一里地的地方。

看到黑压压上来的保安队，刘庚申愣了："我的娘哎，上来这么多，咱就这几杆烂枪，咋挡得住？"

焦裕禄说："别怕，大敌当前，咱们沉不住气，乡亲们咋办？"

这时，满村乡亲朝村外涌，保安队向人群砰砰打枪。乡亲们一片哭叫声。

危急关头，焦裕禄大喊一声："快趴下。"

老乡们呼啦啦一下全趴在麦地里了。焦裕禄指挥保田队员占住几个坟头，焦裕禄一声"打"，几支枪相继开了火。

洪启龙看见呼啦一下趴下了那么多人，心里一下子没底了："土八路到底有多少人？"

佟队副说："看不出来，你看麦地里趴了一大片，都是穿便衣的。"

洪启龙纳闷儿了："可我就听响了几枪，怎么有那么多人？"

佟队副说："那枪是打的连发，没准儿还真是机枪。"

洪启龙摇摇头："机枪？咋我上回闻着硫黄味？"

佟队副说："没错。你看，队长，那么多人都趴着呢，穿便衣的，是共产党的武工队！"

洪启龙气呼呼地一甩手："他娘的，算老子倒霉！回去！"

见还乡团撤退了，刘庚申问焦裕禄："兄弟，那洪启龙咋就听你摆布？四五百人的队伍，咱打了几枪就把他吓跑了？"

焦裕禄一笑："兵法上不是有'兵不厌诈'这一说吗？咱穿的是和老百姓一样的衣裳，满坡黑压压的人，他哪里分得清是军还是民？"

山不转水转

1

三天后，洪启龙得到了一个情报：那天让他们退兵的，根本就不是共产党的武装工作队，而是彭店村的保田队，别说机枪了，那十几条枪也都是单子儿崩的汉阳造。他非常恼火，冲佟队副骂了一通："他娘的，咱们又让土八路涮了，刚刚有人送来情报，那天，他们根本没多少人。咱们再去彭店走一遭，把那姓焦的队长活捉了，扒他的皮！"

佟队副说:"彭店土改工作队队长焦裕禄,人都说他诡计多端,不可轻视。也许他料定我们还会杀回去,把大部队埋伏下,真要那样我们才会上大当。"

洪启龙问:"那怎么办?"

佟队副说:"队长,我有个办法。"

洪启龙问:"啥办法?"

佟队副拿出一张传单:"队长,你看,这是共产党武工队发的传单,很多弟兄都收到了。传单上说国民党大势已去,要活命只有投靠八路军,识时务者为俊杰,弃暗投明才是唯一出路。"

洪启龙嘴一撇:"共产党就爱弄这玩意儿,有啥稀奇?"

佟队副说:"队长,我就是彭店人呀。"

他与洪启龙低声说了几句。洪启龙连叫:"中!好计!好计!"

2

那天上午,焦裕禄正在区委办公室里看文件,工作队员带着一男一女进来了。那个男人就是洪启龙保安队的队副佟大民,他进门鞠了个大躬:"焦队长。"

焦裕禄问:"你是?"

佟队副拿出了武工队的传单:"焦队长,我是保安队的队副,贱名佟大民。"他指着身边的女人:"这是我贱内。"那个女人也鞠了一躬。

佟大民说:"我看了贵政府的宣传,决心要弃暗投明,解甲归田,当共产党的顺民。"

焦裕禄说:"好啊!"

佟大民诚恳地说:"我早就想回来了。在保安队里,天天睡觉做噩梦呀。焦队长,今天不是向你表功,洪启龙那天打彭店,是我说彭店有八路的正规军,把他吓唬得退了兵。我这么做,是不想让我对不起彭店的父老,成为千古罪人。"

焦裕禄给他们夫妇倒了两碗水:"你能有这认识,很好。我们欢迎你回来。"

佟大民回到彭店,开头几天非常谨慎。他家本来有一处临街的宅院,这几年他不在村上,房子有些破败,院子里长了半人高的蒿草。焦裕禄就让刘庚申派了几个人来帮他收拾房子,还给他送了一些粮食。佟大民为了取得信任,也向焦裕禄讲了一些保安队的事。佟大民通过与焦裕禄的接触,知道焦裕禄是个足智多谋的人，不敢轻举妄动，所以这些日子一般就猫在家里，轻易不到街上走动。

那天，刘庚申背着枪从街上过，让佟大民看见了，他急忙迎上去，拦住刘庚申："庚申哥，干啥去？"

刘庚申说："开会去。"

佟大民拉住他胳膊："来，来，进屋坐会儿。"

刘庚申说："不了，忙着呢。"

佟大民拉住他不放："忙也不在乎这一小会儿，来，来，我们兄弟很长时间没坐下说会儿话了。"一边说着，硬把刘庚申拉屋去了。

进了屋，佟大民招呼他小老婆："给庚申哥泡上茶。"小老婆答应着端来了茶。刘庚申坐下，问："佟二愣子，你向焦队长讲的保安队的情况是真实的吗？"

佟大民拍着胸脯："绝对真实！我还敢讲半句假话呀？"

刘庚申说："你讲的和我们掌握的情况出入不小，到时候验证出来，看你还有啥话说。"

佟大民做出一副委屈的样子："庚申哥，俺是弃暗投明的呀。在保安队里，姓洪的处处挤对俺，俺泼出一条命才跑出来的。俺是盼着早一点抓着姓洪的，出出心里的恶气。"

刘庚申说："你既然回来了，就要听从人民政府的安排，不该问的事，别老是找人乱打听。"

佟大民说："唉，唉，俺记住啦。这些日子，俺哪儿也没去，连大门都没出，拾掇这房子了。"

刘庚申说："人民政府对你实行宽大政策，给你送了粮、送了柴，焦队长还派人给你修了房子，你要心里有数。"

佟大民唯唯诺诺地道："人民政府对我的好处，我一笔一笔都记下了。我在咱村里争取好好干，戴罪立功！"

刘庚申说："那就看你的表现啦。"说完，他走了。

半夜里，佟大民做了个噩梦。他在梦里大声喊叫着："饶命！"

他小老婆点上灯，推醒了他："咋了？又喊又叫的。"

佟大民揉揉眼："俺的娘哎，做了个噩梦。"

小老婆问："啥噩梦？"

116

佟大民说:"梦见焦裕禄发现我给他提供的保安队的情况是假的,让他抓住了,砸上镣铐,拉出去枪毙。这枪一响,我就醒了,出了一身的冷汗。你摸摸,这被子都是湿的。"

小老婆说:"你回到彭店,倒是天天做噩梦了。早知这样,你回来做啥?"

佟大民说:"你知道啥?我这回来蹚蹚共产党水深水浅,万一日后他们真得了势,我也算给自己留了条后路。"

小老婆说:"那洪启龙那儿你咋交代,都快一个月了,你也没给他弄去个像样的情报。"

佟大民说:"人家防得我紧哩。这一个月先把尾巴夹着,过早地有动作没准儿真把锅砸了。"

小老婆把他头按在被窝里:"好啦,睡吧。"又把灯吹灭了。

3

陈毅大军打下了许昌城,有六名伤员转到区里,县委指示由彭店区派人安排,护送转移到杞县老区去。白常业和焦裕禄商量了一下,由焦裕禄带四名保田队员去杞县,完成护送任务。

这天上午,佟大民正在院里喝茶,听见隔墙有说话声,忙凑到墙根下去听。

原来是一个名叫柱子的保田队员来西邻家借骡子。听见柱子问:"大伯,你家骡子闲着了吗?"

邻家大伯问:"是柱子啊,你要用牲口?"

柱子说:"不是我用,是焦队长用。"

邻家大伯说:"焦队长用啊,行。上哪儿?"

柱子说:"上趟杞县。许昌打下来啦,有六个伤员转到咱区,焦队长跟我还有三个队员一起送伤员去杞县后方医院。"

邻家大伯问:"啥时用啊?"

柱子说:"你把骡子的草料备一下,区里到时打条子,头午就走,赶到东北角老白潭打尖。"

邻家大伯说:"好嘞!"

佟大民喜出望外,进屋关上门,对小老婆说:"你快走,有重大情报……"

4

焦裕禄带领柱子和另外三名保田队员，赶着两辆马车拉着伤员上了路。

另一条小路上，佟大民的小老婆挎只篮子躲躲闪闪出了村。

中午过了，送伤员的马车进了老白潭村，焦裕禄让大车赶进路边的车马大店。伙计把两辆车引进院子里。柱子问："白掌柜在吗？"伙计回答："在，我去喊他一声。"一会儿，一个四十多岁的中年人进来了。

柱子叫着："白掌柜。"

白掌柜笑着答应："是柱子哇，到哪儿去？"

柱子说："路过。你给弄个大点的客房，俺们打个尖，准备六斤焖饼，弄个菜汤。"

白掌柜答应："好嘞！赊好吧！"

柱子看了客房，回到车上，众人把伤员扶进屋里。

客房里是一条大炕。他们刚安顿伤员躺在炕上，突然间一阵人喊马嘶，洪启龙带着四五十个匪兵拥进了车马大店，并且堵住了院门，在门口的一名保田队员当时就牺牲了。

匪兵们冲进屋内，焦裕禄和两个保田队员来不及开枪，便被七手八脚捉住，摔在地上捆了个结实。

柱子去给伤员端焖饼，见状躲进马槽后边，跳窗跑了。

洪启龙狞笑着走过来："焦队长，人算不如天算，你还是没逃出我洪某的手心。"

焦裕禄说："你别得意，八路军的大部队近在眼前，谁逃不出谁的手心还说不定呢。"

洪启龙嘲弄说："焦队长，都到了这步田地，嘴硬顶啥用？反正此时此刻你焦队长是在我的手心里啦。捆结实喽，交给开封省政府发落！"

焦裕禄"呸"了一声："你那个政府还能存在几天？"

洪启龙不耐烦地挥挥手，保安队将焦裕禄和两个保田队员用一条麻绳穿起，牵着，赶起拉载六名伤员的马车，出了车马大店，往朱仙镇方向而去。

通往朱仙镇有条半干涸的河道，河堤很高，洪启龙为了不暴露目标，下令从河道里走。

焦裕禄悄声问一个保田队员："咱这是走了哪条路？"

那个队员悄声回答："好像是往朱仙镇那边走。"

保安队匪兵用枪托捣了他一下："不准说话！"

焦裕禄示意两名保田队员，一齐往河岸上爬。

保安队匪兵吼叫着："干啥，他娘的，不想活啦？"

保安队员把他们拉下河，走了几步他们又往上爬。如此儿次反复，行进的速度大大慢下来。洪启龙气急地大叫："再往河坡上爬，就地毙了你们！"

5

柱子一口气跑进区委。白常业区长正在开会，见柱子跑回来吓了一跳："柱子，你咋回来啦？"

柱子上气不接下气地说："白区长，快，快去救焦、焦队长，救、救伤员……我们在老白潭让洪启龙给劫啦！"

刘庚申立时焦躁起来："这可咋办？"

白常业区长对刘庚申说："庚申，你马上去刘塔庙村找军分区报告，我带武工队先赶到朱仙镇，截住敌人，让分区派部队接应我们！"

保安队匪兵推推搡搡押着焦裕禄和两个保田队员往前走。由于焦裕禄和保田队员的反抗，押送的队伍走得特别困难。洪启龙很着急，一个劲儿叫着："快走！快走！再不快走老子就要开枪啦！"

焦裕禄和保田队员干脆就坐在地上。洪启龙用枪顶了下自己的帽子："焦队长，选好坟茔了？是不是想让老子就地毙了你们？"

焦裕禄朗声说："姓洪的，有种你开枪！"

洪启龙把枪顶在焦裕禄的脑门儿上，焦裕禄眼睛也不眨一下。洪启龙悻悻地把枪拿开了。

转过一个河湾，突然，河边小树林里发出一声呐喊："洪启龙，站住，缴枪不杀！"

一支神兵仿佛从天而降，出现在河岸上。军分区的独立营和区武工队三百多人把洪启龙的小股队伍团团围住。洪启龙一下子傻了。战士们猛虎下山一样冲过来，保安队匪兵看见一片黑洞洞的枪口，吓得把枪往地上一扔，抱着头蹲在地上。

白常业割开了捆住焦裕禄和保田队员的绳子。这时，柱子和两个战士早把洪启龙捆了个寒鸦浮水。

焦裕禄对洪启龙说："洪队长，你说得好，这才是人算不如天算！"

洪启龙好像陷进了一场大梦里，干张嘴一句话也说不出来。

6

听到焦裕禄回了彭店，佟大民就知道事情糟了。可是并没有人马上来抓捕他，这让他越发感到惶惶不安。他不知道送情报的小老婆到底咋样了，原想等她回来听听风声再作计议，现在却什么也来不及了，只有快快脱离这个是非之地。

佟大民没想到，在邻家一棵大椿树上，已经有人在悄悄监视他的一行一动了。佟大民从鸡窝里掏出一沓什么纸片，揣在怀里。他出了门，顺着墙根摸过胡同。他走到村口，见村口有岗哨，又折回来。在村口监守的刘庚申忙隐在一面影壁下。佟大民在通向一个菜园子的矮墙下看了半天，他笨拙地翻上了墙头。没想到，他刚落地，就让刘庚申摁住了。

白常业区长和焦裕禄看着刘庚申从佟大民怀里搜出的一沓纸。焦裕禄看了看说："白区长，你看，这是佟二愣画的彭店区委路线图，这是农会、土改工作组、保田队花名册，这是积极分子名单，还有村干部和亲属名单。"

白区长问："他小老婆呢？"

焦裕禄说："让一区大桥乡的民兵抓住了。"

白区长说："老焦啊，今天的事好险，想起来脊梁缝里冒冷汗。"

焦裕禄一笑："老白啊，咱就是个铁砧子命。"

工作刚刚打开了局面，焦裕禄又带领民工去淮海前线支前，一走就是两个多月。

这次支前，他带领一支四百多人的民工队成功地完成了向淮海战役前线运送粮食和弹药的任务。到了目的地睢宁集，这支四百多人的队伍一下子躺倒一片，全饿昏了，可他们运送的三万多斤军粮却一粒不少。他更不曾料到，在睢宁集他竟意外地巧遇了当年的救命恩人老洪。

他和老洪相会的场景让他终生难忘。

到了睢宁集的那天晚上，焦裕禄在街道上漫步。街道上张灯结彩，人来人往，十分热闹。解放军和乡亲们有的聚在一堆聊天儿，有的牵着马去遛马。一阵二胡声传来，把焦裕禄吸引住了。那是熟悉的胡琴声，在拉着一支他十分熟稔的曲子。听到这支曲了，他的血脉立即贲张了。他循着声音找过去。街口上，一群士兵和乡亲围住一个拉二胡的中年人。他埋头拉着《八大锤》中的一段西皮流水，自拉自唱：

> 为国家秉忠心，昼夜奔忙。
> 想当初，在洞庭逍遥放荡，
> 到如今荡敌寇热血满腔。
> 岳大哥他待我手足一样，
> 我王佐无功劳怎受荣光。
> 今夜晚思一计番营去闯，
> 落一个美名儿万载传扬。

听众一片叫好之声。拉琴人抬起头来。焦裕禄大叫一声："洪哥！"

拉琴人正是当年在大山坑煤矿当矿警的老洪！

老洪也怔住了。他揉了揉眼睛，大喊一声："禄子！"

他伸出两手把焦裕禄拉住了。焦裕禄抱紧了老洪："洪哥，怎么在这儿遇见你了？"

老洪的眼睛模糊了："兄弟，咱不是做梦吧？"

焦裕禄抱住老洪不松手："真像是梦里一样啊！"

老洪对他身边的人说："这就是我兄弟焦裕禄，我给你们讲过，他就是当年在大山坑煤矿打死日本监工安藤的那个少年英雄！"

他拉起焦裕禄："兄弟，走，跟哥到屋里说话。"

进了屋，焦裕禄说："洪哥，我咋像做梦一样啊？"

老洪说："刚才你喊我洪哥，我使劲儿掐了一下自己的大腿，我也像做了场梦。一拉这个段子就想起你来了。"

焦裕禄说："洪哥，我从大山坑煤矿走了以后，你受连累了吧？"

老洪说："你走了第二天，鬼子把狼狗牵进矿井，找到了埋在矿井里的安藤。这下大山坑煤矿可热闹了，鬼子严厉追查，我待不住了，就半夜跑了。先跑到徐州藏了半年，又回到老家考城。我回去就参加了县大队，打鬼子。当了县大队长，入了党。鬼子投了降，又当了张营区区长，这回是带上民工大队来支前了。刚才那一圈人，除了队伍上的，全是咱考城县张营区的支前民工。"

焦裕禄说："我是在山东参加南下工作团，到了河南。上级指示在工作团里抽调一部分干部参加地方土改，我分配到尉氏县彭店区，当区委委员、武工队长。这回也是带区里的支前大队来前线送物资了。"

焦裕禄问："洪哥，你咋样，还是一个人呀？"

老洪说："回到考城第二年，娶了媳妇，本县张营的，今年给我生了个大胖小子。"

焦裕禄说："好呀。回河南后，我抓个空儿到考城去看嫂子。"

老洪在焦裕禄肩上重重击了一掌："考城离尉氏又不算远，想我了你就过去住几天。我现在是一摸这胡琴就想起你来。没想到山不转水转，咱哥儿俩又转一块儿来了。"他把胡琴交给焦裕禄，"来，禄子，咱哥儿俩再整一小段。"

焦裕禄说："洪哥，好几年不摸，手生了。"

老洪说："没事，拉上几弓子就顺手了。这把胡琴哥送你了，想哥时就拉一段。"

焦裕禄接过来试了试："还真是手生了。"

老洪给他调了下弦："再拉。不生。"

焦裕禄又拉了几下："嗯，找着调门儿了。"

他拉了一个过门，老洪唱起来。他唱得十分忘情，两人不觉泪雨滂沱。

这些日子，焦裕禄的思绪始终无法从那种状态里走出来。

刚回来，就接到了县委调他去大营区当区长的命令。他正在区部收拾文件，刘庚申来了。他问："弟，你是不是要去大营当区长了？"

焦裕禄点点头："正要跟你念叨这事呢。我还没跟咱老娘说。"

刘庚申叹口气："舍不得你呀，弟。哥这心里……来，你跟哥去个地方。"

焦裕禄问："去哪儿？"

刘庚申不答，拉着他的袖子就走，一直走到一家小饭铺里。

刘庚申说："从你来到彭店，净吃苦受累了。咱兄弟一场，你要走了，哥请你吃顿饭。"

焦裕禄说："哥，在这里吃一顿，赶上在家吃十顿的，咱家里还有个老娘啊！"

他把刘庚申拖出了小饭铺。

刘庚申回到家里，闷闷地抽着烟袋，不说一句话。他娘问："庚申呀，进家这半天了，你咋一句话也不说？到底有啥事呀？"

刘庚申掉起泪来。他娘慌了神："你这孩子，到底是咋了？有啥事？这么个大男人，泪眼巴眨的？"

这时，郭大娘和一大群乡亲来了。郭大娘一进门就问："庚申哪，都说焦队长到大营去了，是真的吗？"

乡亲们也说："焦队长多好的人哪，说走就走了，俺心里空落落的。"

刘庚申老娘这下明白了："怪不得庚申回来直掉泪呢，是俺儿走了。你说这孩子，咋也不吭一声。"

刘庚申说："娘，俺弟怕你和乡亲们送他，没敢说。"

刘庚申老娘说："你说这孩子临走连咱顿饭也没吃。"

刘庚申说："娘啊，我把俺弟拉到小饭铺里，跟他说：'咱俩兄弟一场，你就要上大营了，哥请你吃顿饭吧。'他说：'哥呀，咱家里还有个老娘呀。咱在这里吃一顿，顶咱娘吃十顿呀。'"

刘庚申老娘撩起大襟擦起泪来。

初会黄老三

1

大营区委书记田长林和焦裕禄坐在马车上，赶车的是区交通员小任，一个十八九岁的很机灵的小伙子。一路上，小任不停地哼着歌。

田长林问："小任，咋这么高兴？"

小任说："田书记，你不也说今儿个最高兴吗？接咱们焦区长呗。"

田长林说："小任啊，焦区长到咱们大营来工作，以后你这交通员的任务，就是专跟焦区长。"

小任答应着："太好了。"他甩了个响鞭，马跑得更欢快了。

焦裕禄说："田书记，县委把我调大营区来工作，我可是两眼一抹黑，对这里不熟悉，你得点拨我啊！"

田长林说："老焦啊，县委让你担任大营区委副书记兼区长，是因为这里比彭店的局势更复杂，也更需要你啊！大营的土改，剿匪是重点。这里是方圆百里有名的土匪窝，老乡们说：'大营九岗十八洼，洼洼里头有响马。'咱们区七十多个村子，村村有土匪，大土匪头目就有一百多个。老乡们让土匪祸害苦了。大营这村子，因为有个大土匪黄老三，受害也最重。"

"黄老三？"

"这家伙挺复杂，他曾经是伪县长的把兄弟，也当过大营镇的伪镇长。霸占了几百亩好地，有几百号人的一支土匪武装，横行一方，为非作歹。虽然解放军把他的队伍打垮过，可他一直躲在暗处搞暗杀，反攻倒算，还伺机袭击区部，闹得大营鸡飞狗跳，一年不到，大营换了几任区长，谁也不敢在这里久留。黄老三还有个在解放军里当营长的儿子，凭着这一点，他把区政权不放在眼里，认为共产党不敢把他怎么样。老伙计，大营的情况，我一点没瞒你，在这里工作，你怕不怕？"

焦裕禄说："有党，有县委，有老兄你，还有大营的群众，我没什么可怕的。"

田长林说："伙计，你这么说，我心里就有底了。县委安排我去开封受训一段时间，大营的工作全靠你了，你可得多加小心。毕竟，咱在明处，土匪在暗处。"

焦裕禄说："老兄放心。我这人哪，是铁砧子命，硬着呢。"

2

就在焦裕禄刚到大营的这天晚上，在大营区黄家庄，静谧的夜被一片犬吠声惊醒了。

一队穿黑色夜行衣的人进了村子，他们悄悄包围了一户人家的房子，有的上到房顶上，有的从院墙翻过去。为首一人，穿黑色对襟袄，光头，一脸横肉，五十多岁年纪，腰里别着两支德国大镜面匣子枪，他是大匪首黄老三。

屋里一片乱腾，大人哭、孩子叫，男主人被五花大绑推出来。黄老三头一歪："徐六，你他娘的好大胆子，敢当农会主任！敢让人分我的东西！"

农会主任徐六吐了口唾沫："黄老三，你能啥？"

黄老三冷笑一声："你知不知道，在大营，我黄老三就是皇上他二大爷？晚上惹了我，让你活不到天明；早上惹了我，让你活不到天黑！"

徐六翻了他一眼："你还能多几天？"

黄老三气得腮帮子鼓起来："多一天我也要把惹了我的人笤帚疙瘩剁三截！"

匪徒们把徐六推到大街口。狗吠声响成一片。另外几伙人分别来到街口，他们又抓来几个农会干部。一个土匪来报告："三爷，把保田队长、妇女主任都抓来了。咋个处置？"黄老三下令："拉到南洼，统统活埋了。"把几个人押走时，黄老三又说："埋时把他们的脑袋露出来，牵上牲口套上耙，把他头耙烂了！"

3

第二天早晨，黄家庄惨案的消息报到大营区委，区委书记田长林、区长焦裕禄带领土改工作队火速赶到黄家庄南洼。

眼前的情景让他们一时惊呆了，五个牺牲的农会干部刚从被埋的坑里扒出来，盖在席子下，血肉模糊，惨不忍睹。一个保田队员说："是黄老三和他那帮子'五狼七猴'干的。太惨了，人是埋在坑里，又让耙给耙死的，脑袋全烂了。俺们当保田队的门上也全插了刀子。黄老三放出话来，谁再干保田队，就是这个样子。"另一个土改工作队员说："黄老三这个混账东西，在大营欠下的血债数不清了。他扒过人的皮，抽过人的筋，谁惹了他，别想落个囫囵尸首。"

田长林对焦裕禄说："群众都要求除掉黄老三，只要这小子活着，咱大营的百姓就没法儿过一天安稳日子！"

焦裕禄捏紧了拳头："擒贼先擒王，一定要打掉黄老三这个贼头！"

4

小任背杆鸟枪，跟着焦裕禄去调查匪情。焦裕禄到了大营这几天，天天在各乡各村里转，小任寸步不离地跟着他。为了保护焦区长，他把家里的一杆鸟铳背上了，这鸟铳枪管有一寸粗细，能装一斤砂子四两火药，到时比汉阳造还顶用。

路上，焦裕禄问小任："小任啊，你说，大营最恨黄老三的是谁？"

小任说："焦区长，说起来，咱大营的老百姓，没一个不恨黄老三的，他看见谁家的闺女俊，三天送不到，就要全家遭殃。看中谁家田地，说个'不'字，就杀光全家。他手上有八十多条人命哩，他要杀人了，压根儿用不着找啥理由，骑马走在街上，看见谁不顺他眼，抬手就是一枪。他不高兴的时候，就要杀人找个乐子；他高兴了，也要杀人凑个乐子。最恨黄老三的要算李明了。黄老三把他糟害得最苦了，家破人亡啊！"

焦裕禄说："那咱就去找李明。"

小任说："找李明？那可找不到。"

焦裕禄问："为啥？"

小任说："黄老三专要剥李明的皮，他不知躲到哪儿去了。"

焦裕禄问："到外地去了？"

小任说："没，他还惦记着要杀黄老三报仇哩。可咱大营的九岗十八洼，藏了那么多土匪绺子，找他们都难。李明只有一个人，就更难找了。黄老三找了他两年都没找到他。"

焦裕禄说："小任，你认识李明吗？"

小任说："咋不认识，当年他当过民兵，还是积极分子。"

焦裕禄说："那就好办了。这世上无难事，只怕有心人。咱们一定要找到李明。"

说起李明恨黄老三，真是恨得牙根发痒，恨不得食其肉寝其皮。

李明是大营村的本分百姓，家里有二十亩地，他爹除了种地，还在大营十字街上摆了一个馍篓，卖蒸馍，日子过得还算不错。可黄老三偏偏就不能看见别人日子好过，他天天差人到李明家要馍，一文钱也不给。快过年时，黄老三又来要馍，李明他娘就打定主意向黄老三求情，让他还馍钱。

那一天是大营的集日，黄老三骑着大白马，带着一群喽啰，从大营街上经过。这伙人在买卖摊子上见什么拿什么，一个集日被他们闹得鸡飞狗跳。

他们来到李明爹的馍篓前，黄老三吩咐："快过年了，李家馍篓的馍，别让他们卖了，都拉我家去！"

喽啰们不容分说，拿出腰上缠的布袋就装馍。李明老娘拦住黄老三的马头，苦苦求情："黄三爷，你家在俺馍篓上拿了一年馍了，快过年了，也该给俺个面钱、柴火钱，这小本小利的。"

黄老三问："这是谁呀？"

一个喽啰说："是李明他娘。"

黄老三问："她要干啥？"

喽啰说："要馍钱。"

黄老三哈哈大笑："要馍钱？咱吃她几个馍，是对她多大抬举？不孝敬咱，还要什么馍钱？告诉她，吃下的馍早变大粪了，她要，让她到我家粪池里掏去。"

喽啰推了一下李明他娘："听见了没有？三爷让你上他家粪池掏大粪去，顶你馍钱啦。"

李明娘被推倒了，她爬起来抓住黄老三的马头："黄三爷，你不能不讲理呀！"

黄老三笑说："讲理？在大营，你家顶着谁的天哩，踩着谁的地哩，啥叫理？我黄老三就是理！镰把儿，给我狠狠打这个歪老婆子！"

一个名叫镰把儿的土匪，上去把李明老娘一脚踹倒，拳打脚踢，李明娘昏死过去。黄老三一阵狂笑。

李明得到消息赶来，见母亲不省人事，扑上去揪住黄老三的马缰绳："黄老三，老子和你拼了！"

镰把儿和喽啰们把李明紧紧按住。李明大骂："黄老三，你还有人心吗？"

镰把儿要打李明，黄老三笑笑："算了，三爷我今天高兴，且不和你计较。咱是常穿袍子——没会不上的亲家。小子，你记牢了，在大营，三爷我就是阎王！我让你三更死，谁敢留你到四更！走！"说罢带上一干人马，扬长而去。

李明没想到，黄老三当时没动手，是记着账呢。他在筹划着一个更大的阴谋。那个阴谋，到了李明妹子出嫁那天开始实施了。

那天，一顶花轿抬进李家，新郎官骑在一头骡子上，胸前戴一朵大红花，唢呐吹得欢天喜地。李明家门前围拢了很多乡亲。他们互相询问着："新女婿是哪村的？""梁庄的，听说是个烧窑的小把式。""看这小后生长得多精神，又有手艺，小两口儿以后过好日子。"

李明的妹妹头上顶着红盖头，让伴娘搀扶着从屋里走出来。门口两挂大鞭炮响了。正在这时，另一支迎亲的队伍也来到了。迎亲队伍前是一个庞大的鼓乐班子，吹打得十分热闹，鼓乐班子后边是一顶八人抬的大花轿。

乡亲们诧异："咋又来了一拨儿迎亲的？""看那花轿，八人抬的！""俺娘哎，那不是黄老三嘛！""这太岁来了！"

花轿后，黄老三骑着一匹大红马，戴着大红花，匪众们簇拥在他周围。他们把迎亲的人团团围住。黄老三用马鞭子一指新郎官："你来干啥？"

新郎官吓得脸都黄了："娶、娶亲……"

黄老三冷笑："娶亲，你他娘的好大胆，敢娶我黄老三的女人！给我打！"

几个土匪扑上去，从骡子上拉下新郎官就打。镰把儿和几个土匪连拉带拽地把李明的妹妹从小花轿里拖出来。李明的妹妹挣扎着。几个喽啰把她往大花轿上推搡。

李明抢着锄把冲了出来："黄老三，你有没有天良！光天化日抢男霸女，干这伤天害理的事！"

土匪们拦住李明，李明抢起锄把，打倒了几个土匪。

黄老三喝令："这小子真还不知道马王爷几只眼，给我捆了！"

因寡不敌众，李明很快被按倒在地。土匪们闯进李家院内，一通乱砸之后，把李明捆起来吊在庑梁上。

黄老三命令："动动家法！"

镰把儿上来，用燃着的两束大香烧灼他的腋窝，烫得李明号哭不止。李明的老爹老娘跪在黄老三面前："三爷，求求你放了我闺女和儿子吧，俺李家的宅田全归三爷，没一句怨言。"

黄老三剔着牙："三爷看上你闺女是她的福气，到我家，穿的是绫罗绸缎，吃的是山珍海味，比嫁个臭窑花子强百倍，别他娘的不识抬举！你们家的那点薄地我还真不稀罕，今天我就要李明这条命。小的们，给我往死里打。"

李明被吊打了一个时辰，打得皮开肉绽，几个小喽啰眼见李明没了气，这才簇拥着黄老三走了。

半夜里，李明从停尸的门板上醒过来。他揉揉眼睛，看看四周，灵床前放着烧纸钱的瓦盆，点着引魂灯，风吹得引魂灯忽明忽暗。他挣扎着下了灵床，艰难地推开房门："爹、娘……"

李明的爹娘吓了一跳。李明娘哭倒了："孩子，你死得冤屈呀。到了阴间，别忘了找姓黄的报仇呀！"

李明说："娘，俺活过来了。"

李明的娘摸摸儿子的脸："儿呀，你真活过来了？不！不是！"

李明抓住娘的胳膊："真的，娘，俺没死。你看俺还有影子哩。"

李明爹说："他娘，这是真的，明儿没死。你看真的有影子。"

李明娘叫了声"我的儿呀"，抱住李明大哭起来。

李明爹说："孩子活过来了，哭啥哩？他娘，快给孩子弄点吃的。"

李明的妹妹被抢到黄家就撞墙自杀了。他爹怕黄老三知道李明没死，还来抓捕，连夜让他跑了。第二天黄老三知道李明又活过来了，就又到李家来要人，逼着李明爹把二十亩地写了文书，全给了黄老三，他爹说了句不情愿的话，让黄老三活活打死了，黄老三还声言要李明的性命。

八路军解放了大营，李明才回了家，当上了民兵，一心要报仇，想亲手宰了黄老三这个王八蛋。八路军大部队一走，黄老三又冒出来，轰炸区部，区长都怕在大营工作了，一年换了好几茬人。黄老三发誓要扒李明的皮，李明不敢再当民兵了，一天到晚东躲西藏。

了解了李明的家史，焦裕禄更加坚定了要找到李明的信心。可是，他和小任在洼里转了七八天，把李明可能藏身的地方都找遍了，却连影子也不见一个。

小任泄气了："这李明，难道土遁了？焦区长，我看咱们别找了。"

焦裕禄说："再找找看，也许，李明知道有人在找他了。真要那样，他会出来和我们见面的。"

5

大草洼深处，一个衣衫褴褛的大汉正在靠坡挖的一个土灶前烧火。土灶上吊着一只瓦罐当锅，汉子趴在地上吹火，柴火太湿，吹不着，浓烟呛得他直流眼泪。突然，汉子听见身后有人叫："是李明大哥吗？"

汉子吓了一跳，猛地站起身子。他看见身后站着两个人，想跑。

小任一把抓住他的胳膊："李明大哥，你别走，你看看，我是区上的小任呀。这是咱们区新来的焦区长。"

李明愣了下神，小任说："李明大哥，焦区长为了找你，在大草洼里转了七八天了。"

李明问："找我？找我干啥？"

焦裕禄说："想和你拜个兄弟！"

李明摇摇头："您是区长，想跟俺拜兄弟，为啥？"

焦裕禄说："为了和你一块儿抓黄老三，为大营的百姓除害。"

李明眼睛一亮："这是真的？"

焦裕禄庄重地点点头。李明说："中！中！"

焦裕禄探身朝瓦罐里一看，煮的全是野菜。

焦裕禄说："走吧，兄弟！跟我回大营！"

李明回到家，焦裕禄也把铺盖卷搬到他的炕上，和他住在一块儿。李明这一回来，很多青年人都报名参加民兵队，大家摩拳擦掌要同黄老三斗。李明当了民兵队长，他有了一支汉阳造步枪。

这天半夜，焦裕禄开会回来，见李明还没睡，拿一颗子弹在鞋底上翻来覆去摩擦着。

焦裕禄问："干啥呢？"

李明举起那颗在鞋底上磨得锃亮的子弹："大哥，咱听人说这子弹在鞋底子上一磨就成了'炸子儿'，这颗子弹是给黄老三留的，一枪打进去让他脑袋开花。"

焦裕禄说："兄弟，那可不中。黄老三咱们可是要活的，得交给人民审判！"

李明问："大哥，咱啥时去抓黄老三？"

焦裕禄在鞋上磕了下烟灰："咋了，着急了？"

李明说："都急死了。恨不得立马把这狗日的生擒活拿，扒他的皮，抽他的筋！不光是我急，那些让黄老三糟害得家破人亡的乡亲，哪一个不急啊？"

焦裕禄拍拍他的肩膀："兄弟啊，大营的斗争形势很复杂，黄老三已经在我们的掌控之中，可啥时抓他，要看准火候。"

李明搓着手心："俺急得天天手痒啊！"

焦裕禄说："这些日子要密切注意土匪的动向。记住，急火烧不烂猪头，急水里下不得船桨。你可是民兵队长啊，我们不但要和土匪斗勇，更要和他们斗智，要讲究斗争策略。"

6

离大营西南十几里路远，有一座寺院叫山川寺。

这座寺院不大，却十分热闹。僧人们进进出出，有的在大殿上续香，有的在打扫院落。

一个五十多岁、秃顶的矮胖子数着一串念珠从院里甬道上走过。他就是大匪首黄老三。

一个人从角门进来，他有四十多岁，大块头，一脸横肉。他是黄老三手下的一个土匪头子，名叫李新堂。李新堂着便装，戴青呢礼帽，腰里一左一右掖着两把大肚匣子。见了黄老三，他抱抱拳，叫了声："三哥！"

黄老三抬起眼："新堂来了。"

李新堂看了看四周："三哥，你倒是找了个清净地方。共产党满坡满洼地搜寻你，他们做梦也没想到他们要抓的黄老三就在他们眼皮子底下。"

黄老三笑道："这叫大隐隐于朝。新堂，你说说这些日子有啥情况，你上回说大营区那边新来的那个区长叫个啥？"

李新堂回答："叫焦裕禄。从彭店那边来的。这小子是个辣菜根子，刚一来就把民兵又拉起来啦。你到处找的那个李明，现时当了民兵队长。"

黄老三狠狠把念珠在手上一捽："新堂，你说这大营是谁的天，谁的地？"

李新堂说："当然是三哥的天，三哥的地！"

黄老三说："新堂，你说得对。咱爷儿们的天底下、地上头，不能让别人来扑腾。这几天，你得闹出点动静来，给那个姓焦的来点颜色。能把这小子除了，当然更省去很多麻烦。"

李新堂拍拍腰里的大肚匣子："三哥你放心。今晚我就把李新营、刘三他们几个召上，就到山川寺这儿来议事，半夜就动手。"

黄老三说："行。今儿个我有事上一趟鄢陵，晚上不回来了，你们一定要小心。"

李新堂竖竖拇指："三哥你就温好酒等着好消息吧，有我李新堂，他焦裕禄就不会稳稳当当地待在大营。"

7

傍晚，大营小学校里，焦裕禄正在教学生们唱歌，李明进来了，冲焦裕禄打个"出来说话"的手势。焦裕禄走到门口。李明拉他到院子里："大哥，有个紧急情况。"

焦裕禄问："啥情况？"

李明说:"跟黄老三一伙的一个土匪头子李新堂,召集了几个土匪到山川寺开了会,说要谋一件大事。"

焦裕禄问:"李新堂是谁?"

李明说:"这小子外号花脚太岁,是黄老三的一只手,心狠手辣,杀人不眨眼。"

焦裕禄问:"他们谋什么大事?"

李明说:"今天半夜,他们要到大营来偷袭。"

焦裕禄问:"情报准确吗?"

李明说:"李新堂的一个堂弟,叫李新营,今天找他的一个把兄弟刘三,让他去串通几个当土匪头子的人。我打听到了,一直盯着刘三。没错!"

焦裕禄说:"好,你回去悄悄召集民兵,我就来。"

静谧的夜色里,一队土匪包围了大营村。匪首李新堂双手持两把匣子枪,他身边是他的堂弟李新营。

李新堂问:"新营,你们看清爽了没有,那个姓焦的区长就住在李明家?"

李新营说:"没错。他刚一来大营时,地里洼里到处钻,一夜换几个地方,这一段就一直在李明家住着。"

李新堂说:"正好,三哥指名要李明呢。这回把他和那姓焦的区长一勺烩了!"

李新营说:"没尿事,弄个把土八路,总比砸响窑容易吧。"

李新堂说:"废话,砸得下十个响窑也保不准弄住那个姓焦的。小心为上。记住,把他俩拾掇了就走,尽量别打枪。"

此时,焦裕禄、李明和民兵们借杂物的掩护隐蔽在李明家的屋顶上,周围几栋房子的屋顶上也都隐蔽着民兵。

窗户里透出微弱的光亮。七八个土匪摸近了李明家。

李新营悄声对李新堂说:"大哥你看,有火亮呢。"

李新堂冲他摆摆手。李新营凑到窗户上,用舌尖舔破窗纸往里看了看,又悄声说:"大哥,屋里笼着火盆哪。炕上俩被筒子。"

李新堂说:"火盆有火亮,人刚睡下。"

李新营说:"大哥,压盖子吧!"

"压盖子"是土匪的"切口"(黑话),就是上房顶的意思。

李新堂说:"你还真以为是砸响窑呢?上了房顶子,闹出动静就有麻烦了。"

他冲土匪们挥下手,土匪贴靠墙根站住。他示意两个土匪守门,带其他人踢门闯入。土匪掀开被子，被筒是空的。土匪翻箱倒柜，三间屋子空空荡荡。

李新营说："这他娘的日怪，人呢？土遁了？"

"娘的，一准是走水了！撤！"李新堂觉得有点不对劲儿，忙下令撤伙儿。

门外，从墙根溜过几个民兵，把土匪的岗哨掐住了。一个大个子岗哨挣扎着打响了枪。李新堂带众匪冲出屋外。

焦裕禄和民兵们从屋顶跃下。从李明家院里的玉米囤里、磨屋里也冲出了端着枪、举着手榴弹的民兵。民兵们喊着："不准动，把枪放下！"

土匪想冲回屋内，屋门早被民兵守住。李新堂举枪欲发，他的胳膊马上被几个人死死按住，枪被下了！

土匪们也被下了枪。李明看了一下："嚯，来得不少，李新堂、李新营、张二疤、刘三，黄老三的五狼七猴送上门来四个！"

焦裕禄命令："把他们带走！"

李新堂仗着一身好武功，一拧身跃上墙头，跳墙跑了。焦裕禄和李明跳过墙追去。

李新堂跑进一条胡同里，焦裕禄和李明尾追过去！李明喊着："李新堂，你跑不了啦！"

李新堂隐在一条胡同里，他从靴筒里又摸出一把匣子枪。焦裕禄二人追过来，李新堂抬手一枪，子弹从焦裕禄耳边划过。焦裕禄拽了李明一把，二人隐在一堵矮墙下。他们同李新堂对射，枪声稍停，李新堂蹿出胡同，向村外跑去，焦裕禄和李明紧追不舍。李新堂一边还击，一边向村边撤退。又有七八个民兵追了过来，堵住了李新堂的逃路。李新堂举枪还击，却已没有了子弹。

村边有个大水塘，水塘对岸是一片大苇荡。情急之下，李新堂跳进了水塘。焦裕禄命令民兵："围住苇子坑，别让他钻那里去！"

李新堂洇过水塘，一上岸，民兵刚好赶到。李新堂抱住一个扑过来的民兵，欲夺枪，那个民兵身子一闪，李新堂伸出腿，把他绊倒了。

更多的民兵向这里围过来，李明喊："别开枪！李新堂这小子跑不了啦！"

突然一声枪响，李新堂应声栽倒。

大家围上去，李新堂已被打死了。民兵们称赞："好枪法，正中天灵盖。"

李明问："谁打的枪？"

一个人在塘边树上应声："我！"

他跳下树来。此人一身夜行衣，五短身材，手里提把驳壳枪。

李明问："你是谁？"

来人说："我是梁庄的，叫梁绕来。"

李明问："大半夜的，你跑这里待在树上干啥？"

梁绕来说："我趁晚上到大营来投奔区部的。"

李明问："你是干什么的？"

梁绕来说："我以前在山东那边打铁，让人抓了兵，节前找个冷子跑了回来。土匪知道我回来了，就拉我入伙，我东躲西藏，总怕他们来抓我，听说大营这边咱穷人掌着天下，也有自己的队伍，我就想来投奔。听见打枪，怕是追来抓我的，就躲在树上了。最后才知道是你们抓土匪，就打了一枪。"

李明说："你的枪法挺准的。"

梁绕来说："我打枪没问题，三八枪、汉阳造、手枪，都会打。"

李明说："那好，你就参加我们保田队吧。"

为了加强对剿匪反霸的领导，大营区分了六个乡，这六个乡分别是大营乡、寨黄乡、椅圈马乡、玉陈乡、门楼任乡、石槽王乡。李明当上了大营乡乡长兼农会主席。

这场胜利非同小可，经县里批准，枪毙了在大营村擒拿的黄老三的"三大将"，取得了第一次镇匪反霸的胜利。大营区群情激昂，民兵队伍又得到了扩大。九岗十八洼的土匪惶惶不可终日，有的逃到外地去了，有的觉得自己罪恶不算大，就到区里来自首。黄老三吓了个愣怔，当然也不敢再在山川寺待下去了。

对　决

1

这个梁绕来没有吹牛，他对枪械的熟稔，大大超过了李明的期待。那天保田队的民兵训练，梁绕来教大家拆卸枪支，只见他把一支枪拿在手里，看也不看，三下两下拆巴了个七零八落，然后让人用手巾把眼蒙上，又三下两下把枪组装好了。这个过程中，他的两只手十个指头灵巧无比，像变魔术一样，捏起一个个大大小小的零件，只需在手指肚上轻轻捻一下，便使它们迅速而准确地复归原位。

大家纷纷称奇。

焦裕禄走来看见了，说："真厉害。"

蒙着眼睛的梁绕来看不见进来的是谁，他更得意了："这算啥，真厉害的你还没看见呢。你弄支德国造，弄支美国撸子，再拿个三八大盖，全拆巴了零件混一块儿，蒙上咱老梁的眼，照样严丝合缝地各归各位。不信试试，这才叫真本事呢！"

他说完扯下蒙眼的手巾，愣了："焦区长，你咋来了？"

2

大营区部一间土房门口用白纸写了"土匪自新处"几个字。

小任和李明在土匪自新处等待来自首的土匪。

刚挂上牌子，当天，黄老三手下的镰把儿第一个到区里自首来了。他一进门先鞠了个躬，然后双手将一把大肚匣子枪交上："我是来自首的。"

小任说："来自首，好呀。你叫啥名？"

镰把儿说："我叫韩运来。"

李明在后面怒目圆睁，大喝一声："镰把儿！"

镰把儿抬起头来。李明脸都青了，大声喝问："镰把儿，你睁开你那狗眼看看，俺是谁？"

镰把儿愣了："你，你不是李、李……"

李明问："好大的忘性！刚做的坏事就忘啦？是谁把我吊在房梁上，用香烫我？"

镰把儿仔细一看，见是李明，脸立时变得蜡黄，他扑通一声跪在地上，一左一右打自己的脸："我不是人！我不是人！"

李明喝令："把他捆起来！"

民兵们把镰把儿捆起来了。镰把儿直叫："饶命啊！俺是自新的！"

焦裕禄进来了，镰把儿还在大叫："俺是自新的，为啥要捆俺？"

焦裕禄对李明说："把他放了。"

李明吃了一惊："放了？大哥，你不知道，这小子就是镰把儿，是黄老三的打手，干了不少坏事，我恨不得活剥他的皮，抽他的筋，干吗放了他？"

焦裕禄笑笑，亲自给镰把儿松了绑。

民兵们带着镰把儿出了屋，焦裕禄对李明说："咱们既然挂出了自新处的牌子，头一个来自首的让咱们抓了，那谁还敢来呀？我还想让他现身说法呢。"

第二天，区政府把土匪和潜逃地主的家属集合起来开会，焦裕禄就把镰把儿带到会上去了。焦裕禄在会上讲："今天我们召开这个会，还是要重申共产党的政策：坦白从宽，抗拒从严；首恶必办，胁从不问。你们应该看清形势，解放军把蒋介石彻底打垮了，再想翻天比登天还难。只要劝说你们的亲属来自新，就一定能得到人民政府的宽大，我们说话从来就是算数的，不信你们听听镰把儿咋说。"

镰把儿说："我当土匪，跟着黄老三没少干缺阴丧德的事，现在缴了枪，认了罪，得到焦区长的宽大。你们当家的和我吃一锅饭，谁干过的孬事，我心里全有数，谁家有多少枪，有多大罪，我全清楚。你们快叫你们当家的回来缴枪，要不然，可别怪我镰把儿不够朋友。"

这一来，到区政府自首的人一天比一天多了。

这天，小任和工作队员们做着登记，几个民兵背着一捆枪支来到登记处："任干事，把这几支枪登上。"

小任问："人呢？"

民兵说："不愿露面，把枪扔到大街上了，还有不少是从水井里捞出来的。"

小任犯难了："这算谁的？"

民兵说："找不着主的，就算镰把儿的吧？"

小任说："为啥算是他的？不中！"

民兵说："镰把儿说是谁的枪他都认个八九不离十。根据镰把儿提供的情况，咱们又抓回了不少潜逃的土匪。焦区长说镰把儿有功，应该受奖，让他当大营乡副乡长了。"

小任惊得眼有铜铃大："有这事？"

民兵说："镰把儿自个儿说的，这会儿还在大街口说呢。"

大营乡公所里，李明正在和梁绕来说民兵发新枪的事。

李明说："绕来，这次土匪交上来不少枪，焦区长请示过了，给咱大营保田队留一些，你安排一下，把背鸟枪的那几个民兵的枪换下来。"

梁绕来说："行。那些枪有的不能用了，这几天我得把旧枪拆巴拆巴，再修修。"

李明很高兴："绕来，咱保田队有你这么个懂枪的当队长，真不错。"

梁绕来说："乡长，我老梁可是投奔你来的，我得给你争面子。哎，你知道不？焦区长让镰把儿当大营乡的副乡长了！"

李明一笑："别瞎掰啦。都知道镰把儿是黄老三的一条狗，让他当大营的副乡长，那不是把狗屎当大酱卖呀？焦区长不会这么糊涂吧？"

梁绕来说："千真万确。"

李明说："那我咋不知道？"

梁绕来说："焦区长不是到县里开会去了吗，他回来准会跟你透气。"

李明问："那你咋知道的？"

梁绕来说："很多人都知道了。镰把儿自己说的。"

正说着，镰把儿一步三摇进来了，他背着手东瞅瞅、西看看。李明走出来喝问他："你到处看什么？"

镰把儿拍着李明肩膀说："李明老弟，见咱别老瞪着眼要吃人，咱俩现在是一个锅里搅马勺了。"

李明鄙夷地看了他一眼："谁跟你一个锅里搅马勺？"

镰把儿得意地说："你还不知道吧？我就要当副乡长啦。"

李明"呸"了一声："就你这德行，当了啥在俺眼里都是一摊狗屎。快走！快走！看不见这儿正忙着吗？"

镰把儿讨了个没趣，走了。

梁绕来说："你说这焦区长也真是，镰把儿这样的人现在能跟你平起平坐，以后谁还当好人？"

焦裕禄刚从县里开会回来，进了院子，小任迎过来："焦区长，李乡长来了。"

焦裕禄说："他常来，又不是稀客。"

小任努努嘴。焦裕禄进了屋，见李明蹲在地上，桌子上放着他的枪和子弹袋。

焦裕禄问："来啦？"

李明不语，脸冲着墙，拿起焦裕禄的烟荷包，自己卷了根"喇叭筒"抽起来。焦裕禄自己也卷了一支，陪他抽。可他一支"喇叭筒"没抽完，李明已抽了三支。

焦裕禄笑了："行啊，这烟厉害，我一根还剩个烟屁股，你三根早烧完啦。"

李明站起来，把枪往焦裕禄跟前一推："我这乡长不干了！"

焦裕禄问："为啥？"

李明反问："你说为啥？我没法儿干了！"

焦裕禄问："咋就没法儿干了？"

李明说："你放了镰把儿不说，还提他当了副乡长，跟俺平起平坐，这好人、坏人一个价，狗屎都当大酱卖了，我没法儿干！"

焦裕禄笑了："兄弟，我必须告诉你，对大匪首黄老三，咱必须要先挖了他的山墙，不拔光他的翎毛，就难孤立他！要钓大鱼，你就得放个长线。"

3

此时，黄老三坐着骡马大车回到了大营乡的黄家庄。

这一回，他是大摇大摆地露面。

他下了车，在街上踱着方步。有看见他的人，赶紧往门洞里躲闪。

黄老三哈哈笑着："别躲啦，我黄老三看见你了，你怕个啥？告诉你们，谁要跟我黄老三作对，我迟早会找他算账。共产党敢抓我吗？实话告诉你们，我儿子是共产党的人，当着八路正规军的营长，他们还能把我咋了？老子今天在村里祠堂大摆酒席，有胆的都来喝酒吃肉，我倒要看看哪个共产党敢来赴宴。"

他刚要进大门，一个老太太跌跌撞撞从旁边一个旧院落的门口迎出来。她有七十多岁年纪，穿一身打补丁的破衣裳。老人是黄老三的娘。她满脸戚色："儿啊，你回来了！"

黄老三连忙去扶她："娘！"

老太太情急中让门槛绊了一跤。黄老三连忙把她从地上搀起来："娘，看您老人家慌啥哩，摔坏了没有？"

老太太说："娘惦着你呀。不要紧，让这门槛子绊了一跤。"

但老太太这一跤大概摔得不轻，都站立不住了。黄老三拔出大肚匣子枪，照着门槛就是一通猛烈扫射，打得一片木屑横飞。他娘吓得双目紧闭，几乎瘫倒在地。

黄老三喊着："娘，娘，您咋啦？"

老太太说："儿呀，你要把你娘吓死呀！"

黄老三说："我把绊倒您的这混账东西打平了。娘，不论是人还是物件，谁让你不痛快了，就跟这门槛子一个样！"

黄老三搀住他娘的胳膊要往大门里走，他娘却推开他，摇摇晃晃到老屋去了。老屋是一座破旧的老房子，紧挨着黄老三新修的高门楼深宅大院。黄老三只好跟着进了老屋。他扶着老太太坐在炕上。

老太太说："三儿啊，你五十开外的人了，别这么不着槽道行不行？我这病，生生是让你吓出来的。"

黄老三赔着笑："娘，我记住了。"他打开包袱，拿出一些绸缎衣服和金银首饰，"娘呀，一会儿赴宴的亲友就来了，您还是换上这衣服吧。"

老太太说："我病着，又不上你那院去，穿啥都一样。"

黄老三说："娘，亲友们会来看您，您还是住到那院去吧。房子本来就是给您盖的，您住这旧房里，穿破衣裳，让人看着显得我忤逆不孝。"

黄老三又拿出金镯子："这些金银首饰，拿了多少回您都给我扔出去了。今儿个有客人，您呢，就把这金嘎子、金镯子全戴上。"

老太太说："戴上这不干净的东西，我死了也得下阎王爷的油锅。"

4

李明从乡公所走出来，看见镰把儿在门口等他。镰把儿见了李明鞠了个躬。李明问："你干什么？"

镰把儿说："乡长，我在门口等你大半天了。"

李明问："等我干啥？"

镰把儿说："乡长，黄老三回来了！还在村口摆下宴席说请焦区长去赴宴呢，那阵势太可怕了。"

李明问："有啥可怕的？"

镰把儿说："黄老三知道我自首了，没准儿会得冷子把我杀了。"

李明鼻子里"哼"了一声。镰把儿说："咱快去找焦区长，让他派人去捉黄老三。"

李明说："这你就甭操心了。"

镰把儿说:"乡长,我真是又急又怕呀,你快去找焦区长,让他把黄老三抓回来,枪毙他!"

李明集合了民兵,准备去捉拿黄老三。出发前,他做了简短的动员:"同志们,黄老三这老狗露面了!咱们今天到黄家庄去执行任务,捉拿黄老三!这一去,务必旗开得胜,活要见人,死要见尸。大家听我号令行事。"

正要走,焦裕禄来了:"李明,干啥去?"

李明说:"到黄家庄,抓黄老三去!"

"胡闹!"焦裕禄的脸色一下子沉了下来。

李明说:"大哥你就放心,保险把这个魔头的脑袋给你提回来!"

焦裕禄问:"谁批准你去抓黄老三了?"

"抓黄老三还得有人批准?"李明大惑不解。

焦裕禄说:"那当然,你现在是乡长了,不能违反组织纪律呀!"

"那你到大营来,不就是为了抓黄老三吗?"

"没错。"

李明问:"那我抓黄老三有啥错?"

焦裕禄说:"你不想想,这黄老三为啥在这个时候出来了?"

"没想过。"

焦裕禄说:"也许他是来探探虚实,看看咱的水究竟有多深。再就是他儿子当着解放军的营长,他自以为工作队不敢动他。"

李明点点头。

焦裕禄说:"还有一点,黄老三从暗处走到明处,是给那些还残存的土匪打气哩。"

李明说:"那正应该把这老浑蛋捉拿归案!"

焦裕禄说:"不是不抓,是时机还不成熟。黄老三有上百个人、上百条枪,就你们十几个人、七八条枪,怎么和他打?好了,让大伙儿解散,回去。"

李明说:"我的区长大哥,你知道外边有人说你啥?"

"说我啥了?"

李明说:"说你私下里见了黄老三,和他拜了兄弟。还说黄老三给了你一把德国大镜面。"

焦裕禄说:"这话还真沾边儿。今天我就到黄老三那儿借枪去。"

5

黄老三在家正和一群朋友喝酒,他的几个姨太太相拥左右,还从城里请了一个唱花旦的戏子筱飞云唱戏助兴。

酒宴上一片觥筹交错。一个乡绅说:"老三有雅兴,这筱飞云可是万香楼的得意弟子,翠云班的头牌旦角,你听这小嗓子,银铃似的。"

黄老三眯着眼睛听戏,手指在大腿上打着鼓板。

一个大胡子客人说:"没想到啊,三哥还真会做神仙,偎红倚翠,风流快活。"

黄老三笑得眼眯成一道缝:"刀啊枪啊,那些玩意儿已经玩累了。这次回到黄家庄,就是要过几年清闲日子。"

大胡子客人说:"就怕共产党不会让你当这个自在仙。"

黄老三说:"我儿子也是共产党的人,在八路军里当营长。按他们的说法,我这叫——"

乡绅接说:"军属。"

"对,军属。他们敢对我咋样?再说了,不管他什么党,要想在大营站住脚,他就得来拜山头。"

正说着,一个匪兵进来了,在黄老三耳边说了几句话。黄老三吃了一惊:"什么,大营区长焦裕禄来了?"

乡绅拊掌大笑:"这不是,拜山头的还真来了。"

匪兵又附耳问了句。黄老三朗声一笑:"见,为啥不见?他敢来我不敢见他?笑话,让他进来!"

焦裕禄被蒙着眼睛带了进来。黄老三一看焦裕禄被蒙着眼,佯装生气地说:"这是谁干的?咋给贵客把眼睛蒙了?快摘下。胡闹!"

匪兵给焦裕禄取下眼罩。黄老三问:"你是谁?到俺家干啥?"

焦裕禄说:"我是大营区区长焦裕禄,听说你大会各方宾客,特来相会,顺便借匹马使使。"

"借马"就是借枪的意思,这是土匪的"切口"。

黄老三大笑:"好好好,按老规矩,待客!"

匪兵用匕首插了一块方子肉,直送到焦裕禄嘴边。焦裕禄一张嘴咬住刀子,把肉吃下去了。黄老三说："共产党里也有懂咱们规矩的人。好，吃了这英雄肉，就算是朋友了。不过嘛，要借马，你得有借马的胆儿。你真有胆儿，这马，俺黄老三送了！"

他从酒桌上抄起一只青花瓷碗，放在焦裕禄头上，说声："请吧！"

焦裕禄顶着碗，站在厅上。黄老三走出几十大步，抬手一枪，顶在焦裕禄头上的碗应声而碎。几个女人发出尖叫声。黄老三说："来人，摸摸他的裤裆湿了没有？"

焦裕禄大笑："黄老三，你太小瞧人了，尿裤子的人敢上你的阎罗殿？"

两只碗倒满了酒。黄老三率先端起酒碗："焦区长，浊酒一碗，不成敬意，黄某先干了。"他端起酒碗，一气儿干了，把空碗亮给焦裕禄。

焦裕禄一笑，也端起了酒碗，把酒喝干。

黄老三抱拳说："焦区长海量，黄某佩服之至。"

焦裕禄说："老三，我说的是掏心窝子的话。不想和你打来打去，如果咱俩能交个朋友，大营的百姓就会过上少灾少难的太平日子。"

黄老三又满上一杯酒："按规矩，咱们三碗酒之前不说别的，请吧，焦区长。"

焦裕禄一拱手："请。"

两人端起酒碗一碰，干了第二碗。

黄老三问："焦区长，你刚才说合作，那咱们咋合作哩？"

焦裕禄又把酒碗推过来："还是按老三你定的规矩，喝下三碗再说。"他倒满了两碗酒，"来吧，老三，这碗算我敬的。"他率先喝干了碗里的酒。黄老三略迟疑了一下，也端起了酒碗，把酒喝干了："这酒还是我敬焦区长的。"

焦裕禄淡然一笑。黄老三拊掌大笑："真没想到啊！没想到，没想到，八路军里也有焦区长这样的英雄好汉。"

焦裕禄说："八路军个个是英雄好汉，要不怎么把小鬼子撵回东洋三岛去了。老三，按规矩，我还得回敬你三碗。来，先干头一碗，为了咱们好好合作。"

两人把碗碰了个响。

黄老三一抹嘴："痛快！痛快！太痛快了！焦区长，说吧，咱们怎么个合作？"

焦裕禄说："只要你命令你的弟兄放下武器，向人民认罪，我们可以不追究。我还可以推荐你当大营的区长。"

黄老三问:"咱就这么合作?"

"不行吗?"焦裕禄又倒上一碗酒,端起来。

黄老三却不端酒碗:"我的弟兄向你们交枪、认罪?"

焦裕禄点点头,装上一袋烟。黄老三冷笑:"这也叫合作?自古拉杆子的吃的就是油锅里捞命的饭,过的是刀尖上舔血的日子,俺们有啥罪可认?再说,你会让俺当区长?你做梦都想毙了俺才是真的。"

焦裕禄说:"想毙了你我干吗找你喝酒来了?"

黄老三点点头:"是、是这话。"

他把酒喝干了,又倒上一碗,两人又碰了个响。

焦裕禄重新满上酒:"老三,我看,咱还得来三碗。"

黄老三舌头直了:"焦、焦、区长、区长,黄某、黄、黄某甘拜、甘拜下、下风。"黄老三嘴里这么说着,右手探进怀里,掏出一支手枪。

焦裕禄微微一笑:"老三,想让我看看你的这一匹马?"

黄老三并不回答,哗啦一声压了火,在手中掂了掂,枪口往上抬了抬,猛然丢给焦裕禄:"焦、焦区、区长,马、马在你、你手上了,要想崩、崩了我,你现在、就搂火,省得我家里人、到、到外边去收尸。"

焦裕禄一把接过,在手里掂了掂,笑而不答,把玩一阵,说声:"好马!"

黄老三用眼睛瞟着焦裕禄。焦裕禄说:"老三,我知道你是老江湖,也够朋友,不然我也不会单人匹马闯你这三宝殿了。"言毕,轻轻甩手,把黄老三的枪丢回。

黄老三尴尬地笑笑:"好,好,好,焦区长果然、果然是个江湖人!"

焦裕禄又端起酒碗:"来吧,接着喝!"他一仰脖子干了碗里的酒。黄老三颤抖地端起酒碗,刚喝了一口,酒碗掉了下来,他也瘫坐在椅子上。

焦裕禄一笑,说声"告辞",回转身子,从容不迫走出黄老三家院子。路上,焦裕禄靠着一棵杨树吐得翻江倒海。

6

他跌跌撞撞回到区里。

交通员小任正和两个女同志讲他的故事:"只见我们焦区长大喊一声'不许

动'，从房顶上跳下来，好像丈二金刚从天而降。土匪一个个都吓傻了。说时迟，那时快，喊里咔嚓，焦区长和大伙儿把土匪的枪都下了，十几个杀人不眨眼的土匪泥塑木雕一般，束手就擒，土匪头子李新堂拧身跳上墙头……"

焦裕禄进了屋。小任见他脸色苍白，头上一层白毛汗，慌了："焦区长，您这是咋了？浑身是酒味，在哪儿喝成这样了？"

焦裕禄说不出话，只是摆手。小任赶忙扶他坐在椅子上。两个听故事的女同志面面相觑，互相交换着眼神。其中一个年轻些的女同志给他倒了杯水。焦裕禄这才看见两个女同志，一个三十来岁，留齐耳短发，另一个十七八岁，梳着一条长长的辫子。留短发的名叫高存兰，留长辫的名叫徐俊雅。

小任不好意思地说："焦区长，您……这是县委派到咱们大营区清匪反霸工作队的两个女同志。"

两个女同志站起身子。焦裕禄强颜笑笑："是，我是焦裕禄。很抱歉，我喝……喝多了。小任，先安排两位同志去休息，咱们明天谈。"

小任把两个女同志带走了。

回到住的地方，两个女同志一脸失望的表情。

高存兰说："什么剿匪英雄，整个一个醉鬼。"

徐俊雅说："高姐，你说咱们咋办？跟上这么个醉鬼领导，要不我申请调到别的乡去吧？"

高存兰说："你还没参加工作呢，先看看再说吧。"

徐俊雅说："我最讨厌男人喝得烂醉，一看见心里就不舒服。"

高存兰说："是让你在大营工作，又不是让你来嫁他。"

徐俊雅捶了一下高存兰："高姐，你说什么呢！"

高存兰叹了口气："在县里就听说大营有个焦区长，是了不起的清匪反霸英雄。我就想，这个人一定是个子高高，面如重枣，声如洪钟，谁知一见面，整个一醉八仙。"

第二天上午，小任拎了一只包着棉布套的茶壶来敲门。他进了屋，把茶壶放在桌上："焦书记让给你们送壶开水进来，问问你们生活上有什么困难需要解决。"

高存兰问："谢谢。焦区长好些了吗？"

小任说："焦区长胃疼了一夜，把胆汁都吐出来了，天亮了才睡了一小会儿。一会儿还要下乡。"

徐俊雅问："他经常会喝醉吗？"

小任说："我从没见过焦区长喝过一滴酒。昨天那情况也把我吓坏了。"

高存兰说："你昨天还没讲完呢，最后怎么了？"

小任说："焦区长擒了黄老三的四大将，等于断了他的左膀右臂，大营的百姓都说，咱们焦区长呀，是诸葛亮再世，赵子龙重生……"

正说着，焦裕禄进来了："你们可别听他胡说，我哪有那么神。"

小任一吐舌头。

高存兰拿出介绍信交给焦裕禄说："焦区长，我叫高存兰，从县妇工部来的。她叫徐俊雅，就是尉氏本地人，家在南街。"

焦裕禄看了一眼介绍信："欢迎你们啊！小高同志、小徐同志。田书记前些日子还和我说呢，我们的清匪反霸斗争特别需要有文化的女同志做青年团和妇女工作，你们来了太好了。"

高存兰说："焦区长，你可不能叫我小高同志了，我怕是比你还要大呢。"

焦裕禄说："那叫你高大姐吧。你呢，也别喊我焦区长，这里同志们都叫我老焦。"

高存兰说："那我也叫你老焦了。老焦，徐俊雅可是我们的女秀才呢。人家上过中学，识文断字，歌也唱得好。"

徐俊雅脸立刻红了："高大姐，你瞎说什么呀。"

软山芋砸铁头

1

黄老三半躺在床上，小老婆正给他捶背，钱铁头来了。看见黄老三一脸落魄的样子，钱铁头很感意外，他说："三哥，你这是咋了？"

黄老三说："唉，玩了一辈子鹰，临了让鹰把眼给鹐了！"

钱铁头问："咋回事啊，这是？"

黄老三摇摇头："让人灌醉了。"

钱铁头吃了一惊："谁啊，能灌醉你？"

黄老三说："大营区新来的那个区长焦裕禄。"

钱铁头气狠狠地说："得手我宰了他！"

黄老三说："铁头，眼下不是斗勇的时候，得斗智。李新堂、李新营全栽他手里了，你得给他们闹出点动静来，让大营人知道，我黄老三还有没折的胳膊，这块天终究要靠谁来撑着。"

钱铁头会意："明白。"

第二天，他便率一支队伍来到门楼任村。

满村子狗叫，亮灯的窗户一下子全灭了。钱铁头骑着一匹大白马，一副凶神恶煞的样子。他命令："挨家挨户把人喊起来，就说我钱铁头来了，要训话。谁敢不去，把他腿给我敲断了！"

一户人家孩子哭着，孩子的娘吓唬他："还哭！钱铁头来了！"

孩子吓得不敢哭了。

有人在外边敲窗户："快起来，到东大院开会去！"

这家女人说："孩子病了。"

敲窗的人放下一句话："少啰唆，钱铁头队长说了，少一户也不行！"

村民们被土匪驱赶到一个空旷的大院子里，大院子门口有土匪站着岗。钱铁头开始训话："门楼任村的村民们听着，我钱铁头又回来啦！告诉你们，现在国军已经开始反攻了，共产党长不了啦！共产党要搞土改，把东家的土地产业分给你们，那是欺骗。你们晚上听见蛤蟆叫的啥了吗？'花是花，土地要还家。白是白，谁的还归谁。'这是天意。你们分了东西，如果不送还给东家，上天就会给你们降灾。土改工作队进了村，谁家开了他们的会，我钱铁头可有顺风耳、千里眼，我知道了，杀他全家！"

闹腾了大半天，钱铁头才带着人马走了。

第二天，焦裕禄带领土改工作队的小任、高存兰、徐俊雅来到门楼任村。可是，村街上的老乡们都躲着他们，不敢和他们接触。每一个人的眼神里，都充满了疑虑和恐惧。

焦裕禄问一个老乡："大爷，你贵姓啊？"

老乡的脸马上就扭过去了。

焦裕禄转过去问："大爷，你怎么不去开会啊？"

他的脸又扭到另一边。

焦裕禄装了一袋烟递给老乡，点上火。

徐俊雅说："大爷，你别害怕，这是咱大营区的焦裕禄区长。"

老乡往四周看了看，最后才说："焦区长啊，俺叫任狗窝。跟你说实话吧，谁也不敢开你们的会。土匪放下话来，谁搭理你焦区长，就把他全家杀了。"

焦裕禄和队员们跟着老汉回了家。老汉的家是两间东倒西歪的草房，只有半截儿炕，炕上摊着床烂被子，两块土坯算是枕头。屋里只有一只铁锅、两个草筐。老汉把草筐扣过来，让小任、高存兰、徐俊雅坐了。焦裕禄盘腿坐在炕上。见老汉的被子破得不成样子，焦裕禄拿出随身带的针线给老汉缝补被子。

徐俊雅和高存兰看呆了。

高存兰说："老焦，行啊，你还会干这活儿。"她凑过来看了看，招呼徐俊雅："俊雅，你看，焦区长这针脚多匀实，比女人还灵巧呢。"

徐俊雅抢过针线："我来，我来！"

高存兰说："老焦哇，你这针线活儿跟弟妹学得吧，你那媳妇一定是个巧手女人。告诉大姐，她是做什么的？"

焦裕禄说："大姐，我在老家的时候成过亲，后来就离开了。还有个女儿，已经六岁了，从她生下来我就没回去过。自己在外边这些年，衣裳破了让谁缝补去？一来二去，这针线活儿就练出来了。将来再有了媳妇，她不给我缝缝补补呀，也难不住我。"

高存兰说："老焦，对不起，不该问你这些。"

徐俊雅一走神儿，把指头扎破了，轻轻叫了一声。

高存兰走过去："你个妮子，咋把手指头扎了？哎，你干吗脸红哩？"

任狗窝在烧水，焦裕禄凑过去拉风箱，问："大爷，咱们门楼任村有多少富户呀？"

任狗窝说："这个……这个还真不好说……"

焦裕禄又问："大爷，你老人家家里还有啥人？"

任狗窝说："俺兄弟仨，大哥叫狗饶，二哥叫狗恨，俺叫狗窝，听这名儿就是要饭的命，仨人三条光棍儿。"

有人来招呼他们去吃饭，说："焦区长，任老七家的饼烙好了。"

焦裕禄说："今儿个哪儿也不去，就在大爷家吃了。"

任狗窝很为难地说："焦区长，不是我不留你们，咱家实在拿不出你们吃的东西啊！那任老七家是咱村有名的富户，有酒有肉，你看，俺只有这几个花生皮掺野菜蒸的窝窝了。"

焦裕禄说："大爷，您能吃，我们也能吃。大家都是苦出身，穷人的饭，吃了心里踏实。"

焦裕禄让大家吃糠菜窝窝，吃得小任、小徐、高存兰直咧嘴。

焦裕禄问徐俊雅："小徐，这窝头咋样？"

徐俊雅犹豫了一下："不好吃，垫牙。"

焦裕禄说："是啊，这窝头是不好吃，可咱们穷人都吃了几辈子了。咱们干革命的目的，就是不让穷人世世代代再吃这种东西。"

任狗窝感动了："焦区长呀，俺看出来了，你是个好人。咱这门楼任村，是钱铁头的地盘，你们白天来了，他们夜里就来，闹得人心惶惶。钱铁头是黄老三的把兄弟，前些日子听说你们找黄老三，钱铁头也藏了。这一带九岗十八洼，处处有响马，他一藏就找不着了。听说黄老三出来了，钱铁头也就又露面了。一天不弄住钱铁头，咱门楼任村的乡亲就一天不敢抬头。"

焦裕禄陷入沉思。

2

半夜里，一片犬吠声。土匪进了村子。他们踢开了任狗窝家的柴门，抓走了任狗窝。

乡亲们被驱赶进一个大院。大院的房顶上站着荷枪实弹的土匪。钱铁头又训话了："我放过的话大家还记不得？我说过，谁搭理了共产党的工作队，就杀他全家！我钱铁头的话，虽不是金口玉言，可也不是狗放屁。任狗窝不信马王爷有三只眼，通了共产党的工作队，今天就来打发他上阳关！来人，把他吊树上去！"

几个匪兵把任狗窝吊在树上。

任狗窝大骂："钱铁头，你他娘的不是人，是畜生！是混账王八蛋！"

钱铁头用马鞭子敲着任狗窝的头："骂吧！骂！我钱铁头就是不怕骂！我就不信你的舌头比我的刀子厉害！来，把他的舌头割了。"

上去两个土匪扭住了任狗窝。他们撬开任狗窝的嘴，抽出了闪着寒光的刀子。任狗窝发出一声肝胆俱裂般的号叫。

钱铁头大叫："谁通共产党，任狗窝就是个样子！"

女人怀里的孩子哇的一声哭起来。

焦裕禄是第二天早晨才知道钱铁头到门楼任村的消息的，他率武工队赶到门楼任村，村里让钱铁头糟蹋得一片狼藉，一些房子还在烧着。

他抱着任狗窝的尸体走在村街上，工作队员跟在他身后。愤怒的火焰在队员们的眼中燃烧。

3

三天后，在大桥镇一家名叫"佛跳墙"的小饭铺里，来了四个贩柿子的客人，他们找了个靠窗的位置坐下来。这几位客人是焦裕禄、小任和两个武工队员化装的。

掌柜的过来了："几位大爷，换个地方吧，这桌早就订出去了。"

小任说："俺们来得最早，你这还没上几桌客哩，就订出去了？"

掌柜的说："是个常客订的，人家一个集空必来一回，就这张桌。"

小任说："那俺们就在后边这张桌吧。"

掌柜的堆起笑来："好，几位吃点啥？"

小任说："来一盘炖烧秤钩豆腐，一盘香椿小鲫鱼，一盘羊肉土豆粉，再弄点长果仁。来斤半淯川锅盔。"

掌柜的应声："好嘞。"

焦裕禄从布袋里拿出几块红薯，说："掌柜的，把这红薯给咱烀一烀行不行？"

掌柜的把红薯接过来："嚯，这红薯好大块头，狗脑袋一样大。"

焦裕禄指着两块最大的："这两块放在锅底下烀，整个地烀，不要切开，加大火，烀得烂烂的。"掌柜的答应着去了。

一会儿工夫，菜上来了。掌柜的指着炖烧秤钩豆腐："诸位尝尝这炖烧秤钩豆腐，这是用老浆水加香醋，发酵了再点石膏，能用麻绳提、秤钩子挂，在锅里炖，越炖越香，从清朝就有名了。"

焦裕禄夹了一块："真不赖，挺有咬头。"

掌柜的问："老板不是本地人？"

小任说："到咱这地方贩柿子的。"

掌柜的说："咱这一带的柿子有名的好，号称小蜜罐儿。"

焦裕禄问："你这饭馆有啥招牌饭菜？"

掌柜的回答："有羊肉烩面、熏鸽子。最大的招牌菜是卤野兔，野兔子扒了皮风干，加火硝在老汤里炖，光作料就有几十种，别人做不出咱这口味。来一只尝尝？"

焦裕禄说："咱不爱吃兔肉。"

掌柜的说："那算您没口福！咱这饭馆就叫'佛跳墙'，就是冲这卤野兔叫的。你不知道，俺这地面上有一个鼎鼎大名的钱大爷，专好吃咱这卤野兔。隔一个集空准来一回，你们刚才坐的那桌子，就是专门给他留的。今儿个又该来了。"

焦裕禄问："人家一个鼎鼎大名的钱大爷，能上你这小馆子来？"

掌柜的说："我蒙你干啥，一会儿钱大爷就来，他比表还准哩。给他准备的卤野兔，从早晨就下汤锅了。"

焦裕禄对几个同伴说："要不咱也来一只尝尝，破破规矩。"

不多时，听得外边几声马嘶，钱铁头和一个护兵来到院子里，早有人接了他的大白马牵走了。

小任悄声说："来了。"

钱铁头进来，掌柜的忙接上，安排到那张桌上去。钱铁头坐下，掌柜的先递上手巾把，让他擦了脸。钱铁头叼上大烟斗，掌柜的急忙点上火。掌柜的问钱铁头："大爷，还点别的？"

钱铁头说："老样子。今儿个喝清烧。"

掌柜的拉长声吆喝："好嘞，清烧一壶。"

钱铁头指着焦裕禄那一桌："这桌客人是哪里的？"

掌柜的说："贩柿子的。人家本来不爱吃兔肉，我说您老人家专门爱吃咱这招牌菜，人家也要了一只。您就是俺的福星。"

焦裕禄那桌菜上齐了，焦裕禄招呼着大家喝酒，吃野兔肉。

焦裕禄说："这卤野兔还真是不错，到口就酥，又烂又香。"

掌柜的说："咋样，没哄您吧？"

焦裕禄说："要不是你说有个大名鼎鼎的钱大爷爱吃这卤野兔，俺还真不想吃哩，差一点就把这好口福错过去了。"

那边桌上钱铁头哈哈大笑起来。掌柜的说："你们看，钱大爷也高兴了不是！"

焦裕禄说："今天有这口福，得敬钱大爷一杯。"

他端了酒过去："钱老板，请赏光。"

150

钱铁头也举杯站起来："好好好！诸位从哪儿过来？"

焦裕禄说："山东平原县。"

钱铁头说："咱尉氏柿子到你那山东地面能卖好价钱不？"

焦裕禄说："还行。熟过了的晾了柿子饼，也比别处的好卖。"

说着跑堂的叫红薯来了，焦裕禄就让小任去接着。

钱铁头叫道："哎哟，这么大个红薯？"

焦裕禄说："人家卖柿子的给的，好沙土地长的。老板来块尝尝？"

钱铁头推辞着："不，不……"

焦裕禄说："别客气，尝一块。"

他端过那块最大个的红薯，小任端过来另一块。

钱铁头推让着："不，这块忒大了……"

焦裕禄说："大了才好吃。"

趁钱铁头推让，焦裕禄猛的一下把热红薯砸在钱铁头的脸上。

与此同时，小任手里的那块红薯也砸向了钱铁头的护兵。

钱铁头猝不及防，被烫得大叫一声。焦裕禄利落地拧过他一双手臂，下了他的枪，一反手把他摁倒。

与此同时，钱铁头的护兵也被制伏了。

两个队员把钱铁头和他的护兵捆了个寒鸭浮水。

钱铁头挣扎着大喊大叫，焦裕禄把枪抵在他下巴上："钱铁头，我们是武工队，再喊就崩了你！"

捉放曹

1

夜里，焦裕禄和李明睡在草铺上。

李明脱衣服时，口袋里掉出了那颗"炸子儿"，他拿在灯下端详着。焦裕禄问:"想啥呢?"

李明伤感地说:"想明天就是清明节了,黄老三还没抓住,俺给俺爹俺妹上坟说啥呢?"

焦裕禄说:"就说爹呀、妹呀,俺就要去抓黄老三啦。"

李明说:"不能这样说,俺从小到大,没跟俺爹娘说过一句假话。"

焦裕禄说:"不是假话。明天让你带民兵执行抓捕任务,去捉黄老三。"

李明一下子从炕上坐起来:"哥,这是真的?"

焦裕禄说:"当然是真的。"

李明兴奋得直搓手:"好!太好了!咱总算等到这一天了!"

焦裕禄说:"你咋不问到哪儿去抓?"

李明问:"是不是去黄家庄?"

焦裕禄说:"到钱街村。"

李明问:"他到钱街了?"

焦裕禄说:"区里得到情报,明天清明节,黄老三要到钱街去给钱铁头上坟。"

李明问:"为啥?"

焦裕禄说:"钱铁头让我们枪毙后,黄老三这些日子一直足不出户。他要给钱铁头上坟,无非是表示他对手下匪众的爱惜,再就是给其他党羽打气,让他们顽抗到底。"

李明骂道:"这只老狐狸!"

焦裕禄说:"你去抓捕黄老三,要遵守三条纪律:第一,不能把他打死,必须活捉;第二,不能打骂他;第三,黄老三心狠手辣,要注意避免伤亡。"

李明大声答应着:"记住了。"

2

钱家墓园在一片杨树林里。

钱铁头的新坟前设了一张长案,上面摆放着各种供品和香烛之类。

钱铁头手下的百十个匪众来上坟。他们都身穿孝衣,戴孝帽,跪在坟前。黄老三跪在最前头,他也穿了孝衣,用麻绳扎着腰。

黄老三在香炉里上了香:"铁头兄弟,你死得惨。大哥会给你报仇的,大哥要让杀你的人一百条命换你一条命！只要大哥活着，年年清明节，大哥来给你烧纸。兄弟，大哥为人你知道，凡是跟上我黄老三出生入死的，都是我的生死兄弟。哪一个兄弟的命黄某能换下的话，大哥眉头不会皱一下。铁头兄弟，你就放心走吧！"

他站起身子："弟兄们，给铁头兄弟送一程啊！"

他把枪举向天空。一百多支枪一起举向天空。枪齐声打响，惊飞一群乌鸦。

黄老三吹了吹枪口："弟兄们，眼下正是咱们心往一处拧的时候。一些事也不瞒你们，最近有不少弟兄向共产党缴了枪，区里贴出告示，让弟兄们去自首，人各有志，大伙儿心里咋想的，不妨借这个时候话讲当面，我黄老三不会怪罪你们。但是如果哪一个背后捅刀子，我黄三即使虎落平阳，也会有千里眼、顺风耳，你们都知道我眼里插不下棒槌！到时候，可别怪我拔香头子。"

钱铁头手下一个小匪首说："三哥的大量咱们都知道。我跟了钱大哥这么多年，钱大哥没了，咱也得想想自个儿的后路对不对？"

匪众们小声议论起来："听说只要到区里缴了枪，登个名字，以前干的事人家不追究。"

"家里没地的，人家还分给地呢。"

"黄大哥手下的镰把儿不也去自首了吗？还进了保田队呢。"

一个匪首厉声说："共产党的迷魂汤真把你们灌晕乎啦，咱们得听三哥的！"

黄老三说："今天我就去大营，会会这个焦区长！他要把我杀了，你们各自奔前程。我要囫囫囵囵地回来，愿意跟着我的兄弟爷儿们，我一个都不亏待。"

3

李明带着保田队员在设伏。一个队员问："李乡长，黄老三会回黄家庄吗？"

李明说："他的左膀右臂这一段让咱们砍得七零八落，黄老三疑心大，觉得还是他老窝保险，一直住在黄家庄。"

队员问："乡长，你那'炸子儿'带了没有？"

李明把子弹掏了出来："带哩。"

那个队员把子弹推上了枪膛。李明问："干啥？"

那个队员说："黄老三一露头，我就给他来个脑袋开花。"

李明说:"焦区长反复嘱咐不能打死他。"

那个队员说:"枪是我开的,大不了关我两天禁闭。"

李明说:"退出来!"

那个队员只好又把子弹退出枪膛,李明重新把子弹装回衣袋里。

又过了半天,黄老三还是不见踪影。

队员问李明:"李乡长,这黄老三到底回不回黄家庄?"

李明说:"这小子是属兔子的,跑直道。他从钱街往家走,只有这条路。"

这时有四匹马过来了。李明悄声命令:"准备战斗!"

从大路上过来的是黄老三的喽啰,并没有黄老三。李明压了下手,四匹马过去了。

队员问:"乡长,刚才过去的是黄老三的护兵,咋没黄老三?"

李明说:"再等一会儿。"

树丛那边有人学斑鸠叫,这边有人回应了两声。一个放哨的队员过来了:"乡长,黄老三一个人去大营了。"

李明骂了句:"这个王八蛋!"

焦裕禄正在办公室批文件,听到外面一阵喧闹声。

民兵的声音:"站住!黄老三,你知道这是什么地方?"

黄老三的声音:"你们干什么,我是来找你们焦区长的。他到我家和我交朋友,我不能来看看他呀?"

焦裕禄一愣,一个民兵进来了:"焦区长,黄老三来了!"

焦裕禄问:"李明呢?"

民兵说:"是黄老三自己来的,说是来看你。"

焦裕禄走出办公室。黄老三问:"焦区长,是不是你要抓我呀?我黄老三今天可是单人独马自己送上门来的。"

焦裕禄一笑:"好啊,来了就是客人,进屋坐。"

进了办公室,黄老三自己拉条板凳,大大咧咧地坐下:"我说焦区长,黄某今天自个儿送到你手里了,要杀要剐由你啦。不过我还要问你一句,你到我家和我交朋友是真是假?"

焦裕禄问:"真了咋样?假了咋样?"

黄老三说:"要是假的,往下就别说了。要是真的,今天咱俩好好聊聊。"

焦裕禄说："好呀，难得你有这雅兴。"

焦裕禄给黄老三倒了碗水："老三，你这几年这么折腾，想没想过，这人活着图个啥？"

黄老三说："焦区长，这还不好说？活着就图个痛快。有酒喝、有肉吃、有女人，对不对？人就是苦虫呀是不？念书的人说，十件事里不如意的有八九件，如意的不过一两件。这一年三百六十五天，痛快的日子也不过几十天，这么算起来，人这一辈子，加起来也没几天痛快日子是不？所以我说活这一辈子人不容易，我不能憋屈自个儿，最要紧的是我得痛快。"

焦裕禄说："为了你的痛快，有多少人不痛快？岂止是不痛快，还要搭上自己的身家性命，甚至破产败家，你想想这些还能痛快吗？"

黄老三笑了："焦区长，我这人生来只认一个理儿，我只管我自己痛快。要是有人让我不痛快了，那他活该倒霉。"

焦裕禄卷了两支烟，递给黄老三一支："老三呀，你说咱听过的那些故事里，牛呀、马呀、狐狸呀，甚至豺狼虎豹呀成了精，都要变成个人的样子。这些东西变成人可不容易，要苦苦修炼几百年呢。你说咱们也没修炼，一生下来就披了张人皮，咱要对得起这张人皮不是？"

黄老三大笑。焦裕禄问："你笑啥？"

黄老三说："我笑你这话咋和我老娘说得一模一样。"

小任拎只茶壶进来，黄老三把抽了一半的烟卷在鞋底上按灭了，自个儿从兜里摸出烟斗、烟荷包，装了一袋烟："我老娘说我上辈子一定是个什么豺狼虎豹，阎王爷错给我披了张人皮。"

焦裕禄说："你呀，好好琢磨琢磨老太太说的话吧，道理深着呢。"

他做个手势，小任出去了。

黄老三说："我这个人啥都不信，不信上辈子也不信下辈子，我只信这辈子，这辈子不能白活了。"

"咋叫不白活？"

黄老三说："老爷们儿，就得活出个八面威风来，对不？我老娘不明白这个，我活得八面威风，也是为了让我老娘活得体体面面。焦区长，你不知道，从三岁我爹死了，我娘守寡拉棍子上百家门儿，把我养大了。我从小发誓，得让她过上好日子。"

焦裕禄说："难得你有这孝心。"

黄老三说："我从小最心疼我娘。我十二岁那年，我娘得了场病，想吃鱼，正是十冬腊月，河里冻了一尺厚的冰，我拿了把冰镩子，下河里去逮鱼，不小心一下镩在大脚趾上，把脚趾弄断了，只连了点皮。我把大脚趾一把拧下来，嘎嘣嘎嘣嚼着咽到肚子里。这脚指头是我娘给我的，我不能扔了。可就从那时起我娘就说阎王爷给我错披了人皮。"

焦裕禄说："这天下当娘的都一样，都指望儿子走正道。我老娘就常对我说，天上一颗星，地下一个人。人做了善事，他那颗星就是亮的。谁要做了恶事，他那星就是暗的。"

李明带着民兵回来，正遇到梁绕来和小任。

梁绕来问："李乡长，你们去抓黄老三了？"

李明说："是啊，这小子没回黄家庄，说是上大营了。"

梁绕来说："是啊，正和焦区长说话呢。"

李明问："说啥话？"

小任说："刚才我进去送水，听焦区长讲什么狐狸精变人的故事。"

李明抓抓头皮："狐狸精变人？讲这些干啥？"

屋里，焦裕禄和黄老三还在聊着。

焦裕禄问黄老三："老太太跟上你享福了没有？"

黄老三说："喀，别提了，我为我娘盖了那么大的套院，她说啥也不住，自己一个人住在旧房子里。给她做的绫罗绸缎衣裳，从来也不穿，还穿破的。金银首饰细软给她，一点也不要。"

焦裕禄说："老太太觉得穿了用了这些东西不痛快。你要真孝敬老人家，不是给她这些东西。"

黄老三说："我当然是真孝敬，我在外头把脑袋掖在裤腰带上混日子，不就是为了让我娘享福吗？"

焦裕禄说："这样的福老娘享不了。我离开家时，我娘做了好几双鞋让我捎上，说：'儿呀，你走遍天下穿上娘做的鞋，不把路走歪了，就是孝敬娘。'"

黄老三问："你们共产党也讲孝道？"

"咋不讲？共产党不但讲孝道，还把为人民服务当成自己的宗旨，把天下父母当成自己的父母孝敬。"

黄老三说："那我儿子咋不孝敬我呢？他不也是你们共产党吗？"

焦裕禄笑了："咋不孝敬你？"

黄老三说："前些年，他的队伍从河南路过，他回过一次家，只看了看他奶奶，给他奶奶磕了个头就走了，他不认我这个爹。你说他连他亲爹都不认了，还算讲孝道吗？"

焦裕禄说："为啥不认你这个亲爹？那原因不是明摆着吗？"

李明和梁绕来、小任还等候在门外。

李明说："聊啥呢，这半天？狐狸精变人跟黄老三有啥干系？好不容易送上门来，关了不就妥了！"

正在这时，黄老三大笑着从焦裕禄屋里出来了。走过李明身边，他意味深长地看了李明一眼。

李明进了焦裕禄的办公室，从腰里拔出两支手枪，摔到焦裕禄面前。他的手颤抖着，脸色铁青："我这乡长不干了。你焦区长的胳膊肘朝外拐了！"

焦裕禄笑了："先别生气，你还没听我说呢。"

李明一扭身子："一个杀人魔王黄老三，自投罗网，咱们就这么放了？看来你真心与黄老三交朋友。"

焦裕禄扳住李明的肩："现在黄老三是啥？是把线牵在咱们手心里的一条上钩的鱼。抓他容易，可他还有那么多的喽啰爪牙，要钓别的大鱼，还需要他这根长线。"

"反正我想不通。"李明抓起枪，气哼哼要走。

这时梁绕来回来了。梁绕来说："焦区长，这黄老三一出村，就被一帮兄弟接走了。我本想派人跟踪，让他们发现了，为了安全，只好让保田队的同志撤了回来。"

焦裕禄点了点头，陷入沉思。

4

一些七结八扭的事萦绕在焦裕禄心头，让他心神不宁。他摘下墙上的二胡，定了定弦，拉了起来。因为心里有事，胡琴拉得有些心不在焉。

徐俊雅来了，不忍心打扰他，站在窗外听。听了一会儿，徐俊雅敲门进了屋子。

徐俊雅说："焦区长，你太了不起了。"

焦裕禄摸不着头脑："我？了不起？有啥了不起的？"

徐俊雅说："黄老三在别人眼里是只老虎，在你眼里就是只癞猫。说抓就抓了，说放就放了。"

焦裕禄说："这就了不起了？小徐呀，要说了不起，可不是我焦裕禄，而是咱们的党，咱们的这个队伍。离开这个队伍，我算个啥？对不？"

徐俊雅说："反正你讲的我都觉得有道理。"

焦裕禄说："不能这么说，你是中学生，咱土改工作队学问最高的人，你要能独立思考。你来有事？"

徐俊雅说："焦区长，眼下咱们土改到关键时候了，我想着，为了教育群众，我们工作队可以排演几出戏。"

焦裕禄兴奋起来："好呀。"

徐俊雅说："听人讲焦区长在南下工作团的时候演过《血泪仇》的男主角，演得可好了，还听说看戏的战士忘了是在看戏，要拿枪打那个演伪保长的演员。"

焦裕禄笑笑："这你也知道？"

徐俊雅说："你的故事大家都在讲嘛。"

焦裕禄问："那咱排什么戏？"

徐俊雅说："就演《小二黑结婚》。我扮小芹，你扮小二黑。"

焦裕禄腼腆地一笑："不行，我比你大七八岁，演不像。"

徐俊雅说："那有什么？你不会打扮得年轻一些吗？"

焦裕禄摸摸自己的脸，笑了。

徐俊雅说："这些日子一忙起来，你就顾不上刮胡子了，头发胡子乱蓬蓬的，也不讲究穿衣服了。"

焦裕禄瞧瞧自己身上："我接受你的批评。其实呀，我本来也不是个邋遢的人，小时候家里穷得揭不开锅，可是娘还是让我和我哥都上了几年学。每天放学回家，娘就捏着一把小笤帚，把我身上扫一遍。那时穿的衣裳补丁摞补丁，可总是干干净净的。"

徐俊雅："以后你有衣裳要洗，就给我留着。"

这时李明急慌慌来了："大哥，镰把儿出村了，有点诡诡秘秘的。"

焦裕禄问："他往哪儿走了？"

李明说："我看这里边肯定有问题，让人盯住他们了。"

焦裕禄拉上李明："走！"

5

焦裕禄和李明带着几个民兵尾追过去，他们隐蔽在一片错杂的树丛中。在离他们不远的一面土坡下，镰把儿学了两声斑鸠叫。另外一个地方也学斑鸠叫了两声。随后他向一个土岗走过去。

焦裕禄和民兵们也随着潜行过去。岗沟里黑压压有二十多个黑影。

李明大吃一惊，悄声说："原来他们藏在这儿啊！"

焦裕禄示意他不要出声，土岗下，那一片黑影喊喊喳喳在说着什么。

一个声音说："镰把儿，你咋出来这么晚？"

镰把儿说："你们不知道，这几天风声有点紧。"

那边问："出啥事了？"

镰把儿说："那个李明从一开始就盯上我了，这几天他们好像又察觉了什么，那回李明带保田队去抓三哥，就没让我和梁绕来去。我总觉着我的一举一动都让他们掌握着。"

那边的人问："你和老梁把上回从杞县弄来的五十条枪藏什么地方了？"

镰把儿说："就在这岗子后边的大树底下。"

那边的人说："我们今天就把枪运走。"

镰把儿说："你们快弄走吧，我这几天光做噩梦。三哥胆子也忒大，自个儿找上门来了。"

那边的人说："别担心，三哥是搞了一个疑兵计，先把姓焦的头闹蒙，让他乱了方寸，才好拾掇他。"

镰把儿说："说这都没用，他们已经怀疑我了。"

那边的人说："不会吧，你不是给他们写了好几个名单，帮他们抓了不少人，缴了不少枪吗？干吗怀疑你？"

镰把儿说："你们不知那姓焦的，那可不是个好哄的主儿。我交代出来的，没有一个是三哥的人，大都是别的绺子里的。我觉得他们看我的眼神都有点不对头。我跟老梁就要露馅儿了。"

那边的人说："三哥有话，现在不宜有大动静。咱们还是去把枪弄出来吧。"

几个人到了大树下，七手八脚刨开坑，把枪挖出来了。

那边的人说："好枪，锃新的三八大盖。"

眼看土匪们就要散去，李明说："打了吧！"焦裕禄捂住他的嘴，按住他的手。

镰把儿一到村口，就让等在那里的李明和民兵们抓住了。

镰把儿是个软蛋，没等问就全招了。焦裕禄和李明秘密审问他之后，把他关在一间屋子里，有两个民兵在门外看守。镰把儿想跑出去，可门上了大锁，门口有人严严实实地把守着，他摇摇窗户，窗户也很结实，他颓然坐在地上。

这时，一个身影从后窗下闪过，是梁绕来。他从窗户孔里用绳子递进一只小镐头。镰把儿忙接住，脱下自己的上衣把小镐头盖住。

审完镰把儿，李明问焦裕禄："大哥，你咋不让打呢？那么一捆枪，镰把儿交代是五十支，不老少的。到了黄老三手里，是个祸害。"

焦裕禄说："不能打。镰把儿比这五十支枪重要。这些枪，黄老三咋弄走的，会让他咋送回来。"

李明说："镰把儿说这枪是梁绕来从杞县弄来的，没想到这小子是个暗藏的土匪。"

俩人正说着话，外边一片乱嚷："镰把儿跑了！"

两个人急忙追了出去。焦裕禄和李明赶到街上时，镰把儿在村街上跑着，七八个民兵在后边紧追不舍。他们喊着："镰把儿站住！再跑就开枪了！"

镰把儿知道民兵们不会开枪，他拼命地朝村外跑。他拐进一条小巷，又穿过一条斜街。见有民兵堵截，他从斜街又窜入了另一条胡同。

李明对民兵说："这是条死胡同，不要开枪。"

与此同时，后边却有人打了一枪，镰把儿应声毙命。

打枪的是梁绕来。

李明问："梁绕来，我刚说这是条死胡同，不让打枪，你咋把镰把儿打死了？"

梁绕来说："我刚睡下，听见外边一片声抓镰把儿，就追了出来，没听见说不让打枪呀。"

焦裕禄说："绕来，你枪法不错，这一回又派上了用场，只可惜这镰把儿还没审问呢。"

回到家里，两人抽着烟。李明说："我觉得应该马上抓捕梁绕来。"

焦裕禄说："抓他干啥？他自己挖了井，让他自己跳。"

6

早晨，梁绕来还睡着，听见有人敲得门环一片响，喊着："老梁！老梁！"

梁绕来醒了："是小任啊，出啥事了？"

小任说："没出啥事，焦区长让你赶快去区政府。"

梁绕来吓了一大跳："你说啥？焦区长，找我？"

小任说："是啊！"

梁绕来很快就镇定下来，问："小任，焦区长找我有啥事？"

小任说："这我咋知道？不过出来时听李明乡长在那儿说，得让老梁请客，这么大的好事，不请客不行。"

梁绕来一头雾水："啥好事？"

小任说："大概是你老梁要提升了吧，你去了不就知道了。"

他只好跟小任去了。

梁绕来心里敲着小鼓：真活见鬼了！

梁绕来怀着鬼胎来到区政府焦裕禄的办公室。李明也在那里，两人一副若无其事的样子，这让他更摸不着头脑了。焦裕禄拿出一个封好的信封："绕来啊，县公安局要从我们区调一位枪法好的同志到那里去工作，我就推荐了你。这是介绍信，你今天上午马上去县公安局报个到。"

李明拍拍梁绕来的肩膀："到县公安局提了干，别忘了咱大营的这些弟兄。"

梁绕来一笑，对焦裕禄说："焦区长，您看这事，我，我是一点准备都没有。"

焦裕禄说："我也是昨天晚上才接到县公安局送来的函，让镰把儿的事闹的，没顾上找你谈。"

梁绕来听焦裕禄这么说，心才放下，他想绕着弯弯儿问问审了镰把儿没有，话到嘴边却改了口："那我现在就走？"

焦裕禄说："那边催得紧，你先报上到，有没了结的事再回来交接。"

梁绕来答应着，一脸狐疑地走出来。

李明把梁绕来送到大门口，梁绕来说："李乡长，你一定要保护好焦区长，土匪这些日子闹腾得挺欢，他住哪儿，瞒着他加个游动哨。"

李明说："放心吧，没事。昨晚在外边开了一宿会，还没回住的地方去呢。"

梁绕来走在路上，心里直嘀咕。他心里想：幸亏把镰把儿解决了，要不然等第二天一审问，这小子肯定会卖了我。不对呀，咋突然就把我调走了呢？会不会镰把儿这小子……不像，姓焦的当时还夸我好枪法，又说可惜没来得及审问镰把儿……他平常总夸我枪法好，才推荐我去县里干公安吧，正好离开这个是非之地。

他心情好起来，走路哼起了小调。他没注意到，路边的庄稼地里，就隐蔽着暗中"保护"他的民兵。

到了县公安局，进了局长办公室，梁绕来交上介绍信。公安局长看完介绍信，问他："你就是梁绕来？"

梁绕来说："是。"

公安局长下令："把他捆起来。"

立刻上来几个公安战士按住了梁绕来。梁绕来直叫："误会，误会，我不是有焦区长的介绍信吗，你们凭啥捆我？"

公安局长笑了："梁绕来，你认字吗？"

梁绕来说："不认字。"

公安局长说："你知道信上写的什么？写的你是混在革命队伍里的土匪，让公安局马上把你收审！没想到，你自己揣着信来报到了。"

梁绕来一听这话，瘫倒在地上。

7

经过县公安局审讯，梁绕来的底细被查清了。日伪时期，梁绕来在豫东保安队当汉奸，在通许县、杞县一带干过不少罪恶勾当，因为他胆大心狠，人也机灵，很受日寇器重。日寇投降后，梁绕来又到国民党七十四师干了一年，之后回到了老家梁庄种地，这期间同黄老三暗中勾结。梁庄人对他的历史不了解。他混入区保田队，假装积极，私下受黄老三指派，窃取情报，发展党羽，并给黄老三在杞县搞武器弹药，谋划袭击区委。

焦裕禄也收到了黄老三那个在解放军里当营长的儿子的回信，信上说，如果他父亲不老实守法、向人民认罪，当地人民政府可依法严惩。他正在看信，小任进来了，焦裕禄对他说："小任，你去趟黄家庄，把黄老三叫来！"

小任问："咋和他说？"

焦裕禄说："就说他儿子刚给区政府来了信，焦区长要找他谈话。"

擒了黄老三

1

黄老三和小老婆在院子里欣赏两只斗鸡的战斗。

这是两只非常骁勇的斗鸡，一只长冠子，一只秃尾巴，它们正打得难分难解。黄老三拍着巴掌给它们加油鼓劲儿："狠劲儿斗！狠劲儿斗！"

两只斗鸡扑腾得一地鸡毛。黄老三的小老婆说："别让它们斗了，你看那长冠子身上都是血了。"

黄老三说："斗的就是这个狠劲儿。要斗就得斗个你死我活，这胜负还不见分晓呢，不斗哪行？"

小老婆说："这斗蛮斗狠有啥看头？"

黄老三说："告诉你，两军相争勇者胜，斗蛮斗狠永远比斗心眼儿重要。不管你有多大智量，到时候都怕不要命的。"

管家进来说："区政府里那个姓任的干事又来了。"

黄老三问："他来干啥？"

管家说："姓任的说大公子给区政府来信了，焦区长请您。"

黄老三挥挥手："让他进来。"

2

黄老三一进区政府院子，就看出气氛有点不对。焦裕禄一脸威严迎门站着，李明站在他身边，也是个怒目金刚。他们旁边是几个荷枪实弹的民兵。

黄老三抱抱拳。焦裕禄喝令："拿下！"

几个民兵上去把黄老三按倒，捆了个结实。黄老三大叫："焦裕禄，你不说我儿子来信了吗？我儿子在八路军里出生入死，你在家里捆绑他爹！"

焦裕禄把他儿子的信推在他面前："黄老三，看看你儿子咋说的，你可看清楚了，你儿子说你再不老实交代罪行，就让我为民除害，枪毙了你！"

黄老三说："儿子不认我这个爹由他去，我还是问你那句话，你和我交朋友是真还是假？"

焦裕禄问："啥意思？"

黄老三说："要是假的，往下就别说了。要是真的，你就立马放了我，今天我不想死。"

焦裕禄这才停下笔，抬起头："好呀，老三，那你把土匪名单老老实实写给我，再把你家里藏的枪交出来！"

黄老三说："焦区长，你在大营，应该知道，大营出响马，三岁的孩子手里都有枪。你要逮，就该多准备些绳子。"

焦裕禄说："老三，我待你是真心，你也要有诚意，信口胡说，可别怪我不讲朋友交情。"

"让我说啥？"看着焦裕禄脸色铁青，黄老三有些慌了。

焦裕禄说："你就竹筒子倒豆粒，利利索索地说。这么长时间不逮你、不捕你，就是对你还抱着合作的希望，你看着办！"

黄老三又恢复了镇定，他一翻眼皮："我不能说得太明白，真相一旦大白于天下，你还能算个精明强干、洞察秋毫的区长吗？"

焦裕禄突然一拍桌子，厉声喝问："你让梁绕来在杞县搞了多少枪？"

"五十支。"黄老三的心理防线瞬间崩溃。

焦裕禄喝问："放在哪里？"

"山川寺正堂神龛下。"

"还在哪儿藏着枪？"

"我家祖坟里。"

按照黄老三的交代，李明带着几个保田队员从山川寺和黄老三家坟地里挖出了二百五十多支枪，都是三八大盖和汉阳造。他们抬着枪到区委，焦裕禄看了很高兴。他拿起一支汉阳造，看这枪通身簇新，枪管发着蓝光，拉了下枪栓，枪栓发出很脆亮的撞击声，不由得赞叹："多好的快枪。"

李明说："埋在坟地里的装在一口棺材里，用油布裹着，一点锈没有。"

焦裕禄问李明："你认为黄老三是不是全招了？"

李明说:"不会,这小子是个见了棺材都不掉泪的主儿,他肯定还有几个牛黄狗宝没拎出来。"

焦裕禄拍拍李明肩膀:"好,咱们跟黄老三这样的顽匪斗争,就得学会多用脑子。"

3

黄老三被押进焦裕禄的办公室。他问焦裕禄:"焦区长,该说的我是全说了,你说的话算数不算数?"

焦裕禄说:"当然算数!"

黄老三问:"那放不放我?"

焦裕禄说:"放!"

黄老三又一次笑着走出区政府大门。临出门时碰见李明,他拍拍李明的肩膀,然后大摇大摆地走了。

李明用力推开焦裕禄屋子的门,问:"是你又把黄老三放走了?"

焦裕禄说:"是啊!"

李明问:"干吗要放了他?"

焦裕禄说:"咱说话得算话。"

李明说:"大哥,黄老三这么多年为非作歹,欠下了多少笔血债?不杀了他,大营的父老乡亲不答应啊!"

焦裕禄说:"兄弟啊,你不是也说黄老三还有些没拎出来的牛黄狗宝吗?"

李明不语,蹲地上抽烟。

焦裕禄说:"杀了黄老三容易,可这些牛黄狗宝再挖出来就难了。黄老三回去,这些牛黄狗宝就会用各种办法跟他联络,长线是放出去了,钓大鱼的钩子可得盯紧了。你的任务,就是去侦察哪些人还在与黄老三秘密来往。"

4

黄老三又在自家院子里欣赏斗鸡了。

两只鸡斗得难分难解。两只鸡的翅膀上各系了一块小牌牌,一只写着"黄"字,一只写着"焦"字。

黄老三气急地给那只写"黄"字的斗鸡加油:"啾啾!黄家的,铆劲儿!弄死它!"

那只"黄家的"却渐渐显露不支之状,而"焦家的"却越战越勇,明显占了上风。黄老三很气恼,当那只"焦家的"跃上"黄家的"背,啄住"黄家的"冠子,压得"黄家的"无还击之力时,黄老三动手帮忙了,一杖把"焦家的"打下"黄家的"背。

"黄家的"抖擞精神,趁机反扑,渐渐占了上风。黄老三十分兴奋,大叫:"黄家的,狠狠地斗啊!"

管家进院来了。黄老三高兴地对管家说:"你看,我'黄家的'就是比'焦家的'厉害!反败为胜,越战越勇!"

管家说:"三哥,有点不妙。"

黄老三拉下脸来:"胡说啥,你看明明是我'黄家的'占了上风嘛!"

管家说:"我说的不是鸡。"

黄老三问:"那你说的啥?"

场上两只斗鸡的情势又发生了变化,"黄家的"再显颓势。黄老三大叫着:"'黄家的',加把劲儿!"

管家说:"三哥,霍子公、霍子剑、杨金山这几个人全让李明抓了。"

黄老三一怔:"什么?不会吧!"

管家说:"我刚从大桥那边来,打听得千真万确。李明这些日子专盯着谁跟你秘密来往,这几个跟你来往多的,全让他盯上了。"

黄老三说:"昨天我还让杨金山去麦地截李明呢。"

管家说:"杨金山在麦地让李明收拾了,一条腿都打断了。"

场子上,"黄家的"落荒而逃,"焦家的"紧追不舍。

黄老三说:"那我手里只有杨苗一张牌了,今儿个工作队在子产庙演戏,我让杨苗给他们演一场更好看的大戏。"

场子上,"黄家的"终于不敌,被"焦家的"追得歪歪斜斜满场乱跑。

黄老三气急地一棍子把"黄家的"打死了。

5

子产庙戏楼是一个老式戏楼,廊柱斑驳,但可以看出明清时代乡村戏楼的规制。

台口挂出一个大大的戏牌，上边写着"今日演出：小二黑结婚"。台下黑压压挤满了十里八庄的乡亲。

在戏里扮演区长的田书记正在后台化妆，小任走过来附在他耳边说了句什么，他拉小任到门外。

田书记问："你说黄老三他们出动了？"

小任点点头："黄老三纠集了张子豪、张老瞎五六个绺子的土匪，有三百多人。"

田书记说："这小子把最后的老本全拼出来了，咱们得做好准备，隆重欢迎。"

小任说："焦区长带队伍去'欢迎'他们了。"

田书记说："这场戏，咱给他好好唱唱。"

6

黄老三的一个心腹——土匪杨苗化装成看戏的农民，隐在老乡中。他一双眼睛不时地向四周观察。小任挤在杨苗旁边，机警地盯着他的一举一动。

台上，徐俊雅演小芹，正演《订婚》一场。

台下，杨苗问身边的小任："老弟，哪村的？"

小任说："椅圈马的。"

杨苗问："贵姓？"

小任答："姓马。"

杨苗说："这戏唱得真热闹。"

小任说："嗯，不赖！兄弟哪村的？"

杨苗说："东庄的。"

小任问："贵姓？"

杨苗答："姓张。"

小任说："姓张？东庄没姓张的呀？"

杨苗说："我，我，我在丈人家门上住。"

小任问："噢。那你认得王玉德吗？"

杨苗说："王玉德？认……认得，认得！跟他挺近乎，常在一块儿，前天还跟他一块儿喝酒来着。"

小任一拍巴掌："喀，这王玉德死了二十多年了。我咋问起死人来了！"

杨苗很尴尬地咧咧嘴。

7

焦裕禄、李明带领民兵埋伏在苇丛中。焦裕禄问："县大队那边联系得咋样了？"

李明说："按你的命令，大营区六个乡的保田队四百名民兵全到位了。分头把住各个要道路口，围得铁桶一样。"

焦裕禄说："好。"

李明问："军分区那边怎么样了？"

焦裕禄说："都安排妥了，咱们打响战斗，他们会马上增援，这回给黄老三包个大馅儿的饺子。"

村子里，戏台上，正演着小芹和小二黑在河边约会一场。

台下，看戏的人们纷纷议论着："你看演得多好！"

"这是谁家闺女呀，扮相这么俊？"

"是工作队的小徐同志。"

小任看见杨苗悄悄顺人空往前挤，也跟上去。

黄老三亲率三百多名土匪向大营包抄而来。他为这次袭击做了周密的谋划，先让杨苗带几个人在看戏的群众中潜伏，伺机刺杀田书记和焦裕禄，里边一响枪，外边再冲进去，一举解决掉工作队和民兵。黄老三把这个计策叫"快刀子钻心"。

台上，扮演区长的田书记上场了。

台下，杨苗问旁边的人："这区长是焦区长扮得吧？"

旁边的人说："焦区长演的是《血泪仇》，这是田书记。"

趁着人们专心看戏，杨苗从怀里摸出手枪，悄悄向台上瞄准。

小任大喊一声："杨苗！"

杨苗一个愣怔。

小任迅速拧住他握枪的手，把他胳膊往上一抬。枪响了，子弹射向天空。

小任左手出拳，猛击杨苗的脸，杨苗疼得大叫一声。

枪一响，台底下乱了，小任拧过杨苗的胳膊，下了他的枪。上来两个民兵，按住了杨苗。与此同时，又有两个土匪乘机拔枪欲发，也都被民兵制伏。

田书记在台上喊："乡亲们，不要怕，继续看戏。好戏在后头呢。"

村里一响枪，村外的土匪在黄老三的指挥下往村里冲，正好掉进了焦裕禄设下的包围圈。一时枪声大作，进攻大营的土匪被保田队的火力压在一片坟地里。他们借坟头的掩护向保田队的阵地还击。

黄老三和张子豪等几个匪首隐在一个最大的坟包后面。

张子豪问："三哥，保田队咋有那么好的快枪呀？"

黄老三咬牙切齿地说："他奶奶的，那都是老子的快枪！这一回，老子要一条不少地全收回来。"

土匪的炮火越来越猛，保田队员们拼力抵抗，土匪借密集火力的掩护发起冲锋。

黄老三挥着手枪喊叫着："弟兄们，上啊！冲进大营，天下就是咱的啦！"

保田队阵地上，李明对焦裕禄说："大哥，狗日的全疯了，蝗虫蚂蚱往上涌，咱的子弹不多了！"

焦裕禄下令："节约子弹，等狗日的近了甩手榴弹！"

李明再次扣动扳机时，却打了空枪："我没子弹了！"一个民兵摘下自己的子弹袋抛过去。

枪声稀疏下来。黄老三声嘶力竭地喊着："弟兄们，土八路没子弹了，上啊！"

匪兵们号叫着冲上来。一颗颗手榴弹在敌群中爆炸，土匪倒下一片。大批土匪退了下去。

一阵手榴弹把土匪又压回坟地里，张子豪对黄老三说："他娘的，土八路不是没弹药了吗？"

黄老三说："打了这半天，他们弹药也该绝了。再也不能上他的当了，冲！"

在他的威逼下匪兵又向我方阵地冲来。

突然间响起冲锋号声。军号声让保田队员们精神顿时为之一振。焦裕禄喊道："同志们，是军分区的同志来支援我们啦！"

阵地上一片欢呼声。穿灰布军装的军分区战士如猛虎下山，直冲过来，与保田队形成合围。匪兵腹背受敌，如没头苍蝇一般乱撞。

李明把衣袋里的那颗"炸子儿"掏出来，压进枪膛。没有被打死的匪徒全做了俘虏。大家在俘虏队里一个个搜寻，却不见了黄老三！李明厉声问一个个土匪："说！黄老三到哪里去了？"匪徒们一脸茫然。

戏台上，最后一场《过堂》已近尾声。

大幕正待拉下，此时，保田队员押着俘虏，扛着缴获的武器进了村。看戏的群众沸腾了：

"捉了黄老三！"

"黄老三的绺子被打垮了！"

"打黄老三这个狗日的！"

他们一起向队伍拥过来。可是俘虏队伍中没有黄老三！群众纷纷问：

"黄老三呢？"

"为啥没抓到黄老三？"

田书记迎过来，问李明："焦区长呢？"

大家这才发现，焦裕禄也不见了。

黄老三成了漏网之鱼，焦裕禄也突然不见了影踪。这让人们深为不安。人们都知道，他是一个忧思很深的人，一个说到做到的人，他不可能坐视这个最应该归案的元凶逃离惩罚，他一定是找黄老三去了！

8

几路寻找焦裕禄的保田队员会合了。

李明问小任："你们今天打听到焦区长的消息了吗？"

小任说："没有啊，在蒋沟、邢庄、芦馆、七里河这一片都找遍了，没一点消息。"

李明又问一个组长："你们那一路呢？"

组长报告说："我们找的是蔡庄、瑶台、鹿村、南曹、砖楼、舍茶岗这一片，也没消息。"

另一个组长报告："张坞、高庙寨、社柏、白潭这一带也没有。"

李明说："继续找。第一组去枣朱、要家一带，第二组去栗林、范庄，第三组去射竹峰、宁村一线。明天早晨还在这里集合。注意不要暴露目标。"

9

焦裕禄在大洼里转了两天，没有搜寻到一点和黄老三相关的迹象。

他又寻到了山川寺。山川寺里梵钟声声，大雄宝殿内，香烟缭绕。

一个矮胖僧人来续香。他跪在香案前，上了香，敲了几下木鱼。这个背影酷似黄老三。

焦裕禄隐身在天王塑像背后，眼睛紧紧盯着这个背影。那个背影给佛灯添过油，回转身子，原来他并不是黄老三。

第四天，焦裕禄差不多已经绝望。按一般的逻辑去推想，黄老三应该远走高飞了。一个从死人堆里逃脱出去的匪首，他不远走高飞，难道还等着人来抓他？焦裕禄差点就相信了自己的这个推断。但他还是轻易不言放弃。他似乎有一种直觉，黄老三没有走远。真要远走高飞，他就不是黄老三了。

尚村集市上熙熙攘攘，焦裕禄用一顶毡帽遮住脸，挤在人群里。估衣市、菜市、粮食市，在人头攒动中，他一双机警的眼睛在人群中扫着。

牲口市上，他突然发现了那个熟悉的身影，黄老三一身农民打扮，他身后跟着两三个人，在同一个卖骡子的牲口贩子交易。焦裕禄忙隐在几头牛后边，盯住了黄老三。他的心快要从胸腔里跳出来了。五天五夜啊，众里寻他千百度，踏破铁鞋无觅处，原来这家伙果真就在这里。

黄老三同那几个人牵着骡子走了，焦裕禄尾随而去。

又盯了两天，他侦察清楚了，黄老三置办了一挂骡马大车，以赶大车为掩护，联络那些打散了的土匪，想重新拉杆子。每天鸡叫头遍、二卯星出来后，他赶着马车从尚村东大洼里经过。

第六天，焦裕禄觉得可以行动了。白天睡了一大觉，晚饭吃了半斤锅盔，入夜埋伏在路边苇丛里。

鸡叫两遍了，黄老三的马车还没出现，他开始有点沉不住气了。

正在疑惑间，远处传来马铃和吱吱呀呀的马车声。马车越来越近，马蹄声越来越响。

黄老三抱着鞭杆缩在车辕里，他穿件黑夹袍，戴顶遮脸的宽边帽，嘴里哼着小调。焦裕禄突然蹿起来，大叫一声："黄老三！"黄老三迷迷糊糊应了一声。焦裕禄飞身扑上马车，还没容黄老三闹明白，拦腰将他抱住，咕咚一声摔到地上。

两个人在大道上翻滚厮打在一起。

黄老三在翻滚中拔出了手枪，焦裕禄扼住黄老三持枪的手腕，把枪口拼命往下按。

枪响了。由于腕子被焦裕禄死死压住，子弹全部打进地里。焦裕禄再一用力，扭住黄老三的腕子。黄老三发出一声凄厉的惨叫，瘫软在地上。焦裕禄扑上去夺了手枪，用绳子捆紧了黄老三。

两人经过一番厮打，都已精疲力竭。他们各自躺在地上，看着对方，大口喘气。

焦裕禄说："老三，你这回、这回可是真的大意失荆州啊！"

黄老三吐口唾沫："姓焦的，算你狠，你把、把老子胳膊拧断了。"

"我狠？你记得一句老话吗？'自作孽，不可活。'"

他站起来，拍打拍打自己身上的土，往手心吐了口唾沫，一哈腰把黄老三抓起来，扔到大车上。焦裕禄和黄老三，两个老对手同乘着一辆马车，焦裕禄赶着车，被捆绑的黄老三躺在车厢里。双方的眼神都有些意味深长。

焦裕禄说："老三，你刚才唱得挺有意思，'能掐会算的苗光义，未卜先知的徐懋公'，你不懂得，这人算毕竟不如天算。"

黄老三说："姓焦的，想不到俺黄老三一生阅人无数，还是没看准你。"

"噢？"

黄老三说："说实在的，俺从一开始就没把你放眼里。"

焦裕禄打了个响鞭："老三哪，你又错了，你是没把大营的百姓放在眼里。老百姓是汪洋大海呀，一人一口唾沫也能把你淹死。可惜你不懂，就信你手里那杆枪。可悲呀，老三！"

黄老三问："你咋没想到我会远走高飞？"

焦裕禄说："那就不是你黄老三了。你是到了黄河也不死心、见了棺材也不掉泪的人，你的人都被收拾了，可你的把兄弟、和你一起给日本人当汉奸的大土匪曹十一的地盘上，不是还有他的一些喽啰吗？你怎么会放过东山再起的机会？"

黄老三说："姓焦的，你有种敢再放我一回？"

焦裕禄说:"我已经放了你两三回了,你也甭吃后悔药,这狗要改了吃屎可就不叫狗了。我也没那个耐心,大营百姓也没这个耐心了。"

黄老三说:"焦区长,你要把老三当朋友,现在就痛快给我一枪,让我死得体面些。"

焦裕禄说:"那一枪你恐怕是逃不过了,但不是现在,大营的百姓要审判你。"

10

焦裕禄失踪了六天,区委的同志们都急坏了。最着急的是徐俊雅,饭吃不下,觉睡不稳,趴在桌上直哭,高存兰一个劲儿地劝慰她:"好丫头,别哭了,焦区长不会有事的。"

徐俊雅说:"高姐,老焦都走五六天了,一点音信都没有。"

高存兰说:"李明乡长一直带着人在找他,会有消息的。"

第二天早晨,高存兰醒来,见徐俊雅织着一件毛衣。高存兰说:"这丫头,一宿没睡呀,天都亮了。"

"快织完了,赶完活儿就睡一会儿。"

高存兰拿过来看了看:"给谁织的?"

徐俊雅大方地说:"给老焦。"

高存兰说:"丫头,跟姐说实话,你是不是心里有焦区长了?"

徐俊雅笑而不答。听见外边一阵嚷乱,狗咬马嘶。有人喊叫:"焦区长捉到黄老三了!"

徐俊雅、高存兰忙跑出去。李明和保田队员们向村口大柳树那儿拥去。押解黄老三的马车一到,就被人群围住了。大家见果然抓了黄老三,欢呼雀跃。

焦裕禄满身灰土,满脸倦色。李明拉着他胳膊:"大哥呀,你可回来了,俺都急死了。这几天你到哪儿去了?你从哪儿抓了黄老三?"

焦裕禄说:"在邢庄、尚村那一带,那地方是曹十一的老巢。黄老三公开的身份是个赶大车的,暗里招兵买马,网罗曹十一的旧部,要重新拉杆子!"

徐俊雅发现焦裕禄走路有些不得劲,问:"你的腿咋啦?"

焦裕禄看了一下:"腿?没啥事呀?"

李明撩起他的裤腿:"还没事呢,膝盖都青了。"

焦裕禄哈哈大笑："黄老三这小子脊梁骨还不软，差点把我膝盖给顶碎了。"

李明说："还是你厉害，生生把这小子胳膊拧断了。"

焦裕禄说："你们先把黄老三关好，我得睡一会儿。"

这一觉就睡到了日落偏西。小任搬个凳子守着坐在门口，不让人打扰他，天快黑时，徐俊雅和高存兰来了。她们问小任："焦区长醒了没？"

小任说："刚醒。睡了差不多一整天，睡得那个香啊！让人心疼。"

两人进了屋，焦裕禄正在擦枪。高存兰说："老焦啊，小徐把给你缝补好的衣服拿来了，你一会儿换一换。这妮回了趟南街家里，让她娘炖了鸡汤，你趁热喝。"

焦裕禄放下手里的枪，搓着两手，嘿嘿笑着："小徐同志，真谢谢你啊！"

高存兰说："啥小徐同志，你呀！这几天啊，可把俊雅急死了，半夜里睡不着，缠着我问：'大姐，你说他不会有什么事吧？'你看看，我呀，惦着你还得哄着她，你该谢我。"

"大姐你又瞎说了。"徐俊雅脸一下红了，她捂着脸跑出屋。

高存兰问："老焦，你看出来了没？"

焦裕禄问："看出啥？"

高存兰说："俊雅这妮，人家对你多好。"

焦裕禄："自从我到了大营，乡亲们、同志们都亲人一样地关心我，让我想起来心里就热腾腾的。"

高存兰说："你就没看出来，人家妮子对你有那个意思？"

"啥意思？"

高存兰说："你呀，心就没往这上头用。等审判了黄老三再说吧，这会儿你也没心思。到时你不谢我这人媒可不行。"

焦裕禄一边继续擦枪一边说："大姐，刚才睡着，俺可做了个好梦。"

高存兰笑了："我说咋样，就凭你老焦，哪里会是个榆木脑袋！"

焦裕禄："俺梦见俺娘了。"

高存兰说："梦是心头想，你又想老娘了呗！老娘想你不知想成啥样了。"

焦裕禄说："俺梦见俺娘问俺：'孩啦，这尉氏离咱崮山有多远啊？'俺说：'娘，一个在河南，一个在山东，隔着省，隔着县，咋也有千把百里吧。'俺娘说：'孩啦，从古来千里做官，为了吃穿，俺不知你做了多大个官，可俺知道你

174

不是为了吃穿才去的，你是为了国家，为了咱穷人。你可一定做好自己的事。别想娘，娘这就去看你。'"

高存兰眼眶湿了："多好的老娘啊，老娘要真来了，看见有咱们俊雅这样一个好妮子心疼你，不知该有多高兴哩。"

第二部

★★★

同心结

1

徐俊雅的娘捎来几次信儿，催她回家一趟。徐俊雅就请了假，回了趟家。她家在尉氏县城城关南街。

推开院门，娘正在院里喂鸡，欢天喜地地迎上来："妮啊，回来啦！"

徐俊雅说："娘，人家忙着哩，你一天三趟让人捎信，催俺回来干啥？"

娘说："妮啊，娘想你。"

徐俊雅问："只是想俺呀？"

娘用小笤帚扫着俊雅身上："妮啊，进屋说。"

徐俊雅和母亲进了屋，娘端上枣来："妮啊，给你留着醉枣哩。"

徐俊雅说："娘，你叫俺回来有啥事，就直说吧。"

娘说："妮啊，你说你就在大营，这么近的路，个月期程的不回来，也不想娘呀？"

徐俊雅说："谁说不想了，这不正忙吗？娘，黄老三捉住了！"

娘吃了一惊："真的？"

徐俊雅："可不是，昨天从尚村捉回来了，正准备开公审大会呢。"

娘拍了下巴掌："那可好了，老天爷有眼，恶有恶报。"

徐俊雅说："娘，要没别的事呀，过了晌俺得赶回大营去。"

娘忙说："不中！那可不中！咋没事，有大事呢。"

徐俊雅问："啥大事呀？"

娘说："你的终身大事。你哥给你找了个婆家，男方和你同岁，门当户对。"

徐俊雅说："娘，和您说多少回了，我的事您别操心。"

娘在炕上盘起腿："你都这么大了，娘咋能不操心哩？"

徐俊雅说："娘，我在外头参加革命工作了，现在婚姻自由，父母不能包办。"

娘说："儿女的婚姻爹娘都不能管？那谁说了算？"

徐俊雅说："我自己的事，我自个儿找，不用你们管。"

娘说："妮啊，这话可千万别到外头去说，羞死人。哪有自个儿找婆家的事，让人笑话。"

徐俊雅说："娘啊，别说了，我已经找好了。"

娘吓了一跳，从炕上跳到地上："你自个儿找好了？找了个谁呀？"

徐俊雅说："咱们区的区长，焦裕禄。"

娘说："不中！不中！这区长是八路军的干部，南行北走没个准地方，他到天边你也跟着？"

徐俊雅把娘拉到炕上坐下："干革命嘛，走哪儿哪儿是家。"

娘问："这个区长，他多大岁数啦？"

徐俊雅说："比我大八九岁。"

娘一个劲儿地摇头："不中！不中！"

徐俊雅说："不是有句老俗话吗，'男大不显，女大扎眼'。他文武双全，俺跟他投缘。"

娘又问："他是哪里人？"

徐俊雅答："山东人。"

娘说："不中！不中！隔着这么远，你真跟他走了，娘见一面都难。"

徐俊雅说："娘，老焦这人，心眼儿好，善良厚诚。见了人家孤老太太，进门就喊娘，人缘没得说，咱大营的百姓都喜欢他。俺早想好了，日后俺们成了亲，就把您接过来，俺也舍不了娘哩。"

2

焦裕禄和高存兰在伙房里忙活着，高存兰呼嗒呼嗒拉着风箱，焦裕禄往锅里捏黑面窝头。满屋子都是烟雾。高存兰说："老焦，地委对黄老三案子的批文快下来了。这次抓了黄老三，为大营百姓除了心腹大患，咱大营的清匪反霸，打了个漂亮仗，县委、地委都表扬我们呢，你是头功。"

焦裕禄说:"啥功不功的,高姐,这会儿我是啥也顾不上想了。等黄老三的案子处理完了,俺想回趟老家,看看俺娘。"

高存兰说:"那多好啊!你回去把老娘接过来吧。"

焦裕禄说:"老娘接来当然好,一来是我顾不上照顾,二来是我哥回来了。我哥他离家好几年,身子骨不太好,我嫂子也死了,他心里闷,再加上他写得一笔好字,村上总有人让他写个家信什么的,给人家帮了忙,人家也免不了让他喝两盅,时间长了就有了爱喝个酒的毛病,沾酒就醉,一天不喝也不行,没我娘拘管着,他就更不行。"

高存兰叹了口气:"你的情况和我也差不多少。我哥打日本时牺牲了,我爹死得早,我哥又死了,我怕我妈知道受不了,想尽办法瞒着她。实际上哪里能瞒那么严实?我妈还是知道了,知道了她也装着糊涂,不敢自己捅破这层窗户纸。每逢过年过节,我妈总多放双筷子给我哥,今年她不放了,说:'你们别骗我了,你哥他回不来了。'第二天我妈一个人跑到野地里哭了一上午,当着我们一滴眼泪也不掉。这天下的娘呀,都一样。"

焦裕禄哭了,眼泪直往锅里掉。

晚上,焦裕禄在伏案写东西,徐俊雅来了,她拿来了为焦裕禄织好的毛衣。一进门她就问:"还忙呀?"

焦裕禄说:"县里下了公审黄老三的批文,把开公审会的程序再理一遍。你拿的啥?"

徐俊雅说:"给你织了件毛衣,你试试。"

焦裕禄说:"这,难为你了……"

徐俊雅拉过焦裕禄:"别说那么多了,来,试试。"

她催着焦裕禄脱下外衣,穿上了毛衣。她抻抻衣角,又退回几步打量着:"挺好的。俺光怕织得不合身呢。"

焦裕禄嘿嘿地笑。徐俊雅说:"从明天就穿上吧,别舍不得。"

3

此时,在徐家,徐俊雅的母亲坐在炕上纳鞋底,徐俊雅的父亲戴着老花镜看书。俊雅娘问:"她爹,你说妮那事咋办?"

徐俊雅的父亲是个有名气的中医，人都叫他徐老先生，平素除了他的《汤头歌诀》、脉理要性，什么事也不关心，老伴儿的一句话让他摸不着头脑，懵懵懂懂地问："啥事？"

徐母说："你呀，家里的事没一件放心上的。啥事？妮的婚姻大事呗。她哥找了个门当户对的，让她去相看相看，她倒好，自个儿找了一个！"

徐老先生问："自个儿找了？找了谁？"

徐母说："是大营的区长，比她大八九岁呢！"

徐老先生一拍手："你是说大营的那个抓了黄老三的区长？中！中！中！妮有眼力。不错！"

徐母不解："你赞成？"

徐老先生说："赞成！"

徐母用手里纳的鞋底敲敲炕沿："你咋不想想，人家是八路军的干部，今天在这儿，明天保不准又去哪儿了，妮咋能跟上他天南地北地去？"

徐老先生说："这位大营的区长，我没见过。可路上行人口似碑，都说他有文化、有主见、有胆识。这黄老三多厉害，硬是让他抓了。就凭这一点呀，妮这亲事呀，没得说。中！"

徐母说："他比妮大八九岁呢。"

徐老先生问："那又咋？"

徐母说："反正俺说不中！"

徐老先生说："中不中，那得妮说了算。"

徐母说："妮懂个啥？"

徐老先生摘下眼镜："要不咱上趟大营，会会这个区长是个何等人物？"

徐母说："要去你自个儿去，俺不去。"

徐老先生说："不中！不中！老太太，百闻不如一见，咱们不亲自去相一相，咋知道妮该不该嫁他？"

徐母站起身："中！就依你一回。"

4

徐老先生老两口儿第二天上午还真去了大营。他一进村打听焦区长，有人认识他是县里有名的徐老先生，就带他来了。

焦裕禄给徐老先生和老太太各自倒了碗水："大爷，大娘，你们喝水。"

徐老先生接过水碗，直直地盯着焦裕禄看。

焦裕禄让他看得有些不自在了："大爷，您老人家找我有事？"

徐老先生说："没别的事。黄老三抓了，轰动了尉氏一县。老朽来看看这个抓了黄老三的区长，是不是有三头六臂？"

焦裕禄笑了："大爷，这抓黄老三，可不是咱一个人的功劳啊！"

徐老先生说："区长啊，人说你捉拿黄老三犹如《三国》里的七擒孟获，没有大英雄的文韬武略，岂能为之？"

焦裕禄见这位老先生还是盯着他看，有些心慌。他下意识地看看自己的衣服有没有不对劲儿的地方。徐老先生自言自语："天庭饱满，地阁方圆，眉宇间有一种英雄气……"

焦裕禄说："大爷，千万别说我是什么英雄，要说英雄啊，咱尉氏人个个都是英雄！"

徐老先生对老伴儿说："性格平和，为人谦逊，能成大事……"

焦裕禄说："大伯、大娘，这黄老三被镇压，是咱们有了自己的民主政权。您二老想一想，这恶霸为啥霸？旧社会，天黑啦。反动派，护着他。老百姓，心惊怕。现如今，天亮啦。共产党，铲恶霸。有靠山，不用怕。穷人一齐挺腰杆儿，翻身解放力量大……"

老两口儿哈哈大笑。徐母说："你这区长说话还挺中听的。"

徐老先生夸赞："谈吐不凡，出口成章……"

这时，徐俊雅推门进来了，见了她爹娘，大吃一惊："爹，娘，你们咋来了？"

5

子产庙前，公审黄老三的大会就要开始了，黄老三被押解到戏楼后边。

黄老三一个劲儿地大骂："焦裕禄，你他妈的不讲信用！有种你给老子一枪，让人零折我，你他妈是个爷们儿吗？"

焦裕禄笑眯眯站在那里，听他满嘴胡吣。"老子不怕死，头掉了碗大个疤，二十年又是一条好汉！"

李明说："干脆拿猪毛绳子堵上这小子的嘴，省得他满嘴喷粪。"

焦裕禄说："干吗堵人家嘴呀，有话让他说。"

黄老三说："有种你们再放老子一回，咱们明刀明枪地干！"

李明用枪托捣了他一下："做你娘的梦吧！黄老三，死到临头了，还三斤鸭子二斤嘴！焦区长，赶快公审，把这小子打发了算了，听得烦心！"

黄老三叫得更欢了："姓焦的，你打发老子上阳关，不能这么打发。老子要吃炖肉，老子要喝酒！"

焦裕禄不理他。黄老三嚷："老子要吃肉，老子要喝酒！"焦裕禄往前边一看，看到了黄老三的老娘在人群里。他指给黄老三："老三，你看。"

黄老三看见了他娘，马上瘫软下来："焦区长，你就再饶我一回吧。我黄老三来生变牛变马，报你大恩。"

大营的乡亲们向后台这里拥过来，他们有的拿了锄头，有的拿了镰刀，义愤填膺地要把黄老三这个杀人恶魔碎尸万段。他们一片声喊着：

"打死黄老三！"

"把他零刀子剐了！"

"扒他的皮！抽他的筋！"

"让黄老三偿还血债！"

"杀了黄老三，大营晴了天！"

焦裕禄说："老三啊，看看你老娘，真想饶你一回，可是，大营的老百姓，他们能答应吗？"

黄老三低下头去。

焦裕禄左拦右挡着拥上来的乡亲："乡亲们，乡亲们！大家要冷静，要冷静啊！我们党是有政策的，人民政府要开公审大会，大家有苦的诉苦，有冤的申冤。"又对高存兰说："高大姐，你去妥善安置好黄老三的老娘，咱们除了一个恶人，不能再赔上一个善良的母亲。"

6

又是两三个月过去了。

枪毙了黄老三，大营的老百姓那种过日子的心劲儿，高得没法儿说。

数着盼着，焦裕禄和徐俊雅的喜期也到了。可是两个人都忙得一天到晚站不住脚，结婚的东西还没来得及准备。

那天夜里徐俊雅在灯下绣枕头，高存兰在旁边看着，啧啧称赞："俊雅，看不出，你这妮子还有双绣花的巧手，看这鸳鸯绣得活起来了。"

徐俊雅说："高姐，这些日子忙坏了，你看日子都到了，这枕头才绣了一只，能行吗？"

高存兰说："一只就一只吧。总不能因为一只枕头再把婚期拖上两个月。你看，这一只枕头上有两只鸳鸯，也挺好。"

徐俊雅犹疑着："那咋办？新房里放一只枕头？"

高存兰说："以后再绣上一只不也一样？没事。"

这之后很多年，徐俊雅一直在为这一只枕头的事伤心，以为由于自己的草率铸成了焦裕禄早逝的谶兆。她对儿女们说："你爸走得这么早，全怪我结婚时只绣了一只枕头。"

婚礼如期举行。

区政府大院，正面墙上挂着毛主席画像，摆着两张长桌，长桌用红布围着。对面墙上是一个大大的"囍"字，两旁对联是"有情人终成眷属，革命者永远年轻"。

几排条凳上坐着徐俊雅的父母、哥嫂。

焦裕禄、徐俊雅胸前戴着大红花，脸上洋溢着幸福的笑。

大营的乡亲们来贺喜，用篮子挎来花生、红枣。

田书记为他们主婚："同志们，乡亲们：今天是个大喜的日子。焦裕禄同志、徐俊雅同志结为夫妇。他们在共同的斗争中结下了深厚的革命感情，这叫啥？看看老焦同志自己写的这副对联——'有情人终成眷属，革命者永远年轻'。多好！新中国、新社会、新天地、新家庭，我们的好日子开头了！"

大家起劲儿地鼓掌。

接下来是举行新式婚礼，新夫妇三鞠躬。一鞠躬，感谢救星毛主席；二鞠躬，感谢父母养育恩；三鞠躬，夫妻互敬又互爱。二人行礼如仪。

高存兰问徐俊雅的父母："刚才新人互相鞠躬的时候，咱们徐大伯、徐大娘乐得合不上嘴了。大娘，你对这女婿满意吗？"

徐母脸上笑开了花："中！中！一百个满意！"

高存兰说："老焦从现在起就得改口了，咋改呢？让老焦自己叫一声。"

焦裕禄在徐老先生面前叫了声"爸"，在徐母跟前叫了声"娘"。

老太太眼泪流下来了。徐俊雅赶忙给老娘擦眼泪。有人提议："新郎新娘多才多艺，表演个节目好不好？"众人齐声说："好！"大家都来拉焦裕禄和徐俊雅。有人从屋里拿来了二胡。

焦裕禄问："表演个啥？"

有人喊叫："《抬花轿》！"

焦裕禄拉起二胡，徐俊雅唱了豫剧《抬花轿》：

> 这个香囊绣得真好，上边绣着一朵红杜鹃
>
> 李花白来桃花艳，还绣了两朵并蒂莲
>
> 莲花儿绿叶子儿，有两条金鱼在里边
>
> 绣一对鸳鸯来戏水，并翅比翼戏水玩
>
> 这边绣得更好看，正当中绣着一个白牡丹
>
> 上边绣的干枝梅，下边绣的是水仙
>
> 石榴开花红似火，金黄的菊花耐霜寒
>
> 还绣了一枝垂杨柳，麻知了唧——叫得欢
>
> 这个香囊绣得好，怪不得兄弟不给俺
>
> 手巧心巧不用说人更巧，怨不得兄弟把病煎
>
> 叫老弟你莫心寒，这件事儿姐姐承担
>
> 我把香囊拿回去，交给俺那妹妹她看看
>
> 她若真是王定云，叫爹娘托人把亲攀
>
> 小兄弟你在书馆喝点汤吃点饭
>
> 莫烦恼心放宽，等候着姐姐我把喜信传

大院里一片掌声。

7

又是三年似水流年的光阴。

焦裕禄从大营区长调任共青团尉氏县委副书记，再调任陈留团地委宣传部长、团地委副书记、共青团郑州地委第二书记。他和徐俊雅的小小爱巢，也迁移到了郑州，生活有了暂时的安谧与宁静。在他面前，似乎展开了一条铺着鲜

花的道路。

　　他们的小小爱巢，是一间简朴而洁净的宿舍，屋子里只有简陋的桌、凳和一张木床，窗户上贴着鸳鸯戏荷的窗花。

　　徐俊雅在灶上忙着，锅里什么东西煳了，直冒烟，呛得她一个劲儿咳嗽，流眼泪。焦裕禄醒来了，他走到灶前："干啥了冒这么大烟？"

　　徐俊雅说："你回来那么晚，不多睡会儿？"

　　焦裕禄问："烟把我呛醒了，你弄啥呢？"

　　徐俊雅说："给你摊煎饼。"

　　焦裕禄笑了："你会摊煎饼？新鲜。"

　　徐俊雅说："晚上你说梦话，又说让娘摊煎饼了。"

　　焦裕禄说："不知咋的，这些日子总梦见吃娘摊的煎饼。"

　　徐俊雅说："我想学着给你摊，这一大早晨一张也没摊成，气死我了。"

　　焦裕禄凑过来："我看看你咋摊的。"往锅里一看，乐了，"这摊煎饼呀，得用鏊子，是平底的，先把糊子和好，不稠不稀，用勺子舀上去，拿铲子一抿就成。你用这尖底锅，糊子又太稠，不煳才怪呢。别弄了。"

　　徐俊雅说："那我日后买个平底锅，一定学会了。"

　　焦裕禄说："算了吧，你咋弄也摊不出老娘那味。"

　　徐俊雅问："哎，咱娘回信了吗？"

　　焦裕禄说："还没呢。"

　　徐俊雅说："要不咱回趟老家吧，这么多年你都没回去过。"

　　焦裕禄说："是啊，早该回去看看娘了。我原来打算好了，等咱们生活安定了，一准回去看看，可又走不成了。"

　　徐俊雅问："为啥？"

　　焦裕禄说："俊雅，昨天开会回家晚，没来得及对你说。组织部的同志找我谈话了，上级组织要调一批同志去充实工业战线，决定调我去洛阳，筹建洛阳矿山机器厂。"

　　徐俊雅问："去洛阳？我们到郑州才半年呀。那啥时候去？"

　　焦裕禄说："洛阳矿山机器厂是第一个五年计划的重大工程，筹建工作很紧迫，后天就得去洛阳报到。"

激情燃烧的岁月

1

这是一片荆莽丛生的荒野，空旷的大野地里，只有摇曳的蒿草和碱蓬，间或插着几面作为标志的小旗子。

旷野中搭起了一排席棚子，最大的那个席棚门口挂着一块简单的木牌，写着：洛阳重型矿山机器厂筹备处。

现在，这个离洛阳市区六十多里路的大野地里热闹起来了，一汽车一汽车的人被送到这里，他们中有男有女，有老有少，操着不同的口音。

他们是为了建设我国第一个五年计划的重点工程——洛阳矿山机器厂，而从四面八方集中到这里。刚刚建立不久的共和国雄心勃勃，已由革命战争转入大规模的经济建设，大批优秀的地方干部转入工业战线，完成着体现战略意义的大转移。

焦裕禄提着一口柳条箱来筹建处报到。

负责签到登记的是一个二十出头的姑娘，她叫钟霞，是基建处的团支部书记。她看了焦裕禄填写的签到表和介绍信，她读着介绍信："焦裕禄同志，洛阳矿山机器厂工程科长，兼共青团总支书记……"她惊喜地喊起来，"原来您就是到我们团总支工作的焦裕禄书记呀！来，握握手。认识一下，我是您的部下，基建处团支书钟霞。"

焦裕禄伸出手去："钟霞同志，好呀，在一起工作了，还靠你们多支持呀。"

钟霞说："焦书记，你们都是选调的有成熟工作经验的干部，我们刚出校门，您还得多批评呢。"

身后突然有一个人拍了下他的肩膀："这不是老焦吗？"

焦裕禄回转身，大喊一声："老涂！涂明伦！"两个人拥抱在一起。

焦裕禄问："老涂，你怎么也来了？这几年你到哪儿去了？"

涂明伦说："咱们南下结束后，我只知道你去了豫皖苏边区民运部，我去扶沟县了。一直在那里工作。这不号召咱们参加大工业建设吗？咱就报了名。"

两人正说得热闹，那边一个填表的人抬起头："老焦、老涂，真没想到，咱们在这儿见面了。"

焦裕禄叫了声："大老李——李有志——田保长！"原来是南下工作团宣传队里在《血泪仇》中演田保长的大老李。

三人又是捶肩又是搭背，好不亲热。

大老李说："老焦啊，一听说让咱去洛阳建大工厂，乐得咱几宿睡不稳，心想这回可到了大城市了。咋给咱们弄到荒郊野外来了，四周全是大野地。"

钟霞笑着说："这地方叫涧西，离洛阳老城还有四十里呢。"

焦裕禄在大老李肩上重重砸了一下："想想在这片大野地上盖起一片楼房，起来一座新城，响起一片机器声，多让人激动啊，好事让咱赶上了，伙计们。"

2

焦裕禄带着一群青工用芦席搭建工棚。搭好的工棚门口挂上了"修路指挥部"的牌子。涂明伦扛着一卷芦席从这儿过，看到焦裕禄钉牌子，停下来问："老焦啊，你不是分到工程科当科长兼厂团总支书记吗？咋当上修路的总指挥了？"

焦裕禄说："有路才有厂嘛，干啥都一样。"

涂明伦说："我在设备科了，有空去玩啊！"

焦裕禄问："大老李呢？"

涂明伦说："他分在供应科了。"

一个名叫张德昆的青年技术员过来："总指挥，我们来之前，人家说洛阳是个好地方，咱们工厂是苏联老大哥援建的大工厂，楼上楼下，电灯电话，现在别说楼了，像样的房子没一间，还得住这席棚。"

钟霞说："哎，张德昆，你这思想可有问题。"

张德昆说："团支部书记同志，你少给我扣帽子！"

焦裕禄拍拍张德昆的肩膀："小张啊，工厂要靠我们一砖一瓦来建，你从北京那么繁华的大城市来到这里，说明你有理想，有抱负，有志气。你想啊，我们在一片荒滩上把大工厂建起来了，以后我们看到这片工业新城，该有多么自豪，要是别人把楼房盖好了你再来，还会有那样的自豪吗？对不对？"

一条从洛阳老城通往厂区工地的临时公路破土动工了，筑路工地上红旗招展，热火朝天。焦裕禄与工人一齐挥汗如雨地工作，他与张德昆合抬一副土筐，土筐装得满满的。焦裕禄把后杠，他悄悄把绳子往自己这边挪，张德昆觉得越走越轻，一回头看见了，说："焦总指挥，这咋行？"

焦裕禄说："咋不行？你年纪轻，还长个儿呢，别压得不长了。我咋也不长了，压一压没事。"

倒了土，张德昆问："焦总指挥，听说你来洛阳前是郑州地委共青团第二书记，到这里当个修路总指挥，天天抬土搬石头，面朝沙石背朝天，觉得亏不亏？"

焦裕禄一笑："亏啥？不修路哪有咱以后的大工厂？"

休息的哨音响了，大家停下来休息。焦裕禄号召："小伙子们、姑娘们，咱们开个赛歌会怎么样？把学的歌拿出来赛一赛，谁唱得好，唱得整齐，发一面流动红旗，好不好？"

大伙儿齐声响应："好！"

焦裕禄说："第一团小组先来。"

第一团小组张德昆起头，唱了一段《筑路歌》。唱完了，焦裕禄问："筑路人唱《筑路歌》，好不好啊？"

大家齐声说："好！"

焦裕禄说："第二团小组，看你们的了。"

钟霞指挥第二团小组唱了个《我们年轻人》。唱完了，焦裕禄问："唱得好不好？"大家齐声："好！"焦裕禄说："一组唱得好，激情豪迈；二组唱得也好，热情洋溢。可是这红旗给谁呢？"

一组的人喊："一组！"

二组的声音更洪亮："当然给二组！"

焦裕禄说："那这样吧，一组二组，各奖红旗一面，将来我们每周搞一次决赛，决赛胜出，得两面旗子，好不好？"大家齐声说："好！"

送饭的车到了。工人们排着队来打饭。焦裕禄帮着炊事员盛饭。他把饭菜盛到每一个工人的饭盆里，都要问一句："吃得顺不顺口，多提意见啊！"他和张德昆蹲一块儿吃饭，趁小张没注意，把自己碗里的面条捞到他碗里，自己用面汤水泡窝窝头。张德昆忙拦着："焦总指挥，这不行！干这么重的活儿，你光吃面条水泡窝头咋成？"

焦裕禄说："没事。我又不长个儿了，吃啥都没事。"

张德昆说："我二十二了，也不长个儿了。"

焦裕禄说："你没听人说，'二十三，蹿一蹿'，你还要长呢！"

3

夜里，焦裕禄摊开书，学习机械方面的知识，给自己补课，涂明伦和大老李来找他聊天儿。

涂明伦笑说："老焦，用功了？"

焦裕禄说："用啥功，临时抱佛脚。"

大老李说："这些日子总听见一些人说，让扯牛尾巴的土八路来搞大工业，简直是胡闹。听了不舒服，想回去，还做农村工作去。"

焦裕禄说："谁让我们缺少专家呢。搞工业毕竟比过去搞农村工作复杂得多，不掌握科学技术和现代化的管理知识是不行的。如果光知道扯牛尾巴，是真的搞不了大工业的，所以这个课就一定要补啊！"

大老李翻了翻他桌上的《机械工业企业管理概论》《机械制造工艺学》："我的天！这么重的大砖头，咱老李可啃不动。"

涂明伦说："上级强调咱们学好五门课，这数学、物理、化学一拿起书来眼皮就打架，那些公式、字母，一看就头大。那机械学、金属学就更别提了，都是大学里学的东西，咱哪里啃得动？"

焦裕禄说："我啃着也头晕，可没办法。有时也想打退堂鼓，可一想咱们泥腿子能赶走日本鬼子，能把土匪恶霸拾掇了，这点困难还真成了拦路虎不成？"

钟霞进来了："焦书记，不是说今天晚上在青年突击队学社论吗？"

焦裕禄一拍脑袋："差点让我忘了。咱们走吧。"

来到青年突击队工棚，正听见张德昆念顺口溜："想洛阳，盼洛阳，到了洛阳太荒凉。"焦裕禄一进去，小张就不念了。

焦裕禄问："咋不念了，下边还有，这洛阳啊，是'电灯不明，马路不平，电话不灵'。对不对？"

大家笑了。焦裕禄说："小张啊，你编的这些歌谣，说的都是实情，还真没夸张。我还没到洛阳的时候，也觉得洛阳是个大城市，应该很漂亮，可来了一看，和咱想的不是一码事。可是同志们你们想一想，我们是干什么来了？我们是建设大工厂来了。我们厂是第一个五年计划的重点工程啊，不是说吗，我们是共和国重工业的长子。什么是长子？长子就是大儿子，一个家里的老大，就得有一份担当啊！小张，我给你带了份学习材料，《人民日报》的社论《迎接一九五三年的伟大任务》，你把画线的这段读一读。"

小张接过报纸读起来："经济建设的总任务就是要使中国由落后的农业国逐步变为强大的工业国，而要达到这个目的，就必须首先发展冶金、燃料、电力、机械制品、化学等项重工业。工业化是我国人民百年来梦寐以求的理想，是我国人民不再受帝国主义欺侮、不再过穷困生活的基本保障……"

学习结束时，焦裕禄说："从今以后我们每个工棚就是一个读报小组，这个月重点学习这篇社论。"

4

半夜里，焦裕禄让雷电声惊醒了，推开工棚窗户，天下起了滂沱大雨。

工棚漏雨了，大家撑开雨伞，护着被褥。焦裕禄喊着："快拿油布来，把图纸、资料保护好。"大家赶忙起来找油布苫盖图纸、资料。

负责工程的老涂从外边跑进来说："老焦啊，快帮帮忙吧，刚修好的浮桥被水冲了。"

焦裕禄喊一声："干部和党团员同志们，跟我走！"

焦裕禄赤着脚，带大家来到河岸边，他们看见浮桥已经冲垮，很多木料已被河水冲走。他喊一声："同志们，快把木头捞上来！"便第一个跳进湍急的河水中。大家全跳进水里，扑向浮桥。

人们挽起手臂，迎接巨浪的冲击。越来越多的人来到岸边，加入了抢险的队伍。

风急浪高，浪头把张德昆的眼镜打掉了。张德昆抢眼镜，被浪头卷进旋涡里。焦裕禄赶忙去拉张德昆，他也被旋流搅进里边。工人们喊着："快救总指挥和小张！"

大家冲进旋流，涂明伦拽住了焦裕禄，钟霞拉上了张德昆。

涂明伦说:"老焦啊,你快上岸歇会儿吧。"

焦裕禄说:"我没事,只呛了两口水,呛得鼻子发酸。小张你咋样?"

张德昆喘着气说:"我能坚持。"

涂明伦说:"真没想到,咱们钟霞一个女孩子,还有这么好的水性。"

钟霞说:"你哪里知道,俺可是从小在黄河边长大的呀。"

浮桥修好,天也晴了。大家上了岸,全都疲惫不堪。工人们找来柴火,点上火堆烤衣服。焦裕禄提议:"同志们,累坏了吧?咱们唱支歌振奋一下精神怎么样?小张,你起个头。"

张德昆说:"好!我起头,大家一起唱。'哼呀咳嗬咳',预备——唱!"

他起了三次头,都没有唱起来。焦裕禄笑了:"大家都累趴架了,唱不起来了。没关系,我给大家唱一遍。"

他唱起了《大路歌》,篝火烧红了半个天空。篝火中闪烁着一双双明亮而年轻的眼睛。大家被焦裕禄的情绪感染,加入了合唱。

5

月亮升起来了,张德昆一个人在工棚外的小河边吹口琴。他吹着一支忧伤的曲子。他没有留心什么时候钟霞站在他身后了。

一曲终了,钟霞轻声叫:"张德昆。"

张德昆吓了一跳:"钟霞,你啥时来了?"

钟霞说:"去统计科送报表,正路过,听见你吹口琴了。张德昆,我想跟你谈谈。"

张德昆说:"团支书找我谈话,不胜荣幸。"

钟霞严肃地说:"少贫嘴好不好?"

张德昆笑笑:"还挺严肃,谈啥,说吧。"

钟霞问:"你是不是又让家里寄包裹了?"

张德昆回答:"我是收到北京家里寄的包裹了,怎么啦?"

钟霞问:"是不是寄的奶粉、饼干、点心?"

张德昆说:"是啊!"

钟霞说:"张德昆,你知不知道,你这是资产阶级生活方式。"

张德昆说:"我妈妈心疼我,给我寄点我小时爱吃的焦圈儿,还有一点奶粉、饼干，我就是资产阶级了？我出身是不太好，可我是抱着改造自己的决心才来这里的，我干得咋样？手上全是血泡，你看看！"

钟霞说："张德昆，你对自己的错误思想一点认识也没有，你太让我失望了。"

张德昆站起来，直盯着钟霞。钟霞问："你干吗这么看着我？"

张德昆硬硬说了句："无聊！"说完，他快步走开了。

钟霞在后边喊着："张德昆，张德昆……"

6

晚上，张德昆一个人去洄河里洗澡，他轻声吹着口哨。半明半暗的月光，浮光跃金，四野一片虫鸣。他静静地伸展四肢漂在河面上。

在离他不远的地方，钟霞等五六个姑娘说说笑笑下了河。她们互相打闹、泼水，渐渐向张德昆那边的河湾靠近。

张德昆吓了一跳，忙噤声蹲在水里，心里说：糟糕，把日子记错了，一三五男的下河，二四六女的下河，今天大概是周四。我说怎么就我一个人呢。

姑娘们在水里追逐着，离张德昆越来越近了。突然她们听见一个人喊："别过来！"姑娘们吓愣了，说笑声戛然而止。钟霞问："谁？咋有男的在河里？"

一个扎小辫子的姑娘说："我觉得吧，听声音像是张德昆。"

钟霞说："张德昆，他来干啥？他们男的不是一三五吗？"

一个姑娘赶忙捂住胸部："咱们是不是都让张德昆看见啦？羞死人了。"

钟霞大声问："张德昆，你来干什么？不知道今天不是你们男的下河的日子吗？"

那边张德昆蹲在水里只露一个头："对不起，我记错日子了。你们再往那边走一走，我上去。"

姑娘们背过身子，她们听到那边一片哗啦哗啦的水声。

洗澡事件闹出了一场不大不小的风波，团支部的生活会上，张德昆在念他的"检讨书"："我犯了这个错误，第一是由于我对厂里的任何规章制度都漫不经心，平时糊涂，男同志一三五下河的规定我是知道的，可是因为糊涂把星期四记成了星期三。第二是因为我平常跟同事们交往少，不凑群，独来独往。如果平常跟大家一块儿下河，就不会出现这个情况。我保证以后不再犯这样的错误。"

钟霞问："完啦？"

张德昆说:"完啦。"

钟霞说:"张德昆,这就是你的检讨?一点也不深刻,轻描淡写,避重就轻!你的问题不是因为你漫不经心,经常记错日子,而是你资产阶级思想在作怪。你要深挖思想根源。"

张德昆说:"我真是记错了日子,天地良心。"

小辫子说:"我觉得吧,张德昆不见得是故意的。他一向对女同志很尊重。我觉得吧,他性格有点孤僻。我觉得吧,这不是个人品德的问题。"

钟霞说:"你觉得吧什么?一开会你咋就替张德昆说好话?我觉得吧,你的思想也有问题。"

有人笑了。另一个支委说:"我认为张德昆同志的检查,没有写到最本质的思想问题,他平时嫌伙房的饭菜没油水,还说没大米吃,说高粱米是喂牲口的。还写诗,说什么'汗一身,泥一身,涧河是个大澡盆'。"

张德昆说:"这首诗不是发牢骚的。"

钟霞严厉地说:"不是发牢骚是什么,是抒发革命豪情壮志?这个检讨要重写。"

7

夜深了,张德昆一个人在技术部工棚里写检讨。

他心里委屈,怎么也写不下去,纸撕了一团又一团。过了一会儿,他趴在桌上睡着了。一阵风把一团纸吹到油灯边,燃烧的纸把工棚引着了。

张德昆仍在睡觉。火势很快蔓延起来。张德昆被惊醒了。他吓了一跳,忙扯过被单扑打着火苗。火越扑越旺,张德昆猛然想起工程图纸,他大叫一声:"图纸!"忙去把桌上的图纸收拢起来。他把图纸揣在怀里往外冲。火却把工棚门封住了。张德昆被烟火呛得睁不开眼睛,顶棚上一根着火的竹竿砸下来,张德昆倒在地上。张德昆把图纸压在身下。

焦裕禄带领青工们赶来,大家奋力扑火。焦裕禄抱起了张德昆。

门口草铺有一个烧了边的笔记本,焦裕禄捡了起来。他抱着张德昆冲出工棚。张德昆把图纸从怀里取出来交给焦裕禄:"焦总指挥,图纸没有烧……"

烧伤的张德昆住进了医院。焦裕禄守在病床边,他用小勺喂张德昆吃饭。张德昆摇头不吃。焦裕禄劝他:"小张,别难过,吃了饭,养好伤,才能早一天回到工地呀!"张德昆仍然摇着头。焦裕禄把饭一口口喂进他嘴里。

焦裕禄问他："小张，是不是想家了？"

张德昆没说话，怔怔地望着焦裕禄。焦裕禄说："想家很正常嘛。尤其是在这样的时候。我也想家呢。一忙就顾不上了，静下来的时候，总是要想。这样吧，等出了院，准你几天假，让你回北京看看妈妈。"

8

工间休息时，焦裕禄找钟霞谈话。钟霞说："焦总指挥，我们团支部昨天开了一次民主生活会，专门研究了对张德昆处分的问题。很多同志都说，这个张德昆资产阶级思想严重，平常说怪话、写打油诗，这次又造成了工棚失火的事故，应该给他处分。"

焦裕禄说："小张这个同志，虽然平时爱讲个怪话，工作还是挺卖力气的。他是技术员，我们又缺技术干部，很难得啊！现在我们确实还很困难，商店里连一块面包也买不到，同志们在工地上流汗，连口开水也喝不上，渴了到涧河里去喝水。洗澡更不能解决，才闹出了这个看女同志洗澡的大误会。小张这样的青年，生长在大都市，对艰苦的环境不习惯，是可以理解的。他的问题，我这个团委书记也有责任，思想工作没到位。"

钟霞问："那他的问题怎么处理？"

焦裕禄说："小钟啊，对小张，我们一定要看到他的优点。大火着起来的时候，他头发烧焦，身上烧伤，却把工程图纸压在身下，用自己的身体保护图纸。本来想他出院后准给他几天假，让他回北京家里养些日子，可他伤还没好就闹着要回工地，这样的同志，能简单地给他处分吗？"

吃过晚饭，参加团员会议的小青年们三三两两向指挥部工棚前的小广场聚拢过来。他们议论着："今天开啥会？""是不是开处分张德昆的会呀？""有可能。"

坐在角落里的张德昆听到大家的议论，十分不安。

焦裕禄坐在主席台上："同志们，开会了。在正式开会之前，我给大家读一首咱们一个青年技术员写的诗。"他掏出一个烧掉半边的小本子，读起来：

汗一身，泥一身，
涧河是个大澡盆。

人们小声议论："咋样，我说是开张德昆的会吧？这说怪话的诗就是他写的。""这回张德昆要挨处分了。"

焦裕禄继续读：

> 泥一身，汗一身，
> 涧河为咱洗征尘。
> 左肩太阳右肩月，
> 荒野上有咱们筑路人。
>
> 阳光一身，霞一身，
> 洗掉泥水显精神。
> 涧河为我来助阵，
> 大道通天接彩云。

念完了，他问："同志们，这首诗好不好啊？"

大家齐声说："好！"

焦裕禄说："觉得这首诗写得好的同志，请鼓掌！"

掌声热烈地响了起来。焦裕禄举起笔记本："这首诗就写在这个烧掉了半边的笔记本上。诗歌的作者就是咱们的技术员张德昆同志。"

掌声又一次响起。焦裕禄说："张德昆同志在工棚失火时，没有去抢自己的物品，而是把工程图纸保护在身子底下，他烧伤了，图纸却完好无损。他住进了医院，仍惦记着筑路工程，因此推辞掉了指挥部让他回北京养伤的假期，伤没痊愈就出院回到了工地。指挥部和厂团委向张德昆同志提出表扬。大家都要学习张德昆同志这种精神。"

大家起劲儿地鼓掌！张德昆早已哭出声来。

9

厂区门口用松柏枝扎起彩门，彩门上悬挂起"庆祝洛矿公路通车"的横幅。

工人们敲锣打鼓，扭着欢快的秧歌。一辆辆拉着机器、设备的卡车，车头上扎着红绸大花，鸣着喇叭，驶进厂区。一条大道向前铺展着。大家互相拥抱着、欢呼着，把安全帽抛向空中。那一条在他们的手臂上延伸出去的路，让他们热血沸腾。

那个年代，血液的沸点总是很低。

哈工大

1

列车北去。

焦裕禄和另外四名同志涂明伦、大老李、钟霞和技术员张德昆坐在车厢里。焦裕禄凭窗眺望。

筑路的任务完成了，厂里派出了一百多位年轻干部和技术人员去全国著名高等院校深造，有上海交大、沈阳财经学院……焦裕禄他们五个人被选派到了哈尔滨工业大学，这可是人人艳羡的高级工业建设专家的摇篮啊！一切如在梦中，一切却又是现实。明丽的希望、如火的热情、钢铁的决心和意志充盈了他整个身心。

大老李问挨着他的张德昆：“小张，咱上学的这个哈工大，是个啥学校？”

张德昆说：“跟你说多少遍了，这是一座专门培养高级工程师的名牌大学，是工业管理高级人才的摇篮。”

大老李问：“摇篮？摇篮是啥玩意儿？”

张德昆说：“摇篮你不知道，就是小孩子躺里边摇着他睡觉的那个……那个玩意儿呗。”

钟霞笑了：“老李，摇篮你没见过呀？”

大老李说：“俺们北方没那东西。俺明白了，你是说人进了这学校就像小孩子躺进那个、那个摇篮里，晃啊晃啊晃几年再出来就是高级工程师了？”

张德昆说：“差不多吧。”

大老李说：“你还行，知识分子。像俺这样的土改干部，念过几年书也不多，再摇再晃也高级不了。"

涂明伦说："哎，我说老焦，咱不是做梦吧？"

焦裕禄说："做梦？做啥梦？咱这不是上了火车了吗？"

涂明伦说："我这么想啊，还是大老李说得对，我也是个土改干部，再摇再晃也怕是没法儿高级。"

大老李说："可不是嘛，这硬赶鸭子上架呢。"

焦裕禄："要说文化低，咱们五个人里头除了小张、钟霞中学毕业，咱们三个差不了多少，都是调干生。要说岁数大，我也算是老大哥了。厂里让咱们去哈工大读书，这个机会多难得呀！"

涂明伦说："你跟俺们不一样，你念了四年书，可是你平时就爱学，能写会算，是个秀才。"

钟霞说："就是嘛。焦主任你能写一手好文章，算是咱厂里的大秀才啦。"

焦裕禄说："我那个'秀才'是土打土闹，到这儿咱们都得有脱胎换骨的思想准备。"

2

刚一入学，校方向焦裕禄他们传达了调干生的教学计划：教学部对调干生专门做了教学计划上的安排。根据他们的文化程度，要先学习速成中学课程，在达到高中文化程度之后，再编入大学本科班学习。

每个调干生都领到了十几本初高中课本。涂明伦和大老李一脸苦笑。

涂明伦说："俺娘哎，你看还有《几何》《代数》，看了咱头就大了。真是天书啊！"

大老李说："早知这样，哪如在厂里流臭汗痛快。"

上课时，大老李趴在桌子上打瞌睡，很快打起鼾声。身边的钟霞捅了他一下，他睁了睁眼，又睡着了。讲课的女老师使劲儿敲黑板。大老李猛然惊醒，见所有的人都看着他，手足无措。女老师摇摇头："真拿你们这些调干生没办法。"

白天上课，晚上抓紧时间自学，天天学到半夜。学生宿舍九点钟哨子一响，集体熄灯，焦裕禄就和涂明伦、大老李打着手电讨论数学题。那天他们碰上了一道难解的题，到了下半夜还没解开，老涂和大老李睡着了，焦裕禄就跑到校园的凉亭里，打着手电看书。天快亮时，手电光越来越微弱了，他拍打摇晃终无济于事，收起书本伸个懒腰。

焦裕禄回到宿舍，涂明伦他们刚刚起床，问："老焦，你一晚上没回来，上哪儿去了？"

焦裕禄说："咱们解不开的那道题，我解开了。"

大老李说："老焦啊，俺也是一夜没睡，在床上烙了一夜的饼。"

焦裕禄问："你咋了？"

大老李说："俺想了一夜，就想了一件事。"

焦裕禄问："啥事？"

大老李说："俺想退学回家了。家里来了信，老娘生病，孩子也没人管，老婆直发牢骚。俺在这里上学，塌不下心啊！"

焦裕禄说："老李啊，现在你可不能走。"

大老李问："咋啦？"

焦裕禄说："厂领导要到学校来看调干生，你还是等些日子再说吧。"

大老李说："老焦，说起来你家孩子也多，生活的难处也不少，你这一出来，家里担子也不轻啊！"

焦裕禄说："是啊！想到这些，心里也乱啊！上哈尔滨之前，家刚安在洛阳，我爱人在车间里做统计工作，上班也挺忙，一回家就忙得团团转。两边老人轮着帮忙带孩子，可为了我在这里安下心来，家里有啥事也不和我讲。每次接到家里的信，老娘总是说：'好好上学，国家送你上了大学，学不好可谁也对不住啊！'"

这天下课后，大老李拿着一封家信回了宿舍，问焦裕禄："老焦，出了件新鲜事！"

焦裕禄问："啥新鲜事？"

大老李说："我给你念段我老婆的信：'老李，你两次寄的钱都收到了，咱娘看了病，有些好转，娘说你一定要安心学习，不要总惦着家里。'"

焦裕禄说："这不是平安家信嘛，有啥新鲜的？"

大老李说："新鲜的是我压根儿没往家寄过钱！"

涂明伦问："还有这事？"

大老李问："老焦，钱是你寄的吧？"

焦裕禄说:"老娘在信里不是嘱咐你安心学习吗?你安不下心怎么对得起老娘呢?"

大老李一把攥住焦裕禄的手:"老焦,你让我说啥?这回考试再过不了关,我就把这指头剁了!"

3

终于熬到了发榜的那一天。

大红纸书写的"调干生录取榜"贴在公示墙上,调干生们围拢在一起,大家议论着,在榜上找自己的名字。

涂明伦拉住焦裕禄:"老焦,你的名字在第一栏呢,看到没有?"

焦裕禄说:"还没,我刚找到了张德昆,好样的,全班第六名!钟霞,你在哪儿呢?"

钟霞指着榜上:"在第三栏。"

焦裕禄说:"不错,前二十名,好成绩。老涂你在这儿呢!"

张德昆问:"哎,大老李呢?"

焦裕禄说:"别忙,正找着呢。"

大老李有点忐忑了:"怕是又坐红椅子了吧,别,别找了。"

焦裕禄说:"再找找,这么多名字,看花眼了。"

大家又找。一个戴眼镜的调干生问:"你们是找李有志吧?"

焦裕禄说:"对呀。"

那个调干生指着第二张榜:"这不是?我俩名字挨着了。"

涂明伦在大老李肩上砸了一拳:"大老李,李有志,你在这儿啦!"

焦裕禄说:"老李,快来看!"

大老李凑过来,看着自己的名字,眼里笑出了泪花。四个人兴奋地抱在一起。

学生宿舍里,焦裕禄等五个人围住一张小桌,小桌上放着用报纸包的花生米、打开的水果罐头。大老李拿起一瓶酒,用牙咬开盖,给大家倒在茶缸里。

张德昆推辞着:"我可不喝酒啊!"

大老李说:"不行,今天必须得喝!咱们得好好庆贺庆贺!钟霞也得喝!"

钟霞说："中！我也喝。今儿开心。"

涂明伦给每个茶缸倒上了酒："来来来，端！"

大老李说："我提议，头一杯酒咱们敬老焦。要不是老焦给咱鼓劲儿，咱咋也拿不到这哈工大的录取通知书呀！"

焦裕禄说："别敬我，还是我敬你们。大家都进了哈工大，没有一个人掉队，我这带队的，脸上有光呀。我敬大家！来，端！"

大家端起茶缸碰在一起。

涂明伦说："老焦啊，想想这大半年，真不知道咋过来的。古人头悬梁锥刺股，三更灯火五更鸡，咱用的工夫一点也不比古人差。咱们应该给厂里写封信报喜，让同志们也高兴高兴。"

焦裕禄说："这个建议不错，晚上咱就写。"

正喝着，那个戴眼镜的调干生进来了："嚯，老焦，食堂里找了你们一圈儿，在宿舍喝上啦。"

焦裕禄说："发了榜，大伙儿心里高兴，庆贺庆贺。来，喝一杯。"

眼镜说："不喝了，还有事呢。有一封信，顺便给你捎过来了。"

他放下信走了。

焦裕禄拿过信来："厂里来的信。"

涂明伦说："准是厂里听说发榜了，来信祝贺咱们。"

焦裕禄拆开信，看了两眼，眉头立刻锁住了。

大老李问："厂里说啥了？"

焦裕禄不语。涂明伦问："咋了老焦？"

张德昆拿过信，读起来："焦裕禄同志：厂里近来对培训计划做了重大调整，决定让你们中断在哈工大的学习，接到信后立即返厂……"

大老李急了："说什么？立即返厂？这是谁的决定？好不容易发了榜，这将近大半年工夫，就这么白瞎了？"

涂明伦说："凭啥这个时候让咱返厂？"

大老李抄起酒瓶子一口见了底。钟霞哭了起来。张德昆说："我是不回去了，宁可不要厂里的助学金，不要工资，也要把本科读下来。"

半夜，焦裕禄一个人在湖边的长椅上坐着抽烟，他手里捏着一封家信。徐俊雅的声音好似在耳边响着："老焦啊，你们考试的成绩公布了没有？不过我心里有底，你肯定能录取。妈这几天总是问：这大学是多高的学堂？守凤愿意回老家上学，妈准备带她回山东了。孩子让他们的姥姥过来帮着带，你别分心。"

静夜里，传来钟楼打钟的声音。

天快亮了，焦裕禄一个人在环形跑道上奔跑着。

焦裕禄回到宿舍，涂明伦、大老李、张德昆也没睡着。他们也都从床上坐起来。

焦裕禄说："回厂吧，我们学习是为了更好地建设工厂，现在厂里需要我们回去，我们是共产党员，就得服从组织的决定。"

大老李说："白进了一回摇篮，还没摇晃出个啥名堂，就这么回去了。"

焦裕禄说："这摇篮也没白进，第一，我们在哈工大预科系统地学到了知识，这些知识是会有用的。第二，我们都取得了好成绩，说明了这段时间我们是真正努力了。第三，厂里让我们回去是承接更大的任务，我们是厂里的骨干力量了，能说白进这摇篮吗？"

生命中的华彩

1

回到厂里，厂长老纪与焦裕禄进行了一次长谈。老纪详细地问起了他们五个人在哈工大预科的学习情况，又讲了厂里的情况。最后，老纪说："焦裕禄同志啊，我们厂建厂的进度加快了，所以改变了原来的进修培训计划，把派出学习的同志全部召回厂里。你们准备到有基础的老厂去实习，尽快掌握管理工厂的实际本领和技术知识。你带队去大连起重机器厂。怎么样，有困难吗？"

焦裕禄说："没有。放心吧，纪厂长。什么时候走？"

纪厂长说："下个星期就得动身，你们是原班人马，再加上你爱人徐俊雅同志。"

焦裕禄说："组织上不要总考虑照顾我，家里有难处，能克服。"

纪厂长说："也不全为照顾你，徐俊雅同志去学习做统计工作，也是咱们厂里的需要嘛。"

一个星期后，哈工大预科的原班人马加上徐俊雅就到了大连起重机器厂。焦裕禄被分配到机械车间任实习车间主任。他们几个中，也唯有他是带家眷来的，岳母和三个幼小的孩子——守凤、国庆、守云一同来到这里。厂里为焦裕禄安排了一间离厂区很近的宿舍。老涂、老李、钟霞、张德昆忙前忙后地帮焦裕禄和徐俊雅收拾着，三个孩子到了新家都很兴奋，大呼小叫。

徐俊雅招呼着三个孩子："别到处乱跑啊！"

老涂、老李帮着用两条长板凳加一摞砖头、几块木板拼了张床。屋子太小，床占了大半。徐母给老涂他们端水拿毛巾："快歇会儿吧，脸上都是汗了。"

钟霞问："大妈，从咱河南一下来到东北，不太习惯吧？"

徐母说："没啥。当年啊，我就给俊雅说：'老焦是八路军的干部，山南海北的，人家让上哪儿去就得上哪儿去，娘要想你了咋办？'妮说：'娘，俺们上哪儿你上哪儿。'这不中了这句话？"

大家笑起来。

收拾好了，涂明伦看了看说："这房子要再大点就好了。"

焦裕禄说："咱拉家带口来实习，人家厂里还给安排了宿舍，这已经很不错了。知足吧。"

孩子们缠着张德昆玩纸飞机，张德昆哄他们："孩子们，过几天叔叔带你们去看大海。"

2

为了欢迎到厂里援建的苏联专家和洛阳矿山机器厂实习生，大连重型机器厂特意举办了一场欢迎晚会，工人俱乐部里灯火通明，歌声阵阵，歌舞节目是厂里工人自己编排的，苏联专家和洛矿方面也都推举了节目代表。

焦裕禄、徐俊雅、涂明伦、钟霞、张德昆和几位苏联专家坐在前排。正在演出的节目，是苏联专家柳芭和谢尔盖在用俄语演唱的《喀秋莎》。柳芭是个二十多岁的年轻姑娘，青春靓丽，亚麻色的长发，眼睛如蓝汪汪的湖水，小巧的鼻子有几分俏皮地翘着。她刚刚从富拉尔基矿机学院毕业不久，就随专家团来到中国，给谢尔盖当助手。谢尔盖满脸花白的大胡子，其实他只有四十多岁，是著名的机械专家。他抱着一架手风琴，唱得声情并茂。唱罢，满堂喝彩。压轴的节目该是焦裕禄的二胡独奏了。

晚会主持人小苗——一个二十岁左右的车间规划员走到台前："这次来大连重型机器厂的实习生中，有一位多才多艺的同志，他的歌唱得很棒，特别是二胡拉得非常好。他就是担任我们机械车间实习车间主任的焦裕禄同志，今天晚会的一个重点节目，就是他演奏的二胡独奏曲——《光明行》。"

焦裕禄走上台，向台下鞠了一躬，坐在椅子上，开始演奏。一把二胡弓子在他手上翻飞自如，如行云流水。他精湛的技艺获得热烈掌声。柳芭、谢尔盖和苏联专家不断用俄语赞美着："哈啦少！"一曲终了，焦裕禄走下台。舞曲响起，柳芭走过来，伸出胳膊向焦裕禄做了个"请"的姿势。

焦裕禄愣了一下，小苗忙说："焦裕禄同志，柳芭同志请您跳舞。"

焦裕禄说："跳舞？我不会跳呀。"

小苗笑说："拒绝女士是不礼貌的，您可以向柳芭同志学习，她会教您的。"

柳芭点点头，焦裕禄只好站起来。柳芭带着他走向舞池，一开始下舞池有点别扭，一会儿就跳得有模有样了。

3

第一次下车间，看着比一个篮球场还大的车间里，一台台开足马力运转的机床和穿梭的天车，焦裕禄有点眩晕。他问车间主任老关："关主任啊，学会咱们厂这些管理业务，得多长时间？"

老关是带他来熟悉车间生产流程的，见焦裕禄一脸迷茫，就开导他说："别急，耐下性子，大概有一两年，就能摸上点门道了。"

焦裕禄吓了一跳："要一两年啊？"

老关说："工业管理是个系统工程，一两年能摸着点门儿就不错了。"

焦裕禄："老伙计，我可是只有一年左右的实习期呀，你得帮我。"

正在这时，规划员小苗拿着一沓子报表来了："关主任，这是咱们车间这个周的生产安排计划，您审一审。"

老关说："你让焦主任看一看。"

小苗把计划递给焦裕禄，焦裕禄一看，又要眩晕了，一沓子表格，写满了各种字母、符号，那些机械、设备的名称古里古怪，十分陌生，还有一些是洋码子，有俄文，也有英文……看得焦裕禄眼睛酸胀，心说：这下可砸了，人家要考考你哩。老关说："老焦啊，这个生产计划就是咱们的工作程序，你先从这里入手了解机械车间的管理，倒是个速成的办法。"

焦裕禄说："好呀，老伙计，你这点拨太好了。小苗啊，从现在起你就是我师傅，得好好教我。"

小苗脸一下红了："焦主任，您千万别这么说。"

焦裕禄说："我是很认真的。我来就是当小学生的，从一加一开始学。"

带着一头雾水回到家里，快半夜了。一家人都睡了，焦裕禄轻手轻脚洗漱了，坐在灯下又打开了图纸。把一张张图纸摊在桌上、地上，图纸旁摆放着茶缸、杯子之类的东西，他不时把茶杯举到灯下去观察。

国庆醒了，叫着："姥姥，我要撒尿。"

焦裕禄忙把国庆抱起来："小声点。来来来，爸爸抱你撒尿去，姥姥累了。"让他撒了尿，又放回被窝里。

徐俊雅醒了："啥时回来的？都半夜了，你干啥还不睡？"

焦裕禄手里拿着一只茶杯，在灯下比画着："那个投影原理还没弄明白呢。你睡你的。"说完又埋头在图纸上了。

徐俊雅起床了："给你冲个鸡蛋吧？"

焦裕禄轻声说："别。妈还舍不得吃个鸡蛋呢。我还真有点饿，要不把窝头给我拿一个来。"

徐俊雅拿来半个馒头："还有我在厂里食堂捎回的馍哩，你吃吧。"她拿起暖瓶要给焦裕禄倒水，发现暖瓶是空的。

她转身拎上铁皮壶桶开炉子烧水。烧水回来，给焦裕禄倒了杯水端过去，发现老焦手里拿着那半块馒头睡着了。

她想喊他，又不忍。犹豫半天，把一件衣服披在焦裕禄身上。

4

第二天，焦裕禄早早就赶到了车间。上早班的刚接了班，车间里热闹起来。机床旁，焦裕禄向一个老工人请教："石师傅，这钢材的材质怎么区别呀？"

石师傅说："拿仪器去检啊，不过还有个最方便的土办法。"

焦裕禄忙问："啥办法？"

石师傅说："用砂轮打啊！拿样品在砂轮上一打，从火花上就能看出是哪个型号的钢。"

焦裕禄说："好啊，石师傅，您给我实地讲一讲。"

他从口袋里摸出一块钢样，老石师傅放在砂轮上打了下，告诉他："这是3号钢，你看这火花是一条线往外散开的。"

焦裕禄从口袋里摸出第二块。老石师傅又放在砂轮上打了下，说："这是低碳钢，你看这火花，不如刚才那块亮，又是往两边撒的，火花苗子也短。"

焦裕禄又从口袋里拿出一块。石师傅试过后说："这块干脆不沾！是劣钢。你看火花多乱啊，长长短短的。"

紧接着第四块、第五块、第六块……源源不断从焦裕禄口袋里掏出来。石师傅吓了一跳："焦主任，你那口袋是万宝囊啊还是啥东西，咋就是掏不完了哩？"焦裕禄大笑起来。

小苗过来了，拿了两个饭盒，招呼他们："吃饭啦！"

焦裕禄这才想起来："哎哟，光顾上跟石师傅请教了，把开饭时间给忘了。石师傅，咱快去食堂吧。"

小苗说："你们看看都几点了？食堂门都关了。早就给你们买回来了，在小茶炉盖上烘着，还热呢。"

焦裕禄说："太谢谢了，小苗。"

小苗不好意思起来："谢啥。你这个实习主任也是个领导，一天到晚像个小徒工似的，真让人佩服。哎，焦主任，你让我找谢尔盖工程师问'正视''俯视'投影原理的问题，谢尔盖工程师答应了。"

焦裕禄兴奋地问："好啊，啥时找他去？"

小苗说："人家说上你家里去教。"

焦裕禄诧异了："还有这事？"

小苗说："谢尔盖工程师说得有个条件。"

焦裕禄问："啥条件？"

小苗说："他要跟你学拉二胡。"

焦裕禄乐了："我当啥条件呢，行！"

到了晚上，小苗真的带着谢尔盖来了，她给谢尔盖当翻译，她身后还跟来一个柳芭。

一进门，谢尔盖鞠了个躬，把焦裕禄弄得紧张起来，忙搬凳子让客人坐。孩子们见家里来了苏联客人，也都好奇地围过来。柳芭摸着他们的小脸，又捏捏他们的小耳朵，孩子们不认生，跑前跑后给客人端水搬凳子。

谢尔盖说："焦裕禄同志，我喜欢你拉的二胡，可以教我怎样演奏这件乐器吗？"

焦裕禄说："当然可以。"

谢尔盖高兴了："那我们上课吧。"

焦裕禄在一边为谢尔盖传授握弓子的要领，孩子们和徐俊雅、姥姥，还有小苗、钟霞、柳芭在一边看。

焦裕禄纠正着谢尔盖的动作："握弓子要放松。放松，谢尔盖同志，别绷那么紧，放松，对，要让弓子变成你的手指。"

小苗用俄语翻译着。

焦裕禄说："学习二胡，第一步要先让弓弦能说话。"

谢尔盖问："说话？说什么？"

焦裕禄一笑："让它说中国话，先说简单的四个字'白菜疙瘩'。"

他示范了一下。谢尔盖学着拉了一遍。他拉出的有些怪腔怪调。

焦裕禄乐了："你看这二胡到了谢尔盖同志手里也说俄语了！"

大家笑起来。

5

车间里，焦裕禄熟练地指挥天车吊装机件，天车女工王小敏驾着天车，不时向焦裕禄投过钦佩的目光。小苗和车间主任老关过来了。小苗指着焦裕禄说："关主任，你看咱们焦主任多厉害，他连天车都能指挥了。"

老关说："我也觉得奇怪，你说老焦来咱们厂这两个多月，车间里所有的工作程序都闹了个门儿清。这不，指挥起天车来也是行家里手了，他这是啥时学的呢？"

吊装完成。焦裕禄看见关主任和小苗来了，迎过来。关主任说："行啊老焦，连天车都能指挥了。"

焦裕禄说："该学的都要学呀。"他拿出一份周计划，"老关、小苗，我学着编制了一套咱们车间的周计划，你们看看，给我点拨点拨。"

小苗说："焦主任，编排车间计划，是计划员的事，你是车间主任，没必要干这个活儿。"

焦裕禄说："车间主任是管理生产的，不懂得抓计划咋行？"

老关接过计划书看了一遍："老焦，有你的！这份计划太好了。小苗呀，你看看焦主任编排的这份计划书，多细致、多准确。编制生产计划，不光得懂车间生产流程，还得懂每一台机床的性能，人家入厂刚两个月呀。老焦呀，我老关算是服了。"

焦裕禄不好意思了："老关你可别这么说，我闹了多少笑话，你根本不知道。"

6

下班回家的焦裕禄拎回一网兜对虾和螃蟹。

徐俊雅在对着镜子整理头发，她的头发已烫成了大波浪。焦裕禄一进门就喊："俊雅，看这大对虾多鲜亮，大连的海鲜真便宜，这么大个儿的对虾，三毛一斤，螃蟹才两毛一斤。"

他看见烫了头的徐俊雅，吃了一惊："哟！"

徐俊雅笑问："吓着了？"

焦裕禄说："是吓了一跳，从来没发现我老婆原来这么漂亮。"

徐俊雅小声说："少贫嘴，妈在门外边呢。"

焦裕禄问："谁帮你弄的？"

徐俊雅说："柳芭。她还说，过几天再帮我做件布拉吉，让我开舞会时穿。"

焦裕禄说："好呀。"

国庆跑进来："妈妈，我也要布拉吉。"

徐俊雅拍拍他的小肚皮："凑什么热闹，你知道什么是布拉吉？"

她看见了网兜里的海鲜，问："看这对虾、螃蟹，还是活的呢！你们车间发加班费了？"

焦裕禄说："不是。领了厂报的五块钱稿费。咱得快把它煮了，一会儿老涂、大老李、小钟、小张来吃饭。"

徐俊雅拿起网兜到门口去了。

刚把煮好的海鲜摆上小方桌，涂明伦、大老李、钟霞、张德昆几个人就来了，一进院子，看见满桌的螃蟹、大虾，大呼小叫。

钟霞说："这大连真是个好地方，有这么好的海滩，还有这么好的大对虾、大螃蟹。"

焦裕禄扎着围裙从屋里出来："是啊，尝尝，今天烧的可全是我到大连学的拿手菜：葱烧黄花鱼、虾熬豆腐、青豆虾仁……"

大老李夸赞着："真不赖，老焦还有这一手。"

焦裕禄在围裙上擦着手："业余爱好。"

大老李说："就连人到了大连也变得精神了，对不对，俊雅？"

在桌前忙着添水的徐俊雅应答："是啊！看咱们小钟多漂亮，小张多帅气啊！"

张德昆说："嫂子，老李是夸你呢。"

涂明伦说："刚进大连时，看看人家，觉得咱太土气了。满街漂亮姑娘，晃得咱不敢睁眼。看咱们俊雅，一拾掇就把她们比下去了不是？"

大老李说："老焦啊，你已经成了大连重机厂的名人了，厂报上隔三岔五地发表文章，连我们车间的人都知道你，咱老李脸上也有光呢！"

正说着，听到外边有救护车的鸣笛声。

焦裕禄一下站起来："好像是救护车，从我们车间那儿开出来的，我得回车间看看。"

他匆匆来到车间，救护车刚开走。车间门口还围着一大群人。焦裕禄问一个老工人："王师傅，是不是咱车间出什么事了？"

老工人说："焦主任，小刘的手受伤了。"

焦裕禄问："哪个小刘？"

老工人说："就是开天车的王小敏她爱人。"

焦裕禄问："噢，小敏呢？"

老工人说："跟上救护车上医院了。老关也去了。"

焦裕禄正往人民医院打着电话，听到外边有孩子的哭声，匆匆放下电话走出去。他循着哭声找到更衣室里，见更衣室里的长椅上有一个五六岁的男孩子。焦裕禄拉过孩子小手："小朋友，不怕，告诉伯伯，你叫啥名字呀？"

男孩子说："叫刘亮亮。"

焦裕禄问："刘亮亮，你爸爸妈妈呢？"

正在这时，一个女工进来了，说："焦主任，这是咱车间天车工王小敏的孩子。她爱人小刘是保全工，今天夜班不小心伤了手的就是他。王小敏家里困难，住的地方离厂太远，他伤了手是因为他太劳累了。这个孩子小敏上夜班就带着，睡了就放更衣室的长板凳上。"

焦裕禄说："那就我带他，先到我的办公室。"

他抱起孩子进了办公室，让孩子坐到他的椅子上，他用茶缸倒了水，又用碗溜水，一边溜一边唱着歌谣："溜溜冷冷，小狗等等。"

把水溜得不烫了，自己尝试了一下，才拿小勺一勺一勺喂孩子喝水。

喝了水，孩子还是哭着要找妈妈。

焦裕禄哄他："亮亮，不哭，伯伯跟你玩骑大马，好不好？"

他趴在地上，让孩子骑在他背上："大马跑起来喽！嘚，驾！"

孩子笑了。正玩着，天车工王小敏进来了。她看到这个情形，愣在门口。

孩子见妈妈来了，从焦裕禄背上跳下来，喊着"妈妈"，飞跑过去。王小敏抱起孩子，已泪流满面。

焦裕禄从地上站起来，问："小敏，你爱人咋样了？"

王小敏说："焦主任，他左手让机床挤了一下，一根指头断了，正在手术。我当时走得急，他进了手术室才想起放在更衣室里的孩子。"

焦裕禄说："孩子醒了，我把他抱过来了。小敏，你一直带着孩子上夜班？"

王小敏点点头："焦主任，我家住得远，离这儿有七八里路，赶上两人都上夜班时就把他带来放在更衣室里。他爸就是因为太累了才出了事故。焦主任，给您添麻烦了。"

焦裕禄说："是这样。小王啊，我家住厂里，咱们换换房子吧，你们过来住，也方便些。"

王小敏说："焦主任，那可不行，哪能让你们跑这么远的路上下班？你还是车间主任呢，比我更忙。"

焦裕禄说："就这样定了，你做好准备，明天就是周六，我安排同志们帮你搬家！"

第二天，焦裕禄就招呼车间里几个休班的青工，给王小敏把东西搬了过来，他自家也搬到王小敏那边去了。王小敏家的这间宿舍，比厂区的宿舍更窄小。由于房子太挤了，角角落落都挤得满满当当，不能搭大点的床，孩子们只好睡在地上。

这天，徐母坐在床上给孩子们补衣服，焦裕禄趴在用木箱搭起的小桌上写文章。有人敲门，进来的是小苗。

她一进门吓了一跳："焦主任，你真搬这儿来了。让我找了一个多钟头。这屋子这么小呀，你家人口多，根本住不开，孩子都睡地上了。"

焦裕禄说："没事，能行。小苗。"

小苗说："给你送会议通知。到你家一看换王小敏了，一问才知道你们换了房，让我这通好找！焦主任，你风格太高尚了，我一定好好写篇报道。"

焦裕禄忙拦着："小苗，千万别写。这是咱应该做的。你想王小敏要是住得离厂里近些，她的孩子就用不着上夜班时往更衣室放了，她爱人小刘也不至于因为疲劳出了事故，对不对？"

小苗擦起了眼泪。正说着，徐俊雅回来了，和小苗热情地打着招呼。徐母问："咋刚回来？不是没夜班吗？"

徐俊雅说："妈，下了班归拢了报表，又跟我师傅张姐去了一趟老四合裁缝铺，把老焦的中山装拿回来了。"

她拿出一件蓝布中山装，拉过焦裕禄："来，试试。"

焦裕禄穿上，徐俊雅给他扣好扣子。小苗赞赏地说："太合身了，真的不错，焦主任好帅气！"

徐母也说："是挺显精神。我早说，他爸常抛头露面的，没身像样的衣裳咋行。"

徐俊雅说："这是直贡呢的，老焦头一身好衣服，拿他的稿费买料子做的。"

焦裕禄说："明天上班我就穿它？"

徐俊雅忙夺下："不行。这是留着晚会上穿的。"

7

焦裕禄是在排队打饭时听到厂广播站的播音的，果然是小苗写的一篇报道《一个实习车间主任的风格》："机械车间的天车女工王小敏的家住在离厂区七八里路远的东郊，她和爱人上班时只好带上孩子到厂里，因为疲劳，她的爱人还出了工伤事故。这件事情让机械车间实习主任焦裕禄同志知道了，焦裕禄同志主动提出和小王换房，把他在厂区的一间住房换给小王，小王不肯，焦裕禄主任带领青工帮小王搬了家。焦主任一家老少三代七口人，住在离厂区七八里路的一间不足十二平方米的小屋子里，那间屋子甚至放不下一张大床，孩子们只能睡在地上……"

一起排队的是外车间工友，他们还不认识焦裕禄，但这个名字现在已经为很多人所熟悉了，因为厂广播站经常播出他写的文章，而这次却是别人对他的报道。大家出神地听着，感慨地议论。

窗口卖饭的炊事员师傅认出了焦裕禄，大叫一声："你就是焦主任吧？"这一下很多炊事员向这个窗口围拢过来。

外边很多排队的人也拥过来了，一个青工拉住焦裕禄："焦主任，我想请教个问题。"

一个女青年也挤过来："焦主任，我也想请教个问题。"

正在这时，老关过来了，他分开众人："同志们，咱们找焦主任探讨问题呀，时间有的是。不过现在我得和他谈个重要事情，抱歉了啊！"

他拉起焦裕禄，两个人端着饭盒急急走了。

他们选了一个靠窗的角落坐下。广播声还在继续："下面播送机械车间实习主任焦裕禄同志的文章，题目是《必须加强党组织在工厂的领导作用》，文章说：党的组织在工厂的领导作用是一个十分重要的问题，党的领导，是办好社会主义企业的核心……"

老关说："老焦啊，你的这篇文章，上午开党委扩大会的时候给大家读了一遍，党委张书记说：'焦裕禄同志的这份建议是符合毛泽东思想的，是研究如何办好社会主义企业的好文章。'厂党委还发了个决定，从下月起，在全厂开展一个以前后方竞赛为内容的先进生产者运动，立功者要给重奖。"

焦裕禄笑了："我一篇文章，哪有那么多的作用？"

老关凑到焦裕禄耳边说："老焦啊，给你透个机密，绝对机密！"

焦裕禄说："啥机密？真机密你可别透。"

老关说："这个机密和你有关，不过透给你也没事，张书记还让我做你的工作呢。"

焦裕禄说："那你说。"

老关说："厂里决定派两个独当一面的高级工程师南下洛阳，到你们洛阳矿山机器厂去工作。"

焦裕禄不解："这事和我有关系？"

老关说："用这两个高级工程师，换一个你，把你留在大连起重机器厂。怎么样？你愿不愿留下？"

焦裕禄说:"老关啊,我哪有那么高的身价?不值得!不值得!"

老关说:"古时候秦王要用十五座城换赵国一块和氏璧,那是因为美玉无价啊!人才比任何美玉都珍贵,对不对?"

焦裕禄说:"千万别这么比,咱就是一个普通的党员。真的,老关。还得拜托你跟张书记讲一讲,在大连起重机器厂,我没把我自个儿当外人,该做的事一定要做,该说的话一定要说。这都没啥特殊的。"

老关看看表:"今天咱先把这话题放一放,你一定要考虑一下,不急着表态。咱们的晚会要开场了。"

厂俱乐部里,周末晚会进行中。

苏联专家谢尔盖熟练地用二胡演奏《光明行》。他弓法娴熟,神采飞扬。一曲终了,大家热烈鼓掌,谢尔盖拉出了字正腔圆的"白菜疙瘩",回报大家的掌声。

焦裕禄向他伸出大拇指。接下来是机械车间的小合唱《喀秋莎》,柳芭、钟霞、徐俊雅都在合唱队伍里,焦裕禄拉手风琴伴奏。

节目之后照例是舞会,伴随着《喀秋莎》圆舞曲,大家翩翩起舞。

穿蓝色直贡呢中山装的焦裕禄和穿布拉吉的徐俊雅,又一次成了舞会的中心人物。

难得的一个休息日,焦裕禄和徐俊雅带着四个孩子到海边去。

孩子们在沙滩上快乐地奔跑,焦裕禄则躺在沙滩上仰望天空。

徐俊雅问:"老焦,看什么呢?"

焦裕禄说:"这么多年了,从来也没意识到天空是这么蓝,云彩是这么白。"

徐俊雅不由得苦笑了。

柳芭、谢尔盖、涂明伦、大老李、钟霞、张德昆也来了,柳芭拉着孩子们跑向大海。大家都扑向了那片蔚蓝。张德昆拿出照相机,快门"咔嚓"一闪,定格了一个美丽的瞬间。

那是焦裕禄和徐俊雅一生中最幸福、最欢乐的日子。那套蓝呢中山装也是焦裕禄一生中穿过的最好的一套衣服。如果幸福有颜色,这一段短暂的幸福,应该是蔚蓝色的。

这种辽阔的颜色给了大山的儿子海一样的胸襟。

心里打了个结

1

一九五六年年底，焦裕禄回到洛阳矿山机器厂，担任一金工车间主任。一金工是厂里最大的车间，焦裕禄去大连前，车间还是画在荒地上的粉线，这次回来，蓦地看见眼前耸立起了一座高大气派的建筑。而它的对面，同样规模的一座建筑也即将完工。接他的工会主席告诉他，这座大车间是第一金工车间，对面是第二金工车间。焦裕禄的办公室就在一金工车间里，用板材隔出了一间半屋子大小的地方，办公室里有一张白木桌，一条长板凳。焦裕禄见墙上还空着，正好张德昆给他们在大连海滨拍的那张照片放大了一张，挂上去挺合适。

焦裕禄踩在板凳上挂照片时，厂长老纪悄悄走进来。焦裕禄脸冲着墙，没有发觉。听见有脚步声，他问进来的人："正不正呀？"

纪厂长说："靠左一点。"

焦裕禄挪了一下，又问："现在呢？"

纪厂长说："右边再略靠上些。"

焦裕禄调整了一下，再问："这咋样？"

纪厂长说："可以了。"

焦裕禄从板凳上跳下来，才看见是纪厂长。他抓着头皮，不好意思地笑了："是纪厂长呀。您啥时来的？"

纪厂长说："刚进来，看看你这个一金工车间主任的办公室。"

焦裕禄说："这张照片我挺喜欢的，是我在大连重机厂最好的纪念，看这墙上空荡荡的，就挂上了。厂长您坐。"

他给厂长拉过了那条大板凳。纪厂长说："老焦啊，大连重机厂要拿两个高级工程师来换你，在党委会上，我征求大家的意见，当然谁都不同意。我说：'千军易得，一将难求，不换！'老焦啊，一金工车间可是咱们洛阳矿山机器厂的龙头车间，你大车拉大载，好好干吧！"

这时有人在门外喊："焦主任，设备运进来了。"焦裕禄应着："好了，就去。"

纪厂长说："老焦啊，我和你一块儿去。"

由于车间的路还没修好，运设备的汽车陷在路上开不出来了，工人们围着车连推带拉，车轮打着空转，搅起一片雪泥。焦裕禄二话不说，说了声"推"，带头推起车来。纪厂长也加入了推车的队伍。

汽车马达嚣叫着，却怎么也开不出来。再推，汽车干脆熄了火，挪不了窝了。焦裕禄喊一声："卸车！"

大家七手八脚把设备从车上卸了下来。工人们找来绳子、杠子，大家七手八脚，抬上就走！焦裕禄和老涂抬起了那个最大的部件。纪厂长也加入了抬设备的行列。靠着肩抬人扛，到下午，设备就全部进了车间。

2

设备是运进来了，可是没有安装图纸，就这么散着堆在车间里。焦裕禄问工程师陈继光："陈工，这些部件怎么分类到安装时才方便呢？"

陈继光说："焦主任，我们进口的这套装备，对方并没有交给我们安装图纸，正为这事犯愁呢！"

纪厂长说："老焦啊，现在国际形势发生了一系列的变化，有些人就是想在工业发展上扼住我们的咽喉，让我们就范。我们进了设备，人家却不给装配图纸，等着看我们的笑话。咱们该咋办？"

焦裕禄眉头紧锁，思考片刻，他手一挥："马上成立攻关突击队，大家自动报名，集体攻关。就是一块块地对，也要把这车床安装到位！"

一听成立突击队，大家纷纷报名。陈继光怯怯地问焦裕禄："焦主任，咱也想报名，成吗？"

焦裕禄说："好呀，当然行！我们最需要技术力量了！"

陈继光嗫嚅地说："焦主任，我……我出身……出身不好，是资……资产阶级家庭……"

焦裕禄说："不怕。你加入突击队是我批准的！"

陈继光眼里闪着泪花，把焦裕禄的双手握住了："太谢谢你了，焦主任。"

焦裕禄说："谢啥？你是大连工学院的高才生，学的就是机械制造专业，我们最需要的就是你这样的人才。小陈啊，给你个任务，你再把工程师李瑞国、杨宏河动员进突击队。"

陈继光说："焦主任，他们出身也不好，肯定也有思想顾虑。"

焦裕禄说："告诉他们一定要放下包袱，有啥问题，我兜着！"

一金工车间起用三位出身不好的工程师的事，很快就在全厂引起了一些议论。在厂总支会上，大家争论得很厉害。纪厂长让焦裕禄谈谈意见，焦裕禄点了支烟，平静了一下激动的情绪，坦陈己见："刚才有的同志对我们重用陈继光、李瑞国、杨宏河三位家庭出身不好的工程技术人员提出了意见，我谈谈我的看法。我们国家不惜重金，聘请了几千名苏联专家来帮助我们搞经济建设，而我们自己培养的知识分子，却不敢大胆放手使用，这是人才的浪费！这三位同志，是新中国的第一代工程师，技术水平高，有什么不能用的？"他激动地站立起来，"我个人认为，政治和技术是个对立的统一。政治就是政治，与技术不能混为一谈。技术没有阶级性。我们的知识分子热爱党、热爱新中国、热爱工厂和他们自己的事业，我们没有不信任他们的理由。"

纪厂长说："焦裕禄同志说得好！我们厂的建设，不能离开自己的工程技术人员，我们应该在政治上严格要求他们，在思想上团结帮助他们，在生活上体贴入微地照顾他们，在生产上大胆使用他们。一金工车间的设备安装，让技术人员来唱主角，这个经验应该在全厂推广嘛。"

一金工很快开车运营，刚一开车就接了个大任务，制造中国第一台二米五卷扬机。党委要求，四月底试制成功，向五一国际劳动节献礼。制造这么大的机器，设备不全，技术不足，经验当然一点没有，等于一群小蚂蚁，碰上了一块又大又硬的骨头。焦裕禄会做思想工作，在车间里讲了几句话，全车间百十号人就一下子集体热血沸腾了。

可这毕竟不是凭着热血就能干成的事。焦裕禄心里可真上了愁。一个多月了，尽管家也在厂区，可他从来没回去过，吃住全在车间里，那条大板凳派上了用场，拿军大衣裹着身子，往上一躺，就当床铺了。

这天凌晨一点多了，他还翻来覆去睡不着，眼皮却像灌了铅，重得抬不起来。他推开一张又一张图纸，桌上放着一张棋盘，他一只脚踩在凳子上，自己和自己下起象棋来。

正下着，钟霞挟着一卷图纸进来了。焦裕禄太专注了，没有发觉。

她看见焦裕禄一个人下象棋，好奇地站在后边看，看着看着忍不住说了句："红子儿那边别着象眼了！"

焦裕禄一愣，回头看见钟霞，乐了："小钟，你加班了？"

钟霞反问："焦主任，你咋一个人下起棋来了？"

焦裕禄说："看图纸看得头疼眼花了，换换脑筋醒醒盹儿！上夜班的同志们吃夜班饭了吗？"

钟霞说："炊事班把夜班饭送车间里了，谁也不下班。工段长把闸拉了，硬赶着人走，别人刚走，他又拉上闸自己干上了。"

焦裕禄说："定个纪律，该下班一定下班，我不能把大伙儿都拖垮了。"

钟霞说："你自己呢？在这条板凳上你都睡了快一个月了。"

焦裕禄说："钟霞你有所不知，这睡板凳的好处太多了。第一，睡在上面灵醒，车间里有什么事马上能处理；第二，睡板凳养腰；第三……"

钟霞说："别说了，你把桌子拼一块儿睡也和板凳差不多。"

焦裕禄说："那不中。估计我往桌子上一躺，炸雷也轰不醒了。"

3

第二天钟霞上班来得早，进了车间，正看见焦裕禄拿着图纸，钻到一台机床下。钟霞问："焦主任，您干什么呢？"焦裕禄在机床下边说："小钟呀，这台新床子，还有几个部件没弄清楚。"

钟霞说："图上都标着号呢。"

焦裕禄说："正因为编着号呢，我才得认真熟悉熟悉。"他一身油污从车床下钻出来，"小钟呀，这回我闹明白了，别管设备多么复杂，总会有个规律。比如你找到一个核心部件，其他与它相关的也就记住啦。"

钟霞说："焦主任，您不用费这大劲，拿图纸让技术员标上部件名称不是一样吗？"

焦裕禄摇摇头："那咋一样？你要了解一台机床，就得亲自把每一个部件都看明白了。吃别人嚼过的馍，没味道啊！"

钟霞说："焦主任，我算服您了，车间里这百十台床子，全让您吃透了。"

"吃别人嚼过的馍没味道"，这句在兰考大地上闪烁着光芒的名言，原来就诞生在洛矿的机床边！

4

这些日子，焦裕禄有了一个新发现。他发现每天下了班，陈继光都要到厂门口那儿去看大字报。正是反右高潮迭起的时候，厂门口两侧的墙头变成了大字报长廊，天天都有新的大字报贴上去。

这天，焦裕禄早去了一会儿，隐在大字报后边等陈继光。果然，不一会儿陈继光来了。他看得很投入，一张张地看，还不时往小本上记点什么。焦裕禄喊了一声："继光！"陈继光吓了一跳，忙说："焦主任，你也来看？"

焦裕禄说："我是来找你！"

陈继光困惑了："找我？"

焦裕禄问："小陈，你天天都要来看大字报呀？"

陈继光说："受受教育。"

焦裕禄拉了他一把："走吧，聊一聊去。"

两个人走到大门外。焦裕禄问："小陈，你为啥天天来看大字报？"

陈继光说："焦主任，我，我总是做梦让人贴了大字报，就时常来这边，看看有没有我的大字报。"

焦裕禄说："听说你还有个习惯，每天见了谁，说了啥，做了啥事情，都要记下来，是不是这样？"

陈继光愕然："啊！焦主任，你连这些也知道？"

焦裕禄问："是不是有这习惯？"

陈继光说："焦主任，我是生怕哪一天为说了啥话、做了啥事挨整，自己说不清楚，连个证人也找不到哇。"

焦裕禄把手放在陈继光肩上："小陈啊，你的业务技术在厂里是数得着的，你搞了那么多革新，对厂里的贡献大家心里是有数的。你不要怕，把腰杆挺起来，不要分散精力。有什么问题，我来承担责任。"

陈继光用感激的目光看着焦裕禄。焦裕禄说："你的心情我能理解。你放心大胆地干工作，有什么错你往我身上推，我抗风能力比你强些。"

陈继光抓住焦裕禄的手，泪水夺眶而出。

5

下了班，焦裕禄拿着饭盒走出车间，看见大门口有一个拎手提包的人在同门卫交涉。门卫见了焦裕禄，说："正好，焦主任，有位同志找您。"

那人转过身来，焦裕禄眼前一亮，喊了一声："李明！"两人抱在了一起。

焦裕禄问："李明，你咋来了？大营的乡亲们好吧？"

李明说："好啊，大伙儿都想你哩。大哥，俺不在大营了，一九五三年开春调到了老军营乡当乡长，成立了公社就当了社长，这回是到洛阳来给公社里买发电机，乡亲们知道你在这儿，都说让俺代表他们来看看你。"

焦裕禄说："真想你们呀！走，咱们先去吃饭，晚上好好聊聊！"

吃完饭，焦裕禄把李明送到厂部临时招待所。李明说："知道你在洛阳矿山机器厂，早就想来看看你，可这一年忙的，简直就是昏天黑地。"

焦裕禄问："'大跃进'嘛。农村也很热闹吧？"

李明额头上现出一道青筋："大哥，我是越来越想不通了。有些话，我不说出来就得憋死。"

焦裕禄递给他一支烟，自己点上一支。李明狠狠一口就吸了半支。

焦裕禄问："啥事想不通了？"

李明说："大哥，你在尉氏搞土改，对咱这一带农村情况很了解。你说，咱们那地，好年景一亩地能打多少斤麦子？"

焦裕禄说："好点的地也就一百来斤，一百二十斤算顶天了。"

李明一拍大腿："对呀，再好的年景亩产也超不过百十斤去。可报上去的产量，是亩产三千八百斤。"

焦裕禄吓了一跳："三千八百斤？谁这么大胆子？"

李明说："你不知道，现在有个口号，叫'人有多大胆，地有多大产'。"

焦裕禄摇着头："这也太离谱了吧。"

李明三口两口把一支烟抽完了，又接了一支："这叫放卫星，高产卫星。为了让报社的人来看，把二十多亩地的麦子弄到一块地里。等人们都睡了，十几个人半夜里打场。让领导和报社的人去看，麦子垛在场上山一样高，说是一亩地打的，谁心里都明白是咋回事，可谁也不敢说真话。"

焦裕禄说："我看过报纸，说哪儿小麦一亩地三千斤四千斤，我说啥也不敢信。"

李明说："这不是睁着眼说瞎话吗？还让告诉村上的群众，任何人三天之内不准到外村去走亲戚，谁要传出去，就是给社会主义抹黑，给共产党抹黑，就是破坏人民公社的名声，就要开群众会辩论他。我说这是糊弄人，上边批评我思想不跟趟儿，要跑步进入共产主义哩！这样慢吞吞的，不成小脚女人了？"说着话，一支烟又抽完了。因抽烟太猛，李明不停地咳嗽。

焦裕禄笑笑："还是老样子，你看我刚抽了一支，这工夫你都三支了。"

李明接着说："还有更邪乎的呢，说声成立大食堂，家家户户把锅都砸了。放开肚皮吃饭，白面馍扔得到处都是，我去一个大食堂，一顿饭后在地上捡了一筐馍。我问那个村的支书，照这么吃粮食能吃几个月，他说最多三个月。我问三个月以后吃啥，他说：'李社长你还操这心啊？三个月以后就共产主义了，还能让咱饿着？'我说：'你就不怕天报应吗？'"

焦裕禄一句话也说不出了。

李明说："咱河南放的卫星一个比一个大，我们去遂平县嵖岈山公社参观，你说人家的稻子估产一亩地打多少？"

焦裕禄问："多少？"

李明说："你别吓着：亩产三万多斤！"

焦裕禄吃了一惊："这真是太吓人了。"

李明说："一亩棉花估产皮棉一千三百斤。疯了！全他娘的疯了！"

焦裕禄说："肯定是出问题了。前些天我看报纸上登的，西平的麦子亩产七千三百二十斤。我算了一下，这么多麦子，麦粒铺在一亩地里就有半寸多厚。这咋可能呢，咱自个儿都是种过地的。"

李明从包里拿出一个纸包："大哥，我给你带了件东西，你看看。"

他打开纸包，把一个黑乎乎的铁坨子拿给焦裕禄。

焦裕禄问："这是啥？"

李明说："这是咱们炼出的钢。"

焦裕禄拿在手里翻来覆去看着："这是钢？"

李明说："是啊，这是农民小高炉里炼出来的钢！咱县的农民有在本县炼的，有集中到登封炼的。没有煤，就砍树，建小高炉要头发，让女孩子把辫子全铰了。小高炉要引铁，把群众家的锅、门锁全砸了。炼了这么多日，炼出了成山的这东西，都是废物。要种麦子了，我把在炼铁的群众叫回来种麦子，说我反对大炼钢铁，开我的辩论会。连带张申书记也做了检讨。"

焦裕禄问："听说张申书记在开封地委？"

李明说："是地委第二书记，分管工业。组织千军万马到西五县炼钢，他是总指挥，因为说了些真话，挨了批，戴了个右倾帽子。"

焦裕禄有些不安，两只手交互搓着："张申书记是个多好的同志啊！"

李明说："大哥，这年月是中啥邪了，咋连句真话也不能说了呀？"

他趴在桌上哭出声来。焦裕禄感觉到心被揪得生疼，那里好像打了个结，把太多的东西紧紧地绾在了里面。

6

两年的岁月就是在种种的纠结中度过的。

这两年中，发生了太多的事情，中国同苏联的关系出现了问题，苏联专家被撤走了。紧接着，饥荒又从报纸的夹缝里野火一样蔓延开来……

二米五国产卷扬机的试制成功给洛阳矿山机器厂带来了很大的荣誉，整个中国都轰动了，这是共和国重工业起步的一个里程碑。这之后，焦裕禄又调到厂调度科任科长，调度科是指挥全厂生产的枢纽，焦裕禄干脆成了一个比厂长还忙的人。

他家又添丁了，又添了二儿子跃进和三儿子保钢。三子三女加上孩子的姥姥，热热闹闹一个九口人的大家庭。但是他本人和妻子徐俊雅的粮食定量又太少，大孩子正是长身体的时候，小孩子还嗷嗷待哺，让这个家能揭得开锅，就成了妻子和岳母最操心的事。

这天，焦裕禄下班回到家里，姥姥正带着孩子们分拣刚挖来的野菜。孩子们唱着歌谣：

> 灰灰菜，苦苦菜，十吊铜钱俺不卖。
> 荠菜棵，熬豆沫，大碗冷着小碗喝，
> 松松裤腰喝三锅。

国庆指着手里的野菜说："这是灰灰菜，我认得。"

守云说："这是苦苦菜，俺也认得。"

国庆说："不对，这也是灰灰菜！"

守云不让步："就不对，就是苦苦菜！"

见爸爸回来了，他们拦住让爸爸评判。焦裕禄看了下说："这也不是苦苦菜，也不是灰灰菜，这是荠菜呀。你们不是唱'荠菜棵，熬豆沫，大碗冷着小碗喝，松松裤腰喝三锅'，说的就是这种野菜呀。"

国庆说："爸，荠菜棵熬豆沫一点也不好喝，太苦了。爸，咱们为啥天天吃野菜呀？"

焦裕禄安慰着孩子们："咱们国家受了灾，粮食打得少了。咱们今天吃野菜，就是为了明天不再吃野菜。"

岳母叹口气："地里野菜也越来越少了。家属们家家粮食都不够吃，都去挖野菜，近处都快挖光了。"

焦裕禄问："妈，咱家大米还有多少？"

岳母说："还有二十来斤吧，掺着野菜，怕也撑不到月底了。"

焦裕禄说："妈，跟您商量个事，厂里工程师老杨，是个南方人，吃不了咱北方的高粱老苞米，都浮肿了。"

岳母说："那个杨工程师呀，你早先给他送过米的。咱一家也只有这二十来斤米了，拿走了，孩子们就只有吃野菜了。"

焦裕禄说："老杨是技术骨干，年纪也大了，我这当主任的，就得照顾他呀。咱把他的高粱米换回来吧。"岳母说："可不咋的，你先给人家送去吧。"

掂上米袋子出门前，焦裕禄又对徐俊雅说："哎，俊雅，二金工小吴的媳妇要生了，你抽空给做两身小衣服吧。"

俊雅说："行。啥时要？"

焦裕禄说："就这几天。就做三套吧，让小孩替换着穿。"

俊雅本来盘算着，把家里仅有的几尺布票给老焦做条裤子，他身上的那条补了十几个补丁，都辨不出原来的颜色了，这回又做不成了。

7

中午饭照例是在厂职工食堂里吃的。徐俊雅买了两个玉米面馍，回到桌上，她从包里取出饭盒，把馍放进饭盒里。她用空碗舀了一碗清汤。一个姐妹问她："俊雅，你又把吃的带回家了？这样怎么能行呢，你回去还得给孩子喂奶呀！"

徐俊雅淡然一笑："没事。"

那个姐妹撩起她的裤管，用手按着她的腿："你看，你的腿都浮肿了，你不能再这样了。"

徐俊雅仍是淡然一笑："没事。"她向姐妹们点点头，匆匆走了。

走到餐厅门口，她一阵眩晕，差点跌倒。正进餐厅的团支部田书记扶住她："小徐，咋啦？"

徐俊雅强打精神说："没事，田书记，您还没吃饭？"

田书记说："吃过了，我是来找你的。"

"找我？"

田书记说："小徐，厂团委周末又要组织舞会了，咱们支部你得带头跳舞呀。团委组织的舞会你从来都不参加，大家很有意见。你是团委宣传委员，要起表率作用啊！"

徐俊雅说："我不跳。我饿得跳不动。"

田书记盯住徐俊雅的脸："小徐，你可不能说这话呀。跳舞为的是激发团组织的活力，团干部带头，这是政治任务。"

徐俊雅说："如果非叫我跳舞不行，我只好申请退团！"

下班回到家里，孩子们喊着"妈"一起围上来，几双小眼睛紧紧盯住她手里的饭盒。徐俊雅打开饭盒，拿出两个玉米面馍，孩子们几乎要欢呼了。徐俊雅把两个馍分成七份，每个孩子一份，给姥姥留了一份。

娘心疼地说："俊雅，你太累了，又是家又是厂子的，还有吃奶的孩子，吃不上东西咋成？"

俊雅说："娘，我在厂里吃过了。"说完，她就进了屋，抱起了保钢。保钢吸不出奶水，哇哇大哭。他的哭声很弱，像一只小猫。焦裕禄追到屋里，他心里很明白，这一整天俊雅又是饿着肚子挺过来的。他的眼睛湿了："俊雅，别瞒我，你压根儿就没在厂里吃。妈说你天天冲酱油汤喝……"

徐俊雅说："没事。我真的吃过了。"

焦裕禄把手轻轻按在妻子肩上，泪水再也忍不住了。

8

厂里的生产调度会一般都是晚上才开的。开会前，焦裕禄突然觉得自己的肝部疼得一阵紧似一阵。这个毛病从年前就有了，厂里任务重，顾不上去医院检查，胡乱吃两片止疼片扛一扛，实在扛不住时就拿个硬东西顶在那里。

带着一金工、二金工两个车间的工友学完社论，焦裕禄照例要作一番总结，肝又疼得紧了，只好把要说的再简短一点："刚才大伙儿学习了《人民日报》社论《全国一盘棋》，这一盘棋上，每一个子儿都有自己的位置跟作用，一步错了有可能满盘皆输。我们奋斗了两个月，胜利完成了生产焙烧窑的硬任务，这两个月算是挺过来了。可是同志们，我们还不能松劲。"

他头上一层层的汗珠沁出来。陈继光递过一条毛巾。焦裕禄悄悄拿茶缸盖顶住肝部，接着说："新任务又来了，同志们。还是一个大家伙，生产四十五吨重启闭机，是大型防汛设备。我国农业遭到了有史以来最严重的自然灾害，有人趁火打劫，卡我们的脖子，农业防汛需要启闭机，既是和自然灾害做斗争，也是对反华势力的回击。"

他使劲儿抵住腹部，剧烈的疼痛使他大汗淋漓。工友们扶住他："焦主任，你太累了，快喝点水，歇一会儿。"

焦裕禄撑住身子："现在是六月份，最多还有一个月，汛期就到了，时间就是粮食。"

安排完生产调度已经深夜，他又回到一金工车间，那天正好是接替他担任一金工车间主任的李瑞国当班。

焦裕禄说："老李，今天我不走了。"

李瑞国说："刚才疼成那个样子，快回去睡一觉！"

焦裕禄拉过那条板凳："那好，我先睡一会儿，你们倒大班时再喊我，我得掌握一下这个班的加工情况。"说完，他裹着条布单躺到板凳上，曲肱而枕，一会儿就睡着了。

李瑞国轻手轻脚给他加了床毛巾被。

一个青工过来说："李工，铸造车间给咱们打电话来，他们那边的部件铸造完成了。"

李瑞国轻声说："好呀，去找车把铸件运过来，这边等着加工呢。"

青工说："现在都半夜了，上哪儿找车去？"

李瑞国说："没车，就用人抬，马上运过来！咱们到铸造车间搬运铸件去。悄声点啊，焦主任在办公室板凳上睡觉呢，千万别吵醒他！"

车间外边，大家正用杠子、绳子搬运部件，突然，人们发现焦裕禄不知什么时候出现在搬运的队伍里。李瑞国忙拦住:"焦主任,你怎么来了?快回去歇着,这点小活儿,用不着你这大将出马。"

焦裕禄摆摆手,艰难地扛起了铸件。一趟又一趟,他走得步履维艰。到最后一个部件运进车间,焦裕禄再也支持不住了。他倒在了车间门口。

被送进医院的焦裕禄刚刚扎上银针,忽然厂区响起救护车的警笛声。焦裕禄抬起身子,见一些穿白大褂的医生护士进进出出。他忙问扎针的医生:"医生,出啥事了?是不是出工伤事故了?"

医生说:"焦主任,你不用担心。"

焦裕禄一把推开医生:"医生,等一会儿再扎!"说完跳下床跑了出去。医生在后边追:"焦主任,回来,你身上还扎着针呢!"

焦裕禄一口气跑到厂里,迎头碰上了李瑞国。他忙问:"老李,出了啥事?"

李瑞国说:"三米二车床出了安全故障,小孟和老吕都受了伤,送医院了,好在伤得不重,你放心。"

焦裕禄说:"老李,赶快让同志们集中一下,咱们开个安全生产的会。分析事故原因,上报厂党委。"

安全会议一直开到天亮,焦裕禄走出车间门来,正好遇到纪厂长。

纪厂长问:"哎,老焦,你不是进医院了吗?"

焦裕禄说:"纪厂长,一金工车间出了安全事故,我们刚开了个分析会,提出了安全生产的十项制度,起草了个文字性的东西,正要找你呢。"

纪厂长接过来看了看:"这生产安全是头等大事,人命关天啊,你们的制度我看很好,厂党委开个会,把它转发全厂。"

他一抬头:"哎,老焦,你后脖颈上是啥东西,亮光闪闪的?"

焦裕禄愣了:"没啥东西吧?"

纪厂长说:"我看看。哎哟,你这里还扎着三根针呢。"

他把银针为焦裕禄取了下来:"你自己看,这么长的针扎在脖子上,你还召集安全会呢。"

焦裕禄笑了。纪厂长严肃起来:"还笑!有啥好笑的!焦裕禄同志,你是厂党委委员,必须服从党委的安排,马上回医院休息!"

9

焦裕禄躺在病床上，徐俊雅给他用小勺喂药，陈继光、李瑞国和工友们围拢在病床前。涂明伦、大老李、张德昆、钟霞也来看望他了。

涂明伦一进来就大呼小叫："老焦，咋整的？你可瘦了不少！"

钟霞说："焦主任，不在一个车间了，见面少了，总惦着您呢！"

焦裕禄支撑起身子："大伙儿都挺忙，别因为来看我误了进度。小钟，该吃你和张德昆的喜糖了吧？"

钟霞不好意思地说："下个月我们在厂里结婚，你快些好了，给我们当证婚人去。"

焦裕禄乐了："行。放心，误不了。"

医生进来了。徐俊雅问："大夫，检查结果出来没有？"

医生说："刚出来。焦主任患的是肝炎，需要转院到郑州去治疗。"

在郑州住了两个月的医院，把焦裕禄给憋屈坏了。医生刚查完房，他急忙摊开图纸和生产调度报告，正埋头在小桌上写着什么，护士进来了。见他还在工作，护士把他的纸笔收走了。护士刚走，他又从枕头底下摸出备用的纸笔，狡黠地一笑。

医生陪着纪厂长进来了。纪厂长喊一声："老焦！"

焦裕禄忙下床："纪厂长，您怎么来了？"

纪厂长说："到省里开个会，顺便来看看你。怎么样了？看起来真是好多了，脸色也红润了。"

焦裕禄说："纪厂长，住了这两个多月的院，可把我憋坏了，做梦也盼着出院呢！"

院长说："焦裕禄同志，你不要着急，再有一项检查指标做完，你就能出院了，最多三天。"

焦裕禄高兴了："真的？太好了！"

纪厂长说："刚才看见你们这里环境还不错，我陪你到院里遛遛。"

两个人在林荫道上散步。纪厂长说："老焦啊，跟你谈件事。"

焦裕禄说："纪厂长，您说。"

纪厂长说："省委最近决定，要从工业系统抽调一批年轻干部，加强农业第一线的建设，地方指名要你，开封地委书记张申同志亲自点将，省委也点名调你。你是厂党委委员，可以谈谈自己的想法！"

焦裕禄激动了："厂长，我没别的想法，我是个党员，一切听组织的安排。没二话！"

"一点五"书记

1

一辆公共汽车在尉氏县汽车站停下，到尉氏担任县委副书记的焦裕禄手提行李卷下了车。

一九六二年六月的头一场豪雨刚刚下过，树上的叶子还滴着清冽的水珠儿，天空一碧如洗。

县委第一书记夏凤鸣、县长薛德华和办公室主任小董已在等他。

焦裕禄一下车，迎候的人们围了上去。夏凤鸣书记握住焦裕禄的手："老焦，可把你给盼回来啦。这一回呀，省委从工业系统抽调干部充实农业第一线，省委点名调你，咱们点名要你，回到尉氏，你高兴吧？"

焦裕禄说："高兴。老伙计们又在一起工作了，我当然高兴。"

薛德华县长说："大家早就等急了，都想你啊。"

夏书记问："薛县长，你和老焦是老战友了吧？"

薛德华说："那当然。老焦在大营当区长时，我在蔡庄区当财政助理。我们常在一块儿开会。"

焦裕禄说："我回来工作，还靠老领导、老战友们多批评啊。"

夏凤鸣在焦裕禄肩上捣了一拳："一个锅里搅饭勺了，用不着客气，咱们回机关。"

回到机关，办公室主任小董要给焦裕禄安排住处，又要打水让他洗脸，被焦裕禄阻止了："小董，你先别忙，现在最要紧的就是工作，先谈谈县里的情况吧。"

小董说："焦书记，不急。你是老尉氏了，情况慢慢就熟悉了。你头一天来，还是先歇歇脚。"

焦裕禄说："小董，我虽然是从尉氏出去的，可离开八九年了，各方面的情况都发生了变化，搞了几年工业，对农业反而生疏了。现在我是两眼一抹黑，尽快熟悉县里情况，是我眼下头等重要的任务。"

2

回到尉氏这半个月，焦裕禄更多的时间是下乡调查研究。这天早晨，焦裕禄和小董下乡路过一片瓜园，瓜园里一片葱绿，焦裕禄很兴奋，问："小董，这瓜园是哪个村的？"

小董说："是十八里公社袁村大队的。"

焦裕禄说："你看这瓜长得真喜庆！走，咱们过去看看。"

他们就在路边放下自行车，进了瓜园。

种瓜的袁老汉正在整理瓜秧，焦裕禄打招呼："大伯，这么早就忙上哩？"

袁老汉说："正压蔓哩。同志，从哪儿来？"

"县里。大伯贵姓？"

"姓袁。咱种了一辈子瓜，当了一辈子瓜把式，咱种的瓜，人称袁家瓜，又沙又甜，可惜现在不是收瓜的时候，再过些日子来，你们尝尝。"

焦裕禄问："大伯，这一年咱村粮食收成咋样？"

袁老汉说："收成不大好，一亩地只打七八十斤麦子，麦后一决算，卖了公粮，除去种子和饲料，一个人分不到五六十斤，所以很多人家麦收以后就断了粮。像咱十八里公社这一片，沙地多，适合种西瓜。"他抓起把土，给焦裕禄讲解着，"咱尉氏风沙土比较多，像岗李、大营、大马、门楼任、庄头、邢庄这一带村子，全是沙性土，适合种西瓜。"

焦裕禄给袁老汉拧了支"喇叭烟"，替他点上火。他掏出个小本本认真记着。他对小董说："我包队的点就安排在袁村吧。"

袁老汉问："你们是谁？"

小董说："这是咱们县委新来的焦副书记。"

离开袁村，太阳一房高了，两个人有些饿了，肚子咕咕直叫，到了一个村口，焦裕禄问："小董，这是于家村吧？"

小董回答："对。"

焦裕禄说："那咱们早饭就在这儿吃吧。你对这村熟悉吗？"

小董说："熟，这一段下乡常来于家村。"

焦裕禄说："那好，你找一家老贫农，咱去那儿吃。"

小董就带焦裕禄进了一个用篱笆围起来的小院。小董说："焦书记，这是于立田家。于立田是老贫农了。"

焦裕禄说："就这家吧。"

正说着话，主人于立田从屋里出来了。他有五十多岁，头发花白了，腰弓着，手里还拿着一块红薯。他认识小董，忙打招呼："是董主任呀！"

小董介绍说："这是咱们县委的焦书记。于大伯，你刚吃饭呀。"

于立田张嘴一笑："下地才回来。"

小董说："我们还没吃早饭哩，就在你家吃吧。"

于立田犹豫了一下，说："好好，要不我去弄点面来烙张饼？"

焦裕禄说："老于大哥，要吃烙饼，我就不到咱家来了。"

于立田踌躇了一会儿，从屋梁上摘下一只篮子，篮子里是一些散碎干粮，有的已生了绿霉。于立田说："焦书记呀，说句实话，咱这里待客的饭食，只有这百家干粮，是要饭要回来的。"焦裕禄看了看："我们就吃这。"

他们上了炕，于立田端上百家干粮："焦书记，真不好意思，头一顿饭，就让你吃这要饭要回来的。"

焦裕禄说："老于大哥，不是一家人，不进一家门，进了一家门，就是一家人。"

于立田哭了："焦书记啊，等咱日子好了，咱给你炖老母鸡。"

焦裕禄说："老于大哥，你放心，咱们日子会好起来的。"又对小董说："下乡工作不在群众家里吃饭，怎么能跟群众打成一片？县委的干部吃特殊饭，区社的干部就敢放开胆子大吃大喝。现在还是困难时期，咱们当干部的，就要做好表率。"

于立田说："焦书记呀，咱公家人要都像你这样，老百姓心里多高兴。可有些人不这样，就拿机耕队来说，那可是派头十足的大爷，顿顿有酒有肉伺候着，还得有烟，这才好好干活儿，缺了一样都不行。"

焦裕禄问："没酒没菜咋样？"

于立田说："没菜没酒，犁不到头就走；没茶没烟，犁不到边就颠。"

焦裕禄生气了："还有这事？"

于立田说："咋没有哩！俺村来的这伙机耕队，比大爷还难伺候。要吃大米白面，鸡鸭鱼肉，还得好烟好酒。愁得俺队长直哭。咱村这情况董主任了解，这不是要人命吗？"

于立田老伴儿拦住话茬儿说："同志呀，别听俺这老头子瞎唠叨，听这些碎事烦心。"

焦裕禄说："老嫂子，老于说的这事，我得好好管管。"

吃完饭，焦裕禄掏出钱来要留下饭钱。于立田忙拦住："焦书记，你这是干啥？"

焦裕禄说："老于呀，这是干部纪律，吃饭一定要留伙食钱。"

于立田说："哎呀，哪有这么多规矩，吃了一点百家干粮，还留啥饭钱？！你刚才还说不是一家人，不进一家门，一家人哪有留饭钱的？"

焦裕禄把钱放在桌子上："老于，这是铁规矩，没有规矩，不成方圆，一家人也得讲规矩。收下吧。"

从于立田家出来，焦裕禄和小董进了大队部。大队长迎出来，小董介绍说："这是刚到咱们县工作的县委副书记焦裕禄同志。"

大队长说："焦书记算是老尉氏了，人没见过，大名如雷贯耳。走吧，咱们先吃早饭去。正好有给机耕队做的饭。"

焦裕禄问："做的啥饭，我看看。"

大队长说："做了红高粱面饼子，熬南瓜。我让人借面去了，咋也得烙几张饼，要不这饭是没法儿送。焦书记，你们稍等一会儿，烙了饼一块儿吃。"

焦裕禄说："我们在于立田家吃过了。"

大队长问："在于立田家吃过了，吃的啥？"

小董说："百家干粮。"

大队长说："那哪行？那是要饭要来的。"

焦裕禄说："咋不行，这还是咱们老乡待客的饭呢，我咋不能吃？"

大队长说："焦书记，您就再吃一回吧，机耕队的饭无论如何也要重新做。这样送去，不让人家砸了饭篮子才怪。"

焦裕禄说："这样吧，我和你一块儿送饭去！"大队长摸不着头脑："您去？"焦裕禄把干粮篮子提起来："走吧。"

3

机耕队的两台机车停在田头上，四个拖拉机手坐在机车下打着扑克。焦裕禄、小董和大队长来送饭。他们看见了耕得七零八落的地。

大队长说："焦书记，你看看他们耕的这地，闪了这么大的一块地头，这咋种？"

小董说："可不是吗？这边垄沟都不直了。哎，他们咋打起扑克来了？"

他们走到机车前。大队长寒暄着："同志们辛苦了，吃饭！吃饭！"

一个拖拉机手揭开干粮篮子："哎，于队长，你这是给我们送的饭呀？"

大队长说："对不起了，同志们，委屈你们了。"

机耕队长问："大家辛辛苦苦给你们耕地，就让大伙儿吃这高粱面窝窝？"

大队长说："实在没法儿啊！同志，今年俺村遭了灾，乡亲们连高粱面窝窝都吃不上啊！"

一个机手说："没酒、没肉、没茶、没烟，烙饼炒鸡蛋总不至于没有吧？"

大队长说："俺们围村跑了个遍，一斤面都没借出来。"

一个机手把手里扑克一甩，说："那你们这地就不要耕了！"

机耕队长说："我们去西南张庄，那里烙好了大饼，炖好了肉等着咱们呢。"

焦裕禄说："你们走了，这里咋办？"

机耕队长说："机械出故障了，活儿干不成了。"

焦裕禄掏出烟来："来来来，先抽支烟。"

机耕队长看了下烟的牌子，挡了回去："黄金叶呀，两毛五一包的，对不对？"

焦裕禄又掏出一包烟来："我自个儿抽的是这个。"

机耕队长瞅了一眼："嚓，前进牌的，一毛找，九分一盒，对不对？"

他掏出自己的烟："看看，最次也得是大前门，对不对？"

大队长说："同志啊，您就委屈一下，把地给我们耕完了中不？"

机耕队长鼻子里哼了一声："没告诉你吗？不是我们不愿干，是机械故障，懂吗？"

大队长说："你刚才还说去西南张庄呢。"

机耕队长拉下脸来："我说是上那儿检修。我们去哪儿还用你来管？"

焦裕禄问："机车哪里出故障了？"

机耕队长说："机车哪儿出故障用得着跟你说吗？说了你懂吗？"

焦裕禄又问："啥时出的故障？"

机耕队长脸黑下来："机械故障随时都会发生，怎么的？"

焦裕禄追问："哪台车出了故障？"

机耕队长随手一指："这台。"

焦裕禄问："你说，到底是哪儿出了故障？"

机耕队长一脸不快："哪儿都可以出，炸缸、烧瓦，你懂吗？"

焦裕禄说："把摇把子给我！"

机手嘲弄地递过了摇臂："能的你，你懂个啥，给你！"

焦裕禄接过摇臂，走到机车前。他插进摇臂，用力摇了几下，机车轰鸣起来。焦裕禄发动了机车，跳上驾驶室，把拖拉机开动了。他驾着机车走了一圈，停了下来。跳下驾驶室，对机耕队长说："你的机车性能良好，就是皮带轮略有点松，运行起来有些打滑，调一调就行了。看起来机械没故障，是你的这儿有故障。"他指指自己的脑袋。

机耕队长冷笑："你觉得会鼓捣两下就能把我镇住了？机械有没有故障你说了不算。"他招呼拖拉机手们："都上车。"

几个拖拉机手上了车，机耕队长挥挥手，车开走了。

大队长喊着："哎，他们咋就这么走了？"

焦裕禄说："你放心，他咋走的还会咋回来。"

小董问："焦书记，你咋会开拖拉机？"焦裕禄说："你别忘了我在洛阳矿山机器厂工作了九年，洛矿可是个一流的大企业，什么样的机器没摸过？"

4

傍晚时分，西南张庄。大队部里，机耕队的人正在吃饭。饭桌上有菜有酒，很丰盛。

焦裕禄进来了："怎么样，伙食不错吧？"

机耕队长瞅了焦裕禄一眼："又是你，你来干什么？"

焦裕禄说："于家村的地还没耕完哩。"

一个机手说："哦，你是来请我们回去的吧？"他一指桌子，"咱要求不高，就照这个标准去安排吧。什么时候安排好了，俺们就去你们于家村。"

焦裕禄说："这个标准可不低呀。"

机耕队长说："还凑合。"

焦裕禄说："咋叫'还凑合'？有白面馍，有酒，有肉，蛮不错了。有没有茶？有没有烟？"

机手们说："当然有。"

焦裕禄说："哪里敢没有？听说你们有个行规：没菜没酒，犁不到头就走；没茶没烟，犁不到边就颠。"

机手们不耐烦了："一边待着去，没看这里正吃饭吗？"

焦裕禄笑笑，走出屋子，蹲在门廊外。

屋里，一群人有说有笑地吃饭。为了增加喝酒的气氛，他们划起拳来。一会儿，有个机手冲门口喊："没水了，送壶水来。"喊了一会儿没人应声。再喊，焦裕禄拎着只水壶过来，给他们斟了茶。斟完茶，他又回那里蹲着去了。

这边机手们又在猜拳行令。焦裕禄蹲回门廊外，从口袋里掏出带的干粮——散碎的"百家干粮"——啃起来。一会儿，一个机手过来，把空水壶交给他说："弄壶茶来。"

焦裕禄再次给他们续了水。他刚出屋，机手们问："这人到底是谁？"

机耕队长说："于家村的，头晌在他们村耕地，看把他能的，这回让咱治服了吧！"又问那个机手："他一个人待在那儿做啥咪？"

机手说："吃干粮呢，吃的是碎干粮，像是要饭要来的。"

另一个机手说："队长，我总觉得这个人有点来头。"

机耕队长问："啥来头？"

那个机手说："你没见他头晌开机车多熟练呀？"

机耕队长说："那又咋了？他有来头还吃要饭要来的东西？没准儿就是个要饭的，来充大尾巴鹰。"

几个人继续喝酒猜拳。这回是焦裕禄主动给他们来添茶了。

机耕队长说："这下你回过味儿来了？"

焦裕禄给每个人都倒了水，他神色戚然，眼里含着泪水："同志们呀，你们也都是农民出身吧？咋不想想他们的难处呢？"说完，他走出了门，又走出了院子。

焦裕禄前脚刚走，后脚西南张庄支书进了屋。机耕队长忙招呼说："来，张支书，一块儿喝一杯。"

支书看了看一桌子人，问："焦书记呢？他啥时走了？"

机耕队长摸不着头脑："什么焦书记？"

支书说："咱们县委的焦裕禄书记。"

机耕队长说："没见焦书记。"

支书抓抓头皮："这就怪了。"

一个机手说："是来了一个人，可他不是焦书记，给我们斟茶倒水，一个人蹲在院里吃要饭要来的碎干粮，穿个破大衣。"

支书一拍巴掌："那就是焦书记！刚才他去我家，替你们交了饭钱，说了两句话就走了，我以为又上这儿来了呢。"

机耕队长问："你是说来的那个焦书记给我们交了饭钱？"

支书说："是啊，我不收他着急了，交了十五块钱。这不我追着把钱给他，找这儿来了。"

机耕队员们全怔住了。

5

窗外下着瓢泼大雨，电闪雷鸣。

焦裕禄和县长薛德华在办公室里聊天儿，薛县长问："老焦，这几天下乡，累了吧？"

焦裕禄说："累倒是不累，就是一些事还没想成熟。"

薛县长说："你还没来呢，县委里的同志们就盯上咱俩了。"

焦裕禄问："盯着咱俩？咱俩有啥值得盯的？"

薛县长笑问："你知同志们是咋说的？"

"咋说？"

"说你是一点五书记。"

焦裕禄不解："啥叫'一点五书记'？"

薛县长给焦裕禄倒了一茶缸水："我是县委第二书记，你是常务副书记，你在我和夏书记中间，这么个一点五。从这个安排看出地委对你很重视呀。"

焦裕禄不好意思地笑了："我真没想这些。"

"我是这么说的：'老焦工作能力强，干工作一人顶一个半人用。'夏书记说：'老焦哪里是顶一个半人用，一个人要顶几个人哩。'"

"我可没那么大本事。"焦裕禄有些不安了。

"老焦啊，咱俩是老熟人，对门办公，人家都盯着看咱们怎么合作呢。"薛县长拧了两支"喇叭筒"，给焦裕禄一支，自己点上了一支。

焦裕禄说："老薛，我离开尉氏有八年了，对现在的尉氏，一切都得从头熟悉，咱俩是老伙计，你得多帮衬着点。"

"咱们县眼下的情况，这些日子你也了解了不少，现在，农村实行了公社化、食堂化，大办水利、大办钢铁，征购透底，年年运动，自然灾害大，群众吃不上饭，我在尉氏县工作了这么长时间，没有为人民做好工作……你来了，咱们一起好好干吧。"

焦裕禄说："这几天走了几个乡，我觉得，农村困难大，不是某个县的问题。一是政策问题，二是干部问题。大多数干部是好的，想办好事，但年年搞运动，整干部，挫伤了基层干部的积极性，许多人不愿干。干部不领，水牛掉井，群众有什么办法？在政策上，什么事都要大办，负担太重，又挫伤了群众的积极性。干部群众都没有了积极性，怎么搞好工作？"

薛县长说："老焦你说到点子上了。这话眼下还真没人敢说。"

焦裕禄又摸烟袋，薛德华丢给他一根纸烟，他捻碎了，撮在烟袋锅里："老薛，我想等天晴了再到西边几个乡去跑跑。"

"好。老焦啊，听说你在西南张庄为机耕队交了饭钱？"

焦裕禄叹了口气，说："老薛，一些事我是咋也想不通。"

薛县长说："现在群众对机耕队的反映普遍不太好。"

焦裕禄说："我想这几天开个现场会，让大伙儿把是非曲直辨一辨！"

三天后，全县机耕队现场会于家村召开了。不只是县直十几个机耕队的人员，县委常委、政府部门领导、县直各单位负责人全到了。大路上排开一长溜机车。

会议还没开始，大家互相议论着。那个机耕队队长对他旁边的人说："这回这处分是背定了。开完这会，怕是就得回家抱孩子去了。"

旁边的人说："听说县委对全县机耕队都做了调查，要处分的人不会少了。"

焦裕禄站到一个小土坡上："现在开会了。今天把县直各部门的负责同志、各机耕队的负责人请到这儿来，开个现场会。我们开现场会的地方，是机耕六队的作业现场。大家先看看这个机耕队的工作场地，这块地总共十四亩，耕作时闪出的地边地头就有四亩半。是我们的拖拉机手技术不过硬吗？而且，这一个月中，六个机耕队先后共发生了有记录的七十九次'机械故障'，我们的机车怎么这么容易出故障？我先念一段顺口溜，大伙儿听了后，好好考虑一下该怎么办？"他从口袋里掏出个小本子，大声念起来：

> 好饭好菜，拖拉机跑得快；
> 有酒有肉，犁得深犁得透。
> 无菜无酒，犁不到头就走；
> 没茶没烟，犁不到边就颠。

有人笑起来。焦裕禄说："好笑吗？一点也不好笑。这是群众对机耕队的评价。全县有六个机耕队，几十号人马，这影响面可不小哇！机耕队一到，扯旗放炮。村干部四处抓鸡牵羊，借净米白面，群众形容好比鬼了进村。群众还形容机耕队的拖拉机一来，满村的鸡和鸭子吓得不敢叫了。想想你们走到哪儿去了？拖拉机现在是个稀罕物件，所以你们开拖拉机的人也就成了了不起的人。可是同志们，你们想一想，拖拉机的主人是谁？是人民！你们掌握拖拉机的权利是谁给的？是人民！可是你们如果利用手中的公权来牟取自己的私利，你们就会站在人民的对立面，这是最危险的！所有的腐败都是由特权导致的，这一点大家一定要引以为鉴，一定要记住。"

大家议论起来。焦裕禄接下去说："有些同志已经做了背处分的准备了。可是处分并不是解决问题的唯一办法。我们这个现场会的目的，是要大家提高认识，找出各自的差距，制定出整改措施。第六机耕队队长来了没有？"

机耕队长说："来了。"

焦裕禄说："你说说。"

机耕队长愧疚地说："焦书记，你还是给我个处分吧，多重的处分都行。说句实话，我现在恨不得有个地缝儿钻进去……"

就在当天晚上，六个机耕队的机车全部出动了。大野地里到处是灯光，到处响着机车的轰鸣声。机手们自带干粮，把所有留过边角的地块加班复耕，而且都向招待过他们的生产队补交了饭费。

李　明

1

天色渐渐暗下来了，那个三十来岁的女人还固执地坐在焦裕禄办公室门口的台阶上。

小董劝她："和你说多少遍了，焦书记下乡了，你就别等了。"

女人不说话，仍然坐在那里。

小董拉她："陈小莲，焦书记刚来，不会管你的事的。天黑了，都下班了，快走吧，快走！"

那个叫陈小莲的女人说："等不着焦书记，我不走！"

小董说："你知道焦书记有多忙？他天天下乡，开会开到半夜，哪有工夫管你这事，快走吧！"

陈小莲不动身子，小董上去拽她。陈小莲双手抓住了门槛，小董拉不动她。小董急了："你干吗？想撒泼啊，你都撒两年泼了。告诉你，这里不是你撒泼的地方。快走快走！"

陈小莲扭过身子。

小董说："你不走，好，我有办法叫你离开！"

这时，焦裕禄进了院子。陈小莲看见了，忙喊："焦书记！"

焦裕禄问："你是……"

小董说："她丈夫是个右倾，为平反的事，找了县委两年。我说您刚来，还不了解情况，可是她不走。"

焦裕禄开了办公室的门锁："来，来，到屋里说。"

进了屋，他给陈小莲倒了杯水。陈小莲没有接，给焦裕禄跪下了。焦裕禄赶忙放下暖瓶去扶："使不得，使不得！快起来，快起来，有话慢慢说。"

陈小莲说："焦书记，你不认识我，我是李明的家属。"

焦裕禄吃了一惊："哦？快坐下。我刚下乡去了趟老军营，听说了李明的事呢。"他又给陈小莲拿了条毛巾，"小莲，我跟李明剿匪反霸时是一对生死兄弟，你给我下的哪一门子跪，这不是，这不是骂我吗？"

　　陈小莲说："焦书记，我是急糊涂了。李明一九五八年年底打成了右倾机会主义分子，到县农场劳改了。后来右倾要平反，可是他的档案给弄丢了，搞不清他是给打成了右派还是右倾，解决不了平反问题。我找了整整两年哪。"

　　焦裕禄说："李明的事老军营的同志都讲了，说送他去教养的档案丢了，摘不掉帽子。我很快就去一趟县农场，你放心。"

　　陈小莲又哭了："焦书记，您得救我们一家啊！李明你最了解，他是个炮筒子，一根筋，爱说个直理。他在老军营公社当社长，就是因为'大跃进'时提了几条意见，人家硬说他对三面红旗有看法，有反党言论，给打成了右倾，焦书记，他是冤枉的！"

　　焦裕禄给陈小莲绞了条毛巾："李明我还不了解？剿匪反霸那可是条好汉。他入党还是我介绍的呢。要说他脾气大，爱顶牛放炮，这是性格问题，但是说他反党……"他摇摇头，接着说，"不可能。李明反党？打死我也不信。可是小莲啊，平反是政策问题，目前上级对扩大化时划的右倾，精神上基本是要摘帽的，今后中央还会有新政策出来，先等等。"

　　陈小莲不哭了："焦书记，有您这句话，我放心了。"

　　焦裕禄问："小莲，现在家里情况怎么样？"

　　陈小莲说："从他一劳改，工资没了，家里一个老人、三个孩子，靠我一个人，我婆婆又病得起不来炕。焦书记，您想这日子还能过吗？"

　　陈小莲又哭起来。焦裕禄拿出二十元钱："小莲啊，这点钱你先救救急，回头我和商业局说说，再给你们补助一些布票。家里有什么困难你只管和我说。回头我看看老娘去。"

　　第二天，焦裕禄就骑上自行车，去了县西华劳改农场。一进场，就看见劳教的"右派"和"右倾"们在挖水沟，李明也在挖沟的人中。他光头，扎一条青布腰带，拼命地干活儿。

　　陪同焦裕禄来到工地的场长喊叫："李明！李明！你上来一下。"

　　李明头也不抬，埋头挖土。

　　焦裕禄也叫着："李明！李明！李明！我是老焦。"

　　李明头也不抬，手里大锨抡得更快了。

焦裕禄叫着："李明，我是焦裕禄！"

场长也喊："李明，你浑了不是？县委焦书记来看你，你快上来！"

李明扔掉大锹，大步走开了。焦裕禄怔在那里。

场长说："李明到这里两年多了。这两年多，他没说过一句话。上回他媳妇来，哭得昏了过去，他也是一句话没说。"

回到农场办公室，场长给焦裕禄倒了一茶缸水，说："焦书记，李明的事，我知道一些，就是对'大跃进'提了些意见，这个人是不打弯的直肠子，咋说呢，嗓子眼通着屁股眼，说话不讲方式。他提的一些问题，实际上现在也都纠过来了。他没平反，主要是劳教的档案丢了。我来的时间短，具体还不大清楚。"

焦裕禄说："你们了解一下情况，写个材料，尽快报给县委。"

2

从西华农场出来，焦裕禄没回县城，径直去了老军营公社。李明调到老军营后，家也安在那里，在老军营村盖了几间土坯房，陈小莲在公社小学当老师。

焦裕禄推着自行车进村时，在李明家胡同口，看见一个脸上长雀斑的大男孩骑着一个十来岁的小男孩，不停地用手里的树枝抽打着他，嘴里叫着："快跑起来！"

被骑在底下的小男孩哭着："我要回家！我要回家！"

雀斑男孩又狠狠抽了他一下："不许哭！快跑！"

焦裕禄见状停住了脚步，他拉起了雀斑男孩："下来！下来！你骑在人家身上，这不好！"

雀斑男孩翻了一下眼皮："这是我的马，我愿骑就骑，你管得着吗？"

焦裕禄说："人家是人，怎么是你的马？"

雀斑男孩说："他爸爸是反革命，是右派，他就得当我的马！"

焦裕禄问被骑的男孩子："你叫什么名字？"

男孩子嗫嚅地说："叫李小柱。"

雀斑男孩说："他爸叫李明，大右派，在劳改队呢。"

焦裕禄把小柱子拉起来，给他拍净了身上的土，拉起他的胳膊："孩子，带我去你家。"

进了院子，焦裕禄喊了声："小莲！"

陈小莲一惊，急忙迎出来："焦书记。"

焦裕禄进了屋，看见了老太太，叫了声："娘！"

李明的老娘探起身子，问："谁呀？"

焦裕禄抓住老太太的手："娘，我是老焦。"

李明的老娘放声大哭："儿呀，真是你呀！"

焦裕禄说："我看您老人家来了。"

李明老娘把焦裕禄拉到身边："儿呀，你兄弟李明冤呀，你救救他吧。"

"您老人家养好病，李明啊，会回来的。"

李明的老娘哭着说："上天有眼哪。从他劳改了，这个家就累了小莲，你看看呀，这还像个家吗？我病得起不了炕，小莲天天去搓草绳，养着这一窝燕儿，手常年肿着啊！孩子天天受人家欺侮，身上脸上常带着伤。这是造了哪辈子孽啊！"

焦裕禄安抚着老人："娘，您别伤心。"

他见炕桌上放着几个糠团子，掰了一块尝尝："小莲，这糠团子咋有油泥味儿？"

陈小莲说："是枕头糠掺了榆皮面蒸的。泡了三天了，那味儿还是去不掉。"

焦裕禄戚然。吞下去的糠团子像一团火，在烧灼着他的灵魂。

为李明平反的事，县委召开了常委会。夏凤鸣先讲："今天的常委会，我们研究人事问题。在一九五七年上半年的反右斗争中，一些干部被划为右派，根据相关政策，提出了甄别问题，我们重点讨论一下对几个干部的平反议题。"

一个常委说："我认为这个问题没有研究的必要。党中央刚开完八届十中全会，主要精神是抓阶级斗争，既要反左又要反右，这个时候提什么给右派平反？这是违背中央精神的。"

另一个常委说："一九五七年十月十五日中央就发出了《关于划分右派分子的标准的通知》，标准规定：反对社会主义制度、反对无产阶级专政、反对民主集中制、反对共产党在国家政治生活中的领导地位、反对社会主义和分裂人民的团结，这样的人才可以定为右派分子，只是提几条合理的意见就打成右派，显然是不对的。"

薛县长发言了："毛主席提出'正确处理人民内部矛盾'，提出'团结一批评—团结'和'惩前毖后,治病救人'的方针,这是处理人民内部矛盾的方针。我们应该严格按照这个方针去做,不要把打击面扩大化。"

那个持反对意见的常委说:"毛主席还说过有些人距右派只有三十公里,那就是说他已经在右的边缘了。按照中央一九五九年划定的右倾机会主义分子标准和处理办法,不存在扩大化问题。"

焦裕禄披起衣服到会议室外边去了。他坐在会议室门外的台阶上默默地抽烟。会议室里的争论声不断传出来。他发狠地抽着烟,烟雾模糊了他的面孔。他听到夏书记的声音:"让老焦说说,老焦刚从西华农场调查回来。老焦呢?"

焦裕禄进了会议室,他心情沉重地说:"我昨天为老军营公社社长李明的事去了趟西华农场。李明的情况大家比我更清楚,他为什么去劳改,为什么解决不了摘帽问题,用不着我多说了。西华农场写了一份证明,写明了三个方面的情况,一是他档案丢失的情况,二是他在劳动教养中的表现,三是他们拿了个处理意见。这份材料可以传阅。我想说的是,人命关天,我们处理每一件事情,首先要想到这一点。这些日子我做了一些调查,不光是反右,去年反'五风',打击面过宽,很多干部受了处分,一批批打下去,连家庭也受了牵连。干部是我们的宝贵财富,我们应当爱惜他们……"

3

焦裕禄同陈小莲一同来到县农场时,农场的"右派"正排队出工。

场长叫了声:"李明,出来一下。"

李明出列,见了焦裕禄和小莲,却径直跑向自己的宿舍,插上了房门。

焦裕禄敲着门:"李明,开门!"

叫了半天,李明不答。

焦裕禄在门外说:"李明兄弟,你听我说,当年咱俩在尉氏跟黄老三斗争,你是多刚强的一条汉子!咱俩一个碗里吃,一条炕上睡,你有什么话不能跟我说?开门!"

李明不语。焦裕禄说:"我没想到有什么事能让你趴下。真的。开开门,咱俩好好聊聊。"

陈小莲也说:"李明,焦书记为你来了三趟,你总该说句话呀。"

焦裕禄走到窗下:"你不愿开门,咱们就隔着窗户聊聊。你不愿说话,就听

241

我说。这些年，咱们见面机会少，可毕竟是贴着心窝子的朋友。我呢，从尉氏土改后上了杞县，又到了开封，在团地委工作，之后又去洛阳搞工业，建设洛阳矿山机器厂，这你知道。后来还上了哈尔滨工业大学，又到大连去培训，最后又回到尉氏县委工作，这一来二去就是十二三年哪。咱们都儿女成群了。忙的时候顾不上，闲下来啊，想的还是这些老兄弟。对你我自认为是比较了解的。你这家伙，嗓子眼通着屁股眼，一根肠子不打弯，性子直，爱放炮，脾气也不好。这都是你的毛病。可说你反党，我不信，打死也不信。"

屋里，李明突然大哭起来。

门打开了，李明冲出门来，焦裕禄和他抱到一起。

李明摇晃着焦裕禄的肩膀说："说我反党你不信，可我说的那话都是真话，你信不信？"

焦裕禄看着李明。李明又说："我再问你，你相信一亩地打三万斤粮食吗？你相信一亩红薯有十万斤的产量吗？他们让给驴刷牙，给牛戴口罩，我说是瞎胡闹有啥不对？大炼钢铁砸群众的锅我不干有啥错？"

焦裕禄递给李明一支烟，李明三口两口吸完了。焦裕禄又递给他一支，李明又很快吸完。焦裕禄笑了："你这烟倒是见长，我一根还没抽完，你抽三根了。"

李明说："我反党？我李明是共产党的人，身上流的是共产党的血！这个江山是共产党拼了命打下来的，有人想把这江山糟害了呀！"

回到办公室，焦裕禄对小董说："中央在一九五七年十月有个《关于划分右派分子的标准的通知》，你去机要室给我找来看看。"

小董说："焦书记，你还是为李明的事？"

焦裕禄点点头。小董说："焦书记，李明的事不太好办。您想想，为什么中央一有了相关说法他的档案就丢了？"

焦裕禄说："干部是我们宝贵的财富，说几句话就打成右倾或者右派，这本身就不符合党的原则，对不对？"

小董说："焦书记，道理是这样的，可是办起来太困难。文件是有，但一提平反，各级领导都怕沾包。"

这件事果然办起来不那么顺当，一直拖了两个多月，李明才从西华农场回到家里。

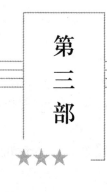

第三部
★★★

临危受命

1

徐俊雅带着六个孩子和母亲来了。

焦裕禄回到临时安置的家里,六个孩子一起扑上去,焦裕禄放下这一个又抱起那一个。

焦裕禄说:"俊雅,尉氏的情况你最熟,没法儿跟洛阳比。你得有过艰苦日子的准备。"

徐俊雅说:"从跟上你,哪天过的不是艰苦日子?俺都习惯了。"

正说着话,十八里公社袁村种瓜的袁老汉来了,他送来了几个大西瓜:"焦书记,咱袁村的瓜今年大丰收了,送几个来让你尝尝。孩子们也来了,咱来得真是时候。"

焦裕禄说:"袁大伯,西瓜是乡亲们流汗种出来的,我无功不受禄,怎么能随便吃队里的西瓜?您哪,一会儿把这瓜拿走。"

袁老汉眼瞪得像铜铃:"焦书记,你咋说这话?在俺袁村包队,你一住就是十几天,给咱找农林局技术员来帮咱们种西瓜,天天住俺瓜屋子,还说无功不受禄哩!咱袁村乡亲说,你是咱发展生产的第一个大功臣。吃几个瓜,应该应分,快别说见外话。"

焦裕禄说:"真的,袁大伯,我去包队,尽点力是应该的。这西瓜无论如何不能收,我这当县委副书记的,不能开这个头。"

孩子们围上来,看着西瓜眼睛扑闪着。最小的玲玲抱住爸爸的胳膊:"爸爸,我要吃西瓜。"

焦裕禄哄着玲玲:"玲玲乖,我们不能随便吃生产队的西瓜。"

袁老汉捡起一个瓜,用拳头砸开,一块一块分给孩子们:"来来,孩子们,吃瓜，吃瓜！"

焦裕禄摸出几角钱："袁大伯，这只西瓜就让孩子们吃了，剩下的一定要带回去。这只瓜钱，我得付。"说着把钱往袁大伯兜里塞。

袁大伯把钱摔在桌上，说了句："这世界上就没见过你这样的人！"说完气哼哼走了。

焦裕禄背上盛西瓜的麻袋追出去。

第二天，焦裕禄下乡回来，给孩子们捎回两只灰色的小野兔子，孩子们高兴得又叫又跳。焦裕禄找了一个草筐，把两只小野兔子放在里边："国庆、守云，你们排个值日表，每天轮流值日，给小兔子打野菜，可要喂好它们呀。"

孩子们答应着。五岁的跃进问："爸爸，小兔子吃什么野菜呀？"

"它什么野菜都吃，还爱吃青草呢。哥哥姐姐带你去给小兔子打野菜，你要留心记住它们最爱吃什么。"

2

一直忙到快年底了，焦裕禄才想起已经有一个多月没顾上理发了。县政府门前就有个"青年理发店"，这天下了班，他走了进去。

理发店里人很多，大家拿着牌子，等着叫号。见焦裕禄进来，人们纷纷站起，跟他打招呼。焦裕禄笑着说："都坐，都坐。一个多月没理发了，头痒得不行。平常总没时间，今天得个空儿，理一下。"

他到柜前拿了号。县委的一位干部说："焦书记，你忙，咱俩换换号。"

焦裕禄连连摇头："不用。"

一个农民模样的中年人说："焦书记，俺跟你换号吧，俺不忙。"

焦裕禄说："谢谢，不用换。凡事有个先来后到之分，这才合理。一个社会没秩序了，那非乱套不可。"

理发店沈师傅过来了："焦书记，大伙儿都知道你太忙，工夫耽误不得，要不我先给您理吧？"

焦裕禄摆摆手："那就更不合理了。谁到你这儿来都是理发的，书记就更不能例外。"

这么一说，大家不好意思让他了。焦裕禄坐在板凳上，拿着号牌，和那个农民聊天儿："老乡，您是哪个大队的？"

"蔡庄村的。今天到城里来办个事，顺便理理发。"

焦裕禄说："你蔡庄的？蔡庄有两个有名的人物你知道不知道？"

"谁呀？"

"就是东汉时的蔡邕，是个大文人。还有他女儿叫蔡文姬，这可都是大名人呀。"

老乡说："好像听人说过。"

焦裕禄就讲起蔡邕和蔡文姬的故事来。正讲着，又进来几个理发的人。一个叫小卞的姑娘用围裙掸着椅子，大声冲来人喊："有剃光头的没有？有剃光头的上这儿来。"

喊了半天没人吭声。焦裕禄走过来，小卞疑惑地问："您推光头？"

焦裕禄笑笑："姑娘，你叫啥名呀？"

"叫小卞。"

"你咋不干活儿哩？"

"俺是学徒工哩，只会理光头。"

焦裕禄笑了："这个时代谁还推光头啊？再说这大冷的天，推了光头不更冷了？不会你就学，不学就永远不会。"他坐在小卞面前的椅子上，"来，小卞，用我这头练练本事。"

小卞怯怯地说："焦书记，这可不中，真的不中！"

焦裕禄说："中！有啥不中哩？不学就永远不会，胆大些，来吧！"

小卞直摇手："不中！不中！俺咋敢哩？"

焦裕禄说："你不敢下手，明年还是个学徒工，啥时能出师？来吧！"

小卞给焦裕禄围好围裙，拿起推子和梳子，开始围着焦裕禄的椅子转。焦裕禄鼓励她："冲啊！"小卞笑了一下，推子也便顺着下去了。

刚推了一下，小卞惊叫："坏了，焦书记，推子拐不过弯儿，过头了。"

沈师傅忙走过来："不中不中！你放下，等我来。"

焦裕禄说："不碍事，不碍事，我这人又不讲啥样式，把长头发理短了就行。"

大家都笑起来。小卞红着脸站在那里。焦裕禄对沈师傅说："沈师傅呀，你这当老师的，手艺再高，还没完全传给徒弟。你先别批评她，让她大胆试验，分头理不成，改平头，平头理不成，改光头。放开胆子推吧。"

小卞再上手，胆小了，手直发抖。焦裕禄说："不怕！我这棉帽一盖，过不了几天就长平了。想学手艺，就得放开胆子。反正总得有人做试验，不在我头上，就在别人头上。从今以后啊，我这头就做你的试验田，啥时该理了，我就来找你。"

谁也笑不出来了，小卞更是泪光莹莹。沈师傅正好完了手上的活儿，过来要给焦裕禄理。焦裕禄说："你别动手，指导一下小卞就行了。"

焦裕禄理完了发，交了钱，戴上棉帽，和大家打个招呼走出了门。

刚到办公室，小董来了："焦书记，开封地委张申书记打来电话，让您立刻去地委一趟。"

3

焦裕禄到了地委，张申书记早在办公室里等他了。见了面，张申开门见山问他："裕禄同志，你到尉氏工作半年多了，有什么感受啊？"

焦裕禄说："感受太多了。这几年刮'五风'，河南受灾最重。人们再也经不起折腾了。党中央提出大办农业、大办粮食，太及时了。尉氏是个穷县，可人穷志不穷，人们的心气越来越高了，干下去几年就会有变化。"

张申说："裕禄同志啊，你在尉氏工作非常出色。地委准备调你到一个更困难的县去工作，任县委书记，你想不想去？"

焦裕禄站起身子："张书记，你是我的老领导了，尉氏剿匪、淮海支前，我都是您的部下，您了解我。这次您又把我从洛阳矿山机器厂调回尉氏，是给了我一个重要的锻炼机会。组织让我去哪儿我去哪儿，我是不会讲价钱的。"

张申问："你不想知道让你去哪儿？"

"去哪儿？"

"兰考。"

"兰考？"

张申说："对。地委决定兰考县委的王书记调出，由你来任县委书记。说实话，在选定你到兰考之前，我们曾先后安排了几位同志去任职，可是人家都不愿去，我就想到你。必须和你讲清楚，兰考虽然与尉氏相邻，但那是全地区一个最穷的县，一个最困难的县，你在思想上一定要有充分接受最严峻的考验的准备。"

焦裕禄表示："越困难越磨炼人，请地委放心，不改变兰考面貌，我决不离开那里。"

张申沉吟说："裕禄同志，让你去兰考，地委也是下了决心的。又怕你身体吃不消，你的肝病还没痊愈，既要干好工作，又要注意身体。"

焦裕禄说："我这肝，全是剿匪时和黄老三喝酒糟蹋的，老毛病了，不碍事。到了兰考，我滴酒不沾就是了。"

张申说："我准备给你几天时间考虑一下，别忙着决定。"

焦裕禄坚定地说："张书记，我不用考虑了，我服从组织安排。"

"你决定了？"

"决定了。"

张申说："既然你决定了，有件事需要你帮我处理一下。"

焦裕禄说："张书记您说。"

张申说："省委副书记李胜祥同志到开封来视察工作，见各饭馆要饭的很多，一问全是兰考的，让民政部门全体出动，一天收容了两千四百七十三个，最大的七十，最小的才四个月。这些人还在收容站，你陪我去看看？"

焦裕禄点点头。

4

收容站大厅的长条椅上、地上坐的全是离家外流的灾民。那里的混乱场面，很像被一阵冰雹突袭的集市。

焦裕禄问一个中年人："老乡，你是哪村的？"

中年人回答："张君墓的。"

他旁边一个老人说："俺是寨子的。"

焦裕禄问："你们这次出来，是想上哪儿？"

"先在开封待一待，再去洛阳。"

"我去巩义县，那里收成好，人也大方，只要张开嘴要，人家都给。"

一个年轻人说："我想去西安、宝鸡那边。"

另一年轻人说："我去四川、云南。"

焦裕禄说："去那么远呀？"

那个年轻的灾民大概认为焦裕禄他们是民政局的干部，说："民政同志，你们不知道，这人的名儿，树的影儿，老话一点没错。不管到了什么地方，只要一说兰考的，人家都同情，给你吃的，走时还给你捎上。"

那位七十岁的老汉插话："咱兰考出要饭的，全国没不知道的。我五岁时到东北要饭，人家一听是兰考的，赶紧给端大糙子粥来。我都要了一辈子饭了，今年七十了，全国没有我去不到的地方，到哪儿一提兰考，都知道。"

一个中年人说："七爷，你老人家别说了，要饭出名，有啥好显摆的。"

那个被称作"七爷"的老汉说："富有富名，穷有穷名，显摆咋啦！"

焦裕禄问老汉："您老这么大年纪，出门多辛苦啊！"

老汉说："出门辛苦，在家肚子苦，没吃的、没烧的。"

一个中年人说："出去一年，肚子能吃饱，还能捎回些馍干、粮食。"

七爷说："咱兰考人都说：'要上三年饭，给个县长也不干。'"

一个六七岁的小男孩挤过来。焦裕禄摸摸他的头："几岁了？"

"七岁。"

"你跟谁出来的？"

"俺哥。"

"你哥几岁？"

"九岁啦。"

"这么小，你会要饭吗？"

"咋不会？俺给你学学。"

他伸出一只手："给块馍吧，俺是兰考的大爷。"

大家笑了。七爷问："你听他说啥了？兰考的大爷。咱是兰考的大爷。"

焦裕禄问："乡亲们，你们有没有会什么手艺、技术的？"

这下人群里热闹了。

"我当过木匠。"

"我烧过窑。"

"我会打铁。"

"我干过打绳的活儿。"

"我做过豆腐。"

"我会劁猪阉牲口。"

……

焦裕禄说："乡亲们，你们当中有很多人掌握着一门技术，这是吃饭的本钱呀。这技术是什么？就是金饭碗。有句老俗话：家有斗金，不如薄技在身。你们还应了一句老俗话：捧着金碗要饭吃。兰考连年遭灾，人们连饭也吃不上，你们的技术也就无用武之地。可是到了那些年景好的地方，这些技术全有用了。

249

我看咱们是不是这样，你们出去要饭，给社会和别人增加了负担，不如把有技术的或没技术有力气的人组织起来，由县里给你们去联系，找干活儿的地方，靠劳动吃饭，既可度荒，也是一件光荣的事。这个主意好不好？"

灾民们纷纷议论：

"这主意不错。"

"省得让人家当盲流，赶来赶去的。"

"主意好，可是谁管咱呀？"

焦裕禄说："县委会管的。你们放心。"

张申用欣赏的目光专注地看着焦裕禄。

5

中午，张申招待焦裕禄在地委大伙房吃饭。两人买了饭，端到一个靠窗的桌上，张申说："裕禄呀，跟你谈话之前，我也有些担心，你搞过土改，搞过工业，当过县委副书记，对农村工作熟悉，但是在一个县的领导工作岗位上的经历又短了些，而且兰考又是这么一个特殊的县。在兰考工作，光有决心、有热情是不够的。刚才去了趟收容站，我心里有底了，你能行！"

焦裕禄笑了："张书记，你考我呀！"

张申说："今天没让你喝酒，我给你带两瓶清烧走吧。"

焦裕禄说："我才表态了，到了兰考，滴酒不沾。"

张申说："留着给你接待客人。兰考的酒是地瓜干做的，喝了伤胃伤肝，我给你带的清烧是纯粮食酒。你万一要是忍不住，解馋喝上两口也不至于把身子喝伤了。"

焦裕禄大笑起来。

送走了焦裕禄，张申陷入了沉思。

对焦裕禄，没有谁比他更熟悉了。

从调整兰考的班子一开始，他不知费了多少心思，脑袋上掉了多少头发。

兰考啊，这个豫东出了名的重灾县，从明成化十三年（一四七七年），到清光绪十一年（一八八五年），四百多年间，黄河就在兰考决口二十九次，改道更流三次，大堤漫水八次，全境成为泽国。黄河是世界首屈一指的泥河，到中下游的黄河里面一年流挟的泥沙有十六亿吨，这么多的泥沙高到一定的时候，决堤就是必然的事。兰考有籍可考的黄河故道有十一条，十一条黄河故道形成了更多的黄河故堤，故堤环绕沙丘，又形成上百个风口，给这个县留下大片的沙荒地、盐碱滩，风沙、内涝、盐碱成为亘古不变的"三害"。

眼下已是一九六二年年底了，三年自然灾害的最后一年也是最严重的一年。一冬无雪，三春无雨，风沙打死二十一万多亩麦子，秋天又遭内涝，淹死三十万亩庄稼，盐碱地碱死十多万亩青苗。当时兰考所有耕地加起来不足一百万亩，亩产不足四十斤，全县粮食产量降到历史最低水平。全县三十六万人，灾民就有近二十万人。开封地委为了改变兰考状况，先后物色过几个干部去任职，可人家一听说去兰考，就连连摇头。因为兰考是全地区最苦的一个县、最穷的一个县、最困难的一个县，谁也不愿陷在那里拔不出腿来。为此，开封地委曾处理了几名干部。

一将难求啊！

幸亏他想起了焦裕禄！

可是，省委对地委关于焦裕禄任职的报告，能顺利批复吗？张申隐隐有几分担心。

6

焦裕禄一回到家，看到徐俊雅正在用锯子和木片加固那张饭桌的腿。那张饭桌桌腿断了一条，焦裕禄总说得空修一修，可他总也不得空闲，徐俊雅只好自己动手了。

焦裕禄一进门就说："咱们还得走哇。"

徐俊雅问："去哪儿？"

"去兰考！"

"兰考呀，我还以为啥好地方呢，看你高兴的那个样儿！"

徐俊雅是当地人，尉氏与兰考是近邻，兰考的情况，她当然熟悉。

焦裕禄懂得俊雅的意思，他开导说："组织上调我去兰考，就是兰考需要我，越是困难的地方越是要去，这才是好同志嘛。"

尉氏县委开会，为焦裕禄送行。

望着同志们那一张张熟悉而朴实的脸，和那一张张脸上朴实的依依难舍的表情，焦裕禄努力忍住，没让眼泪溢出眼眶。

夏凤鸣说："老焦哇，你就要离开尉氏了，个人还有什么困难？"

一股热流涌上焦裕禄的心头。他环视一下会场，一首顺口溜脱口而出：

　　党员干部是块砖，哪里需要往哪搬。

　　步调一致听召唤，高楼大厦入云端。

大家开怀大笑起来。

就要离开尉氏了，焦裕禄做完了工作交接，又想起自己用的这辆自行车最近经常发生故障，便去车摊上修车。

徐俊雅的母亲戴副老花镜，靠窗缝缝补补。徐俊雅在院里洗衣服，看着几个孩子喂两只小野兔。

县委第一书记夏凤鸣推门进来了，孩子们欢快叫着"夏伯伯"迎过来。

夏凤鸣拉过孩子，看看他们身上褴褛而单薄的衣服，这时已经进入深冬了。

徐俊雅忙招呼："夏书记来啦！"

夏凤鸣问："俊雅，又忙上了，老焦呢？"

徐俊雅说："夏书记，快到屋里坐。老焦修自行车去了，他说他骑的那辆车子，修好了再交回县委。去了这半天，也该回来了。夏书记，快进屋。"

夏凤鸣说："这个老焦，就是修车，找办公室同志们不就行了，干吗自己去？"

徐俊雅说："我也这么说来着，他说那辆车子他骑了半年，熟悉，知道哪儿该修。"

说着话他们进了屋里。守凤给夏凤鸣倒了碗水："夏伯伯喝水。"

夏凤鸣接过水碗，拍拍守凤的小脑瓜，又问老太太："大妈，缝什么呢？"

徐俊雅的母亲说："他爹的衣裳。都补了十几个补丁了，再补都挂不住针了。"

夏凤鸣说："俊雅，刚才开了个常委会，专门研究了一下你们家的事。大家说，老焦到了尉氏这半年多，风里雨里没闲下过一天。这天气都这么冷了，他连件棉袄都没有。看看这几个孩子，还穿着单衣。老焦要到兰考工作了，那里临黄河，风沙又大，你们一家人这么走了，同志们心里不是滋味。"

"夏书记，您……"

"大家一致提议，为老焦做一套新棉衣。可是同志们都知道老焦的脾气，怕他不答应。入秋时县里批给你家的布票，不就让他退回来了？所以这次我们得到了地委的批准，地委指示我们将组织的这个决定正式通知老焦。还有，县里批了五十尺布票，给孩子们也做身棉衣。"

徐俊雅说："夏书记，老焦他不会同意的，为先前那布票的事，就和我闹嚷过，最后我把布票送回办公室，才没事了。"

正说着，焦裕禄回来了。他看到了夏凤鸣，一笑："老夏来了。"

徐俊雅说："老焦，夏书记说县委准备给你做一套新棉衣。"

焦裕禄说："这怎么行？我不要！"

夏凤鸣说："老焦啊，现在是大冬天了，从咱尉氏县走出去的一个县委书记，不能连身棉衣也没有！这是地委和县常委会的决定，希望你服从。"

"老夏，同志们的心意我领了，但是这个决定我不能服从。干部调走要带东西，这不是个好风气。"

"老焦啊，这真是组织决定。还有这次批给你五十尺布票，是给孩子们做衣服的，你看你这一窝子燕儿呀，都冻成啥样了。"夏凤鸣的眼睛湿润了。

焦裕禄说："老夏啊，我只是想让自个儿心里踏实些，忍得一时寒，免得百日忧啊！"

夏凤鸣脱下自己的大衣："老焦，我这件大衣可不是公家的，你穿上！"

焦裕禄推辞着："老夏，别……别……"夏凤鸣硬是把大衣披在焦裕禄身上："我还有呢，咱们老伙计了，你不嫌旧就行。"说完放下大衣走了。

兰考啊

1

寒风挟着沙尘，在原野上肆虐。

一辆骡车行走在崎岖的土路上。赶车的是一位老汉，他是兰考县城关公社老韩陵村饲养员肖长茂。

到兰考赴任的焦裕禄坐在车厢里，他身边只有一个简单的柳条编的提箱。本来，他是乘公共汽车前往的，走到半路，汽车抛了锚，幸好搭上了这辆骡车。

肖长茂老汉赶着车，问坐车的焦裕禄："同志啊，你从哪儿来？"

焦裕禄说："尉氏。汽车在路上抛锚了，走这半天了。大爷，要不是碰上您这挂车，我怕是要走到兰考去了。大爷您贵姓？"

肖长茂说："姓肖，叫肖长茂。城关公社老韩陵村的。你碰上我算巧了，我是到尉氏拉豆饼去了，一年才拉这一趟。从这儿到兰考还有十多里呢。"

焦裕禄问："大爷，咱兰考今年年成咋样？"肖长茂说："不咋样。除了涝就是旱，旧社会咱兰考有个顺口溜：旱了给人熬碱，涝了给人撑船。不淹不旱要饭，死了席子一卷。这是老天留给人的一块绝地。"

"噢……"焦裕禄沉吟起来。

肖长茂接着说："咱兰考这个地方，蛤蟆撒泡尿就涝，七天不下雨地皮冒烟。今年从七月半头到九月二十，连着七十天不开晴呀，红薯、棒子都臭地里了。麦子种不上，明年又瞎了一季庄稼。还有就是风大，一刮风就有沙暴，昏天黑地，娘哎，对面看不见人。同志，你说咱这地儿风有多大？"

"多大？"

肖长茂伸出一只拳头："这么大。"

"拳头大的风呀？"

肖长茂笑了："告诉你吧，风刮起的土坷垃有这么大。"

焦裕禄递给肖长茂一支烟。肖长茂把烟卷掰成两段，把其中一段放在烟袋锅里："同志，你到兰考办事？"

"大爷，我是到兰考工作的。"

"到兰考，工作？我说你这同志你可真是，哪儿不好去，偏偏到兰考工作。没人愿到这儿来，给个县长也不来。真的，不骗你，咱们兰考县长走了半年，还没愿来的。连给个县长都不愿来的地方，你来做甚？"肖长茂说着话，在车辕上努力磕了磕长烟袋。

走了一程，前边，一大群逃荒的乡亲塞满了道路。他们或担筐背篓，或用独轮车推着铁锅、铺盖和孩子，在料峭的寒风里瑟瑟发抖。十几辆自行车从另一条路上飞驰而来，骑车的是干部模样的人，他们下了自行车，把车横在路上，挡住逃荒人群的去路。为首的一个干部大声喊着："社员同志们，我是县委劝阻办主任李成，大家还是回去吧，不要走了！外流出去也不是办法呀！"

被挡住的乡亲们纷纷嚷着："你们要干啥？凭啥不让俺们走？"

那个叫李成的劝阻办主任喊道："乡亲们，上级有指示，一个人也不许走！"

逃荒的人们嚷着："你们不让走，饿死人你们管不管？"

一个三十五六岁的汉子揪住李成的衣襟："什么县委劝阻办？有本事你让老天爷不刮大风扬沙子，不闹大旱发大水，你以为俺愿意走哇，这都进腊月了，谁家不想在家过年？锅都吊起来当钟敲了！"

李成问："你哪大队的？"

"寨子大队的！咋？"

李成往人群里看了一眼，他看见一个中年女人扶着一辆独轮车，车上一边是一个老太太，一边是一个一两岁的孩子，身旁还跟着一个六七岁的小女孩。

李成喊道："哎，这不是寨子大队的大队长刘秀芝吗？你是大队干部，怎么领头对抗上级指示？"

那个叫刘秀芝的女人低下头去。李成甩开汉子，走了过来："刘秀芝同志，你是共产党员、大队干部，快带人回村！你不怕受党纪处分？"

汉子说："少吓唬人！这带头的是俺，不是她！"

见李成盯着他看，汉子拍着胸脯："咋了？俺叫豹子，三代贫农，你想杀还是想剐？"

李成说："是你？上次你领头外出，被拦回去了不是？怎么，这回又你领头？"

那个叫豹子的汉子说："没错。上回你说救济粮马上就到，不让俺走，又挨了一个多月，实在扛不住了。你们不能把人往死路上逼吧？"

逃荒的群众与劝阻办的干部形成对峙。劝阻办的干部站成一道人墙，封住了道路。群众往人墙外涌动，与干部们推搡着。焦裕禄乘坐的骡车被挡在人群外边。焦裕禄下了车。被围困在人群中间的李成喊："社员同志们，你们是听县委的还是听少数人的？不要走啦，快回村吧！"

另一位劝阻办干部也站在高处喊："乡亲们，我是县民政局的刘占廷，现在民政上正在想办法，大家还是回去吧。劳力都走了，地谁来耕？谁来种？人误地一时，地误人一年呀！"

一社员说："耕地？地都让沙子淹了，耕个龟孙！"

有人附和："地里盖了二尺厚的沙土，咋耕？"

"种一季庄稼，连把柴火也落不着，咋活呀？"

乡亲们推搡着："让开！让开！"

一时间，群众与劝阻办的干部互相推搡起来。刘占廷忽然看见人群里一个姑娘搀着一个白发老太太往前挤，他愣住了。怔了一小会儿，他不顾一切分开人群，向前挤去。他呼叫着："娘——娘——"

老太太也高喊："占廷！"

姑娘也大声喊着："哥——哥——"

刘占廷挤过去，把母亲和妹妹拉到一边："娘，你和妹妹干啥去？"

老太太说："跟大伙儿出来，和你妹到外边待几个月。"

刘占廷问："政府不是发救济粮了吗？"

老太太说："那点粮食，留给你爹和你弟弟吧。"

刘占廷说："娘，你说你这么大年纪了，出去多难呀！"

老太太说："再难也比在家里强呀。不用惦着，有你妹，有乡亲们呢。"

路口上，焦裕禄拦住李成，搬开了挡路的自行车："让乡亲们走吧。"

李成疑惑地看着焦裕禄："你谁？不让外出逃荒是县委指示，我是县委劝阻办主任，你让我放人走？"

焦裕禄说："把人留下，吃啥？"

李成推了一把焦裕禄："你以为你是谁呀？让开，让开！告诉你，你敢存心搞破坏，就把你带到县里去！"

焦裕禄挤进人群里，李成命令工作人员："拉住他！问问他是干什么的！"

工作人员上去拉住焦裕禄："你是干什么的？"

焦裕禄说："民以食为天，老百姓要吃饭，这就是天理！你们懂不懂？"

李成问："你到底是谁？"

焦裕禄说："我是到兰考工作的焦裕禄。"

李成大惊："焦书记，是您。我们误会了。"

焦裕禄把身上的大衣脱下来，裹在刘秀芝独轮车上的老太太身上，又把围巾解下来裹住了那个一岁多的小男孩。他握着一位老人的手，那双手长满了冻疮。他把自己的旧手套给了老人。

那位老人对焦裕禄说："同志，俺们不愿走哇！金窝银窝，不如自家的草窝，实在是撑不住了。这不，家里只有二斤高粱面了，掺了糠，蒸了几个窝窝当干粮……"

豹子也说："是啊，今年咱兰考遭灾最厉害的就是寨子，麦收时一人分了不到一斤麦子，秋粮也没二十斤，实在是没办法了。"

刘秀芝说："乡亲们真的是撑不下去了，能卖的东西全折卖了，能吃的不能吃的也全没有了。大队开了介绍信，让社员们去找条活路。"

她把怀里揣的介绍信递给焦裕禄。

李成说："秀芝同志，你身为大队干部，怎么能给社员开这样的介绍信？"

刘秀芝说："李主任，俺们的介绍信只介绍外出的社员的身份，省得到了外边让人家当盲流到处赶。大家都在保证书上按了手印，撑过了这一冬，等开了春就一定回来。"

焦裕禄看着介绍信，眼里噙满泪水。乡亲们用惊诧的眼神看着这位被李成喊作焦书记的人。李成说："焦书记，您快帮帮忙，给乡亲们讲几句话吧，我们实在是拦挡不住了。"

焦裕禄站到高处，大声说："乡亲们，大家走吧，路上互相照应着，记住到了地方给大队里来个信，明年春天，我去把大家接回来！"

李成疑惑地看着焦裕禄："焦书记，这……"

焦裕禄重重拍了拍李成的肩膀，李成搬开了自己的车子，劝阻办的干部们也都把各自的自行车搬开，让出了路。

刘占廷从衣袋里翻来翻去，翻出了一些零钱，塞到他娘手里："娘，我兜里只有这九块多钱了，你带上。"

老太太又塞给儿子："不，不，你工资也不多，还得养一家子人呢。"

刘占廷说："娘，你拿上吧。你不拿上我更难过了。"又对他妹说，"妹，你到外头千万照顾好咱娘。"

逃荒的队伍走了。焦裕禄心情复杂地望着他们寒风里的背影。

2

兰考县正开三级干部会议，县委、政府两大班子领导集中在常委会议室听各公社的汇报。焦裕禄穿一身洗得发白带补丁的中山装，戴一顶"四块瓦"火车头棉帽，被县委秘书李林带到会场上。

张营公社社长老洪正做着汇报："我们张营公社今年受灾严重，人均生产粮食不到七十斤，群众生活困难很大，干部情绪也不稳定。这次三级干部会，大家学习了八届十中全会决议，有些信心了。"

焦裕禄突然一怔：洪哥？

尚未离任的王书记主持会议，他问老洪："还有吗？"

老洪说："没了。"

王书记又点一个公社干部："下面爪营公社。"

爪营公社党委书记汇报："俺们爪营比张营还要差些，十六个自然村普遍严重缺粮缺柴，以前爪营商业贸易比较繁华，新中国成立前就有京广杂货铺、铁木业铺、棉布行，这些年商贸基本上没有优势了……"

焦裕禄坐在一个角落里，掏出笔记本做着会议记录，一边做着记录一边在手里接烟，两支烟在手中对接，看也不用看，便准确迅速地接好，一口接一口地抽着。

旁边的人很奇怪，相互耳语，把目光投向焦裕禄。

一人问："这是谁？"

旁边的人说："不知道。"

问话的人说："你看他烟瘾倒是真不小。"

这时秘书李林走到主席台上，递给王书记一个条子。王书记看了条子问："焦书记到了？"李林向下边指了一下。王书记说："好了。刚才十个公社都汇报了各自的情况，县委办公室要把汇报整理一下，呈送新任的县委书记焦裕禄同志。同志们，根据开封地委决定，我将要调出兰考，由焦裕禄同志任我县县委书记，现在，焦裕禄同志也到了会场，我们欢迎焦书记。"

焦裕禄站起来。大家鼓起掌来。

老洪一惊："禄子？"

旁边的人问："洪社长，你认识新来的焦书记呀？"

老洪说："岂止是认识，俺俩，话长了！"

台上王书记大声说："请焦书记给我们讲话。"

焦裕禄摆摆手："刚到兰考，还不熟悉情况，今天就不多讲了。毛主席说：没有调查，就没有发言权。既然到兰考来工作了，就要真正扑下身子，实实在在地把兰考的事做好。我个人没有特别的本事，有党的领导，有大家的支持帮助，我有这个信心。"

大家再次鼓起掌来。

三干会散会了。走出会场，焦裕禄快步跑着追上了老洪，两双手紧紧握在一起。

老洪说："禄子，我简直像做梦一样啊！"

焦裕禄说："洪哥，从淮海战役支前咱们在睢宁集碰面，一晃又是十几年了。"

老洪说："可不是嘛。听说你到洛阳搞工业后又调回尉氏当县委副书记，还惦着去看你呢。没想到，刚刚半年，你也到兰考来了。弟妹做啥工作？"

焦裕禄说："你弟妹还在尉氏呢。"

老洪问："有几个孩子啦？啥时把家眷接到兰考来？"

焦裕禄回答："六个孩子了。闺女儿子都是三个。忙过这一段，就让俊雅和孩子们过来。"

老洪说："早点把他们接到兰考来吧。我家安在张营公社，有空你去啊！"

3

一个风雪交加的夜晚，焦裕禄临时召开县委委员会议。

副县长张钦礼汇报兰考的情况："由于三年自然灾害，全县水利工程基本上全毁掉了。去年一冬一片雪花没掉，今年春天又滴雨未下，风沙打死了二十一万四千多亩麦子，秋天又遭内涝，全县淹了二十万零三千多亩秋庄稼。又加上十万亩禾苗被碱死，全年粮食总产不过五千万斤，比解放前还低。全县九个区，受灾较重的区有七个，一千五百二十个社队受灾，灾民近二十万人。缺粮一千三百二十万斤，缺草一千八百万斤，缺煤……"

骤然响起的汽笛声打断了他的汇报。汽笛响过，张钦礼继续汇报："缺煤七千一百三十万吨，缺房一万八千间，缺……"又是一阵汽笛声。

焦裕禄皱了下眉头："情况先别谈了，下面我们换个地方开会。"

他披衣站起，走出会议室。常委们紧随其后。他带领常委们向兰考火车站走去。

火车站里人头攒动，风雪中，逃荒外出的人群衣衫褴褛，横卧在车站的角角落落。一列火车刚进站，无数人扑上去，扶老携幼，碰撞拥挤，小孩子的哭叫声撕心裂肺。逃荒的人争相往车门口涌动，秩序大乱。车站工作人员手足无措，大声喊着："别挤，危险！太危险了！"

焦裕禄大声喊着："大家不要拥挤！按秩序上车！"

人们的嚷叫声吞没了他的声音。

乘务员也叫喊着："别挤，就要开车啦。"

有人踩着别人的肩膀往车窗里爬。有人爬上车顶。焦裕禄和常委们手忙脚乱地疏导着涌动的人潮。他伸开双臂护住了两位老人。他把一个孩子举过头顶……

列车鸣笛开动。焦裕禄从站台上捡起一只童鞋，热泪滴落在童鞋上。

焦裕禄对常委们说："同志们，灾民们背井离乡去逃荒，这是我们的责任。党把兰考三十六万群众交给我们，我们不能让他们有饭吃，有衣穿，我们应该感到羞耻和失职。"

县委委员们低下头去。焦裕禄怔怔地望着远去的列车。

启示录

1

张申的忧虑不是没有道理的。

给省委呈上关于焦裕禄任兰考县委第一书记的报告，迟迟不见回音，张申让地委办公室的同志去催问，省委组织部干部处的批文用电话传下来了："该同志据说已离开农村十年了，刚又回到农村才两三个月，马上任第一书记，请考虑。"

由于开封地委一再坚持，省委组织部干部处当天开会研究了开封地委上报的干部调整方案，处里对焦裕禄的任职提出明确意见：

> 采取两步走的办法，先任第二书记，待熟悉一段后，再任第一书记为好。

张申和地委领导研究了省委组织部的意见，分析了兰考县县委班子的现状，统一思想，坚持调整。张申拿起笔来，在给省委组织部的反馈意见中写道：

地委意见，焦裕禄任县委第一书记还能担负起来，还是批第一书记。

但开封地委的意见，并没有得到省委组织部的认同。

焦裕禄站在劝阻办门口，看着那块劝阻办的牌子。

全国有两千多个建制县，唯独兰考县有这么一个机构。

他心情沉重地把牌子摘掉了。

李成走过来："焦书记，我们劝阻办的工作没做好。"

焦裕禄说："不是你们工作没做好，而是这个办公室就不能设。从今天起，劝阻办撤销。"说完，他挟着牌子走了。

李成无奈地摇头。

半夜了，焦裕禄辗转反侧，难以入眠。他索性起床，抽起烟来。

抽了三四根烟，焦裕禄披衣下床，走到屋外。张钦礼的宿舍也在县委大院里，焦裕禄踱步到他门前，犹豫了半天，还是敲响了他的房门。

张钦礼已经睡下了，问："谁呀？"

"我，老焦。"

张钦礼披衣下床，打开门，急问："焦书记，出什么事了？"

焦裕禄说："没出什么事，睡不着，找你聊聊。"

张钦礼长舒了一口气："可把我吓了一大跳。"

坐下来，焦裕禄说："老张呀，你是老兰考了，生在这里，长在这里，工作在这里，你说说看，改变兰考面貌的主要问题在哪里？"

张钦礼沉吟了一下说："我觉得，应该先从改变人的思想着手。"

焦裕禄说："对，我俩想一块儿去啦，但还应该在'思想'前面加上'领导干部'四个字。眼前关键在于县委领导核心的思想转变。想想看，没有抗灾的干部，哪有抗灾的群众？要想改变兰考面貌，首先要改变县委的精神面貌。"

张钦礼一拍大腿："太对了。在一九五六年以前，兰考是林茂粮丰，泡桐树成林成行，没有内涝，也没有盐碱。一九五〇年三十三万亩沙荒，到一九五七年造了十九万亩林，只剩下了十四万亩。一九五八年大炼钢铁，泡桐树给砍了，砍得精光。烧了炭去炼钢。结果是钢没炼出来，树也没了。树一没，再也没有挡风的了，风沙就起来了。"

焦裕禄摸出烟，给了张钦礼一支，自己点上一支。

张钦礼说："还有，牲畜一九五五年是五万四千头，今年是二万零八百头，死了快四万头呀！铁路南二十五万棵枣树，现在只剩了五万棵，二十万棵摇钱树当劈柴烧了。当时头脑发热呀，觉得共产主义就近在眼前了。"

焦裕禄说："当时我在洛阳矿山机器厂，为支援大炼钢铁赶制焙烧窑，也是昼夜加班，命都拼上了。"

张钦礼说："所以说啊，这几年经过这么几场运动，干部都心有余悸，不敢放开手脚干事情了，解决干部的思想问题，先要让他们有个干事的心境。"

焦裕禄问："老张呀，兰考干部队伍的情况怎么样？"

张钦礼说："心有些散，很多干部闹着要调走。灾区条件艰苦是一方面，还有一方面……"

张钦礼欲言又止。焦裕禄又给张钦礼点了一支烟："老张你尽管说。"

张钦礼说："这几年总搞运动，干部胆小了，腿软了。全国反右，一九五七年结束了，到了一九五八年河南还在打右派，叫'补划右派'。兰考不到一千干部，有三百六十六个被划成了右派。"

焦裕禄摇头。

张钦礼指着自己脑后说："我当时也受到了降级内部控制使用的处分，现在虽然摘了帽，这儿还留着一条辫子呢。"

焦裕禄说："老张你可不能腿软，你得挺起腰杆来。"

沉了一会儿，焦裕禄又问："我想明天到下边走走，先到哪儿好？"

张钦礼说："那你先去城关区的老韩陵吧，那是个灾情很严重的地方。"

2

送走了焦裕禄，张钦礼却说什么也睡不着了。

他感慨万端，看起来这老焦真是个干事的人，真是个把兰考县的父老乡亲揣在心里的人，也许，兰考这下有救了……

张钦礼的资历很深。他是本县人，抗日战争时期，跟随父母在考城、曹县一带打游击，一九四三年开始做地下工作，一九四五年入党时，刚满十八岁。二十六岁任考城县第一副县长。一九五四年兰封、考城两个县合并，年方二十七岁的张钦礼出任兰考县第一任县长。可是接下来却因为写了一张为人鸣冤的大字报被撤销了县委副书记的职务，背上了内部控制使用的处分。

这还不算，一九五八年"大跃进"期间，生性耿直的张钦礼又因为大着胆子讲了真话，犯了严重的右倾机会主义错误，受到留党察看、行政撤销县长职务的处分，工资待遇由行政十五级降到十八级，送老君营村劳改。县里每个月发他十六元钱，每个月还要上交生产队八元。他先是吃大食堂，食堂散了伙就在群众家轮流吃派饭。

对群众的疾苦，张钦礼可算感同身受。一九六〇年春天，大饥荒如同野火，从报纸的夹缝里蔓延了整个中原大地。群众因饥饿普遍浮肿，村口路边常见饿死的人。张钦礼也浮肿得厉害，腿上一按一个坑，两只眼睛肿得只留一道缝，他媳妇来了都认不出他。听逃荒的老乡说，信阳那边有的村庄人都快死光了，村庄变成了无人村，蒿草疯长，狐狸、黄鼠狼大白天在村街上出没。张钦礼听了心如刀割。

就在这年六七月间，国务院副总理李先念受中央派遣来到信阳，副总理所到之处，看到人畜口粮和饲料被悉数收购，农民普遍浮肿，入村所见妇女，没有一个不穿白鞋的。李先念哭了。

秋冬时节，张钦礼决心为民请命，他写信给周恩来总理，反映河南省委领导带头浮夸、不顾百姓死活，透底征购，造成大量群众被饿死，吁请总理救救河南人民。

夜里，乡亲们挤满张钦礼住的草屋，劝他千万别到邮局去寄信，如果信被扣押，后果不堪设想，鼓动他进京直接找总理，不见总理不回来。乡亲们给他凑了干粮，把他送到内黄火车站。

张钦礼在北京辗转见到了周总理，周总理接过了他的信，对他说："全国两千多个县，你是第一个向我反映真实情况的县长。"

周恩来看到张钦礼面有菜色，呈浮肿状，不禁神色戚然，安排工作人员带他去吃饭。张钦礼急忙说："总理，不用麻烦了，我来时乡亲们给我带的饭还没吃完，现在就想和你多说说话。"

周恩来让张钦礼拿出带的饭，想看看群众吃的是什么东西。张钦礼犹豫了一下，从布袋里掏出一个黑乎乎的菜团子。

"给我尝尝！"周恩来伸手要菜团子，张钦礼手一哆嗦，菜团子掉在地上摔得粉碎。周恩来弯腰拾起一块碎渣，仔细看了看，发现菜团子是用树叶、花生皮和少量杂粮做的。他把碎渣放进嘴里，愧疚地说："我这个总理没当好啊！"

说着，泪水潸然而下。

张钦礼当着周恩来的面，呜呜地哭了。

直到焦裕禄来兰考工作时，张钦礼平反复职才四个月。

看到老焦的所作所为，张钦礼仿佛看到了一丝光亮。

焦裕禄当然也知道发生在张钦礼身上的事情。他敬张钦礼是条汉子，他勇于为民请命，敢于"拔剑起蒿莱"，身上有一股正气；他敢说真话，在大是大非面前挺得直腰杆。这些品格，都是焦裕禄所钦重的。基于这一点，才有了二人的一番拥炉夜话。

3

第二天，焦裕禄和秘书李林来到老韩陵，他们直奔饲养员肖长茂的牛屋。

一进院他就喊："肖大爷！"

肖长茂端着筛子迎出来："焦书记呀，你咋来了？"

李林说："肖大爷，这事怪了，焦书记刚到咱兰考工作，您咋会认识他？"

焦裕禄说："我从尉氏到兰考报到那天，公共汽车开到离县城十几里路远就熄了火，我是搭了肖大爷的骡车才到兰考的。"

李林说："怪不得那天我在车站等了半天也没接上您呢。"

焦裕禄对肖长茂说："大爷，我到咱们村下乡，今晚就住您这儿了。"

肖长茂说："好好，焦书记呀，那天听说你是县委书记，吓了我一跳，真不敢想，你这么大的官，还坐我的大车。今儿个又睡我的牛屋，你不怕我这儿有虱子？"

焦裕禄说："不怕。上回您老人家说得空儿多和我聊聊咱兰考的事，这回我上门求教了。"

他看见屋里堆了很多风箱，就问："大爷，咋您这屋里堆了这么多风箱？"

肖长茂说："这风箱呀，是上海乐器厂的两个同志在村子上收购来存放在这里的。上海乐器厂的人到兰考来买桐树，可现在兰考哪里还有泡桐呀？他们就各家各户去收购用桐木做的风箱。"

焦裕禄搬下一只风箱，拉了两下，敲了敲："嗯，都是上好的桐木。"

李林说："这上海人哪，门槛就是精，聪明绝顶，买不到桐树买风箱。"

焦裕禄以指头叩击风箱，发出清脆的声音，说："真是做乐器的材料。"

李林说："咱兰考泡桐全国有名，号称'兰桐'，是制作乐器的首选材质。可是'大跃进'一来，泡桐树全砍了去烧炭炼铁了。兰考有三害，就是风沙、盐碱、内涝，这些全都是因为泡桐没了。"

焦裕禄锁紧了眉头。

他给肖长茂点了支烟，问："肖大爷，您说咱兰考是穷命，要把这穷命变过来，您老人家有什么好主意？"

肖长茂说："焦书记，这么大的事，您说俺这个喂牲口的能有啥见识？"

焦裕禄笑了："改变咱兰考面貌，是咱兰考人的事，您老人家年纪大了，有生产经验，我今天就是来向您老人家讨教的。"

肖长茂说："焦书记呀，别的俺不知道，俺是个喂牲口的，知道再倔的牲口，只要摸透它的脾气，顺着它的性子来，就能制服它。像咱老韩陵的这沙土窝，能种花生、能栽泡桐树，泡桐这东西挡风压沙，还能卖钱，木材用处大。你也看见了，连上海人都上咱兰考来买泡桐哩。"

焦裕禄说："大爷，您老这主意好。"

肖长茂说："还有一条，俺村牲口少，五十亩地才有一头牲口。要发展生产呀，就得多养牲口。不光是咱老韩陵，兰考的沙地，都适合种花生，花生秧子又可以喂牲口，多种花生，牲畜也就发展起来了。"

焦裕禄掏出本子认真记着："好哇！肖大爷，您这个主意也很好呀！"

肖长茂说："饲养员多操心，下了牛犊能养好的，给他点奖励，牲口数的发展就会快啦。"

焦裕禄说："对！肖大爷，我们弄个文件出来，一定要给发展牲口有功的饲养员发奖。"

肖长茂说："焦书记呀，看得出你是个实在人，不说空话，这几年咱老百姓让那些大话、空话吓怕了。'大跃进'时说声要炼钢，让各家各户把锅全砸了，修小高炉要头发，妮们把辫子全剪了。说声讲卫生，给驴刷牙，给牛戴口罩。折腾来折腾去，穷得连吊起来当钟敲的锅都没了。咱兰考再也经不起折腾了。"

肖长茂把烟袋递给焦裕禄。焦裕禄接过来，抽了一口："肖大爷，您说得对，咱们再也不能瞎折腾了。"

肖长茂说："焦书记，有些话，上面的干部不敢说，可俺敢！咱兰考这几年连着受灾，人饿死了不老少，也有卖孩子的，也有把闺女送人当童养媳的，这些事旧社会倒是常有，可新社会了……"

焦裕禄猛然被烟呛了一口，剧烈地咳嗽起来。他的肝区隐隐作痛，忙用钢笔杆顶住肝部。

肖长茂慌了："焦书记，你……看你脸刷白，一头的汗……"

焦裕禄努力忍着，压住肝区："肖大爷，我没事，老毛病了，您接着说。"

肖长茂说着，焦裕禄捂着腹部一点点做着记录。那个晚上，焦裕禄跟肖长茂在牛屋里整整谈了一夜。

4

徐俊雅带着孩子们和老母亲来到兰考。一家八口，只有几件简单得不能再简单的行李。他们出了车站，被眼前的荒凉惊呆了。

焦国庆大声说："这是兰考啊？我爸咋到这里来工作？连棵树也不长。"

守云问："妈妈，爸爸会来接我们吗？"

焦守凤给妹妹系好了扣子："会的，爸爸一会儿就来了。"

保钢摇着妈妈的胳膊："妈妈，我要找爸爸。"

徐俊雅哄着儿子："别急，一会儿爸爸就来了。"

孩子们的姥姥累得坐在包袱上："俊雅，当年我就说过，跟上老焦呀，就没个安身的准地方。"

眼看到中午了，一家人等得心焦，不见焦裕禄的踪影。

跃进问："我爸怎么还不来啊？"

国庆也说："是啊，不是说到长途站来接我们吗？"

卖吃食的小贩在旁边吆喝着：

"烧饼！烧饼嘞！"

"枣发糕，枣发糕嘞！"

保钢摇着妈妈胳膊："妈妈，我要吃烧饼。"

守云说："妈，我也饿了。"

徐俊雅安慰着孩子们："再等一会儿，爸爸就要来了。"

李林和老洪推着自行车一路寻找过来了。

李林过来问："是焦书记家嫂子吧？"

徐俊雅点点头。

李林说："我是县委办秘书小李，焦书记下乡了，让我来接你们。"又指着老洪说，"这是张营公社社长老洪。"

徐俊雅惊喜地说："老洪大哥呀，老焦他总是说起您。"

老洪说："我到县委来看老焦，他上葡萄架公社了，正赶上李秘书要来接你们，就跟上来了。"

老洪看着孩子们，摸摸他们的头顶："嚯，伯伯都不认识你们，排好队，让伯伯认认。"

五个孩子排成一队，最小的玲玲抱在妈妈怀里。

徐俊雅说："孩子们，这就是你爸常说的洪伯伯。"

老洪说："说说，你们叫什么名字？"

"俺叫守凤。"

"伯伯好，我叫国庆。"

"俺是守云，伯伯好。"

焦跃进指着弟弟："他叫保钢。"又指着妈妈怀里抱着的玲玲，"她叫玲玲。"

老洪笑了："你呢，小子？"

"跃进，焦跃进。"

老洪大笑："好好！孩子们，咱们回家。"转身问俊雅："弟妹，你们行李呢？"

徐俊雅指着几个包袱："就这些。"

老洪怔住了。

一旁小贩的吆喝声不断传来，几个孩子咬着嘴唇。老洪说："你们等着，伯伯去给你们买烧饼。"

进了焦裕禄在兰考县委大院的家，老洪嚷着："到家喽！到家喽！"

一家人进了屋子。这是由办公室临时改成的宿舍，里外两间，空空荡荡。墙上糊着旧报纸，有的地方墙皮脱落下来。窗户上糊的纸也是旧的。正面墙上贴张毛主席像，新的。靠窗一张白木旧桌子，上面放了只竹壳暖水瓶。窗台上扣着只搪瓷茶缸子。里屋有一张用板凳和木板搭的大床，上面铺着几条麻袋。外间是半截儿土炕，连着锅台，中间隔了一道矮墙。

李林鼓捣着炉子："焦书记说老人腰腿不好，就盘了这个火炕，早晨他临走前烧了一回，上午我又续了点柴火。"

徐俊雅摸了一下："还有点热呢。"

她和守凤往床上铺着被子。

老洪戚然："你说他这书记咋当的哩！"

李林说："嫂子，咱们兰考条件太差了。"

徐俊雅说："没关系，这不挺好嘛！"

老洪说："这几天我把你嫂子带过来，看看缺啥，让她帮你们打理打理。"

徐俊雅说："老洪大哥，这儿真的挺好，可别麻烦嫂子。等安排妥帖了，我再看嫂子去。"

老洪说："跟我还有啥客气的。"

俊雅老娘说："他大哥，这些年，净搬家了。搬一回东西少一回，这不，光剩了这几床铺盖了。"

老洪说："这不还添丁进口呢，有这些好孩子，好日子在后头呢。"

一直到了吃晚饭时，焦裕禄才回到家里。孩子们欢呼雀跃。他们搂住爸爸的脖子，抱住爸爸的腰，好不快活。焦裕禄抱起孩子们，亲了又亲。徐俊雅用小笤帚扫着焦裕禄身上的尘土。

姥姥拉走孩子们："你们别缠着你爸了，让你爸歇歇。"

焦裕禄问："妈，今天有个急事，没顾上去接你们，风大，路上冷吧？"

徐俊雅拿了热毛巾让他擦脸："还说呢，一家子在大风里等了半天。"

焦裕禄笑笑："俊雅，这些日子没啥事？"

徐俊雅说："临上车前尉氏县委办公室小董来了，给你带来了一套棉衣。"

焦裕禄接过徐俊雅递过的棉衣，把脸贴上去："新棉花味真香呀。咱们刚在尉氏工作了半年，什么事都没来得及做好，给县委添的麻烦倒是不少。"

徐母端了饭过来："给你煮了碗面条，快趁热吃吧。"

焦裕禄挑着面条，见里面卧着俩荷包蛋，把鸡蛋拨在一只空碗里。徐俊雅说："老焦，你看你，咋把鸡蛋挑出来了？"

焦裕禄说："我不老不小的，吃啥鸡蛋。我吃是浪费！"

徐俊雅又给他拨到碗里："别说那么多，吃了！"

焦裕禄突然想起了什么："哎，俊雅，再问你件事，有没有把从尉氏县委财务科借的一百三十七块钱还回去？"

徐俊雅说："小董说，尉氏开了县委常委会，你从县委财务借的钱，县财政用集体福利款还上了。我说老焦不会同意这么做的，他不收，我没拉住，他就走了。"

焦裕禄说:"那你明天一定到邮政局,把这一百三十七块钱给他们邮过去。"

徐俊雅说:"好吧。还有,兰考县委办送了三斤棉花票,盘算着给老大做件棉袄,二的做件棉裤。再一看咱床上那被,烂得大窟窿套小窟窿,妈说都没法儿补了。还是做床被吧,剩下的给你做双棉袜子。你是县委书记,不能老穿着露脚指头的棉袜子。"

焦裕禄说:"俊雅,这棉花票咱不能要。你想,每一个群众不可能都有棉花票呀。我是县委书记,我搞特殊,就等于给别人做出了样子。"

是什么在锯着灵魂

1

一辆破旧的吉普车在路上颠簸,焦裕禄和新上任的县长程世平并排坐在车里。程世平比焦裕禄年长两岁,在荥阳当县长,两人也是老相识。焦裕禄在张申那里几番软磨硬泡,终于如愿以偿地把老程要到了兰考。

程世平让这路颠得腰疼,他拿自己的拳头垫在腰眼上:"老焦啊老焦,我咋也没想到让你给折腾到兰考来了。"

焦裕禄把自己的一只布包垫在老程腰后:"老程,我跟你说,这兰考可是个好地方。"

程世平笑了:"老伙计,我知道你是拉我垫背来了。垫背就垫背,跟你在一起工作,我乐意。"

一上坡,吉普车抛锚了。焦裕禄拍一下老程:"伙计,下来推吧,它又闹情绪了。"

两个人在后边用力推车,推了半天,车马达才转动起来,车子重新启动。

焦裕禄解嘲地说:"咱县委就这一台老爷车,三天两头闹情绪,没辙。"

到了兰考,早过了饭时。焦裕禄说:"老程,跟我回家,让你弟妹弄两个菜。"不由分说,把程世平拉到家里。

徐俊雅忙了半天，菜上桌了。小桌上只有醋熘白菜、拌豆腐、炒鸡蛋，一点牛杂碎，咸鸭蛋，还有一碟咸菜。焦裕禄说："老程啊，你看我这个请客的，没有鸡，没有鱼，没有肉，连咸菜也拿来凑数了。"

程世平说："你要拿我当客待，那就错啦。"

焦裕禄一笑："这两天，俊雅总是说，人家老程在荥阳，那是河南条件最好的县，让人家来兰考吃苦，对不住人家呀。"

程世平说："你在洛阳，条件不更好？你能吃苦，我就不能吃？咱们还是聊聊县里的情况吧。"

焦裕禄给老程倒上酒："你刚来，咱今天不谈工作，放松放松，来，喝一杯。"

两人碰了杯。徐俊雅拿过了焦裕禄手里的酒杯："老焦啊，程县长也不是外人，你的病不能喝酒，就别逞能了。"

焦裕禄说："程县长是第一天走马上任，我就喝一点，没事。"

程世平说："老伙计了，不拘礼，你以茶代酒。俊雅，你也坐下。"

徐俊雅在旁边坐了。

程世平说："老焦，我记得你以前酒量还行。"

焦裕禄说："在尉氏剿匪反霸时，跟那个匪首黄老三拼酒，一次喝过六七小碗。后来肝出了些毛病，医生就不让再喝了。这酒还行吧？"

程世平又抿了一口："还行。眼下红薯干烧的散酒都不好买，喝上这红粮纯酒，就是神仙了。"

焦裕禄说："这还是上回在地委，张申书记找我谈话，给我带了两瓶，给了老洪一瓶，这瓶一直给你留着呢！"

程世平笑了："我还真不知道，你早打我的主意了。"又说，"刚才办公室的同志领我去招待所，咱们招待所是破旧了些，办公室同志说，张申书记有意给咱县拨专款，整修一下。"

焦裕禄说："是有这个话，张书记亲自跟我说的，好像他跟其他同志也说过。这个事我来以前就议过。还有咱们县委大院，本来也是在一片大碱洼上盖起来的房子，屋里屋外一年到头潮湿津津的，几天不打扫，就长一层半寸长的白碱毛，被褥几天不晒，能拧出水来，所以有人说招待所和县委大院是'制碱场'。改造招待所和县委大院的方案，这回又重新提出来，几个同志要求在常委会上议一议，我没同意。"

程世平说："老焦，我同意你的意见。兰考是重灾区，资金困难，度荒是头等大事，艰苦奋斗的传统不能丢。"

焦裕禄说："最重要的是可能滋长干部追求享乐的不良作风。兰考的灾区面貌还没有改变，还吃着大量的国家统销粮，这个时候，富丽堂皇的装潢不但不能搞，就是连想一想都很危险！"

徐俊雅说："你们不是说好了不谈工作吗？说着说着又到工作上去了。"

焦裕禄、程世平相视大笑。焦裕禄端起酒杯："不谈啦，喝酒！"

2

尽管开封地委就焦裕禄的第一书记的任职问题一再敦促，省委组织部一直没有明确答复。一九六二年十二月三十一日，部办公会的研究决定是"焦裕禄的任职，迟一迟再批"；一九六三年二月十五日的意见是"部办公研究暂不批"。

焦裕禄不知道这些，也无暇顾及这些。

一九六三年二月十四日，河南省委组织部干部处对开封地委给出一个意见："可调张汉儒任兰考县委第一书记，焦裕禄任第二书记。"

张汉儒是河南省委农村工作部办公室副主任，比焦裕禄小三岁，一九三九年参加革命，比焦裕禄早七年。战争年代当过区委书记和武工队长，新中国成立后担任过温阳和沁阳两个县的县委书记。

但是，张汉儒同志终究没调来兰考。

围绕撤销"劝阻办"的问题，县委召开了常委会，大家争论十分热烈。

张钦礼发言说："我觉得劝阻办这块牌子摘得对。眼下兰考的灾害这么严重，谁家没三五口人，劝回他来吃什么？救济粮只能救急，俗话说救急不救贫。兰考更大的问题恰恰是贫困。人都是长腿的，他要从穷窝里走出去，谁也留不住。"

李成站了起来："照这么说，开笼放鸟是无比正确了？我倒是认为，目前这股外流风，是阶级斗争的反映。"

最年长的副县长老钟说："劝阻办能不能起到劝阻作用这就不用说了。我要说的是，把这么多的灾民都放在国家身上，现在的国力很难承受。群众外流，

271

倒可以缓解国家的压力。"

焦裕禄点了一支烟："围绕着劝阻办的牌子该不该摘，这些日子从县委到各科局争论很多，这个问题今天我们就不必再争论了。在严重的自然灾害面前，不能说没有阶级斗争，但也不能把群众外流扩大成阶级斗争的新动向。我们不是只抓粮棉油，不分敌我友，具体情况具体分析，对群众外流，堵不是办法，得'导'，对不对？大家商量出个'导'的办法才是正事。"

会场气氛热烈起来，大家互相议论着。焦裕禄说："我说说我的意见。在开封收容站我跟外流的人们谈过，他们有很多人有一些技术，像木匠啦，泥瓦匠啦，铁匠啦，劁猪阉牲口啦，还有更多的人没技术但有力气，我想既然我们不可能拴住人们的腿不让他走，倒不如有组织地集体外流。比方说，组织他们到外地去挖煤、修路、搞建筑，或是其他的活儿，这样既可以减轻国家负担，又可以增加社员收入，是生产自救的一个新途径。"

常委们纷纷表态：

"这是个好办法，我支持。"

"把个人扌的小要饭篮子，改成集体的大要饭篮子，这是个有创见性的想法，我同意。"

"对外流人员，放得出、收得回才是上策，焦书记这个意见，一举两得，是个好主意。"

李成说："全国有两千多个建制县，只有兰考设了劝阻办。这个办公室的设立是报请上级党委同意了的，要摘牌子，也得走程序。"

焦裕禄说："我刚才说了，劝阻办摘牌子的问题不再争论，我们讨论的是如何让兰考三十六万人民活下去。说到集体外流，必须要加强领导，统筹兼顾，建议我们抽出一名常委，专门负责这个事情。"

程县长说："我自告奋勇当这个叫花子头。"

大家笑了。程县长说："别笑。我在荥阳工作了十几年，那里条件不错，要组织群众务工自救，我可以和荥阳联系，带队过去。"

一个常委说："我老家在巩义县，那地方有煤窑，还有几个石子场。我可以介绍兰考乡亲去巩义务工，尤其是砸石子，没啥技术要求，妇女、半劳力都可以干，工钱也比较多。既解决了吃饭问题，也能挣钱。"

焦裕禄说："既然大家意见一致，事不宜迟，今晚就召开各公社电话会议，迅速落实。"

3

夜里，又纷纷扬扬下起了大雪。兰考火车站里，却灯火通明，一片忙碌。

焦裕禄带领机关干部分发救灾棉衣，他和大家一起忙着登记、搬扛。张钦礼拉住他："焦书记，现在已经是下半夜了，一万多件救灾棉衣差不多全发完了，你回去睡一会儿吧。"

焦裕禄说："差不多发完就是还有没发完，哪儿还没发走？"

张钦礼说："只剩下爪营公社没取走了，他们路太远，又下着这么大的雪，干脆明天再说吧。干了这大半夜，大伙儿也全都累了。"

焦裕禄说："我们是很累了，可是这么大的雪，这么冷的天，那些等着救灾棉衣的群众就更难熬。这批棉衣，必须连夜送到灾民手里。这样吧，爪营的这批棉衣，我们几个就包了，同志们，装车，跟我走！"

他招呼几位同志，亲自拉上车，走了。

风雪打得人睁不开眼睛，焦裕禄拉着车，走在最前头。李林抢着要"驾辕"："焦书记，我来！"

焦裕禄不让："凭啥你来？"

李林说："我年轻！"

焦裕禄说："你没拉过这架子车，还是推车吧。"

大家在风雪里艰难地前进。焦裕禄问："同志们，冷不冷？"

大伙儿齐声说："不冷！"

焦裕禄说："咋会不冷呢？不冷是假的，来，咱们唱个歌吧。驱驱寒气，我起个头。'二呀么二郎山'，预备——唱！"

大家唱起来。果然，一唱歌身上顿时觉得暖了许多。天快要亮了。路上迎面来了一群人影，是爪营公社的干部们迎过来了。焦裕禄和送棉衣的人们一个个都成了雪人。

公社王书记接过车把，惊讶地问："焦书记啊，您怎么来了？顶着这一天一地的雪，身体有病，还拉这么重的车子！你连老本都拼上了！"

焦裕禄说："老本用在刀刃上，现在是群众最需要我们的时候啊！"

进了公社大院，天就亮了。焦裕禄趔趔趄趄进了屋，蹲到一只凳子上，手放在右膝头上，用胳膊顶住肝部。他的脸上大汗淋漓。公社王书记忙给焦裕禄倒了开水："焦书记，您到屋里床上躺一会儿吧。"

焦裕禄摆摆手。

社长抱来一捆柴火："天太冷了，咱们这里没个炉子，点个火暖暖身子吧。"

焦裕禄说："不要，不要！大雪天，群众烧柴困难，现在不是我们取暖的时候，要赶快把棉衣送到群众家里。"说完，扛起一捆棉衣就往外走。

王书记忙拦住："焦书记，你疼成这个样子，不能再干了。"

焦裕禄说："老王啊，群众在挨冻，我们没有理由待在屋里啊，咱们一块儿走！"

他们先到了孙梁村。社长指着村口两间东倒西歪的草房说："这是五保户梁大爷家，梁大爷这老汉有骨气，说啥也不要政府的救济。"

焦裕禄心里一酸。他看见梁家的屋檐下挂满了亮剑似的冰凌柱，在凛冽的寒风中，冰柱响亮地断裂。

屋里，五保户梁大爷正在生病，他披件单衣瑟瑟发抖地蹲在炕上。他的老伴儿双目失明，在炕上躺着。屋子房顶塌了一角，露着天，雪花不时飘进屋里。

焦裕禄进了门："这屋子真冷啊！"

梁大娘说："可不是冷啊，冻得睡不着，老头子披着衣裳蹲着，一直就蹲到天亮啊！"

梁大爷说："不要紧，一会儿出了太阳，就暖和些了。"

焦裕禄问："大爷，听说您老人家没申请救济？"

梁大爷说："咱兰考受灾了，国家也穷啊，还是少添点麻烦，自个儿扛一扛也就过去了。"

焦裕禄眼里涌出泪水，叫了声："大爷……"

老人问："你是谁啊？"

焦裕禄回答："我是您儿子。"说着，坐到梁大爷身边，抓起梁大爷一双冰冷的手，放进自己怀里，又把手伸进梁大爷的衣裳里，给他前胸后背揉搓着。

公社王书记告诉老人："梁大爷，这是县委的焦书记。"

梁大爷激动了："焦书记，这大雪天，你来干啥呢？"

焦裕禄说："来给您送棉衣，毛主席叫我来看你老人家！"

梁大爷哽咽着："毛主席，毛主席还惦着俺……"

焦裕禄说："惦着呢，全国人民，谁有苦有难，毛主席全惦着。"

梁大爷老泪纵横。

焦裕禄从身上拿出二十元钱放在梁大爷手上："这点钱您二老先补补身子，我给队里打招呼，等到天晴了，再给您老修修房子。"

梁大娘摸索着走过来，上上下下抚摩着焦裕禄："让我摸摸我的好儿子，俺眼瞎，心不瞎，毛主席的恩，俺得记一辈子。"

焦裕禄和干部们扛着棉衣、棉被，在风雪弥漫的村街上走了一家又一家。

回到公社大院时，他流着泪对同行的干部说："你们都看到了，我们的群众多好啊！大雪封门，天寒地冻，两位老人披着单衣蹲了整整一夜，没有伸手要救济，这样的群众，上哪儿去找？我们关心他们太不够了，太不够了。"

4

在常委会上，焦裕禄宣布了一个决定："从今天开始，原劝阻办公室改为'除三害'办公室。风沙、内涝、盐碱这三害不除，我们兰考就永远摆脱不掉一个'穷'字。这不是换一块牌子的问题，而是换一种思路。'除三害'办公室由县委副书记张钦礼同志兼主任。昨天程县长到几个公社调研，一些群众对个别公社干部意见很大。程县长写了个材料——《看部分党员干部的思想作风恶劣到何种程度》。"

很多人吓了一跳，脸上露出惊异的表情。焦裕禄说："是不是程县长这个题目把大家吓住了？这不是危言耸听，更不是捕风捉影，而是一个真实的情况反映。老程，你讲一讲。"

程世平说："材料一会儿发给大家，可以详细地看看。简单地说，某些公社干部的问题非常严重。他们不执行按劳分配政策，有的严重贪污多占，甚至雇工剥削，放高利贷，损害集体利益，使得群众的劳动积极性受到了严重挫伤。这样的干部应该严肃处理！"

最后，焦裕禄说："同志们，程县长的这份材料，可以作为县委、县政府的一个通报发到各单位，在全县各级干部中展开讨论。同志们，少数人已经没有一点共产党人的气味了，他们的所作所为和过去的地主、伪保长没多少区别，简直坏透了！我们开展讨论的目的，就是结合社会主义教育运动，认真解决和端正干部的作风。干部不领，水牛掉井，领路的干部是决定的因素。我们刚才谈到除三害，要除掉兰考的三害，就要清除干部队伍中的病害！"

李成对旁边的一个常委耳语："程县长的材料里也点了张营公社，社长老洪跟焦书记可是关系最铁的人。"

那个常委说："那不可能吧？"

李成说："老洪自己说的，他救过焦书记的命。"

那个常委问："真的？"

李成不经意地一笑："这回看他咋办。"

第二天，焦裕禄又下乡了，他和李林骑自行车来到杜瓢村口，焦裕禄问："小李，咱们是不是到了张营公社的地盘了？"

李林说："是啊，这个村叫杜瓢，离公社不到十里地。"

焦裕禄说："那咱们到村里看看吧，张营公社我一直想来，就没安排上。杜瓢的情况不知咋样？"

李林说："杜瓢村情况不太好，受灾挺重的。"

焦裕禄说："那就更应该去。"

两个人进了村。李林突然喊叫起来："焦书记，你看，咋这村山墙上都钉着牛皮呢？"

焦裕禄抬头一看，果然见几家屋墙上都钉着牛皮。他也纳闷儿了：这么多牛皮，咋回事？他们走进了一个生产队的饲养棚。空空的牛棚，空空的木槽。墙上挂着牛轭、牛缰绳，也钉着几张牛皮。一个老汉在清理牛圈里的干牛粪。

焦裕禄走过来："大叔，干活儿了？"

老汉说："有啥活儿干？不在这里待着，心里空。"

焦裕禄问："大叔，贵姓？您是饲养员？"

老汉说："俺一个喂牲口的，姓王，没啥大名，都叫俺王老四。"

焦裕禄问："大叔，这墙上钉着牛皮是怎么回事？"

王老四说："牛没草吃，都饿死了。"

焦裕禄问："都饿死了？饿死了多少？"

王老四说："俺村六个生产队，三十多头牛，如今死得一头都没有了。"他指着墙上的牛皮，"同志啊，我摆弄了一辈子牲口，对牛亲得像儿女。你看这张牛皮，是咱队里最棒的一头大黑键子，大力神，脾气也最倔，干活儿顶一台拖拉机。这张黄牛皮，它也是队里的功臣，下过四个牛犊子。没草吃的时候，它们一宿一宿脖子朝天吼叫啊！叫得人心里发瘆，像刀子剜着一样难受啊！"

王老四哭起来："地里草根剜光了，到外村找了一捆陈年豆秸，铡成碎屑，六头牛三天喂一簸箕。那是牛啊，饿得半夜里把槽帮啃得咯吱咯吱响。那天夜

276

里我拿着半个糠团子来喂大黑犍子，它倒在槽底下站不起来，我抱着它的脖子，看见它满眼是泪，那泪像泥浆一样，浑黄浑黄。我家里也饿死了两口人，实在顾不上它们……"

焦裕禄眼里溢满泪水。

王老四问："同志啊，你也喜欢牛？"

焦裕禄点点头。王老四说："牛跟人的心是通着的。牛马比君子，喜欢牛的人心眼儿善。从打队里牛死了，我天天都待在这饲养棚里，看看这几张牛皮，就像看见它们一样啊！"

焦裕禄眉头紧锁："那公社里不管啊？"王老四说："公社干部忙哩，书记、社长天天喝得像醉猫。说个笑话，有天老洪醉了，当街上吐了一地，狗吃了他吐的东西，也醉了。牛饿死了，他们问也不问。剩了一头牛，这不快过年了，公社干部弄去杀了。"

焦裕禄的手在发抖。

5

此时，公社办公室里，几张办公桌拼在一起，桌子上杯盘狼藉。公社书记、社长老洪和几个干部正在喝酒。饭桌上是大盆的炖牛肉。桌上排了一溜空酒瓶子。老洪有些喝高了，醉态毕现。他拉着二胡，唱着《苏武牧羊》中的段子，大家一片叫好。

老洪有些醉了，说："这可是、当、当年在东北，东北大山坑煤窑时，我跟禄子最喜欢唱的段子。"

一个干部问："咋没听焦书记唱过啥呢？"

老洪舌头有些直了，但手里酒杯却不放下："你们不知道，我、我知道。他爱唱，唱戏、唱歌都行。二胡拉得那才叫好。俺们在大山坑那几年，没事了就唱几段。"

有人说："没酒了，是上供销社去买还是到人家讨去？"

老洪说："没酒，早说呀，我有好酒。"

院外边，几个社员在争抢从公社大院倒出来的牛骨头。他们吵嚷着：

"这牛胯骨是俺拣出来的。"

"这副大梁骨都啃得发白了，回去砸骨髓吧。"

焦裕禄走过来，问："老乡，你们这是干啥？"

一个社员说："这牛骨头是公社干部吃完肉扔出来的，俺们捡回去熬汤喝。"

办公室里，老洪从里屋拿出一瓶清烧，拧开瓶塞，给大伙儿倒上酒："我贡献、贡献出这瓶好酒来，告诉你们，这、这可是、是地委张书记送禄子的酒。"

一个干部说："行了洪社长，你都说了十几遍啦！"

老洪蒙眬醉眼："是怕、怕你们、不、不信。"

那个干部说："洪社长，真想不到您和焦书记交情这么深。"

老洪拍着胸脯："那、没得说，俺俩，兄、兄弟。"

这时一个人跑进来："王书记、洪社长，县委焦书记来了。"

干部们忙离席准备去迎接，焦裕禄走了进来。他看了一眼杯盘狼藉的饭桌。

公社王书记说："焦书记，这大过年的，你们走村串户，太辛苦了。今天中午就在我们公社吃吧。"

焦裕禄问："你让我们吃啥？"

公社王书记笑了："过年嘛，炖大块牛肉。"

焦裕禄火了："炖大块牛肉！杜瓢一个村死得一头牛都没有了，你们还我牛来！"

老洪酒醒了一半："兄弟，大过年的，你干吗发这么大的火，不是还有你洪哥吗？我们喝的可是你的酒！"

焦裕禄抄起酒瓶子，狠狠地摔在地上。之后，愤然而去。

焦裕禄一走，几个公社干部长吁短叹起来："洪社长，咱们这回算撞枪口上了。县委刚发了个《十不准》的禁令，咱就让焦书记抓了个现行，这回看起来非得挨个通报啦。"

"吃了灯草灰啦，说得轻巧。挨个通报？你没看前头处理的那些人，除了严重警告、行政记大过就是降职降级，还有开除公职的呢！"

"这可咋办？听说这新来的焦书记做事可厉害了。本来就有人告咱们黑状，这一回怕难逃一劫。"

老洪大笑："别担心，没事。"

大家哪里会放心，都问："没事？这么大的事会没事？"

老洪说："多大的事？天大的事还是地大的事？不就是吃了几顿饭吗？又没瞒产私分，吃饭是吃到人肚子去了，又没吃狗肚子里去。有我哪！我顶着！"

"你顶着？"

老洪说:"我是社长嘛。告诉你们,他老焦把全县的干部都处分了,也处分不到我头上。"

6

县委常委会连夜召开,会议室里气氛有些紧张,大家一个个神情严肃,烟灰缸里烟头满满的。

常委会快接近尾声了,程县长作结论:"关于对张营公社干部大吃大喝、饿死耕牛问题的处理,大家争论了半天,虽然没争出个结果,但是大家都上了一课。这个问题我们就暂时不再讨论了。散会!"

常委们走出会议室。

程世平留住焦裕禄:"老焦,你晚走一会儿,我还得说几句。"

焦裕禄又坐下来。

程世平说:"老焦,对张营公社干部的问题,是要处理,可牵扯到老洪,我的意见还是……"

焦裕禄说:"老程,张营公社你是先调查过了,不只是吃牛肉的问题。公社的账目审理,发现了那么多漏洞,干部吃喝成风,不是一年两年的事了。我这次到张营公社,住了两天,在六个村做了调查,这几个村普遍缺粮、缺柴、缺草、缺钱,公社干部存在着严重的吃喝浪费行为,光用于照顾干部的统销粮就有四千多斤,所以造成了人口外流、耕牛饿死的情况,群众意见太大。我还坚持那观点,必须要严肃处理,有关责任人一定要处分,不管是谁。"

程世平说:"老洪可不是一般的责任人呀!这个问题是要严肃处理,可给他们行政记过就不算是严肃处理了?"

焦裕禄说:"老程,我们刚从三年自然灾害中走过来,父老兄弟正饿着肚子,可一些干部,把民脂民膏一口口吞掉,这样的干部还有没有一点良心?他们的肚子是什么填饱的?是农民的血汗……"

他说不下去了。老程丢给他一支烟,焦裕禄点上,使劲儿吸了一口。

程世平说:"老焦啊,不是我不愿意挥泪斩马谡,咱们培养个有能力的干部也很不容易呀。你想想,你为了给打成右派受到处分的干部平反,四处探访,八方调查,你是爱护干部的呀!"

焦裕禄说:"我们对干部是要爱护,但爱护不是溺爱。侵吞民脂民膏的干部，是干部队伍里的害群之马，老百姓最反感，人民要的是公仆，不是吸他们血汗的老爷。"

程世平说："可你和老洪，不是一般的朋友。"

焦裕禄说："我为这事几宿没合眼了。我这条命是老洪救下来的，我这么做，心里像拿刀子剐着一样啊！可是老洪是社长，不处理他，其他干部怎么办？人家都拿眼盯着我呢。"

焦裕禄丢给老程一支烟，老程点上，使劲儿吸了一口。焦裕禄说："老程，当年我在尉氏搞土改的时候，发下大誓，要让翻了身的乡亲们过上好日子，可这些年天灾人祸，乡亲们离真正的好日子，还远着哪。我们干部队伍里如果蛀虫多了，老百姓就有可能永远过不上好日子啊！"

老程走后，焦裕禄痛苦万状地在办公室里踱步。他拼命抽着烟，一根接上一根。抽了一通烟，他摘下墙上挂的那把二胡，这把二胡是老洪送他的。

拉二胡时，他的眼前不断幻化着老洪的影子。焦裕禄颓然坐在藤椅上，把头深深埋下去。拉完一支曲子，抬起头来，他泪流满面。

他把二胡架在膝上，刚拉了两下，弦嘣的一声断了。

他回到家，推开门："妈，俊雅，你们还没睡呀，都半夜了。"

徐俊雅问："老焦，听说你要处分老洪，真有这事？"

焦裕禄说："咱们不是说过吗？我工作上的事，家属少掺和。"

徐俊雅说："你别的工作我插过一句嘴没有？可这是老洪的事，我不能不说。"

岳母说："裕禄呀，老洪今儿个又来看我了，坐了半天，一个大老爷们儿，哭得跟个孩子似的。他心里憋屈。人家老洪救过你一回命，那可是舍出自个儿的命来救的你呀。"

焦裕禄说："妈，您知道我心里有多难受？我心里快撑不住了。洪哥不是救了我一回，是两回。还有一回掌子面塌方，把我们埋在里边了，洪哥带人扒开巷道，才把大伙儿救了。"

徐俊雅："你记住了就好，咱得有良心。"

焦裕禄说："你放心，我会把这事处理好的。"

岳母又一次叮嘱："告诉你，不管怎么说，老洪可不能处分！"

焦裕禄说："妈，您睡吧。"

岳母说："人在难处，别人送二斤高粱都得记一辈子，何况救命之恩。咱可不能让人说咱忘恩负义。"

焦裕禄说:"妈,您睡。我明天开完会就去张营找洪哥。"

岳母说:"这就对了,好好给人家赔个不是。人家伤着心呢。"

焦裕禄和老洪谈崩了。

老洪很激动,他脸色涨红,挥舞着手臂:"我不服!一千个不服,一万个不服!死了也不服!"

焦裕禄说:"洪哥,你坐下!"

老洪愤然地说:"我不坐!我问你,我不就是在馆子里多吃了几顿饭吗?同志们辛辛苦苦跟我工作,吃几顿饭有啥不行?"

焦裕禄动情地说:"洪哥,这一年用在你们公社干部身上的统销粮居然有四千多斤,我真是吓了一跳啊,这不明显是多吃多占行为吗?这几个村子人口外流、耕牛饿死,你能说你们没责任吗?洪哥,咱都是农民出身,都知道牛是啥,牛是农民的命啊!牛死了,生产咋搞?杜瓢村的老饲养员王老四说,他最喜欢的一头大犍牛,死的时候满眼是泪,比泥浆还浑的泪。这话我能记一辈子。这些日子我夜夜睡不稳妥,一闭眼,就是杜瓢村的那一墙墙的牛皮,还有一双双流着泪的牛眼睛。"

他递给老洪一支烟。老洪接过来扔在了地上。

焦裕禄说:"洪哥,咱们都别忘了,无论什么时候,老百姓都是咱头上顶着的天呀。这个天要是塌下来,会有啥后果?你想想。"

"焦书记,俺没你那么高的觉悟。"

焦裕禄看见,老洪额头上的青筋突了出来。

"洪哥,今天就咱哥儿俩,咱们说掏心窝子的话,我这条命是你泼着自个儿的命救下来的。你要是知道你救下来的这个人以后是个鱼肉百姓的贪官,是个不辨青红皂白的昏官,你后悔不后悔?"

"别扯那么远。我当初救你是因为你杀了鬼子,是个有血性的后生。人有血性更得有良心,讲义气,对不对?"

焦裕禄点点头。

"那好,我也话讲当面,焦书记,我老洪背上个处分也算不了个啥,我是怕你背上个骂名。你要背上这个骂名,一辈子都会不安生。连我你都处分了,还有谁跟着你干工作?你就孤家寡人吧你!还有,你要处分,就处分我一个人,别牵上那么多人，我老洪从不拿别人垫背。"说完，老洪摔门而去。

焦裕禄怔怔地坐在那里，他已没有一点力气站起身子了。

7

大年三十，街道上零零星星响着鞭炮声，红对联在雪里显得分外耀眼。

焦裕禄下乡检查保畜工作，进了家门，国庆带着弟弟妹妹们正在院子里放鞭炮。见爸爸回来，就拉扯着爸爸一起放。

徐俊雅在屋门口叫着："爸爸回来了，吃饭了！"

饭菜摆上了桌。大个儿的白馒头，点着红点，菜是豆腐熬白菜。孩子们欢呼起来。焦裕禄张罗着："孩子们，先别忙吃饭，站好队，咱们给姥姥鞠躬拜年。"

孩子们站好队给姥姥鞠躬，姥姥脸上笑开了花。

国庆说："过年真好呀，有大个儿的白面馒头吃。"

守云说："要是天天过年该多好。"

国庆拿起一个馒头，咬了一大口。他发现不对劲儿了："妈，怎么这馒头只有一层白面皮，里边全是玉米面的？"

姥姥说："傻小子，这叫'银包金'。"

国庆有些懊丧："你说咱家过的这啥日子，过个年，吃个馒头也是玉米面的。"

他用筷子在菜碗里挑来挑去。焦裕禄说："国庆，好好吃饭，挑啥哩？"

国庆说："我看看菜里有没有肉呀。爸，都过年了，咱家还吃这熬白菜呀，里边连个肉星儿也看不见。"

焦裕禄说："熬白菜怎么了？有熬白菜就很不错了。"

国庆说："人家别的叔叔家里过年吃鱼吃肉，就咱家，连供应的大米、白面也送人了，过个年还是熬白菜、腌白菜。"

焦裕禄拍拍他的小脑袋："你们要是从小就养成又懒又馋的坏习惯，长大了就很可能只会享福，不爱劳动，对不对？咱们可不能出这样的儿子！"

吃完饭，焦裕禄穿好衣服要出门，徐俊雅问："今天年三十，还出去呀？"

焦裕禄说："给在机关院里住的同志们去拜拜年。"

他先去了张钦礼家，敲开门："张县长，拜年啦！"

张钦礼开门："焦书记，快进屋。"

焦裕禄进了屋，张钦礼夫人端上烟、茶："焦书记，快坐，喝杯茶。"

焦裕禄给张钦礼夫人拱了拱手："嫂子，给你拜年。老张辛辛苦苦工作，顾不上家，让你受累了。"

张钦礼夫人说："焦书记，老张是兰考人，他卖力是应该的，最辛苦的还是你。"

焦裕禄说："嫂子，我今天再占老张半天时间，我们要招呼上在机关大院的同志，到周边村子去看看老乡们的生活。你看，过年也不能陪你啦。"

张钦礼夫人说："你们去吧。"

焦裕禄带着机关上的同志在城关公社几个大队走了一遍，回到机关，已是傍晚时分，天又纷纷扬扬下起了大雪。

焦裕禄骑车带上徐俊雅上了路，他们要去给老洪拜年。

徐俊雅问："老焦，到张营有多远？"

焦裕禄说："三十多里呢。"

徐俊雅说："风大，你下来，我带着你吧。"

焦裕禄说："不中。哪有男的让女的带着走的。让人家看见，不把大牙笑掉了？"

徐俊雅说："管他呢。"她跳下车，抓住车把，"你下来。"

焦裕禄只得下了车："不中！不中！"

徐俊雅说："有啥不中？我骑一段路，累了你再换我。"

他们赶到张营，已是掌灯时分。

老洪家是公社干部家属院中的一套独院，门口挂着一只小红宫灯。大门紧闭，但能听到里面的说话声。

焦裕禄敲门："洪哥！洪哥！"

敲了半天，门打开一道缝，露出老洪半张脸，迅速又关上了。

焦裕禄继续敲门："洪哥，是我！我老焦！"

门关得铁桶一般，再无应声。

老洪家里，几个公社干部在他家吃年夜饭。

老洪媳妇说："老洪，你说人家老焦两口子来了这大半晌了，你明明看见人家了，又不开门。下这么大的雪，咱还是开门去吧。"

老洪拦住媳妇："别管他。他想起给我拜年，咋想不起我拼死拼活救他的性命哩。"

老洪媳妇说："这两口子，不光是拜年，肯定还得给你赔不是。你把门打开，先让人进来。"

老洪说："不开。我不稀罕他赔不是。"

他摘下二胡："来，我给你们唱一段，也让咱们焦书记别在门外边干站着。"他自拉自唱起来。

门外，焦裕禄还在叩着门环："洪哥！洪哥！"

两个人头上、肩上积了厚厚的雪，双脚已埋进了雪里。

二胡声和老洪唱的西皮二黄传出来。

8

春天来了，黄河里的坚冰开始融化。一天一地都是冰排在春水里撞击、碎裂的声音。

焦裕禄和程世平县长带领县'除三害'办公室的同志来给杜瓢村送牛。他们驱赶着十几头牛，用排子车拉着饲草，走在乡路上。

王老四和乡亲们迎上来，王老四握着焦裕禄的双手，眼里泪花直闪："焦书记，真谢谢你呀！你还真的给把牛送来了！"

焦裕禄说："老四大叔，这牛是牲口多的公社支援咱们的，您可得好好养着啊！"

王老四说："焦书记你就放心吧。"

王老四看了这头又看那头，高兴得合不拢嘴："焦书记，你看这头大犍子，多像俺队以前那头啊，简直就是脱了个影。俺还以为那头大犍子又活了呢。"

9

焦裕禄下乡回到家里。他刚洗完脸，守凤拿着作业本过来了："爸，老师说让家长批改我们的语文家庭作业。"

焦裕禄说："好，拿来爸爸看看。把你们的作业都拿来。"

他瞅了一眼，见没有国庆的影子，问俊雅："哎，国庆呢？"

徐俊雅说："吃了晚饭就走了，说是找同学去了。"

焦裕禄坐在床上，翻看焦守凤的语文作业本。一会儿，他眉头皱起来："守凤，'只有''所以'这个联词造句，你造得倒是挺有意思啊！"

　　他叫过妻子："俊雅，你来看看——'只有''所以'造句：'只有认识人，才能走后门。'"

　　徐俊雅也笑了："你看这孩子，你咋造出这样的句子来呢？"

　　守凤说："爸，妈，这个句子其实不是我造的，听人家都这么讲嘛。"

　　焦裕禄说："这个句子说明了什么呢？说明我们的社会风气真的是出了问题。县委就有个'反走后门'办公室，前几天报了一个材料给我，问题很严重啊！社会上还流行着很多顺口溜，比如'听诊器，方向盘，粮店煤栈售货员'，是说这几个行业都掌握着走后门的特权。腐败现象是怎么产生的？根源就是特权。"

　　徐俊雅说："那守凤这个造句应该是'只有认识了有特权的人，才能走后门'。"

　　焦裕禄说："也不全对。比如我这个县委书记，算是兰考权力大的人了吧，可是谁认识我也走不了后门。"

　　徐俊雅说："那就改成'只有认识了滥用特权的人，才能走后门'。"

　　焦裕禄说："孩子们受了这种社会现象的影响，非常不好。将来一个更繁荣富强的国家要靠他们来建设呢，这一代人被不好的社会现象污染了，是很危险的。"

　　正说着，大儿子国庆从外边回来了。焦裕禄问："国庆，干什么去了？这么晚才回来？"

　　国庆说："看戏去了。"

　　焦裕禄问："看戏，你哪来的戏票？"

　　国庆说："我和几个大院里的同学一起去的，我们都没买票，那几个同学说家长是谁，我说我是焦书记的儿子，检票的叔叔就放我们进去了。"

　　焦裕禄就沉下脸来："国庆，站那儿！"

　　国庆害怕了："干吗，爸？"

　　焦裕禄厉声说："站好了。"

　　国庆站在桌子角边，怯怯地看着父亲。焦裕禄说："行啊，国庆，挺机灵的，知道打你爸的旗号了。你干吗要说是焦书记的儿子？"

　　国庆说："爸，我本来就是焦书记的儿子嘛！"

　　焦裕禄说："是我的儿子怎么啦，你就可以拿我的权去看白戏？你知不知道，你这是什么行为？"

国庆有点委屈了："爸，你别那么凶，不就一张戏票嘛，才三毛钱。"

焦裕禄说："我问你呢？你回答这是什么行为？"

国庆不说话，卷着衣角。

焦裕禄喝令："站直了，手放下！"

徐俊雅打圆场说："老焦，你刚回来，跟孩子发啥火？国庆啊，你爸批评得对，咱们应该自觉，不能占公家便宜。再看戏，让妈给你买戏票，啊！"

焦裕禄说："国庆，你看白戏，是剥削行为。因为演员演戏也是劳动，看戏就要买票。大家都不买票，那不乱套了？你是县委书记的儿子，更应该处处守规矩，不能搞特殊。你知道爸爸这个县委书记是干啥的？是为人民服务的。爸爸自己都没有看白戏的权力！你现在还小，就有了这种特殊的思想。一张戏票是小便宜，长大了就要去占大便宜，就更危险了。你知道不？"

国庆小声说："知道了。"

焦裕禄说："刚才看你姐作业，有个造句：'只有认识人，才能走后门。'我和你妈讨论了半天。看来不光是认识人才能走后门，不光是认识了有特权的人才能走后门，也不光是认识了滥用特权的人才能走后门，有特权背景也能走后门，而且走得畅通无阻。"

国庆低下头："爸，我错了。"

焦裕禄追问："说说，你哪儿错了？"

国庆说："我看白戏是剥削。"

"还有呢？"

"我说是焦书记的儿子是用爸占公家便宜。"

焦裕禄说："你能认识到自己的错误，这很好。刚才爸批评了你，明天爸爸奖励你，请你看一场戏。"

国庆没说话。焦裕禄说："爸不骗你，爸和你拉钩。"

他和儿子钩了手指头。

10

第二天，吃过晚饭，焦裕禄带着国庆去看戏了。路上，焦裕禄问儿子："国庆，爸请你看戏，高兴不高兴？"国庆说："当然高兴。我还以为爸是说着玩的呢。"焦裕禄说:"不管对谁,说了话就一定要算数。"

这时县委的打字员小王看见了焦裕禄:"焦书记,看戏呀?今天是开封来的二夹弦,《梁山伯与祝英台》。这是你儿子?"

她摸摸国庆的头。国庆很礼貌地鞠了个躬:"阿姨好。"

焦裕禄问:"小王你也来看戏?票买了吗?"

小王说:"买了。"

焦裕禄问:"几排的?"

小王拿出票来:"5排1号,正中间。"

焦裕禄问:"你认识卖票的人?"

小王说:"不怎么认识。他大概认出我是县委的,就卖我这张5排中间的号。"

焦裕禄掏出一元钱:"你替我去买三张票,记住,千万别让他们认出你是县委的,看能买到几排的。"

小王一脸疑惑。

焦裕禄说:"去吧。"

一会儿,小王拿着票回来了:"焦书记,这票是27排边上的,27排30、32、34号。咱俩换换吧,那里太远啦。"

焦裕禄说:"挺好的,你进去吧。"

爷儿俩拿着票入场。检票员检票时,认出了焦裕禄:"焦书记,您也来了。怎么还买票啊?"

焦裕禄说:"谁规定的县委书记可以看白戏呀?小同志,今天我多买了一张票,因为我儿子昨天看戏没有买票,所以应该补一张。"

国庆说:"阿姨,昨天我看了白戏,我错了。"

检票员说:"孩子喜欢看戏,这有啥,焦书记你是不是批评他了?"

焦裕禄点点头:"今天带他来看戏,首先是让他向你们认错,以后不再发生这样的事情。好了,我们进去了。"

剧场里,观众陆续入场了。县委常委李成带着老婆孩子进来了,工作人员把他们毕恭毕敬地带到第二排,坐在正中间位置。又有几位县里的领导入场,工作人员把他们引到了前三排。

开戏的第一通锣鼓已经敲响,喧闹的场面渐渐静下来。

焦裕禄父子的票在27排,刚坐下,礼堂主任打着手电赶过来了:"焦书记,您怎么坐这儿啦？"

焦裕禄借着手电光看了看椅子上的牌号："没错呀，是 27 排 32、34 号。"

礼堂主任说："焦书记，你们还是坐到前排去吧，第三排有给县委领导留的座位，这是老规矩啦。"

焦裕禄说："我买的就是 27 排的票，对号入座这是规矩，规矩面前人人平等。都不按规矩来，这个社会秩序不就乱了？乡下群众轻易不进趟城，看戏的机会少，前排的位置工人买了工人坐，农民买了农民坐，就是不应该让领导坐！"

礼堂主任见说不动，只好走了。

第二通锣鼓打起来，大幕徐徐拉开。

观众中有人议论："焦书记来看戏了。"

"是吗？在哪儿？"

"这不，27 排。"

"怎么会是 27 排，前三排不都是给县领导留的吗？"

"焦书记坐 27 排了，看看咱们'老三排'的排长这回怎么坐得住！"

有人在李成耳边说："焦书记来了。"

李成往前排和两边看看。

那人说："没坐领导席，坐在 27 排了。"

李成问："真的？"

那人点头："自己买的票进来的。"

李成赶忙站起来："那咱还能坐这儿呀？"

前排的县领导们也纷纷离开座位，自觉坐到后排去了。

第二天，焦裕禄在县委常委会上专门提出了"看白戏"的问题：

"同志们，今天在常委会上，我得先做个检讨。我的儿子焦国庆以县委书记儿子的身份看了一场白戏。虽然第二天票补上了，但这件事给我的触动很大。我没有把自己的子女教育好，所以才让一个孩子小小年纪就滋长了特殊化的思想。看戏是件小事，却能反映出我们的干部作风。"

常委们有人悄悄议论。焦裕禄继续说："县委的一位打字员，去买票时人家剧场的人认识她，知道她是县委的，卖给了她一张 5 排中间的号。我说，我给你一元钱，你到窗口排队去买，别让他认出你是县委的，看能买到几排的票。结果买到的是 27 排最边上的票。"

大家笑了。焦裕禄点上一支烟："剧场里有个不成文的规矩，而且很多年一直坚持着，那就是第三排的座位不卖票，是给县委领导留的。时间一长，群众把坐这一排的人称作'老三排'，把经常坐中间位置的领导称作'老三排排长'。"

大家把目光投向李成。李成一脸不自然的神色。

焦裕禄说："我想，从今天起，我们要废了这个规矩。这个'老三排'排长我焦裕禄当然不当！县委已经发了一个《十不准》的通知，不准任何一位干部用任何方式搞特权，不准任何干部和他们的子弟看白戏！各级党委和各部门的同志，要模范地执行党的纪律，带头发扬党的优良传统，任何时候决不能搞特殊。"

这几天，焦裕禄的心情一直平静不下来，"反走后门"办公室的调查情况通报接连不断送到他手上，他觉得好像有一把什么锯子在锯着灵魂，让他的灵魂隐隐发出绵长的疼痛。

把心挂在胸膛外面

1

老洪的媳妇到公社粮站买粮，她把粮本递给营业员，说："把这个月的粗粮给我调成大米。"

营业员看了一下，很为难："洪婶，这……"

老洪的媳妇不高兴了："这什么？不一直是这样吗？"

营业员解释："洪婶，县粮局最近有个文件，大米虽然算粗粮，但只能按一定比例供应，任何人不能随便调配。"

老洪的媳妇火了，指着营业员的鼻子说："你们太势利了，看我家老洪不当正社长了？告诉你，我家老洪不当正社长了还当着副社长，还是张营公社的当家人，照样管着你们。"

营业员赔着笑脸："洪婶，你千万别误会，我可没有那个意思。你不信，我拿文件来给你看。"

老洪的媳妇不依不饶："我看你那文件干啥？我又不认字。你就是势利眼。"

营业员委屈地说："洪婶你咋这么说话呢？"

老洪的媳妇把粮本往小窗口里一摔："调多少你看着办吧。把这个月的指标消了，粮食你们送我家里去。"说完，气恨恨地往外走。

听见里边议论说："都降职挨处分了，还威风给谁看？"

"可不是，洪社长成天吹他跟县委焦书记关系多铁，救过焦书记的命，俩人是换命兄弟，闹了半天人家根本就不认得他。"

"我看也是，有那情分焦书记能处理他吗？"

老洪媳妇听了，火冒三丈，返身回来捶着窗口："你给我滚出来！"

营业员问："怎么了？"

老洪媳妇冷笑说："说你是势利眼，还不认账。你把刚才说的话再说一遍。"

营业员问："我说啥了？"

老洪媳妇嚷道："转眼不认账，你说的啥你知道，滚出来。"

营业员哗啦一声把窗口关上，不再理睬，老洪媳妇拿拳头使劲儿捶着窗口。捶了半天捶不开，她返身到秤上拿了一个大铁秤砣，使劲儿一砸，咚的一声把小窗户砸了个稀巴烂。

营业员走出来："你要干什么？"

老洪媳妇揪住营业员的衣领，吼着："把你刚才的话再说一遍！"

营业员推着老洪媳妇的胳膊，声音也高了许多："我也告诉你，这不是你撒泼的地方。"

买粮的人过来劝解："别打了，别打了。"

老洪媳妇仍揪着营业员不放手："把你刚说的话再说一遍！"

"再说一遍怎么啦？怕你呀，你有能耐把大喇叭架上我也敢说！"

营业员对着众人说："月月让把粗粮调成大米，这回局里来了文，反走后门，不给她调就骂人，骂我们势利眼。你家洪社长挨处分降职是我们搞的呀？你讲理不讲？"

老洪媳妇反手打了营业员一个耳光。营业员哭了："你不讲理，还打人！"

老洪媳妇一头向营业员撞过去，营业员一闪，老洪媳妇撞在粮囤上，把额头撞破了。她伸手摸了一把血，疯了一样扑向营业员："老娘今儿个不活了，和你这小势利眼一命兑一命。"

出来好几个营业员一起拉扯她，她坐在地上打着滚儿号哭起来。有人说："快去叫洪社长吧。"

老洪媳妇在地上打滚儿，弄得衣服上、脸上全是血。

粮站站长来了。他拉着老洪媳妇："洪婶，起来起来，有话好好说。"

老洪媳妇越发哭闹着："老娘今天不活了！活着受你们的气呀！"

正闹着，老洪来了。他喝一声："起来！成什么体统！"

老洪媳妇从地上爬起来，指着老洪的鼻子："你说你救谁不行，偏偏救了个忘恩负义的小人，把你处分了，害得一家子受这些势利眼的气！"

老洪厉声呵斥他媳妇："你胡说什么，快回去！"

老洪媳妇索性一屁股坐在麻袋上："我胡说，听听人家怎么说你的，'成天吹他跟焦书记关系有多铁，闹了半天人家根本不认他'，'真有那情分焦书记能处理他吗'。你听听，你听听！墙倒众人推，鼓破万人捶，你背时了，人家才敢欺侮你老婆！"

老洪的脸立时紫了，上去踢了老婆一脚，揪着她的头发出了粮站。

回到办公室，老洪心里非常苦闷，他发狂地拉起了二胡。他心烦意乱，耳边不断回响着老婆刚才说过的话，他狠狠地把一只茶杯摔在门上。

摔在门上的茶杯差点打着一个刚进门的人。一个叫刘旺的公社干部来了："洪社长，还拉二胡呢，真服你。"

老洪气恨恨地说："服我干啥，你该服的人是焦书记。"

刘旺说："人家焦书记大年三十冒着大雪来给您拜年，这一段三番五次来找您，您咋不见人家哩？"

老洪说："我凭啥见他？凭他把我正社长降成副社长？"

刘旺说："前几天在于家村的现场会上，看那气氛，几个机耕队长全得撤，可你说咋样，一个也没撤，怪了。"

老洪说："老焦他不想当孤家寡人了。"

刘旺放低了声音："告诉你啊，焦书记来张营了。"

老洪问："啥时来的？在哪个大队？"

刘旺说："在杜瓢。大清早就来了。"

老洪说："你去杜瓢。盯着他点，他说了啥，干了啥，吃的啥，喝的啥，都给我一条不落地记住。"刘旺答应着走了。

2

杜瓢大队的大田里，社员们在忙着春耕。由于耕牛不足，更多的是人拉犁耙。焦裕禄和乡亲们一起拉犁。他把身子绷成一张弓，头上热汗直淌。

扶犁的是公社干部刘旺，他心里有些不忍，一个劲儿地说："焦书记，咱俩换换。"

焦裕禄问："凭啥？"

刘旺说："凭我比你年轻。"

焦裕禄笑说："那更不行，你还长个儿，我不长了。把你累得不长了，娶不上媳妇，你不骂我一辈子呀。"

刘旺说："要不你歇会儿，你看你一头一脸的汗。"

焦裕禄说："出出汗心里爽快。刘旺呀，咱们杜瓢村牲口少，等今年这批牲口繁殖了，过年就不用人拉犁了。"

王老四提着水桶过来："喝水喽，焦书记，歇歇气，喝碗水！"

王老四的小孙子从地头捧着一只碗过来。

王老四说："先让你焦伯伯喝。"

小孙子把水碗递给焦裕禄。焦裕禄一气儿喝了一大碗水，摸摸孩子小脑瓜："叫啥名儿？"

"叫喜牛儿。"

焦裕禄乐了："喜牛儿，这名好。从小喜欢牛，长大了是个好社员。几岁了？"

喜牛儿回答："九岁了。"

焦裕禄又问："上几年级了？"

王老四说："他没上学。"

焦裕禄锁紧了眉头："要上学啊，回头我给你们学校说说。"

一个社员问："同志啊，你是来包队的吧？"

刘旺说："这是咱们县委的焦书记。"

那个社员说："俺娘哎，县委书记帮俺们拉犁，这事从古到今没见过。"

喜牛儿摇着他爷爷的胳膊："爷爷，爷爷，我长大了也当县委书记！"

王老四打了喜牛儿屁股一下："这孩子，净瞎说，你能当县委书记？你知县委书记是干啥的？"

喜牛儿说："县委书记是好人，帮人家拉犁种庄稼。"

一群人全笑了。

晚上，在饲养棚里，王老四在端着粥碗喂一只小牛犊。他喂小牛喝粥的时候，孙子喜牛儿站在槽边吧唧嘴。喂了小牛，他把碗放在槽边，去拎水桶。回转身子，看见孙子喜牛儿捧着那只碗在舔。

这个场景，被刚进门的焦裕禄看到了。焦裕禄搂过了喜牛儿，眼里含着泪水。

王老四说："焦书记啊，你送来的这几头牛，有一头是揣着崽儿来的。刚来了不到二十天就下了这小牛犊。咱队里一天只给半斤料，老牛没奶，俺天天得熬一锅糊糊喂它。小牛喝糊糊，俺这孙子天天在一边看着吧唧嘴，咱一口也不给他喝。"

焦裕禄说："老四大叔啊，今天晚上我就住你这儿了。"

王老四说："那敢情好，可是这地方怎窄憋，又脏，又乱。"

焦裕禄说："没事儿。我们三个人，我、李林，还有公社的刘旺——他也不回去了——我们扒个草窝就能睡。"

说着话，刘旺和李林来了。刘旺说："焦书记，你要睡牛屋，我去村上借两床被子吧。"

焦裕禄拨拉着干草说："不用，咱们弄个草窝，将就一下就行了。"

几个人一起动手，在牛屋外间弄了一个草窝子。

王老四拉过铡刀铡草，他技术十分娴熟，自己一个人，一手按刀一手续草。焦裕禄说："哟呵，行啊，一个人还能铡草！我来帮忙！"

他坐在地上，续起草来。他续草的技术也很老练，两手一扑拉，一拧巴，就拉拽成一个"草龙"，一头往铡刀里喂着草，一头在腿上接着草龙。续草接龙，有条不紊，并且配合着铡刀的节奏。

王老四说："焦书记啊，咱村里人都说你不像个县委书记。"

焦裕禄问："像啥？"

王老四说："说不好。这县委书记是多大的官呀。咱看那唱戏的，过去县官出巡，那得坐八抬大轿，黄土垫道，衙役鸣锣，百姓回避。你呢，是一进门就干活儿，看你拉犁，看你铡草，可是个真正的庄稼把式。"

焦裕禄说："老王叔啊，不瞒你说，我从小就喜欢牲口。一听那牲口嚼草的声音，比听戏还过瘾！"

王老四说："其实从你看着咱墙上的牛皮掉眼泪那一回，我就认准了，你真是县委书记，咱共产党的县官儿！"

李林说："焦书记那次从你们杜瓢村回去，几宿睡不着觉，一做梦就是那些牛皮活了，变成了瞪着眼的大牛。"

王老四说："焦书记啊，你是把俺们装在心里啦。"

队长送来了饭，烙馍和窝窝，用瓦盆端来了开水。焦裕禄说："嚯，刘旺，今儿个还有好饭呢，有烙馍。"

李林拿了张烙馍一咬："啥好饭呀，木樨根面烙的，又涩又苦。"

焦裕禄说："李林啊，你不知道，就这木樨根，还是国家从土耳其买来的，要不然，群众连这东西也吃不上。"

夜里，躺在干草窝里，焦裕禄对李林和刘旺说："睡这草窝真舒服啊，就像躺在云堆上一样。"

刘旺说："我说去村里借床被子吧，你不让借。这草窝咋睡呀？"

焦裕禄说："闻闻这草味儿，多熨帖啊！我小时候常爬到草垛上去看月亮，有时看着看着就睡着了，醒了闻着那草味，真好闻呀。"

李林很快打起鼾声。焦裕禄对刘旺说："刘旺，你一定要关心你们洪社长。他这一段情绪不好，你没事时多找他聊聊天儿，给他宽宽心。"

刘旺说："焦书记，有件事我不知当问不当问？"

焦裕禄说："问吧，有啥当不当的。"

刘旺问道："洪社长真的救过你的命？你们真的是生死兄弟？"

焦裕禄说："没错。老洪不但救过我的命，而且救过我两次，那都是在大山坑煤矿的时候。一次是我们一个班的矿工被埋在矿井里，老洪带人挖通矿道，把我们救了出来。另一回是我打死了日本监工，老洪帮助我逃出了大山坑煤矿。没老洪，我这把骨头早扔在大山坑煤矿了。我拼命工作，一个主要原因是我这条命活下来不容易，多给人民做事，才对得起给了我生命的兄弟。"

刘旺说："焦书记，我明白了。我们洪社长吧，他这一段心理压力特大，他挨了处分，人家说他以前是拿您做大旗，其实并不认识您，是吹牛皮，给自己往脸上贴金。"

焦裕禄说："老洪犯的错误，不管是谁，都会挨处分的。可我一辈子都会从心里痛热这个老大哥。因为放走了我，他在大山坑煤矿不能待了，就回了考城老家。没想到淮海战役支前，我们又成了战友。我到了兰考，正好他在张营当社长，我们关系确实是这样，老洪没有胡吹。我也不相信他是拿我当大旗。"

刘旺说："其实我们社长这一段心里是很恓惶的。"

焦裕禄说："这我理解。搁谁身上都一样，对不？我去看了他几次，他关起门来不见。你一定要多关心他。他有个失眠的毛病，我给他讨了个药方，你呢，按这个药方给他配点药，调一调。钱和药方我都带身上了，拜托你了刘旺。"

刘旺说："焦书记你就放心吧。"

焦裕禄叮嘱："千万别说是我让你办的。"

刘旺答应着："嗯。焦书记你放心。"

半夜里，王老四去喂牛，焦裕禄跟到槽上，见王老四把自己的袄脱下来给小牛披上了。焦裕禄说："老四大叔啊，你心疼这小牛，真像心疼自己的孩子一样啊！"

槽头柱子上挂着一盏马灯，几头牲口在悠闲地嚼着草。它们膘肥体壮，毛色光鲜。焦裕禄在一头牛背上抓了几把："老四大叔，你把这几头牛喂这么好，我就放心了。"

王老四说："焦书记呀，去年冬天俺队里的牛饿死，把俺的心全摘了呀。遭灾以后，咱村里的人能走的都逃荒走了，扔下些哑巴牲口，成了没娘的娃儿，饿得啃槽帮啊！俺说：'他们不要你，俺要。'就把这些牲口弄我家里去了。弄来了吃啥啊，这些都是张口兽，俺把一家子动员起来，像外出要饭的一样，一人挎个筐子，到外头捡树叶，挖草根。俺二闺女手上脚上磨去一层皮，俺三儿子是个半瘫子，也爬到地里去剜草根。光有草，没料也不行，俺家一百五十斤红薯干，全让俺偷着喂了牛。俺老伴儿有一天看见红薯干没了，哭了一场，啥也没说，领上孩子到外村要饭去了。俺三儿子和老伴儿都饿死了，牛最后也没保住啊！"

焦裕禄流泪了："老四大叔啊，杜瓢的牛虽然没保住，可养牲口的真经，你全说出来了。我要让你到全县大会上去讲。"

后半夜，李林醒了，看见牲口槽那边亮着灯，焦裕禄披着衣服靠在那里，手里夹着烟，睡着了。笔记本放在腿上。他手里那支烟快烧到指头了。李林想把烟拿下来，又怕惊醒了焦裕禄。正着急，他看见旁边有个水碗，就从水碗里蘸了水，把烟头洇灭了。

3

第二天快晌午了，县里把电话打到公社，让焦裕禄火速回县委，说是省委分管农业的第二书记何伟来兰考了。

何伟书记在河南可是个举足轻重的人物。他一九三四年毕业于汉口华中大学，一九三六年任鄂豫皖区组织部部长，新四军第四支队政治部主任，东北野战军铁道纵队党委副书记兼政治部主任，广州市委第一书记、市长，外交部部长助理，机关党委书记，驻越南大使兼驻老挝经济文化代表团团长，刚刚履新河南省委第二书记。

焦裕禄回到县委，跟何伟书记见了面才知道，何书记此行是为了拆分兰考县进行调研。与何书记同来的，还有杞县、开封、民权、东明四个县的县委书记。

一时间，焦裕禄心里倒了五味瓶。

这壁厢正摇旗播鼓摆开了大战的阵仗，省里在这节骨眼儿上却要把好端端一个兰考县"拆分"了！

进了会议室，何伟坐定后开门见山说道："秦始皇二十九年（公元前二一八年）二月，秦始皇出西京东巡，经兰阳、仪封时逢逢风沙弥漫、雾塞四野，就把这里称作'东昏地'。兰考史称'东昏'就是这么个来历。西汉武帝建元元年（公元前一四〇年），兰考设东昏县。当然这是公元前的事情啦，是历史的旧账本。兰考解放十几年，面貌没啥大的改变，风沙、内涝、盐碱这三害把老百姓折腾得穷困不堪。当前，兰考灾情这么重，短期内又没啥好办法，省委初步考虑，把兰考一分为四，兰考周边四个县帮助承担困难，各分四分之一。当然，这只是个初步想法，先给大家吹吹风。"

肢解兰考的方案一出，周边四县的县委书记纷纷做雀跃状，一致表态愿为省委分忧，无条件接受从兰考分给本县的那一部分。

焦裕禄蒙了。这是他根本不曾想到也无法接受的一个方案。

焦裕禄把张钦礼叫到屋外，搓着双手说："老张呀，咱该咋办？我真不忍心看着兰考就这么没了！咱也得表个态呀！"

张钦礼也急得头上直冒汗，听焦裕禄一讲，脸上顿时现出一副豁出去的表情，跺跺脚说："我先发言，有事我兜着！"

"说话要有分寸。你说完，我补充！"焦裕禄叮嘱说。

张钦礼回到会议室，首先发言说："我个人认为，兰考不能瓜分。解放前兰考也是穷，也是落后，但解放后的一九五四年，政务院把兰封县和考城县合并成兰考县，而不是分。一九五〇年到一九五六年，兰考人民并不缺吃少穿，是搞虚报浮夸，征过头粮，才使人民背井离乡，逃荒要饭。这不是兰考人不勤劳，也不是兰考干部没本事，是天灾加人祸造成的灾难。治理三害，兰考干部群众是有经验的。只要我们老老实实领着群众干，不搞人整人，兰考县委新班子在焦裕禄同志的带领下，三年时间一定可以领导人民改变兰考面貌，恢复到一九五六年群众吃穿不愁的水平。三年改变不了面貌，我们自动辞职，不劳省委分配工作，回老家种地去。"

焦裕禄认为张钦礼讲得得体到位，无须赘言，便补充说："我同意钦礼同志的发言。不过我要再加上一句话，三年改变兰考面貌是宽限，力争提前。不达目的，我们死不瞑目！"

开封县委书记周锡禄是焦裕禄的山东老乡，又是南下战友，看到他和张钦礼力保兰考的执着劲儿，忍不住说："老焦，老张，我不是拔恁俩的气门芯，你们说三年摘掉兰考这个老灾区的帽子，依我看，累不死，也得脱三层皮！"

周锡禄的玩笑话，令焦裕禄和张钦礼热血冲顶。两人站起身说："我们宁愿累死和脱三层皮，也不愿把困难转嫁给兄弟县！"

兰考县委书记和县长的态度，令何伟大为感动。这位体恤部属又极富人文情怀的省领导，从兰考带头人身上，看到一种弥足珍贵的精神。

瓜分兰考的动议消解了，何伟书记又在兰考深入调研了几天才回省城，临走时留下话："我安排一下手头的工作，还会再回来。"

4

焦裕禄在地委开了个会，返回时，在从开封返回兰考的火车上，认识了三个年轻人。

这三个年轻人坐在他对面，两男一女，都是学生打扮。两个男青年，一个戴眼镜，一个围条红围巾。女孩子清清秀秀，穿着十分入时。

窗外掠过一片白杨树，三个年轻人议论起来。

眼镜说："你们看，这么大一片加拿大杨！"

红围巾说:"好像是美国杨,要不就是高加索杨!"

眼镜说:"不是!肯定是加拿大杨,你看那树杈,全是对生的,就是加拿大杨嘛。"

女孩说:"你们把书本拿出来,对对图片。"

焦裕禄笑了:"这不是加拿大杨,也不是美国杨和高加索杨,这是中国的大官杨。"

红围巾说:"大官杨?我们教材上好像没这个品种。"

焦裕禄说:"大官场就出自河南,是河南中牟县大官庄的群众七八年前培育出来的一个新品种。这种杨树生长快、抗虫害,又耐涝耐旱,适合在沙区种植。"

女孩惊奇地望着焦裕禄:"这位同志,您一定是搞林业的吧?"

焦裕禄笑着反问:"你们三位呢,也是搞林业的?"

眼镜一指红围巾:"我们是刚从南京林学院毕业的。"他又指女孩,"她是南京农学院的,学土壤专业的。"

女孩说:"我们刚分配工作。"

焦裕禄问:"分配到什么地方了?"

眼镜说:"我们三个都分在兰考农林局了。听省农林厅的同志说,兰考非常需要农林业的技术人才。我们就主动要求到兰考啦。"

女孩说:"那是你主动要求好不好,我可没主动要求来。听说兰考是重灾区,可艰苦啦。我妈妈听说我要去兰考,给我写了几十封信,又让我姐姐到学校去拦我。"

焦裕禄问:"那你怎么来啦?"

红围巾一指眼镜,两手做了个示意。

焦裕禄问红围巾:"那你有没有女朋友,她愿不愿来兰考工作?"

红围巾笑了。

女孩说:"他女朋友跟我一个学校的,叫李丹,可漂亮了,人家留在郑州了。"

焦裕禄拍拍红围巾的肩:"小伙子,好好干,争取尽快把女朋友吸引到兰考来。兰考虽然艰苦,可是个好地方呀。眼前苦是因为遇到了严重的自然灾害,可苦有苦的好处,它能锻炼人,磨炼人的革命意志,培养人坚韧不拔的品格。年轻人,就应该到最艰苦的地方去锻炼,对不对?"

三个年轻人看着焦裕禄笑。女孩子用上海话说了几句什么,又大笑起来。

焦裕禄听不懂，问眼镜："她说我什么了？"

眼镜笑了："她说你又不像是搞林业的，倒像个宣传部的。"

姑娘又用普通话说："你的马列水平很高吧，讲起话来一套一套的，比我们政治老师要厉害。"

焦裕禄也大笑起来："是吗？哈哈……"

眼镜问："同志，您在哪儿下车？"

焦裕禄说："和你们一样，兰考啊。"

女孩问："你在兰考工作？"

焦裕禄回答："是啊。"

女孩问："干什么工作？"

焦裕禄说："你刚才不是猜出来了吗？"

几个人又笑起来。

焦裕禄伸出手来："那我们来认识一下，我呢，姓焦，你们以后叫我老焦就行。我比你们早来几个月，你们有什么困难，可以找我。"

眼镜握住焦裕禄的手："谢谢，我叫朱晓。"指着红围巾，"他叫吴子明。"

女孩说："自我介绍，我叫张小芳，认识您很高兴。"

广播声响起来："各位旅客，列车前方停车站是兰考车站，在兰考车站下车的旅客，请提前做好准备。"

列车停稳，焦裕禄帮助三个青年人拿行李。眼镜歉然地说："不好意思啊。"

焦裕禄说："我只有这么一个小包，别客气。"

出了站，焦裕禄对三个年轻人说："这就是兰考，我们的新家，你们大展宏图的地方。"

5

这天中午，焦裕禄下乡回来，刚一进县城，自行车哧的一声撒了气。

他下了车，问路人："这附近有没有修车子补车胎的地方？"

路人一指："有。往前走看见一个土坑，道边上有个修自行车的摊子。"

焦裕禄走了一会儿，果然看见电线杆上挂着一个旧自行车轮圈。他推着车子走过去。修车人是个老汉，问："同志，你修车？"

焦裕禄说："进了城车胎瘪了。"

299

老汉看了看："车胎破了。补不补？"

焦裕禄说："补。"

老汉扒下车胎来补胎，焦裕禄点了根烟，在一旁等着。他瞅着不远处那个大土坑，眼睛一亮。他问修车的老汉："大伯，这土坑是哪儿的？"

修车老汉说："城关的。早些年就有。"

焦裕禄说："这块地方不小。"

修车老汉说："那是。前些年还大，人们往里倒脏土、垃圾，填了不小一块哩。"

焦裕禄说："可惜了这块地方。"

修车老汉叹口气："谁说不是。这个季节还好说，到了夏天，人们往这里扔烂菜叶子、西瓜皮，臭气熏天，俺在这儿都没法儿干活儿。下几场雨，坑里积点水，蚊子、苍蝇特别多。"

焦裕禄问："能不能把它改造一下？"

修车老汉说："那当然好。这坑要是清理一下，放上水，养上鱼，种上荷花，县城里也多一景。"

焦裕禄说："大伯，您这建议太好了。"

修车老汉说："好是好，谁干呀。你说了又不算，你要是县长还差不多。"

焦裕禄笑了："大伯，您估计这坑弄好了得多少工？"

修车老汉说："别操那个心啦，没人愿干。"

焦裕禄问："要是百十口人，干个五六个工日，中不？"

修车老汉摇摇头："中是中。上哪儿号召百十号人去？说说还行。"

车胎补好了。焦裕禄一边打气一边问："大伯，咱这城关有懂养鱼的人不？"

修车老汉笑了："你算是问着了，俺就养过鱼，要不刚才我咋说这坑是个养鱼栽藕的好地方呢。"

焦裕禄问："大伯，您贵姓？"

修车老汉回答："俺？免贵姓胡，就在这后坑沿住。"

焦裕禄说："这大坑收拾好了，聘您老人家当养鱼的技术员，中不？"

修车老汉说："说着说着成真事了？你要是个县长还差不多。"

第二天傍晚，焦裕禄和程县长带十几个人骑自行车来到后坑沿。

来人中有城关公社书记、社长，有水利局长、畜牧水产局长、水文队技术

300

员。人们放下自行车，走到土坑边上。焦裕禄问城关公社书记："你这在城关当书记的，不知眼皮子底下有这么块风水宝地？"

城关公社书记抓抓头皮："还真没留心。"

焦裕禄说："这地方要改造好了，县城里少一害，多一景，养上鱼能增加收入，栽上荷花又收藕又美化环境，这垃圾坑就能变成聚宝盆。我们先从这里做起，成功了向全县推广，意义重大。"

程县长说："发动县直机关、城关社直机关义务劳动，各科局共青团员也动员起来，很快就能变废为宝。"

水文队的技术员拿出水平仪开始测量面积。

修车老汉一旁听得兴奋，走过来问焦裕禄："同志，你说的那事是真的？"

焦裕禄说："胡大爷，当然是真的。这不，我把县长拉来了。"

他把程世平介绍给胡大爷："这是咱们程县长。那天胡大爷说，这事我说了不算，除非来个县长。"

程世平大笑："大爷，他说了才算呢，这是咱们县委焦书记。"

胡大爷说："还有比县长大的官？焦书记呀，你那天补车胎，给了我五毛钱，我追着找钱你走了。"

焦裕禄说："胡大爷，钱不用找，您提了这个好建议，我还得奖励您呢。"

胡大爷乐了："你甭奖励我，记住你许下的，这地方弄好了让我来养鱼。"

焦裕禄和大家笑了。

6

这些日子，寨子大队出了不少乱子。这个大队的支书刘北撂了挑子，自己躲到外村闺女家去了，大队长兼妇女主任刘秀芝又因为带着社员逃荒，让包队的县委干部老孙撤了职，包队干部老孙只好越俎代庖，管理着这个大队的一应事务，弄得焦头烂额。不巧又因为救一个掉进河里的半大小子摔断了胳膊，住进县里的医院，这一下，村上的事没人管了。

早晨，太阳一竿子高了，刘秀芝家的大门还闩着。门口挤了十几个社员，他们拍打着门板叫喊着："秀芝！秀芝！"刘秀芝在院子里晾被子，冲门外说："你们找别人去吧，俺不管大队的事了。"

门外社员们嚷着："大队就你一个干部了，你不管，谁管？"

刘秀芝说："俺这大队干部让县里包队的孙同志给撤了。你们要开介绍信，找他去。"

门外一个社员说："找他去？俺们还不都是他接回来的？眼下老孙还躺医院里呢，伤筋动骨一百天，等他出了院，俺们也饿死了。"

刘秀芝说："俺真的不管了。"

这时一队队长双盛来了，他赶着那些堵门的人："你们大清早堵人家门干什么？走！走！走！"

一个社员问："双盛队长，让俺们走？你来干啥？"

双盛说："我来干啥用得着跟你说？走！走！走！"

他把堵门的人赶走了。他拍着门板："秀芝！秀芝！人都让我赶走了，你开门。"

刘秀芝却不理睬他。秀芝婆母在屋里探出身子。

双盛还在打门："秀芝！秀芝！"

双盛见叫不开门，要爬墙。豹子拉着一辆排子车来了，他一伸手把双盛从墙头上拽下来："你干啥？"

双盛说："我找秀芝说队里的事。"

豹子问："说队里的事你爬墙干啥？"

双盛悻悻走了，刘秀芝打开门。豹子说："秀芝，排子车借来了，要不我去送大娘吧？"

刘秀芝说："不用，我能行。"

她用眼睛示意豹子离开。刘秀芝的婆婆用棍子打院里的鸡："打死你这瘟鸡，一天到晚乱窜着赶蛋儿！"

豹子放下排子车走了。

刘秀芝说："娘，你别总这么指桑骂槐的。"

刘秀芝婆婆说："大婵她娘，一个光棍儿汉子，一个寡妇，不怕别人嚼舌根？我二十六岁守寡，一辈子没人说个'不'字。"

刘秀芝说："娘，您想哪儿去了。您不说今儿个上她大姑家去吗？我昨天让豹子借排子车，人家给送来了。"

刘秀芝婆婆说："为啥偏让豹子借？你们安了什么心？我儿子刚死了一年多，你就和人勾扯？"

刘秀芝趴在炕上哭起来。

7

寨子村口大槐树上，挂着一口钟。一队队长双盛把出工的钟敲响了。

社员们陆陆续续来集合，看看人差不多齐了，双盛站在粪堆上，开始派活儿："大伙儿听着，接到一个通知，今天上午县委焦书记要带除三害调查队，到咱们寨子大队来检查春播，大家把耧备上，到西洼耩地去，调查队就从那里过路。"

豹子问："双盛队长，你说啥？"

双盛说："豹子，你又想捣蛋是不是？我说套上耧到西洼耩地去！"

豹子说："双盛，你没吃错药吧？趁着驻村的孙同志养病，你干了些啥事你不知道？"

双盛问："我干啥事了？"

豹子说："队里的种子早就让你们吃光了，拿啥耩？耩土坷垃？"

双盛说："告诉你，豹子，你别捣乱！"

豹子说："你让大家耩空耧，糊弄调查队，糊弄县委，你好大胆！"

双盛说："让你去你就去，胡说八道扣你的工分！"

社员们纷纷议论起来。

双盛大声说："咱今天有话说在前头，谁坏了队里的事，我就让他没好日子过！"

大田里，一片耧铃响动。豹子摇着空耧，怪声怪调唱着小曲：

> 说胡诌那个道胡诌，
> 正月十五就立了秋。
> 过去看见那个牛下蛋，
> 回来瞧见那个马生牛。
> 房大的碾盘漂过河，
> 四两棉花沉水沟呀。
> 你要不信都来看，
> 摇着空耧耩黑豆。

双盛在地头上嚷："豹子，你瞎唱啥！我告诉你，坏了咱们的事我饶不了你！"

豹子说："我唱个扯大玄，给社员同志们醒醒盹儿，你没看大伙儿扶着耧在那儿走'八'字吗？都快睡着了。"

这时，焦裕禄带着调查队的干部正往这里走过来。他们看到了耩地的人们。程世平说："你们听，谁唱的这歌，挺有趣的：过去看见牛下蛋，回来瞧见马生牛。"

双盛看到有干部来了，忙迎过来："焦书记，领导们都来了，咱们到大队去，喝碗水，俺们再汇报工作。"

焦裕禄说："你们耩地啦，我们看看去。"

双盛的脸色就变了。

焦裕禄走到一个扶耧的社员身旁："大哥，歇歇，我来耩两趟。"

那个社员拦挡着："不，别……"

焦裕禄说："大哥你放心，种庄稼我可是老把式。"

那个社员说了声："别……别……"

耧杖被焦裕禄接过去了。焦裕禄一看，吃了一惊：他发现耧斗是空的。

他把耩地的耧看了一遍，几十架耧原来都是走空趟，摆样子。

焦裕禄问："这是怎么回事，为什么耧是空的？"

双盛脸色涨红，支支吾吾。

豹子说："焦书记，俺队的种子都让双盛他们几个队干部吃光了。他们卖了种子，到城里下馆子。还让俺们用耩空耧来糊弄县里来的领导。"

豹子开了这个头，群众也不怕了，他们纷纷倒开了满肚子苦水。

双盛把头埋在裤裆里抬不起来了。

焦裕禄愤怒了："咱兰考有句话，'饿死爹娘，留着种粮'，种子对于农民，那就是命根子！社员们连白水煮冻红薯都吃不上，你们倒好，把群众的命根子卖了换酒喝。我问问你长了一副啥心肠，能吃得下去、喝得下去。这样的队干部，要你们做什么？"

他想抽支烟，手抖着几次点不着火。

傍晚，焦裕禄和程县长、李林来到了豹子家。

豹子的老娘为难地问豹子："你说焦书记、程县长真在咱家吃派饭？"

豹子说："那还有假？"

豹子的老娘说："咱给人家吃啥呀？"

焦裕禄、程世平、李林在院子里洗脸，听见豹子两个十来岁的儿子说话。

哥哥说："小二，你饿吗？"

弟弟："饿，哥，你呢？"

哥哥说："饿得不中哩。告诉你个办法，饿了你就喝碗水，再饿了再喝碗水。我都喝三碗了。"

焦裕禄三人为之动容。

豹子拿了毛巾到院子里，说："焦书记，程县长，你们看看，俺家这日子过得……"

程世平说："你们吃啥我们吃啥！"

豹子从房梁上摘下一个悬挂的干粮篮子，里边有些碎干粮，一小块一小块的，也许时间放久了，上面生了一层绿色的霉丝。豹子说："焦书记，这些是俺老娘要饭要来的，从一入冬，咱村里多数人家吃的是红薯干和蒸干红薯叶，这百家干粮是有客来才拿出来的。"

豹子老娘说："同志啊，你看看俺这个家，儿媳妇死了几年了，撇下两个孩子，这日子过得恓惶呀。"

晚饭端上来，是泡发的干红薯叶烩碎干粮。碎干粮上的绿霉丝让开水烫去，可仍有一股酸涩的霉味。焦裕禄、程世平和李林大口大口吃着。

豹子却蹲在地上呜呜哭起来。焦裕禄忙拉起豹子："你这是咋啦？"

豹子哽咽着说："焦书记，我对不起你，让你们吃这长了霉的百家干粮。"

夜深了，焦裕禄、程世平还在同豹子聊村上的事。

豹子说："咱们寨子大队呀，灾害最重了。焦书记、程县长，你们号召除三害，咱寨子，三害之外又多一害。"

程世平问："多哪一害？"

豹子说："就是那些黑吃种粮的队干部。大队班子没人干事了，俺这个大队的党支部书记名叫刘北，外号叫刘备，有了难处光知道哭，这回索性撂了挑子，住外村闺女家不回来了，急得驻队干部老孙要上吊。大队长因为给社员开逃荒介绍信，让老孙给撤了。剩下个副书记，啥事不管，就知道要救济。"

焦裕禄问："大队长是刘秀芝？"

豹子说："对，她还兼着妇女主任。太难了。村班子垮了，就她撑着。她男

305

人两年前死了，那时她还怀着孩子。一个人带俩娃儿，她婆婆像防贼一样防着她，出去开个会回来骂半天。村上人外出逃荒，都逼她开介绍信，堵着她门，小队要救济，队干部也缠她。还有那个双盛，总想占她便宜，为这事挨了我两回揍了。焦书记，这刘秀芝是个能干的人，嘴上强梁，心肠好，办事有板有眼，这个人可不能撤。"

焦裕禄说："老程啊，三害把人们害苦了，只要还有口气，就得和它拼。除三害先要有个好的干部队伍，干部不领，水牛掉井。不解决干部问题，除三害还不是一句空话？明天晚上，咱们召集全村党员和村干部开个会，让大伙儿把寨子受穷的根源挖一挖。"

说着话，焦裕禄的肝区又开始痛起来，头上一层冷汗。他用手压着肝区，忍不住呻吟。豹子手足无措，只说："准是吃霉干粮闹的。焦书记，你为俺操碎心了。"

李林说："焦书记是气的。"

焦裕禄说："没事，老毛病了。小李啊，你明天先给农林局打电话，让他们赶紧想办法给寨子调拨种子。"

程世平说："还是我回去一趟，找农林局去办这事吧。"

第二天早上，焦裕禄和程世平在豹子家吃早饭。李林从一醒来就没了影子。早饭是干红薯叶稀汤。正喝着，李林回来了。焦裕禄问："小李，一大早上哪儿去了？"

李林说："焦书记，我到公社食堂给你和县长买了两个烧饼。"

焦裕禄发了火："群众能吃的东西，我也能吃，群众能过的日子，我也能过。"

他叫过豹子的两个儿子："小大小二，你们过来。"

豹子忙拦着："焦书记，你别……"

焦裕禄把烧饼分给豹子家的两个孩子："你俩掰开一个，那一个给你奶奶。"

晚上，焦裕禄组织全村党员、干部到队部来开会。他先说："今天到会的都是寨子村的党员、干部，对咱们村的情况，大家最清楚。我们到村上来，不是要搞什么运动，而是跟大家一起来挖我们的穷根。我想听大伙儿讲一讲，咱寨子穷，到底穷在哪里？"

一个队干部说："这不明摆着吗？咱寨子穷，风沙、涝灾是最大的祸根。"

一个老党员说："要说全兰考最穷的村，怕是没人和咱们比了。连续四年受灾，种一葫芦收不了一瓢。焦书记，你信不信，去年俺队一个人只分了一两七钱麦子。俺家八口人，分了一斤三两六钱麦子，我用手巾包回来的。焦书记，你说咱这日子还能过吗？"

焦裕禄说："咱们村最富裕的时候是哪一年？"

一个老农说："最富裕的时候是一九五七年。那年收成最好，秋后向国家交售花生，车队排了几里地。"

另一个老农说："那时树也多，泡桐树一片一片，一方一方，遮天盖地，下小雨走到桐树林里淋不湿衣裳。"

饲养员说："那时人有粮、畜有草，我喂的牲口滚瓜流油，拴到槽上抵槽，拴到墙边抵墙，套上车一溜烟。眼下的牲口像纸糊的，没一点精气神。"

焦裕禄问："那为啥六七年前富得流油，现在穷得精光？"

一个中年人说："一九五八年'大跃进'，大小树木一扫光，都砍了炼钢铁。得，从这起，风沙凶起来了，连年遭灾。这灾帽子往脑袋上一扣，再也摘不下来了。"

另一个小队干部说："焦书记，俺闹不清县里的干部下来是救灾的还是治灾的？"

焦裕禄说："你这个问题问得好。"

那位小队干部说："咱们县农委那位老孙，孙建仁，在咱村包队专搞救灾，一连四年了，那累受大了。为了救掉在冰窟窿里的社员，把胳膊都摔断了，还差点送了命。他给自己编了段戏词儿，焦书记，俺给您学着唱唱？"

焦裕禄说："啥戏词儿？唱唱！"

那位小队干部就唱起了豫剧调：

> 孙建仁，困土山，自思自叹。
> 想起了，救灾事，好不辛酸。
> 一困我，四年整，不能回县。
> 光救灾，不治灾，越救越难。

焦裕禄说："老孙这戏词儿编得好哇，'光救灾，不治灾，越救越难'，真说到病根上了。这句戏词儿，是打开寨子困难的一把钥匙。咱们要从治灾上下手，不然，光救不治，啥时是个头儿？"

307

那个小队长说:"焦书记,咱不是不想治灾,可这灾可不那么好治呀。咱们就一头瘸驴、四头老牛,首先这牲口不足就是个难关。"

焦裕禄说:"小鸡凭一双爪子挠食吃还饿不死呢,我们有党的领导,有两只手,还治不了灾?养活不了自己?重要的是看我们有没有自力更生的精神,有没有生产自救的决心。从思想上认识了'光救灾,不治灾,越救越难'的道理,事情就好办了。只要我们发扬'挖山不止'的愚公精神,就一定能拔掉寨子的穷根。"

焦裕禄点大队长兼妇女主任刘秀芝的名:"刘秀芝同志,咱们早就认识了,你是大队长,你也说一说。"

刘秀芝纳着鞋底,头也不抬:"焦书记,俺这大队长让孙同志给撸了,您不知道啊?俺没啥说的。"

焦裕禄说:"倒倒你心里苦水也行,说说你的想法也行。"

刘秀芝说:"解放了,日子有奔头,没苦水可倒。俺一个妇道人家,没啥想法。"

焦裕禄说:"你要是不方便说,明天中午我的派饭就在你家了,咱好好谈。"

8

第二天中午,焦裕禄果然去刘秀芝家了,一进门就喊:"刘秀芝同志在吗?"

喊了半天,从屋里跑出一个七八岁的女孩,她怯怯地看着焦裕禄。焦裕禄弯下腰:"小姑娘,你还认得我吗?"

小女孩摇摇头。焦裕禄说:"你想想,去年你妈妈用车子推着你和一个男孩,是你弟弟吧,还有你奶奶……"

女孩说:"想起来了,你还把大衣给我奶奶盖上了,给我弟弟围上你的围巾。"

焦裕禄问:"你叫什么名字?"

小女孩说:"叫大婵。"

焦裕禄问:"你妈妈呢?"

小女孩说:"送我奶奶去姑姑家了。"

屋里传出一个小男孩的哭声,大婵忙跑进去了。焦裕禄跟上进了屋,却看不到哭闹的男孩子,再仔细一看,屋里靠床放着一口空的大瓦缸,一个一周岁多的孩子，头上贴着胶布坐在瓦缸里，大婵趴在缸沿上拿一个拨浪鼓逗他。焦裕禄问大婵："这就是你弟弟？"

大婵说："是，他叫小春。"

焦裕禄问："他头上咋弄破了？"

大婵说："我妈下地，奶奶睡着了，他爬到凳子上摔下来磕的。"

焦裕禄问："咋把他放缸里啦？"

大婵说："我妈怕他又往高地方爬，再摔着。"

焦裕禄把男孩子抱出来，男孩子怯生，哭着要找妈妈。焦裕禄哄他："小春不哭，伯伯跟你玩骑大马，好不好？"

他趴在地上，让孩子骑在他背上："大马跑起来了，嗯！驾！"

孩子笑了。正玩着，刘秀芝拉着排子车回来了。孩子见妈妈回来了，从焦裕禄背上跳下来，飞跑过去。刘秀芝抱起孩子，对女儿说："大婵，带你弟到外边玩。"大婵把弟弟领走了。

刘秀芝拿起水瓢在缸里舀了一瓢水，一仰脖喝干，没和焦裕禄搭话，又去刷锅。

焦裕禄说："刘秀芝同志，我等你半天了。"

刘秀芝说："焦书记，我这个大队长真的不想干了，也不能干了。"

她到院子里抄起大镐，劈起树墩来。

焦裕禄追到院里："秀芝同志，这是男同志干的活嘛，还是我来吧。"

他去抢刘秀芝手里的大镐，被刘秀芝挡住了："你是县委书记，俺可不敢劳驾。"

焦裕禄又去夺大镐："秀芝同志，我啥活没干过？不信你看看。"

刘秀芝紧紧攥住镐把不放，连说："不敢当，不敢当。"她夸张地抡起大镐，"焦书记，你躲远点，别碰着你，俺可担待不起。"她发狠地把大镐劈下去，镐头陷进木头里，拔不出来了。焦裕禄说："我来。"

刘秀芝坚持着："不用。我能行。"拔了半天镐头仍然拔不出来。

焦裕禄笑了："一个大活人，和木头赌啥气？看我的。"

他抢过镐把，三下两下就把镐头拔出来了。他往手心里吐了口唾沫，抡起大镐，劈起木头来，一会儿就把树墩劈开了。镐头翻飞，劈好的木柴堆了一大堆。

刘秀芝在一边看着，脸上没任何表情。

焦裕禄说："秀芝同志，干了这半天活儿，总得给碗水喝吧？"

刘秀芝冷着脸说："刚进家，水还没烧呢。"

焦裕禄说："凉水也行，败火。"

刘秀芝用瓢舀了一瓢水来，焦裕禄一仰脖子喝下去，抹抹嘴："秀芝同志，你家还有啥活儿没有？"

刘秀芝一指院里的碾子，碾盘上还有摊开的苞米。焦裕禄抱起碾棍推起碾子来。焦裕禄弓着身子，吃力地推着沉重的石碾，头上沁满了热汗。刘秀芝抢过碾棍，递上一条毛巾。焦裕禄摆摆手，继续推着石碾。刘秀芝背过身去擦了擦眼睛，转过身来，把碾棍抢过去了。

刘秀芝哭了："焦书记，老实说吧，从第一次在逃荒路上见到你，俺就知道你是个好人。那天俺们没有往前走，我把社员们全带回来了。可当下你要再晚来几天，俺就到外边去了。你不知道哇，俺也想把工作做好，可没办法啊。你想想，没吃的，人们都想外出逃荒，队干部在门口吵，社员们在院里闹，孩子在炕上哭，婆婆在屋里骂，我一个寡妇人家，哪里还撑得住啊！我给社员开了介绍信，为这事老孙撤了我，撤了正好，我也不操这闲心了。"

焦裕禄说："我的好同志啊，你想想，咱们都是共产党员，群众有难处，不找咱，找谁？"

刘秀芝说："焦书记，俺懂你的心，俺不走了。"

焦裕禄又把碾棍接过来，问："秀芝同志，咱村的老党员里头，谁的威信高？"

刘秀芝说："九队的老队长。七十多岁了，无儿无女，一个孤老汉。他腰里挂着生产队仓库的钥匙，饿得受不了到碾屋磨屋里扫糠渣吃，仓库里的种子一粒没少过。走在路上，拾把豆子也交给集体。多大的灾，腰没塌过，领着大伙儿铆劲干。"

焦裕禄说："那好，下午把你们那刘支书接回来，我带上你们书记去访访他。"

下午，焦裕禄带领寨子的"刘备支书"——刘北——到九队时，老队长正带着一群男女社员编筐。

焦裕禄问："老队长，编筐呢？"

老队长没抬头："编筐。"

焦裕禄问："老队长，这筐是自己用还是去卖？"

310

老队长说："自己用的早就备好了，这是拿去卖的。"

焦裕禄问："有没有销路？"

老队长说："还没找好呢。听说咱县来了个焦书记，要除三害，治沙改土，到时候咱这土筐保不准还是缺货，有多少能卖多少。"

同来的支书要说什么，焦裕禄做了个手势，又问："老队长，你们一冬编了多少筐？"

老队长说："抬筐编了二百七十九个，挑筐编了一百三十副。这些筐卖的钱，买上几辆架子车，到时改造咱的风沙地，到农闲时又可以跑运输挣钱。同志啊，咱们虽然遭了灾，可只要咱腰杆挺着，多大的灾也不能把人压趴下！"

焦裕禄说："老队长，你说得好呀，说得好！这销路啊，包在我身上了。"

他拿出一支烟，给老队长点上。

老队长问："同志，你是供销社的？来买筐？"

刘北说："这就是咱们县委的焦书记。"

老队长吃了一惊："真的？"他一把攥住了焦裕禄的手，"焦书记呀，你真的要除三害？"

焦裕禄点点头。

老队长说："焦书记，你领着俺们干吧！只要能除了咱兰考的三害，俺们多苦多难也能挺住。"

焦裕禄对支书刘北说："看看我们这些群众，他们盼什么？盼干部领着他们往奔好日子的路上走。干部不领，水牛掉井，没救灾的干部，就没有救灾的群众。老队长说得多好：只要咱腰杆挺着，多大的灾也不能把人压趴下。"

9

焦裕禄和刘北、刘秀芝、豹子在大田里踏查。

焦裕禄说："老刘啊，群众治灾的积极性起来了，就要看咱们干部敢不敢领。敢领，就能杀出一条生路。"

刘北说："对，对。"

焦裕禄又说："一个男人，不能遇事哭鼻子掉眼泪。这困难像弹簧，你强它就弱，你弱它就强。"

这时包队干部孙建仁骑自行车赶到了："焦书记，我到了寨子，才知道您来了。"

焦裕禄关切地问："老孙，你怎么出院了？没事吧？这伤筋动骨可不是闹着玩的！"

孙建仁说："我躺不住啊，心里像让猫爪挠着，还不如干脆出院呢。"

焦裕禄拉住老孙："老孙呀，刘秀芝的大队长恢复职务行不行？这个同志挺能干的，现在是团结起来除三害的时候。"

孙建仁说："中，中。其实后来我也后悔了，撤了刘秀芝，村上工作更没人做了。"

焦裕禄说："那你再和她谈谈。"

走了一会儿，眼前是一个大水潭，水潭对面是一道长堤。焦裕禄说："你们这里风景不错呀。"

刘北说："这个潭叫锁龙潭，可龙总也锁不住，年年闹水。"

刘秀芝说："焦书记，咱们这里是全县最洼的地方，一下雨水全往这儿灌。来了水全村人就上南边那个土岗子上躲着，所以那个土岗子又叫避水台。"

焦裕禄指着大坝问："这道大土坝是怎么回事？"

孙建仁说："这道堤叫太行堤，堤这边是兰考的土地，那边就属山东曹县了。这个堤就是曹县修的，几百年了，就是为了阻挡河南的客水过境。从修了这条堤，两个县就不断发生械斗。这边扒，那边堵。为这事死了不知多少人。"

豹子说："二十年前，我爹就是为扒这太行堤被曹县人打死的。还有秀芝她公爹，也死在太行堤上。每年只要下雨的季节一到，曹县那边男女老少大人孩子全上堤守着，就连咱村的羊跑到堤上，也被打死扔下来。"

焦裕禄问："那每年排水怎么办？"

孙建仁说："顺大堤走民权那条线。水大了就犯难了。"

焦裕禄问豹子："这锁龙潭里有鱼没有？"

豹子说："有，你等等。"他脱了上衣就要往水里跳。焦裕禄忙拦住他："水还凉呢。"

豹子说了声："没事。"一跃跳下去，一下钻进水底，半天不露头。

焦裕禄急得叫："豹子！豹子！"

豹子在几十丈远的地方露了头。焦裕禄喊着："快上来！快上来！"

豹子换了口气，又钻到水底下。一会儿，他抱着一条大鲤鱼上来了："焦书记，看，大鱼！"

焦裕禄赞许地说:"你水性不错呀!"

豹子不以为然地笑笑:"咱村的人大都水性好。一是因为这锁龙潭,从小在这里头扑腾,二是因为年年闹水,这样把水性练出来了。"

焦裕禄指着这口潭说:"将来这个锁龙潭可以改造成个人工湖,岸上种树,水边种蒲子、芦苇,水里边栽上荷花,再养上鸭子、鹅,可是一个好去处。"

刘北苦笑说:"水一大,锁龙潭就淹在一片茫茫大水里啦,啥也没法儿种,啥也养不成。"

焦裕禄说:"所以我们要改造这里的自然环境。只要有排水的出路,这个问题就不难解决。"

焦裕禄在寨子住了四五天,联系了县供销社,让他们把九队的土筐调配出去。供销社那边正为组织货源伤脑筋呢,当即表示两块八一个筐,有多少要多少,又订了下一批货。农林局调配的种子也很快就拉来了。另外,公社党委也派干部对寨子干部队伍的情况进行了调查,撤掉了双盛的队长职务,豹子当了队长。

刘北说:"焦书记,俺服气你了,咱寨子的干部群众都服气你了。"

焦裕禄说:"我有啥值得服气的?"

刘北说:"大伙儿服气你把心挂在胸膛外边了。"

10

中午时分,疲惫不堪的焦裕禄回到家里。他刚放下自行车,徐俊雅就提着一只水桶回来了。焦裕禄忙接过来:"我来,我来!"

徐俊雅问:"回来了?"

焦裕禄说:"回来到物资办给寨子办卖土筐的事。"

徐俊雅问:"啥时去办?"

焦裕禄说:"已经办好了,我从寨子回来就直接去了物资办。哎,俊雅,你从哪儿提来的水?"

徐俊雅说:"从县委伙房提来的。怎么啦?"

焦裕禄说:"不是告诉你咱们不要去县委伙房提水吗?"

徐俊雅说:"平常我都是到大王庙那边去担,今天临做饭才想起没水了,到大王庙担水,来回四五里地呢,就到县委伙房提了点应急,你看还没半桶水呢。"

　　焦裕禄说："俊雅，你知道县委伙房的水也是炊事员师傅们来回四五里地从大王庙挑来的。你从那里提水，就是剥削！"

　　徐俊雅一下气急了："你说什么，我剥削？我怎么剥削了，我剥削谁了？老焦，你今天说清楚。"

　　岳母出来了："他爸刚回来，铺盖卷还没放呢，你嚷个啥，看他累成啥样了！"

　　徐俊雅说："妈，你也听见了，他说我剥削。你一走就是十天半月，这一大家子人，我要扒柴担水，天天光担水就走十来里地。今天实在来不及了才到县委伙房提了一趟水，怕坏了你的规矩，还只是要了人家小半桶，就剥削了？"

　　徐俊雅哭了。

　　国庆说："爸，您也太不讲道理了，我看戏没买票，你说我'剥削'，我妈去县委伙房提了半桶水，你说我妈'剥削'。咋这俩字总挂在你嘴边上，俺们老师说旧社会地主才剥削穷人，那我和我妈都成地主了？"

　　焦裕禄说："自己不劳动，去获取别人的劳动成果，就是剥削。"

　　徐俊雅哭着说："半桶水也算剥削，你这帽子也扣得太大了。"

　　焦裕禄说："家属们要都去县委伙房提水，再增加两个挑水工人也不够。我是县委书记，能带头坏这个规定吗？"说完，他抄起扁担走了。岳母在身后喊："裕禄，先吃过饭再去担水吧，累成这样了还逞啥强。"

　　焦裕禄说："妈，我不累。"

　　焦裕禄担了一担水回来，倒在缸里。

　　徐俊雅还在屋里床上蒙着被子哭。国庆、守凤、守云围在床前劝她。

　　守凤说："妈，您别哭了，啊，别哭了。"

　　守云说："您别哭了，以后我和国庆哥哥去抬水。"

　　焦裕禄又担了一担水回来，进了屋："俊雅，别生气了，刚才我批评我自己了，我是把话说重了，伤了你。从咱家搬到兰考来，这一大家子里里外外全是你操心，我是半点忙帮不上。咱这个家又是个穷家，太难为你了。"

　　徐俊雅不搭话。焦裕禄说："俊雅，你别生气了。"

　　徐俊雅说："老焦，我不是生气，是伤心，是害怕。你想想，跟上你这么多年，受多少苦、多大累，俺埋怨过没有？日子苦咱不怕，穷咱不怕，咱怕的是天天担着心过日子。在别人家屁大点事在咱就比天还大，人家送把枣也得还回去，跟同志们、乡亲们和邻居们的关系总这么处不是个事。天天为这揪着心，闹得家里一来人俺就心慌。"

焦裕禄说："俊雅，东西不在多少，性质是一样的。如果因为收受了别人不起眼的礼物就心安理得，那会一天天在心里加码。这就危险了。千里之堤，溃于蚁穴，一个人不会让山绊倒，可往往会被一块小土坷垃绊倒。尤其是领导干部，不留心脚底下每一块小土坷垃，总有一天会摔个鼻青脸肿啊，对不对？"

他把水倒在缸里，又要走。徐俊雅起身把扁担夺下了。

亲手掂掂三害的分量

1

焦裕禄带领治三害调查队骑自行车又出发了。

视野中看到的都是一片白茫茫的荒沙地。他们看见路边几个社员在整地。

焦裕禄问："这个村子叫啥？"

张钦礼说："叫野庄头，是仪封公社的。"

焦裕禄说："咱们过去看看。"

一行人走过去，看见地里盖着一层淤沙。焦裕禄问："这块地没种麦子吗？"

一个社员回答："种了，去年雨水大，麦苗长得还不赖。谁想到返青了刮了一场风，麦苗全让风沙打死了。"

焦裕禄蹲下去，用手拨开厚厚的沙土，看见了枯死的麦苗。他拔下一株，小心地放在手心里，双眉紧锁。一个老人说："咱这一带的村子，是老风口了。'常庄、徐庄、野庄头，三个沙村一头牛。绳耙犁套全无有，大道也是独车沟。'"

调查队登上黄河堤，在黄沙漫漫的黄河故道寻找风口沙路。一阵风沙起来了，沙尘如黄龙在大地上翻滚。焦裕禄用手一指，大声问："现在起风的是什么地方？"

张钦礼说："黄河滩！"

焦裕禄问："哪一个村子？"

张钦礼说："朱庵村。"

焦裕禄又问："这风沙会落到哪儿去？"

张钦礼说："还不清楚。"

焦裕禄手指天空，画了一个大大的弧形："你们看，风有风路，沙有沙路，水有水路，人有人路。一点都不乱。这风向沙路的规律，我们必须弄个清楚！"

他们顺着风沙游走的方向穷追不舍，又一阵急骤的风沙扑来，焦裕禄和大家只好把自行车平放在沙地上。

察看着地里的庄稼，焦裕禄发出痛心的惊呼："这一边刮平了，那一片连根都拔了！"

他对身边的技术员说："这儿是个风口。"

他在呼啸的黄风沙暴中，定定地看着这个风口。肝病却又一次剧烈发作了，他疼得站立不稳，只好蹲在地上。

张钦礼扶住他："焦书记，咱别往前走了。"

焦裕禄问："为啥？"

张钦礼说："这么大的风沙，你的身体吃不消啊。"

焦裕禄说："没事，顶一顶就过去了。"

张钦礼说："要不让李林陪你回去，我带调查队往前走，查完了写个材料让你看。"

焦裕禄摇摇头。张钦礼见他不放心，又说："还有水文队的资料，调出来你看看，也能掌握一些基本情况。"

焦裕禄说："吃别人嚼过的馍没味道！走吧，我能扛得住。"

张钦礼眼睛一亮："吃别人嚼过的馍没味道！焦书记，你这句话简直就是格言哪。"

焦裕禄问："钦礼，你听没听说这样一句话：'沙丘一搬家，庄稼没了妈？'"

张钦礼说："这是兰考的老话了。"

焦裕禄又问："你知道全县有多少个这样的沙丘吗？"

张钦礼说："前两年做过统计，沙丘的情况，年年不一样。今年还没完全统计出来。"

焦裕禄说："要根治三害，必须查清它的分布情况，还是刚才那话，不能只吃别人嚼过的馍，我要亲手掂掂兰考三害的分量！"

2

焦裕禄又要下乡了，照旧推出他那辆破旧自行车，往上头摞行李。

李林说："焦书记，车备好了。咱们今天去张君墓公社，离县城八十多里地呢，什么时候到啊？"

焦裕禄说："县委就这么一部破车，咱们饶了它吧。省它些力气，好为年老有病的老同志服务。再说，它也不是个好东西。因为隔块玻璃，群众跟你说话，光听见张嘴听不见声音，双方干着急。还因为它跑得快，步行的群众跟不上，给咱们拉大了距离，脱离了关系。车一跑还扬尘土，路旁的东西看不清，连走马观花也难，咱还是骑自行车，舒舒服服地逛一逛吧。顺路再到寨子去一趟，看看他们地里出苗了没有。"

到了寨子，又听到一片耧铃响动，新任队长豹子正领着几十张耧在耩地。焦裕禄到了地里，从耧斗里捧出一把金灿灿的春玉米种子。

豹子说："焦书记，种子是农林局从山东和东北调来的。大家特别感谢您啊，要不然，今年就会颗粒无收了。"

焦裕禄问："前两天播的出苗了没？"

豹子说："焦书记，咱又遇到烦心事了。"

焦裕禄问："啥烦心事？"

豹子拉他到旁边地块："焦书记，你看这块地。"

那块地里，稀稀拉拉只出了不到三分之一的苗。焦裕禄问："咋苗出得这么少？"

豹子说："苗出得不少，可都让地老鼠给祸害了。闹不好，种下去全白瞎了。"

焦裕禄心里焦灼起来："这可咋办？"

豹子说："咱这地方一大害，就是地老鼠。多得大白天成群结队，连人都不怕。咱用夹子夹、下毒药，都不顶事。"

焦裕禄说："咱必须要尽快消灭这东西，要不然千里迢迢调来的种子全白瞎了。这灾害更严重。"

骑车走在路上，焦裕禄心事重重地问李林："咱们这一带用啥办法治地老鼠？"

李林说:"植保站是投药,老百姓是下夹子、挖鼠洞。这些年投药多,开头还管用,后来地老鼠学乖了,下药不管用,绕着药走。下夹子、挖洞,对付少量的地老鼠还是个办法,多了就不中。"

焦裕禄说:"必须尽快想出个好办法,要不然不管你费了多大劲,也收不了粮食。"

3

走到半路下起雨来。焦裕禄把带的一件雨衣递给李林:"李林,快把雨衣穿上!"

李林推让说:"焦书记,我年轻力壮,淋点雨没关系。"

焦裕禄说:"谁叫咱俩就一件雨衣呢。这样吧,小雨你穿,下大了你可得还给我。"

李林只好穿上了雨衣。走着走着,雨下大了,李林下车要脱雨衣。焦裕禄说:"你怎么不理解我说的意思,我说是大雨我穿,现在是中雨嘛。"

李林说:"这么大雨,还中雨呢。这就是大雨!"

焦裕禄说:"明明是中雨嘛!"

李林说:"绝对是大雨,要不咱打个赌,问问气象台,这雨是'中'还是'大'?"

不一会儿,雨更大了,李林说:"这可真是大雨了!"

焦裕禄哈哈大笑:"傻小子,我都淋透了,穿它又有啥用?你穿着吧,下回再傻也不会让你穿了。"

李林自知上当,也只好依了。

他们在雨中骑行,到一个村口,见一对夫妇抱着一个筐篓,一边哭一边往村外走。女人扯住男人袖子:"他爹,咱别走了。"

男人不答话。女人抢夺着筐篓:"他爹,让我再看一眼娃儿吧。"

男人说:"别看了。他命里不是咱儿子。"

女人央求着:"咱回去吧。"男人不说话,女人抓住筐篓,死命护住:"我不要你扔!我不要你扔!回去!"

男人说:"回去他爷爷奶奶看着更难受。"

女人把身子扑在篓筐上:"你要扔把我也一起扔了,我也不活了!儿子没了,我活着干什么呀。"

男人拉起媳妇,二人抱着哭成一团。

焦裕禄和李林立即赶过去，问："怎么回事？"

夫妻二人仍在相拥大哭。李林说："大哥，你别哭，出什么事了？"

男人说："孩子病得不行了。"

焦裕禄问："孩子几岁了？啥病？"

女人说："刚一周岁。说不清是啥病，病了四五天了，刚得病时一会儿烧得像火炭，一会儿又冷了，烧了几天又抽风，现时有出气没进气了。"

焦裕禄问："你们这是看病去？"

男人说："孩子不行了，只好到外头扔了。"

焦裕禄吃了一惊："扔了？"

李林早脱下雨衣，苫住了筐篓。焦裕禄急忙拨开筐里的干草，用手在孩子口鼻那儿触摸。突然，他大声说："不要扔呀，这孩子还有口气。"

孩子的父母惊喜地围上去。焦裕禄说："你们看，这孩子还有口气呢。"

男人说："大哥呀，这孩子是俺老张家一棵独苗啊，是去年逃荒生在徐州大野地里的，就叫张徐州。回到家就得了这场病，俺这一家魂都没了。"

焦裕禄说："只要还有一点希望，就要把孩子救活。"他掏出身上所有的钱塞给男人，"马上把孩子送县医院！"

男人推着："大哥你……"

焦裕禄说："都啥时候了。你会骑车子吗？"

男人说："在徐州帮人家用车子驮过菜。"

焦裕禄说："那就行了，你们把这辆自行车推上，过了这一段就是沙碱道，能骑了。马上把孩子往县医院送。"

男人犹豫了一下。焦裕禄说："我到前边公社里就把电话打过去，我是县委焦书记，县医院会给你们帮助的。"

孩子父母跪下来："恩人哪……"

焦裕禄忙扶起来："你们快走，争取时间！我回来也去县医院。"

他们让女人裹上雨衣，抱着孩子，坐在车后座上。

夫妇俩赶到县医院大门口时，医生护士迎过来。医生问："请问你们是不是从葡萄架来的？"

男人说："是。"

医生问："你们的孩子是不是叫张徐州？"

女人说："是。"

医生说："快把孩子抱进来，焦书记早给医院打过电话了。"

第二天一早，孩子终于脱离了危险，下乡回来的焦裕禄进了病房，他看见一个护士正拿着小皮球逗孩子，孩子笑了，焦裕禄十分高兴。

医生说："焦书记，孩子没有危险了。幸亏送来得早。"

孩子父亲说："要不是遇到焦书记，孩子就没救了。穷人家孩子，穷家贱命，病得不行了只有拿筐篓背出去扔了。自古以来都说'穷娃穷病，干草包腔。筐篓一背，村外一横'。孩子这条命，是焦书记给捡回来的啊。"

焦裕禄嘱咐医生："这是农民的后代，你们要尽最大努力把他治好。"

医生直说："焦书记，你放心。"

李林说："焦书记，回家好好睡一觉吧。孩子脱离了危险，你也就放心了。"

焦裕禄说："张君墓那边还有很多没处理完的事呢，干脆再跑一趟吧。"

4

刚走出县城不远，他们看见路边地里有个老汉趴在地上一动不动，感到很好奇，就停下看，一会儿见那老汉一跃而起，在枯草里抓出一只大个儿的地老鼠。

焦裕禄就和李林走过去。焦裕禄问："这么大个儿的地老鼠啊，拿啥东西抓的？"

老汉伸出手晃了晃："用不着别的东西，有两只手，足够了！"

焦裕禄称赞道："赤手空拳抓老鼠，你了不起！"

老汉把篓子拿过来让他们看，篓子里装的老鼠快满了。焦裕禄惊叹："这么多？"

老汉说："今年这东西出奇得多。俺抓了半辈子地老鼠了，没见这东西有这么多。前天半天就抓了一百多只。"

焦裕禄问："你贵姓？"

老汉说："姓赵，名赵大水。提我名字没人知道，要提我外号，那可是无人不晓，我外号就叫'赛狸猫'。"

焦裕禄兴奋起来："好呀大叔，你帮我一个忙行不行？"

老汉问："你是谁，帮啥忙？"

李林说："这是县委焦书记。"

焦裕禄说："我正为寨子的灭鼠的事大伤脑筋呢，你老人家到那里看看，帮我想个办法。"

老汉说:"中!中!"

焦裕禄就把自己自行车上的铺盖卷解下来,摽在李林的自行车上。他骑着自行车驮着灭鼠专家赵大爷,转道去寨子。

寨子村大田里,支书刘北和豹子正蹲在地头上发愁。

豹子说:"刘支书,你看这块地出苗本来应该是百分之九十以上,现在连百分之三十都不到。播下的种粮全让地老鼠给糟蹋了。"

刘北犯了难:"这个咋办?咱咋跟焦书记交代?"他又抹起眼泪来。

豹子说:"一到事上就哭,这不想办法吗?"

焦裕禄、李林带着"赛狸猫"老汉来了。

焦裕禄说:"豹子,我今天给你带来一个灭鼠专家——'赛狸猫'赵大叔,有绝活儿,赤手空拳抓耗子。"

豹子乐了:"真的?"

刘北也破涕为笑:"这可救命了。"

焦裕禄说:"赵大叔本事再强,一个人能抓多少地鼠?我在路上和赵大叔说妥了,让他把祖辈传下的秘技绝活儿贡献出来,不要保守。就在村上办个培训班,教给大家抓老鼠的技巧。全村社员都变成了'赛狸猫',事情就好办了。"

刘北说:"对呀!"

焦裕禄说:"你们定个制度,调动社员抓地老鼠的积极性,抓一只奖励二分钱,凭老鼠尾巴来领,或折合成粮食。"

刘北连说:"中!中!"

豹子说:"焦书记,您中午回俺村吃饭吧?"

焦裕禄说:"还要去张君墓呢。你们把赵大叔照顾好就中。"说完,焦裕禄又和李林骑车上路了。

5

一辆小拖拉机开进老韩陵村。拖拉机上坐着农林局长老关和刚分配到农林局的三个大学生:朱晓、吴子明和张小芳。他们被安排到设立在老韩陵大队的苗圃场来工作,负责培育泡桐树苗。

一群孩子追着拖拉机喊着:"大学生来喽!大学生来喽!"很多乡亲拥到街

上来，穿着入时的张小芳十分引人注目。乡亲们议论着：

"看，人家大学生就是不一样。"

"那是当然，大学生，又是大城市里的人，真洋气。"

"看那妮儿，多俊俏，看着就跟画上画的一样。"

"看那眼睛，简直是一汪水儿。"

支书韩大年迎过来："关局长，来啦。"

关局长说："来啦。"他招呼三个大学生："到了，我们下车。"并向大学生们介绍："这是老韩陵的支部书记韩大年。"又向韩大年介绍："这三位呢，是咱农林局刚分配来的大学生，这位是朱晓，这位是吴子明，他们两个是学林业的。这位是张小芳，专业是土壤改良。他们都是南京农林学院的高才生。县里在老韩陵建泡桐繁育林场，他们是林场的第一批专家。你们呢，得像宝贝一样爱护他们。"

韩大年说："那是那是。关局长，咱们到大队部坐去。"

几个年轻人主动把学生们的行李从车上搬了下来。

大队部里，韩大年拿一只暖水瓶给大家倒开水："同志们哪，咱老韩陵，条件差，跟大城市相比，那是天上地下。"

朱晓说："我们学农林的，离不开土地，离不开农村，条件艰苦不怕，艰苦的环境可以锻炼人嘛，对不对，小芳？"

张小芳用手绢小心地擦拭碗沿儿，心不在焉地接着朱晓的话回答："嗯，对对。"

韩大年说："你们的住处，已经安排好了，二位男同志暂时先住苗圃，苗圃就在林场里。女同志住村上。"

关局长说："老韩，小朱和小吴是林场的技术员，小张是农林局土壤科的技术员，搞泡桐繁育离不开土壤分析，就让她一起来了。她过几天还要去县委的除三害调查队，在生活方面你们尽量多照顾。"

韩大年说："那是理所当然。"

他推开门喊一声："哎，二萍来了没？"

一群姑娘正挤在窗户那往里瞧，人堆里一个二十来岁的姑娘应声："来哩！来哩！"

韩大年说："这妮儿，来了你不进屋，扒窗户作甚。进来进来。"

二萍进来了。韩大年指着张小芳说："二萍，这位是张技术员，就住你家了。"又对张小芳说："她叫二萍，她爹是全县的模范饲养员，叫肖长茂。二萍，张技术员可是大城市来的，住到你家，可不能出差错。"

二萍说："大年叔，你放心，张技术员的房子早就收拾好了。"

朱晓说："支书，我们还是先到林场去看看吧。"

韩大年说："好好好，我这就带你们去林场。"

林场在黄河滩上，只有一间草屋，十几棵泡桐树，还有几方育苗畦。张小芳问："这里是林场呀？"

韩大年指着一片开阔的黄河滩："看这一大片都是林场的地面。"

朱晓说："多壮观啊，我们的林场就在黄河滩上！太有诗情画意啦！"他大声唱起来，"风在吼，马在叫，黄河在咆哮，黄河在咆哮……"

张小芳看了看四周，问："怎么就这几棵泡桐树？"

韩大年说："在大炼钢铁以前这一片全是泡桐树，到了一九五八年，大炼钢铁，都砍光了。"

见朱晓、吴子明蹲在育苗畦边看土壤，关局长说："这地方是轻沙地，最适合泡桐的生长。"

吴子明说："我们在学校里就学过，兰考的泡桐很出名，叫兰桐。"

关局长说："咱们兰考重新把兰桐这块金字招牌打出来，可全看你们的了。"

一个五十来岁的人从草屋里出来，招呼韩大年："大年，两位技术员的床铺收拾好了。来看看行不行？"

几个人来到草屋前，韩大年介绍说："这就是肖长茂大叔，二萍是他妮。"

朱晓、吴子明和肖长茂握手，肖长茂把手在衣服上擦了又擦，才伸出去。他们进了草屋。草屋只有两米左右高，屋里半截儿是土炕，另一半是锅台，锅台与炕之间，隔着一道短墙。地上放一张白木小方桌，桌上是一只竹壳暖壶。朱晓、吴子明觉得很新鲜，都说："真的很不错。"

肖长茂说："咱们这里的草坯房子，可冬暖夏凉。"

朱晓把带来的二胡、长笛等乐器挂在草屋墙上。关局长说："不愧是大学生，多才多艺呀。"

朱晓说："业余爱好。"

关局长说："将来咱们农林局搞个节目什么的，可有了人才啦。"

三个大学生在肖家吃午饭。饭桌上是蒸红薯、二合面窝头、咸菜。

肖长茂说："咱这里没啥好饭食，你们别嫌弃。"

张小芳拿了一块红薯，连叫："好吃好吃。上海吃的红薯只有这么一点点大，也没这里的红薯甜。"

肖长茂说："吃别的咱这儿没有，红芋倒有的是。咱兰考人说：'红芋饼子红芋馍，离了红芋不能活。'尝尝，这窝头就是红芋面的。"

张小芳拿了一个红薯面窝头，咬了一口，费了半天劲强咽下去。她把窝头放下了。朱晓觉得这样不礼貌，拿起张小芳放下的窝头吃了。

二萍问："这窝头咋样？"

朱晓说："好吃好吃。"

吴子明问："肖大爷，咱们兰考育泡桐，都是用桐根，为什么不用桐籽？"

肖长茂说："桐籽出苗少，出来的苗也不壮实。"

吴子明问："能不能尝试着用桐籽育苗？"

肖长茂说："倒可以试一试。"

二萍端上高粱米粥。张小芳喝了一口，问："这是什么品种的稻米？"

朱晓说："亏你还是学农的，这是高粱米好不好。"

张小芳笑了："我是学土壤的。"

吴子明取笑："至于土壤上长什么作物，阿拉勿晓得。"

二萍说："怕你们南方人吃不习惯，这高粱米是碾掉了皮的。平常俺们吃的都不碾皮。碾了皮就不好认是啥米了。"

外边刮起了大风。大风夹着沙子扑打着窗户发出沙沙声。一阵风过去，每个人碗里都浮了一层细细的沙土。张小芳皱着眉头，端了碗要往外走。朱晓问："哎，你干什么？"

张小芳说："刮了一层土，倒掉好啦。"

朱晓把碗接过来："别，我喝了。"他把两碗粥都喝下去了。

6

县委治理沙害座谈会就要开会了，会前，焦裕禄在会议室门口铺开红纸写会标。围着看他写字的人夸赞："焦书记真是一笔好字，拿出去一张一百。"

焦裕禄笑了："那我去天天写字卖，咱就用不着治什么沙了，卖字就行了。"

张小芳来参加会议，她看到写会标的焦裕禄，吃了一惊："呀，老焦！"

人们笑了。焦裕禄也伸过手来："噢，张小芳。"

张钦礼问："你们咋会认识？"

张小芳说："我们一起坐火车到兰考来嘛。一会儿给我们讲林业，一会儿讲马列，我当时一猜就是宣传部的。看，字也写得蛮精神吧。"

张钦礼说："宣传部的？哈哈，他是咱们县委焦书记。"

张小芳大惊："县委书记？"她一急冒出一句上海话，"阿拉勿晓得啦。"

参加治沙座谈会的是农林水利部门的技术干部，再就是县委、县政府的班子成员。焦裕禄让大家议议治理沙丘的办法。一位技术员说："治沙没别的先进招数，造林固沙是关键。"另一位水利工程师说："可以挖防风沟，打防风墙。"

焦裕禄说："这些办法都很好，就是慢了点。看看我们受灾的群众，再想想我们的责任，治沙的事，能不能快点。"

张小芳说："有一个快的办法，不过这是从外国的资料上看的，就是沥青固沙法。在沙漠地区，每亩沙丘上，用三十公斤纯沥青，加上百分之九十五的水，搅拌成沥青乳剂，用喷雾器，喷洒在沙丘上，就能把沙丘封住。"

大家哄堂大笑起来。

焦裕禄说："大家不要笑。张小芳同志是刚刚分配到农林局的大学生，学土壤的。这次主动报名参加了风沙勘察队。她对治理风沙查阅了很多资料，设想了很多方案，很好呀。这个用沥青固沙的办法确实很先进，可是它不适合咱兰考的实际情况。首先咱们没那么多钱去买沥青，咱兰考有三十六万人，只能发扬愚公移山精神……"

正开着会，外边黄风骤起，飞沙蔽日。会议室的一扇窗户被大风刮开，滚滚沙尘扑了进来，落了人们一身尘土。焦裕禄抖抖身上的土："同志们，老天不让我们高谈阔论啊，把考卷直接送到我们会议室里来了。我们还是走吧，这样的天气，正是我们调查研究的好机会！"

大家愣了一下。张钦礼问："咱们去哪儿？"

焦裕禄说："哪里风沙最大，就到哪儿去！寨子那边不是沙丘最多吗？咱们就去寨子。"

7

一队自行车骑出县委大院，焦裕禄在最前头。

上了路，他们迎着风沙走，车子骑不动了，只好推着走。有时前行一步，又被风顶退两步。涉过一个又一个沙丘，张小芳走得趔趔趄趄直跌跤，焦裕禄伸手把她拉住。张小芳叫了声："焦书记……"焦裕禄说："咱们不早就说好了吗？你就喊我老焦。"

焦裕禄的帽子被风吹掉了，随行的同志们捡起来。他干脆不戴了，把帽子揣在兜里。

一行人上了黄河大堤。堤上有一个高高的测量架，焦裕禄看了看，就要往上爬。张钦礼连忙拦住："焦书记，你别爬这个架子，风大，太危险了。"

焦裕禄说："我上去看看风口。"

张钦礼说："不行，风太大了。要上我上。"

同志们都过来拦他。焦裕禄说："老张呀，你上去我还是没看见。我比你身子轻，没事！"

他迎着风沙登上了架子。同志们在下面喊："焦书记，你当心。"

张小芳喊："老焦，站稳了！"

焦裕禄爬到了摇摇晃晃的测量架顶上。李林也跟着爬了上去。大片的沙丘在太阳下白晃晃闪着亮光，好似银色丘陵。丘陵前方是大片的麦地，沙尘飞起来，黄烟翻卷，冰雹、乱箭一般击打着弱苗。

焦裕禄转着身子四面打量。

李林说："焦书记，风太大了，你还是下去吧！"

焦裕禄说："李林，站得高才能看得远。你看见了吗？那边有三股黄烟，就是三个风口。"他在笔记本上画下了草图，标明了位置。一阵大风吹来，他不由得打了个趔趄，差点摔下去。李林赶忙把他扶住："焦书记，你快下去吧。"

焦裕禄说："我没事。现在是风沙欺负我们，总有一天，我们会把它压到地底下去。"

从测量架上下来，他们靠着背风的土坡休息、吃干粮。张钦礼说："焦书记，毛主席两次到兰考来视察黄河，提出'要把黄河的事情办好'，就是在这里呀。"

焦裕禄说："解放前黄河决口几百次，这十几年来，一次也没决过堤。可是我们却没有把黄河留给兰考的三害治住，我们对不起毛主席，对不起兰考人民啊。"

张钦礼说："焦书记，给你讲个笑话，但这个笑话是个真事：一个村子张家岗在村南种了片棉花，刚播下种，起了场风，连土带棉籽全刮跑了。刮到另一个村李家窑村北一块地里，风过了又下了场雨，李家岗没种棉花的地里长出了棉苗，到秋后收了一地好棉花。"

大家都笑了。

焦裕禄又问："有没有听到过风沙埋人的事？"

李林说："岂止是听到过，这里哪年不发生风沙埋人的事啊。听老人说，这里沙丘下面曾是一个小村庄，因为它在风口上，人们抵挡不住风沙，一户一户都搬走了，最后剩下一个老太太没搬，夜里刮了一场大黄风，那个老太太就被活活埋在沙丘下了。"

张钦礼接着说："还有一件事是去年发生的，是在仪封公社，一户靠沙梁住的人家晚上睡下，夜里刮风沙子把房屋给埋了。第二天这家人说：'咋脑袋都睡扁了天还不亮呢？'一推门，推不开了，原来让沙给埋了。幸亏邻居赶来，扒了一整天，才把这家人从沙梁丘下扒出来。还有，寨子村妇女主任刘秀芝的丈夫，就是被沙埋死的。"

焦裕禄一惊："是吗？"

张钦礼说："刘秀芝的丈夫在开封读过农中，一心想治沙，在一次看沙情时因为又累又饿，倒在地上，被沙埋住，再也没爬起来。"

焦裕禄说："这就是风沙的血债！那它这八大罪状就算凑齐了。"

张钦礼问："什么八大罪状？"

焦裕禄说："我给这沙丘总结了八大罪状。第一是起坟掘墓，第二是打毁庄稼，第三是填平渠道，第四是封闭水井，第五是压毁房屋，第六是逼人搬迁，第七是埋死活人，第八是堵塞道路。咱们要审判它，和它一一清算。不把它彻底制服，死不瞑目。"

他又指着这片沙丘："当然咱希望它戴罪立功，改造它。要是这一片片沙丘上都能长出树来，筑起一道防风墙，这里几千亩庄稼不就保住了吗？还有，大堤南是一片大碱场，要是能把一座座沙丘压到南边的盐碱地上，那就好了，沙压碱，赛金板呀。走吧，咱们再到那边盐碱地上看看。"

一行人又推着自行车往前走，在一片盐碱地上，一位老大爷正在刮碱土。

焦裕禄走过去："大爷，干啥呢？"

老大爷说："刮碱土，弄回去滤点硝盐，一家子吃的盐，就靠这个呢。"

焦裕禄问："大爷，天这么干燥，为啥这片盐碱地这么潮湿？"

老大爷说："这叫'万年湿'，天越旱它就越潮湿。这样的地种不成庄稼，种子撒下去就烂了，出来苗也得碱死。种一葫芦打两瓢。说得重一点，你就是埋下个粮食囤，也出不来苗。"

焦裕禄指着另一片盐碱地问："那片盐碱为啥就不潮湿？"

老大爷说："盐碱地呀，各种各样的都有，有盐碱、白不咸碱、卤碱、马尿碱……多了去啦。"

焦裕禄问："盐碱地上能种啥庄稼？"

老大爷说："只要功夫到，种得巧，这老碱场上也能捉住一些苗。比方说春季可以种高粱，高粱出不齐苗，补谷子，谷子出不来苗，补玉米。玉米苗出不齐，撒萝卜。见苗就留，见空就补。种一茬又一茬，补一次又一次，这样一块地种七八样庄稼，开头种的熟了，最后种的还没出苗。"

焦裕禄掏出本子，拿出钢笔，很有兴趣地听，认真做着笔记。最后，他抓起一把碱土放在手心里，看看，闻闻，揉揉，搓搓，抓一点放嘴里品尝着。

李林问："焦书记，你咋吃开碱土了？"

焦裕禄说："我这是科学实验哩。咸的是盐，凉丝丝的就是硝，又臊又苦的是马尿碱。其他碱呢，就是那个混混沌沌说不出的味道。"

老大爷说："同志啊，你是农林局的吧？咋对盐碱地知道得这么多？"

焦裕禄说："刚跟人学会的。大爷，治这碱地有绝招没有？"

老大爷说："治沙的办法倒是有，可碱地不一样，办法也就不一样。比方说用沙来压碱，咱兰考说'沙压碱，赛金板'，还有用挖沟排碱的。一犁远拉一条小沟，水压下来，碱往上泛，沟底是好土。这样的土反倒容易发苗，像歪嘴和尚吹笙——有股子邪劲。一般苗都很壮。这些法在俺们这里不好使。'大跃进'那年，深翻土地，咱这村也搞过试验，在深翻压碱的地里种的麦子，能长一人多高，一亩地收三四百斤。"

焦裕禄兴奋起来："真的？"

老大爷说："可不是嘛。不过这是个笨办法。"

焦裕禄笑了："笨办法能解决大问题呀。"

老大爷说："我身子骨好的时候，一天翻过一分地。现在不要说一人一天翻一分啦，就算是四个人一天翻一分地，俺队八十个劳动力，一天就能翻二亩，一年抽出三四月翻地，三百多亩碱地，两年工夫就全翻完了。"

焦裕禄兴奋地对大家说："这就是愚公移山精神的活用呀。记住，深翻压碱，这个办法好，值得推广！如果全县的碱地都深翻一遍，大片的碱荒就一定能治住。"

告别老人，走在路上，焦裕禄还在兴奋中，他说："同志们，任何时候，办法总会比困难多。就看你找到找不到。在办公室里拍疼了脑袋想不出的办法，到群众中走一走，就会找到。记住：吃别人嚼过的馍没味道，要想解决问题，就得去调查研究。"

到了寨子后，焦裕禄同刘秀芝又聊起了治沙的事。他问："秀芝同志，听张副县长说，你爱人是因为调查风口沙路，被埋在沙丘下的？"

刘秀芝点点头："这事过了差不多快两年了，想起来，心上像扎了一把刀啊。焦书记，我爱人叫王福强，是开封农校毕业的，毕业后回了村。他发下誓愿要治这兰考的风沙，每年这个季节，他差不多天天在风口上跑。"

她两手按在心口上，好半天，接下去说："福强这人，话不多，认上一个道理，九头牛也拽不回来。这些年光折腾治沙了，他的心思从来没往别的地方用过。人家劝他：'这治沙是国家的事，你一个平头百姓，何苦来。'他一笑，从不跟谁去争论什么。连我婆婆都说他中邪魔了。后来他每次出去我都跟上。一是让他这精神把我感化了，二是有我在身边，遇上什么事也有个人做伴。这一来连我娘家爹娘都说我也中了邪魔。"

刘秀芝起身给焦裕禄倒了杯水，也是为了平息一下激动的情绪，她的叙说伴随着哽咽："直到我怀了俺儿子，他说啥也不让我跟去了。出事那天，我从一开始就觉得有一种特别不好的感觉。出了门，他又折回来说：'秀芝，我和咱娘说一声。'我说：'咱娘睡着哩。'他说：'那我到咱娘那屋看一下。'给老人掖了掖被角，出来，大婵在门口趴在磨台上写作业，他抱起女儿亲了亲，然后把我拉到屋里，把头贴到我肚子上说：'我得和儿子说句话：傻小子，以后看你的了。'"

焦裕禄给刘秀芝倒了碗水，端给她。

"他走了，我怎么想怎么害怕。他这样的举动，以前从没有过。风一起他就走了，风一停他就回来了。可这场风刮得邪行，从上午刮到天快黑了也还不停。我心里发瘆、发慌，就去找他了。一直找到了天黑，找不到福强，我的力气也耗尽了，被风刮倒在沙丘上爬不起来，沙子很快就把我埋住了。我不知道，这个时候豹子也来找我和福强。他看见沙包上有一小片红颜色，那是我埋住半截儿的纱巾。豹子扒开沙丘，把我救了。"

刘秀芝泣不成声:"我是半夜才醒过来的。豹子又带着全村几十个男人打着火把去找福强,找了一夜没找到。风停了三天,才在一个沙丘下把他扒了出来。"

刘秀芝从躺柜里拿出一个油布包,里面包着的是几个小学生用的作业本。她交给焦裕禄:"焦书记,福强这几年查风口沙道记下的东西全在这里了。"

焦裕禄小心地接了过来。

焦裕禄说:"秀芝同志,我想带除三害工作队的同志去福强的坟上看看。"

8

焦裕禄带领全体除三害调查队队员在王福强墓前肃立默哀,他们献上了用三春柳编的花环。

默哀毕,焦裕禄沉痛地说:"同志们,这里埋葬的是一位为治沙而死的英雄,是一个壮士。他一生只有一个愿望,就是查清风口沙路,治理这为患多年的风沙。他一生没有喊出一句口号,却用行动证明了兰考人改变自己命运的决心。这座坟墓,应该立一块碑,成为我们教育干部的一个生动教材,三害不除,我们有何颜面对得起长眠在这里的英雄,有何颜面对得起兰考三十六万人民!"

离开时,张钦礼拉了一下焦裕禄:"焦书记,你看,这个墓不是用沙土堆的,而是用胶泥封固的。"

焦裕禄眼睛顿时一亮:"对。是红胶泥。秀芝同志,这坟是怎么堆的?"

刘秀芝说:"开始也是用沙土堆的,可刚堆了不到半个月,一场大风就差点刮平了。咱们这里用沙土堆的坟头,有时一场风就给搬走了。我怕风把福强的坟搬走,就想了个办法,把沙底下的胶泥翻到上面来,培了一尺多厚,刮一场风我就来看一回,无论刮多大风,都没动过,不像那些沙丘,北风来了往南滚,南风来了往北移。"

焦裕禄问:"你是怎么想到这个主意的?"

刘秀芝说:"记得福强跟我说过,他在沙地上做的一些标记,有时一场风以后就找不到了。后来他把沙底的淤土翻上来培到标记牌上,就刮不走了。"

焦裕禄问:"咱兰考的沙丘底下是不是全是这样的胶泥?"

豹子说:"全是胶泥,不过有的深些,有的浅些。"

焦裕禄说："这是个了不起的发现。从昨天晚上我还在琢磨，深翻既然可以压碱，如果把沙底下的淤泥翻上来，能不能压沙？这座坟给了咱们太大的启发了。"

　　张钦礼问："秀芝同志，封固这座坟，你用了几个工日？"

　　刘秀芝说："没多少工日，一个早晨工夫吧。"

　　焦裕禄兴奋起来："一个人一个早上能封固一座坟，我们全县一千人、一万人、十万人干上一年、两年、三年，凡是近处有淤土胶泥的沙丘，都用淤土、胶泥封住，栽上树，种上草，咱兰考该有多美。你们把秀芝同志用胶泥固沙的办法回去仔仔细细研究，向全县推广。"

　　这时，大婵哭着跑来找妈妈："妈，小春跑丢了。"

　　焦裕禄、豹子等同刘秀芝一起赶回家里。家里乱成了一团，刘秀芝问婆婆："妈，小春到哪儿去了？"

　　刘秀芝的婆婆指着秀芝鼻子问："你问我，我还问你呢！孩子睡着，你干啥去了？"

　　刘秀芝说："我有工作上的事。"

　　刘秀芝的婆婆嘴一撇："谁知道你干的是啥？告诉你，我儿福强就留了这一条根，有个一差二错的，我这命也不要了。"

　　豹子劝着："大娘，别急，咱们快去找孩子吧。"

　　刘秀芝的婆婆翻了豹子一眼："豹子，以后俺家的事你少掺和。"

　　豹子说："大娘，您这是说哪里话？我咋啦？"

　　焦裕禄说："别说了，快想想孩子能去哪儿？现在最着急的是找孩子。孩子不见多长时间了？"

　　刘秀芝的婆婆说："我醒了找他就不见了。以为跟他娘出去了，过了半天问大婵，才知是他妈自己出去的，绕院子找，找不到了。"

　　刘秀芝问："村里找了吗？"

　　乡亲们说："都找遍了，没有。"

　　"会跑哪儿去了呢？这是荒年，也没拐带孩子的人。"

　　有人说："到坑里井里捞捞看。"

　　刘秀芝婆婆一听这话，坐在地上大哭起来："老天呀！你要绝我王家的根呀！儿子死了，只这么一个孙子你也不给俺留啊！俺上辈子造了啥孽呀！"

　　豹子带了几个小伙子找孩子去了。焦裕禄把老太太扶起来："大妈，您别急，想想看，小春还是个不到两周岁的孩子，能跑到哪儿去？我觉得，这孩子没出院子。"

大家说："焦书记说得有理。"

大婵说："小春怕狗，不大敢到外边去。"

焦裕禄说："这是个重要线索，大家别都耽搁着，快在院里找。"

大家分头在院里各个角落寻找，柴火屋里没有，墙旮旯里没有，磨道里也没有……

刘秀芝突然想起了什么，冲向外屋。很快传出她尖厉的哭叫声："小春！小春！小春啊！"

她托着水淋淋的儿子从屋里走出来："孩子掉水缸里啦！"

刘秀芝的婆婆昏死过去了。

焦裕禄三天后回到家里，心情沉重，坐在桌前一根接一根地抽烟，徐俊雅问了几遍，他才讲了刘秀芝家发生的事："因为秀芝工作忙，她婆婆眼神不好，又有个嗜睡的毛病，孩子从小时就经常放在一口没水的水缸里，怕他出来乱跑，所以孩子记忆里那只水缸就是他玩的地方。在出事的前两天那口水缸盛了水，孩子一个人爬上去玩，掉里边了。"

徐俊雅也伤心起来："你说这一家就这么个男孩子，这一下不塌天了。"

焦裕禄说："可不是。刘秀芝的婆婆一天到晚哭了睡，睡醒了哭，天天拿着绳子要上吊。刘秀芝这个同志太坚强了，她心里那么难过，还硬下心劝婆婆，村上的工作该怎么干怎么干。人家都说我最会做思想工作，可对刘秀芝，我真是不知道怎么去安慰她。要不你去寨子一趟，陪她两天？"

徐俊雅点点头。

回到办公室，焦裕禄对李林说："小李，你联系一下县委宣传部，王福强为治理沙丘献出了年轻的生命，是个好典型，让他们组织采写一篇通讯，在《河南日报》刊登一下。另外，程县长也说了，给刘秀芝同志一辆架子车，算是对王福强治沙业绩的奖励。让公社给她领回去。"

李林说："好吧。民政局来电话，说给王福强申报革命烈士的材料，已经报到省民政厅了。他们还说要给王福强立块碑，请示这碑上写什么字。"

焦裕禄说："就写'治沙英雄王福强同志之墓'。激励全县人民同风沙做斗争。"

9

全县治理风沙现场会在王福强墓前召开了。

王福强墓前树起了一块"治沙英雄王福强同志之墓"的墓碑。

焦裕禄站在一个沙丘上讲话："同志们，我们这位为治理风沙贡献出生命的英雄就长眠在这里。王福强同志的事迹材料，报上登了，也发给了大家。今天把大家叫到寨子来开这个治理风沙的现场会，并不是因为这里沙丘治理得好，而是这里蕴含着向风沙做斗争的不屈不挠的精神！而且这座坟墓本身给我们提供了一个固沙的范例。今天，让所有参加现场会的各公社书记、社长，县直各部门的负责同志都来参与一下，参与一个治理沙丘的工程，每个人发一把铁锨，我们自己来做个试验。我们的目标就是旁边这个大沙丘。"

每个人发了一把铁锨。焦裕禄带头，大家干起活来，把从地下挖出的胶泥，抬到沙丘上去。一阵肝痛袭来，他不得不用锨把顶住肝部，李林刚叫了声"焦书记"，就让他摆手止住了。

一会儿，整个沙丘被封住了。焦裕禄问张钦礼："老张，你看表没有？封这个沙丘我们用了多长时间？"

张钦礼说："两小时四十七分钟！"

焦裕禄兴奋起来："同志们，你们听见了没有？封固这么个一亩多大的沙丘，我们用了两小时四十七分钟。这说明什么呢？第一，人多力量大；第二，治理沙丘并不是神话；第三，沙丘没有什么可怕的。这么大个沙丘，我们两小时四十七分钟就让它改变了模样，给它贴上了大膏药。"

他点了支烟，吸了两口，指着封好的沙丘说："大家看一看，这个沙丘现在像个啥？"

大家七嘴八舌议论起来。

有人说："像块刚出锅的高粱面馍馍。"

有人说："像块从地里刨出来的大个儿红薯……"

焦裕禄说："照我说，这会儿这座大沙丘，就像天上飘下来的一团红霞。过去它是金黄色的，披上一层红胶泥，它就变成红色的了。这团红霞就是我们兰考大地辉煌明天的象征。"

大家鼓起掌来。

办公室在最大的沙丘上

1

一九六三年三月二十九日，开封地委再次为任命焦裕禄为兰考县委第一书记请示省委组织部，省委组织部的答复是：同意焦裕禄由"代理县委第二书记"转任"县委第二书记"，去掉了一个"代"字。下一步的任命仍需"两步走"。

文件传达到兰考县委，已是这一年的五月六日。

可时隔两个月不到，省委组织部又来一个文件，调张钦礼去开封行署林业局工作。

焦裕禄却死活不同意把张钦礼调出。

张申给焦裕禄打电话，焦裕禄说："老领导，钦礼不能走哇，兰考除三害刚开了个头，你不能在阵前调换我的大将哇！他可是个离不开的角儿。"

张申说："裕禄，你也得为钦礼想想，程世平任兰考县委副书记、县长，已经是第二把手了，张钦礼要是不走，只能任副书记，做三把手，张钦礼能同意？"

焦裕禄爽朗地一笑："放心吧，这一点，老领导请一百个放心，我敢打包票，老张没意见。"

张申说："你就这么肯定？根据是什么？"

焦裕禄说："根据我对老张的了解，他能正确对待。"

放下电话，张申眼眶湿润了：这都是多好的同志啊！

当时关于焦裕禄的任职问题，省委组织部长找张申谈话，张申的回答几乎和焦裕禄一样："根据我对焦裕禄同志的了解，他能正确对待。"

地委同意了焦裕禄的意见，张钦礼留在兰考，任县委副书记。

2

治沙的战役全面打响，工地上人流如潮，到处是红旗和标语，大喇叭里播放着《我们走在大路上》的歌曲。

焦裕禄和李林抬一副大筐，给他装筐的人怕累着他，只给他装平筐土。焦裕禄催促着："再多装点。"

装筐的人说："这筐太大了，装多了抬不动。"

焦裕禄说："咱们有句老俗话，跑趟不如加杠，多装点才有工作效率。"

见装筐的人不愿意再装，焦裕禄索性自己拿起锨来把筐装满。

两人抬起筐，他让李林把前杠，他把后杠，有意识把绳子往后边拉。他教给李林："这抬筐大有诀窍，首先两个人要步调一致，走得协调才轻松。如果两个人较劲，一会儿就累趴了架。再就是把稳了筐绳，有平衡感。"

李林一回头："哎，焦书记，你咋一个劲儿把绳子往后拉？"

焦裕禄说："我不长个儿啦，压点分量没事。"

社员们赞叹说："看咱焦书记抬筐走的这步子，就是个干活儿的把式。"

县委宣传部的干事小刘背着一架照相机，要拍焦裕禄劳动的镜头。

焦裕禄问："小伙子，你是宣传部的吧？"

小刘说："焦书记，我是县委宣传部干事刘俊生。"

焦裕禄说："小刘同志，你的镜头应该对准老百姓，可别总追着我。咱兰考的老百姓在重写改天换地的历史，你要把这个场面记录下来。"

小刘拍劳动场面时，刚把照相机举起来，劳作的群众就喊："加油干啊，记者来照相了。"

小刘看焦裕禄，焦裕禄对他竖起大拇指。

在工地的另一边，张小芳也争着和当地的姑娘们一样挑土筐。她挑起土筐摇摇晃晃，惹得一些小伙子和女人们大笑。一个女人说："你们看，这张干部多像是《朝阳沟》里的银环啊。"

一个小伙子唱起一首歌谣：

大学生，大学生，做吗吗不中。

让她挑水去，她说挑不动，

让她抬土去，她说肩膀疼，

让她拉粪去，她嫌臭烘烘。

张小芳躲在一边伤心地哭了起来。

看到一个个大沙丘被封住，焦裕禄很兴奋："现在我们已经找到了治沙丘的办法，给它贴上膏药扎上针。"

李林问："焦书记，啥叫贴膏药、扎针呀？"

焦裕禄说："贴膏药就是拿淤土来封住它。针扎，好理解，就是在沙丘上栽上树。当然，从治病来说，这只是个救急的方子，治沙的百年大计是造林固沙，当年见效的是育草固沙，立竿见影的是翻淤固沙。我们三管齐下，一定能把沙丘治住。"

3

听说胡集大队种泡桐有成绩，焦裕禄就带上除三害办公室的同志到胡集来了。他们进了靠村边的一户农家，这家只有老两口儿，院里院外栽了很多泡桐树，已经粗壮成材。

焦裕禄问："大爷，你老人家种了多少泡桐树啊？"

老人说："院里院外，栽了三十多棵。"

焦裕禄说："这泡桐长得好啊，都这么粗了！"

老人说："是啊，长得不赖。有了这些树，吃穿全不愁了。俺是一年出一棵树，卖了就是钱，方便！"

焦裕禄问："你老人家光出树不栽树，这些树总有出完的时候，那咋办？"

老人说："谁说不栽？掘了树，根还在。只要不封坑，来年春天就发芽抽条。俺留下一棵壮实的，其余的拿到集市上去卖树苗。这泡桐长得快，头年一根竿，三年一把伞，五年可锯板，一年掘一棵，富贵不断头。"

焦裕禄往小本子上记着。

老人说："这泡桐就是咱兰考的子孙树。"

焦裕禄对一旁的张钦礼说："老张啊，咱们要大力发展泡桐，这可是个有潜力的产业！"

张钦礼说:"兰考三宗宝,花生、泡桐和大枣,泡桐占的分量最重。兰考适合种植的土地有五十多万亩。当年日本鬼子侵略中国,专门在兰封城里建了木材加工厂,把在当地掠夺的上好桐木加工成板材运到日本。种泡桐不仅能防风沙,而且能换取外汇。焦书记说得对,它或许能成为兰考县一个重大的经济支撑。"

焦裕禄兴奋地说:"我在县木材公司了解了一下泡桐出口换汇情况,他们介绍,每立方米泡桐板材价值一百多元,如果出口,可以换回两吨钢材,一点二六立方桐木板就可以换回一吨肥田粉,四十八点八五立方桐木板材就可以换回一辆载重四吨的卡车。"

大家兴奋起来。

焦裕禄说:"种泡桐就离不开专家呀,你可得留心这方面的人才。"

张钦礼说:"林业局苗木试验场刚分了两个大学生来,听说是专门研究泡桐栽培技术的。"

焦裕禄问:"是不是一个叫朱晓,另一个叫吴子明?"

张钦礼问:"你认识?"

焦裕禄说:"我从开封坐车回兰考,在火车上碰见的。农林局那个张小芳也是他们同学。走,咱们到老韩陵苗木试验场看看他们。"

在老韩陵苗圃里,朱晓和吴子明正在检测地温,张小芳来了。她隔着苗畦喊他们:"朱晓、吴子明,你们上来。"

俩人过来了。

吴子明说:"张小芳,你晒黑了。是不是三害勘察队天天跑野外啊?"

张小芳说:"不光是天天跑野外,还要参加治沙劳动。"

吴子明笑了:"就你,还'天天参加治沙劳动'。别往下说了,小朱该难过了。"

张小芳说:"他才不难过呢,一点都不知道心疼我。"

朱晓说:"参加劳动是磨砺意志的好机会。"

张小芳对吴子明说:"我说怎么样?一点都不心疼我吧。虽然呢,你不心疼我,可是我心疼你呀,看,我给你们俩带什么来了?"

她打开书包,拿出一个提兜。

朱晓叫起来:"罐头,你从什么地方搞来的?"

张小芳说："买的呗。还有呢。"她又拿出几听饼干。

朱晓说："你买这些干什么？"

张小芳说："给你们吃呀。"

朱晓说："社员们生活这么艰苦，我们吃这个，会脱离群众的。"

张小芳说："天天吃红薯面窝头，连菜都没有，营养不够。你看你的脸都成菜色的了，快打开吃了吧。"

见俩人不动，张小芳有些生气了："吃点罐头、饼干算什么特殊？这要算特殊，商店不要卖好啦。"

朱晓说："小芳，这里是灾区，群众生活水平很低，用很多钱买这些，影响多不好。我们应该严格要求自己，向贫下中农学习。"

张小芳说："哟，朱晓，你什么时候变成老焦啦？讲起革命理论来啦？这是我拿工资买的，又不是偷来的。"

正在这时，韩大年在外边喊："朱技术，焦书记看你们来啦。"

朱晓答应着："来啦来啦！"急忙拉了件衣服，把网兜盖上，但未盖严，焦裕禄就进来了。

朱晓和吴子明迎出来："焦书记！"

焦裕禄说："咱们可是有约在先，喊我老焦。"

吴子明说："您是县委书记，我们怎么好意思。"

焦裕禄说："我们坐过同一趟车，也是朋友嘛。怎么样，生活习惯不习惯？你们以前没有见过这样的草房吧？"他按了按床铺，"看你们睡的床铺软不软。"

他一按床，盖在罐头上的衣服滑了下来，人们看到那一兜食品，脸上露出惊奇的神色。朱晓和吴子明脸色也变了。

张小芳说："老焦，问你个问题，可以吗？"

焦裕禄说："可以呀，尽管问。"

张小芳说："这罐头呀饼干呀之类的，算不算是资产阶级的东西？"

焦裕禄说："这些东西没阶级性。"

张小芳说："我给他们买了点罐头增加些营养，他们说这是资产阶级思想。"

焦裕禄大笑："我对你们关心得不够啊。你们是泡桐研究专家，是我们最需要的人才啊。你们是南方人，在兰考工作肯定要适应一个时期。你们觉得兰考这地方怎么样？"

吴子明老实地说："没有南方好，风沙太大，群众生活也苦，搞研究有困难。"

朱晓也说："吃不上米，生活上不太习惯。"

焦裕禄说："是啊，兰考是个风沙区，又连年受灾，生活上肯定会有些困难。困难是暂时的，会好起来的。兰考有九十多万亩耕地，我们规划中有四十万亩农桐间作，你们是研究泡桐的，到哪儿找这么大的研究基地？"

朱晓、吴子明点头。

焦裕禄说："我这个县委书记，就是你们的后勤部长，有什么困难，有什么要求，你们可以直接向我反映。"

朱晓说："焦书记你放心，我们一定好好工作。"

吴子明说："焦书记，你看看我们的苗畦吧。"

刚整修好的苗畦一片新绿。朱晓指点给焦裕禄看："焦书记啊，咱们的泡桐是初步繁育，种苗买不到，就用了应急的办法，把一棵大泡桐刨了，大树坑周围发出一圈嫩芽，就用这些嫩芽育苗，一棵老树可发一百多棵树芽。也可以用树根栽植，把树根栽成二十到三十厘米长的段，埋在土里。桐树全身都可繁殖，土地与湿度合适时，也可以插枝。"

焦裕禄说："拿出你们的十八般武艺来，各种办法都用上，多管齐下，能多繁衍一棵也是你们的功劳。"他又问，"你们说咱们设想的农桐间作科学不科学？田里种上泡桐会不会影响产量？"

朱晓说："搞粮食作物与泡桐间作符合科学规律。拿小麦来说，阳光过强它就会把叶子卷起来睡午觉了，它一睡午觉就不再进行光合作用。种上泡桐等于给小麦打了一把遮阳伞，它遮住的光线，又恰恰正是小麦所需要的光线照射指标。也就是说种上泡桐的地方小麦不再午睡，每天增加几个小时的光合作用机会，当然会增产。"

焦裕禄说："你们要把这个道理讲给社员们听，让大家都明白。咱们兰考能生长泡桐的地方，都要栽上泡桐。"

4

月光如水。二萍家小院里挤满了年轻人。二萍忙着给大家倒水。朱晓拉二胡，吴子明吹口琴，他们合奏《我们年轻人》《光明行》。演奏不断得到大家的夸赞。肖老汉也搬了个板凳，坐在年轻人堆里听，他手里端着个烟袋，抽着烟。

一曲终了，吴子明问二萍："二萍，你张姐呢？让她来唱歌呀。"

二萍说："张技术员在屋里躺着呢。"

吴子明问："怎么了？"

二萍说："她说不舒服。"

朱晓说："我去叫她来。"

屋里，张小芳蒙着被子躺在炕上。朱晓进来了："小芳，大家都在院子里唱歌呢，你快起来吧。"

张小芳说："我不去，我头痛。"

朱晓上去拉她："和大家玩一会儿，心情一好就不痛了，起来起来。"

张小芳说："我不去。"

朱晓放低了声音："大家都在院子里，你一个人在屋里躺着，多不好。"

张小芳说："有什么不好的，凭什么大家干什么我就得干什么？"

朱晓说："你看你看，大家让我来叫你嘛。"

张小芳说："我不高兴和你那个大家在一起。"

朱晓问："为什么？谁又惹你了？"

张小芳说："我觉得这里的人谁都瞧不起我。在工地上，我担不动土筐，他们取笑我，把我叫银环。今天上午，在苗圃，老焦看你们的床铺，我买的罐头从盖的衣服底下暴露出来，你看他们一个个那眼瞪的，看我的那眼神都不对。"

朱晓说："行了，别想那么多了。"

张小芳说："朱晓，我觉得你一点都不关心我。"

朱晓说："这一阵还真顾不上关心你，泡桐出芽了，满脑子是泡桐。"

张小芳说："怎么样，没冤枉你吧，你自己都承认了。"

朱晓说："我心里是关心你的。"

张小芳说："我没看出来。我从工地回来，连吴子明都说我晒黑了累瘦了，你就不说。"

朱晓问："我用得着说吗？"

张小芳说："当然用得着，你要先说了，没准儿我立刻就会亲你。"

朱晓退了一步："饶了我吧，当着众人的面你敢？"

张小芳说："怕人家说你小资产阶级，对不对？大家都不小资产阶级，不要有人结婚好啦。"

朱晓又去拉她:"快起来到外边坐一坐。"

张小芳挣着:"不要。你也不要去,在屋里陪我。"

朱晓着急地说:"那怎么行,人家还等我拉二胡呢。快起来,快起来。"

他去拉张小芳,张小芳搂住他的脖子。

二萍进来,看到这场景,吓了一跳,进也不是,退也不是。张小芳看见二萍,松开朱晓,躺在床上,用枕巾盖住脸。外边有人喊:"让张技术员唱个银环。"

张小芳一下扔掉枕巾:"朱晓,你听见没有,所有的人都把我叫银环!"

5

兰考除三害如火如荼,地委书记张申和省委第二书记何伟来到了兰考。

华沙牌轿车开进县委大院,县委常委李成等人迎上去。李成握住何伟的手:"何书记、张书记,焦书记他下乡了。"

张申问:"老程呢?"

李成说:"程县长在红庙包队。常委就我在,今天是我在机关值班。张书记,咱们先到办公室吧。"

进了办公室,张申说:"这次省委何书记是专门到兰考视察工作的。要在兰考走走、看看。老焦什么时候下乡了?"

李成说:"一清早他就走了,可能是去爪营了。这样吧,我打个电话给爪营公社,让他马上回县委。"

何伟在看墙上挂的一幅《兰考地图》,问李成:"爪营是在这个位置吗?"

李成看了一下:"是。"

何伟问:"兰考的干部群众对焦裕禄同志的工作有什么评价啊?"

李成说:"这个,这个,焦书记刚来,我们也总是下乡,对群众意见搜集不够。焦书记,能说,敢闯,胆子大……"

何伟问:"怎么个能说、敢闯、胆子大?"

李成说:"讲话不用稿,想到哪儿就能说到哪儿。传达上级文件一般也不照原文念,加上自己的观点传达下去。工作上有闯劲,刚来就把县委劝阻办的牌子摘了,对群众外出逃荒实行开笼放鸟的政策,能走的都可以走。为平反右派也做了不少工作。"

何伟眉头紧皱。

李成说："我现在打电话，让焦书记赶回来。"

何伟说："不必。我们去找他，我这是第二次到兰考，上一次没顾上多跑跑，这回也顺便了解一下基层的情况。"

李成说："也好。我让办公室的同志开上车子，前边带路。"

车里，何伟对张申说："看来兰考干部对焦裕禄的工作还是有些微词的。"

张申看着何伟，没表态。

何伟说："那位介绍情况的同志有些话里有话。"

张申说："这两年兰考连续受灾，干部思想不太稳定。要求调出兰考的干部不少。焦裕禄前不久向地委汇报工作时说：'没有抗灾的干部，就没有抗灾的群众。干部不领，水牛掉井。'这话我很赞同。他们抗灾先从整顿干部队伍的思想入手，路子也对头。"

何伟说："那个常委说他'胆大''敢闯'，我总觉得好像表达的是另一层意思。"

张申说："焦裕禄常说，'吃别人嚼过的馍没味道'，他在工作上确实有创见，也有魄力。但毕竟他以前没有主持过一个县的全面工作，所以我也有些担心。"

何伟点头："'吃别人嚼过的馍没味道'，这话有些意思啊。地委可以多派几个人来协助他，帮他打开工作局面。"

到了爪营，车子停在大队部。大队部院子里很热闹，社员们在报名到巩义去打工。大队会计坐在桌上写花名册，报名的人争先恐后往桌前挤。

张申和何伟下了车，走到人群中，问一个干部："你们焦书记呢？"

那个干部说："走了。在这里安排了一些事就走了。"

何伟问："他们这是干什么？"

那个干部说："这不是准备集体逃荒吗，今天报名。"

何伟吃了一惊："逃荒？还是集体逃荒？上哪儿去？"

那个干部说："到巩义石场去砸石头。这里受灾重，焦书记绞尽脑汁想了个集体逃荒的办法。别的公社去几拨人了，都说不错，俺们这里也紧着组织人过去。你们来得不巧，焦书记一直在这儿，直到把事安排完才离开。"

张申问："他去哪儿了？"

那个干部说："我听他说是去寨子，看看春播的情况。"

他们到了寨子，看到村头围了很多群众，场面很热闹。驻队干部孙建仁正在主持抓地老鼠比赛的总结。张申和何伟走过去。他们看见到这里来的群众都拿着一串老鼠尾巴，会计忙着登记在册子上。"赛狸猫"在做着评判。

何伟问："你们这是干什么？怎么这么多老鼠尾巴？"

一个群众说："俺们在搞抓地老鼠比赛，看谁抓得多，凭老鼠尾巴计分领奖励粮。"

何伟问："这什么意思？"

群众一指"赛狸猫"："你问问他。"

"赛狸猫"走过来。

何伟问："你叫什么名字？"

"赛狸猫"不知问话的人是什么身份，但看这派头一定是个大官。他说："我名字叫啥你肯定不知道，我外号兰考没人不知道，我叫'赛狸猫'。我这外号可不是瞎起的，一只猫一天能捉多少老鼠？我就靠这两只手一上午能抓二百只。焦书记拿自行车把我接来，专门教这村的人捉地老鼠。让我把祖传秘诀贡献出来，我一点也没保守。今天来的全是我徒弟。"

何伟摇摇头。

张申问："你们焦书记呢？""赛狸猫"说："刚走，上赵垛楼了。"

车子里，何伟对张申说："看了这两个地方，我觉得你对焦裕禄的担心是有道理的。"

张申一笑。何伟又说："兰考不是开封救灾的典型吗？可这两个地方，一个在集体逃荒，一个在开老鼠尾巴会。有些，怎么说呢，有些让人难琢磨。"

此时，在赵垛楼翻淤压沙工地上，焦裕禄正和社员一起劳作。他问一个社员："一个劳力，一天能翻出多少地？"

那个社员回答："这不好说，得看淤土有多深。像咱这里，一个人一天就能翻两分地。"

焦裕禄说："一个人一天翻两分地，十天翻两亩，十个人就是二十亩。这不算慢，只要能治住碱，就好比蚕吃桑叶，再慢，也能把盐碱翻个底朝天。"

一位老大爷笑说："焦书记，咱决心倒是有，就是有一点，这翻地是个掏力气的活，现在咱们是'长虫打能能——腰里瓢'。"

"嗯？"焦裕禄不解。

老大爷说："这是兰考话，长虫就是蛇，'打能能'就是它挺起身子来。长

343

虫挺不起身子是因为它腰里软。咱们干力气活吃不饱肚子，就像长虫打能能，挺不起腰来。"

焦裕禄问："现在你们一天发多少粮食？"

老大爷说："七大两。"

焦裕禄沉吟："是少了点。增加到一斤中不中？"

老大爷说："按说一斤也不算多。可咱们国家不正有难处吗？别增了，七大两就七大两吧，咱勒紧裤腰带照样干。"

焦裕禄眼睛湿润了："大爷，我工作没做好，让乡亲们挨饿了。"

老大爷说："老焦，这是老天爷跟咱作对，能怨你吗？"

张申书记的车子停在工地附近。

张申和何伟下了车，县委办的同志说："又没追上。焦书记又到寨子封沙工地上去了。"

寨子大队封闭沙丘的工地上人头攒动，老人、孩子一起上阵，抬的抬，背的背，场面十分热闹。焦裕禄和群众一起推车抬筐。

车子开到离工地不远的地方。张申和何伟走过来。

张申问一个社员："你们焦书记在这里吗？"

社员回答："在。"

张申问："在哪儿？"

社员说："你们往前走，哪儿沙丘最大，哪儿就是焦书记的办公室。"

他们走到那个最大的沙丘前。焦裕禄看到了张申和何伟，忙跑过来："张书记，何书记！"

张申说："裕禄啊，我们这四个轮子的，硬是撵不上你这两个轮子的。"

何伟说："你这个县委书记太难找了。诸葛亮三顾茅庐，我是三撵焦裕禄。"

焦裕禄说："何书记，早就盼着您再回兰考呢，要知道您今天来，我就在机关迎接您了。"

何伟说："为什么一定要在机关等。县委书记在第一线，省委书记为什么就不能？刚才一个社员说，哪儿沙丘最大，哪儿就是焦书记的办公室。你的办公室果然大得很呀！"

大家笑起来。

焦裕禄又介绍了刘北和刘秀芝。

张申说:"刘秀芝同志,知道。你们县委汇报材料里有你。"

刘北说:"领导们到大队办公室谈吧。"

一行人到了大队办公室,屋里堆的都是劳动工具,刘秀芝归置了一下,腾出两把椅子,焦裕禄让张申、何伟坐了。焦裕禄把一个土筐翻扣过来坐了。他掏出烟,二位书记都摆摆手。他自己想抽,一摸没火柴。

何伟笑了:"有烟没火,只能算二等烟民。"他掏出打火机,给焦裕禄把火点上了。

何伟问:"干得怎么样?"

焦裕禄说:"刚开了头。领导来得太及时了,多给我点拨拨。"

何伟问:"困难很多,压力很大,是不是?"

焦裕禄点点头:"是。"

何伟说:"在郑州大街上就能看到兰考的现状,饭馆里那些要饭的,一问全是兰考的。"

焦裕禄说:"我们工作没做好。"

何伟说:"上次离开兰考时,我说过我会再来兰考。今天我来,一是看看,二是听听,三是走走。"

张申说:"何书记这次来,就是想认真解决一下兰考的问题。你把兰考的现状、困难和县委的打算实事求是地谈。能干好就说能干好,干不好就说干不好,不要夸大,也别缩小。"

焦裕禄有些紧张了。

何伟有意缓和一下气氛:"群众都在劳动,我们不能只在屋里谈话。焦裕禄同志也要有所准备,如果不愿一个人谈,也可以开个县委常委会,集体谈。"

焦裕禄说:"何书记、张书记,这样中不中——你们把工作程序做下调整,我汇报之前,你们是不是先到各处看一看,有些情况,你们走一走可能比我说得更真切。"

何伟说:"行,那就先走一走,再看一看,最后再听一听。咱们抽两天时间,看几个地方。你说呢,老张?"

张申说:"可以。"

刘秀芝提着一只暖水壶进来:"领导们喝点开水吧。"

何伟说:"咱们还是先参加劳动,累了再喝。"

他们回到工地上，焦裕禄说："封闭沙丘打的是人民战争，韩信将兵，多多益善。这么大一个沙丘，最多十天，就封个严严实实。"

何伟看见一群小学生用书包运土，问他们："孩子们，你们累不累？"

孩子们齐声回答："不累。"

一个小学生说："下了课，来运几书包土，跟玩一样。"

何伟和张申、焦裕禄投入了运土的人流中。

6

正是一个大风天，狂风吹沙，漫天昏黄。焦裕禄陪同何伟、张申在野外踏查。大家很艰难地前行。

在一片起伏的沙丘前，焦裕禄指点着："这里可以栽上树，防风固沙，过几年，树长起来，就是一片绿。"

在一片大碱滩前，他又捧起一把碱土，在手心里搓着："别看这大碱滩一片白茫茫，有一片白，就有可能变成一片绿。"

张申说："兰考的风沙，这回你算领略了吧？"

焦裕禄伸出一只拳头："刚到兰考时，坐老韩陵大队的骡车，赶车的肖大爷就说，这兰考的风有这么大。"

何伟问："这是多大的风？"

焦裕禄说："风刮起的土坷垃有这么大。"

张申说："还有呢，人问兰考一年刮几场风，兰考人说：一年就刮两场风，一场刮半年。"

火车站前，一个县委常委和几个公社干部带领外出务工的社员，一队队、一组组在广场候车。没有吵闹，没有拥挤，一切都秩序井然。

焦裕禄同何伟、张申来到火车站广场，焦裕禄说："我们派出一名县委常委，有组织地率领群众到外地务工，只是巩义县一个县，就派出八百多人，这样大大减少了盲目外流的人数，还能增加社员收入。"

何伟说："这个办法好。"

焦裕禄给何伟点了支烟，自己也点了支："何书记，眼下重中之重是救灾，以前，我们制止灾民外流，只是靠劝阻，县政府有个科室就叫劝阻办。可你把他劝回来他吃什么？鱼奔千里水，鸟觅万里食，所以劝阻不是个好办法，这个办公室让我给撤了。制止人口外流，扬汤止沸不行，这是治标的办法，得靠釜底抽薪，这才是治本。工作重点不应该放在劝阻上，而要组织群众搞好生产自救！"

何伟说："可是在郑州、洛阳、开封还有你们县的大量灾民呀。"

焦裕禄说："外流的人还有不少，我们已经派了干部去做工作，这批人很快也会疏导妥当的。"

何伟说："灾民盲目流动，安全也是一个很大的隐患。你们做过这方面工作没有？"

焦裕禄说："我近来做了一些调查，调查结果令人触目惊心啊，城关公社老韩陵大队五爷庙村李富德，外流途中冒险钻火车，头被轧掉；仪封公社三合庄村李雪和陈富生，外流时双双被火车轧死；仪封公社代庄村刘耿氏和代洪占，外流期间先后被火车轧死；仪封公社圈头村房月亮，外流跳车被火车轧死；张君墓公社张公安村张张氏和张绍其，外流中先后被火车轧烂头；爪营公社代砦大队袁登山，外出扛粮被火车轧死；红庙公社红庙大队秦家廷，外流抢扒火车被摔死……这些，让我几夜睡不着哇。县委在千方百计安顿群众的同时，仍实事求是通知社队对全队人员进行排队，生活困难而需外出者，组织集体逃荒——外出搞一些副业，比如到采石场打石子。为了减少伤亡，我们还布置将外流亡人案例编成提纲，教育全县群众。"

何伟静听着这些细节，流下了眼泪。

张申说："你们的农桐间作丰产试验怎么样了？我们去看看。"

从老韩陵苗圃回到县政府招待所，已是晚上了。匆匆吃了碗面条，焦裕禄又到张申、何伟住的客房里谈工作。

他带了一点炒花生，进屋抓了一把放在张申、何伟跟前："何书记、张书记，兰考太穷，实在拿不出招待你们的好东西，这花生还算不错，沙土地上长的，个儿大、脆、香。"

张申吃了一颗："是不错。老焦啊，这兰考其实是个好地方，北临黄河，南贯陇海，位置很优越。历史上名人挺多，像汉初的曲逆侯陈平、南朝时的文豪江淹都是这地方人。可是从历史上看灾难也最多，在秦朝，就因为风沙滚滚、昏雾弥漫，被称作'东昏地'，洪涝灾害两三年一遇，从咸丰年间到解放这一百年时间里，让风沙埋掉的村庄就有六十三个。"

焦裕禄说:"张书记,我来后查了一些历史资料,出了一身冷汗啊。新中国成立初期,全县粮食亩产不到七十斤,人均只有二百多斤。全县九十七万亩耕地,低洼易涝地、沙碱地占了一半多,底子实在太薄了。"

何伟说:"焦裕禄同志,你今天带我看的这几个点,都是问题比较突出的,你没有做表面文章,我很高兴,心也放下了。我想听听你下一步怎么办?"

焦裕禄从挎包里拿出一张地图,铺展在床铺上:"这是沙丘、风口的分布图,现在查明了,兰考全县有大小沙丘一千六百个,危害最大的有二百六十一个。大小风口有八十四个,危害最大的十七个。对风沙灾害的治理,我们已经摸索出了一套经验,那就是用淤土封闭沙丘,育草造林。还有对内涝、盐碱的治理,也有了比较明确的方案。县委最近正在制定一个改造兰考面貌的蓝图,争取在三年内取得根治三害的基本胜利。"

何伟说:"好啊。"

焦裕禄说:"要想除掉兰考的灾害,首先要除掉一部分干部思想上的病害,端正和改进干部作风,仍然是个大问题。"

张申说:"老焦啊,你自己首先要放开胆子,大刀阔斧地工作,有啥事,地委顶着。"

焦裕禄说:"何书记、张书记,你们放心,我既然来到兰考,就有把这罐子血倒在这块地方的精神准备。时间不早了,你们早点休息。咱这招待所,条件太差了。"

张申说:"这条件是差,你看,被子是湿的,墙上直掉碱疙瘩。一拉灯地上爬的全是潮虫子。早就说让你们写个申请,地委支持你们一下,把这招待所改造改造,你们不打这个报告。"

焦裕禄说:"常委会上统一了一下思想,兰考是重灾区,我们还是把每一分钱都用在改变全县面貌上。先治坡,后治窝。将来兰考富裕了,没准儿会盖个大宾馆呢。"

7

常委会议室里,正开着县委扩大会。参加会议的除了县委常委,还有除三害办公室的同志和一部分公社书记。

听了各公社和相关部门的汇报,何伟书记说:"这两天,焦裕禄同志领着我和张申同志在全县转了一些地方，今天又听了你们的汇报，我深受教育，也很感动。为了改变兰考面貌，你们县委动了很多脑子，做了很多工作。你们的发展规划和决心也体现了一种大气魄。我没有多少话要讲，这里只说一点，要完成这么艰巨的事业，必须把群众充分发动起来。寨子村的治沙工地，老人娃娃一起上，从他们身上我看到了人民群众挖穷根的决心。"

何伟激动起来："同志们，中国穷，河南穷，兰考更穷，可是我们不能总过穷日子。共产党人流血牺牲，为的是让人民过好日子。如果你们县委带领全县人民改变了穷困面貌，过起富裕日子，兰考人民世世代代不会忘记你们的。人民会给你们记功，会给你们树碑立传！当然由穷变富不是一件容易的事情，也许要几代人的努力，但你们毕竟是先驱者。我没有别的能力，回省里，我会替你们宣传，为你们鼓与呼，尽量在财力、物力上给予你们一些支持。尽管河南经济不发达，我也要伸手替你们要钱，先给你们要二十万，如果省里暂时拿不出，我卖手表、卖大衣、找人募捐，也要支持你们除三害！"

会场上一片热烈的掌声，很多干部在擦眼泪。焦裕禄说："何书记，请省委放心，有这二十万，我们除三害；没这二十万，我们照样除三害！"

何伟带头鼓掌，会议室里又响起一片掌声。

8

夜深了，县委大院一片沉寂，唯有焦裕禄的办公室还亮着灯光。

焦裕禄在屋里踱着步子，办公桌上摊开的稿纸上写着一个题目"兰考人民多奇志，敢教日月换新天"。

有人敲门。一个三十多岁的干部走进来，他是县民政局干部刘占廷。焦裕禄给他搬了把凳子："坐，坐。你是民政局的，民政科科长老刘。"

刘占廷说："我是刘占廷。焦书记还记得。"

焦裕禄说："你不是抽调到县委劝阻办工作过嘛。我到兰考来上任，在路口，咱们见过面。"

刘占廷说："那一回，俺在逃荒人群里看见了俺娘和俺妹，过去说了会儿话。"

焦裕禄说："这件事对我触动很大，县委劝阻办的干部，自己的老娘去逃荒都劝不住。我到兰考工作，还没进机关就上了一课。我们的责任重如泰山啊。"

他给刘占廷倒了杯水："老刘，这么晚了，你还没睡。"

刘占廷说："焦书记，我睡不着。"

焦裕禄问："是不是有什么问题呀？"

刘占廷说："焦书记，我有个要求。"

焦裕禄说："你说吧。"

刘占廷说："焦书记，我老家是黄瓜架大队的。俺们大队是个重灾队，群众年年都外出逃荒，到现在，俺娘领着俺妹子还在外边要饭……焦书记，俺是个共产党员，连自己的村都治不好，连自己的娘都养不活，俺心里有愧呀！请求县委批准我回家，担任大队支部书记，三年内不改变面貌，我甘愿受党纪处分。"

刘占廷哭了起来。

焦裕禄握住他的手："刘占廷同志，你的要求很好。这是一个共产党员应有的品格和责任。我会把你的要求提交县委常委会。如果批准了，我亲自送你去上任。"

新鲜的绿意

1

又刮大风了。一天一地沙尘滚滚，天昏地暗。一个姑娘顶着大风艰难地走着，她是吴子明的未婚妻李丹。

一辆拉竹竿的马车从她身边经过。李丹对赶车的老汉喊："大爷，问个路，到苗圃怎么走啊？"

赶车人是肖长茂。风大，肖长茂听不清，他把车停下，从车辕上跳下来："姑娘，你问啥地方？"

"苗圃。"

"你去苗圃？"

"是啊。"

"苗圃可远着呢。正好我是到苗圃去的，你上车吧。"

"谢谢大爷了。"她上了车。马车在风里走着。肖长茂问："姑娘，从哪儿来？"

李丹说："郑州。大爷，你们县的苗圃，为什么不通公共汽车啊？"

肖长茂说："那个地方偏僻，平常没多少人去那儿。"

李丹说："大爷，要不是遇上您的车，我还真没办法了。"

肖长茂说："姑娘，我告诉你，我这车可不是一般的车。咱们兰考县委焦书记来上任，就坐我的车到了兰考。"

李丹问："大爷，你们这地方是不是常刮风？"

肖长茂说："不常刮，一年也就两场风。"

李丹问："一年刮两场风？"

肖长茂说："一场风刮半年。兰考一场风，从春刮到冬。"

李丹问："天天刮风呀？"

肖长茂说："可不咋的。姑娘，你到苗圃找谁？"

李丹说："吴子明。"

肖长茂说："吴技术啊，认识，认识。那可是个好后生，好后生啊！人家是从大城市来的，扎在咱兰考这么个穷地方，一心一意地育树苗，不容易啊。姑娘，你是吴技术的啥人？"

李丹说："我？我，是他同学。"

到了苗圃，肖长茂勒住牲口，车停下来。他往前一指："姑娘，吴技术他们就在那边。我卸车去，你往前走就是了。"

育苗区里，朱晓、张小芳、吴子明为保护桐苗不让风刮掉，分别在两头和中间用身体压在苦盖苗床的秫秸箔上。他们浑身上下成了一个土人。

张小芳叫着："我顶不住啦！"

朱晓喊："张小芳，你坚持住！"

张小芳说："我要刮起来啦。"

朱晓喊："别抬头。身子撑开。"

秫秸箔像小船一样在大风里摇晃。

张小芳声音低了下来："我真的顶不住了。"

朱晓说："拼上命也要挺住！这箔一掀起来，桐树苗就全完了。"

李丹大声喊着："吴子明！吴子明！吴——子——明……"她的声音让风刮跑了。

朱晓说："小吴，好像有人喊你。"

吴子明问："什么？"

朱晓说："有人叫你的名字，你听……好像是李丹。"

吴子明抬起头来："是李丹？李丹，她怎么来了？"他对朱晓说了句："老朱，你顶住。"

朱晓对张小芳喊："张小芳，你到那头压住。"

吴子明站起来，向李丹跑去。他上去要拉李丹的手。李丹往后退了一步："你，你是吴子明？"

她不认识眼前这个"土人"了。

吴子明说："李丹，是我呀！我是吴子明！"

张小芳在那边喊："李丹！李丹！"

李丹问："那是谁？"

吴子明说："张小芳呀。她和朱晓压着箔呢。"

直到风小了，朱晓和张小芳才回到小屋里，李丹正洗头，换了一盆水又一盆水。吴子明直皱眉头。

张小芳拿了水瓢给她冲水，冲了一遍又一遍。她拧着头发："看你们这鬼地方，走一路，洗了好几盆泥汤。哎，张小芳，你也洗洗，看，都成庙里泥胎了。"

张小芳说："听见你声音了，可是不敢动。不压住箔，桐苗全让风打死了。"

朱晓说："咱这地方呀，就是风大土多。兰考人民苦，一天半斤土。早上没吃够，晚上还得补。"

几个人说着话，张小芳把午饭弄好了，四个人坐下来吃午饭，饭桌是一个倒扣的木箱子，主食是高粱面窝头，只有两个菜，一个是蒜苗炒咸菜，另一个是罐头沙丁鱼。

吴子明说："李丹，我们这里条件艰苦，你就将就着吃一点吧。"

朱晓说："李丹呀，你还算有口福的呢，今天有蒜苗炒咸菜。你知道这蒜苗哪儿来的？是在木箱里种的。平常啊，我们就是窝头咸菜，咸菜窝头。这沙丁鱼罐头是张小芳留的。"

张小芳说："还说呢，就几听罐头，两包饼干，差点让人打成'资产阶级小姐'。"

李丹问："你们这儿没大米呀？"

吴子明说："兰考是个出名的穷地方，大米可是稀罕东西，买不到。"

李丹喝了口汤："怎么这汤里也是沙子？"

张小芳说："洗了三遍锅，盛汤时还是刮进沙子来了，这是老天爷给添的作料。"

朱晓说："好了，我吃完了。小芳，咱到苗床看看去，让他们慢慢吃。"

他俩出去了。

李丹说："吴子明，真没想到，你的工作环境是这么糟糕。你在信里不是说这里很好吗？工作优越，风景优美。"

吴子明说："工作条件虽然苦，但是我们的工作太有意义了，前几天县委焦书记还来看我们呢。你住几天，我带你去看看黄河，你就知道兰考风景美不美了。"

李丹说："吴子明，在省城工作的人都说'宁可往南走一千，不愿往北走一砖'，你倒好，跑到这黄河边上的老风口来了。"

吴子明说："这里有泡桐啊！"

李丹四面看了看，问："泡桐在哪儿？我一路上就没看见一棵树。"

吴子明说："现在还在我们苗圃里。前边出的芽让风刮死了，这次育出的刚出芽。"

李丹生气了："看起来你想在这地方待一辈子了？"

吴子明说："李丹，你不知道，兰考是全国泡桐的中心产区，这里的泡桐全国有名，号称兰桐……"

李丹拉下脸来："三句话不离泡桐，等你这些树芽芽长成桐树，你怕都风干在这里了。"

吴子明说："李丹，你又不是不知道，我的天地只能在这里。你也调过来吧。"

李丹把眼睛瞪成铜铃："我？调你们这儿来？"

吴子明问："不可以吗？"

李丹说："我来了又是另一个张小芳。你不看看张小芳都变成什么样了？农林学院的校花，到了这里马上变成了村姑。头发干成那个样子，脸上起了老皮，我都认不出她了。你们这环境，可真能改造人呀。"

吴子明说:"条件是艰苦一些,但我们学过的东西都有用。"

李丹拉了一下吴子明的胳膊:"别固执了,跟我回郑州吧,到林专去当老师,不也是为革命工作?"

吴子明说:"我是研究泡桐的,在大城市里,哪里有这么好的研究基地?"

李丹这回真的生气了:"咱可有言在先,你要守着你的泡桐待一辈子,我可陪不起你。"

2

晚上,李丹住在肖二萍家张小芳的宿舍里,她洗完脸,要补晚妆,问张小芳:"小芳,你镜子呢?"

躺在炕上看书的张小芳自言自语:"镜子?我想想,让我藏哪儿了。"

李丹笑了:"镜子你藏它干吗呀?"

张小芳起身:"想起来了,放盛书的那箱子里啦。"

她找出镜子,交给李丹。

李丹说:"你这人真有意思,怎么把镜子藏起来啦?你天天不用呀?"

张小芳说:"实话跟你说,李丹,我现在真不敢照镜子了。真的。"说着,她哭了。

李丹哄着张小芳:"别哭了,洗把脸去。搽点这个。"

她把雪花膏拿给张小芳。张小芳说:"我早就不用这些东西了。你想想,查风口,治沙丘,在苗圃里育桐苗,天天埋在这沙土里,心也早就让这里的咸土腌板了。就这,人家还叫我是银环,说我有资产阶级思想。"

李丹说:"小芳,我想让吴子明调走。"

"调走?调哪儿去?"

"我给他联系好了地方,郑州林学院,到那儿教书去。"

"和他谈了没有?"

"谈了。他不去,说研究泡桐就得在兰考,还说希望我调兰考来工作。"

张小芳叹了口气:"朱晓也是,可铁心了。有时想想我真后悔,不该跟他来。还是你有主见。"

李丹说:"我一定要让吴子明走。在兰考待一辈子,太可怕了,我想都不敢想。"

张小芳沉吟不语。

李丹说："小芳，我想你最不该在这里待着。到哪儿不是建设国家，对不对？在这儿你就会变成一个灰头灰脸的农妇，生孩子，喂鸡，伺候男人，想想你要面对的是这样的人生，你怕不怕？"

张小芳捂住脸："李丹你别说了。"

李丹说："你们小朱是林学系的高才生，又是苏联林学专家带出来的研究生，留在省城，天地广阔的很哩。兰考只是井口大一块天，能有多大作为。你说服他，写请调报告，到郑州去。"

张小芳说："这两个人现在是完全跟当地人打成一片了。"

李丹说："小朱听你的。坚定信心，啊！咱俩结成同盟。"

3

新育出的桐苗碧绿光鲜。吴子明指给李丹看："李丹你看，我们育的这桐树苗多壮实。几年后，兰考就是一片桐花烂漫，能亲手创造这么美好的明天，多幸福。"

李丹冷笑。

张小芳提醒："吴子明，可是说好了的，你今天带李丹去东坝头看黄河。"

吴子明说："这……这，你看二号苗地的桐苗也要钻芽，今天怕没空了，要不……"

二萍过来了，手里拿个小本子："吴技术，你得和我说说一期苗管理的事。"

吴子明讲着，二萍认真地记。她见吴子明上衣袖子那儿破了一个口子，就说："吴技术，一会儿再讲，你衣服破了，我来给你缝一下。"

吴子明忙说："没事，不用不用。"

二萍说："什么没事？不补上越破越大。你别动。"

她从口袋里取出针线，给吴子明缝补。

吴子明拿眼瞟了一下李丹，有些不自在："二萍，算了，不用补。"

二萍从地上掐了根草棍，塞他嘴里："叼上。"

吴子明叼上草棍，说不得话了。他用眼神不自在地瞟着李丹。

不远处，李丹问张小芳："那丫头是谁？"

张小芳说："你家吴子明带的徒弟。"

李丹大惑："吴子明还带徒弟？"

张小芳说："开玩笑呢，她是肖大爷的闺女，叫二萍。我住的房子就是她家的，就和二萍住一间，昨天因为你来，她才去她嫂子家了。"

李丹说："你看她怎么跟吴子明那么黏？"

张小芳说："那妹子不错，有口无心的。"

李丹说："我看她倒知道疼人。"

张小芳喊一声："二萍，你过来！"

二萍过来了。张小芳说："来，认识一下，这位是吴技术的同学、女朋友李丹。"

二萍笑笑："李丹姐，欢迎你。"

她和二萍握了一下手，去吴子明那边看桐苗了。

张小芳小声对二萍说："二萍，我告诉你啊，当着你李丹姐的面，不能给吴技术缝衣裳、擦汗，记住了吗？"

二萍问："咋了？"

张小芳说："没咋。你记住就行。"

二萍说："你把俺说糊涂了。小芳姐，我去弄点小鱼，中午饭我回来做啊，不用你们管。"说完走了。

二萍做好了午饭，喊一声："吃饭了。"

午饭是贴玉米面饼子，熬小鱼。大家赞不绝口，连李丹也连说："好吃。"

吴子明夹起一条鱼往嘴里送，二萍忙用筷子拦住："吴技术，刺！"她把鱼刺给剔下来了。吴子明说："不用，我自己来。"二萍说："什么自己来，你那眼近视。"

吴子明又夹起一条鱼。二萍又叫一声："刺！"她择好了又夹给吴子明。

李丹脸色有些不自然了。

张小芳给二萍使眼色，二萍没看见，她只盯着吴子明。张小芳只好说："二萍，帮我倒碗水！"

二萍答应着进了屋，张小芳追进去："我跟你怎么说的，当人家李丹面，别跟吴技术黏。"

二萍摸不着头脑了："我没给他擦汗什么的。"

张小芳说："择鱼刺也不行。"

二萍说："吴技术近视眼，我怕他卡着。"

张小芳说："人家一吃鱼你就挡着挑刺，不好。"

二萍说："记住了。"

回到饭桌上，二萍不再拦挡吴子明吃鱼。吴子明吃了一口，真的卡着了。他努力往外咳，往外掏，弄不出来。李丹说："看让人惯的，自己都不会吃饭了。"

二萍很着急，她进屋拿来醋瓶子："快喝口醋，喝口醋就下去了。"

吴子明喝了一口醋，还真不难受了。

二萍说："一口不顶事，再喝两口。"

吴子明又喝了两口。他不敢再下筷子了。二萍就择了一小碟鱼，推到他眼前。

李丹取笑说："二萍，你这妮挺知道疼人呢。"

二萍说："俺爹关照俺照顾好吴技术。俺爹说：'吴技术大事上明白，碎事上不上心，你得勤快些。'"

李丹说："那你咋不照顾朱技术？"

二萍说："朱技术有小芳姐哩。"

大家笑起来。

李丹要回郑州了。大家去送她。

二萍说："李丹姐，你再住一天，我带你去东坝头看黄河。"

李丹说："不住了，学校里也忙呢。"

吴子明说："那你到了给我写信来。"

李丹说："我不惦着你了，有人疼你我就放心了。"

4

张营公社干事刘旺走进老洪办公室，对老洪说："洪社长，焦书记又到杜瓢了。"

老洪问："是吗？这回来干啥？"

刘旺说："大概是来看看治沙和出苗的情况。"

老洪"噢"了一声。

刘旺问："我还去不去杜瓢？"

老洪说："你不用去了。"

刘旺说："不去也行。听说焦书记中午到公社来。人家肯定是奔你来的，你就陪他吃顿饭吧。"

老洪说："不。他来了你就说我不在家。"

刘旺说："你说你这老哥儿俩还摆什么劲。人家焦书记……"

老洪摆摆手："告诉你，我不会见他。刘旺，你叮嘱伙房，擀点杂面汤，不要擀白面的，闹得他又不吃。弄软些，他胃也不好。把鸡蛋打碎了做在汤里，别窝整个的，他不知又挑出来给谁吃了。"

刘旺说："洪社长，你见焦书记一面又怎么了？"

老洪不耐烦地挥一下手："不见！"

说完他就回到家，一进院就闩大门。他媳妇在屋里嚷："闩什么大门，有客人。"

老洪讪笑着拨开门闩。进了屋，见一个中年人坐在板凳上，桌上堆了一些花生，孩子们在吃花生。他忙打招呼："老李，你啥时来的？"

那个被呼为老李的中年人说："刚到，来家里看看。"

老洪问："村上咋样？"

老李说："挺好的。县里派的除三害工作队帮着治碱呢，弄好了明年收一季好麦子。"

老洪说："那好。"

老李对老洪媳妇说："弟妹，老洪在咱村包队时，让在沙土地种花生，去年沙土地上花生收得不老少，带了些让你尝尝。"

老洪忙拦住："那可不行，我又没种花生，哪能不劳而获，一会儿你带走。"

老李不认识似的看着老洪："洪社长，你啥时学得见起外来了。你没种花生？咱们的花生种子是你调配来的吧，你领上大伙儿整地了吧？这是全队社员托我来看看你，你不收我回去怎么交代？"

老洪说："我包队嘛，做什么都是应该的。"

老李说："说到家不就是一袋子花生吗？为这事你还能犯错误？"

老洪说："真不行。"

老李把花生抓给孩子们："甭听你爸的，伯伯让你们吃。好啦，洪社长，我回啦。"

老洪把地上的袋子拎起来："老李，你听我的，花生你一定带回去。"

老李不高兴了："你拿我当外人。"

老洪说："没当外人，真的。这样我心里不踏实。"

不管老李如何推让，他硬是把布袋塞在老李怀里。送出大门，又掏出一两元钱："桌上那些我得把钱付了。"

老李把钱扔在地上，愤愤走了。

回到屋里，老洪媳妇问："你今儿个吃错药了？"

老洪说："我告诉你，从今天起，不许搞特殊，谁送的东西也不能要。我也要给你立个'十不准'的规矩。"

老洪媳妇嘟囔着："吃错药了！真是吃错药了！"

老洪问："篮子里还有干粮吗？"

老洪媳妇说："有。"

老洪摘下篮子，揣了两个饼子就走。老洪媳妇问："你到哪儿去？"

老洪说："去王家场村，那儿封沙丘哩。"

老洪媳妇说："几十里地呢，你不会吃了饭去？"

老洪说："焦裕禄来了，没准儿又上家来。我不见他。"说完骑上自行车走了。

走了几步又回来，冲屋里喊："把大门闩上，谁叫也别开门。"

5

朱晓、吴子明和张小芳、二萍正在苗圃干活儿，肖长茂老汉来了，问："吴技术，这一畦出苗了吗？"

吴子明回答："出了，肖大爷。"

肖长茂把挖出的桐根指给他们看："吴技术啊，这桐根不能再刨了，再刨就伤到老根了。桐树一伤了老根就不长了。"

吴子明问："肖大爷，别的地方还有没有大一点的桐树？"

肖长茂说："全村就剩这么几棵了。现在你们苗圃又扩大了十几亩，没有桐根，咋育苗呀？"

朱晓犯了难："这下问题就严重了。"

吴子明说："我再翻翻资料，看有没有解决问题的办法。"

二萍在对面喊他们："吴技术，俺有个发现。"

吴子明笑了："什么？你有个发现？什么发现？"

二萍说："你过来看看。"

她把吴子明、朱晓带到草屋后一个粪堆旁，指着粪堆上两棵葱绿的小树苗："你们看。"

吴子明小心地把桐苗根部的粪土层清理掉，他大喜过望："哎呀，这桐苗原来是从桐树枝上长出来的，桐枝也可以育苗呀！"

他忘情地抓住二萍的手："二萍，你这个发现太了不起了！二萍，你这个发现太伟大了！"

二萍脸红了："吴技术，俺只是留了点心，哪有什么伟大呀。"

张小芳说："吴子明，你把人家二萍的手都快拧掉了。"

吴子明这才意识到他一直抓着二萍的双手，忙松开了。

肖长茂说："桐枝能育苗，就解决了大问题。"

朱晓说："咱们马上开始试验，先取得数据。"

吴子明说："咱们仔细测一下粪堆上的温度、湿度，只要掌握好生长环境，就没问题。"

肖长茂高兴地唱了一句：

　　　你妈妈打你你跟哥哥说，

　　　为什么要把洋烟喝？

朱晓、吴子明一愣。朱晓问："肖大爷，你刚才唱的啥？"

肖长茂不好意思了："瞎唱！瞎唱！"

吴子明甚感意外："肖大爷，您还会唱酸曲？"

肖长茂说："年轻时到宝鸡那边逃荒，跟人家学的。咱村去过那边的人都能唱酸曲。"

朱晓撺掇："肖大爷，你就唱一个。"

肖长茂连连摇头："不中咧，不中咧。牙关不住风了，唱不了啦。"

吴子明说："肖大爷一唱，那味挺足，咱们有了重大发现，也该庆贺庆贺，您就唱一个。"

肖长茂壮起胆子说："行，反正这儿也没别人，就唱一个。"他拿出烟袋装了烟，点上，吸了一口，"唱甚？还唱那个《喝洋烟》，洋烟就是鸦片烟，过去常有人吃大烟膏寻无常。"

他把烟袋在鞋底上一磕，唱起来：

> 你妈妈打你你跟哥哥说，为什么要把洋烟喝？
> 喝了洋烟上了你的吊，送了你的性命谁知道？
> 洋烟本是外国草，谁喝了洋烟谁倒灶。
> 你妈妈打你不成材，露水地里穿红鞋。
> 你妈妈打你为什么？你不该在墙头上拉后生。
> 你妈妈打你你不要气，你不知她那号屎脾气！

朱晓和吴子明在本子上记着唱词。唱完了，朱晓和吴子明还在愣怔着。张小芳鼓起掌来。朱晓意犹未尽："大爷，您再唱一个。"

肖长茂说："不唱了，得回去铡草喂牲口啦。"

他走了几步又折回来："大队会计拿了封信给我，是吴技术的，俺差点就忘了。"

吴子明接过信。张小芳看了一眼信封："李丹来的？"

吴子明点点头。他回到草屋里打开信。李丹的信只有一页纸，短短写了几句话："子明，你应该为我们未来的生活想一想，在兰考待一辈子，想一想都是一种折磨。人生到处有青山，何必那么执着？你的工作问题总算定下来了，到农学院林学系当老师。这可能是你最后一次机会了。选择我，还是兰考的泡桐，你必须尽快做出回答。"

苗圃那边，张小芳问朱晓："是不是李丹来信了？"

"不会错。这些日子李丹的信三天一封，比钟表还准。"

"啥意思？"

"大概是给老吴下最后通牒了吧？"

"什么最后通牒？"

"让老吴调郑州，在兰考和郑州、李丹和泡桐之间做出抉择。"

张小芳捡了块小砖头，用力向远处抛出去："也许李丹这么做是对的。"

朱晓大惊："啊？"

张小芳说："上大学时，李丹就是个很有主见的人，她没有跟吴子明到兰考就是证明。不像我，火里水里地跟着你。"

朱晓不解："你啥意思？"

张小芳问："朱晓，要是我能调走，你能和我一起走吗？"

朱晓说："别乱想了。"

张小芳说："我没乱想，是认真想的。"

朱晓说："你是认真地乱想。"

张小芳又捡了块小砖头丢出去："如果在泡桐和我之间做出抉择，你会选哪一个？"

朱晓说："这个问题你就用不着问。"

张小芳说："我知道你会选泡桐，对不对？"

朱晓不说话了。张小芳扯了他袖子一把："你必须回答。"

朱晓说："我都要。"

张小芳戚然："你等于没回答。"

6

县委常委会专门研究造林问题。焦裕禄说："今天我们研究的就是造林的政策保障问题。沙地没有林，有地不养人。不造林，就改变不了兰考的面貌。县委号召，从今年起，全县人民每人每年要种活一棵树，大力恢复和发展兰考泡桐、白蜡条等好活的树种，重点搞好防风林带。多造一亩是一亩，多栽一棵是一棵。相应的保障政策要尽快出台，尽快确定树木所有权，建立责任制，实行管理分成，颁发林权证。下面由程县长谈谈方案。"

程世平县长说："造林的鼓励政策现在我们还没有上边的依据，只能根据原来的基础、根据群众的觉悟逐步去搞。实事求是，解决突出问题。可以实行'六包'，即临时包工、小段包工、大段季节性包工、常年包工、专业包工、连续包工。同时实行'六定'，即定任务、定完成时间、定劳动报酬、定质量标准、定期检查、定奖罚制度。"

焦裕禄补充："应该再强化一点，林区最好是把林木和土地一齐承包下去，按比例分成。"

李成向左右看了一下，发言了："上边没这些政策，我们这么做，是不是走得太远了？"

一个常委也说："这个'包'字太敏感，刚刚把包产到户单干作风批了，咱又提'六包'，这个险冒得太大了。"

另一常委折中了一下："是不是等等上头有没有开政策的口子，再定这个方案？"

焦裕禄说："不能等了。改变兰考的面貌，要根据兰考的实际想问题，咱县夏武营有很多香椿树，去年按树棵大小估产包给了生产队，由于树的所有权没确定，管理混乱，一年只能掰两茬的香椿芽，硬要掰三茬，甚至杀鸡取蛋，把嫩枝也掰掉了，还常发生刮树皮、砍树枝的现象。群众要求分户管理，收入按比例分配。我们包下去的是责任，没有改变社会主义的性质嘛。还要强调的是，我们种树一定要实事求是，栽一亩就报一亩，种一棵就报一棵，不放卫星，不准搞浮夸，不准搞攀比。"

7

阳春三月。胡集大队男女老少齐出动，栽种泡桐树，连学校的孩子们也来了。桐苗运到了，在地头上，支部书记和大队长却发生了争执。

支部书记说："把前两天栽下去的都拔了重栽！"

大队长说："不中！你说得轻巧，这栽下去两三天的树，能拔了重栽吗？人挪活，树挪死，你知不知道？"

支部书记说："我可告诉你，咱胡集大队是焦书记亲自抓的点，是全县种泡桐的示范村。一会儿焦书记就带县委、政府领导全上咱这儿来种树，将来全县的人都要到咱村来参观。咱们栽树要栽出个样子来，纵横成行，整齐一致。你这么栽多难看！"

大队长说："不能讲形式主义，要讲实际，咋栽容易活就咋栽！"

一位种桐树的老人拦住二人："我说你们别争了好不好？你们争来争去，大伙儿都干等着，误事不误事？"

正在这时，焦裕禄和程世平县长带领县委、政府的干部赶到了。他下了自行车就问："咋今天还没动手？"

那个老者说："支书、大队长俩人顶牛呢。"

焦裕禄问："咋回事？"

支部书记说："我说让他把前几天栽得不规范的树拔了重栽，他不干！"

大队长说："这是搞形式主义，树栽下去两三天了，一挪准死。"

焦裕禄笑了："我听明白了。你们说得都有道理，但我们办事情、想问题，一定要抓主要矛盾。眼下的主要问题是度荒救灾，发展泡桐就要先顾吃饭，再顾好看。"他指了指马车上的桐苗，"这些桐苗往大田里移栽时，要考虑到便于将来机械化作业。"他又指了指栽在田边、路边的树，"这些就先不要动了，不管它成行不成行，保证它栽活就行。我们要从实际出发，不搞花架子，不摆样子给人看，一切从实际出发。三五年后，桐树长大了，风沙治住了，便于机耕的农、桐间作形成了，再考虑营造美化城乡林带的问题。你们说对不对？"

两个人不说话了。焦裕禄说："既然没有大的意见，这个问题就不争论了，干活儿！"

他拿起锨，挖出树坑，种下一棵泡桐幼树。见县宣传部干事小刘想偷拍他栽树的镜头，他直起腰来："小刘啊，把镜头对准我们的群众，你看大伙儿干劲多足啊！"

焦裕禄十分欣慰，在那一抹新鲜的绿意里，胚芽骚动的希望已经亮出了它的旗旌。

切肤之痛

1

焦裕禄和李林又骑着自行车下乡了。

路过一片坡地，焦裕禄下了自行车，向坡地上张望着。李林问："焦书记，又有什么新情况？"

焦裕禄问："李林，我记得这面坡地上有很多小树，怎么现在看不见啦？"

李林说："还真是。"

他们放下自行车，向坡地走去。走到坡下，他们看到了一片被砍过的小树桩。

焦裕禄说："李林你看，这里的树都被人砍掉了。你看，你看，有旧茬也有新茬。"

李林说："太缺德了。这一片村子全是碱地，栽活一棵树多不容易呀。"

他们见不远处有个农民在捡柴火，就走过去。那个农民捡柴火的方式很特别，不用镰刀不用竹箅，而是用一根缝衣针牵着条长长的线，把捡的树叶用针一片片穿上去。焦裕禄走过去问："老乡，您干什么呢？"

老乡说："捡树叶。"

焦裕禄问："咋用这办法？"

老乡说："同志啊，咱这地方连树叶都捡不着啦。半天捡一片，怕让风刮了，只好拿针线穿起来。你看看这一片，连草根都挖光了，捡片树叶比捡个元宝还高兴哩。树全砍光了，明年一片树叶也没有了。你们看，我这一上午，才捡了这么多。"

他拿出筐子里用线穿的两串树叶。

焦裕禄问："树是谁砍的？"

老乡说："不知道。砍树的人都是偷着砍。这里活棵树多难呀，都是碱土，栽十棵也保不了活一棵。"

焦裕禄问："为啥？"

老乡从地上捡起一块礓石："看见了吧，就因为这地下一二尺深全是这玩意儿。"

焦裕禄在手里掂了掂："礓石？"

老乡说："俺这里都把它叫礓狗子，每一块都跟狗脑袋差不多大。树根扎到礓狗里，树的寿限也就到了，即使不死，也不长了。"他指着旁边一棵锹把粗的小树，"同志，你猜猜这小树有多少年了？"

焦裕禄说："五年了吧？"

李林说："怕是有七八年了。"

老乡笑了："你们说得都不对，这树是土改那年种的，十六年了。"

焦裕禄说："十六年长成锹把粗呀？"

老乡说："可不咋的，再过十六年还这么粗。咱们当地人把它叫老小树。"

焦裕禄问："咋叫老小树？"

老乡说："看上去是棵小树，实际上是棵老树了。"

焦裕禄问："活棵树这么不容易，那这一片树为什么全让人砍了？"

老乡说："没烧的，人快逼疯了。有的人家没柴烧，急得把房都拆了，烧檩条，烧旧家具。胆大的就砍树烧。这没烧的，比没吃的还难受。"

焦裕禄心情沉重地看着那一地狼藉的小树桩，不说话了。

两人上了河堤，河堤上也有很多被砍掉的树杈，还有刨树的树坑。

焦裕禄说："连堤上的树也砍了。堤固不住，一发水就惨了。"

李林说："一定要狠狠惩治这些砍树的人。"

焦裕禄的肝区在隐隐作痛，他一手扶着车把，一手捂住肚子。

李林问："焦书记，又疼了？歇会儿歇会儿。"

他放下自行车，把焦裕禄的车子接过来放下，搀扶焦裕禄坐在河岸上，又递过水壶："焦书记，你喝口水。"

焦裕禄接过水壶，又把盖拧上，拿水壶顶住肝部。李林说："焦书记，要不你靠在我身上躺一会儿吧。"

焦裕禄摆摆手，他的额头上全是汗珠。李林拿过一条毛巾，给他拭了一下额头。

焦裕禄痛心地说："连片阴凉也给子孙留不下，咱们失职啊。"

李林说："焦书记，先别想这件事了。"

焦裕禄抬起头，猛然看见岸坡下边一个拾柴火的男人，在用斧子砍一棵小树。他指给李林看。李林也吃了一惊："这不是砍树吗？"

焦裕禄招呼着："哎，你怎么砍树呀？"

那个男人听见岸上有人喊，扛着砍倒的那棵小树，撒腿就跑。焦裕禄猛地站起来，拔腿要下岸。李林急忙拉住："焦书记，你……"

焦裕禄已追下河堤，李林也跟着追了下去。扛着小树的男人跑得飞快，焦裕禄紧追不舍，喊着："老乡，老乡，你站住。"

砍树的男人绕开小道，选择翻耕过的地里逃跑。焦裕禄追得跌跌撞撞。李林说："焦书记，咱别追了。"

焦裕禄摇下头，继续追去。他被绊倒在地上，李林忙把他扶起来："焦书记，你慢点，我腿快，一会儿就撵上他了。"

他飞步追了上去，与砍树人的距离在拉近。

焦裕禄跌跌撞撞地在后边追着喊："老乡！老乡！"

砍树人见李林追得紧，把树扔下了。李林猛追，砍树人抄起地里的土坷垃，向李林投掷。李林躲闪着穷追不舍。眼看要追上了，那人突然站定，举起斧子，吼道："再追俺跟你拼了！"

李林也站住了，喝令："把斧子放下！"

焦裕禄在后边喊:"老乡!老乡!"

砍树人见李林站住,又继续往前跑,他跑得更快了。看见前面的村庄了。村外是片大柳树林子,那人钻进柳林不见了。

焦裕禄和李林累得上气不接下气。两人喘息了一会儿,李林说:"焦书记,快坐、坐下,歇会儿。你还疼吗?"

焦裕禄说:"这肝不疼了,一下子全好了。"

两人又返回河堤那儿推上了自行车。李林说:"焦书记,刚你疼成那样,满头是汗,把我吓坏了。"

焦裕禄说:"这病怪,一急全好了。李林,前边那村叫什么?"

李林说:"叫南杖。那人肯定是南杖的。"

焦裕禄说:"那我们先到南杖大队去。"

焦裕禄和李林进了村,在村口,他们看见一户人家的三间房子被拆掉了一间,女主人正踩着凳子,吃力地抽已经拆掉的那间房子的房檐。房檐已快抽光了。她的身子在凳子上摇晃着。

焦裕禄喊着:"大嫂,你当心啊!"他上去扶住了凳子。女主人抽下檐上的一把干草,下了凳子,问:"同志,从哪儿来?"

焦裕禄说:"县里。"

大嫂放下从屋顶上抽下的柴火:"你们等会,我去烧开水。"

焦裕禄赶忙拦住:"别别,不用。"大嫂说:"你们大老远来了,咋也得喝碗热水。我再从房上扯把柴火就够了。"

焦裕禄问:"大嫂,家里没烧的了?"

大嫂说:"早就没了。这没柴,比没粮还犯难。这不是,实在没办法了,把三间房拆了一间,烧这苫房顶的柴草。"

焦裕禄问:"大嫂,能不能买着平价的煤?"

大嫂脸色一下子就沉下来了:"想也甭想。同志啊,到县城买煤,来回百八十里,也不一定能买上,没指标。说起来二十里外有一个供应这一片的煤栈,可也没咱的指标,人家不卖咱平价的,议价的咱又买不起。"

焦裕禄问:"为啥不卖平价的?县里有规定,凡是缺柴烧的村,都有一定的平价煤供应,家家有份。煤栈都有花名册。"

大嫂说:"县里有这个政策,到下边就没有啦。歪嘴和尚念歪经,他这嘴一歪，多好的政策全给你变了味儿。"

焦裕禄问："你们家去买过平价煤吗？"

大嫂说："咋没买过，排半天队，轮到排上了人家说没指标，气个肚子胀。"

焦裕禄沉吟："是这样。"

大嫂说："同志啊，买平价煤得走后门。指标有限，头头们的七大姑八大姨，还有管煤的那些人，三亲六戚全有份儿。有的把平价煤指标倒腾出来卖义价，钱装自家腰包里去了。像俺这样的平头百姓，上哪儿找后门去。同志，你调查调查，咱们这一带村子，贺庄、梁场、后李、崔寺、双井，能买出平价煤来的有几家？"

焦裕禄说："大嫂，你把你家平价煤的指标条子给我，再去借辆架子车来，我们俩给你走后门买平价煤去。"

大嫂一惊："真的？"焦裕禄点点头。

2

焦裕禄和李林拉着架子车进了煤栈。

煤栈院里排着长长的队。一些没买到煤的人拉着空车沮丧地往外走。焦裕禄拦住一个人问："大哥，没买上啊？"

那人说："没买上。从早起排到晌午，好容易排上了，一问没条子，人家不卖。"

焦裕禄问："谁的条子啊？"

几个没买上煤的人全围上来了，看那些人的脸色，都涨红着，火气大着呢。大家七嘴八舌说起来："谁的条子？县里头头的，公社头头的，煤栈头头的都行。"

"我那儿长大了一定要让他当官，当大官。"

"啥大官？"

"煤栈站长。"

"煤栈站长算个狗屁大官，芝麻绿豆也算不上。"

"官不在大，有权就行。"

一个中年人问焦裕禄："同志，你有条子吗？"

焦裕禄摇摇头："没有。"

那个中年人说："我看你趁早别排队了，排上也得闹肚子气。"

一个老汉说："同志啊，说句不该说的话，共产党坐了十四年天下，一些人就变成这个样子了，照这样，再过四十年，又不知往哪儿变呢！"

焦裕禄说："大伯，您放心，共产党是一心一意为老百姓的，这个宗旨永远不会变。您老人家放心，共产党不会让一只老鼠坏了一锅汤！"

老汉说："那就好，那就好。"

老人的这句话，让焦裕禄的心隐隐作痛，又像一柄重锤，在他的心壁上敲击出了悠长的回声。

焦裕禄排到了离开票处不远的位置了。

开票处门口放张办公桌，桌子后面坐着个黑着脸的中年男人和一个小伙子。他们两只耳朵上都夹着烟，桌上还散着许多。排上队的人总是先递过一支烟或一包烟，再赔着笑脸。

开票的头也不抬："哪村的？"

排队的人说："后李坊的。"

开票的问："有条子吗？"

"没有。"

"没有你凑啥热闹？没看见排队的人都有条子吗？"

"同志啊，实在没烧的了，家里房都拆啦。你行行好。"

开票的不耐烦地挥挥手："去去去，你烧大腿我也管不了，这里只认条子。下一个！"

排队的都快哭出来了："同志！同志！"

开票的把他手拨到一边："下一个。"

后边排队的递上一张条子。开票的说："五百斤。"

排队的说："同志，再多弄点行不？"

开票的说："条子上写多少给多少。"

轮到焦裕禄了，他递上一包"黄金叶"。开票的一看烟的牌子，鄙夷地丢还给焦裕禄："看你还像个混公事的，就抽这两毛五一包的黄金叶？"

焦裕禄笑笑："这还是请人抽的烟呢，俺平常抽这'前进'牌的，还便宜，一毛五一包。"

他拿出一包"前进"烟。开票的挥挥手，从口袋里拿出一包"红双喜"："看，上海的老牌子！你哪个大队的？"

焦裕禄说："南杖大队。"

开票的问："有领导开的条子吗？"

焦裕禄说："没有。"

开票的说："没条子凑什么热闹？走走走，下一个。"

焦裕禄问："不是公社的缺柴村全有平价煤指标吗？"

开票的说："谁告诉你的？指标早就没了！"

焦裕禄问："为什么没了？咋没的？"

开票的一歪脖子："你倒问上我了，没了就是没了！"

焦裕禄只好退了出来。一个中年人拉住了焦裕禄的衣袖，把他拉到外边，轻声说："喂，我这儿有平价煤条子，你要不要？"

焦裕禄问："管用吗？谁的？"

那人说："是县煤栈经理的，你看，张建生，绝对管用。"

焦裕禄拿过条子看了看："多少钱？"

那人说："这条子是半吨的指标，你给我十六块。"

焦裕禄说："太贵了。"

那人说："不服气你花六十元让领导批个条子试试！没这东西，你有天大本事也买不到煤。"

焦裕禄说："就这张白条，人家就卖煤？连个公章也没有。"

那人用一种很特别的眼神看着焦裕禄："嘁！公章顶个屁用？你没听人说：八个公章，不如老乡。"

焦裕禄掏出钱："那我买了。"又递了一支烟给中年人，"老哥，你这条子咋弄来的？"

那人说："一看你就是不大懂门道的，让那些有实权的头头批的呗。你以为这条子白拿呀？咋也得送几包烟、茶什么的。要是让煤栈的头头批条子，一次可以批个五六张七八张，那你就得送这个……"他用拇指、食指搓一下，做了个点钱的动作。

焦裕禄问："你手里还有条子吗？"

那人有点诡秘地笑笑："没了，我今天只有两张条，全出手了。要的话明天你早点来。"

焦裕禄重新回到窗口，但他递上的还是那张购平价煤的指标条子。

开票员说："又是你，不是告诉你了吗？这玩意儿不顶用，拿条子来。"

焦裕禄说:"我就想看看凭这张条子能不能买到煤。"

开票的鼻孔朝天:"跟我较劲?我这里就没你那张条子上的指标煤。"

焦裕禄说:"这事可真新鲜,盖了公章的条子反倒不如白条管用。"

开票的一歪头:"你觉得新鲜了?"

焦裕禄问:"谁扣了社员的平价煤指标?"

开票的拿算盘一敲桌子,厉声道:"你有毛病啊?"

焦裕禄说:"县里早有规定,你们为什么不执行?"

开票的把眼一瞪:"我看你不是来买煤的,是捣乱的。有本事你去县里的反走后门办公室告我呀!谅你也没那个本事。"

焦裕禄说:"我现在就通知你,二十四小时内把你的检查交到县委反走后门办公室!"

开票的说:"笑话,你通知我?你当你是谁?"

李林说:"把你们站长叫来!"

开票的一脸不屑:"叫我们站长?嘁!你还有资格叫我们站长?"

李林大声说:"啰唆啥,快去叫你们站长!"

开票的站起身子:"好大口气,你当这是啥地方?来人,把捣乱的人轰出去!"

应声来了几个煤栈工作人员,上来拉扯焦裕禄和李林。李林把住桌子,一拉,把桌子差点拉翻,墨水也洒了。开票的过来用脚猛踹李林。这时一个瘦子和一个又黑又胖的大个子过来了。瘦子问:"谁在这儿闹腾?"

开票的一指焦裕禄:"就是他,要找站长。这不我们站长和保卫科长来了。"

焦裕禄问:"你是站长?"

瘦子站长反问:"你谁呀?"

开票的说:"让咱们二十四小时之内把检查送到县反走后门办公室。"

站长嘴一撇:"嚯,来了个尿得高的!好大口气!你想干什么?"

焦裕禄压了压顶上脑门儿的火气:"就问你一件事,平价煤指标干什么去了?都是哪些人批了条子?"

站长说:"说你尿得高你要上房?你有啥资格来查我?"

焦裕禄说:"按县里规定,平价煤的供应实行透明化,指标公布上墙,让群众知道。"

站长乐了:"你还挺明白。告诉你,这里是我说了算。煤是我的,我想卖给谁就卖给谁。"

李林忍不住了："以权谋私，还这么理直气壮。"

保卫科长黑大个儿凑到前头："我这人干什么都理直气壮。我马上再干件理直气壮的事让你小子看看，把这俩捣乱的人给我撅起来！"

马上上来几个壮汉来扭扯焦裕禄和李林。李林刚说了句："你们胡闹……"黑大个儿上来一拳打在李林面门上，李林口鼻出血，昏倒在地上。

黑大个儿和几个人把焦裕禄拖到后院，推搡进一间挂着"保卫科"牌子的房间里。进了屋，黑大个儿喝令："跪下！"

焦裕禄问："你要干什么？"

黑大个儿厉声一吼："让你跪下，你聋了？"

上来两个人把焦裕禄按倒在地上，焦裕禄挣扎着站起来。

黑大个儿说："算你有骨头。本保卫科长先履行公事，审问审问你。"他拿出一张纸，坐到办公桌前，问焦裕禄，"姓名？"

"焦裕禄！"

黑大个儿笑了："问你自己的名字，不是问你县委书记叫什么！说，你的真实姓名。"

"焦裕禄！"

黑大个儿一拍桌子："再说一遍，啊，你唱戏呢，这地方是保卫科。我问你的名字……如实回答。"

焦裕禄说："我压根儿就叫焦裕禄。"

黑大个儿又拍了桌子，这回他是用桌上一个秤砣拍的，重重一击，差点把桌子拍碎了："冒充县委书记，你胆子大得没边了！你咋来的？干啥来了？我替你说，拉着板车来买煤了。对不对？你要真是县委书记，还用拉板车到这地方来买煤？县里的煤栈给你开上大汽车直接送到家，全给你筛核桃大砟，连煤坯都给你打好了。你还装呢。咋不说你叫张申？他官更大！"

焦裕禄被几个大汉扭着，丢进了储煤间。黑大个儿说："我告诉你，到了这地方，你死了都不知咋死的，知道不？你要不想活着出去，老子就成全你。"他指着一堆煤，"在这堆煤里挑出大砟来，要核桃大的块，不能大也不能小，挑够一笤筐。听见没有？今天我这里接待上级领导，误了事就把你吊房梁上。"说完把焦裕禄锁在里边走了。

隔壁就是一个小餐厅，一群人刚刚入座，县煤炭公司经理来了，站长是主陪，保卫科长是副陪，县公司和煤站的大小头头围了一桌。桌上上了菜，站长说："经理，知道你爱吃驴肉，今天咱弄了头驴杀了，是全驴席。"

经理说："天上龙肉，地下驴肉。我还真就好这口儿。"

站长指着桌上介绍："您看这道菜是红焖驴肉，这是炝驴肝，这是干锅驴肠、葱烧驴板筋儿……"

经理品了品："不错。"

站长端起杯："欢迎经理来咱站上指导检查工作，敬一杯。"一片碰杯声响起来。

经理夹了一块爆三样，摇了摇头："你这爆炒驴三样做得不行。"

站长说："经理指教。"

经理说："没那纯正的味儿，软不拉叽。"他筷子指点着，"主要是火不旺。爆炒驴三样首先要用大砟子块煤，核桃大的块，不能大也不能小，笼出蓝火头来，蓝得发亮，那火是硬的，这样爆出来才好吃。用一般的火爆出来的发软，口感就差多了。"

站长说："就是按你说的，专门让人挑核桃大砟了。"

黑大个儿说："准是那小子耍滑头了。他妈的，我收拾他。"

经理不高兴了："吆喝谁呢？这么大嗓门儿？"

黑大个儿说："对不起，经理，今儿个让我撵了一个尿得高的，关在储煤间里，让他挑大砟子煤。我看看这小子是不是偷懒，偷懒我扁了他！"

经理问："尿得高的？尿多高？"黑大个儿说："来了个拉板车买煤的，冒充县委书记，说咱们是走后门，让咱们把检查自动交到县委反走后门办公室。"

经理一下来了兴趣："冒充县委书记？尿得是够高。我看看这个人。"

黑大个儿说："在伙房储煤间关着呢。等他捡够一笸箩大砟，把他装麻袋里吊在梁上，挂他一天一夜，好好修理修理他。这家伙八成精神有毛病，你看他干啥？"

经理说："我先看看他是哪路神仙。"

黑大个儿说："好，经理您等着。"

不一会儿，他到了储煤间把焦裕禄扭了进来："就是他！"

经理一看，脸上僵住了。他离开座位，仔细打量了一下，头上冷汗一下子就出来了："焦、焦书记……"

瘦子站长也蒙了头："怎么？焦书记？"

经理扑通一声跪下了："焦书记，误会！天大的误会！"

焦裕禄把条子掏出来，拍在桌上："张建生，看看这是不是你批的？这是我买的黑市条子。"

经理一个劲儿地说："焦书记！误会！"

焦裕禄说："不是误会，我已经知道一些人是怎么理直气壮坑害老百姓了。"说完，他把那张条子拍在桌上，出了门。

经理捶胸顿足："你们这几个王八蛋，可把我害苦了，这回我是毁在你们手里了！"

站长直抓头皮："他拉着板车来买煤，谁能想到他是县委书记呢？"

3

焦裕禄用架子车拉着李林回来了。看见鼻青脸肿的李林，大嫂吓了一跳："同志，这是咋啦？"

焦裕禄说："大嫂，很对不起，我们没买回煤来。"

大嫂说："那没啥，这位小同志咋啦？"

李林挣扎着下了车，说："大嫂，没啥事，下坡时跌了一跤。"

焦裕禄和大嫂把李林扶进屋里，大嫂在炕上铺了两床褥子，让李林躺在炕上，直说："这一跤跌得可不轻啊，眼都肿了。"又吆喝屋里的男人，"快给同志端盆水来洗洗脸。"

男人端水出来，原来就是在路边碰上的那个砍树的人。李林和焦裕禄也愣了一下。男人放下盆就要走，焦裕禄说："大哥，你不用担心，虽然今天没买回煤来，但问题会解决的，我们保证咱们这两个缺柴的公社，都可以买到平价煤。"

李林也说："很快就要在你们公社建个煤炭供应点，买煤用不着跑那么远的路了。"

大嫂说："那敢情好了，同志啊，你们不知道，咱为了买平价煤，受的那气就提不得。"她看了看自己的男人，在那里一个劲儿地低着头，问，"你又是咋了？"

焦裕禄给男人递了支烟："大哥是为砍小树的事难过哩，对吧？知道错就行了。不过呀，明天县里给你们运泡桐树苗过来，你得在砍树的地方再补栽上几棵。"

那位大哥说："我对不起你们，刚才我砍树，这两位同志追我，我还要拿斧子砍人家。"

大嫂一听就火了:"你咋干出这糊涂事来。快给同志跪下认错。"

焦裕禄忙一把拉住:"大哥,可使不得。应该下跪的是我们,让乡亲们受苦了。我们追您,不是为了罚你,是想问问一些情况。"

大哥说:"同志啊,我是寒了心了。去煤栈买了三趟煤,给人家下跪都不行。我说了一句话,让他们打了三个耳光。"

焦裕禄问:"说了句什么话?"

大哥说:"我问他们:'你们还是共产党吗?'"

焦裕禄眼里已经含满了泪水。

大嫂说:"同志啊,跑了这大半天,俺给你们做饭。"

焦裕禄问:"大嫂,你们家吃啥?"

大嫂说:"俺家,吃的红薯。"

焦裕禄说:"我们就吃红薯。"

大嫂说:"那多不合适,你们饿着肚子大半天,吃红薯咋受得了?"

焦裕禄说:"没啥不合适的。咱是一家人,一家人不吃两样饭。"他从干粮篮子里拿了红薯,自己吃一块,递给李林一块。

大嫂说:"那我热一热,有些凉了。"

焦裕禄急忙拦住:"别再费柴了,就这样,没事。"

吃完红薯,焦裕禄掏出钱来留饭钱。大嫂把钱推回去:"大兄弟,你们为给俺买煤受了这么大委屈,连口热水也没喝,吃了块凉红薯还给饭钱,这不是羞俺吗?"

焦裕禄又把钱放到炕桌上:"大嫂,这是我们共产党干部的纪律。我们只有为人民服务的权力。"

大哥唏嘘着说:"同志啊,你们是好人。从买煤挨了打那时起,我见了工作人员就又是恨又是害怕。今天见了你们,就是见了亲人啊。"

这时,有很多邻居拥到大嫂家来了。他们问大嫂:"听说有县里来的同志帮你们买到了平价煤,有这事不?"

大嫂说:"帮俺买煤的同志还在屋里坐着呢。"

邻居们说:"俺们也想让县里同志帮忙买点平价煤,中不?"

大嫂为难了:"这……"

焦裕禄走了出来:"乡亲们要买煤呀?"

乡亲们说："是啊。家里早就断柴了，咱公家没人，走不了后门，一斤煤也买不出来。"

焦裕禄问："乡亲们，你们是想托我去走后门？"

乡亲们说："是啊，你就帮帮我们吧。"

焦裕禄说："大家放心。一个集日之内，都可以买到平价煤。不过，走的不是后门，是正门。"

"真的？"乡亲们有些将信将疑。

这两个县里来的干部，拉板车在煤栈跑了一上午，空着车回来，还伤了一个。估计是让煤栈的人打了。煤栈打人，是家常便饭，有时多问一句话，就可能挨一顿暴打。这样还敢说大话，一个集日就能买到平价煤，他们不敢相信。

焦裕禄说："不过，我也有件事需要乡亲们帮个忙。你们在村上宣传一下，大家不要再砍树了。咱们兰考风沙这么大，就是因为把泡桐树砍光了。咱们这里是盐碱地，活一棵树不容易啊。"

乡亲们说："那不光是因为缺柴烧逼的，还因为买不来平价煤心里有气。"

焦裕禄说："心里有气，砍了树最后还是自己受害，对不对？"

乡亲们说："是这个理儿。同志啊，你刚才说能让我们买上平价煤？"

焦裕禄说："能。每个缺柴村的群众家庭，都有分配的平价煤指标，张榜公布，让大伙儿知道。谁扣压了群众的平价煤指标，谁优亲厚友走后门，谁倒腾平价煤卖议价，你们可以向县委反走后门办公室写信举报。如果你们因为举报受到了打击报复，可以直接找我。"

乡亲们问："你说了算数？你是反走后门办公室的？"

李林说："这是咱们县委焦书记。"

乡亲们说："哎呀，你是县委书记！俺们可有盼了。"

大嫂说："同志啊，你是县委书记，拉着车来回走了几十里，为俺受了这么大委屈，吃两块凉红薯还给饭钱，俺信了！俺信了！"

4

从南杖村回来，焦裕禄心里像堵了块石头。这次买煤，让他经历了一次彻底的切肤之痛，他曲肱而枕，躺在床上，家里晚饭摆上桌了，徐俊雅喊了他两遍他都没听见，大脑里仿佛有一片嘶叫的飞雾，让他定不下神来。

徐俊雅过来拉他："老焦，快起来，吃饭了。"

焦裕禄摆摆手。徐俊雅问："你又疼了？"

焦裕禄说："没。俊雅，你别打扰我，让我静一会儿。"

徐俊雅说："你就别总想煤栈那件事了。"

焦裕禄说："俊雅，我咋能不想呢？群众没烧的，把房全拆了呀。我这当县委书记的，眼看着他们遭这样的罪，心里能好受吗？"

徐俊雅拉了他一把："那也得先吃饭，吃了饭再想。"

焦裕禄说："我真的吃不下。"

徐俊雅回到饭桌上，摇摇头。姥姥对玲玲和保钢说："去喊爸爸来吃饭。"

两个小家伙是爸爸的开心果，平日里，再有不高兴的事，孩子们一闹腾，就会烟消云散。玲玲和保钢跑进屋里，一人摇着爸爸一只胳膊："爸爸，吃饭去。"可今天爸爸却一点也高兴不起来，他拍拍孩子的小脸蛋："乖孩子，你们快吃饭去，爸爸累了，躺一会儿。"

两个孩子不依不饶地摇着爸爸，保钢说："爸，你不开心，要不我给你唱个歌吧。"

焦裕禄让两个孩子缠得没办法，只好由他们拖拽到饭桌上。可是他却一口饭也吃不下，只是发呆。

一家人面面相觑，也不敢问他。姥姥给守云使个眼色，守云给爸把饭碗端起来："爸，我看着你吃。"焦裕禄只得端起饭碗。

姥姥给他往碗里盛了些菜，安抚着："你是一个县的当家人，心里有事，要往宽处想。"

焦裕禄说："妈，这回我是咋也想不透了，我就想一件事，如果我们这些当干部的，有一天失去了人民群众的信任，那多可怕呀。"

姥姥说："歪嘴和尚没人信，那本真经咋会没人信？"

徐俊雅叹口气："怕的就是歪嘴和尚多了。一只耗子坏一锅汤，有十只耗子、一百只耗子，还会有好汤吗？"

姥姥瞪了她一眼："他爸正伤心呢，你又往这上头引。"

下午，召开了全县反走后门会议，会上，焦裕禄痛心疾首地发表了一番感慨："同志们，今天召开这个全县反走后门的会议，是要让大家明白一个主题思想：我们各级干部，特别是领导干部怎么来用手中的权力。这些日子我收到了不少群众来信，也做了一些调查，我县很多职能部门还存在着非常严重的走后门现象。有的甚至霸道至极！不少群众买不来平价煤，因为平价煤的指标都让各级头头瓜分掉了，群众说句不满的话，就被打耳光。有个老大爷对我说：'共产党才坐了十四年天下，一些人就变成了这个样子，再坐四十年天下，会变成什么样？'我这几天耳边总是响着这句话，这句话刺耳，但它是警钟。县反走后门办公室搞了一个通报，列举了方方面面的现象，大家要认真看看，认真想想。我们开了一道为自己以权谋私的后门，等于在我们与人民群众之间垒了一道墙，等于给老百姓堵了一条路！垒墙堵路的事干多了，我们就会走到人民的对立面去！"

那天，他讲了一个小时，整整抽了两包烟。他平常抽烟是一根抽到剩烟蒂时，马上再接上一根，接烟的动作迅捷利落，几秒钟内迅速完成，讲话时抽烟，烟嘴能在唇边自如滑动，抽烟讲话还可以同时双手翻阅笔记本。这个绝活儿别人学不来。这天因为心情过于激动，他接烟点烟手有些发抖，深深吸下一口，半天浓浓地吐出来，仿佛吐出的是一腔积了很久的郁闷。

那一种情愫

1

整修一新的城关水塘堤岸齐整，水平如镜。养鱼技术员胡大伯驾着小船在塘里喂鱼，看着一塘泼剌剌的金鳞跳跃，胡大伯心里美滋滋的。心里一美，就好想找个人说说话，正在这时，焦裕禄在塘边下了自行车。

胡大伯见焦裕禄来了，忙把船摇过来："焦书记，上船看看吧。"

焦裕禄上了船："胡大伯，这鱼苗长得怎么样？"

胡大伯说："好啊，你看都快一拃长了，活蹦乱跳的。"

焦裕禄看着也乐了。这鱼苗，是山东曹县县委书记老高帮忙给调来的，老高是他在南下工作团时的战友，南下结束后，老高回了山东，他留在了河南。老高弄来的鱼苗是白鳞鲫鱼、山东大草鱼，长得快，好养，不得病。

胡大伯说："照这长势，三五个月就能长到一斤来沉一条了。这几十万尾就

378

是几十万斤。到过年能长到二斤多一条，收入就更高了。"

焦裕禄高兴起来："胡大伯，这鱼养好了，劳模会上我给你披红戴花。"

胡大伯说："焦书记，你让这垃圾大坑有了水、有了鱼，等于给了俺十年阳寿啊。'大跃进'以前，俺就在这后坑沿养鱼。后来养不了鱼了，俺就在这坑边修车，天天看着这地方，一做梦就是这里有水了，有鱼了，有荷花了，这梦现在成真的了。"

焦裕禄说："以后啊，咱再修上亭台楼阁，种上树，种上花，后坑沿就变成大花园了。"

一条滚圆的小草鱼一下子跳到了船舱里，焦裕禄捉起它，夸赞着："多喜庆啊，长得这么精神！"马上把鱼放水里去了。

2

在空旷的苗地上，夕阳又圆又大。

收了工，朱晓坐在草屋门前拉二胡，他正陷在深深的痛苦中，胡琴声带着一种不可名状的凄婉。吴子明用口琴给他伴奏，听众只有一个，那就是二萍。她听得十分专注，托着下巴，两只眼睛定定地看着天边的落日。

焦裕禄和县长程世平到苗圃来了，两个人赶紧放下乐器迎过来。焦裕禄从自行车后座上搬下一袋大米，程县长说："你们是南方人，在这里没有米吃，焦书记很着急，用自己的工资托人在开封买回一袋米。"

朱晓说："老焦，程县长，太谢谢你们了。"

吴子明说："老焦，领导想得太周到了，谢谢，谢谢！"

焦裕禄笑了："小朱啊，没想到你这个林业专家还能把二胡拉这么好！不简单。"

他见屋里挂着笛子和三弦，问吴子明："小吴，你懂什么乐器？"

吴子明说："我喜欢口琴，吹笛子也能凑合。"

焦裕禄说："好啊，我也喜欢二胡，咱们合奏一段怎么样？"

朱晓把二胡交给焦裕禄："老焦，你拉二胡，我弹三弦，小吴吹笛子。咱们来一段。"

焦裕禄说："中。"操起二胡，他问，"来段啥？"

吴子明说："要不来段《南泥湾》？"

焦裕禄说："中，就《南泥湾》！"

一曲终了，焦裕禄问："老程，水平咋样？"

程世平说："真没想到，太好了。"

焦裕禄说："好也不让你听了，咱们看看桐苗去。"

苗畦里，新生的桐苗已经出土了，一畦畦，一行行，一片片，绿得发亮。焦裕禄很高兴，披着外衣，膀子晃起来，大声说："好家伙，它出来了！"

程世平说："真好呀，绿得擦了油似的。"

焦裕禄说："小朱、小吴，咱们来算笔账：五十亩苗圃，折合四十亩标准圃，一亩六百棵树苗，共产两万四千棵桐树。每棵叶芽枝分解，又可以发展到三十株，两万四千棵乘以三十，等于七十二万棵！是不是这账？"

朱晓说："是这账。"

焦裕禄高叫一声："好家伙！小朱、小吴，你们为咱兰考可是立大功了。"

停了一下，他又问朱晓："小朱，张小芳探家走了多长时间了？"

朱晓说："她上月六日走的，一个半月了吧。"

焦裕禄问："最近有没有信来？"

朱晓说："走的时候，她说她妈病了，请了一个星期的假，又给单位来信说她自己也病了。她给我来了几封信，还寄了一个请调报告，让我签字，说在上海找了接受单位，把我也调过去。"

焦裕禄问："小朱，你是怎么想的？"

朱晓说："老焦，我是不会离开兰考的。我已经给她写了信，表明了我的态度。局里对小芳这么长时间不回来也有看法，听说还要给她处分。"

焦裕禄拍拍朱晓的肩膀："小朱啊，张小芳是个好同志，一个生长在大城市的女孩子，能选择到兰考来，就很了不起。这里生活条件艰苦，出现一些思想波动，是很正常的。我去和农林局关局长谈谈，不要给她什么压力，我再写封信给她好不好？"

朱晓说："太谢谢你了，老焦。"

3

焦裕禄正在批阅文件，农林局关局长来了："焦书记，忙呢？"

焦裕禄问："老关啊，你是不是来说你们农林局那个大学生张小芳的事？"

关局长说："正是。焦书记，这个张小芳太不像话了，她以为自己是个大学生，就可以得到别人的照顾，就可以不要组织纪律。这不是，她说她母亲病了，请了一个星期探亲假，可一个半月都不回来。局党组开了个会，建议处分张小芳。"

焦裕禄给他倒了杯水："国家培养一个大学生多不容易呀，对张小芳同志，还是要重教育。同时，要看到我们的工作方法也有问题。她为治风沙献计献策，又主动要求参加封闭沙丘的劳动，是个好同志。缺点是有些脆弱，有些娇气。我给她写封信吧。"

关局长说："焦书记，行政上不给处分可以，她是共青团员，是不是给个团内处分？局团委今天晚上开会研究这个问题。"

焦裕禄问："那个会我去听听，可以吗？"

关局长说："那太好了。你做过多年团的领导工作，有经验，给我们正好传授传授。"

晚上八点，局团委开会，团委委员们一个个表情严肃。团委书记王小兰先说："县委焦裕禄书记参加咱们农林局团支部的民主生活会，焦书记当过县里和省共青团的领导，对青年工作很熟悉。我们对焦书记表示欢迎。"

大家鼓起掌来。王小兰接着说："今天我们专门研究张小芳同志的问题。技术员张小芳同志，以母亲生病为由，请假回上海探亲，现在已经快两个月了，还不回来，目无组织纪律，很多同志提出应该给她处分。大家谈谈意见。"

一个团员说："张小芳太无组织无纪律了，快两个月不回单位，贪图大城市的优越生活，这样的人，就该开除团籍！"

另一个团员说："张小芳这人平时资产阶级思想严重，经常让家里寄罐头、奶糖等食品，满脑子剥削阶级思想，这样的人必须处分。"

一个小平头说："她总是哼一些外国歌曲，也是资产阶级思想。"

一个围红围巾的女孩慢声细气地说："我觉得吧，我们还是应该看到张小芳的优点。我觉得吧，她挺爱学习的，干活儿也能卖力气。我觉得吧，她还有一个优点，就是肯帮助别人。"另一个女孩子打断她的话："你觉得什么？张小芳的错误是原则问题，她那些优点，别人也都有。"

王小兰说："其实我也不愿意处理张小芳，可是她太不像话了。我给她写了四五封信，她一个字都不回，太不像话了。"

红围巾女孩说："我觉得吧，她没有回信可能有别的原因。"

王小兰说："什么原因？就是想当逃兵。"

大家笑了。王小兰问："焦书记，您说应该怎么办呢？"

焦裕禄说:"我是列席你们支部生活会的,我的发言仅供你们参考。小张这个同志,从那么繁华的大城市上海来到兰考,这件事本身说明了她是个好同志,为了治沙,她翻阅了大量的资料,建议选用外国以沥青覆盖沙丘的办法,虽没有条件采纳,也说明了她对改造兰考面貌的热情。她亲自参加了治沙战斗,不怕苦,不怕累,这些举动,都是值得表扬的。张小芳是技术员,我们又缺技术干部,很难得啊。我们必须正视现实,现在我们确实还很困难,南方的同志来这里工作吃不上足量的大米。小张这样的青年,生长在大都市,对艰苦的环境不习惯,是可以理解的。这样吧,我再给她写几封信,看看她的态度再说。"

4

两个月前,张小芳回上海探家,就让她妈扣下了。她妈压根儿就不同意她去兰考工作,这回看到女儿从兰考回来,又黑又瘦,头发乱蓬蓬的,身上穿的衣服像从土里刨出来的,心疼得不得了,拉上小芳的舅舅,到处托人给她在上海联系调动工作,腿都要跑断了。她每天还要在邮递员到来之前赶到传达室,取小芳的信,只要是兰考苗圃的来信,统统扣押,悄悄锁进抽屉里,所以朱晓给张小芳寄来的那些信,张小芳大多没有看到,只收到了焦裕禄寄来的两封信。小芳妈做的另一件重要事,就是让大女儿上紧着给小芳张罗对象。大女儿在华师大图书馆,就介绍了一个学校里的老师,人还不错,做了几年讲师,快要晋升副教授了,小芳妈十分满意,讲好了今天到家里来见面。

此时,张小芳躺在床上正看焦裕禄的来信,她默读着,心里就把焦裕禄那浑厚开朗的山东方言读出来了:"张小芳同志:你离开兰考两个多月了,大家都很牵挂你,愿你早日康复。兰考的生活条件很苦,你放弃繁华的大上海优越的生活条件,到这里工作,是因为你有建设社会主义新农业的雄心壮志。你选择了兰考,不是选择了一个职业,而是一个博大的理想。兰考虽然艰苦,但这里是你们施展心胸抱负的一个舞台……"

张小芳的妈进屋,拿来一个削好的苹果:"一天到晚赖在床上,侬起来帮我做些事体也好嘛。"

张小芳把信纸盖在脸上:"妈,我心烦。"

小芳妈说:"侬舅舅给侬找的那个单位,侬也看过了,多好的单位啊,工资高,坐办公室,又不费力气。人家催着等回音呢。"

张小芳说:"那个单位是不错,可妈,我学的东西用不上,不对口。"

小芳妈说:"不对口正好,对口侬就只能上乡村了。"

张小芳说:"那我四年大学不白上了?"

小芳妈说:"侬舅舅找到这个单位多不容易呀,费了好多劲,求了好多人,腿都要跑断啦。"

小芳说:"妈,我对那个工作一点兴趣都没有。"

小芳妈说:"侬姐说得对,侬已经走错了三步了:第一步,一个女孩子,偏偏上了农学院;第二步,找了一个朱晓;第三步,去了兰考。再好好想想吧。今天不说这个事情啦。小芳,侬姐给侬介绍的那位苏老师,今天要到家里来。别躺着了,起来准备准备。"

张小芳重新躺到床上:"妈,我说了不见嘛。"

她妈妈说:"人家是大学老师,很快就副教授了,哪一点委屈侬呀?"

张小芳说:"妈,我真的不要见嘛。"

她妈妈揭开她的被子,将削好的苹果递到她手里:"人家都到家里来了,不见怎么行?"

张小芳坐起来,吃着苹果问:"妈,怎么这些日子没有兰考那边来的信啊?"

小芳妈说:"工资和粮票都寄来了,侬不是收到焦书记的信了吗?别人的信没有。"

张小芳说:"妈,不可能呀!"

小芳妈说:"还想着那个朱晓不是?他迷了心窍要在兰考扎根。当初为侬跟上他去兰考,妈跟侬说了多少回,侬不听,去了兰考,自己撞南墙了吧。"

张小芳说:"妈,让我姐帮我买张火车票,我回兰考。"

小芳妈急了:"回去干什么,拎勿清。那么艰苦一个地方,我女儿去了这几个月皮都脱掉一层。不回了。哎,侬不是给那个朱晓说清楚了吗?他留在兰考,你们就分手。"

张小芳说:"妈,你把我关在家里两个多月了,我再不回去,要受处分了,我是国家干部,有纪律的。"

小芳妈说:"让他们处分好啦。侬在兰考那个地方,说是工作,差不多等于是劳改啦。再处分还能到哪儿?侬工作安排好了,发个商调函就行了嘛。"

张小芳说:"我这次回去,只是想见一见我们县委书记老焦,他可关心我了,我说我病了,他一连来了两封信,这么好个人,我不忍心骗他。"

小芳妈说:"侬勿晓得他为什么关心侬啊,就是为了让侬早些回那个兰考嘛。不回!"

这时,传来按门铃的声音。小芳妈忙将小芳拉了一把:"快起来,去洗洗脸,苏老师来啦。"她匆匆跑去开门,小芳的姐姐带着一个二十七八岁的青年人来了。他个子高高瘦瘦,穿一身笔挺西装,戴眼镜,文质彬彬,手里拎着一大盒礼品。

小芳姐姐说:"妈,这是苏老师,在我们学校当老师。"

苏老师鞠了一个大躬:"伯母好。"

小芳妈笑得眼睛眯成一条缝:"苏老师快进来。"

苏老师在客厅里落了座,张小芳的姐姐问:"妈,小芳呢?"

小芳妈说:"在她屋,马上就过来。"

张小芳出来了。她穿着很随意的衣服,手里还拿着一只吃了一半的苹果。姐姐说:"小芳,你看你,早告诉你苏老师要来嘛,你看你,衣服都没换。认识一下,这是苏老师,华师大英语系老师,很快就要晋升副教授了。"

苏老师站起身,很有风度地伸过手去:"苏文章。文是文章的文,章是文章的章,就是'文章'两个字。"

张小芳笑了。小芳姐姐说:"苏老师,我妹妹小芳是个不拘小节的女孩子,你看知道你来家里,她还是连件衣服也没换。"

苏老师说:"清水出芙蓉,天然去雕饰。淡淡妆,天然样。这样更好。"

张小芳说:"苏老师,我是天然样,但没有淡淡妆。您不像在英语系当老师,像是中文系的。"

苏老师问:"是吗?"

姐姐推了她一下说:"小芳,你去换衣服,苏老师跟你去豫园。"

豫园里很热闹,人多的地方走路都得侧着身子。苏老师每到这个时候就去牵小芳的手,让他牵了两次,小芳有些不自在,就把两手抱在胸前,苏老师再伸过手来,却找不到张小芳的手了。

在一个小吃摊前,苏老师问张小芳:"吃不吃烤鱼圆?"

张小芳摇头:"不吃。"

苏老师说:"很好吃的。我去买。"

他问售货员:"鱼圆一串好多钱?"

售货员说："三角。"

苏老师说："两角好啦。"

售货员头也不抬："三角就是三角。"

苏老师讨好地笑着："人家都卖两角的。"

售货员脸上挂了一层霜："那你去买好啦。"

苏老师在摊子上拿起一串，说："走过来了嘛，喏，这串小好多，两角吧。"

他丢给售货员两角钱，拿了一串烤鱼圆，递给张小芳。

张小芳说："你吃吧，我真的不要吃。"

苏老师说："好吃的哝。"

张小芳捂着嘴使劲儿摆手摇头，苏老师自己吃了。

又转到一个卖梅汤的摊位前，苏老师问小芳："梅汤要不要喝？"

张小芳说："不要。"

苏老师说："蛮新鲜的哝。我去买。"

张小芳说："我不喝。"

苏老师说："蛮好喝的，去火。"

他问售货员："梅汤好多钱一碗？"

售货员说："一角。"

苏老师说："人家都八分。"

售货员说："全上海都一角。"

苏老师说："我在石库门喝过，就是八分。"

售货员说："那侬去石库门好啦。"

苏老师端了一碗，拿出钱包翻了半天，找出几枚硬币："只有八分了。不是故意的，抱歉啊。"

他端着碗回转身子，张小芳不知什么时候走了。他端着碗寻找着喊叫："张小芳！张小芳！"找了半天找不到。卖梅汤的追过来了："侬把碗端哪儿去？少给两分钱还想端走一只碗。一只碗九角钱哩。拎勿清！"

5

这天，张小芳的妈妈买菜回来，居委会老太太迎住她："张家姆妈，有你家小芳的信。"

小芳妈说："王大妈，小芳要问你有没她的信，侬一定说没有。"

王大妈说："侬家小芳问过了。"

小芳妈问："侬怎么讲的？"

王大妈说："侬不告诉阿拉了吗？阿拉说没见。哎，张家姆妈，阿拉前天看见侬家小芳和一个人出去了，是不是她的男朋友啊？"

小芳妈说："她姐介绍了一个，刚刚在处。"

王大妈问："那她从河南回来啦？"

小芳妈说："正打算往回调呢。王大妈，阿拉上楼啦。"

张小芳妈妈上了楼，张小芳穿着睡衣走进来："妈，有我的信吗？"

小芳妈说："没……没有。"

张小芳说："这就奇怪了。"

"一天到晚躺着，会闷出病来的。今天是礼拜六对不对？"妈妈说着话，背着身子，悄悄打开抽屉，把信锁在里边。

"我也不知道，现在都过糊涂了。"张小芳也有些心不在焉地答应着。

小芳妈说："跟苏老师出去看看电影，散散心啦。"

张小芳说："妈，我一点都不想跟他出去。"

小芳妈说："我看这个苏老师对侬蛮好的嘛。"

张小芳说："我对他没感觉。不骗您，一点感觉也没有。"

小芳妈说："女人关键是要嫁得好哎。嫁个男人知道心疼侬，就蛮好啦。大学老师是大知识分子，收入稳定，家庭也不错，做人也本分，侬还挑剔人家什么？"

张小芳说："没感觉，真的一点感觉也没有。"

小芳妈说："感觉是个什么东西？念到了大学，花头蛮多唻。"

张小芳说："妈，我总觉得朱晓肯定给我写信了。"

小芳妈说："他写不写信阿拉怎么会晓得？"

张小芳说："开头我只收到他两封信，以后再也没收到过，这不对嘛。"

小芳妈说："他不是说他不会离开兰考吗？话都说开了，还有什么好说的啦。"

这个时候，朱晓背着一个大包来到张小芳家楼下。局里有一个去上海出差的机会，焦裕禄让他借这个机会来看看张小芳。苏老师拎着一兜水果也来到张小芳家楼下。

朱晓问楼下居委会的王大妈："大妈，请问张小芳家住哪栋楼？"

苏老师问："你找张小芳？"

朱晓说："是啊。"

苏老师说："那你和我一起走好啦。"

路上，他问朱晓："你从外地来吧？"

朱晓说："河南兰考。"

苏老师"哎呀"了一声："蛮远的！小芳以前在那里工作，你是她同事？"

朱晓说："是。小芳不是'以前'在那里工作，她现在也在兰考工作。她探家期间生了病，我来出差，顺便来看看。"

门铃响了，张小芳的母亲开了门。她见了跟在苏老师身后进来的朱晓，吃了一惊："这位？"

苏老师说："从兰考来的，来找小芳。"

朱晓鞠了个躬："阿姨您好，我叫朱晓，是小芳的同学。"

小芳妈指着苏老师说："啊啊，你们还不认识吧？这是小芳的男朋友……"

苏老师说："我叫苏文章，文是文章的文，章是文章的章，就是'文章'两个字。"

朱晓一时怔住了。小芳妈说："文章是华师大的副教授。"

苏老师忙更正说："现在还不是，还是讲师。"

小芳妈说："讲师再进一步就是副教授嘛。"

朱晓问："阿姨，小芳呢？"

在房间里躺着的张小芳好像听到了一个熟悉的声音，她推开被子。

听到朱晓的声音："我到上海出差，来看看她。"

她一惊："朱晓！"

她一步跑到客厅，看到了朱晓，大吃一惊："朱晓，你怎么来了？"

朱晓问："小芳，这是怎么回事？"

张小芳说："你听我解释。"

朱晓说："小芳，我见到你总算放心了。我写了那么多信，你一封没回，原来是这样。你什么都不用说了，我回兰考了。"说完，他转身走了。

张小芳在后面喊："朱晓！朱晓！"

她欲追下去，被她妈拉住了："侬穿着睡衣哩，回来。"

等张小芳换好衣服追下来，朱晓早没了影子。

一连几天，张小芳在周边的大小旅店里都查访遍了，又在火车站来来往往找了几趟，都没有找到朱晓。她蒙着被子躺在床上，一连三天不吃饭，她姐来劝她，她说："你们一天不让我回兰考，我就一天不吃饭。"

她妈让她缠得没办法，终于答应了她，并且给她准备起行装来。

张小芳又到图书馆里查阅了一些关于治沙的资料。她从图书馆回家时，在传达室窗台上看到了一封她的信，是朱晓写来的。张小芳喜出望外，等不得上楼就把信拆开了。读着信，张小芳如五雷轰顶，那是一封绝情的信。

她踉踉跄跄上了楼，看见妈妈正收拾着一个个大包。

张小芳手里捏着朱晓的信，坐在床前发呆。她耳边响着朱晓信里的话："张小芳，你是一个可耻的叛徒！你不只是背叛了我，背叛了你的理想，你是背叛了革命！我朱晓这一辈子不想见到你！你就等着挨处分吧！你就等着挨处分吧！……"

妈妈一边哭一边唠叨着："小芳，侬爸爸死得早，妈带侬姐妹操碎了心。妈哪点不是为侬姐妹着想。侬看，给侬带的奶粉、大白兔奶糖，还有最好的苏打饼干。花生酱、鱼子酱，卤肝也带的啦，到车上晾起，小心坏掉啦。水果也带了些，柚子要记住吃一些啦，柑子是火车上吃的……"

张小芳说："妈，你别操心了，我不走了。"

妈不解地说："不走啦？侬绝食两三天，哭哭闹闹的，吵着回去，妈才依侬。又不走啦？拎勿清啦。"

张小芳躺在床上，用被子蒙住头。妈说："侬是为什么事体？不走正好啦。"

这时，传达室王大妈在楼下喊："张小芳长途！兰考的长途！"小芳一怔，下床披上衣裳冲下楼。

电话听筒里是焦裕禄的声音："张小芳吗？我是老焦。收到我信了吗？好不容易才查到你家楼下电话。今天很多想和你说话的人都在我办公室里，大家都想你，盼你回来。咱们治理沙丘很有成果，下一步土壤改良还等着你的方案呢。苗圃里桐苗长得可好啦，你看了一定高兴。"

接着是朱晓拿过了听筒："小芳，是我。我错了，不该给你写那封信，焦书记批评我了。其实小芳，那些话不是我情愿说的，我现在最想说的一句话就是：小芳，我爱你……"

他哭得说不出话来，张小芳抱着听筒也泪流满面。

听筒里换了王小兰的声音："阿芳，我是王小兰。咱们农林局团委被评为全县模范团组织了，大伙儿都说这里面有你一份很大的功劳。大伙儿都盼你早点回来。"

一个男孩子大嗓门儿的声音："张小芳，听不出俺是谁了吧？我张平啊！你小子快回来，再不回来我们打回上海去了啊！"

吴子明的声音："小芳，这几天小朱难过死了，你原谅他吧。"

二萍也只是一句话："姐，你快回来吧，俺想你。"

张小芳抱着电话机痛哭失声。

上了楼，她说："妈，我马上回兰考。"

她妈一下子摸不着头脑了："侬不是不回啦？"

小芳说："妈，我还是回吧。现在走，还能赶上车。记住，让我姐给我单位里拍个电报。千万拍个电报，电报比我到得快！"

6

朱晓、吴子明、二萍把张小芳接回林场。一进场区就听到了锣鼓声，眼前的场景让她惊呆了。

林场里搭着台子，挂着横幅，上面写着：欢迎张小芳同志归来。她定定地站住了。王小兰、平头、红围巾等一大群青年迎上来，大家亲亲热热拉住她。

王小兰说："张小芳，你可回来了。你瘦了呀，是不是真的病了？接到你姐发来的电报，就盼着你呢。焦书记说，局团委和乡亲们开个欢迎会，好好欢迎欢迎你！"

吴子明接过张小芳的行李："走吧，大家都等着哩。"

欢迎会开始，焦裕禄致欢迎词："同志们，同志们，今天我们在这里开一个欢迎会，欢迎一个战士重新归队。张小芳同志，是生长在上海大都市的一个青年，在学校里是个高才生，她是揣着决心书来到兰考的，背包一放，就在黄河滩上投入治理风沙和繁育桐苗的战斗。她工作非常出色，任劳任怨，肯钻研、爱学习，是个好青年。"

张小芳的眼泪一串串流下来。焦裕禄说："张小芳同志回到上海住了两个月，她不是贪图大城市的繁华，不是害怕这里艰苦的环境，而是在融入这个集体的过程中，我们对她少了一些关心，才使她少了对这个集体的一些理解。现在她回来了，她以自己的行动表明了自己的选择，与其说她回到兰考是选择了一个事业，不如说她是选择了一个理想！张小芳，你是好样的！"

大家起劲地鼓掌。张小芳早已哭出声来。

大风扑不灭的灯笼

1

又是一场扬沙蔽日的大风。

大风发出了尖厉的啸叫，摧毁了刚刚整修好的农田。小苗全都连根拔了，刚栽的泡桐树也吹断了不少。田野里，社员们看着被大风连根拔掉的庄稼苗，心疼得唏嘘不已。一个老人仰天痛哭："老天爷，你不睁眼啊！"

焦裕禄和副县长张钦礼带领风沙勘察队，顶着大风查看风灾情况。他们推着自行车，走一步退两步，走得十分艰难，身上、脸上都是沙土，成了一个个土人。焦裕禄对张钦礼说："老张，这风比县气象站报的要大。"

张钦礼没听清："什么？"

焦裕禄把双手拢在嘴上，大声说："这风比县气象站报的要大。"

张钦礼说："气象站报的是八级，现在看足有九级以上。"

李林说："都刮得黄龙翻滚了，这风小不了。"

自行车推也推不动了，他们把自行车放倒，几个人走向田间。几个老乡抱着头蹲在地上，焦裕禄和大家走过去。焦裕禄问："大爷，这块地上没苗了？"

老人说："同志啊，这块地今年出的苗全是一类苗，那个齐整，被这场大风连根拔了，比刀子剃得还干净。这老天，它不睁眼啊！"

另一个老汉说："人斗不过天，咱认命吧。"

焦裕禄说："过去有个老愚公，带领一家人，每天去挖挡在他家门前的两座大山，硬是把山搬走了。咱们依靠集体的力量，一定能斗过风沙。大爷，这块地补苗还来得及吗？"

老人说："种晚苗，兴许还能逮住。"

焦裕禄说："风一过那就赶快补种。"

"要是再来场风呢？"

"刮一场补一回，实在不能补了再说。"

走到一面沙岭前，风越来越猛。几个人推着自行车，实在走不动了。张钦礼对焦裕禄说："焦书记，这风太大了，咱们休息一会儿？"

焦裕禄说："中！中！"

他们走到一面沙岭前，把自行车放下，靠着沙坡休息。焦裕禄问张钦礼："老张啊，咱们风沙勘察队的统计数字出来了吗？"

张钦礼说："基本底数算是查清了。咱们县的沙荒面积有二十四万亩，危害耕地三十万亩，绝收的就有十二万亩。"

焦裕禄的双手使劲儿抵住肝部。李林刚叫了声："焦书记……"焦裕禄摆摆手，李林拿过水壶，让他喝了口水。张钦礼说："焦书记啊，你身体都累成这样了，还是休息两天吧。这一回，你跟着咱勘察队在全县走了四十多天，一千多里地啊，你怎么吃得消。"

焦裕禄说："老张啊，我有时真想歇两天。我觉得肝那儿长出的那个疙瘩，越来越大了。可这风沙它逼着不让咱歇呀。啥时咱县的沙丘全封固完了，我奖励自己一回，关起门来睡两天大觉。"

焦裕禄又问李林："小李啊，前边是仪封公社的汤坟大队吧？"

李林说："过了沟就到了。"

焦裕禄说："扶我起来，咱们去汤坟。"

2

汤坟的大田里更是一片凄惨，队干部指着一片被风沙打毁的狼藉的苗地，说："焦书记，今年咱们种了五十亩春高粱，让风沙打死了三十亩。种了十亩棉花，只出了十棵苗。三个生产队二百四十亩麦子，全都被风打死或者盐碱碱死，一棵苗没逮着。社员们又吵吵着准备出外逃荒了。这人要都走光了，咋救灾啊？可不走，吃啥？"

焦裕禄对张钦礼说："老张，汤坟大队的受灾情况立即通报全县。要求各公社党委、大队支部、工作组，切实具体地把每个大队、每个生产队的实际问题加以检查，安排好群众生活。像汤坟这样的情况还有多少？要摸清底数，把救灾粮款及时发到灾民手里，不能耽搁半天。"

离开汤坟去寨子，那儿正乱成一锅粥。外出逃荒的人推车担篓，拥挤在村口，村支部书记刘北、妇女主任刘秀芝和老队长在苦苦劝阻着逃荒的人们。豹子也劝阻一位准备出外逃荒的名叫满常的社员，满常也是个急脾气，和豹子吵嚷起来。豹子上了蛮劲，夺下满常担的筐子。

满常问："豹子，你到底放不放我走？"

"就是不放你，咋了？"

"你不放俺走，俺就一头碰死！"

"有种你碰，俺不拦你。"

满常一头朝土墙撞去，刘秀芝没拦住，他撞在了土墙上。血从满常的额头流下来。满常躺在地上，满常媳妇和两个孩子大哭起来。

有人喊："出人命了！"

刘北蹲在地上哭了。刘秀芝踢他一脚："这是你哭的时候吗？又当刘备呀？"

刘北说："这可咋办？"

刘秀芝对乡亲们说："大伙儿听俺一次，焦书记不会不管咱们的，救济粮很快就要拨下来了。"

一个社员说："别哄人了，兰考这么大，人家焦书记顾得过来吗？"

刘秀芝说："咱大队今年的种子，不是焦书记给调来的吗？人家连捉地老鼠的专家都给咱找来了呀。"

刘北说："这回风刮了庄稼，包队的老孙又去山西给咱们调种子了。"

"调来种子又咋样，捉了地老鼠又咋样？长出的苗还不一样让大风刮了。辛辛苦苦几个月，全完了。人家焦书记还管咱一辈子呀？"刚才说话的那个社员蹲在地上。

刘秀芝说："焦书记不会扔下咱不管的！"

那个社员说："你让人家咋管，我要是焦书记，我也不管。"

正在这时，焦裕禄和张钦礼、李林赶到了。

焦裕禄说："谁说焦书记不管啦？"

人们一时愣了。刘秀芝叫了声"焦书记……"就委屈地哭了起来。

焦裕禄说："乡亲们哪，三个月前我到寨子来的时候，是发下过誓言的。我说：'如果明年来了寨子的乡亲们还拿干红薯叶当口粮，我这个县委书记就辞职！'今天我再发一次誓，如果苦干三五年咱们面貌得不到改变，我就带领你们去逃荒。"

他停顿了一下："不就是又刮了一场风吗？把咱们辛辛苦苦种下的庄稼苗刮没了。但是咱们人还在！人在就有办法。路上我就想了，咱们村正在风口上，损失肯定小不了，所以就过来和大家共同商量个办法，咱们要想个切实的治灾的措施。光救灾不治灾越救越难，对不对？可是治灾一定要和救灾结合起来，怎么结合？办法很多，利用咱们自己的资源就是个办法。上次我了解到，咱们村有很多人有烧砖窑的手艺，现在城里搞建设，红砖很缺，咱兰考又有铁路，如果咱们搞个砖窑，烧了砖去卖，不就挺好吗？"

刘北说："焦书记，搞砖窑可以，咱们大队确实有窑把式，可是咱没钱建窑啊。"

大家纷纷议论起来。

刘秀芝说："乡亲们，焦书记说得对，给咱指了一条明路。过去，咱村烧窑的把式方圆有名，周围的村都上我们这村来聘窑把式。我们要建砖窑，有好条件。我们不能再给县委添麻烦了，不能再让焦书记操心了，建窑的钱，我们大家凑！"

九队老队长说："中！中！兄弟爷儿们，秀芝说得有理，众人拾柴火焰高，只要咱们心齐，没过不去的坎儿。我家有三间房，拆两间，卖了檩条，拿来建窑。"

豹子说："上次发了二十块钱救济，还剩下十六块，俺全拿出来建窑！"

一个社员说："俺家有六只山羊，卖的钱拿来建窑！"

满常也站起身子："俺是窑把式，可现在家里没钱，建窑俺出义务工，不要工分！"

一个老奶奶用大襟兜了几个鸡蛋："秀芝啊，建窑是好事，俺家只有这几个鸡蛋了，是带了逃荒路上应急的，也凑一份。"

社员们纷纷表示要为建窑捐出自己的所有。

焦裕禄的眼睛湿润了，他拿出几十元钱："算我一份！"

张钦礼和李林也各自拿出钱："还有我们！"

3

两间草房，屋里空空荡荡。这是窑汉子满常的家。

满常头上缠着纱布，蹲在锅台边，就着咸菜喝酒。一个不满周岁的孩子围在被窝里，另外三个孩子衣裳破旧单薄，围在他身边。满常媳妇从外头回来，看见丈夫又喝酒，劈手把酒瓶子夺了。满常拦着他媳妇："哎哎哎，你干啥？"

满常媳妇说："天天喝那黄汤，这个家早晚得让你败了！"

满常说："嘁，还早晚败了，把那'晚'字去了，这个家早他娘的败了。你看看，家里还有啥？两间东倒西歪屋，饿得耗子也待不住。"

满常媳妇说："这怪谁？你是男人！"

满常去夺酒瓶："过得没劲。把酒瓶子给我！"

满常媳妇把酒瓶抱在怀里："就不给！"

满常大吼一声："还反了你！"上去打了媳妇一个耳光。他媳妇扑向满常，两人厮打起来，几个孩子吓得齐声乱哭。

焦裕禄来了："咋啦，你两口子摔跤呀？"

满常看见焦裕禄，松开手，蹲在地上。满常媳妇还哭着："你有本事把俺娘儿几个打死！能耐越来越大了，拿救济粮换酒喝，还打人。"

满常说："你是三天不打，上房揭瓦。"

满常媳妇说："打吧，不过啦！"

焦裕禄说："别打别打，有话好说。"他把炕上正哭的孩子抱下来，哄着："不哭不哭，一会儿叔叔带你去骑牛牛。"又问满常："你们两口子为啥哩？"

满常媳妇说："焦书记，你不知道，他这个人好吃懒做，不争气。一天到晚喝那黄汤，有钱，买酒喝，没钱，赊酒喝，拿了救济粮去换酒。"

满常说："姑奶奶，你别说了中不？"

满常媳妇说："你不说家里啥都没有吗？有酒瓶子呀！看看哪儿不是酒瓶子？"

焦裕禄拍拍满常的肩："满常，你家大嫂说你不是没道理。这过日子嘛，穿衣吃饭量家当。家里这个样子，你能天天喝酒吗？到咱窑场开了火，我陪你喝。"

满常说："焦书记，不是我爱喝，是这日子过得恁没劲了。我是借酒浇愁啊。"

焦裕禄说："借酒浇愁愁更愁。那个'愁'字是酒浇不灭的。咱这日子，眼前的问题就是苦熬还是苦干。苦熬是熬不出头的，只有苦干才会有出路。你自己会不会做窑？"

满常说："当然会。我能做马肚窑、罗窑、立窑，还能做转窑。凡是烧砖的窑，没我不能做的。"

焦裕禄说："太好了。咱们建大窑，你就是主将一员。"

砖窑修成了，开始做烧砖准备，窑场里一片忙碌。

焦裕禄来了，看了新起的砖窑，成垛的砖坯，他非常高兴："这么快就把窑建起来了，不错，是社会主义的速度。"

刘北问："焦书记，你看咱这窑中不？"

焦裕禄说："中！中！你们还有什么困难？"

刘北说："焦书记呀，咱的困难大着哩，窑是修了，砖坯也出了，可解决不了煤的问题。"

焦裕禄问："为啥？"

刘北说："咱找了十几趟，人家黑着个脸，咱看了害怕。"

焦裕禄说："头一窑砖，烧的是志气砖，那咱们拾柴火去。自己动手，丰衣足食。"

大野地里，社员们手捡耙搂，干得热火朝天。焦裕禄腰里扎根绳子，挥舞镰刀砍着蒿草。他问豹子："豹子，这烧窑得有硬柴火，咱们有拾到硬柴火的地方吗？"

豹子想了想说："硬柴火？噢，想起来了，一九五八年大炼钢铁那时，把东洼的树锯了，那树根应该还有，刨了正好可以烧窑。"

焦裕禄说："对呀！咱明天到东洼。"

刘秀芝说："焦书记呀，你就是一团火，把大家的心气点旺了。"

焦裕禄说："应了一句老话，众人捧柴火焰高。别轻看了让大家拾柴这件事，就是为了把大伙儿的劲拧在一块儿。这头一把火，要用咱的心气点起来。"

五天后，一个个大柴火垛堆起来了。

刘北说："焦书记，我们拾了这五天柴，足有三四万斤哪！"

焦裕禄问："这些柴够烧多长时间？"

满常说："够烧两三窑吧。"

刘北说："就怕柴接不上断了火。"

焦裕禄说："那你们还是去找一下工业局，直接就找李局长，说我让你们找的。"

4

回到县里，程世平县长来了："老焦，你起草的那个承包林地的计划我看了。"

焦裕禄问："咋样？"

程世平一笑："说真话还是说假话？"

焦裕禄也笑了："卖啥关子？我知道，让你老程说假话，比让一些人说真话还难。"

程世平说："我看了，出了一身汗！"

焦裕禄："哦？"

程世平说："头一个感觉：痛快！真这么包下去，兰考群众的造林积极性会大大地调动起来。第二个感觉：有点害怕。"

"害怕？怕啥？"焦裕禄拧了一支"喇叭烟"，递给程县长。

程世平指点着那份计划书："你看：'香椿、枣树以三把粗为标准，按人口平均包到农户管理，掰采都归承包人负责，收入按三七比例分成。新栽的小树苗按倒三七形式分成，即个人七成，集体三成，一包五年不变。'还有：'要迅速确定林权，将果林划分好、管理好，要搞田间管理大包工，从小苗出土包下去，一直到收。要尽量做到管庄稼、管林统一起来，庄稼可以连续包工，树木可以随地一起包下去。'这是不是走得快了点？已经有人说咱们光抓包工，不抓阶级斗争了。"

焦裕禄说："老程，咱俩去余寨你也看到了，那个村原有一万八千棵枣树，现在砍得只剩下一千来棵了，没个硬政策，那剩下的也保不住。很多大队情况也差不多。为了让老百姓能过上好日子，咱担点险，值！"

程世平说："值！"

5

各公社干部集中到余寨大队枣园开现场会。

焦裕禄指着那片树权狼藉的枣园说："你们各位都看见了，余寨大队曾经有兰考最大的一片枣园，可是现在满地都是这样的树桩了。一万八千多棵枣树啊，由于管理不善，乱砍滥伐，剩下不到一千棵！谁都知道咱们兰考三件宝，泡桐、花生和大枣。泡桐差点绝了根，枣树也成了这个样子，你们心痛不心痛？"

红庙公社书记说："太心痛了，我们红庙公社夏五营大队的特产是香椿，因为产权不确定，一年只能掰两茬的香椿芽，差不多都掰了三茬，杀鸡取蛋，香椿树折腾死了不少。"

韩陵公社书记说："我们韩陵公社的泡桐前些年也砍得没剩下几棵了，今年春天我们把桐树直接包给农户管理，两个月就种了一万多棵树，造了三十亩防风林。按我们的发展规划，要在三年内发展两千亩林地。"

焦裕禄说："好呀！韩陵公社的经验，值得在全县推广。同志们，我们现在开展的是一场绿色革命，这场革命不仅要改变兰考的自然面貌，而且要改变兰考干部队伍的精神面貌。我们干部作风上还存在很多问题，集中反映是'十多十少'：一般号召多，调查研究少；一般情况多，具体经验少；领导干部原则讲话多，具体办法少；干部讲得多，认真听取群众意见少；一揽子会议多，系统会议少；工作布置多，认真检查少；管理办法多，坚持下来的少；对当前生产说得多，认真制定规划，用规划指导生产少；各行各业支援农业喊得多，具体行动少；死搬硬套多，因地制宜确定方针少。"他点了支烟，"工作要上去，思想先要跟上。你们搞林业包干，各有各的招数，但一定要真干。再说一遍，你们放开胆子，出了问题我兜着！"

开完现场会，焦裕禄和农林局的干部骑车到另一个大队去。路上，他对农林局的关局长说："老关，咱们再到红庙公社白楼大队去看看，看看他们的防风林造得咋样了。"

关局长说："白楼不错。他们规划了全公社的沙地，发动群众采树籽、育树苗，这个月造了五条防风林带，种了三万棵杨树，四万棵柳树，三万棵白蜡条，育苗基地就有八十六亩。"

焦裕禄说："好呀，这个典型要在全县推广。这场绿色革命，农林局是先锋官，林权证一定要尽快发放到位，别怕人家说你不抓阶级斗争。"

关局长说："焦书记，你放心。"

6

这天收了工，刘秀芝就拉上架子车去洼里刨树根了。

大炼钢铁那年，东洼里的树全给砍了，一些树桩还没完全刨掉，她记得满常说过，这是烧窑的硬柴火。可留下来的树根都是不好刨的，她刨得非常吃力。腰也不好，刨一会儿，就得停下来捶几下腰。

双盛骑着自行车从这里路过，他远远看见了刘秀芝，把自行车停放在路边，向刘秀芝走去。双盛走到刘秀芝身边时，刘秀芝才发现，她吓了一跳。双盛说："秀芝，刨树根呢？这是男人的活儿，你一个女人家，哪里干得了这事。"

刘秀芝不理睬他。双盛又说："秀芝，来，歇会儿，歇会儿。"他夺下刘秀芝手里的小镐头，"一会儿我替你刨。"

刘秀芝说："不用。"

双盛说："建社会主义大窑，人人应该出力，对不对？你看你收了工还来洼里刨树墩，这是什么精神，我应该向你学习。"

刘秀芝说："双盛，你走吧。"

双盛说："别看把我的队长撸了，我双盛在寨子也是一条好汉。我知道一些人特别看不起我。"

刘秀芝说："让人看得起看不起，全在你自己。"

双盛说："对。我就要混出个样儿来给他们看看。秀芝，你知道我刚才干什么去了？我到后店找我表哥去了。他们村在县城运输队找了运输的活儿，我想凑上一份。焦书记不是送了你这辆架子车吗，我想借出来，不，租出来用用，给你租金，或者干脆算上你一个股，挣了钱你拿大头。行不行？"

刘秀芝摇头。双盛说："你的意思是我干不了拉板车的活儿，对不对？我自己才不干这下死力气的活儿呢。我搞上几辆架子车，雇人拉，我只管结算，又轻松又挣钱。有些事，只要你脑子灵活一些，就可以不费力气。"

刘秀芝用力刨着树墩，不理他。双盛说："比如你们烧窑，自己到洼里拾柴火，下力气刨这些树墩，换了我才不这么干。买不来煤可以去找后门嘛。我一个亲戚就在县工业局，管着指标。我去给你们跑跑，你就别受这累了。"

刘秀芝说："不用。"

双盛说："真的，我明天就去办。要冲着你们大队，我才不犯这个贱，我是为了你。为了你我做什么事都中。来，咱们歇一会儿。"

他去拉扯刘秀芝，刘秀芝推开他："你要干什么？！"

双盛说："跟你亲热亲热！"

他夺下刘秀芝手里的短镐，抱住刘秀芝。刘秀芝奋力挣扎着："双盛你放开，我要喊人了。"

双盛涎着脸说："你喊吧，这大洼里鬼都没一个。"

他把刘秀芝按在地上，压住她，一边撕扯她的衣裳。刘秀芝抓住双盛的手臂狠狠咬了一口，双盛疼得大叫一声，滚落下来。刘秀芝飞快爬起来，把短镐抓在手里："你敢往前走一步，我就拿镐劈了你！"

双盛看了一眼被咬得青紫的手臂，悻悻走了。一阵乌云漫过来，雷声隆隆响彻整个天空。

双盛回到村口，雨就下起来了。他看见豹子披件蓑衣出村，忙隐在一棵大树后。天完全黑下来了，刘秀芝拖着柴车在泥泞的小路上艰难地走着。

板车陷进了泥里，她拼尽全力拖拽，车轮却越陷越深，怎么也拽不出来。正在这时，豹子来了。他把蓑衣解下来披在秀芝身上，用秀芝的短镐扒开车轮下的泥浆，抄起车把，秀芝在后面推车，奋力把板车从泥沼里拽出来。

雨越下越大了。豹子看见路边有个瓜棚，对秀芝说："雨太大了，先到那里避一避，等雨小些再走吧。"

瓜棚很小，豹子让刘秀芝坐在小炕上，他自己坐在一只草筐上。两个人都有些不太自在。雨越来越猛，闪电划过，把周围的景物照得一片狰狞。刘秀芝害怕，问："豹子，这雨啥时能停？"

豹子看了看外头："这是白帐子雨，扯起来没头没梢儿。早看看天，你不该出来。"

刘秀芝说："我出来时天晴着，把双盛赶走了，一打雷，我才看见要下雨了。"

豹子问："双盛来了？"

刘秀芝说："他从这儿路过。"

豹子问："他没、没怎么……"

刘秀芝说："他不敢！"

雷声越来越紧了。刘秀芝说："豹子你坐过来。"豹子坐到炕上。

刘秀芝说："豹子，你的日子也挺难的，找个合适的，好照管两个孩子。"

豹子说："秀芝，你不知道我一直在等着你？"

"等我？"

"就等你一句话。"

刘秀芝说："我是死心了。我婆婆一天到晚堵着我屋门骂，几个小叔子防贼一样盯着我，他们怕我在本村改嫁，会把房子什么的带走。"

豹子说:"都啥年头了,还拿猪毛绳捆人!"

刘秀芝叹口气:"我真是死心了。一进那个家,骨头缝都是凉的。"

他们不知道,外边的雨已经停了。更不知道,几个黑影向瓜棚包抄过来。

刘秀芝说:"豹子,你把褂子脱下来,我给你拧一拧,晾干了再穿,穿着湿衣要生病的。"

豹子说:"不用。我这人火力壮,湿衣裳一会儿就干。"

刘秀芝催促着:"快脱下来吧。"

豹子说:"没事。"

刘秀芝过来给他脱下来了。这时,一束手电光照进来,手电光很强,晃得两人睁不开眼睛。

豹子问:"谁?"

双盛一声冷笑:"脱呀!光脱了褂子,还有裤子呢?咱们进来得早了不是,晚一会儿裤子也脱了。"

二人这才看见,双盛带着刘秀芝的几个小叔子来了。

刘秀芝问:"你们来干啥?"

一个小叔子反问道:"嫂子,你们到这儿干啥来了?"

刘秀芝指着双盛的鼻子:"双盛,你太缺德了,不怕天雷劈了你?"

双盛冷笑一声:"这两个人干了啥还用得着问吗?你们快动手,把他们捆了送公社派出所去!"

刘秀芝的几个小叔子要动手,豹子护住刘秀芝:"谁动她一指头,我拧断他脖子!"

双盛说:"怕啥?他一个人抵得了咱们几个人?上!"

豹子这回可真成了豹子,几个人上来按不住他,毕竟那些人都是有备而来,杠子、扁担劈头盖脸砸下来。刘秀芝去护豹子,也挨了重重几下。

7

寨子村,窑门里烈火熊熊。

窑把式满常在窑门喊:"豹子!豹子!"

一个小青年问:"啥事,满常叔?"

满常说:"我喊豹子。"

小青年说："豹子让人打伤了，在家呢。"

满常问："咋回事？让谁打伤了？"

小青年说："是刘秀芝的几个小叔子。"

满常问："他们打豹子干啥？"

小青年说："还闹不清咋回事。听说昨天晚上下大雨，双盛带刘秀芝的几个小叔子，把刘秀芝和豹子堵在瓜棚子里了。"

满常气得吐了口唾沫："双盛一肚子坏肠子，没准儿这全是他使的坏。我还纳闷儿，往日一大早秀芝和豹子早早就到窑地来了，咋到这会儿都不见了呢。"

小青年问："是不是咱们的柴火要供不上了？"

满常说："咱村上能烧火的东西全运到窑地上来了，再断了柴，就没辙了。一早刘北支书就到县上去了，到这时也不见回来。"

焦裕禄回到办公室，刚放下电话，又一个电话打过来了。焦裕禄抄起听筒，电话是刘北打来的，带着哭腔："焦书记呀，咱大窑要断柴啦。"

焦裕禄问："找工业局李局长没有？"

电话里刘北说："找了，不行。"

焦裕禄问："他说什么？"

刘北说："他让我们去找煤炭公司，煤炭公司又说没我们的指标，还得去找工业局。又到工业局找李局长，李局长还是说煤炭公司说妥了他才批指标。这么走了十来趟。最后我说是焦书记让我们来找的。李局长说：'你甭抬出焦书记的大帽子压人，你把毛主席搬出来我也没有煤批给你们！'"

焦裕禄生气了："他怎么这么说话？"

刘北说："焦书记，你快想想办法吧，大窑要断火啦……"

电话里传来刘北的哭声。

焦裕禄说："刘北同志，你别哭，我去找他说，我这就去！"

他放下电话，推起自行车就走。他推开工业局李局长办公室的门，把正在看报纸的局长吓了一跳。李局长忙迎上来："焦书记啊，您怎么来了，快坐。"

焦裕禄问："老李啊，咱县的工业不多，用煤量也不是很大，农民救灾搞砖窑，是个自力更生的好办法，你能不能为他们解决点煤炭？"

李局长说："焦书记，您是说寨子大队吧？他们来找过我了，还打你的旗号。"

焦裕禄说："确实是我让他们找你的，不是打旗号。"

李局长说："焦书记，农村烧砖窑，不是方向，这样要求批煤，我想不通。"

焦裕禄问："搞砖窑是生产自救，有什么不可以？"

李局长说："焦书记，咱们的煤炭指标只批给工业单位，烧砖是搞副业，不是方向！"

焦裕禄火了，拍了桌子："你懂得什么叫为人民服务吗？农民利用自己的资源，烧砖支援城市建设，抗灾自救，不是方向是什么？烧砖需要煤你懂不懂？为什么不支持？还故意刁难？这就是你说的方向吗？不光是寨子大队，今后哪一个大队搞砖窑，我都找你给解决煤的问题，耽误了事我处分你！老李，你跟我去趟寨子，现在就去。"

寨子大队窑场上，支部书记刘北和一些社员相继用架子车运来了柴火、木头，一看就是从旧房上拆下来的。

刘北问社员们："你们也把家里房子拆了？"

"拆了。支书，咋你家房也拆了？"

刘北说："要拆房，头一间就应该先拆我家的。"

社员们问："你家嫂子让拆？"

刘北说："当然不让，抱住我腿不让上房，我推开她，上了房，两镐三镐把房顶掏了个窟窿，她没辙了。"

社员们笑了："嚯，你这刘备变成张飞了。"

这时，焦裕禄和工业局李局长来到了窑场。

豹子拉着一架子车拆房的柴火、木料，大汗淋漓地来了。满常一身烟火色走出来："咋了豹子，真把你家厦屋拆了？"

豹子点点头。满常说："你家就两间房，拆了上哪儿住去？"

豹子说："我和孩子去牛屋，把我娘送我姐家先住着。"

满常问："那你娘让拆？"

豹子说："我跟我娘说，咱房拆了，家也散不了。可窑要烧不成了，社员的心就散了。这心一散，又不知有多少家要散啊。"

满常说："该让县里那个工业局长到咱村来看看，老百姓拿钱养着这些当官的，不给老百姓办事，还不如养鸡养狗呢！"

一个社员说："养鸡是为了下蛋，养狗是为了看家，养了那些当官的拿着工资不办人事，还真不如养畜生！"

402

满常说："别说那么多了，给焦书记打个电话，上边不批给咱煤，咱拆了房也要保住社会主义大窑！"

李局长低下头去。有人说："这不是，焦书记来了！"

刘北看到了焦裕禄："焦书记您来了。您放心，咱社会主义大窑不会断火，大伙儿把旧房厦屋都拆了。社员们说，拆了房子搭窝棚，也要保住这一窑砖。"

焦裕禄说："我对不起乡亲们了。"

刘北说："焦书记您放心，咱烧砖的还愁没房子住？等灾年过去，咱寨子重建社会主义新农村，茅草土屋换清一色的大砖房。"

焦裕禄对李局长说："老李，你看看，多好的群众啊。"

刘北也看见了李局长："李局长，刚才大伙儿说的话糙了些，农民嘛，没啥花肠子，你甭往心里去。"

李局长羞愧地说："刘支书，乡亲们说得对。当干部的不为老百姓办事，真还不如畜生。我错了。我现在就回去，马上给寨子的社会主义大窑调拨煤炭。"

刘北抓住李局长的手："谢谢你李局长。"

李局长说："我得谢谢乡亲们，给我上了一课。刘支书，我回去不只是调拨煤炭，还要调配你们烧出来的砖。你们的煤炭款，就用砖来顶吧。"

焦裕禄说："一场大风毁掉了咱治沙的成果，但是我们的信心是毁不掉的。社会主义大窑就是一盏灯，这盏灯，再大的风也扑不灭！"

心灵的感召

1

当夜，焦裕禄就住在豹子家，他和豹子合盖着一床被子，半躺在炕上，说着话。

豹子说："焦书记，现在最难受的是秀芝，她婆婆天天堵着门口骂，不让她走出大门一步，她都快急疯了。"

焦裕禄问："豹子，说实话，你是不是喜欢秀芝？"

豹子说："啥事也不能瞒你，是喜欢。"

焦裕禄又问："那秀芝对你有意没有？"

豹子说："我觉得有。她这人表面上看着挺冷，其实心里挺热。"

焦裕禄点点头："她对你表明态度了？"

豹子说："还没有。不过我有个感觉，她看我时，和看别人不一样。"

焦裕禄说："看你这人挺粗，其实挺细的。"

豹子一脸幸福感："真的。我能感觉得到。"

焦裕禄点点头。豹子又说："她婆婆这个人，你不知道有多难缠。自打福强死了，天天用最难听的话骂她，说她是扫帚星，儿子生生被她妨死了。几个小叔子对她更不好，她到小叔家借个扁担都借不出来。秀芝的日子那天天是在黄连锅里煮着啊。"

焦裕禄说："秀芝那里我会帮她。可是豹子，你记住好事多磨，你要有耐心，一些事情急不得。秀芝作为一个女人，承担的东西比你要重，你得理解她。"

豹子说："焦书记我记住了。"

第二天上午，焦裕禄就到刘秀芝家去了。

几个女人坐在刘秀芝家门前胡同口上聊天儿，她们聊得很热闹，还不时用手朝院里指指点点，一看见有人过来，声音就放低了。

院里传来刘秀芝婆婆的骂声。

焦裕禄听见一个圆脸女人说："你说秀芝她婆婆哪儿来的这么大的精神，从早上骂到天黑。"

焦裕禄敲门，喊着："秀芝！秀芝！"喊了几声没人答应。焦裕禄又敲门："秀芝！秀芝，我是老焦！"

刘秀芝的婆婆在院子里应声："你是谁也不行。"

焦裕禄说："大娘，我是老焦，县委的老焦。"

刘秀芝的婆婆说："刘秀芝她不当大队干部了，开会啥的别找她。"

焦裕禄说："大娘，我是来看您的，您要是现在不愿开门，我就坐在门口等，什么时候您愿意给我开门了，我再进去。"

刘秀芝的婆婆把门打开了，焦裕禄进了院。刘秀芝从屋里出来，她形容憔悴，满脸泪痕，叫了声"焦书记"，便泣不成声。

焦裕禄说："秀芝呀，我今天来看看大娘，和老人聊聊天儿。"

他拉了个板凳，坐在刘秀芝婆婆身边，抄起一把蒲扇，给刘秀芝婆婆扇着："大娘，这一段身子骨还中吗？"

刘秀芝婆婆说："气成这样了，中啥呢。"

焦裕禄问："大娘啊，您老人家今年高寿？"

刘秀芝婆婆说："七十一啦。"

焦裕禄说："跟我娘岁数差不多。大娘，看见您老人家，我就想起俺娘来了。我娘在山东老家，我有五六年没见她老人家一面了。这天下的娘啊都一样，对不对大娘？"

刘秀芝的婆婆没说话，但面色缓和了下来。

焦裕禄说："我离开山东南下那天，我娘一宿没睡，给我摊了一宿煎饼，临上路的时候，交给我一个包袱，里边有七双鞋，不知她啥时做的。我娘说：'儿啊，你这一走，不知几年能回来，到了天边，穿着娘做的鞋，就像在娘身边一样啊。你小时候，娘就给你说，天上一颗星，地上一个人。人要是做了好事，天上他那颗星就是亮的。要做了坏事，天上他那颗星就是暗的。'大娘，你也养了一个好儿子，福强那颗星，一定是雪亮雪亮的。"

刘秀芝的婆婆开始擦眼泪。焦裕禄说："福强治沙的事登了报，全河南都知道了，都向他学习，你老人家，是英雄的母亲。我知道你老人家心疼儿子，心疼孙子，可更应该疼儿媳。手心手背都是肉，秀芝就是你闺女。对自己的孩子，应该信得过。对不对大娘？"

他让刘秀芝给老太太倒了碗水，端过来。焦裕禄说："大娘您喝水。大娘，您有个好儿子，也有个好儿媳，秀芝是个好样的，她当大队干部，咱村又是个穷村，两千多张嘴接起来有几里地长呀，让大伙儿吃上饭就是个挺犯难的事。秀芝是接着干福强没干完的事啊，心里不管多难受也挺起身板来带领群众救灾。有个好儿子流芳千古，有个好儿媳群众拥护，这都是你老人家教育得好。"

刘秀芝的婆婆说："焦书记啊，你不在俺村上，听不见人嚼啥舌根。"

焦裕禄说："大娘，我刚才说了，咱村两千多口人，这两千多张嘴接起来有几里地长，不光吃饭是个难题，还不知从哪张嘴里说出啥话来。在这个时候，只要坚信秀芝，你老人家应该给她安慰，应该站出来为她澄清，有些人说闲话是居心不良，更多的人是不明真相，越是在这样的时候，儿女们就越需要长辈的理解和庇护啊。"

刘秀芝的婆婆喊秀芝:"秀芝,给焦书记倒碗水。"

焦裕禄说:"大娘,今天咱们村开群众大会,让秀芝去开会吧。"

刘秀芝的婆婆不言声。

焦裕禄说:"大娘,群众会上让秀芝讲讲,她往台上一站,一切谣言不攻自破,烟消云散。"

2

大窑上,满常在窑门看火,几个小青年偷偷隐在他身后看着。

满常回身:"别偷偷摸摸的,想看进来看。"

三个小青年进来了。一个光头,一个平头,一个分头。满常说:"想偷我的艺,对不?小子,我告诉你,让你跟我屁股后边看三年,你要看出门道来,我扎窑里烧死。"

平头说:"满常大叔,我们给你当徒弟中不?"

满常说:"不中!你们都缠我五六天了。"

光头问:"为啥不中?"

满常说:"一句话就当徒弟?当年我爷给窑把式当徒弟,给人家拎了三年尿罐子。"

分头说:"要不我们给你拎尿罐子,不只三年,拎一辈子都中。"

光头说:"要不我们磕头拜师?来,兄弟们,给满常大叔磕下啦!"

三个小青年一起跪下了。满常忙把他们拉起来:"我这当把式的,没啥花头,你们烧上几年窑,也就能把门路摸下来了,真没啥可传的。"说完他背着手走了。

光头说:"哎呀,拿捏上啦。这可咋办?"

分头抓抓头皮:"磨了他五六天了,关外的胡子——一点不开面!"

平头蹲在地上:"教会徒弟,饿死师傅,那是旧社会的旧思想嘛。都社会主义了,还这么保守!"

焦裕禄过来了:"你们要给满常当徒弟?"

小青年们说:"是啊。"

焦裕禄问:"他不教你们?"

光头说："我们嘴皮子全磨破了，一点不开面。"

平头说："他不教，我们就偷艺，他看火俺们跟他屁股后头。他也不走，看了半天问俺们：'傻小子，看出啥门道来了？告诉你们，在我屁股后边三年你也学不会。'"

焦裕禄问："你们真想学？"

小青年们说："真的。太想学了！"

焦裕禄说："真想学你们跟我说呀。他不教你们，我有办法！"

窑口旁，满常正在看火，焦裕禄来了，他一只手拎个酒瓶子，一只手托个纸包。一进来就说："满常老哥，今儿个没事，弄了瓶酒，咱老哥儿俩喝喝。"

"有酒？"一听见"酒"字，满常两眼都放出光来。焦裕禄说："我说过了嘛，窑开了火就请你喝酒。"

他打开纸包，是一包炒蚕豆："公社小卖部里买的，没别的下酒菜。"

满常说："焦书记，俺爱喝两口，这都是前些年外出当窑把式惯下的毛病。别管活多累，只要有酒就行。"

焦裕禄找了个茶缸子，把酒倒出一些，瓶子给满常："先说好了，我这病不能喝酒，我少喝点，权当陪老哥。"

满常说："中！中！"

焦裕禄问："满常，你这窑把式当多少年了？"

满常喝了口酒："这酒劲还蛮冲。从十四岁到现在，三十多年了。我爹我爷都是看火的。"

焦裕禄敬了他一口："这看火有啥秘诀？"

满常一笑："焦书记，这秘诀是不外传的，我爷传给我爹，我爹传给我。好在你也不是窑匠，我给你说了也没事。烧窑，看火是最重要的。窑里跑不跑火，火色是不是正常，火功到没到家，啥时该大火猛攻，啥时该小火收拢，啥时该熄火了，啥时该上水洇窑了，全凭看火的一双眼呢。"

焦裕禄点点头："这里边学问还挺深。"

满常指着窑口："那是当然。焦书记，你看这灵牌砖后边——这窑门立着的砖是灵牌砖，像个灵位牌子似的——这火烧得清明透亮，火色有些发白，这十有八九要走火。"

他喊着烧火的人："加柴火，加大点，烧火要专心啊，别天上一灶地下一灶的。"他转对焦裕禄说："要走了火烧出的砖就是'黄皮子'，没烧透，全都废了。看到这个火色要加大猛火攻上七八个钟点，直到窑膛里的火成了猪肝色，混混沌沌的，就正常了。"

"了不得。这窑温也没法儿拿仪器测，全凭你这双眼了。"

满常说："这是带你看窑口，看火色，要我自个儿，用不着到这儿来。"

焦裕禄问："那你上哪儿看去？"

满常说："我坐屋里看。"

"火在窑里，坐屋里看啥？"焦裕禄和满常又碰了一次。

满常说："我看烟。"

"看烟？"

满常说："对呀。"

焦裕禄说："这烟又不是火。"

满常说："烟是火之表，看烟就是看火。"

焦裕禄问："有啥讲究？"

满常站起来，拉着焦裕禄："来来，焦书记，你出来。"

来到窑门外，满常指着烟筒说："你看这烟乌黑乌黑的，翻着卷往上冒，烟柱像个大黑蘑菇，那就证明火色正常了。"

焦裕禄点头。

满常又问："焦书记你闻闻，这窑里透出来啥味儿。闻见没？"

焦裕禄闻了闻："闻见了，土香味儿。"

满常说："对头！对头！这就证明这窑砖正常。要有土腥味儿，是没烧透；干锅子味儿，是烧过了。"

焦裕禄端起缸子："好啊。这回我学会了。"

满常说："其实啥秘诀都是一张窗户纸，你不捅，它蒙得严严实实，捅破了，就隔那么一张纸。"

焦裕禄大笑："满常老哥，明天找几个年轻人，给你当徒弟。"

满常吓了一跳："这……"

焦裕禄问："你愿不愿教？你不愿教没关系，我教他们。反正我也捅破这张窗户纸了。你刚才教我的我可全记住了，滴水未漏。"

两人相视大笑。

第二天，焦裕禄把几个年轻人带到窑口前，指着满常说："从今天起，他就是你们师傅了。新社会不兴磕头，你们排好队，给师傅鞠躬。"

青年人排好队。光头说:"师傅在上,受徒弟三鞠躬。"

他们给满常鞠了三个躬。

3

大道上传来汽车喇叭声,滚滚沙尘中,隐隐见几辆绿色解放牌汽车向窑地驰来。

车在窑场停下,六辆卡车装满了煤。第一辆车的车门打开,工业局长老李跳下车。他看到了焦裕禄:"焦书记,我带车队把煤送来了。"

焦裕禄握住他的手使劲儿晃了晃,又在他肩上重重捶了两下,吆喝一声:"大家来卸车了!"

刘北、秀芝、豹子、满常等兴奋地跑过来。焦裕禄跳上车厢,抄起大锨,跟工人一起卸起煤来。突然,他停了下来,双手紧紧捂住肝部,脸上沁满热汗,扶不住锨把,昏倒在车厢里。

李局长、刘北、刘秀芝、豹子等人围上来,呼喊着、摇晃着焦裕禄:"焦书记、焦书记!"

"老焦!老焦!"

"焦书记你怎么了?"

"老焦,你醒醒!"

人们听到喊声,放下手中工具,齐向这里围拢过来,把焦裕禄里三层外三层围住。

有人埋怨刘北:"你咋不拦住老焦哩,他都累成这个样子了还让他卸车。"

刘北含着泪托着焦裕禄的后背,揉着他的前胸,带着哭腔叫着:"焦书记,你醒醒,你睁开眼啊!"

豹子也说:"焦书记,你一干活儿就不要命了。"

满常说:"昨天晚上焦书记跟俺蹲在窑坑里,看了半夜火,是个铁人也撑不住啊。"

李局长说:"快把这车煤卸了,马上送焦书记到县医院。"

车上的煤很快卸完,人们把焦裕禄抬上驾驶室,李局长上了车,把焦裕禄搂在怀里。他的眼泪一个劲儿往下淌。

焦裕禄醒来时，已经躺在医院的病床上，徐俊雅和孩子们还有李林守在病床边。他睁开眼睛，玲玲就扑了上来。焦裕禄搂住玲玲："玲玲，想爸爸了？"玲玲抱住爸爸亲着。

焦裕禄问："我怎么到这儿来了？"

李林说："焦书记，你太累了，在窑地卸车时昏倒了。"

焦裕禄挣扎着要下床："小李，咱们快办手续出院，还有重要工作呢。"

徐俊雅说："出院？你不要命了！工作重要，命也重要，今天哪儿也不能去。"

焦裕禄说："俊雅，真有不能拖延的大事，要不不用办手续，我去一下机关再回医院。"

徐俊雅说："你是昏倒了，才把你送进来，要不昏倒，九头牛也把你拖不进医院来。"

主治医生和院长来了。院长说："焦书记，您现在最重要的工作就是配合治疗。身体是最大的本钱，这个本钱没了，再重要的工作也做不成，对不对？"

焦裕禄说："院长，真的是有非常要紧的工作，很快要召开全县除三害群英会，有些事是会前必须要做好的。"

院长说："那也不许离开医院。"

焦裕禄说："我到机关打完电话再回来，中不？"

院长说："不中，打电话你可以去我办公室打。"

焦裕禄无奈，只得跟上院长到了他的办公室。他摇着电话机："喂，县委总机，给我个公社。"

听筒里话务员的回声："要哪个公社？"

焦裕禄说："哪个公社都中。"

话务员问："找谁？"

"一二把手。"

院长搬了把椅子，让焦裕禄坐下。

电话通了。焦裕禄拿起听筒："你哪位？"对方说："张君墓公社。我是社长老刘，您县委哪位？"

焦裕禄说："我是焦裕禄。"

对方说："啊，焦书记，您有啥指示？"

"请你汇报一下，你公社最突出的好典型和最突出的坏典型。"说着话，他

410

从衣袋里掏出笔和小本子。

对方在汇报，焦裕禄不停地往本子上记着。那边汇报完了，焦裕禄说："你刚才汇报的，也算是典型，但并不突出。你们的工作要做细一些，再下去摸一下，可以再汇报。"

他又摇了一下电话机："请再要一下别的公社。"

话务员报告："红庙、爪营、堌阳公社的一二把手都下乡了……"

焦裕禄放下电话机，对李林说："你回机关，向各公社要个电话，就说我要求：各公社都要给县委报喜、报忧。各公社一二把手要亲自摸一两个最突出的好典型和坏典型，写成书面汇报，一个星期送县委。"

这时电话铃响了，话务员说："焦书记，仪封公社接通了。"焦裕禄拿起电话，对方说："焦书记，您还是说那好典型坏典型的事吧？俺们公社，没好典型，也没坏典型。"

焦裕禄问："昨天的《河南日报》看了没有，登了你们公社东二里寨生产队集体生产搞得好，副业收入多，群众情绪高，这不是你们公社突出的典型？"

对方说："我们公社就这一个生产队搞得好，其他都不中。这个生产队没代表性。"

焦裕禄说："这样的生产队不算典型，啥样的才算？你们把这个生产队的典型经验总结一下，树成标兵，就有目标可学。"

对方说："是。"

焦裕禄说："我们是领导干部，领导干部应该学会一套领导工作方法。要记住：榜样的力量是无穷的！如果我们的工作只会撒胡椒面，抹万金油，'盘子喝水扑面来'，就会造成'老和尚的帽子——平不塌'，'鸡飞蛋打狗舔灯'。要学会用正反面的典型来教育群众。"

他放下电话。院长倒了一杯水："焦书记，在您身边长见识。榜样的力量是无穷的，这话多好啊！我们也学了一手。"

4

和煦的阳光照到病房里。焦裕禄在吊输液瓶，徐俊雅和儿子国庆陪在他身边。

李林来了。焦裕禄问："小李，寨子的窑还有什么问题没有？"

李林说:"没问题了,县工业局批了七十多吨煤。李局长说,他到地区工业局争取多要些指标,保证咱们县生产自救搞砖窑的大队不断火。"

焦裕禄高兴了:"好啊。"

李林说:"李局长刚才讲,他安排火车站的物资处给寨子运砖,还没谈下来。"

焦裕禄问:"有什么问题?"

李林说:"物资处归路局管,有些事得协调。"

焦裕禄说:"那咱们去趟火车站,把这事协调协调。"

徐俊雅急忙拦住:"不行,哪里也不准去!"

李林给他把床向上摇了一下:"焦书记,你就好好歇两天吧,车站我去问,你不放心,给我写个条子也成。"

焦裕禄说:"这么大件事,还是我去趟比较好。"

输液瓶里的液体输完了,护士撤走了输液架。焦裕禄活动一下胳膊:"咱现在就走。"

徐俊雅说:"要去,那也得等身体好些再去。"

焦裕禄又抻了抻腿:"没事。我去一下就回家,又没多远的路。"

国庆说:"爸,我跟你去吧。"

徐俊雅说:"对,让国庆跟上,办完就回来,省得一走了又瞄不着影子了。"

三个人往火车站走。走到一个上坡的地方,看见一个人拉着一架子车货物在吃力地爬坡。焦裕禄用手势招呼国庆和李林,三个人帮他在后边推车子。焦裕禄在后边喊:"加油!加油!"

拉车的人猛然觉得车子轻松起来。拉上了陡坡,他放下车子,回过头,不由得一怔:"焦书记!"

焦裕禄一看,原来是他救过的那个孩子张徐州的爸爸。

老张擦着头上的汗:"焦书记,原来是你帮我推车呀!"

焦裕禄问:"老张呀,你怎么拉上板车了?你家小徐州怎么样了?"

老张说:"眼看要收麦子了,连买草绳的钱都没有。公社里组织了一个装运小队,租了架子车,在火车站揽点活儿,趁麦收前这几天,抓几个活钱。小徐州欢蹦乱跳的,他妈带着呢,也在火车站。"

焦裕禄接过老张递过的毛巾擦着汗:"能经常揽上活儿吗?"老张说:"活儿不容易揽,钱也不多,除了租车费用,能剩下一点,总比在家里苦挨强。焦

412

书记，我走啦。"

老张拉上车走了。

吃了晚饭，焦裕禄拉上徐俊雅去了火车站。

站外广场货栈前，横七竖八躺着一些拉板车的农民，他们有的铺了报纸，枕着自己的鞋子睡在地上，有的三五成群围在一堆下象棋。

老张和他媳妇带着孩子，睡在一个角落里。孩子身下铺块油布，老张夫妻给孩子扇着蒲扇。

焦裕禄和拉板车的人聊天儿，问询着："老乡，哪个村的？"

有的说堌阳的，有的说南杖的，有的说葡萄架的。

焦裕禄问："累不累？"

一个中年人说："咋不累，干一天活，骨头都快散架了。"

焦裕禄问："你们住在哪儿？"

一个小伙子说："住在哪儿？哪儿有咱住的地方？就睡在这儿，天当房，地当床。"

焦裕禄打死了叮在胳膊上的一只蚊子："这里蚊子挺多吧？"众人说："是挺多，个儿还挺大，咬得睡不着。"

焦裕禄又问："能喝上开水不？"

众人说："还喝开水，喝凉水都难。人家站里有个自来水龙头，咱去接点水得跟人家说半天好话。"

焦裕禄眉头紧锁："那你们下雨天咋办？"

中年人说："咋办，串人家房檐去。不然就得在这儿淋着。"

年轻人说："咱这里有个带孩子的，下雨天去候车室避雨，硬是让人家赶出来了。"

角落里，老张对他媳妇说："徐州他娘，我听到一个人说话，像是焦书记。"

老张媳妇问："不见得吧，书记来这里干啥？"

老张又侧耳听了听："没错，是焦书记。"

他忙跑过来了："焦书记，你咋到这儿来啦？"

焦裕禄说："来看看大家，也看看孩子，这不，你嫂子也来了。"

老张忙和徐俊雅打招呼。

拉板车的人们惊奇地问："焦书记？来的真是焦书记？"

老张说："乡亲们，咱们县委焦书记来了。俺家孩子这条命，就是焦书记救下来的。"

大家说："焦书记，大晚上的，你还来看我们。"

焦裕禄说："乡亲们，你们住的问题，喝热水的问题，生活上的一些困难，我可以跟车站协商，尽可能帮助你们解决好。"

老张媳妇把孩子抱过来了，焦裕禄接过孩子："小徐州，来，让伯伯抱。"

他抱着孩子："确实长肉了。这样吧，孩子我替你们带着，家里有姥姥呢。你们晚上收了工，可以去看他。"

老张说："焦书记，那咋中？你那么忙，家里孩子也多，别再给你添麻烦了。"

焦裕禄说："添啥麻烦，不就多个孩子嘛。我家有小孩子，小徐州才待得住。就当是我家老七。"

几天后，焦裕禄再次来到火车站货栈。货栈的一座空仓里，整整齐齐打了两排地铺。屋子里还安了电扇，有了饮水保温桶，拉板车的农民都安置在这里。

焦裕禄带来了县文化馆的两个演员，一人拿着简板，一人拿着坠胡。大家纷纷站起来和他打招呼。

焦裕禄问："这个地方可不可以？"

众人都说："太好了。风吹不着，雨淋不着。还有电扇，能喝上热水了。焦书记，真太谢谢你了。"

焦裕禄说："你们拉板车，是生产自救。现在有了住的地方，晚上呢，也别光打牌睡觉，找认字的念念报纸，唱唱歌。今天晚上，我带了县文化馆曲艺队的两个小同志，给你们唱段河南坠子，好不好呀？"

大家齐声鼓掌："太好了。"

一个姑娘走到人群中，在坠胡伴奏下唱了起来：

> 紧打简板慢拉坠子胡，
> 乡亲们听我诉诉风沙苦。
> 黄风起能把那日头遮住，
> 刮死了庄稼刮倒了屋，
> 填平了水井遮断了路，
> 挖坟掘墓露尸骨。

如今要把三害除,

为了子孙万代福……

5

这天中午,徐俊雅正在院里洗衣服,李林带两位客人来了。客人是她娘家大嫂和侄子新太。

大嫂一手抃着盛满鸡蛋的竹篮,一手拎只老母鸡,五十出头的人,却已半头白发,看上去比实际年龄苍老得多。新太二十多岁,长得高高挑挑又文文静静的,戴副眼镜,像个大学生。徐俊雅同大嫂最亲,这些年,没少得到大嫂一家的帮衬,几个孩子都是大嫂帮着拉扯大的。

她打开门,看到大嫂,欢喜地叫起来:"呀,是嫂子、新太呀。你们咋不先写封信,让守凤接接你们。"

嫂子说:"路又不甚远,不是还有新太吗,不用接。"

新太说:"大姑见老了。"

徐俊雅说:"可不是咋的。让你大姑父累心累的。"她冲屋里喊:"娘,嫂子和新太来了。"

老太太迎出来,新太喊了声:"奶奶!"

老太太摸着孙子的脸:"这孩子咋又瘦了?"

大嫂说:"农村活儿太累。新太从学校出来没干过农活儿。"

守凤和几个弟弟妹妹也从屋里跑出来,她们一起扑向大妗子,搂腿抱腰吊脖子,非常亲热。徐俊雅对嫂子说:"孩子们从小是你带大的,跟妗子比跟妈亲。"

进了屋,嫂子见炕上多了个小孩,问:"咋,又添了个?不对吧?"

徐俊雅笑了:"这是老焦救下来的一个孩子。孩子他爸他妈到火车站拉板车,带他不方便,抱咱家来了。"

嫂子说:"他姑父这人心眼儿好,看不得别人受罪。"

徐俊雅、大嫂和守凤包饺子,新太早被跃进、保钢、守云、玲玲拉到院子里看小兔子了。

大嫂问:"他姑父咋还不回来?"徐俊雅说:"他呀,一天到晚忙得团团转,不是开会,就是下乡,从来没吃过应时的饭。"

大嫂说："这回我来呀，是有件事求他大姑父，到时你得说说。"

徐俊雅说："大嫂你说的事，老焦还能不办？啥事？"

大嫂说："想让他姑父给新太安排个工作。给他当通信员也成。"

老太太说："他姑父喜欢新太，老夸这孩子灵透，会写字。"

正在这时，焦裕禄回家来了。他一进院就看见了新太："哟，新太来了。"

新太叫了声："姑父！"

焦裕禄问："自个儿来的？"

新太说："和我妈一起来的。"

焦裕禄推开屋门："大嫂，你可是个稀客。"

大嫂说："早就说来看看你。"

徐俊雅指着地上放着的篮子："大嫂给你带来的，让你补补身子。"

饺子上桌了，一大家人围在一起，热闹和睦。焦裕禄给大嫂夹了几个饺子："大嫂，家里日子咋样？有没有困难？"

大嫂说："还行。你大哥勤快，吃穿都不缺。"

焦裕禄很高兴："新太长成大小伙子了，也就一年多没见吧，高了一大截，嘴上绒毛毛都长出来啦。还在村上？"

新太说："在村上。"

徐俊雅说："新太这孩子，从小就聪明。字写得好，算盘也打得好。在大机关工作得好好的，响应号召回村务农，干了几年了。这回到兰考来看你，也是想让你给找个工作。"

焦裕禄拍拍新太的肩："新太呀，姑父虽然当着县委书记，可是这用人的事可不是我一个人说了算的。尤其是我，更不能带头违反政策，对不对？现在农业上很需要有文化的青年，农村的天地很广阔，你好好干，肯定会有出息。"

新太说："姑父，您说的我懂。我在大机关工作，三年困难的头一年是响应号召主动报名回到农村的。这两年，我爸妈总让我来找您，我一直没来。"

徐俊雅把焦裕禄拉到院里："你咋这样？我哥我嫂对咱家有多大的恩呀，在尉氏，这几个孩子都是他们帮咱拉扯。你看新太在农村干了几年，求你找个工作，你就拉下脸来啦？新太有文化，在县委当个通信员不行？不要说做通信员，更重要的担子他也能挑。"

焦裕禄说："新太把我的话听懂了。他在农村，更会是个好样的。我和大嫂去说。"

进了屋，大嫂说："他姑父，人家都说你在兰考当着大官儿，中不中，还不是你一句话的事？"

焦裕禄说："大嫂啊，可这一句话我很难说呀。我是县委书记，随便安排自己的亲属，是违反政策的。"

徐俊雅说："你让别人去通融一下嘛。"

老太太也说："你看新太回来都累瘦了。农村再好，也不如在外边有个工作。"

大嫂脸色沉下来，刚吃完饭，把筷子一撂，对儿子说："咱们回去。"

焦裕禄赔着笑说："大嫂，好容易来一趟，多住几天，跟俊雅说说话。"

大嫂冷着脸说："不住了，咱这穷亲戚，还是别攀你这当官的。"说罢，转身要走。焦裕禄从抽屉里拿出几把烟叶："大哥喜欢抽这关东烟，我给他买了几把烟叶，你捎上。"

大嫂接过烟叶，又丢回桌子上："你大哥是穷命，俺担不起。"说完，扯上新太就走。新太礼貌地道别："奶奶、大姑、姑父，我们走了呀。"

他妈狠狠拽了他一把。大嫂头也不回走了。

徐俊雅说："你把大嫂得罪了，以后这亲戚咋走？"

焦裕禄说："过两天我给大哥大嫂写封信，赔个不是，把烟叶寄过去。"

徐俊雅说："娘今天心里肯定也别扭。"

焦裕禄说："那你给娘解释一下。下午我得下乡。"

汤汤大水

1

夜深了，焦裕禄还在写文章。

这几天，他下乡去了秦寨、赵垛楼、韩村、双杨树几个典型村，秦寨的改土治沙工程如火如荼，大人孩子齐上阵。大家说："就是土地爷的肠子，也要翻

417

出来晾晾。"这句话把焦裕禄心里的火点旺了。他写的这篇文章就是《秦寨的决心》。他的肝病又犯了，疼得汗珠子直往下掉，只得用钢笔杆顶住肝区。

徐俊雅给他端来开水，见状，忙夺下他的笔："老焦，又疼了？快睡，别写了。"

焦裕禄说："这篇稿子是总结秦寨治碱改土经验的，三干会上要用，得赶出来。"

徐俊雅说："你先睡了，明天早点起也一样。"

焦裕禄讨价还价："俊雅，你让我再写一个钟头，四十分钟也行。"

徐俊雅说："不行，你不看看，都下半夜了。"

她把稿纸收走了，又拉灭了电灯。焦裕禄躺在床上，辗转反侧。

兰考火车站的汽笛声若断若续。他抬起身子，悄悄从被窝里摸了把扫床的笤帚，顶住肝区。他的被筒里总是藏掖着笤帚、刷子、笔杆、空杯子之类的硬东西，随时用来应急。

外面雷声隆隆，焦裕禄用牙咬住被角，不让呻吟声发出来。突然间大雨倾盆，狂风呼啸，电闪雷鸣。他悄悄下床，披上雨衣。

待徐俊雅察觉，他已冲入夜幕之中。

徐俊雅忙招呼起大女儿守凤："守凤，快起来，你爸又出去了！"

娘儿俩打着雨伞去寻找焦裕禄。

像是有人把天捅了几个窟窿，那雨不是下，简直就是从天上往下倾倒。一天一地，都是飞瀑倾泻的轰鸣。没有路灯的街道一片漆黑。徐俊雅和焦守凤一条街一条巷地寻找。

焦守凤喊着："爸！爸！"

大风很快把她们撑着的雨伞刮烂了。娘儿俩在雨里相互搀扶着，跌跌撞撞，已淋得透湿。焦守凤问："妈，您说我爸会到哪儿去呢？"徐俊雅说："我想起来了，你爸一定去火车站了。"

火车站上，车轮声、汽笛声沉闷而磅礴。焦裕禄果然在车站广场上查看水情。他左手里打着手电，右手拄着一根棍子，这里探探，那里瞧瞧。徐俊雅和焦守凤远远看见了火车站广场上雨幕中闪烁的手电光。

焦守凤说："妈，我爸真在那儿呢。"她大声喊着："爸——"

焦裕禄说："这么大的雨，你们出来干啥？你看，身上都湿透了。"他脱下雨衣披在守凤身上。

焦守凤说："爸,我不穿。我和妈找了您几条街了。"

徐俊雅说："你还病着,一个人跑出来,怎不吭一声?"

焦裕禄抹一把脸上的雨水:"雨下这么大,我心里急,出来看看县城里的积水能不能排出去。你们别担心,我这不是挺好吗?"

徐俊雅扯起他的胳膊:"你不要命了?快回家!"

焦裕禄一笑:"俊雅,你说怪不,让这雨一浇,我的痛一点也没啦,真的!你们娘儿俩快回去,我再往北街、东街那边看看。"

徐俊雅说："你到哪儿,我们陪上你到哪儿!"

焦裕禄无可奈何地摇摇头。焦守凤把雨衣当伞,给爸爸妈妈撑在头顶。一家三口在雨里跋涉着。

焦裕禄问："俊雅,你们咋找到这里来的?"

徐俊雅说："记得有一回你说县城数火车站地势低,找了几条街找不到,想你肯定到这儿看水势来了。"

焦裕禄说："县城在明朝洪武元年刚建的时候,那时叫兰阳县,就是因为躲避洪水,才从老韩陵那边迁过来。可哪一次洪水都没避开过,嘉庆年间一场大水,干脆把县衙、谷仓全荡平了,城墙也冲倒了。"

徐俊雅脚下一滑差点跌倒,焦裕禄急忙扶住。

焦裕禄接下去说："据说城内西南洼,当时积水有八尺深,水退了,只好重修县城。"

他们又过了两条街,雨下得更紧了。焦裕禄和焦守凤扯着雨衣,根本无济于事,三个人都淋得透湿。路坑坑洼洼,水深的地方没过膝盖,三人挽着胳膊前行。

焦裕禄说："你看北街农展馆这边是块洼地,水是从南边、东边压过来的,十字街地势高,把水憋住了。"

见徐俊雅面有戚色,他说："愁啥?这场雨下得好啊!"

徐俊雅没好气地反驳："好什么?一个兰考都快淹完了,还好呢!"

焦裕禄说："这你就不懂了,不下这么大的雨,就不会有这么大的水。没有这么大的水,我一是不知它会淹到什么程度,二是不知兰考哪里有多高,哪里有多洼。我们除三害,风口沙路摸清了,治碱也找到了办法,可就是这水的规律还没底数,这场雨算是老天帮忙。"

徐俊雅说："天快亮了,回吧。"

焦裕禄说："城关镇有些住房不太牢固,还要转一圈再看看。"

2

回到县委，焦裕禄马上召集县委常委们开会，部署救灾工作。他说："同志们，天还不亮，雨还没停，就把大家召集来开会，是因为事情太紧急了。这一夜大雨呀，把县城全淹了，降水一百八十多毫米，各公社的情况，有的电话打通了，有的还打不通，都非常不妙。我考虑了五条意见，跟同志们沟通一下。"

他飞速地接了一支烟："第一，所有从事农村工作的干部，无论是县、社、大队、生产队干部，都要全力以赴，领导带头，分片包干，迅速查清灾情。第二，降雨量大，受灾重的社队，在工作部署上以排水救灾为工作第一位，什么事情都往后放。"

李成问："那社教运动怎么办？"

焦裕禄说："社教运动暂时停下来！抓紧时机排除积水，抢救庄稼。第三，迅速整修全县水利设施，为更大的降雨排水做好准备。排水中强调上下游兼顾，发现水利纠纷，领导必须亲临现场。"

他又接了一支烟，吐出一口，猛烈咳嗽起来。他喝了口水："第四，加强群众思想教育工作，稳定情绪。对群众住房普遍进行安全检查，不能漏掉一家一户。有危险的住房，一定要搬出来，塌房户要妥善安排。最后一条，大雨给群众生活带来更大的困难，凡县、社、队现存的救济物资，要迅速分发下去，以救燃眉之急！就这五条。大家有什么意见？"

李成说："那阶级斗争还抓不抓？不搞社教，不抓阶级斗争，是很危险的。我认为，越是在这样的时候，越要抓阶级斗争。"

焦裕禄说："如果抓阶级斗争能让水下去，就抓。现在全县都在水里困着呢，先排水。其他同志还有没有意见？"

李成脸色变了："焦裕禄同志，我再提醒一次。抓阶级斗争是我们工作的纲领，老天下了场雨，阶级斗争就不要了？我们要看看自己的政治立场是不是有问题？用救灾冲击阶级斗争，我们会犯错误的。"

焦裕禄说："李成同志，兰考三十六万老百姓的生命就是天！水火无情，雨还在下，水还在涨，我们县委在这个时候就是老百姓的主心骨，我们不能乱了方寸。抓救灾就是政治立场出了问题，这是什么理论？今天我们不议这个问题，你有意见咱们个别谈，现在专议救灾。"

一位常委说："建议水利局和职能部门到各公社调查水文情况，绘出图纸，科学部署救灾，在排水上多听听专家的意见。"

焦裕禄说："这个建议很好，非常好。我们越是在突发的大灾面前，越要讲科学精神。水利局那边，会后马上让他们把专家和技术人员派下去。水利局有没有泄洪方面的专家？"

张钦礼说："有一位工程师。"

焦裕禄说："能不能把他找来？"

张钦礼说："他在扬水站了。是个接受改造的右派。"

焦裕禄说："那我们散会就去找他。对这几点救灾方案，大家还有没有别的意见？"

大家说："没了。"

程世平说："没意见咱们赶快行动，老焦的五点意见，作为县委的文件立即发下去。"焦裕禄说："刚才那条建议一定要补充进去。"

程世平手往下一劈："共产党员、共青团员和干部要以身作则，到第一线去和群众一道救灾。各位常委分片包干，马上下乡！"

一阵惊雷过后，传来一声嘹亮的鸡啼，紧接着，就是一片雄鸡的报晓之声。

3

雷声时隐时现，雨还在下着。

焦裕禄卷着裤管，脱掉鞋袜，打起一把红油纸雨伞，带领张钦礼和李林去县扬水站找汪湖工程师，一面查看水情。一行三人，每人手里拿一根探路的棍子，在汤汤大水里跋涉。每到一股水流前，焦裕禄都要看清来源、流向，立在激流中画着流向图。他问李林："小李，你能看出这水往哪儿流吗？"

李林说："咱们手里没仪器，这一片都是水，水往哪儿流，看不出来啊。"

焦裕禄撕碎一张纸，把纸屑撒在水里，纸屑随着流水漂动。他指给李林看："小李，你看，用不着什么仪器，跟着这纸片走，哪儿高，哪儿低，一目了然。"

他们追着纸片，一边走，一边记下资料。

雨又下起来了。李林为焦裕禄撑着伞，焦裕禄画着流向图。焦裕禄问张钦礼："老张呀，你是老兰考了，像这样大的雨，兰考多不多？"

张钦礼说："从一六四四年到新中国成立前这三百零五年间，县志上记载的涝灾有九十多次，平均三四年一遇。一闹洪水，接着就有大瘟疫。像昨天这场雨，咱兰考称白帐子，这些年不多见了。"

焦裕禄问："为啥叫白帐子雨？"

张钦礼说："雨下起来像从天上垂下千万块白色的帐子一样。"

焦裕禄说："没错。当时看那雨就是这个感觉。天那么黑，雨帐子扯天挂地，整个世界白亮白亮的。"

突然他感到肝区一阵剧烈的疼痛，眼前发黑，张钦礼和李林立即扶住他。焦裕禄就势蹲在水中，手按肝区张口大喘。张钦礼说："焦书记，你一夜没睡，病又犯了，我们送你回去吧。"

李林也说："焦书记，你不能再走了。"

焦裕禄摆摆手，说不出话来，他的额头上沁满大颗大颗的汗珠。哆嗦着蹲了一阵，他坚持站立起来。

张钦礼说："焦书记，咱县救灾，你是主心骨，你可不能倒下啊。要不咱们就近找个地方休息一下？"

焦裕禄抹一把头上的汗："走吧，我没事。"不顾大家劝阻，手拄棍子又向前蹚去。

到了城关西街，焦裕禄指着前面一片淹在水里的房子："老张，西街那边全淹了，泥墙经不住泡，别出啥事。"

张钦礼说："这几个村的老乡全转移了，你就放心吧。"

走着走着，忽听前面轰隆一声，有人高呼"救人哪！"

焦裕禄喊一声："快，那边房塌了！"

三个人在泥水中循声飞奔而去。见是一家人的三间泥房倒塌，一个老太太被砸在屋里。一架倒塌的房梁斜撑着坍下来的墙，躺在床上的老人，头被砸破了。老人动弹不得，直呼"救人"。

焦裕禄说："大娘，您别着急，我们救您来了。"

三人双手急刨，合力扒开坍塌的泥墙。

焦裕禄喊着："李林，把屋梁扛一下，别让它倒了。"

屋顶还在一块一块往下坍塌，大片大片的外墙坍塌在水里。焦裕禄从扒开的空隙里挤过去。李林喊着："焦书记，小心！"

焦裕禄伸过手去，老人的手拉住了他。焦裕禄抱起老人，从空隙中挤出来。这时，房子轰隆一声全倒了。

张钦礼用毛巾扎住老人的伤处。焦裕禄问："大娘，家里还有别人吗？"

大娘说："就我一个孤老婆子。"

焦裕禄背上老人就走。李林和张钦礼一起上来："焦书记，我们来吧。"

焦裕禄说："老张，你的腰不行，小李你腿快，赶紧往前走，看看是不是还有困在村里的孤寡老人。我能行。"

一直把老人送到县人民医院，焦裕禄安慰老人："大娘，好好治病，不要着急，等水退了，再给您老人家盖新房。"

大娘问："好人！你们是谁呀？"

焦裕禄说："是您的儿子！"

大娘喃喃自语："儿子……儿子……"

医生说："焦书记，你的脸色不好，又青又黄的，安排个床位，给您输点葡萄糖吧？"

焦裕禄说："不是时候啊，兰考还在水里泡着呢。"

医生说："您这样强撑着不中，我们给您输一小瓶，耽搁不了多少时间。"

张钦礼也说："焦书记，你还是听医生的，输点液，休息一小会儿，咱们下午再走。"

焦裕禄说："老张，咱们中午一定要赶到扬水站，和汪湖工程师见了面，要尽快制定出泄洪方案，等水退了再休息。走吧！"

李林也回来了。

焦裕禄问："李林，村子上还有没有人？"

李林说："焦书记你放心，我挨家挨户看的，人都撤到大堤上去了。这个老大娘一直住外村闺女家，昨天才回来，村上人大都不知道她在家。焦书记，你还疼吗？"

焦裕禄说："我这病邪行，一遇上着急事，不打针、不吃药，准好。没事了，走吧！"

4

四野一片汪洋，三个人又继续在大水中跋涉。水最深的地方齐腰，张钦礼不时提醒着："前面有深沟，小心！"

焦裕禄问："咱们找的那位汪湖工程师，好像不是兰考人。"

张钦礼说："他是安徽人，中南水利学院毕业的。原来在省水利厅，反右时打成右派，上咱县来了。这人有学问，就是性格不太好。焦书记小心，前面又是沟了。"

蹚了一会儿，水略浅些了。焦裕禄看见前面有一个泡在水里的瓜棚子，问："那是南北村的瓜地吧？"

李林说："对。"

焦裕禄说："你看那瓜棚子还没全淹，咱们到那儿吃干粮去。"

那座瓜棚子因为建在最高处，只有一小半淹在水里。他们进了瓜棚，发现水还没淹到里边的荆床上。床是干的，屋里还吊着蚊帐。焦裕禄说："真不赖，老天在这一片汪洋里给咱留了这么个好地方，来，这床是干的，上来歇歇。"

三个人上了荆床。

焦裕禄说："饿坏了吧，咱们吃点干粮，休息一会儿。"

三个人啃起凉苞谷饼子。

焦裕禄说："这人饿了，吃啥啥香甜。给你们讲个笑话，说哪一个朝代的一个皇帝，有一回让追兵追到一个山沟里，挨了好几天饿，追兵走了，他走到一户人家去要点吃的，人家给他贴了一锅大饼子，煮了一锅菠菜汤，他吃得别提多香了，觉得这一辈子也没吃过这么好的饭，就问老乡给他吃的啥，老乡说，吃的'靠山邦'。"

李林问："咋个'靠山邦'？"

焦裕禄说："饼子是靠锅上贴的嘛，这么个'靠山邦'。又问喝的啥汤，答：是'红嘴绿鹦哥汤'。"

李林问："咋个'红嘴绿鹦哥汤'？"

焦裕禄说："菠菜是绿的，菠菜根是红的，这么个红嘴绿鹦哥汤。"

张钦礼、李林都笑了。

焦裕禄接着讲下去："不久后这个皇帝再回到皇宫，让御膳房给他做'靠山邦''红嘴绿鹦哥汤'，他咋也吃不出当时的香甜味儿来了。哎，李林，你干吗呢？"

他看见李林盯着下面发怔。

李林做了个噤声的手势。

张钦礼也看过去，惊喜地说："焦书记，你看——"

焦裕禄顺着张钦礼手指的方向看去。他看见水里有一条极大的鱼，在吞吃他们掉在水里的干粮渣。他惊喜地叫了一声，又赶忙捂住自己的嘴。

张钦礼说："好大一条鱼！"

李林兴奋起来："我去把它捉住！"

焦裕禄说："先把门关上。"

李林关上门，去捉那条大鱼。大鱼受了惊吓，死命一挣，把李林撞了个跟头。李林抓了三次，都扑了空。焦裕禄和张钦礼也忍不住跳到水里。三人左拦右截，逮不着那鱼。李林急中生智，跳上荆床，解下了蚊帐："有渔网呢，这回行了。"

他和张钦礼一人拽住一头："焦书记，你帮忙往网里赶！"

折腾了半天，鱼终于进了"网"。

焦裕禄大叫："好大的鲤鱼，足足有二十多斤吧？"

张钦礼说："二十斤？三十斤也打不住呢！你看，这才是真正的黄河鲤，鳞像小金瓦一样！"

鱼拼命挣扎，三个人按不住。张钦礼说："这么大家伙，咋弄？蛮牛一样哩，按也按不住。"

焦裕禄说："正愁这一天一地大水，没法儿给人家汪湖工程师带礼物哩，正好，就带这条大鱼去！"

张钦礼说："这么个蛮家伙，咋整？"

李林说："你们按住网，我有办法。"

他找了一截挂蚊帐的铁丝，又找来一块木片，用铁丝穿在木片上，又穿在鱼尾上，然后用吊蚊帐的绳子穿着鱼鳃。

焦裕禄问："你搞啥名堂？"

李林说："咱们牵着它走！"

"牵它走？"

李林说："对，就像牵牛牵羊一样。焦书记，鱼的尾巴就是它的舵，把这木片系在它尾巴上，它的舵就失灵了。舵一失灵，它就乖乖听你的。"

都弄妥当了，他让焦裕禄和张钦礼把"网"放开，还给主人放在荆床上，说声："走！"三个人牵着鱼，嘻嘻哈哈地蹚水前行。

焦裕禄说："太有意思了，咱牵过牛、牵过羊，可头次看见把鱼像牵牛牵羊一样牵着走的。"

扬水站房子建在堤上，没有被淹。

工程师汪湖站在门口，望着这一片茫茫大水发呆。他听见有人喊："汪工！"

他回过头，看见了张钦礼，惊喜地说："张县长，是你！"

张钦礼说："你看谁来啦？"

汪湖抓抓头皮。张钦礼说："这是咱们县委焦书记。"

汪湖说："焦书记，快请屋里坐。你们从哪儿来？"

张钦礼说："县里。"

汪湖吃了一惊："县里，蹚了几十里路水呀！"

张钦礼说："老汪啊，这大水汪洋的，没法儿带什么东西来看你，给你带了条大鲤鱼。"

汪湖一怔："哦？"

张钦礼一指："在那树上拴着哩！"

汪湖说："把鱼拴树上？你拴牛拴羊哩？"

张钦礼拉他："走走走，让你开开眼。"

张钦礼从水边柳树下解开绳子，拽出那条大鱼。汪湖惊呼一声："这么大的鱼！我看看，这是黄河鲤！"他沉思起来，半晌才问，"在哪儿捉到的？"

李林说："南北村的瓜棚子里。"

汪湖沉吟着："南北村？"

他又不说话了。焦裕禄和张钦礼对望着。

一会儿，汪湖说："这条鱼有功，不能吃它，快把它放了！"

李林不解："鱼，有功？"

汪湖说："这么大的黄河鲤，轻易见不着，它是让新水给顶上来的。这水在南北村那儿窝住了，说明我计算的泄洪流量还不准确。快放了！快放了！这条鱼给我送了个大情报，它有功！"

他把鱼放了。

焦裕禄说："汪工，我们就是为泄洪的事找您来的。"

汪湖说："焦书记，这场雨是几十年一遇，下得太大了。从一下雨我就没睡过觉，今天的黄河流量，每秒六千立方，是一九四九年以来最大的一次洪水。我设计了一个排水方案，咱们仔细说说。"

进了屋子，汪湖拿出一张图纸："焦书记，您可能已经踏查过了，咱县地势是西高东低，遇雨滚坡东流，由于沙丘、沙龙和很多南北走向的河流的阻隔，破坏了自然排水体系，这样才形成了块块内涝。要消除内涝，必须要实现小沟通大沟，大沟通河渠，沟沟相通，渠网相连，有一个高低适应的排水体系。"

焦裕禄说："汪工，你说得对。这几天看水路，我也发现咱们县域内排不出水去的主要障碍是地势高低不平，阻水工程多。"

汪湖说："牵牛得牵牛鼻子，兰考的水有一条主要出路，就在寨子。"

他指点着图纸："寨子在兰考和山东曹县交界处，曹县境内有一条河沟直通九连湖。咱们县的洪水，如果从水洼坡通过九连湖入海，是个理想的通道。"

焦裕禄说："寨子我在那儿包队，了解过一些情况，山东那边有道太行堤，是几百年前修的，这道堤把河南的客水全挡住了。"

李林说："那把太行堤扒开不就行了？"

张钦礼一听脸就变了："扒堤？万万不行，那得拿脑袋来换。"

李林问："为什么？"

张钦礼说："打从山东那边修了太行堤，憋住了兰考的水，两边的冲突就没断过。解放前，这边扒，那边堵，不知有过多少回械斗，死过多少人。后来，咱们这边的水只能顺着太行堤往南流，再通过民权县的河道排出去。"

焦裕禄说："这个情况很重要。咱们不能把水害转嫁给别人，不能扒太行堤，引发两个省的恶性事件。民权那边排放有没有问题？"

汪湖说："这场雨，民权那边排水压力一样很大。"

张钦礼说："更重要的是，去年省政府就有通知，双河南部——就是咱泄洪通道的必经之地——是省里确定的一项重要工程基地，绝对不允许洪水从这里通过。咱们选定的泄洪口被完全堵死了。要给咱们的洪水找条路，必须另想办法。"

焦裕禄说："我们还是到现场去再看一看吧。"

汪湖说："对，我和你们一起去。"

5

寨子大队是全县最低的地方，连日暴雨，整个村子已成泽国。全村社员集中转移到一处土岗上。这个土岗又叫避水台，是历年发大水避水的高埠。土岗上搭起一溜席棚子。对面就是太行堤，高高的堤防犹如一条土龙，盘踞在两县交界处。太行堤上马灯闪闪，几个巡堤的人一拨拨穿梭地走过。堤上扯着大字标语：堤在人在，堤亡人亡。

雷声隆隆，闪电犀利地划过夜空。又一场暴雨将要到来。

半夜了，满常捅捅身边的豹子："豹子，你没睡？"

豹子说："都急死了，睡啥？"

眼看着水不断上涨，他心里火烧火燎，再这么涨下去，连这避水台也保不住了。那道太行堤，像横在他胸口上的一条蚰蜒，让他难受。当年，他爹和刘秀芝的公爹，就是为扒堤被山东守堤的人打死的。豹子从小就发誓，他有一天一定要亲手毁掉这太行堤，把这条土龙剥皮抽筋。这几天，他发动了两次扒堤，都让秀芝拦住了。

满常说："你真要扒堤，只能智取，不可强攻。"

豹子问："你有什么主意？"

满常说："你小点声不中？"他拿出一根芦管。豹子问："啥意思？"

满常说："别扯旗放炮的，那肯定干不成。你也用不着带那么多人，就召集上十几个水性好的，每人嘴里叼上根芦管，拿件抓钩，悄悄潜水过去，靠近大堤，用抓钩狠搂。搂到一定程度，水头就能把口子冲开。这堤一破，谁有天大本事地大能耐也堵不住。你们搂到劲上赶快撤回来，神不知鬼不觉，口子是水冲开的，跟咱也没干系，曹县人奈何不得。"

豹子说："你咋不早说。"

满常说："我琢磨了半宿，才想起这个主意。"

豹子说："那还等啥？再等天就亮了，说干就干。有抓钩吗？"

满常说："烧窑扒柴的抓钩都能用。咱窑地没淹，赶快让人去拿。"

豹子很迅速地集合了二十个勇士，每人一只抓钩、一根芦管。豹子小声说："咱们这二十个人，是敢死队里的敢死队，咱们这次扒太行堤，是为了救全村老少，只能成功不能败。到时就撤，见好就收。青林，你负责望风，堤上有动静学一声蛤蟆叫。咱们人少，不硬拼。实在不得不拼也要拼，做好两手准备。下水！"

二十条汉子隐入水中。

6

而此时，焦裕禄、张钦礼、汪湖、李林在大水中跋涉着。他们深一脚浅一脚地蹚着水，有几次汪湖跌倒在水里，焦裕禄把他扶起来，挽上他往前走。

焦裕禄说："李林，你看好了，咱们千万别走错了，黑灯瞎火的，又在这没边没沿的大水里，走错了就麻烦了。"

李林说："焦书记你放心，这路两边有电线杆，就是个最明显的路标。"

汪湖说："焦书记，我想来想去，水还得从太行堤过去。"

张钦礼说："汪工，山东曹县那边每年一下雨就有大批人守堤，容易酿成群体事件，这是个遗留问题，特别让人头疼。"

焦裕禄说："咱们能不能派代表去山东菏泽，跟菏泽地委沟通情况，想一个解决问题的办法？"

张钦礼说："人家属华东局，咱们属中南局；人家属山东省，咱们属河南省；人家是菏泽专署，咱们是开封专署；人家是曹县，咱们是兰考县。这个问题谈不到一块儿。"

焦裕禄说："两个县的想法肯定不一致，但根本利益应该是一致的：华东局、中南局，都得服从社会主义全局；山东省、河南省，都要实行多快好省；菏泽专署、开封专署，都得执行团结治水的总部署；曹县、兰考县，都是党领导下的兄弟县，有什么不能谈的。"

说着话，就看见了不远处的灯光。焦裕禄说："看见灯光了，咱们快到了。"

李林说："这边近处亮灯的是寨子，远处那一溜灯是太行堤，山东曹县守着堤呢。"

太行堤外，豹子和二十个村民嘴里噙着芦管，悄悄向太行堤靠近。

他们听到堤上巡堤人的对话声：

"有没有情况？"

"没有。"

"多加小心，留心别让兰考的人过来毁堤。"

"放心吧。保准让他连只苍蝇也飞不过来。"

不时有手电光往水面照射。手电光射过来时，他们脑袋一缩，只留下芦管在水面上。

靠近了太行堤，豹子挥了一下手。二十把抓钩一起刨堤。堤上，几名巡堤员似乎听到什么动静，打着手电过来了。堤下，望风的人学了一声蛤蟆叫。大伙儿一起潜在水里，他们听见有两个巡堤的人在说话。

年长的巡堤人说："我刚才听着有点不对头。"

年轻的巡堤人问:"啥不对头?"

年长的巡堤人说:"好像有刨堤的声音。"

年轻的巡堤人说:"不会吧,兰考人不至于有这么大的胆。"

年长的巡堤人咳嗽了一声:"不是人刨堤就是鱼刨堤。"

年轻的巡堤人吃了一惊:"鱼还能刨堤?"

年长的巡堤人坐下来,掏出小烟袋,装了一锅烟:"你不知道,这老人都说过,咱这太行堤没修之前,这里有道大堰,叫太行堰,堰外河里有一种棒槌鱼,这种鱼平常谁也看不见,一到有百年不遇的大水才出来。它们一群一群的排成长队,一起撞堰,有鱼来撞堰,三天以后准得溃堤。"

年轻的巡堤人问:"那咋办?"

年长的巡堤人说:"老辈人说,有棒槌鱼撞堰赶快拿网撒一条上来,看看它脑袋是不是红的。如果脑袋是红的,谁也没救,赶快撤人。脑袋要不红,赶快祭龙神,把撞堤的鱼群赶出去。"

年轻的巡堤人说:"那咱去找个网来撒撒看。"

水里,两声蛤蟆叫响起,潜在水里的人冒出头来。他们又奋力刨堤。堤上两个守堤人拿着一张网过来了。堤下有蛤蟆叫了两声,这两声叫声太大,激起四周一片蛙鼓。

年轻的巡堤人说:"你听这蛤蟆叫,惊天动地。"

年长的巡堤人说:"肯定要出事了。我说你把网撒圆了,使大劲儿往远处扔。"

年轻的巡堤人把网抡圆了撒向水中。水里响起一声惊呼:"不好,兜网里了!"

两个巡堤人也惊叫起来:"水里有人,兰考人来扒堤啦!"

铜锣声急风般响起来。铺天盖地的铜锣声很快响成一片。

水中,豹子一跃而起:"大伙儿冲啊,上堤!"

二十条汉子飞步跃上太行堤。太行堤上,成百上千的人从大堤两端向这里会聚。曹县守堤人手执梭镖、钢叉、火药铳围攻上来。

他们喊着:"谁扒堤就打死谁!"

"不要命的就来吧!"

"把他腿打断了!"

"有胆的谁敢动一锨土试试!"

豹子喊:"兄弟爷儿们,咱们受够了!扒口子放水啊!"

寨子的人们也喊着："凭什么堵着我们的水！"

"不让扒堤就拼了！"

"拼死一个够本，拼死俩赚一个！"

曹县护堤人团团围住了寨子的扒堤人，一个守堤的小头目问："你们谁是领头的？"

豹子说："我！有屁你他娘的放！"

小头目说："看你来了这几个鸟人，俺要把你们打了算是欺侮你。你今天要挨了揍算自找倒霉！从有了这太行堤，有扒堤的，格杀勿论！"

豹子说："你人多俺就怕了，老子怕了就不来！告诉你，这二十个人来了就没想回去！"

小头目问："知道你们从古到今在这堤上留下多少颗人头吗？"

豹子说："二十三颗人头！加上今天这二十个，一共四十三个！"

小头目对山东守堤人说："有种！咱们闪开块地，让他们扒！"

太行堤上鼎沸的锣声也把寨子的人敲醒了。大家一起往那边张望着。

有人说："准是咱们的人过去了。"

刘秀芝喊着："豹子！豹子！"

满常脱了上衣，把手里酒瓶子里的酒仰脖倒进肚里，大叫一声："豹子和曹县的人打上啦！兄弟爷儿们，咱们人少，要吃亏啦！抄家伙，跟我走！"

他把酒瓶子一扔，抄起铡刀片，扑通跳下了水。越来越多的人纷纷抄起铁锨、窑叉随满常而去。

孙建仁和刘北、刘秀芝大声喊着："回来！回来！"

他们的喊声被越来越紧的雷声吞没了。

差不多有百十多个精壮男人拥向了太行堤。

刘北急得大哭："要出人命啦！"

孙建仁拉了他一把："啥时候了，还顾上哭！咱们赶快过去！"

焦裕禄等四人赶到了。刘秀芝抓住焦裕禄的手："焦书记，你快想个办法吧！"

刘北哭着说："焦书记呀，要出人命啦。"

焦裕禄说："慢慢说，出什么事了？"

孙建仁说："豹子带人去扒堤，和山东曹县那边打起来了，满常又带了百十多人去救豹子他们，谁也拦不住。眼看着就是一场血战啊！"

焦裕禄也着急了："那还等什么，咱们快过去！"

太行堤上一片混乱，河南扒堤的和山东护堤的农民厮打得难分难解。豹子带领的二十个敢死队以抓钩作兵器，曹县护堤人大都是武术好手，双节鞭、三股叉，刀枪剑戟一应俱全，还有一个准备打后援的鸟铳队。

因为寡不敌众，有七八人被曹县人按住捆了起来。豹子挥动抓钩，打倒了五六个人。那个小头目抡锨向他砍来，正砍在他胳膊上，血流如注。豹子上去劈手抓住锨把，夺过铁锨。他大声吼叫着冲向人群。

曹县守堤人也有几个负了伤，十几个人围住了豹子，却近身不得。

满常带领的百十多个精壮男人冲上太行堤。满常喊着："先救人，后扒堤！上啊！"

曹县这边见兰考援兵骁勇，也拉开决战的架势，几十架鸟铳朝向天空，一起鸣响。

满常喊道："兄弟爷儿们，别怕，有种让他们拉出机枪大炮来，上啊！谁死了都算烈士，村上买柏木棺材！"

人们喊着："打呀打呀！"

"打死他一个够本！"

铁锨碰击声、吵骂声闹作一团。

赶到的焦裕禄大喊："住手！"

械斗双方没有停下来。焦裕禄、张钦礼、刘北、刘秀芝等冲上去，拼命分开斗争双方。李林喊着："别打了！县委焦书记和张书记来解决问题了。"

打斗双方停下，愤怒地对峙。焦裕禄站在中间，对寨子的乡亲喊："寨子大队的，你们是共产党员、共青团员、队干部的请举手。"

人们短时间沉默。焦裕禄又说："共产党员、共青团员、队干部请举手，我有话要跟你们说。"

几个人举了手。

焦裕禄说："请你们站过来。"

举手的人站过来了。

焦裕禄说："老天爷下了几场雨，给我们共产党员、共青团员、队干部出了

432

一张考卷，考一考我们如何处理局部与全局、本位和整体的关系。今天这个现场就是考场，每个人都要用自己的行动做出回答。我们寨子大队在上游，你们想想，我们该怎么办？"

对面山东曹县的群众也平静下来。

焦裕禄对寨子一方说："你们谁能说一说理由？"

一个人说："焦书记，自古以来就是上游压下游，水往洼处流，他挡上一道太行堤不让咱放水，眼看几百亩庄稼沤烂了不说，再涨水人也得淹死，能不急吗？"

山东曹县那边的人一听这话又乱起来。

焦裕禄说："曹县的乡亲们，你们能不能推选出三五个协商的代表，最好也是党团员或队干部，我们一起商量个解决的办法？"

曹县那边嚷："你不让你们的人扒堤就行。"

寨子这边叫："那跟他们谈啥？淹死是个死，拼死是个死，干脆拼了！"

焦裕禄说："我们是解决问题的，要拼，也是我们团结起来同水害拼。你们曹县选代表过来。"

满常喊："你们先把人放了，凭什么扣我们的人？"

曹县那边说："你们不扒堤我们再放人！"

焦裕禄说："曹县的乡亲们，你们把兰考的乡亲放了，放了人咱们好商量事情。"

曹县方面说："他们的人是过来扒堤的，不是俺们请他来的。要放人兰考那边得有个说法。"

焦裕禄说："我这个县委书记给你们当人质中不中，我不是在这里吗？你们放了人，再让谈问题的代表过来。"

豹子等被扣住的几个人放了回来，秀芝急忙撕了条毛巾，给豹子把伤口包扎了。

曹县方面推举出的三个人过来了。其中一人是那个小头目。

焦裕禄说："查清两个县的边界沿革和现实状况，不是我们今晚的事，今天我们不来辦扯谁是谁非，主要是想办法解决问题。我还是从兰考这边说，'上游压下游'是个错误的旧观念，我们搞社会主义，讲的是整体，是一盘棋。我们做党员、团员、村队干部的，首先不能有本位主义思想，要识大体、顾大局。一个要排水，一个要挡堰，这对矛盾怎么解决？"

满常说："自古水有河道，水不往下排让它到哪儿去？"

曹县那个小头目说:"可这河早平槽了,扒开太行堤,你这水一来等于是大水漫灌,俺们吃得消吗?你的庄稼是共产党的,难道俺的庄稼是蒋介石的?"

满常说:"反正这水得往下头走,你还有本事让它返回天上去?"

小头目说:"不管你从哪儿走,就是不能淹俺的地。"

满常说:"全兰考的水都憋在这儿了,你不让走水,我们就只有把你的堤拆了。"

曹县人说:"曹县人守堤,人在堤在。除非你把俺们拿机枪突突了。"

堤上的气氛剑拔弩张,寨子和曹县的群众重又骚动起来,他们各自抄起了手中的铁锨等工具。豹子说:"焦书记,不跟他们扯皮了,他不让扒堤,我们就拼了,咱兰考别看人少,都是背着棺材来的!"

焦裕禄忙拦住:"好了,我听明白了。咱们都别吵,这水呀,它既然有来路就得有去路,现在这么堵着,天马上就下雨了,再来一场雨,可就堵不住了。来来来,我们一块来看看。谁有手电筒借一只。"

曹县那边递了一只手电筒过来。焦裕禄打着手电,让两方面的群众跟他一块儿去看水路,在齐腰深的大水里寻找着流向。他说:"乡亲们,咱们现在看清楚了,如果兰考的水要穿过太行堤排出去,那山东通往九连湖这一段河道必须改造。挖河的粮款,兰考来负责,河滩里的青苗,兰考来包赔,这是一。第二,太行堤上的闸门和两县境内的有关桥梁涵洞,由我们修建。总起来说,让洪水安全过境,不给曹县乡亲们带来损失。大家看怎么样?"

寨子代表说:"是这么回事。"

曹县代表说:"反正这水憋着咋也是个祸害。"

焦裕禄说:"兰考的同志们,咱们这水可不能乱放,不能随便流泄,危害别人。现在双方必须立即成立协调小组,马上设计出河段改道方案,共同实施。先把水安全地排出去。现在天快亮了,我就去趟曹县县委,协商个办法,一定妥善解决这个问题。"

寨子代表说:"我们听焦书记的。"

曹县代表说:"焦书记说得对头,我们也听焦书记的。"

雷声更紧,天已亮了。焦裕禄说:"山东的乡亲们,我是一路蹚着水过来的,你们谁有自行车借给我们两辆。"

曹县推过来两辆自行车。焦裕禄上岸,推起自行车,对张钦礼说:"老张,这边交给你们了,先让汪工到窝棚睡一觉。小李,咱们马上到曹县县委去一趟。"

7

两个人刚上路，雨又下了起来。道路泥泞，自行车没法儿骑了，他们只好推着自行车在雨里跋涉。

李林说："焦书记，曹县那边这些年一直绷着弦呢，怕是不太好谈。"

焦裕禄说："我想好了，咱们是十六字方针：圈要跑圆，理要讲全，心平气和，抓紧时间。"

他没注意，一只鞋子不知什么时候丢了，自己赤着一只脚走在泥水里。

到了曹县县委门口，李林才发现焦裕禄赤着一只脚："焦书记，你的鞋啥时掉了？"

焦裕禄也发觉了，笑着脱下那只鞋，夹在自行车后座上，赤着双脚进了大门。

曹县县委高书记迎过来："老焦啊，怎么光着脚来了？快歇歇，喝碗水。"

焦裕禄笑了："老高啊，我这光脚的，可不怕你们穿鞋的哟。今天打上门来了。"

高书记说："看你衣裳还湿着，快，上我屋，把衣裳换了。"

焦裕禄说："衣裳不用换了。"

高书记说："咱俩个头胖瘦差不多，我的你也能穿。"不由分说把他拉上走了。

进了办公室，高书记把焦裕禄按在凳子上，找了身衣服出来："旧了点，伙计，你凑合着穿。"

焦裕禄说："我不换，一会儿就干了。"

高书记说："跟我客气啥？"又对李林说："我和你们焦书记都是一期南下工作团的。他去河南，我又回了山东。"说着把焦裕禄上衣强脱下来。突然他愣住了，焦裕禄胸、背上，一条长长的带子把一只茶缸盖紧紧捆在肝区，前胸后背缠了个交叉的十字。

高书记问："老焦，你这是怎么啦？"

李林眼泪再也止不住了。

焦裕禄故作轻松地说："我嘛，练一种功法，将来钢筋也捆不住我。"

高书记说："你肝有问题？可要早治，这可是个玩命的病。"

等焦裕禄换好衣服进了会议室，里面早坐了不少人。

高书记说："老焦，你一来我就知道你为啥来了。你看，相关同志我都叫来了，县长老谢同志，水利局长老李同志，还有县武装部的吴部长。这回我们两家坐下来好好谈谈，两个县携起手来，解决兰考排水和九连湖改道的问题。"

8

中午时分，焦裕禄和高书记同时出现在太行堤上。

张钦礼对兰考的人说："同志们，曹县的高书记来了，大家欢迎！"

兰考的干部群众热烈鼓掌。

焦裕禄说："同志们，我们兰考遭遇了水灾，山东省委、菏泽地委、曹县县委非常关心兰考人民，专门派曹县县委高书记来和我们一起指挥排涝救灾。现在请高书记讲话。"

高书记说："同志们，刚才，兰考的县委焦书记说了，我是山东党组织派来协助兰考县的乡亲们和老龙王打仗的。上级党委交代我这么一句话：要把兰考的洪水欢迎进来，欢送出去！现在开始，我们两县的负责人要对大家统一指挥。焦书记讲的，曹县的同志要听；我讲的，兰考的同志也要听。这样行不行？"

双方群众连说"行啊""中""赞成"。

焦裕禄说："同志们，几百年来，这条太行堤隔断了两县人民的感情。今天，在社会主义大家庭里，我们不应再是冤家对头，而是亲密团结的战友兄弟。那一页流血的历史，从今天起永远地翻过去了！"

双方群众都鼓起掌来。

揪着的心

1

离开了太行堤，焦裕禄和张钦礼、李林、汪湖到了韩村。

韩村在高台上，没有被淹。他们一进村，就让乡亲们围住了。一个老人问：

"焦书记啊，这么大的水，你们是咋过来的？"

焦裕禄强打精神晃了晃手中的木棍："就是坐这条船过来的。"

一个老大娘说："孩子，你们累坏了，快进屋歇歇！"

焦裕禄问："咱们周围的地全淹了，下雨时村里有倒房的吗？有啥困难？"

老大爷说："焦书记啊，咱村里房是没倒，可日子算完啦，你看看——往南看明盔亮甲，往北看一片白沙，进村来房倒屋塌，揭开锅泪眼巴叉。"

焦裕禄为之动容，眼含泪水。

支部书记王大水迎过来："焦书记，可把你盼来啦！"

焦裕禄说："大水呀，你这支部书记，肩上担着几百人的身家性命哩，你说说看，你这水，准备咋排？"

王大水嗫嚅着："这……这……"

焦裕禄从雨衣里掏出水流草图，指点着："这是汪湖工程师设计的这一带排水方案，你看，你们大队应该在村东开一条河，再从村北洼挖一条沟，让客水向东北角归流。"

没想到王大水嘴一咧，往水里一蹲，大哭起来："焦书记啊，咱还说摘掉灾区帽子呢，这场水，咱这帽子摘不了，又系了个帽带，戴得更结实啦。人还不知到哪儿要饭，谁排水啊？"

焦裕禄忙拉起王大水："别哭别哭，这个时候你腰杆塌不得。干部不领，水牛掉井，大家伙儿看着你呢。把腰杆挺起来，带领群众度荒。"

他爬上一个沙丘，看见还有一些枣树没有淹，就招呼队干部："你们看看，沙丘上没有水，这枣结得不少，兰考三件宝，花生、泡桐加大枣，我们还有两件宝没丢哩。"

王大水也乐了："焦书记，咱这儿都说：'道南收了枣，百姓日子好。道南丢了枣，老婆全饿跑。'"

焦裕禄说："组织群众管理好这些枣树，别长虫子，收了枣可是木本粮食。咱们呀，争取夏季丢了秋季捞，洼地丢了岗上捞。地上丢了树上捞，农业丢了副业捞。咱们村能搞啥副业啊？"

王大水说："咱大碱场上别的不长，就长茅草，搞副业，没资源呀。"

焦裕禄说："茅草也是资源，割了就能卖钱。乡亲们议一议，咱们还有没有救灾的高招。"

一个中年社员说："用茅草可以搞草编，比卖茅草挣钱还多。"

焦裕禄说："好！这样茅草也能增加价值。"

另一个社员说："可以烧瓦盆。"

一个女社员说："可以打草苫子。"

一个老汉说："水退了熬硝盐也是个门路。"

一个青年人说："焦书记，俺们青年人组织个劳务队，到火车站干装运，您帮忙给联系点活中不？"

焦裕禄说："中！中！我可以帮你们去联系。"

另一个年轻人说："焦书记，我们年年受涝灾，今年受灾最重，应该考虑一下怎么兴办水利，改好河道，来年可以少受损失。年年让天灾压着，咱一辈子也翻不了身！"

焦裕禄说："小伙子，你说得对！今年受了大灾，从另一面也正好给我们治理三害的调查研究提供了第一手材料。我们狠下决心，治标又治本，才能彻底根除三害。乡亲们，刚才大家谈了不少救灾的办法，这说明，无论发生什么灾害，办法总比困难多。这连日大雨给我们带来了不少困难，但是现在最可怕的还不是灾害的威胁，而是我们在灾害面前萎靡不振！"

张钦礼把手按在王大水的肩膀上："大水呀，群众都拿眼睛看着咱们呢，还是焦书记那句话：干部不领，水牛掉井。越是在困难关头，干部才越应该挺身而出，用咱们的信心，去鼓舞群众的斗志！"

此刻，焦裕禄心里再明白不过，他必须给老百姓一些具体的东西，而他却两手空空，满腹愁肠，但他又必须而且只能把忧愁牢牢关进心底，把乐观的情绪传递给人们，让人们看见他的信心、他的豪迈。

焦裕禄拉着王大水登上高处。

2

焦裕禄和张钦礼、李林、汪湖又蹚着水上路了。

焦裕禄说："汪工呀，这回咱们顺着水的流向走，柳林、金营、王孙庄、窦寨，一个村一个村地看。争取不丢下一个村。"

张钦礼说："那咱们先到公社吃点饭，带上些干粮。"

焦裕禄说："中。"

张钦礼说："焦书记，有个事情得跟你讲讲。"

焦裕禄说："你说。"

张钦礼说："这个公社的社长王长兴同志，工作干得很出色，天天扎在生产队里。最近听到一些反映，他向生产队要过粮食，人们有些意见，建议给他处分。"

说着话，三人进了公社大院。

社长王长兴迎出来："领导们累坏了吧？快进屋歇歇。"

焦裕禄说："老张啊，你跟汪工、小李在会议室先坐会儿，我和长兴同志谈谈！"

王长兴给焦裕禄倒了杯水："焦书记，从哪儿过来？"

焦裕禄说："从韩村。"

王长兴说："韩村是我们公社受灾最重的一个大队了。"

焦裕禄点了支烟，又递给王长兴一支："是啊，韩村一个大伯给我念了首歌谣，你想不想听听？"

王长兴疑惑地点点头。焦裕禄猛地吐了口烟："他说：'往南看明盔亮甲，往北看一片白沙，进村来房倒屋塌，揭开锅泪眼巴叉。'"

焦裕禄眼里满含泪水，王长兴低下头去。

焦裕禄说："这首歌谣就是老百姓生活状况的真实写照啊。在一个县，县委是全县老百姓的核心，在一个公社，公社党委就是全社老百姓的核心。这个核心里的领导干部，群众心里都给咱们揣着一本账呢。"

王长兴点着头。焦裕禄又拿出烟递给王长兴："长兴啊，有件事想问你一下，听说你去向韩村大队要过粮食，有没有这事？"

王长兴说："有。"

焦裕禄说："我知道你的为人，不难到一定程度，你绝对张不开这个口。这里边肯定有原因，你和我说说。"

王长兴说："我每月只有二十九斤口粮指标，媳妇是十九斤，两个孩子和老娘没指标，最近岳母和一个侄子又来了，七口人就吃这四十八斤，一个人一个月不到七斤粮食。孩子饿得直哭，实在没办法了，才张口借了队里一升绿豆。"

焦裕禄沉默了，他大口大口抽着烟。

王长兴说："焦书记，我错了。这一升绿豆，我一定尽快还回去。我请求组织上给我处分。"

焦裕禄说："长兴啊，你有难处，该找县委、找我！这样吧，我写个条子，让李林回县里后找粮食局，为你开些救济粮食。"

王长兴哭了："焦书记，我不要救济，我会自己想办法解决的。不管怎么说，我不该去向队里借粮，我请求组织给我处分。"

焦裕禄说："长兴啊，这样吧，你跟我到韩村去蹲点，咱们一起多为乡亲们做点事，以功补过。不过救济粮你可一定要接受，我一听说孩子饿得直哭，心里猫抓一样难受。"

3

半夜里，大雨仍在下着。电闪雷鸣。县委的电话会议开始了，程世平在电话机前喊着："各公社书记注意，电话会马上要开了，先点一下名。城关！"

电话里应答："到了！"

又点："爪营、红庙、仪封、堌阳……"

都应答："到了。"

程世平又点："张君墓！"

电话里应答："到了！"

程世平听出声音不对，问："你是谁？你们公社书记呢？"

电话里应答："我是炊事员老赵，书记、社长和干部们都去排水了，整个公社机关就剩我一个人了。"

程世平示意焦裕禄可以开始了。

焦裕禄拉过麦克风："现在是不是都下着雨？"

电话里一片声：

"下着呢，从早晨到现在没住点，一直下。"

"堌阳这边一直在下暴雨，还夹着雹子哪！"

"焦书记，张君墓这边是白帐子雨，可邪乎啦！"

"阁楼也是……"话没说完，电话里炸了一片雷声，接着是一片沙沙声，电话断了。

程世平喊着："阁楼！阁楼！"

电话里除了沙沙声，没任何声音。

焦裕禄敲了两下麦克风："同志们，从十八日到今天，今天二十七日吧？对，二十七日。从十八日到二十七日，整整十天，这雨没怎么停过。全县降雨超过二百四十毫米啦，这是历史上最高纪录。全县淹没庄稼十八万两千多亩，倒塌房屋四千八百九十间，砸死、砸伤十八人，群众生活，尤其是吃、烧、住都有很大影响。我们把灾情如实向开封地委做了汇报。地委拨下了统销粮三百多万斤和几十万元救灾款！我们全县组织了五百多名干部下乡，投入救灾。县委机关除两名值班人员，都下去了。我们共产党人，对群众的吃饭、烧柴、居住、疾病都要挂在心上，这是我们党的优良传统……"

电话突然断了。麦克风里传进来的全是雷电的声音。

4

焦裕禄来到赵垛楼大田，天上大雨滂沱，地上泥水横流。大片庄稼淹在水中。群众正在挖沟排水，焦裕禄把背包挂在树杈上，立即加入了劳动者的行列。

一位老人用篮子担土，他接过来："大爷，您给我装筐，我来担！"

老人问："你是来下乡的！"

焦裕禄点点头："大爷，给我装满些。"

他担起土，一溜小跑，全身沾满了泥水。有人认出他来了："这不是焦书记吗？"

大家围过来："焦书记，你快歇歇吧，都成个泥人了！"

焦裕禄说："乡亲们，我干活儿还行吧？这里没有县委书记，只有抗灾的群众！"

支部书记赵培德来了。焦裕禄从水里捞出一棵豆子，怜惜地说："老赵，多好的豆子，齐腰深了，淹死了多可惜。"他又用手向前一指，"从那边往这里挖一条排水渠道，这片洼地的水就能排出去了，就能救活这片好豆子。"又问，"老赵，你说这里年年受灾，这灾根是什么？"

赵培德说："就是内涝还有风沙。"

焦裕禄说："既然看准了，就要狠抓，抓住了死也不丢！要发动群众想办法，定好规划，除掉灾根。"

焦裕禄在赵垛楼和群众一起挖了四五天排水沟，白天干了一天活，晚上又参加夜战。第六天早晨，积水全排出去了，大田里的庄稼一片青葱。

赵培德说："焦书记，你看咱今年庄稼咋样？中不中？"

焦裕禄说："中！中！老赵啊，这些天咱们挖了多少排水沟啊？"

赵培德说："挖了几十条呢。这五千多亩庄稼，算是从龙王爷嘴里夺回来了！"

焦裕禄望着绿油油的庄稼，脸上洋溢着笑容："好呀！这就是赵垛楼的干劲！"

5

那个夜晚，韩村大队部里，一盏昏黄的泡子灯照着一张张神情严峻的脸庞。

群众会上，驻队公社社长王长兴在做着救灾动员："社员同志们，咱们救灾的第一仗马上就要打响了！这一仗能不能有个开门红，关系着整个救灾战役的成败。焦书记说得对，小鸡有两只爪子，还能刨食吃，咱们不缺胳膊不少腿的大活人，还能摸索不到救自己的路？我们的大碱洼里，长着大片的茅草，割下来卖了钱，就可以养活我们自己。"

一个社员说："王社长，一斤茅草卖二三分钱，一百斤才能挣两三毛，一千斤才能挣两三块，这点小钱，能顶啥事？"

王长兴说："俗话说：粒米凑成箩，滴水凑成河。人多力量大，一千双手，一千把镰，不怕小钱凑不成大钱！"

另一个社员说："一千双手没问题，可一千把镰就是个难题了。咱现在连买一把镰的钱都拿不出来，上哪儿买一千把镰去。"

支书王大水说："王社长早就想到了这一点。昨天，他把自己的自行车卖了，把钱交到了大队，让咱去买镰刀和架子车。"

满场静寂。一个社员说："我家还有三块钱，拿出来交给队里。"

另一社员说："我家里有扒房的十根房檩，也拿出来！"

一个女社员说："俺家还有十斤黑豆。"

一个老太太问："把俺家的一小篓鸡蛋拿来你们嫌弃不嫌弃？"

一个中年人说："俺家圈里有口猪，明天就把它赶到集上卖了。"

一个小青年说："咱还是跟国家要点救济吧？"

王大水说："这是说的啥话？咱没能力支援国家，也别拉国家后腿。救济粮、救济款、救济物资，咱一律不要！"

这几天，东大洼里十分热闹。韩村的群众热火朝天地割着茅草，快晌午了，王长兴招呼："咱们休息一会儿吧！"喊了半天，大家谁也不停下手中的镰刀。王长兴又拉住王大水："大水，你让大伙儿歇歇气。"

王大水嘿嘿笑着："王社长，昨天咱们干了一天，打的茅草卖了一千五百块。一千五百块呀，咱韩村哪见过这么多钱？你说大伙儿舍得歇吗？这是从地里搂钱呀！"

王长兴说："等咱们找到卖草苦子和草编的门路，挣得会更多，多得翻几倍，快让大伙儿歇会儿吧。"

王大水看看太阳："也好。晌午了，大家吃点干粮吧。"

社员们放下手中的活，三三五五聚到一块儿，吃自家带的干粮。王长兴却悄然离开。他躲到一片灌木丛后，四下看看无人，捋了把草籽吃起来。吃了草籽，又采野菜，大口大口吃着。

6

王大水一家正在吃饭。饭桌上是蒸山芋干、野菜粥。大水媳妇说："大水，咱家断粮都三天了，你们卖了那么多干草，咱借点钱，买点粮吧。"

王大水说："你还敢提这事？这卖干草的钱，是队里发展生产的，一分也不能动。王社长把自行车卖了，给咱队买了镰刀、架子车，咱们队把副业搞起来，日子就好过了。"

大水媳妇说："那要等多久，你看天天吃煮红薯干，吃得一家子肿腿肚子。"

王大水说："再忍忍。估计王社长家吃红薯干都困难，他一家七口人，两口子一个月才四十八斤指标，一人不到七斤粮食，你说这日子咋过。这几天在洼里打草，我看他休息时就找野菜，收工带回家。他这人脸皮薄，也不敢给他说破。"

大水媳妇说："也真够他为难的。"

王大水说："这几天活太累，我看他都有些顶不住了。收工往回走一步挪不动四指，腿像让人抽了筋似的，看着让人心疼。"

正说着，王长兴背着只口袋进来了："大水，吃饭了？"

王大水说："王社长，还正念叨你呢，快，一起吃。"

王长兴说："我吃过了，在公社伙房吃的。公社给你家发了五十斤救济粮，我顺路给你背回来了。"

大水媳妇说："王社长，你真是俺家救命菩萨，正为断粮发愁呢。"

王大水拦住他媳妇："不对头。王社长，这救济粮是全体社员都有呢，还是只有我一家有？"

王长兴抓抓头皮："先下来一批，我给你申请的。"

王大水摇摇头："不对头。"

王长兴放下布袋匆匆走了。

王大水在后面追着："王社长，王社长……"

回到屋里，他怔怔地发呆。大水媳妇问："咋啦？"

王大水说："不对头。我听说上回焦书记来，批给他五十斤救济粮来着。前几个月他借了队上一升绿豆，不知怎么这事反映到县里去了，要不是焦书记了解了他的情况，就得挨处分了。为这焦书记才批给他救济粮的。"

王长兴回到家，把一捆野菜交给媳妇，又掏出两个豆面馍。媳妇问："怎么，你今天的干粮又没吃？"

王长兴说："吃了，这是剩回来的。"

他媳妇说："别撒谎了，你撒谎也撒不圆。看你脸都成菜色了。又吃草籽野菜了吧？你是咱家顶梁柱，你身子糟蹋了，这一家人怎么办？"

王长兴说："别说了。困难是暂时的，扛一扛就过去了。"

媳妇倒了碗水，把一个馍掰在里边，推给王长兴："当我的面，吃了。"

王长兴笑笑，吃了一口，又放下了。

他媳妇命令："吃！"

王长兴又吃了一口，还是放下了。

女儿小丫站在爸爸旁边。王长兴把小丫拉到怀里，把碗里的泡馍一口口喂孩子吃了。

7

兰考火车站的站台上挤满了准备逃荒的群众，结群聚伙的男女老幼拥挤着，叹息声、咳嗽声、小孩的哭闹声响成一片。一场突如其来的洪水，摧毁了人们刚刚建立起来的除三害的信心，兰考重新涌动起了灾民潮，焦裕禄忧心如焚。

他在站台上问一个老乡："老乡，上哪儿？"

"陕西。"

又问一个，答："确山。"

再问第三个人，则回答："我也不知去哪儿，火车拉我去哪儿就去哪儿。"

焦裕禄问："啥时回？"

老乡说："这就说不好了。同志啊，咱兰考没救了，说是除三害，这三害是那么好除的？挖淤压碱，胶泥固沙，忙了几个月，一场水全泡了汤，就这水都治不了。"

另一个老乡说："国家救济一个人一天七两红薯片，顶不了几天，还得扒大轮子去。"

一辆车刚进站，人们潮水般涌上去。有的挎着包袱，有的背着布袋，争先恐后往火车上爬。检票员、列车员不检票也无法维持秩序。

焦裕禄怅然地目送火车远去。

那个晚上，他耿耿难眠，这几天发生的事，在他脑海里一直"过电影"。他索性披衣下床，坐在桌前，抽起烟来。马蹄表的走时声在静夜里显得十分清脆。

徐俊雅醒了，她看到了焦裕禄顶着肝部的背影，桌上的烟灰缸里堆得满满的烟头……她轻轻问了声："老焦，你一夜没睡？"

焦裕禄点点头。徐俊雅下床给他披了件衣服："快去洗把脸，上床睡一会儿。"

焦裕禄说："不睡了，我找老程说会儿话去。"

程世平刚起床，正刷牙，焦裕禄来了。程县长示意他坐，漱了口，过来："怎么起这么早？"

一看焦裕禄的眼睛，程世平吓了一跳："老焦，你一夜没睡？眼睛全充血啦。"

焦裕禄把一沓纸推在程世平面前："老程，你看看这个。"

程世平问："什么？"

焦裕禄说："请调报告。昨天组织部长给我的，这些干部都是想调出兰考工作的，有十多个。"

程世平说："兰考这几年连续受了这么大的灾，群众没了信心，干部也是人心浮动。特别是这场大水，又把人们心里刚刚烧起的一点点火苗兜头浇灭了。"

焦裕禄翻开一张纸："你再看看，这是一个干部写的打油诗，叫《十二愁》。"

程世平接过来，念道："吃也愁，穿也愁，住也愁，烧也愁，前也愁，后也愁，黑也愁，白也愁，进门愁，出门愁，愁来愁去没有头。"他放下纸，"这种情绪很有代表性啊，一些干部真是让这顶'愁'帽子压得爬不起来了。现在形势确实很严峻啊，人说按倒葫芦起来瓢，咱兰考是葫芦还没按倒，瓢早起来了。治风沙、盐碱刚开头，这洪水又闹腾上了。这几天灾民潮又起来了。"

焦裕禄说："我昨天到火车站去了，比冬天时的人一点不少。"

程世平说："县委有人说，这是撤了劝阻办的必然结果。"

焦裕禄说："三害一天不除，老百姓就一天没好日子过。"

程世平说："当前还是得稳定干部队伍啊。你说得对：干部不领，水牛掉井。"

焦裕禄说："灾害面前，干部思想产生波动也是正常的。'千里做官，为的吃穿'，他在这里工作，衣食无着，能安心吗？所以说坚定干部的信心非常重要。没有抗灾的干部，就不会有抗灾的群众。"

程世平问："听说林场的吴子明也写了请调报告？"

焦裕禄说："昨天关局长来，说吴子明又提出把报告撤回去。过几天，我得去林场看看。"

程世平说："还有一个人，虽然没写请调报告，但也有离开兰考的想法。"

焦裕禄问："谁？"

程世平说："汪湖。"

焦裕禄沉吟："汪工想离开兰考，不是因为条件艰苦。"

程世平说："他是让一些事吓着了。还是你以前说过的那话，得让干部，尤其是汪工这样的技术干部有个干事、干成事的环境。"

县委中毒事件及其余波

1

按照工作计划安排，焦裕禄和张钦礼、潘子春、蔺永沛等县领导带着县委、政府两办的干部还有农委、农林局的干部来仪封公社吕拐大队调研。

到了吕拐，他们听到一桩新鲜事：

村西北的一片盐碱地上，大水过后，长出一片细长对生叶的青棵子，结的果实像绿豆角。而且长得很快，几天不见，就蹿到一人多高了。

大队党支部书记陶云彬说："也没人种这玩意儿，就是自然长出来的。种子也不知是大水冲过来的还是大风刮过来的。"

人们都还记得大风把整块棉田搬家的事。

大伙儿说："到现场看看，咱这儿可有农林局的专家哩。"

到了村西北大碱场，果然有一大片绿油油的不明植物长在那里。碱场上寸草不生，这东西竟长得格外茂盛，足足有三五米高，煞是喜人。

陶云彬说："前几天一人多高，几天没见，高过大瓦房了。"

焦裕禄问农林局的技术员韩庆云："老韩，你看这是啥？"

老韩折了一茎叶子，折断处有白色液体流了出来，看了看，说："焦书记，这是田菁，当然这是咱中国人的叫法，它是一年生草本，主要生长在伊拉克、印度、中南半岛、马来西亚，在澳大利亚、加纳、毛里塔尼亚等一些国家也有生长。"

大家说："我的乖乖，还是外国来的。"

韩庆云说："也不全是，在咱们中国的南方地区，江苏、浙江、江西、云南、福建、广西也很多。这东西适应性强，耐盐碱、耐涝，还耐旱、耐贫瘠——你看它在这北方大碱滩上也能生长。这可是头一遭发现。"

焦裕禄问："它有什么用处没有？"

韩庆云说："还没研究过，只是大学里教科书上说，它的籽可以榨工业用油，皮可以当麻用，叶子可以喂牲畜，秸秆可以……大概没什么用，可以当柴烧。"

蔺永沛说："这么说来也算是经济作物啦。"

有人对陶云彬说："老陶呀，你们村真是歪嘴和尚吹笙，有股子邪劲。从天而降这一宝物。"

焦裕禄摘下一个豆荚，剥开，里边约有二三十粒绿褐色的圆柱形种子，他问韩庆云："这东西人能吃吗？"

韩庆云说："还不能确定。"

陶云彬说："没有试过。"

张钦礼说："这东西耐碱，可以改土，如果籽能吃，真是一宝哇。可以大面积引种。"

焦裕禄说："能吃不能吃，必须要试一试。上古时候，神农尝百草，很多植物的药用功效，都是人试出来的。"

他让韩庆云采一些田菁种子，准备带回去加工了，再进行试吃。

2

从田菁地回到村里，焦裕禄发现韩庆云的一双鞋前头张着大嘴，后头绑着布条，勉强挂在脚上。焦裕禄说："老韩呀，你的鞋……"

老韩赶紧把脚收回去，不自然地苦笑着："焦书记，咱这样的鞋，全家也只有两双，孩子们还都光着脚哩。咱村上人都一样，一家子也就有一两双鞋，走亲戚才舍得穿一回。"

焦裕禄在村上走了几趟，果然没有见过谁穿着一着完整的鞋。

在街上碰见一个担粪桶的老大爷，有七十来岁了，光着脚，一双脚乌黑，看不出肉色。焦裕禄拦下他："大爷，下地刚回呀？"

大爷"嗯"了一声。

焦裕禄说："大爷，歇一会儿。"

大爷歇下担子。

焦裕禄说："大爷，您怎么不穿双鞋呀？不怕扎了脚？"

老大爷说："不怕，我这脚板，比鞋底子硬实。"

焦裕禄给老汉递了支烟，老汉吸了两口，赶紧掐灭了，宝贝一样夹在耳朵上。

焦裕禄扳过老人的脚，那是怎样的一双脚啊，十片脚指甲秃掉了八片，剩的两片指甲如同两块粗糙的石子，嵌在脚趾上。十个脚趾夸张地张开，脚趾肚如同锤头。这样的脚才能抓牢大地，如同壁虎爪上的吸盘。脚掌是整张的老茧，足足有两块铜钱厚，坚硬无比。焦裕禄甚至在大爷的右脚掌上拔下两个蒺藜狗子。

焦裕禄拿给老人看："大爷，扎了两个这么大的蒺藜狗子！"

大爷淡然一笑："不觉得。它扎不着肉，老皮又厚又硬，它奈何不得。"

焦裕禄叹了口气。

大爷说："早就不记得穿鞋这档子事了。记得上一回穿新鞋，是娶媳妇那年，如今老伴儿都过世快三年了。"

3

回到县城，焦裕禄径直来到县废品收购站。他找到经理老于，说："把你们这儿收上来的旧鞋子，拣好一点的挑出来，能挑多少挑多少。明天替我直接送到吕拐大队。"

第二天，老于打电话给焦裕禄："焦书记，我们废品收购站把挑出的一百四十七双鞋送到吕拐大队了。到那儿一看，我们送的是旧鞋，可乡亲们脚上穿的，比我们送的还差远了。乡亲们说：'焦书记连这件小事都牵挂在心上，真让俺们没得可说了。'焦书记，那场面真让人感动啊，全村像过节一样！从今天起，给吕拐乡亲们送鞋，就包在我们身上啦。"

老于说到做到，他们把收购来的旧鞋子经过挑选，每隔几个月，就送一批到吕拐，一直送了十几年。

4

焦裕禄回到县委，张钦礼他们正在讨论试吃田菁籽的事。

焦裕禄和大家商定，先在干部中小范围试吃，参加试吃的，必须遵循本人自愿的原则，并且要签字。

去吕拐的焦裕禄、张钦礼、潘子春、蔺永沛四名县领导，还有办公室主任等四名机关干部，都签了字。

县委机关食堂将三斤田菁籽加少许粮食磨成了粉，做了二十个馍，计划每人吃两个，其余四个喂一头猪。

焦裕禄赶到食堂时，见田菁籽馍已经吃光了。他问："我那一份呢？"

张钦礼说："你那份替你分吃了。我们几个身强力壮，抵抗力强，你身体弱，就别冒这个险了。"

焦裕禄很感动。他说："大家都留在办公室，随时注意观察身体反应。"

到了晚上八点，张钦礼突然觉得头一阵眩晕，接着胃里一阵翻腾，头重脚轻，全身没有四两力，刚想站起来，两手撑住桌子，翻江倒海呕吐起来。

焦裕禄进来，见老张脸白得像一张纸，豆大的汗珠沁下来，伸手一摸，那汗珠子冰凉冰凉的，忙扶住老张，给他捶着后背。

张钦礼上气不接下气地说："焦书记，那田菁籽真的不能吃啊！"

这时潘子春也跌跌撞撞进来了："了不得，老张你也出症状啦，田菁籽的馍吃的时候只是觉得有点辣味，没想到这么厉害，这一顿把我折腾的，上吐下泻呀。"

焦裕禄马上察看了试吃的另外几位同志，无一例外都出现了中毒反应，上吐下泻，全身瘫软。

焦裕禄马上给医院打电话，组织急救，医生检验后认为是氰化物中毒。经过洗胃、洗肠和输液，几个人午夜时分才转危为安，焦裕禄一颗悬着的心才算落了地。

他回到机关，见伙房养的那只老母猪，躺在窝里不动弹了，嘴边流着黏糊糊的白沫，全身的毛都孛着，呼呼直喘粗气。兽医站的医生过来做了紧急处置。

焦裕禄打电话向地委领导报告了此次中毒事件，主动承担责任，县委也给地委写了检讨。同时，县委给全县发出通报，讲明田菁籽含氰化物，人畜皆不能食用。对吕拐村还专门派农林局的同志去宣讲。

这件事震动了整个兰考，群众都说："哪朝哪代有这样拼着性命替老百姓觅活路的好官啊！"

5

焦裕禄骑车来到后坑沿渔场时，胡大爷正在渔场边一块地里拔种上去的庄稼。

焦裕禄走过去："胡大爷，干活儿哪？"

他看见胡大爷拔庄稼苗，大吃一惊："胡大爷，这苗好好的，为啥拔它？"

胡大爷说："焦书记，这块地原来也是垃圾场，咱们修鱼塘时垃圾清走了，就空下来了。我看这块地就这么闲着，就开了一下，种了点庄稼，队里干部说我这是啥搞资本主义小自由，让我今天就拔干净。焦书记你说，我种点庄稼咋就成了资本主义了哩？"

焦裕禄栽着让胡大爷拔下的苗儿："大爷，千万别拔。这都是一类苗，来来来，我帮你再栽上去。谁要来拔，你告诉他这是焦书记栽上去的。"

胡大爷说："我问他们，这地荒着长了草，算是资本主义的还是社会主义的？他们说咱宁可要社会主义的草，也不要资本主义的苗。"

焦裕禄说："满地都长社会主义的草，咱们喝着西北风干社会主义？"

他找了把锨，刨着坑，又把拔了的苗种上去了。又拎了水桶，去塘里打来水浇灌栽下的苗："塘里水肥，浇上就活了，中午拿些树条子遮一下荫，别晒蔫了。"

胡大爷说："焦书记，像这样边边角角的闲散地，哪个村都有。要是让社员们开出来，能种的都种上，不挺好吗？起码也给国家省些救济粮。"

焦裕禄说："大爷您提醒了我一个重大的问题。这个事，值得认真研究。"

干完了活，胡大爷问："焦书记，大清早你过来，有事啊？"

焦裕禄说："差点让我忘了！胡大爷，一会儿你打些鱼，送县委去。"

胡大爷答应着："好嘞！"

焦裕禄又叮嘱："让水养着，别让它死了啊。"

胡大爷说："你放心。"

6

这次救灾干部大会，开得窝憋透了。干部们情绪低落，一个个双手捧头，不作声。

焦裕禄说："今天参加这个救灾大会的，都是公社、大队、生产队的主要干部，大伙儿先说说，谈谈对救灾的建议也行。"

提议再三，仍无人发言。焦裕禄说："说吧。我想听听你们的意见。"

不知谁带头低声啜泣起来，这一下引得全场一片啜泣之声。

焦裕禄走上讲台，面带笑容："你们不说了，你们不说我可要说啦！同志们，这几天，我在各公社转了一遭，形势大好啊！"

大家齐齐一怔，一个个抬起头来。焦裕禄说："但是，有的干部在这大好形势面前吓破了胆，躺倒就哭。可是哭有啥用？天还是要下雨，地还是要积水。对不对？要是哭能管用的话，我这个县委书记带头哭。"

他俯身在桌上，"啊啊"地做大哭状。会场气氛立刻为之一改。人们转悲为喜，哄堂大笑。焦裕禄说："哭是懦夫的行为，不是兰考男子汉的形象！不是共产党、共青团员、社会主义农村干部的形象！"他点了一支烟，"有个同志写了首《十二愁》的顺口溜，我念一念：'吃也愁，穿也愁，住也愁，烧也

451

愁，前也愁，后也愁，黑也愁，白也愁，进门愁，出门愁，愁来愁去没有头。'"

人群中有人笑了。

焦裕禄说："别笑。兰考这顶'愁'帽子，确实能把人压得喘不过气来。现在，洪水过后，灾民潮又在回潮。所以有的同志说兰考最难改变的就是这个'兰考路线'。什么叫'兰考路线'？就是逃荒要饭的人走的'路线'。摆在我们面前的有两种选择：苦干，还是苦熬？回答是：只有苦干才有出路。当然苦干不是蛮干，要有科学的态度。兰考灾情这么重，光有不怕苦不怕困难的精神是远远不够的，必须拿出战胜灾害的科学的办法。不管哪条路，只要符合兰考的实际，我们都可以走一走。"

一个公社书记说："焦书记，我有个问题请示一下，我们公社各大队都有些闲置的荒地，有的社员搞了小片开荒，长出的庄稼比生产队的还好。这种情况怎么办？"

焦裕禄说："今天早晨我就碰到了这样的事。小片开荒的庄稼被勒令拔掉，说是资本主义的。我又给栽上了。土地是社会主义的，社会主义的土地上怎么能长资本主义的苗？我说小片开荒应该鼓励，这是群众度荒的一条路子。县委很快会开会研究出一个鼓励政策来。"

公社书记们议论起来。

焦裕禄说："任何时候，办法总比困难多，生产自救的路子有的是。"

他让李林把一盆鱼端进了会议室。鱼盆往地上一放，大家看见盆里有一二十条半斤多重的鲤鱼，纷纷议论起来："这鱼好鲜啊，不大不小，正是好吃的时候。"

有人问："焦书记，你今天是不是想请大家吃鱼？"

焦裕禄说："你们光看见鱼了，咋不问问这鱼是从哪儿来的？"

大家问："还真是，这鱼哪儿来的？"

焦裕禄说："城关后坑沿那个大坑。"

有人问："那不是倒垃圾的废坑吗？怎么有这么好的鱼呀？"

焦裕禄说："你们谁不相信，散了会可以到那儿去看看。现在这个废坑里有十几万条鱼，个个都长到这么大了，还有一斤多重的呢。废坑经过改造，变成了渔场，栽了藕种了蒲草，成了一座宝库。"

一个公社书记说："十几万尾鱼，算笔细账，顶一个公社三四个月的收入哩。"

452

另一个公社书记说："要照这么说，那收入是相当可观的。"

焦裕禄问："你们公社有没有这样的废水坑？"

公社书记们说："有啊，像这样的废水坑，哪个村都有。"

焦裕禄说："你们能不能把各村的那些废水坑利用起来，像后坑沿一样，养鱼种藕？"

大家都说："这是个增加收入的好渠道，回去我们也试试。"

焦裕禄激动了："同志们，只要我们肯动脑筋，挣钱的门路多得是。领导干部访贫问苦是应尽的职责，可你要是年年只访贫问苦就有问题了。你在那个地方当领导，你治下的老百姓不能脱贫，是你的耻辱。"

一个公社书记说："今天焦书记请咱们吃鱼，大家回去都养鱼。"

焦裕禄问："你们想不想吃鱼？"

大家说："吃鱼谁不想？"

焦裕禄说："那好，想吃鱼，都养鱼。不养鱼，别吃鱼。这盆里的鱼是教材，不是吃的。现在还没长成个儿，咱还是把它送回渔场里去吧。"

他招呼李林："李林，这盆鱼送胡大爷那儿去。"

李林答应着端上鱼走了。

李林把鱼盆端到塘边："胡大爷，鱼送回来了。"

胡大爷不解："送回来了？为啥？"

李林说："焦书记让送回来的。胡大爷，我走了。"

李林一走，胡大爷犯了嘀咕，他围着鱼盆不停地兜着圈子，自言自语："为啥把鱼送回来了呢？"他坐在鱼池边，看着在水里翻花的鱼，又自言自语："这事可怪了，咋会把鱼送回来？"

想了一会儿，他一拍脑袋：嫌少！焦书记一准是嫌少。

他划着小船，拎上网，去撒鱼了。

大家正开着会，李林又端了一大盆鱼进来。大家一看又端了一盆鱼，不知怎么回事。李林说："焦书记，这是胡大爷送来的。这事怪了，我送走一盆，他又弄来更大一盆。"

焦裕禄说："李林，赶快给胡大爷送去，快点。这盆里水少鱼多，一缺氧鱼就全死了。"

李林答应着走了。

到了渔场，李林放下盆，对胡大爷说："胡大爷，焦书记说，鱼不要再送了。"

胡大爷问："这是为啥？"

李林说："焦书记说这鱼让大家看看就行了，不吃。"

李林走了。

胡大爷更困惑了：送了两次拿回来两次，这是为啥？

他愁眉苦脸地坐在池边想着，老伴儿来喊他，叫了两声叫不应，走过来拍了他一下："这大热的天，你坐在这里想啥呢？"

胡大爷愁眉苦脸地说："老婆子，我在想一件事，想得我头疼。"

胡大妈问："为啥头疼？"

胡大爷说："跟你说啊，焦书记从这儿过，让我打些鱼送县委，我打了十几条，送过去了，没多大工夫他又让人送了回来。我以为是焦书记嫌送得少，又多送了一些去，这回送回来得更快。这到底是为啥？"

胡大妈一拍大腿："这还不明白，这头一次送回来，是嫌少。这第二次送回来的鱼呢？"

胡大爷一指鱼盆。胡大妈看了看："是嫌小。"

"嫌小？"

胡大妈说："这坑里这么多鱼，你不会拣大个儿的送去。"

胡大爷一拍脑袋："明白了明白了。这一回是嫌小。说起来，这渔场全是焦书记帮咱们建的，组织机关上的人来义务干活儿，又联系鱼苗。"

胡大妈说："照我说呀，人家不光是嫌小，还嫌你是个不开窍的榆木脑袋。"

胡大爷说："你都把我说糊涂了。"

胡大妈说："你给焦书记送鱼，咋老往县委送呢？记住，你现在再撒几网，挑大的，送焦书记家去。"

胡大爷连声说："对对对！"

7

焦裕禄回到家，院子里孩子们围着一盆鱼。

焦裕禄问："哪来的鱼？"

徐俊雅说："城关后坑沿胡大爷送来的。"

孩子们欢呼着："有鱼吃喽。"

徐俊雅说："老焦，这鱼是炖呢还是红烧？要不大锅炖上吧。从来到兰考，孩子们就没吃过鱼。"

焦裕禄沉思着。

徐俊雅说："葱我剥好了，姜片切出来了。你要没事帮我把鱼拾掇拾掇？"

焦裕禄找了只水桶，连水带鱼一下倒进水桶里。徐俊雅问："老焦你干啥？"

焦裕禄说："这鱼正长个儿呢，咱不能白吃人家的鱼。"

徐俊雅说："这渔场是你带机关干部挖出来的，鱼苗也是你给弄来的，咋就算白吃了？"

跃进说："爸，挖鱼塘我们都参加劳动了。程伯伯还说，参加劳动就能吃鱼。"

焦裕禄说："傻小子，咱吃鱼是要花钱的，这占便宜的事，一点也不能做。"

他提起水桶要走，孩子们哭了。

玲玲嚷着："爸爸，我要吃鱼。"

保钢摇着爸爸的胳膊："爸爸，我要和小鱼玩儿。"

徐俊雅说："留两条小鲫鱼，给孩子养着玩吧。"

焦裕禄说："小鱼还得长个儿，放回塘里养着吧。"

他抱起保钢："宝宝乖，小鱼要找它妈妈，你跟爸爸一起，把它放回鱼塘里，让小鱼找它妈妈去，好不好？"

保钢说："好，我跟爸爸去放鱼。"

孩子们都嚷着："我们也要跟爸爸去放鱼。"

焦裕禄拎着水桶，带着跃进、守云、保钢、玲玲来到后坑沿渔场。

胡大爷一看焦裕禄又把鱼送了回来，大惑不解："焦书记，你怎么又送回来啦？"

焦裕禄说："胡大爷，我让你打几条鱼，是给各公社书记们看的，不是要吃的，你怎么连续给我送呢？"

胡大爷笑了。焦裕禄说："胡大爷，您老人家肯定误会了，我第一次把鱼送回来，你又送了更大一盆，是不是因为觉得我嫌少？第二次我让人送回来，这一回您又送来了，而且大都是比前两次大得多的鱼，是不是觉得我嫌鱼小啊？"

胡大爷直抓头皮："焦书记，当初要不是你，就没有这个渔场。你费了这么大心，出了这么大力，孩子们吃几条鱼，不是应该的吗？这桶鱼你还拿回去，就当是我给孩子们捞的，到时从我工分里扣，咱不沾公家的光，行吗？"

焦裕禄把死了的几条大鱼捞出来，其他的倒在水里："这些鱼还长呢。这大鱼卖了，钱归公。"

保钢看着在水里游动的小鱼，高兴地叫着："小鱼找妈妈去了！"

胡大爷叹口气："焦书记啊，让我咋说你呢？"

8

常委会专门研究小片开荒问题，人们争论得非常激烈。李成说："我认为小片开荒就是资本主义。人民公社的道路是一大二公，我们允许社员搞小片开荒，完全背离了社会主义的宗旨，应该立即制止。我们还要为这事开专门的常委会，研究什么鼓励政策，大错特错，这是社会主义和资本主义两条路线斗争的大是大非问题，有什么值得讨论的？"

张钦礼说："我不同意这个说法。什么事都要立足于兰考救灾的实际情况，社员利用闲置的边角荒地种点庄稼，解决口粮问题，既利用了土地资源，又减轻了国家负担，有什么不好？"

李成说："张副书记，这是个必须坚持的原则问题。在这么重大的原则问题面前，县委必须保持清醒的头脑。这个时候头脑发热是会出问题的。鼓励小片开荒，并且要承包下去，听着就让人害怕。我在想，咱们兰考的天还是不是共产党的天，地还是不是社会主义的地？"

一个常委说："我建议我们采取一个两全其美的策略。别碰这红线，现在一提这个'包'字心里就打鼓。"

另一常委发言："我不同意把这个问题无限上纲上线，社员搞了小片开荒，把荒地变成了耕地，增加了可以利用的土地资源，又能度荒，一举多得。土地国有的性质并没有改变嘛。"

李成说："谁说土地的性质没改变？社会主义的土地上长出了资本主义的苗，能不改变吗？"

张钦礼说："那就只好看着它长社会主义的草了？"

李成说："我们宁要社会主义的草，也不要资本主义的苗！"

焦裕禄砰的一下把茶杯蹾在桌上。他脸色涨红，手在发抖。他努力使自己平静下来："古人说：君以民为天，民以食为天。百姓辅之则强，百姓背之则亡。老百姓没饭吃我们这个政权就会垮台。一九六〇年、一九六一年、一九六二年这三年，全国普遍受灾，现在大部分地区已经熬过了三年自然灾害，可兰考依然陷在灾害的泥潭里。老天降了灾，我们不能再加上人祸。这个问题我们不要争论了，按县政府定的方针办，鼓励小片开荒，同时实行这部分土地的责任承包，出了问题，我一个人负责。散会！"

程世平说："有问题我和老焦一块儿扛！"

一个人的战争

1

寨子避水台扎了一溜窝棚，是兰考排水工程指挥部。

技术科小窝棚里，工程师汪湖自己和自己下象棋，焦裕禄来了："汪工，干啥呢？"

汪湖说："下棋。"

焦裕禄问："下棋？跟谁下？"

汪湖一指棋盘："跟我自己。"

焦裕禄笑了："来，咱俩杀一盘。"

俩人摆上了棋子，汪湖说："焦书记，你先走。"

焦裕禄拈了一枚棋子："不客气了，当头炮。"

汪湖说："跳马。"

焦裕禄一笑："老套路。拱卒。"

汪湖推出一枚棋子："出车。"

焦裕禄问："汪工啊，你一个人下棋咋下？"

汪湖说："右手是我，左手是另一个我。"

焦裕禄笑说："有意思。拨边。"

汪湖走了一步棋："人啊，更多的时候是自个儿跟自个儿较劲。叫不过这个劲，就过不了人生的那些沟坎。一个人到了处处有对手的时候，才愿意自个儿跟自个儿打呀。"

焦裕禄说："说得好！照我说呀，人类最难打的战争，就是这一个人的战争。一个人的战争斗的不光是输赢，还有意志跟信心。"

汪湖问："焦书记，你看咱们兰考的救灾，最大的症结在哪儿？"

焦裕禄说："别着马腿呢。解开别马腿的套，咱们的马才能奔腾起来呀！"

汪湖说："是别着马腿了，而且别马腿的地方挺多。首先咱们自己要找到解扣的办法。"他又说，"焦书记，我知道你挺难的。多难你也只能扛住，你扛不住了，兰考就趴下了。"

焦裕禄说："我不怕，天塌了咱三十六万人民都是擎天柱子。"又问，"汪工，听说你总是问水利局有没有人来外调？"

汪湖说："焦书记，这几年搞运动，把我给闹怕了。"

焦裕禄说："汪工啊，你不要怕，把腰杆挺起来，不要分散精力。有什么问题，我来承担责任。"

汪湖用感激的目光看着焦裕禄。

焦裕禄又说："你放心大胆地干工作，有什么错你往我身上推，等你把图纸搞出来，我叫上咱县和山东曹县水利局工程师，咱开个神仙会。"

汪湖说："焦书记，你让俺这刚摘了帽子的人来打头阵，怕是……"

焦裕禄说："哪有那么多怕？不怕，什么都不用怕！有啥事我顶着。"

汪湖说："焦书记，你的心思我懂。"

焦裕禄说："来，接着走。没留神，你的卒子啥时过河了呢？"

2

不到一个星期，两县排水会议就在山东曹县召开了，参加会议的是双方县领导和水利工程技术人员，分坐长条桌两边。这个会的内容所涉，都是利益攸关的敏感问题，大家都非常严肃谨慎，所以会议气氛从一开始就十分紧张。

曹县高书记主持会议。

墙上挂了一张图纸，曹县的工程师讲完了方案，高书记说："对刚才曹县水利局的方案，大家有没有意见？"

焦裕禄问："请问，按这个设计，工期需要多长时间？"

曹县工程师说："最快也要一年半的时间。"

焦裕禄说："工期太长。如果这期间再有这样的洪水，这个半拉子工程就成了最大的隐患。"

高书记问:"时间能不能短一点?"

曹县工程师说:"我们做了详细的人力、工效测算,不可能提前。"

焦裕禄说:"你想一想,水不是漫地流,是顺着坡洼流的。如果在低洼处顺着水势扒一些口子,少做些工程,也许两三个月就能完成。"

高书记说:"咱们再来听听兰考工程师的意见。"

工程师汪湖挂起一张图,讲解道:"这个设计,是拆除太行水库南堤在兰考境内的武信庄阻水涵洞、在曹县境内的安乐村涵洞,平毁曹县楼庄公社在兰、曹两县交界处所筑的边界阻水围堤,填平兰考境内西梢槐村西的串流渠道,将山东所筑的八处边界围堤彻底平毁,并破除三处大的阻水桥涵,恢复水的自然流势。就是这样。"

高书记问:"这个方案设计工期是多久?"汪湖说:"四十天。"

众人一怔。曹县工程师说:"这个方案工期快是快,但我县承担的损失太大。"

曹县一位领导也说:"我们不应该同意这个方案。左一个平毁,右一个全毁,毁掉的全是我们县的工程。"

兰考管水利的副县长老蔺说:"因为太行堤是你们山东筑的,不扒堤水就没法儿泄,所有的阻水工程都在山东,你让我们有什么办法?"

曹县一位领导说:"这个问题不好谈了。我们有我们的利益,你们有你们的利益,我们是华东局,你们是中南局;我们是山东省,你们是河南省,没法儿协调。"

兰考的干部问:"那水怎么排?"

曹县的干部说:"协调不好,一锹土也不能动。"

兰考的干部说:"如果矛盾激化了,不可收拾。"

曹县的干部说:"曹县从古到今,什么时候输给兰考过。几百年了,这堤不一直在这儿横着吗?"

老蔺急了,拍了桌子:"别逼人太甚!你们曹县人仗着会武功,把兰考当成你们手里的一个软柿子,兰考人穷,但骨头不软。这回协调不成,我豁出副县长这乌纱帽不要了,豁出去坐大牢掉脑袋,发三万人马拆掉你的太行堤!"

焦裕禄忙制止:"咱们是来解决问题的,有话坐下来慢慢说。"

双方情绪激动,高书记的脸也拉长了。

曹县一干部说:"听说兰考设计这个方案的工程师是个管制右派,我要问问你们的出发点是不是有问题？"

焦裕禄说："这个方案的指导思想是我们县委集体决定的，而且也充分考虑到了贵县的利益。我们的工程师是国家技术干部，是国家宝贵财富，方案有什么问题，可以坐下来谈，不要牵扯到哪一个同志。"

曹县干部说："这个方案我们不能接受。"

焦裕禄说："我们虽然是两个省，两个县，但我认为根本利益不存在分歧。不论是华东局还是中南局，我们都应该服从社会主义全局；不论是山东省还是河南省，都得实行多快好省；不论菏泽专署还是开封专署，都要执行团结治水的总部署；不论是曹县还是兰考县，都是在党领导下的兄弟县。是不是这个道理？"

曹县那一方很多干部点头。

焦裕禄说："你们很多同志可能不知道，我也是山东人。"

曹县一方交头接耳。

焦裕禄说："我老家是山东博山县，南下留在了河南，你们高书记是我在南下工作团时的战友，我们一直是很好的朋友。在此之前，我们办渔场，高书记提供了鱼苗。兰考人民一直在感谢曹县人民的支持。在这个问题上，我既不会偏向河南，也不会偏向山东，咱们协商一个都能接受的办法好不好？"

高书记面色缓和下来："焦书记说得有理，兰考、曹县是一根藤上两个瓜嘛。山东人都是炮筒子，嗓子眼连着屁股眼，老焦也是山东人，不多说啦，还是好好议一议。"

程世平说："我们县委和政府定了个原则：挖九连湖河道的粮款，由我们负责。河滩地里损失的青苗，按曹县三年平均亩产由我们包赔损失。这是第一。第二呢，太行堤上所有的闸门和两县境内相关的桥梁涵洞，由我们来建。一句话，在拆堤修河工程中让洪水安全过境，尽最大可能减少曹县的损失。"

曹县方面的同志额首微笑。这时，曹县县委通信员进来，对高书记说："兰考不少人上了太行堤，为收太行堤以西的庄稼，要打起来啦。"

会议室里空气又紧张起来。

3

太行堤上人声鼎沸，气氛剑拔弩张，一触即发。

两个县的土地纠纷，和排水一样，都是让人伤脑筋的事。山东把堤筑在这儿了，可两个县的地不是这么简单就划开的，堤东有曹县的地，堤西也有兰考的地。这条堤一百多里长，有土地交叉的村子几十个，年年为收庄稼闹乱子。今年要扒堤放水，这一段大堤，西边有兰考五六个村的庄稼，曹县人不让收，为这事又闹起来了。

兰考有五六个村子的青壮年都上了太行堤。他们手拿洋镐、铁叉、大锨等农具，前排有豹子带领的四十多人，是"铡刀队"，每人手里一口明光锃亮的铡刀片。铡刀队后边是土枪队，三四十支大抬杆都装满了火药。队前有一排白木棺材，都盖着红布。一些牵着牛、拿着镰刀准备收庄稼的社员站在两厢。

曹县方面的人都白褂子、灯笼裤，黑布带子扎腰，手拿武术器械，刀、枪、峨眉刺、三节棍等，严阵以待。豹子叉腰站在兰考队伍最前头，手里拎着一口大铡刀。"小头目"站在曹县队伍最前头，手里执一把三股钢叉。

豹子喊一声："揭开！"

两个大汉把盖在棺材上的红布揭开了。

豹子说："你们看见了吗？今天上了堤老子就不打算回去了！"

小头目冷笑："别扯旗放炮的吓唬人，真要拼你们还得再多预备几十口棺材，老子啥没见过？你们想收一穗高粱，就得留一个脑袋。"

兰考这边有人喊："地是俺村的，庄稼是俺们种的，凭啥不让收？天底下哪有这样的理？"

山东那边喊："堤东也有俺们的地，以堤为界，俺们的地归你们了，你们堤这边的地就得归我们！"

兰考这边说："你修堤还占了俺们的地呢！"

山东那边说："堤修了几百年了，有啥凭证地是你们的？"

兰考这边说："有俺老祖宗的坟在那儿埋着呢！"

豹子吼一声："别跟他废话，咱收的是自己的庄稼！下堤！"

他一挥手，带兰考这边的人冲过去。

山东曹县那边叫着："不怕死的来吧，一穗高粱一颗人头！"

两方厮打在一起！曹县人抢起钢叉、三节棍，把兰考人打退下去。

豹子抡圆了铡刀，几个人近身不得。他被围在曹县人中间。兰考群众架着大抬杆又组织起第二次进攻。

这时，双方警察赶到了。警察向天上鸣枪，止住了打斗双方。

刘秀芝、孙建仁、刘北等人也来到堤上。两辆吉普车在大堤上停下，焦裕禄和高县长从各自的车上走下来。警察正把豹子和几个人带上警车。刘秀芝追着警车喊着："豹子——豹子——"

4

这几天，两个县为排水的事谈了几轮，终因抢收庄稼发生的械斗蒙上了阴影，而造成了障碍。焦裕禄给曹县高书记打电话："伙计，咱们两个县谈五六轮了，也该有个结果了吧？"

高书记在那边说："老兄，你想要的那个结果，难。看样子这个问题咱俩这一任是放不平啦。"

焦裕禄说："土地争端先搁置不议，把咱们的排水工程做起来，时间得往前赶。"

高书记说："土地争端没法儿搁置，这是个绕不开的敏感问题。尽管都是历史上的旧账，但这种争论不解决，下一步没法儿进行。而且还会有新的矛盾出现。眼前的事情是，拆了堤，又将有大量的土地给拆出来，这些土地的归属还是个问题。"

焦裕禄问："那怎么办？"

高书记说："咱俩各自守土有责，还是等部里的裁决吧。"

对方电话放下了。焦裕禄只好怅然地放下了听筒。

程世平进来了："老焦，怎么样，曹县高书记那里啥态度？"

焦裕禄摇摇头。程世平说："这些日子，谈得头昏脑涨，很多同志耐不住性子了，说由着老百姓闹去，不死几个人上头不当事。"

焦裕禄说："说气话顶啥用。县委常委按照排班安排，一人一天一夜，轮流在太行堤上值班。老程啊，这个时候，咱俩脑子不能热，领导干部的一念之差，就可能酿成无法估计的灾难。水利部那边还得安排一个班子成员专门盯一盯。还是那个原则：圈要跑圆，理要讲全。心平气和，抓紧时间。老程，这次地委的会，有什么新精神？"

程世平说："老焦，地委点名批评我们了。"

焦裕禄说："噢？"

程世平说："而且很严厉。"

焦裕禄问："批评我们什么了？"

程世平说："咱试吃田菁籽造成干部集体中毒的事件。说咱们缺乏科学精神。"

焦裕禄说："这些我在打给地委的报告里都做过深刻检讨，地委批评得对，咱们应虚心接受那次教训。"

老程说："还有灾民外流回潮的事。洪水一过，全国到处有兰考的灾民，铁路上的压力都受不住了。"

焦裕禄说："那咱们及时把鼓励小片开荒和土地承包的政策宣传出去，让社员们都知道。天留不下人，地能留得下。"

程世平说："听说又有人在省委、地委告黑状了，称咱们县委发的文件里有六个'包'字，胆大包天地对抗上级指示，鼓励小片开荒，大张旗鼓地搞资本主义。"

焦裕禄说："听蝲蝲蛄叫就不耩麦子了？该咋干咋干。"

5

兰、曹两县治水联席会在兰考召开了。出席会议的有河南、山东两省水利厅的领导，开封、菏泽两个地区和兰考、曹县两县的主要领导及专家，国家水利部的邵司长也带着水利部领导的意见，专程从北京赶来。

焦裕禄主持会议："同志们，今天山东、河南两省，菏泽、开封两个专署，兰考、曹县两县的同志在这里召开治水联席会议，特别是国家水利部的邵司长也专程赶来，我们特别高兴。今天我们两个省将达成《关于兰考县与曹县拆除太行堤阻水工程的协议》，这是一个非常好的开端。历史的一页翻过去了，新的未来等待着我们共同书写。我们非常感谢山东人民所做出的巨大牺牲。我们保证，兰考的施工队伍进场之后，会像爱惜兰考的一草一木那样，爱护曹县的一草一木，因此我提议，把新挖的河道命名为'兄弟河'。"

会场里一片掌声。

散了会，焦裕禄拉着高书记来到城关后坑沿渔场。平静的水面上一片金鳞闪烁，他们坐上胡大爷的小船摇向湖心。高书记抓了一把饲料撒在水面上，立刻引爆出串串水花。

焦裕禄说："老高呀，真感谢你，你看我们这一大片水，你给我们协调的几十万尾鱼苗，现在都长到一斤多啦。这个渔场给全县树了个样板，我们开了个公社书记会，让大家看了鱼。你说咋样，不到十天，全县就开发出了二十二个坑塘渔场。老伙计，对兰考的发展，你功不可没！"

高书记说："好呀。你们什么时候需要我帮忙，就打电话。还有，你们的太行堤工程队，什么时候进场，我会提供一切便利。"

焦裕禄说："三天内吧，我带队去。"他又对胡大爷说："胡大爷，一会儿你撒一网鱼，送县委食堂去，让咱们的客人们尝尝。"

两个县很快达成了排水协议，豹子和被抓到公安局的几个参加械斗的农民也被释放了回来，莲花湖排水工程顺利开工，焦裕禄亲率兰考民工进场。工地上扎起了一片工棚，红旗招展，大喇叭里广播着歌曲和各民工队的倡议书、挑战书，十分热闹。

汪湖在工地上用水平仪做工程测量。

焦裕禄问："汪工，按这个进度，估计工期有多长？"

汪湖说："不会超过四十天！"焦裕禄兴奋起来："好呀！"

6

这几天，在焦裕禄家，有一件大事在等着他处置：大女儿守凤初中毕业了，有好几个单位送了招工表，这些都是县里比较风光的单位，有劳动局、教育局、气象局、卫生局、工业局、工商局，守凤拿不定主意，爸一走就是十几天不回家，她很着急。吃过午饭，她和妈妈商量："妈，你说我填哪张表呢？这么多单位，我到底该去哪一个？"

徐俊雅说："要我说你填教育局这一张，女孩子，当小学老师不错，还有寒暑假。"

守凤说："我看气象局也行。送表的那个叔叔说，我去了可以派我上郑州去学习。"

徐俊雅翻着那些表："还有工业局的、工商局的，这都是机关，也不错。"

守凤说："妈，我到底填哪一张，你出个主意嘛。"

徐俊雅说："等你爸来了，让你爸给你选一个单位。"

母女俩正商量着，疲惫不堪的焦裕禄回到家了。焦守凤迎上来："哎哟，爸，您可回来了。"

徐俊雅给他搬下了捆在自行车上的铺盖卷："老焦啊,你这一走就是十几天不见人影,捎去的药吃了没?"

焦裕禄说:"吃了。"

徐俊雅说:"给你煮点面条吧。"

焦裕禄说:"不用了,我在城关吃了饭。守凤,给我倒碗水吧。"

焦守凤倒了一碗水。徐俊雅问:"你从工地上来?"

焦裕禄点点头。徐俊雅问:"怎么样了?"

焦裕禄说:"两个县摽上劲了,再有二十天就完工,比计划工期又提前了十多天。"

徐俊雅问:"你还去工地吗?"

焦裕禄说:"老程在工地上了,我处理几件事回去替他。"又问:"守凤,爸给你留下的书你看了没有?"

守凤问:"您问哪一本?"

焦裕禄说:"就是介绍知识青年参加农村劳动事迹的那几本。"

守凤说:"看了。"

焦裕禄说:"好啊,看了跟我谈谈感想。"

徐俊雅说:"一进门说这干啥,孩子眼巴巴盼着你给拿个主意呢。"

焦裕禄说:"还是为没考上高中的事吧?没考上高中就干别的嘛,革命工作多得很,可别整天闷闷不乐的。你说对不对?"

焦守凤不语。焦裕禄说:"守凤啊,你初中毕业已经很不简单了。咱们家几辈子人谁正儿八经上过中学?你就是咱家的秀才啦。没考上高中,就上农业大学,参加农业劳动。好不好?"

守凤摇头。焦裕禄说:"不去农村也可以,就去当理发工人。"

焦守凤疑惑地看着父亲,简直不敢相信自己的耳朵了。徐俊雅说:"你咋净往那些地方想。这些天给守凤介绍工作的可真不少,你看,光招工表就有好几份。有当小学老师的,有当机关干部的,等你拿个主意呢。"

焦裕禄说:"是吗?我看看,都是哪些单位呀。"

他拿过招工表来,一份份翻着:"教育局、工业局、工商局、气象局……嚯,这么多?俊雅,这些表是哪儿来的?"

徐俊雅说:"你这些日子下乡,表都是这些单位送到家里来的。"

焦裕禄说:"为什么有这么多单位给咱们闺女送招工表?守凤,你问问你们

465

同学，有没有人把招工表送到他们家里去？"

守凤老实地回答："问了几个同学，她们都发愁得不行，找不到工作的单位。"

焦裕禄说："那为什么你刚一离开学校，就有那么多的招工表送到家里来？你和你的同学都在发愁，别人发愁找不到工作，你发愁选不准工作？为什么这些好单位都看中了你？那是因为你爸爸是县委书记。不信你等着，还不知有多少单位来送招工表。"

徐俊雅说："那你快帮孩子定下一个单位来。"

焦裕禄说："那我明天和这些单位沟通一下，帮你找个适合的岗位。"

他把那些表叠起来，放自己挎包里了。

7

下午，焦裕禄把送了招工表的单位负责人叫到他办公室里来。

屋里坐了五六个单位的领导干部，焦裕禄给大家敬了烟、倒了水，然后说："这几天我下乡，家里收到了不少招工表，是你们这几家单位送的，我先向你们表示感谢。"

大家面面相觑，不知焦书记要说什么。焦裕禄说："我女儿守凤，初中毕业，学习成绩一般偏下，没考上高中，可是竟有那么多机关、单位都看好她，把招工表送到家里。我也不说别的了，就是想表达对你们的谢意。再有，我这女儿从小没补上劳动这一课，你们这些单位，她去工作怕是不能胜任。我还是安排她去一个能补上这一课的地方。"

晚上，焦裕禄一进家，母女二人就迎上来。

徐俊雅问："老焦，今天你和哪个单位谈了？"

焦裕禄说："都谈了。"

徐俊雅不解："都谈了？"

焦裕禄说："嗯，集体谈话。"

徐俊雅说："还用得着集体谈话？你看中了选一个单位不就完啦。"

焦裕禄说："这些单位我都不中意。"

徐俊雅说："都挺好的呀。"

焦裕禄说:"你没弄明白我的意思,不能让守凤去做这一类的工作。她长这么大了,还没有参加过体力劳动,一定要找个又脏又累的活儿让她干,补上劳动这一课。"

守凤问:"凭什么呀爸?"

焦裕禄说:"就凭一条,你是县委书记的女儿。"

守凤嗫嚅着说:"你连第一书记都不是,代理第二书记才给转了正。"

焦裕禄笑了:"你这孩子,怎么这些你都分得清,却不懂得道理呢?"

守凤说:"县委书记的女儿怎么啦?爸,我从小穿的衣服是同学中最破的,我这县委书记的女儿,就该谁也不如?还说我不懂道理!"

焦裕禄说:"你说县委书记的女儿怎么啦?就该高人一等?干部子弟只能带头艰苦,党希望你们成为革命事业的接班人,你夏有单、冬有棉,比起那些老一辈来,好得没话可说啦。"

守凤一摔门出去了。

徐俊雅说:"你说你这人,孩子找个工作是走的正常招工,又不是后门。"

焦裕禄说:"是呀,有招工表,而且用不着你去要,人家给送到家里来。"

姥姥说:"裕禄,这当老师呀,当气象员呀,也都是一般的工作,咱又没搞特殊。你不当这个县委书记,孩子也能做这样的工作,为啥你当了县委书记孩子就只能吃苦受累去?你这是哪家的理?"

焦裕禄说:"妈,您说得也对。跟上我这个当县委书记的,咱家里所有的人都受了不少委屈。别人能做的事,咱家的人不能做,别人能享受的东西,咱家里人不能享受,我心里觉得特别对不起咱家里的每一个人。妈,您想想,家里有一点好吃的,您这做老人的,总是心疼着儿女晚辈们。我这当县委书记的,就应该把每一点好处让给别人,您说是不是这个理儿?"

姥姥说:"你的事我不管你,可守凤的工作我不能不操心。这可是孩子一辈子的大事。"

8

邮电局门前很多女孩子排着长队,徐俊雅和守凤从那儿路过,有个姑娘喊:"焦守凤!"

守凤回头一看,是同班同学小娟。她跑过去:"娟儿,你干吗呢?"

小娟一指墙上："你看，邮电局招工，我报名来啦。"

焦守凤对妈说："妈，这是小娟，我同学。妈，你看邮电局招工，要求：初中以上文化程度，有长话员、投递员。妈，我也报名吧。"

徐俊雅问："你自己愿意？"

守凤说："我愿意，和我同学一块儿嘛。妈，你回家给我拿毕业证去，我排队啦。"

徐俊雅说："行，你先排队吧。要不要告诉你爸一声啊？"

守凤说："我自己考一考吧，考上了再说。能不能考上还不一定呢。"

徐俊雅走了。

小娟问："守凤，你还用得着报名招工呀？"

守凤说："瞎说什么呀？"

小娟刚说了句："你爸……"

守凤忙捂住她的嘴。小娟说："我听说了，很多好单位都给你送招工表了。"

守凤说："我爸不让我去那些单位。"

小娟问："那他让你去哪儿？"

守凤说："补劳动课。"

小娟摇摇头："想不通。"

9

姥姥正在院子里补衣服，守凤和小娟进来了。守凤一进门就搂住姥姥脖子："姥姥！"

姥姥问："凤，今儿个咋高兴了？"

守凤说："姥姥，我找到工作啦！"

姥姥问："是吗？你爸给你安排的？"

守凤说："我才不用他呢。我自己考上的。"

姥姥也高兴了："自己考上的？考上哪儿啦？"

小娟说："姥姥，我们考上邮电局啦，我当投递员，守凤当长途台的话务员。"

姥姥问："话务员干啥？"

守凤说："接转长途电话。"

姥姥说："女孩子，这个工作挺不错的。"

守凤说："这回可不是人家把招工表送到家里来的，全是我自己考的。我表上填的家长是我妈的名儿，一个字没暴露我爸是谁。"

姥姥问："啥时上班？"

守凤说："明天。"

10

工棚里，桌上的马蹄表嘀嘀嗒嗒走着。

焦裕禄的桌子上放着一张又一张摊开的图纸，图纸上压着一张棋盘，此时他一只脚踩在凳子上，一个人下起象棋来。正下着，汪湖扛着水平仪进来了，焦裕禄太专注了，没有发觉。他看见焦裕禄一个人下象棋，好奇地站在后边看。看着看着忍不住说了句："红子儿那边别着象眼了！"

焦裕禄一愣，回头看见汪湖，乐了："汪工，那边线路测完了？"

汪湖说："焦书记，你咋也一个人下起棋来了？"

焦裕禄说："看图纸看得头痛眼花，换换脑筋醒醒盹儿！汪工啊，我想起你说过的话来了，一个人下棋，是自个儿跟自个儿较劲。我琢磨着，两个人下棋，你一门心思想打赢的是对手，一个人下棋，一个你在把另一个你战胜的时候总是会忍不住留一个缓劲的机会。这就是人为什么战胜自己最难，因为你下不了狠心把自己往墙角上逼。"

汪湖若有所思。

焦裕禄推开棋盘："说说，还有啥难办的？"

汪湖说："曹县水利局那边，说增加的涵洞太多。"

焦裕禄说："要不我干脆再给曹县高书记通个电话，跟他商量一下。"

汪湖说："这样最好。"

焦裕禄摇了电话机："长途台吗？给我接个山东曹县的长途。"

耳机里话务员的声音："请问曹县什么单位？"

焦裕禄说："直接要他们县委高书记办公室。"

耳机里的声音带着惊喜："爸！"

焦裕禄愣了："你谁？"

耳机里的声音："爸，我是守凤。"

焦裕禄一头雾水:"守凤,你怎么接起电话来了?我要长途了。"

耳机里的声音:"爸,我到邮电局长途台上班了。爸,这回可是我自个儿考上的。我师傅带着我做内业了。"

焦裕禄说:"好了,你快给我先把电话接通。"

11

焦裕禄一身泥土,在县商业局门前下了自行车。他一进门正好碰见局长老陈。

陈局长问:"焦书记,你这是从哪儿来?"

焦裕禄说:"排水工地上。"

陈局长急忙把他让到办公室里。

焦裕禄问:"老陈,你这儿还有没有招工指标?"

陈局长小心地说:"焦书记,我们局的招工指标全是经过县劳动人事局批下来的,都有批复程序。上次给你家守凤送的招工表,就是盖了劳人局章的正表。"

焦裕禄笑了:"老陈,你误会了。我不是来检查你工作。我是说你们商业局如果还有指标,那就在你们下属单位给我姑娘安排个合适的岗位。"

陈局长如释重负:"是这样。焦书记,为什么要到下属单位?你姑娘初中毕业,留局机关就合适。"

焦裕禄说:"我的意思你还是不明白。那天我说了,这个孩子从小没参加过生产劳动,要给她补上这一课。"

陈局长不解:"参加生产劳动?"

焦裕禄说:"去你们食品厂怎么样?先做临时工,如果合格,再按规定程序录用。"

从商业局出来,他直接又去了邮电局。

焦裕禄刚回到家,守凤下班回来了。她穿着一身邮电职工的制服,显得很精神。

守凤问:"爸,你看我穿这身制服怎么样?"

姥姥说:"这人配衣裳马配鞍,咱小凤穿了这身衣裳,就是俊样。"

焦裕禄问:"守凤,你去邮电局上班怎么不告诉我一声?"

焦守凤说:"爸,上哪儿去告诉你啊,你一走十来天不回家。爸,这回真的不是什么后门，是我自个儿考上的。我们同学里就考上了我和小娟。考完试当时就宣布结果，第三天就上班，我来不及告诉您嘛。"

焦裕禄说："你自己能考上，证明了你的能力。"

守凤说："我们还有三个月的试用期呢。"

焦裕禄说："我还没说完，证明了你的能力，但这个工作暂时还不适合你。"

守凤吓了一跳："爸，没问题，我自己挺愿意做的。"

焦裕禄说："我已经跟你们邮电局局长谈过了，我给你安排了一个更适合你的工作，明天爸带你去上班。"

徐俊雅问："安排哪儿了？"

焦裕禄说："咱们县食品厂。"

徐俊雅着急了："放着好好的邮电局不干，让孩子上食品厂干啥？"

守凤说："我不去！"

焦裕禄说："咱们家的孩子必须要把生产劳动这一课补上。"

守凤问："爸，我当话务员不也是劳动？我去邮电局咋就不行咧？"

徐俊雅说："孩子说得对，工作是孩子自己考上的，没打你的旗号也没走你的后门，犯了你哪一条规定了？你当县委书记，孩子连公开考试招录都不能参加？"

焦裕禄说："我跟守凤说呢。守凤，你到了食品厂以后，会觉得更有意义，也更能实现你的人生价值。"

守凤说："我不去！"

"你必须去！"焦裕禄生气了。

"我不去！我就不去！我才不去那个破食品厂呢！"守凤趴到床上哭起来。

姥姥下了炕："俊雅，给我收拾我的东西！"

徐俊雅问："妈，您要干什么？"

姥姥说："我回尉氏去。你们这个家我是没法儿住了。"

徐俊雅说："妈，您就别跟着添乱了。"

姥姥说："你不给我收拾我自己收拾。不就两件破衣裳吗？"

她匆匆收拾了一个小包袱，背上就走。焦裕禄、徐俊雅急忙拦住。姥姥说："你们谁也别拦我，我走，也把守凤捎着，让她跟我到尉氏去考工作。你总不在尉氏当县委书记了吧。守凤别哭了，起来跟姥姥走！"

焦裕禄肝疼剧烈地发作起来，他捂着肝部蹲在地上。徐俊雅惊叫："老焦！老焦！"

12

第二天上午，焦裕禄送守凤去食品厂上班了。他对厂长说："刘厂长，今天我带守凤来报到，我这女儿，就托付给你了。"

厂长说："焦书记您放心，我一定把守凤的工作安排好。我们开过厂长办公会了，就把她留在厂办公室。"

焦裕禄说："守凤到你们厂是做临时工，进行劳动锻炼的。不要分在厂办公室。我拿个意见，你把她分到酱菜组，这对改造她怕脏怕累的思想有好处。"

厂长说："焦书记，我们把守凤安排到厂办，是因为她是初中毕业生。酱菜组的活儿，她这初中生派不上用场。再说酱菜组是全厂最艰苦的车间，她刚出校门，怕吃不消。"

焦裕禄说："你们不要以为她是我的女儿，就要另眼看待。应该让她在最艰苦的地方锻炼，在思想上、工作上对她严格要求，这对她的成长有好处。"

焦守凤进了酱菜组，她每天的工作，是倒腾那些腌咸菜的大缸，那些大缸哪一只也装二三百斤咸菜，从底到上翻腾一遍，累得浑身骨节疼。万一在翻缸过程中不小心划破了手，就要饱尝"往伤口上撒盐"的滋味了。

再就是往县城里各门市部送酱油。

如果说食品厂最艰苦的班组是酱菜组，那么送酱油就是酱菜组最累的活儿，也是整个食品厂最辛苦的工作。县城里有十来家门市，担着四五十斤的酱油桶走街串巷，一天下来，身架都要散掉了。

这份工作，竟然是爸爸给她挑选的。守凤一个刚出校门的小姑娘，担了一天酱油桶，肩膀就压肿了。除了身体吃不消，她还要应对各种各样的询问与目光，这更是让她难堪。

她穿着工作服，担着酱油桶走出厂门。进出厂门的工友和她打招呼："小焦，送酱油去呀？"

焦守凤低着头轻声答应着。

一个工友问："今天往哪儿送？"

焦守凤说："西街门市部那边。"

工友说："那么远啊。哎，小焦，你爸是县委书记，你咋干全厂最累的活儿啊？你还是个初中生呢。这挑担送酱油的活儿，都是不认字的人去干的。"

焦守凤不回答，快步走出了厂门。

焦守凤挑着酱油担子在大街上走，她怕碰见熟人，故意低着头，用脖子上系的毛巾捂住下巴。但熟人是躲不开的，她还是听到了人们的议论声。一个过路的女人对人说："瞧，那不是县委焦书记家的大闺女吗？咋挑着酱油担子在大街上走呢？"

一人问："你看错人了吧，咋会是焦书记的闺女呢？你看这是书记的闺女干的活儿吗？"

"没错，就是她，不信你听我喊下她——守凤，干吗去？"

守凤回答："到西街门市部送酱油去。"

过路的女人说："咋样？我没说错吧？"

那个问话的人说："县委书记的闺女送酱油，新鲜。"

过路的女人说："可能这孩子念书不咋中，要没她爸，这样的工作也找不上。"

这几个人刚走，小娟送信，骑着车子过来了。小娟穿着一身簇新的绿色工作服，簇新的自行车后座上搭着一只绿色邮袋，上面印着"中国邮政"四个黄色的大字。她两只小辫子衬着一张红扑扑的脸，显得非常精神。小娟见守凤挑着酱油担子，忙下了车："守凤，守凤！"

焦守凤赶忙加快脚步走开，她一慌，差点失足跌倒。

小娟拦住她："守凤！"

守凤放下担子。小娟问："你爸真让你送酱油咪？"

守凤点点头。

小娟说："天底下哪有这样的爸，真是的。你要不走该多好，局团委要组织我们新团员去远足，礼拜五还有歌咏比赛，大家在一起可热闹了。下了班上我家玩啊。"

小娟骑车走了，守凤恍恍惚惚挑起担子往前走。突然，她腿一软，跌倒在地，酱油桶翻倒了。酱油流了一地，焦守凤哭起来。

直到下班回到家里，守凤一直在哭。姥姥和几个弟妹不停地哄她。

守云说："姐，别哭了。你再去送酱油，我去陪你，和你抬着酱油桶。"

跃进说："姐，你下午别送酱油了，爸说带我们几个去村上帮助收红薯，你也去吧。"

玲玲拉她："姐，咱到院里玩丢皮球去。"

姥姥给守凤绞了条热毛巾:"凤,别哭了,你爸回来,我给他说。"

徐俊雅揭开守凤的肩部衣服:"你看孩子的肩膀都瘀血了。才多大个孩子,挑那么重的担子!"

焦裕禄进来了:"守凤,哭啥哩?"

焦守凤不理睬,哭声更大了。焦裕禄问守凤:"是不是有人说你县委书记的闺女挑着担子送酱油,觉得丢人了?"

姥姥说:"可不咋的。她爸当县委书记,她挑着酱油担走街串巷。丢人也是丢她爸的人哩。"

徐俊雅叫:"老焦你过来。"

焦裕禄走过来:"咋啦?"

徐俊雅揭开守凤的衣服:"你来看看你闺女这肩膀,都压成血淤了。"

焦裕禄轻轻抚着守凤的肩:"凤,再咬牙坚持一下就好了。"

徐俊雅说:"你和厂长打个招呼,换个岗位让孩子歇几天不中?"

焦裕禄说:"守凤,回头有空,爸陪你去送酱油。守凤,这酱油总要有人送吧,凭什么别人可以送,县委书记的闺女就不能送?让你姥姥说说,这理儿对不对?"

姥姥说:"不对!"

焦裕禄说:"妈呀,我这个县委书记,可不是旧社会的县太爷。这些孩子,更不是衙内、小姐。他们从小就不能有一丁点特权思想,要时时想着咱们就是平头百姓。咱们要真让人把咱另眼看待了,那也就和老百姓越走越远了。"

13

焦裕禄用自行车带着国庆、跃进、守云到了牛场村,他把自行车停在一片收过红薯的地头上。

跃进问:"爸,你不说让我们去帮助农民伯伯收红薯吗?可这地里红薯都收完了呀。"

焦裕禄说:"收过红薯的地里,还有一些红薯没收干净,咱们帮他们收干净。刨地要仔细,一垄一垄挨着刨,别东一下西一下,比比看谁刨出来的最大。"

孩子们欢快地劳动起来。跃进刨出一块大个儿的:"爸,你看我找到了这么一大块!"

焦裕禄说："好！应该表扬！"

守云也叫着："爸，我也找到了一块大的！"

焦裕禄说："你也应该表扬！"

国庆干脆刨出了整整一大串，他叫喊着："爸，我这儿端了一大窝儿！"

焦裕禄的眉头却锁紧了。

守云又喊："爸，我又刨了一块大的！"

喊了几声，焦裕禄也没应答，他在发狠地埋头刨着，他自己刨出了一大堆红薯。

守云问："爸，我们刨了这么多，你咋不高兴了？"

焦裕禄说："国庆，你带弟弟妹妹们干活儿，我到村里去一趟，一会儿就回来。"

他把刨下的红薯用麻袋装了，背上走了。

焦裕禄到了大队部，正好公社周书记也在。周书记见焦裕禄挽着裤腿，肩上背了个鼓鼓囊囊的大布袋，很感奇怪，问："焦书记，你咋来了，背的啥？"

焦裕禄说："捡了点红薯，你们找个秤来给我称一称。"

队长拿来一杆秤。称了称，他说："整四十斤。"

公社周书记看了看麻袋里的红薯："这么大块的红薯，哪会是捡来的？是不是哪家送你的，你过过秤，再给人家留下钱？"

焦裕禄问队长："你们今年种了多少亩红薯啊？"

队长说："种了八十一亩。"

焦裕禄问："一亩产量多少？"

队长说："俺们种的是胜利一百号，秧儿小块头大，亩产大概两千斤左右吧。"

焦裕禄说："好家伙，我们爷儿几个刨了一分地，复收了四十斤，按这个算法，你们八十一亩，就要丢掉三万两千四百斤红薯啊，这是十六亩多地的产量呢，你们没饿怕？这太吓人了！"

他又问公社书记老周："你们公社一共种了多少亩红薯，这不是个小数吧？这几天我检查了你们几个村子，刨过的红薯地里丢失严重，像牛场这种情况，各村都有。你们仔细算一算，这是多大的浪费！其他队复收怎么样啊？"

老周说："基本可以。"

焦裕禄问："什么叫基本可以？"

老周说："没调查，只是听了几个大队的汇报。"

焦裕禄说："老周啊，你官不大，僚不小。不深入调查，能有实底吗？"他掏出个小本本，"你没底数，我有，听我告诉你。梁场，九十四亩，卞寨一百零七亩，李场六十九亩，王场九十二亩……"

老周头上出汗了。焦裕禄说："每亩丢四百斤红薯，全社丢三十多万斤，你们犯错误了，不是人民的勤务员了。这几年连续闹灾，地里还收不净，再向国家要救济，你们在基层工作，要认认真真调查研究。党培养我们为人民服务，你服务不好，怎么好意思吃人民的饭？你马上组织社员再搞复收，粒粒皆辛苦啊。"

临走，周书记问："焦书记，听说你带孩子们来了，到公社吃饭吧。"

焦裕禄说："不用了，在家里吃过了。老周啊，我说得对不对？你有没有意见？我们当干部的，要时时为群众操心，为官一任啊。"

干了半下午活儿，焦裕禄又骑自行车，带了三个孩子回家。他们路过老袁的瓜地，老袁看见了，远远打着招呼："焦书记！"

焦裕禄下了车："孩子们，来，咱们到袁伯伯瓜地去，爸请你们吃西瓜。"

孩子们惊喜地欢呼起来。进了瓜地，在瓜棚前，老袁挑了一个大西瓜切开了。

焦裕禄对孩子们说："这几天你们一直参加秋收劳动，表现很好，爸奖励你们，吃吧。"

孩子们一人捧着一块西瓜吃起来。焦裕禄没吃西瓜，他跑到老袁瓜棚里，用瓢舀了一瓢水，喝了个干净。老袁说："焦书记，你吃瓜呀，我这一园瓜，没你吃的？"

焦裕禄抹抹嘴："走路走得嗓子发干，还是喝水痛快。"

孩子们吃了瓜，焦裕禄留给了老袁瓜钱。老袁不要，焦裕禄给他塞到瓜棚窗台上，带上孩子走了。

14

焦守凤担着酱油桶走在大街上，看见爸爸从胡同里推着自行车出来。她问："爸，你真要陪我去送酱油啊？"

焦裕禄说："是啊，爸说过的话是一定要算数的。"

说着，他接过守凤肩上的担子，把自行车交给守凤："爸陪你走一走。"

他担起了酱油担。

很多人看到焦裕禄担着酱油担，都走过来问："焦书记，干啥呢？"

焦裕禄说:"陪闺女送酱油去。"

人们来抢扁担:"焦书记,我帮你。"

焦裕禄说:"不用,不用,你们忙去吧。"

守凤说:"爸,不用你陪了。你看这么多人都看着你哩,多难为情。"

焦裕禄说:"守凤,这劳动是光荣的事嘛,要是劳动觉得难为情,这个人真就变质啦。"他教给守凤,"挑担子有要领,腰不能像水蛇那样来回摆,要挺直,手臂也不能乱晃,要随着走路的节奏,扁担悠起来人要随着走,这样才省力气。走路步法不对就费力气,还容易跌跤。"他做着示范,"看好了,就这样。"

守凤问:"爸,你小时挑过担子?"

焦裕禄说:"挑过。差不多天天挑。从山上挑柴,收庄稼。往县城里卖油,要走七十多里山路。你奶奶这么大年纪了,还能挑担子,担水、担柴。所以你学会了担担子,才真正学会了生活。"

守凤说:"爸,我挑一会儿吧。"

焦裕禄说:"没事,我来。你记住,担不动了可以稍稍休息一会儿,休息时间也不能长了,长了缓过劲来就膀子疼了,再担上去扁担挨上肉就疼。"

守凤去接扁担:"爸,你回去!"

焦裕禄说:"我说过了,今天我帮你送一上午。"

他挑着担子从容地走在大街上。进了一家门市部,大声喊:"送酱油的来喽。"

他把酱油桶担进去,守凤送上货单。门市部的一个姑娘问:"小焦师傅,帮你送酱油的这人是谁?"

焦裕禄说:"老焦师傅。"

门市部的姑娘问守凤:"是你爸?"

守凤点点头。

门市部的姑娘说:"不对吧?听说你爸是县委书记,县委书记怎么能干这糙活儿呢?"

焦裕禄问:"小同志啊,你觉得县委书记能干啥活儿?"

门市部的姑娘说:"坐在大办公室里,发布指示,开会坐在主席台上,到哪儿跟一帮子人,还有……反正不能像您这样,扎个沾着酱油汤子的围裙,挑着担子送酱油去。"

焦裕禄大笑。

门市部的老主任出来了:"哎呀焦书记,真是您哪。快到办公室坐,喝杯水。"

守凤介绍说："爸，这是供销社的罗主任。"

焦裕禄说："罗主任，守凤刚上班，对这项工作还不太熟悉，您得多指导她。她送酱油，误没误过你们的事？"

罗主任连声说："没有没有。"

焦裕禄说："怎么没有？上次不是把给你们送的酱油洒大街上了吗？"

罗主任说："孩子小，担这么重的酱油担子，太委屈她了。"

焦裕禄说："年轻人应该接受吃苦耐劳的锻炼，在这一点上你们应该严格要求。"

罗主任说："大家知道送酱油的小焦是县委书记的女儿，都很敬佩她的。"

焦裕禄说："罗主任啊，售货员、送货工、县委书记是分工不同，不应该有高低贵贱的分别。对不对？好了，你们忙吧。"

他担着空桶出了门市部。

守凤说："爸，你回去吧。"

焦裕禄问："不让爸陪你了？"

守凤说："我想通了，送酱油也是革命工作，也是为人民服务。昨天我碰见了县委的几个叔叔，他们没笑话我，还都夸奖我呢。"

焦裕禄说："好闺女，你进步了，爸高兴啊！爸不陪你了，我下乡去了。"他把围裙解下来，给守凤扎上，接过了自行车。

来了两个"还愿"的

1

焦裕禄和李林又用自行车驮着铺盖卷下乡了。

这回他们计划选个从来没到过的村，考察小片开荒，商量好事先不通知公社，也不告诉大队，直接住社员家里，摸点真实情况，种完麦子再回县委。

走到一个村口，李林说："焦书记，前边就是柳林铺大队了。"

焦裕禄说："好，就这村还没来过。"

他们看见路边地里一个老婆婆带着一个七八岁的孩子在吃力地翻地。焦裕禄下了车，把自行车放在路边，招呼李林："走，过去看看。"

焦裕禄和李林走过去，问："大娘，翻地呢？"

老婆婆说："这不上级号召小片开荒了，人家有劳力的都开了，村上也给了俺这块，把它翻出来，好种麦子。"

焦裕禄问："您老人家多大岁数了？"

老婆婆说："六十三了。"

焦裕禄问："这么大年纪了还来翻地呀？"

老婆婆说："没办法呀。老伴儿死得早，前些年儿子得了场病，也没了。儿媳走了，剩下这个孙子跟着我，哪还有个帮手呀？"

焦裕禄问："大娘，我们俩给您做帮工，行不行？"

老婆婆怔了好半天："你们？给俺做帮工？你们是干啥的？"

焦裕禄说："俺们呀，就是专门来帮人开荒翻地的。"

老婆婆说："那得给你们多少工钱呀，俺家叫不起帮工，没钱。"

焦裕禄说："大娘，俺们做帮工，不要工钱。"

老婆婆问："不要工钱？"

焦裕禄说："对。只管饭就行。"

老婆婆说："喀，不瞒两位大哥说，俺家连顿像样的饭也端不出来呀。"

焦裕禄说："没关系，您老人家吃啥，俺吃啥。"

老婆婆为难了："这……"

焦裕禄说："就这么定了吧。"

两个人接过铁锨翻起地来。老婆婆百思不得其解地看着两个人很在行地干活儿。

干了一上午，回到老婆婆家里，焦裕禄又帮老人做饭，老婆婆往锅里蒸粗面窝头，焦裕禄拉着风箱烧火。

老婆婆说："孩子，翻了一上午地，把你们累坏了，快歇歇吧。"

焦裕禄说："不累。大娘，您老人家看俺俩干的活儿还中吧？"

老婆婆说："中！中！一看就是个老庄稼把式。你们从哪儿来呀？"

李林刚说了个"县"字，焦裕禄忙打断他："县城北边。"

老婆婆问："北边？哪个村呀？"

焦裕禄说："俺们在县城北边一溜村帮工来着，俺是山东人。"

老婆婆说："噢，那你们出来帮工咋不要钱哩？"

焦裕禄说："大娘啊，俺是出来'还愿'的。"

老婆婆说："还愿？"

焦裕禄说："俺呀，经常被人家帮，就许了愿，一定要帮那些需要帮忙的人。"

饭熟了。焦裕禄让老婆婆坐在炕上，他给老人家盛上碗。

老婆婆说："这糠菜窝窝、红薯黏粥哪是待客的饭呀？"

焦裕禄说："俺们可不是客，咱是一家人。"

老婆婆说："俺个孤老婆子这是哪辈子修来的福呀，从天上掉下你们两个好人……"

焦裕禄说："您老人家可别这么说。您老人家没儿子，就把我当您儿子好啦。"

老婆婆擦起泪来。

焦裕禄问男孩："叫啥名儿？"

男孩说："嘎豆儿。"

焦裕禄问："好名字，几岁了？"

嘎豆儿回答："十一了。"

焦裕禄又问："上几年级了？"

老婆婆说："他没上学。"

焦裕禄说："要上学啊。回头我给你们学校说。"

晚上，焦裕禄同老人聊天儿："大娘，咱村各队都搞小片开荒了吗？"

老婆婆说："都搞了。大伙儿觉得这事太好了，就连那些不长草的盐碱地也有人要，说翻上淤土压下碱，就能长好庄稼。"

焦裕禄问："大伙儿心气高不高呀？"

老婆婆说："心气高。就连到外边扒大轮子要饭的也全回来啦。"

焦裕禄问："那逃荒的人为啥回来呀？"

老婆婆说："不回来他分不到地。地是按人头分的。家里就捎信，让他们回来开荒地。"

焦裕禄问："大娘，您觉得这个办法中不中？"

老婆婆说："要照我说中。光吃救济顶不了事，自家开点荒地，种点粮食，国家负担也轻些对不对？大伙儿没不说这个办法好的。"

焦裕禄问："大娘，有不愿搞小片开荒的吗？"

老婆婆说："有一个人，福贵。是个光棍儿汉，这人太懒，上级发了救济得给他送家去，他在后边跟着人家走。你不送他宁可不要。人都开地，他不干，说早晚有一天上级会变卦，上级一变卦开的地全充公，白干。受那个累还不如等救济呢。"

第二天早晨，李林扫院子，焦裕禄担水，他把水倒进缸里，老婆婆拉住他："儿呀，你快歇会儿。"

焦裕禄说："大娘，我去福贵家看看，他家在哪儿？"

老婆婆说："村西头挨着一个大粪堆，房快倒了的那家。你去他家干啥？他又不用帮工。"

2

按照老婆婆的指点，焦裕禄和李林很顺利地找到了福贵家。果然见两间草房东倒西歪，屋门口吊着草苫子，连门也没有。

福贵正躺在炕上睡大觉。焦裕禄在门口喊一声："有人吗？"

喊了三遍，福贵出来了，太阳亮得他睁不开眼。他挖着鼻孔，问："谁呀？"

焦裕禄说："问问你家要帮工的不？"

福贵问："你们帮啥工？"

焦裕禄说："帮人翻地，不是让搞小片开荒了吗？"

福贵笑了："你们忒会找人了。全村就我一家不要帮工。"

焦裕禄问："为啥？"

福贵说："我压根儿就不要什么开荒地。"

焦裕禄问："人家都要你咋不要？"

福贵说："小片开荒是资本主义，开出来上级也会收回去，今天不收明天准收。我还以为你们是给我送救济来的呢。"

焦裕禄说："你一个正当年的壮汉，光等着吃救济呀？"

福贵说："不吃救济吃啥？你说这国家也抠门儿，不救济麦子，光救济红薯干，那麦子都让狗吃了？"

焦裕禄说："不还有救济款吗？"

福贵说："那更少。国家为啥不多给几个钱？有印票子机器，一个劲儿地印嘛。"

焦裕禄说:"你跟队里说说,要块地,俺们帮你翻。"

福贵摇摇头。焦裕禄说:"不要你工钱,吃你家饭给你饭钱。"

福贵不相信地摇摇头:"还有这事?"

当下约好,吃过早饭他去找支书要荒地,第二天上午在村口碰头。

焦裕禄和李林在村口等福贵,帮他去开荒翻地。福贵来了,却只带了两把锨。

李林问:"福贵,你咋只拿了两把锨呢?"

福贵一指:"你俩,一人一把。"

李林问:"你呢?"

福贵说:"我?我是监工。你们是我的雇工。"

李林说:"还真拿我们当雇工了?告诉你,我们不是雇工,是帮工,帮你干活儿。所以吧,首先你自己得干活儿。"

福贵说:"我?我干不动。我给你们说笑话解闷,让你们干活儿不累。"

焦裕禄说:"中。快走吧。"

焦裕禄和李林刚翻了两垄地,福贵躺在地头枕着自己的鞋打起了鼾声。咬牙放屁说梦话,一睡到快晌午了,还不见醒来。

李林说:"他倒真拿咱俩当帮工了。"

他拿小坷垃投了他一下,福贵醒了,揉揉眼:"哎呀,翻出这么大一片来了?看不出来你们还真能干呀!"

焦裕禄说:"你睡醒啦?"

福贵伸个懒腰:"睡醒啦,睡醒啦!你们不知道我这人有个毛病,一到了地头就犯困。"

李林说:"做啥好梦了,又是吧唧嘴又是流口水,嘴都笑得咧到腮帮子了。梦见娶媳妇了?"

福贵说:"没,没,咱从来不做那样的梦。从俺那媳妇跑了,就不敢再想这事了。"

李林问:"你媳妇咋就跑了?"

福贵说:"饿的。饿跑了。俺两口子只有一条裤,谁出去要饭谁穿,有一天俺媳妇穿上裤子去要饭,走了就没回来。"

李林问："咋不找她去？"

福贵说："俺没裤子，出不去门啊。后来发救济，救济了一条裤。也不想找她了，找回来吃啥？你们说俺刚才梦见啥了？"

李林问："梦见啥了？"

福贵说："梦见下馆子了，烧鸡、扒肘子、炖五花肉，还有烧饼、香油果子，可劲造。正美着呢，不知咋就醒了。"

李林说："俺也累了，等你讲笑话呢。"

福贵说："那我就说个'四大累'吧，'四大累'是拔麦子、脱大坯、开荒翻地……"

李林忙拦住："别往下说，再往下没好话，太难听了。"

福贵说："还有'四大舒坦''四大能''四大硬''四大软''四大红''四大绿''四大黑''四大白''四大慢''四大急''四大紧''四大松'，你们想听啥？"

李林乐了："咋回事，你肚子里净这些七荤八素的玩意儿？"

福贵抓抓头皮："那就说个新的。说啥？说个'十等人'：一等人，当支书，明橱亮柜摆满屋。想吃哪户吃哪户，老婆孩子气儿也粗。二等人，当队长，瓜园一坐阴凉一躺，工分不少挣，粮食不少扛。"

李林问："那你是几等人？"

福贵说："最多算个十等吧，'十等人，耪大地，高粱地里放闲屁。队长听见不乐意，一天工分不给记'。"

焦裕禄说："这倒挺有意思。"他从口袋里掏出个小本子。

福贵得意了："爱听这个？早说呀。咱肚里可不老少。再说一个'四大……'"

李林说："别说'四大'。"

福贵说："这个'四大'不荤，叫'四大不能得罪'：得罪了队长派重活儿，得罪了会计笔尖戳。得罪了保管抹秤砣，得罪了支书别想活。你记下来了？还有呢，'要找干部不用问，见了瓦屋往里进。要问贫农不用找，三间茅屋半边倒'，'大队干部盖房，小队干部养羊。社员没有饭吃，扒大轮子逃荒'。天晌午啦，收工收工！"

回到家里，福贵问李林："咱吃啥？"

李林说："吃你梦见的东西。"

福贵说："那就上炕，一人枕一块砖头，咱上梦里吃去。"

李林说："逗你呢，不早就说好了吗，你吃啥，俺们吃啥。"

福贵说："家里只有红薯片了。"

焦裕禄说："就吃红薯片。"

红薯片放在锅里，焦裕禄烧火。福贵说："咱这里一年到头离不开这红薯：红薯丝儿红薯片儿，红薯辘辘红薯面儿。手沾黏，团团蛋儿，嘴里酸水不断线儿，去医院光要酵母片儿。"

焦裕禄问："福贵，想吃白面馍不想？"

福贵说："不想。"

"真不想？"

福贵说："想也白想。做做梦还差不多。"

焦裕禄说："你这回不是做梦了。"

福贵问："咋？"

焦裕禄说："你想啊，我们帮你开荒的这块地是一亩四分，对不对？"

福贵说："队长告诉我的。我没量，管它多少呢。"

焦裕禄说："按兰考小麦平均产量，这块地种上麦子能收一百五十斤左右，对不对？这块地不错，都是草，长草的是好地。秋后再收四百多斤玉米也没问题，这一年就是五百多斤收成，你的吃饭问题解决了。这还不包括生产队分的粮食。"

福贵说："还真是。"

焦裕禄说："还有，你家房子破，可这院子不小。种点豆子、南瓜、丝瓜，吃的菜有了。靠这墙头弄上一架葡萄，有葡萄吃还有好景致。"

福贵说："还真是。"

焦裕禄说："这人呀，只要一想办法，什么困难都能解决。小鸡有两只爪子，还能在土里刨食呢，对不对？但首先是你得勤快，你手脚一勤，啥都有了。可你要是懒了，光躺在炕上做梦，那梦一辈子也成不了真的。"

福贵叹口气："唉，人穷志短，马瘦毛长。人一穷，越穷越猥。咱开了地，上哪儿弄麦种去？"

焦裕禄说："麦种你别愁，我替你解决。"

福贵说："我没钱买。"

焦裕禄说："我给你出钱。"

福贵扑通一下跪在地上。焦裕禄忙把他拉起来："起来起来！"

福贵说："大哥，你要早来一年，我媳妇也跑不了啊。大哥你放心，从今天开始，我自个儿抽了我身上这根懒筋。"

<h1>3</h1>

福贵与焦裕禄、李林一起翻地，他十分卖力，大汗直流。

焦裕禄问："福贵，这回流点汗，心里舒坦不舒坦？"

福贵说："舒坦，太舒坦了。一想到能吃白面馍，这劲就不打一处来。"

焦裕禄说："我昨天量了一下，你这块地不是一亩四分，是一亩六分还多。"

福贵高兴地说："是吗？那太好了。听俺队长说，县上有个副书记，好像姓张，他来指导我们分小片荒，说量地时你们找个身大腿长的人，多量出一些给社员。"

焦裕禄和李林对视一眼，会心地笑了。

焦裕禄又说："咱们翻了三天，就把这片荒地改造了，这就证明劳动能创造世界。不过呀，过好日子，靠一个人的能力还是不行，还得靠集体的力量，众人拾柴火焰高，对不对？"

福贵说："对。大哥你说啥我都觉得特在理。"

焦裕禄说："咱们呢，要总想着能给别人帮点什么忙，这样别人也会来帮你。你有一件好事，分给十个人，就变成了十个。你有一件愁事，分给十个人，你自己就只剩下了一点点。对不对？"

福贵说："太对了！"

焦裕禄说："沈大娘家的地晾了三天，该种麦子了，咱下午一块儿帮她种麦子去。"

福贵说："中，中，咱听大哥的。"

下午，福贵就和焦裕禄二人去帮沈大娘种麦子去了。

李林扶耧，焦裕禄和福贵拉耧，金色的麦种播进土地里。

大队支部书记和大队长一行人来了。支部书记说："哎呀，焦书记，您来了六七天了，俺是一点不知道哇！俺姓吴，是这个大队的支部书记，这是大队长，也姓吴，这是大队会计……"

焦裕禄说："老吴啊，本来想帮大娘种完麦子就去找你们。"

支书老吴说："焦书记，咱村上都传遍了，说沈大娘家来了两个还愿的人，穿着补丁衣裳，带着被窝卷儿，帮人家翻地种麦子，干了两三天活儿，一分工钱也不要，还给担水扫院子，吃饭给饭钱。完了又去福贵家干活儿了。我心说还有这事？今天县农委的梁主任来，才知是您下乡到咱村了。"

老婆婆问："你们……不是从县城北边来的？"

支书老吴说："大娘啊，这是咱们县委的焦书记啊！"

老婆婆眼泪下来了："县委……焦书记……儿啊，你真是咱共产党的好官儿呀！"

福贵说："大哥，你是县……县委书记？哎呀，我这上半辈子也没积德呀，咋就碰上你了呢！"

焦裕禄说："老吴，我这次下来主要是看看小片开荒的情况，看来群众热情很高啊。"

老吴说："高。大伙儿一算账，这活儿干好了用不着去扒大轮子了。除了福贵，都争着申请了边角荒地。这不你把福贵也动员起来了。"

大队长说："大伙儿别的担心没有，就怕哪天上级政策再变。听说这回就有人说咱是搞资本主义什么自由来着。"

福贵说："不是说吗？'共产党，像太阳，照到哪儿哪儿亮。上边政策像月亮，初一十五不一样。'"

老吴喝住："我说福贵，怎么从你嘴里说出来的话都这味儿？你要不是个农民，早就'右倾'了。"

焦裕禄说："老吴啊，今后咱们的救灾，一定要走以治为主、以救为辅的路子，自力更生。不然，光等国家来救济，咱就成了五保户、五保村、五保社、五保县了。"

老吴点点头："焦书记您说得对！"

4

月台上，一辆慢车缓缓进站。

车门一开，从各个车门拥出来很多回乡的灾民，有扛包袱的，有挎篮子的。外出逃荒的乡亲们回来了。焦裕禄见到他们，像见到了久别的亲人。这是在一片"逃荒曲"中唱起的喜歌，犹如在一派败退阵中吹响冲锋的号角，焦裕禄全身的血都热了起来。

他站在车厢门口，往下搀扶帮灾民下车。一个三十六七岁的妇女扛着包袱刚下车，行李就让焦裕禄扛上了："你是哪村的？"

妇女说："俺是前李场的。"

焦裕禄问："到哪儿去了？"

妇女回答："到宝鸡一带去啦。"

焦裕禄问："好要不好要？"

"好要，一说是兰考的，都好要，知道兰考没饭吃呀。"

焦裕禄问："你出门，家里谁照顾哩？"说着话，他替妇女扛上布袋。

妇女说："家里放仨孩子，我男人常年有病，我不出去要，没法儿过呀。家里让人捎信说，村上搞小片开荒了，回来就可以分到开荒地，这不全回来了。"

一个年轻干部站在月台上，手持铁皮喇叭大声喊："乡亲们，我是咱县民政局的，欢迎大家从外地归来。为了方便乡亲们回家，县政府特地准备了三辆汽车，凡是朝双河、南杖方面去的，到广场西边集合；凡是到三义寨、坝头方面去的，到广场东边集合；到仪封、圈头和铁道南去的，在广场对面集合，大家抓紧时间上车！"

焦裕禄帮妇女扛着包袱，和下车的更多乡亲们聊着。堌阳公社书记老吴朝月台走过来，他喊着："我是堌阳公社的老吴，来接大家！堌阳公社的社员同志们，跟我走了！"他看见焦裕禄扛着包袱，忙过来接："焦书记，我来我来。"

焦裕禄说："老吴，这是你们公社的乡亲，你看咱们群众受了多大委屈啊。当然，这不能光怨你这当公社书记的，县委应该负主要责任，你安排一下，帮她把东西弄到车上。"

老吴接过了包袱，焦裕禄又帮别的灾民扛东西去了。

5

县礼堂前的广场上锣鼓喧天，彩旗飘扬。

主席台上悬挂着"兰考县根除三害群英大会"的横标。各公社、大队、生产队干部和群众代表坐满了广场。主席台前摆着作为奖品的架子车和各种农具，各方面的模范人物披红戴花，坐在前排。这些模范中，有老韩陵的肖长茂老汉，杜瓢村的王老四，寨子村的刘北、刘秀芝，还有满常和他媳妇，包队干部老孙、李明，秦寨回乡干部刘占廷，技术人员朱晓、吴子明、张小芳等。

主席台两侧挂起了四面红旗，上边写着：

韩村的精神

秦寨的决心

赵垛楼的干劲

双杨树的道路

主席台上没有麦克风，场内也没有扩音设备，焦裕禄亮开嗓门儿讲话："同志们，乡亲们，兰考县除三害的战役已经全面打响，并且取得了阶段性的成果。兰考历年来最致命的，就是内涝、风沙、盐碱这三害，每年有四十万亩庄稼受灾，十万到二十万亩庄稼颗粒无收。有二十万群众缺粮，每年国家供应粮食不下两千万斤，眼下还有一万多人在外谋生。三害不除，兰考就永远不可能摆脱贫困。"

这时后边有人喊："后边听不清！"

焦裕禄说："刚才有人在喊'后边听不清'，来几个同志帮忙，咱们把这桌子抬到会场中间去，离大家近些。"

会议桌抬到会场中间来了。焦裕禄继续讲下去："我们这个群英会，也是个誓师会。在这场斗争中，涌现出许多硬骨头的典型。韩村、秦寨、赵垛楼、双杨树这四个大队就是杰出代表。全县都要学习韩村的精神、秦寨的决心、赵垛楼的干劲、双杨树的道路。像韩村人那样大灾压不垮，像秦寨人那样，土地爷的肠子也敢掏出来晾晾，像赵垛楼人那样憋足了劲和三害斗争，像双杨树人那样坚定不移地走自力更生的道路。同志们，榜样的力量是无穷的！"

满场掌声。

焦裕禄把满常拉到桌前，又请上了满常的媳妇："下面我们请出一位模范来说几句。这位模范是寨子村的窑师傅满常，这位妇女是他媳妇，是一位副模范。"

底下人议论："咋还有副模范？"

"职务有正有副，这模范咋论正副呢？"

"太奇怪了。"

……

满常发言了："大伙儿选我当模范，我觉得是我媳妇的功劳。过去我爱喝

488

酒，救济粮全让我偷着换酒喝了，为这两口子没少打吵吵。从俺们村建了社会主义大窑，我在窑上当了师傅，一连两个月在窑场不回家，媳妇就把饭送到窑场里去。开头窑场断柴，我媳妇领着孩子把家里南房扒了。家里的事，孩子老人都她一人管。焦书记让我带着媳妇来开群英会，群众说，她算个副模范吧！"

会场上一片笑声。

散会时，李成在会场外拉住了老洪："老洪，你也是模范，咋不去披红戴花？"

老洪说："我这人不愿凑热闹。"

李成说："那好，到我办公室坐一会儿。"

老洪说："不坐了，这不会散了，我得回公社。"

李成拉住老洪："就一会儿。好长时间没跟你唠唠了。"

进了办公室，李成给老洪倒了杯水："你们公社小片开荒怎么样？"

老洪说："不错。当时量地时，张钦礼副县长去了，说：'你们丈量时，要找个子大的、腿长的人去量，步子放大一些，谁不知道群众生活苦呀。'大伙儿热情挺高，很多外出逃荒的听说按在村的人口分荒地，都回来了。"

李成说："这个张钦礼，跟上老焦，胆子更没边了，把他当年打成右倾的事忘脑勺子后边去了。老洪，你这人有正义感，敢说话，是个真正的共产党员。你掏心窝子说，你拥护这小片开荒吗？"

老洪说："我拥护。我在杜瓢、王集两个村包队，群众都很拥护。"

李成问："杜瓢不是老焦抓的点吗？"

老洪说："是。在我们公社那个村扒大轮子的最多，这回返乡的灾民也最多。"

李成说："老洪啊，在这个问题上你们都犯了糊涂。"

老洪问："犯啥糊涂？"

李成反问："县委就这事发的文件你看了没有？"

老洪说："看了。"

李成拿出文件："一份文件，啊，有多少个'包'字？你看看——临时包工、小片包工、大片季节性包、常年包，专业包……这要出问题的呀！"

老洪说："实事求是嘛，这个办法我觉得行，逃荒的人都回来了，过去咱们用了多少办法劝，越劝走的人越多。"

李成对老洪真有点失望了。按他的想法，只要点一个炮仗捻儿，老洪准得炸。可听老洪说的话，又绝对不是故作姿态，他对焦裕禄从心里还挺服气，只好开导他说："老洪，咱们领导干部在大是大非面前一定要有清醒的头脑啊。我觉得咱们县委现在走的路子越来越不对了。我给省委写了个情况报告，你看看，要认为对，就签个名，算咱们共同给省委的汇报。"

老洪匆匆看了一下："这不是告状吗？我不签。"

李成说："我们是行使党员的民主权利嘛。"

老洪还是说："我不签。"

李成说："我也不愿意用这种形式向上级党委反映问题，可老焦这人固执，你是知道的。处分你那次，我就不同意，在常委会上跟他顶起来。他谁的意见也不听。"

老洪说："一码对一码。我不想见老焦是我个人的事，对县委做出的正确决策，我是拥护的。"

老洪说完告辞了。

苗圃里

1

二萍和吴子明去农资公司买杀虫药，他们并肩在路上走着，几个骑自行车的小伙子超过了他们。他们骑着车子不约而同地回头看二萍。

一个戴鸭舌帽的小伙子对他的同伴说："这妞真俊。"

他的同伴说："俊又咋样？"

鸭舌帽说："你看那两条辫子，又粗又长。"

他的同伴说："又粗又长你能咋样？"

鸭舌帽说："让这漂亮小妞和咱说句话中不？"

他的同伴问："你能办得到？"

鸭舌帽说:"我不但能让她跟咱们说话,还能让她把辫子给我解开,你们信不信?"

他的同伴说:"吹牛皮不上税。"

鸭舌帽问:"我要让她解开辫子你们怎么样?"

他的同伴说:"给你买一包好烟,恒大的。"

鸭舌帽问:"说话算数?"

他的同伴说:"当然算数。人家要不解辫子,你不能动手给人家解。"

鸭舌帽说:"中。让她自己解。"

他的同伴说:"人家要不解,你得给我们买恒大烟。"

鸭舌帽下了自行车:"中。来,下车,看我的。"

几个人下了车,拦住了二萍和吴子明。鸭舌帽问二萍:"姐,你们是哪村的?"

二萍一指:"就这村,俺们是县苗圃的。"

鸭舌帽问:"干啥去?"

二萍一怔:"上农资公司买农药去。我不认识你们啊。"

鸭舌帽说:"这不就认识了吗?问个事,姐,你的辫子是真的还是假的?"

吴子明问:"你们要干什么?"

鸭舌帽凑过来:"哥,你贵姓?"

吴子明说:"我贵姓有你啥事?走开。"

鸭舌帽说:"我们就想跟你对象问句话。"

二萍说:"你瞎说啥!人家是县苗圃吴技术员。"

鸭舌帽推开吴子明:"吴技术员,这里没你事,别插嘴。"又转向二萍:"姐,你就告诉我,你的辫子是真的还是假的?"

吴子明拉了一下二萍:"无聊,别理他们,咱们走。"

鸭舌帽说:"就这么一句话,你回答完了再走。"

二萍说:"真的。咋?"

鸭舌帽说:"怎么证明是真的?现在一些人接的假辫子,跟真的一样。"

二萍说:"是真的,不信你看。"

她把辫子打开了。那个小伙子对他的伙伴说:"咋样?"

几个人坏笑起来。

吴子明说了句:"无聊。"

鸭舌帽说："你敢骂我？"

吴子明偏过脸去，不理他。鸭舌帽一拳打在吴子明脸上。二萍扑上去揪住鸭舌帽："你为啥打人？"

鸭舌帽说："他骂人。"

二萍问："他啥时骂你了？"

鸭舌帽说："刚才骂了。他骂我们是流氓。"

那几个同伴也戗上了火："啥？骂我们是流氓？扁他！"

几个人上来围住吴子明，鸭舌帽兜头又是一拳。几个同伴一起对吴子明拳打脚踢。二萍上去抱住吴子明："你们就是流氓！"

那个小伙子上去撕扯吴子明，被二萍抓住胳膊咬了一口。二萍疯了一样和他们厮打起来。

几个小伙子悻悻地骑上车子走了。二萍摇着吴子明："吴技术！吴技术！"

吴子明眼睛肿得睁不开，他的脸上有几块青紫，鼻子流着血。他想站起来，可浑身发软，站不住身子。二萍背起他往回走。刚走了一会儿，她爹肖长茂赶着车过来了，一见大吃一惊："二萍，这是咋啦？"

二萍把吴子明交给她爹："爹，你先照看一下吴技术。"她跳上骡车，打了一鞭，车飞跑起来。肖长茂在后边喊："二萍，你干啥去？你回来。"

鸭舌帽和那几个小伙子慢悠悠地骑在路上骑着，还在津津乐道地说着刚才的事。二萍的骡车赶到了。在离他们还有半丈远的时候，二萍抡圆了鞭子，向他们甩过去。

啪啪两声脆亮的鞭响，几个人应声从车子上栽下。二萍又甩出几鞭子，打得他们满地翻滚。还没等几个人明白过来，二萍拨转车头，驱车向来路而去。

2

回到家，父女俩把吴子明扶到炕上躺下，二萍拿出一块干净手巾，用开水烫过，给吴子明擦洗伤口。她问吴子明："疼吗？"

吴子明说："不疼。"

二萍说："咋会不疼？眼都青了。这帮子小玩闹手也太黑了。"

吴子明说："你赶上车干啥去了？"

二萍说："拿大鞭子抽了他们一顿，抽得这几个赖小子满地找牙。"

吴子明说："没想到你还会这一手。"

二萍说："从小跟我爹的车，慢慢练的。告诉你，我这大鞭子可是长了眼睛的。有一回在场院里，三鞭子打下三只麻雀来。"

她用毛巾轻轻擦着吴子明受伤的地方。吴子明嘴里咝咝吸着气。

二萍问："疼得厉害？"

吴子明说："不疼。"

二萍说："不疼你咝咝啥？疼就叫。"

吴子明说："有一点疼。"

二萍在吴子明脸上轻轻亲了一下。吴子明吓了一跳，身子一抬。二萍忙按住他："别动。"

这时，张小芳带着李丹一挑帘子进了屋。

所有的人都愣住了。张小芳问："二萍，你们不是去农资公司买农药了吗？"

二萍说："是啊，走半路上，遇见一群小流氓，把吴……吴技术打伤了。"

吴子明从炕上坐起来。李丹见状吃了一惊："咋打成这样？"

张小芳问："怎么回事？"

二萍说："我们正往县城里走，遇见几个小流氓，拦住路，要看我的辫子，吴技术说了他们一句，他们就动了手。"

吴子明说："没事，只是受点小伤。"

李丹说："没事就别躺人家怀里。英雄救美啊？你要没那个本事逞什么英雄？"

吴子明尴尬地笑笑："李丹，你什么时候来了？"

李丹说："刚来。看来我来得太不是时候了。"

张小芳示意二萍出去一下。二萍下了炕："李丹姐，我去给你们烧水。"说完到外屋去了，张小芳也跟了出来。

二萍抱柴火烧水。张小芳说："二萍，我以前怎么跟你说的，别总黏着吴技术。"

二萍说："我没……"

张小芳轻声说："我都看见你亲人家脸了，幸亏李丹在我后边进屋没看着。"

二萍捻着辫梢红了脸。张小芳又说："这回李丹是来给吴技术办调动手续的。吴技术就要调郑州工作了。"

二萍说："不会吧？吴技术不愿去郑州。"

张小芳说："你怎么知道他不愿去郑州？人家连请调报告都交上去了。"

二萍说："不会吧？"

张小芳说："怎么不会？二萍，你记住，有些事是有缘没分，有些事是有分没缘。别给自己找痛苦了。"

二萍眼泪在眼眶里打转："小芳姐，我心里难受。"

张小芳安慰她："凡事往宽处想，啊。"

苗圃里，李丹和吴子明坐在苗畦边。吴子明说："李丹，是我自己又把请调报告要回来的。我觉得，我真的离不开兰考了。"

李丹说："我那边跑了两个多月，把所有的关节都打通了，你可不能再变卦了。"

吴子明指着四周："到哪里有这么大的泡桐繁育基地？"

李丹说："全省全国林场多着呢，哪儿也比兰考强。"

吴子明说："这里生活条件是艰苦一些，可这里人好，朴实、热情。"

李丹说："可千万别说这里人好，你看你让这里人打成啥样了？这一拳再正一点，一只眼没了。还好？这里人土气、没文化、粗野，就凭昨天那事，兰考这地方也不能待。"

另一块苗畦边，朱晓和张小芳在看新育出的桐苗。

朱晓说："小芳，你没做做李丹的工作？小吴他心里太痛苦了。"

张小芳说："怎么没做？我把我自己前一段的经历一点一点全讲给她听了。这李丹你可不晓得，她要想做什么事，别人很难改变她。"

朱晓说："小吴这些日子受了不少煎熬，走吧，舍不得这里的事业；不走吧，又舍不得李丹。这样，小芳，你动员动员李丹，让她也到兰考来工作怎么样？"

张小芳说："太不可能了。李丹说了，这回来她一定要让吴子明做出明确的抉择。她是带着商调函来的，要给吴子明办好一切手续，带他走。"

草屋前，二萍抢着鞭子抽打着一棵小榆树。鞭声响亮，树叶一片片落下。

李丹远远看着二萍。吴子明看了二萍的身影一眼，低下头去。

李丹说："吴子明，这回我是带了商调函来的，我无论如何也要把你带走。"

吴子明说："李丹，你再让我想想。"

李丹说:"我给你想的时间已经足够长了,这回快刀斩乱麻。"

吴子明说:"说真的,我一点离开兰考的心理准备都没有。"

李丹说:"这还要有什么心理准备?办完手续,一了百了。"

吴子明说:"对我这是关乎一辈子的大事。"

"那好,你想着,手续我帮你办,反正这回办不完手续我不离开兰考!"李丹站起身子走到二萍身边。

二萍停下来。李丹说:"二萍,我跟你说个事。"

二萍问:"啥事?"

李丹说:"吴技术要调郑州工作了。"

二萍问:"他愿意去吗?"

李丹说:"不愿意。"

二萍不说话了。

李丹说:"你帮我劝劝他。我打算好了,他在郑州的工作安定下来我们就结婚。"

二萍在绞弄辫梢儿。

李丹说:"你一定帮我好好劝劝吴技术。"

二萍说:"吴技术是不会离开兰考的。"

李丹说:"二萍你错了。吴技术是城市人,是大学生,他学的知识,在城市、在大学、在研究机关会更有用。而兰考对于他,不是一个能待一辈子的地方。"

二萍说:"吴技术很喜欢兰考。"

李丹说:"那是因为他对农村的新鲜感还没过去。可是等他在这里碰了钉子,再想回城市,可能就晚了。"

二萍说:"吴技术在这里生活得很开心,这里有他喜欢的东西。他说这里的星星比城里的亮,月亮也比城里的大。他喜欢在大野地里吹口琴,喜欢爬到草垛上看月亮,喜欢吃刚掰下的香椿芽,喜欢下雨以后到苗畦边上去找刚钻出来的白蘑菇,喜欢闻小桐苗的味儿。他喜欢城里的什么呢?"

李丹笑了:"小丫头,你说的我都差点感动了。是啊,城里没有这些。可是城里有研究院、有图书馆、有音乐会,这些你不懂,城里还有公园、有电影院、有大商场。"

二萍说:"他从来没说喜欢公园、商场什么的。"

李丹叹了口气：“那些他都太熟悉，他从小就生长在那个环境里。熟悉了就轻视。可是，现在他喜欢的东西，总有一天会不再喜欢的。他不会永远喜欢在大野地里吹口琴，不会永远喜欢爬到草垛上看月亮。终有一天，他也会轻视那些雨后钻出来的白蘑菇，厌倦了那些桐树苗。他对这些东西的新鲜感不会保持太长时间的。因为他骨子里就是一个城市人。”

二萍说：“我觉得吴技术和别的城市人不一样。”

李丹把手搭在二萍肩上：“傻妹妹，将来都会一样的。”

二萍说：“不，吴技术是真心实意地喜欢农村。”

李丹说：“他喜欢又怎么样，我不喜欢呀。我喜欢的才算数。二萍，你现在没对象，等你有了对象，你就明白了！”

这时肖长茂过来了，站在地头喊二萍：“二萍，二萍，卸车啦！”

3

月亮升上来了，吴子明和李丹坐在水塘边，他用口琴吹着一支曲子。四野虫鸣鼎沸。吹完一支曲子，吴子明陶醉地说：“李丹，你看，这月光像在地上铺了一层水银一样，遍地是虫鸣蛙鼓，这景致多美啊。”

李丹说：“看样子你是真喜欢上农村了。”

吴子明说：“是真喜欢。”

李丹说：“你喜欢在大野地里吹口琴，喜欢爬到草堆上看月亮，喜欢吃刚掰下的香椿芽，喜欢下雨以后刚钻出来的白蘑菇，喜欢闻小桐苗的味儿。”

“哎呀，对对对！太对了！你怎么知道？”

“还喜欢扎两条辫子的农村小妞，对不对？”

吴子明问：“李丹，你啥意思？”

“啥意思你自个儿明白。从上一次来我就觉得不对劲儿，你吃一条鱼她给你择一条，这回你干脆把脑袋扎到人家怀里去了。”

吴子明说：“李丹你别瞎说。”

李丹说：“你做都做了，还怕我说？”

吴子明问：“我做什么了？”

李丹说：“做了什么你自己知道。不过吴子明，我既往不咎。咱们这一次必须讲明了，我早说了，我是带着商调函来的。”

496

吴子明说："李丹，我真的不能离开。我觉得我跟这里的泡桐连着根呢。"

李丹问："你在这里是革命工作，那在城里的就不是革命工作了？"

吴子明说："都是革命工作，我是说，这里的工作离不开我。"

李丹说："地球离了谁都照样转，走了穿红的还有挂绿的。别拿自个儿太当事了。"

吴子明说："李丹，我真的离不开这里了。"

李丹问："你舍不得兰考，就舍得我？"

吴子明轻轻揽住李丹的腰："当然舍不得。"

李丹说："那就跟我一块回郑州。"

吴子明松开手："李丹，你别逼我。"

李丹说："要说逼你，就算逼你，我必须逼你。这一次你必须做出抉择。明天上午答复我。"

吴子明说："用不着明天上午，现在就可以告诉你，我不走。"

李丹站起来："那好，你就在这里待一辈子吧，咱们一刀两断。"她哭着跑了。

4

李丹要回城了。二萍把花生、石榴和红薯给她装了一只袋子："李丹姐，咱兰考的大花生最好了，这石榴是自家院里长的，又甜又酸。这红薯都是红心儿的，俺爹在红薯窖里一块一块挑的，城里没有。"

李丹说："二萍，你是个好姑娘。"

二萍问："李丹姐，你啥时再来呀？"

李丹哭了："也许，也许我不会再来了。你们照顾好吴技术。他这人性子倔，有啥事别和他计较。还有，他胃不好，怕寒，尽量让他吃热东西。特别是凉红薯别让他吃。他们住的地方灯泡度数低，他眼不好，给他们换个灯泡。"

张小芳也伤感地说："李丹，你真就这么走了？"

李丹哭了："小芳，我还能怎么走？我太了解吴子明了，事情到了这个份儿上，我不可能说服他了。"

她拎起包，上了院门口送她的骡车。

朱晓、张小芳在苗畦里看苗情，吴子明在路边刨粪堆，他一声不响，闷着头拼命地干活儿。朱晓在一边喊他："子明，别这么干活儿，会累坏了的。"

　　吴子明不语，仍在埋头劳作。张小芳过来："子明，我知道你忘不了李丹，其实李丹也不可能把你忘了。你心里别恨她，她从小是在南京长大的，没吃过苦，能到河南来工作，就已经是很了不起的进步了。"

　　吴子明说："小芳，我谁也不恨。"

　　张小芳说："李丹为了给你在郑州安排接受单位，也费了不小的工夫。一个女孩子，又是刚来的大学生，办这样的事也太难为她了。你可以不去郑州，但别伤她的心。"

　　正说着，一辆空骡车向这里横冲直撞而来。赶车的肖长茂老汉跌跌撞撞地在后边追赶着。失去了控制的骡车闪电般冲向吴子明和张小芳。肖长茂在后边喊着："骡子惊了，快闪开！快闪开！骡子惊了！"

　　朱晓急得大喊："闪开！"

　　张小芳惊呆了。她怔在原地，一动不动。吴子明一把推开张小芳，他迎着惊了的骡子扑上去。吴子明一个飞步上去把住左车辕，又拉骡子的嚼口。失去控制的车横冲直撞，再有一步，冲进苗地，这些桐苗可全都完了。

　　吴子明拼尽全身力气挽缰绳，用力一拽，骡子几乎人立起来，吴子明趁势踢了一下骡子的前腿，骡车翻倒在沟里。

　　吴子明被送到了县医院，马上被推进了手术室。朱晓、张小芳、二萍、肖长茂、支部书记韩大年等焦急地等在门外。

　　农林局关局长带着局领导闻讯赶来了。大家心情沉重地和他们打招呼。关局长问："怎么回事？"

　　肖长茂说："关局长，上午我往苗圃送两袋化肥，到了道口，来了辆拖拉机，一按喇叭，骡子吓惊了，把我从车辕子上甩下来，车直往苗圃里冲。当时吴技术跟小芳正在那儿干活儿，吴技术把小芳推开，抢上去抓住缰绳，硬把车挡住了。不是他挡住，小芳就危险了，那苗畦里刚出的几畦苗，也全毁了。"

　　关局长问："小吴伤得重不重？"

　　朱晓说："很重。右胳膊动脉伤了，血咋也止不住。送来时人已经昏迷了。"

　　这时一个医生出来了："谁是家属？"

　　关局长问："医生，病人怎么了？"

医生说："很危险。失血太多，得输血。"

关局长说："那输我的！"

朱晓说："我来！输我的。"

二萍说："输俺的吧。"

医生说："病人失血太多，需大量血浆，得多一些人献血才行。还要同他的血型一致。献血的到采血室门前排队验血。最好多发动一些献血者，现在大家都营养不良，也不能一个人献太多的血。医院广播室正准备广播呢。"

关局长对旁边一个局领导说："赶快回去组织党团员，马上赶到医院。"

韩大年说："我回村去动员乡亲们。"

采血室窗口外，关局长、肖长茂、二萍、张小芳和朱晓等人在排队等候验血。

广播声响了："同志们，现在播送紧急通知，现在播送紧急通知，县苗圃技术员吴子明为救同志、保苗圃，拦截惊车，受了重伤，急需大量血浆，医院党委号召全院干部职工同志们发扬革命人道主义精神，献血挽救这位英雄的生命。请志愿献血的同志到采血室窗口验血。"

广播声刚落，不断有医护人员向采血窗口拥来。农林局的同志们来了。韩大年带了一大伙儿村里的乡亲们来了。

这时，鸭舌帽和另外三个小伙子来了。鸭舌帽问一个老乡："大哥，问一下，这个英雄是不是县苗圃的那个姓吴的同志？"

老乡说："是呀。"

鸭舌帽对同伴说："我说的没错吧？广播上说苗圃技术员吴子明，我说就是他。"

一个同伴说："那咱排队吧。"

鸭舌帽看了看长长的队伍："排队？排队啥时轮到咱？前边加塞儿去。"几个人挤到前边。朱晓拦住他们："你们干什么？"

鸭舌帽说："大哥，我们来给英雄献血。"

朱晓问："你们是谁？"

二萍一回头看见了鸭舌帽："啊，是你？"

鸭舌帽说："姐，我们来献血，你说一下，让我们加到队里吧。"

张小芳问："你认识他们？"

二萍说："那天在路上，吴技术就是让他们打了。"

张小芳拉拽着鸭舌帽："别添乱，你们快走吧！"

鸭舌帽对二萍说："姐，你的鞭子太厉害了。长了眼睛一样，那天可把我们打惨了。"他撩起上衣，指着后背、胳膊上的鞭痕，"你看看。"他又指着一个同伴，"他给打得更重，今天来上药，俺们听见广播了，原来俺们跟英雄有了这场误会。哥儿几个来献血，也为了向英雄道歉。"

二萍说："那你们排我们后边吧。"鸭舌帽一连声说："谢你了姐。"

5

病房里，吴子明醒过来了。焦裕禄、农林局关局长和朱晓、张小芳等一群人围在他身边。见他醒过来，焦裕禄把身子凑过去，叫了声："小吴。"

吴子明轻声说："老焦，你怎么来了。关局长，你们坐下。"

焦裕禄握住吴子明的手："小吴啊，你是个好样的。"

吴子明说："当时那车一撞过来我心里叫了声：'苗圃完啦！'就把牲口缰绳扯住了，再就记得车倒了，往下的事不知道了。小芳没事吧？咱们苗圃糟蹋了没有？"

张小芳说："子明，你要不推我一下，我就轧在车底下了。我这条命是你救下来的。"

二萍说："车倒在路沟边了。你要不拦住，这几畦桐苗一根也难剩下。"

吴子明说："你们不要说这些，这全是我该做的。"

朱晓说："子明，咱们局里和医院里的干部职工、老韩陵的乡亲们都争着给你输血，那队伍排了有几十米长。"

吴子明说："我忘不了同志们、乡亲们。"

关局长给吴子明掖了掖被子："小吴啊，你是咱们局技术干部的典型。局党组发文，号召全局同志向你学习。"

吴子明说："关局长，我没有做什么。"

焦裕禄安慰他："小吴啊，你好好治伤，工作上不要考虑。"又对周围的人说："小吴刚醒过来，让他好好休息。留下值班的同志，其他同志先回去。"

二萍守护在吴子明的病床前。她把梨削成薄片，一片一片喂吴子明吃。吴子明右胳膊上着夹板，他伸出左手："二萍，我这只手还行。"

二萍把他的手掖回被子里："我在这里，不用你动手。"

她喂吴子明吃梨片，一双眼睛含情脉脉地看着吴子明。

护士来换输液瓶，吴子明有点不自在，他推挡着："二萍，你也吃。"

二萍拿了一片，硬是给护士小刘："刘护士，你吃片梨。"

小刘吃了一片，换完液体出去了。

二萍问吴子明："你知道为什么让刘护士吃片梨吗？"

吴子明说："不晓得。"

二萍说："咱们俩不能吃一个梨，必须再有一个分一点才能吃。"

吴子明问："为什么？"

二萍说："俩人吃一个梨，叫'分梨'。我不能和你分离。"

鸭舌帽和几个小伙子来了，他们拎着鸡蛋、水果，来看吴子明。吴子明见了鸭舌帽愣了一下。二萍说："人家给你输过血呢。"

鸭舌帽说："吴大哥，我们是给你道歉来了。"

吴子明说："我得谢你们呢。我身上流着兰考人民的血，更要为兰考尽心尽力地工作。"

鸭舌帽说："吴大哥，那天的事我们太后悔了。"

吴子明说："没什么，事情已经过去了。"

鸭舌帽说："吴大哥，我们是李集大队的，离城关不远。我们那里也可以发展泡桐。"

吴子明兴奋了："是吗？"

鸭舌帽说："我们这几个小兄弟，想拜你为师，跟你学育泡桐苗，然后在村里也建个苗圃，怎么样？"

吴子明说："好呀，咱们共同学习。不过建苗圃这事得你们大队支部来决定。"

鸭舌帽说："昨天我们向大队支部提了这个建议，支部晚上就开了会，很支持我们。"

吴子明说："好。"

鸭舌帽说："那吴大哥，从今天起，我们就喊你吴老师了。"

6

二萍在灶上煨鸡汤。她妈在炕上纳着鞋底，问："二萍，你说小吴受了这么重的伤，为啥他对象不来了呢？"

二萍说:"李丹不知道小吴受伤的事。"

二萍妈问:"你们没拍个电报给人家?"

二萍说:"妈,你这么爱操心啊?"

二萍妈说:"我心里纳闷儿呢。从打小吴来了以后,那闺女来了两趟,咋有了这么大件事就不告诉人家一声?"

二萍说:"妈,你就别纳这个闷儿啦。小吴和李丹,不是对象啦。"

二萍妈说:"你把我说糊涂了,那闺女,不是小吴的对象?"

二萍说:"以前是,现在不是啦。"

二萍妈说:"这对象还有啥以前是现在不是的?"

二萍说:"我说妈,你少操点心不行啊?"

二萍妈说:"李丹那闺女多好啊,样子俊俏,细皮嫩肉的,眼里一泡水儿,又聪明,又有文化,也是个大学生。咱这儿十里八村挑不出这么好的闺女来。"

二萍不耐烦了:"妈,你有完没完啊!"

二萍妈叹口气:"这是咋啦?"

二萍把鸡汤盛在一只罐子里,用毛巾包了,又拿一只网篮兜住:"不咋。妈,你以后啊别老把人家挂在嘴边上。"

二萍妈说:"二萍,人家小吴是有对象的人,你做啥事得在意一些,可别让外人乱嚼舌根。"

二萍问:"妈,你心疼你这几只鸡了?"

二萍妈说:"净瞎说。你妈就那么小气?我是提醒你哩。"

二萍说:"妈,用不着提醒啥,我就是喜欢吴技术。"

二萍妈说:"人家有那个李丹呢。"

二萍说:"兴别人喜欢,就不兴我喜欢?妈,我上医院啦。"说完拎上鸡汤走了。

回到医院,二萍把鸡汤盛在碗里,吴子明问:"二萍,你家那几只鸡,都快让我吃光了吧?"

二萍说:"吃光了又咋?你操这心干吗?你身子虚弱成这样了,不补一补还中?"

吴子明说:"你妈还要拿鸡蛋换油盐钱呢。"

"你咋啥心都操,跟我妈一样。"她拿起小勺要喂吴子明吃鸡汤。

502

吴子明说："二萍，我自己来。"

"你那手不得劲。"

"我左手没事。"

二萍把小勺交给他："你试试。"

吴子明用左手拿小勺喝汤，手不听使唤，非常笨拙。

二萍得意了，抢过小勺："咋样？不中吧？不中就别逞强。"

喂吴子明喝完鸡汤，二萍又绞了毛巾，给吴子明擦手擦脸，然后又拿棉花签给吴子明掏耳朵。吴子明说："二萍，你歇会儿好不啦？"

二萍说："你和张技术、朱技术都说'好不啦'，挺好听的。"

吴子明说："'好不啦'用河南话讲就是'中不中'。"

二萍说："我觉得还是你们讲话好听，轻轻软软的。"

她又拉过吴子明的手，给他剪指甲，吴子明手直往回抽："二萍，你这么照顾我，我真受不了。"

二萍拍拍他手背："听话，剪指甲不能乱动，好不啦。"

刚给吴子明剪完指甲，焦裕禄和朱晓、张小芳来了。焦裕禄问："小吴，好些了吧？"

吴子明说："老焦，你那么忙，别总来看我。你看，我真的快好了。"

朱晓说："谁让你天天闹着要出院呢，老焦不放心了。"

焦裕禄说："一定好好养着，医院也是工作岗位，和伤病做斗争就是这个阶段的工作。"他掏出一个纸包，"小吴，看我给你带了什么？"

二萍接过，打开纸包，吴子明眼睛一亮："口琴！还是国光牌的呢。"

焦裕禄一说："你试试音色。"

吴子明用左手拿过来试了试："太好了。"

焦裕禄说："那就吹一个。"

吴子明吹起了《我是一个兵》，焦裕禄和大家打着拍子，情不自禁随着音乐唱起来。

7

肖长茂回了家。一进屋他就问："二萍呢？"

二萍妈说："到医院给吴技术送鸡汤去了。"

肖长茂一听就乐了。二萍妈问："你乐啥？"

肖长茂说："头午看见大年了。"

二萍妈说："我以为你拾了狗头金，看见大年有啥稀罕的？"

肖长茂说："大年跟我说：'我看吴技术这小子不错。不光是个大学生，还挺能吃苦耐劳，我当个媒人，把二萍和吴技术往一块儿拉扯拉扯，你说中不？'"

二萍妈说："人家不是有对象吗？前些日子在咱家住过的那个叫李丹的。"

肖长茂说："这事我知道。李丹想让吴技术到郑州去工作，来了两趟全都是为这事。吴技术不去，要留在兰考，两人没说到一块儿去。"

二萍妈问："人家看得上二萍吗？"

肖长茂说："韩大年说他问问吴技术。"

二萍妈说："这事我不同意！"

肖长茂问："你为啥不同意？"

二萍妈说："小吴这人我没说的，可就是觉得咱跟人家肩膀头儿不一般高，咱二萍再好也不是干部，也不是大学生。将来这日子能过一块儿去吗？"

肖长茂说："我看小吴这孩子实诚。干活儿有板有眼的，能下苦力，倒不像个大学生。"

二萍妈说："前两天二萍她舅给孩子介绍了一个，堌阳的，是个木匠，手艺不错，人也老实，家里就这一个儿子。我还没跟二萍说呢。"

肖长茂说："还是先别说。二萍的脾气你又不是不知道。"

二萍妈说："她舅那头说让二萍过去看看那家家庭。"

肖长茂说："还是等等再说吧。"

吴子明出院了。他一回到苗圃，马上就进了育苗畦。看着长高了不少的桐苗一片油绿，他心里十分高兴。

二萍心疼地跟在吴子明身后，吴子明拿起锨要取土样，她马上抢过来说："我来我来！"吴子明拿起筛子筛土，她马上又抢过筛子："我来我来！"吴子明去拎水桶，她马上又去抢水桶："我来我来！"

吴子明无奈："二萍，我身体没事了。"

二萍说："你这个月啥也不能干！"

吴子明说："二萍，那我总得工作呀！"

二萍把自己的头巾摘下来铺到地上："你就坐这儿，指使我干活儿就中。好不啦？"

鸭舌帽和两个伙伴骑着自行车、驮着铺盖卷儿来了。鸭舌帽从口袋里拿出一张纸："吴老师，我们三个人来苗圃学习泡桐育苗，回去我们在村上也建个苗圃。这是大队的介绍信，公社和县农林局全盖章了。"

他的一个伙伴说："我们就住下来，给你们当小工，认认真真地学。"

8

二萍妈在灶台上贴饼子，二萍烧火。二萍说："妈，跟你商量件事。"

她妈问："啥事？"

二萍说："妈，今天李集大队的几个人来学育苗。苗圃里住得太挤了，要不我跟小芳姐住南屋，让吴子明和朱技术住我那屋吧？他刚出院，住苗圃里也不得养。"

二萍妈说："二萍啊，咱们对人家吴技术、朱技术他们好，是应该的。人家到咱这穷地方来育泡桐，吃了不少苦。可是做什么事也得多想想，你跟人家走得忒近，不怕人说吴技术那对象是咱搅黄的？"

二萍说："谁乱嚼舌根，让我知道了抠下他眼珠子来。"

二萍妈说："人嘴本来就是臭的。谁嚼舌根你咋会知道？"

二萍说："那就不必理会那些长舌头短舌头。"

二萍妈说："二萍，俺跟你商量个事。"

二萍说："妈，你说。"

二萍妈说："你舅给你找了个对象，堌阳的，是个木匠，有一身好手艺，十里八村盖房上梁都求他，人也老实，家里就他这么一个儿子。"

二萍直直看着她妈。二萍妈问："你这么瞅着我干吗？"

二萍说："妈，你啥意思啊？"

二萍妈说："我不是说人家小吴不好，总觉得你跟人家肩膀头儿不一般齐，你一不是干部，二不是大学生。将来这日子能过一块儿去吗？再说，你能保证小吴会在这里待一辈子？妈这还不是为你好？"

二萍说："妈，我已经告诉你了，我就喜欢吴子明。"

第二天，肖长茂就把朱晓和吴子明的铺盖搬进了他家南屋。南屋盘着一条火炕，二萍早就烧得暖暖的了，窗子上新糊了雪白的窗纸，墙上也用报纸糊过，靠墙放了张旧条山桌，擦得一尘不染。门口还放了一个脸盆架，架上一只新搪瓷脸盆，连肥皂盒都是簇新的。一间屋收拾得又温馨又干净。

晚上，朱晓和吴子明正在看书，二萍妈抱着一床新炕被进来，二人忙起身。

二萍妈问："小朱、小吴，这炕是不是有点凉？"

朱晓说："不凉，一点也不凉。"

吴子明说："二萍刚才还在灶膛加了些玉米核儿，热着呢。"

二萍妈说："给你们再加一床新炕被。"

朱晓说："大妈，不用。"

二萍妈把炕被铺上去："来，大妈给你们铺上。小吴刚出院，身子虚，不能受凉。"

吴子明连声说："谢谢您，大妈。"

二萍妈说："谢啥。实实在在的大妈才高兴。小吴，你那对象咋样了？有信来没有？"

吴子明说："我住院没告诉她。还没……没信。"

二萍妈说："有件事呀想跟你俩商量一下。你们文化高，帮我拿个主意。"

朱晓说："大妈，您说。"

二萍妈说："二萍她舅给二萍介绍了个对象，男方比二萍大三岁，是个木匠，年轻轻的，有身好手艺，周围十里八村，打家什、盖房上梁，全求他。你们见的世面大，替大娘思谋思谋，这个条件中不中？"

朱晓问："那个小伙子什么文化程度？"

二萍妈没听懂："文啥？"

朱晓说："就是念过啥书？"

二萍妈摇摇头："这个就不知道了。"

吴子明说："我看挺不错的。小伙子也算有门技术，不知性格怎么样。"

二萍妈说："她舅说那小伙性子不错，挺和气。"

吴子明说："那就没问题了。他有什么爱好？"

二萍妈问："爱好？啥叫爱好？"

吴子明说："就是喜欢什么？比如喜欢弹琴，喜欢画画，喜欢唱歌。"

二萍妈说："这就不知道了。不过喜不喜欢弹琴唱歌倒不相干。咱们农村人找对象，跟城里人不一样，不讲究人样子，不计较丑俊，不讲究念不念书。一看家庭好不好，能不能般配，二看本人有没有养家的本事。"

朱晓问："那他们家庭您中不中意？"

二萍妈说："中意，中意。小伙他爹也是个木匠，不到五十。他只有个妹子，还上学。一家四口，收入挺高的。说二萍过了门啥都用不着做。"

吴子明说："养家糊口的本事就不用问了。那没问题。"

朱晓说："说了半天，大妈，这事您得先征求二萍的意见。她的意见第一重要。"

二萍妈说："我家二萍呀，不知中了啥邪，说啥也不同意。我让你们帮忙还有一层意思，你们有文化，又能把道理掰得很明白，到时劝劝她。"

吴子明说："大妈你放心，我们跟她做做思想工作。"

二萍妈说："那好。这丫头自小性子倔，她只听她佩服的人的话。"

二萍妈走了，吴子明和朱晓钻进了被窝。朱晓问："哎，子明，今儿大妈怎么跟咱说这事？"

吴子明问："什么事？"

朱晓说："二萍对象那事。"

吴子明说："人家大妈没把咱当外人，让咱帮着出个主意呗。"

朱晓摇摇头："不那么简单。"

吴子明问："那还有什么？"

朱晓说："你也没听出我问的三个问题有什么玄机？"

吴子明说："没有。"

朱晓说："那你听好：第一个问题，二萍她舅舅介绍的那个对象念过什么书，什么文化程度？第二个问题，对方是个什么家庭背景？第三个问题，这个对象二萍接受不接受？"

吴子明问："这有什么？"

朱晓说："我这是让二萍妈有个比较。"

吴子明说："你把我说糊涂了。"

朱晓用被子蒙上头："睡吧。"

二萍妈回到自己屋，肖长茂还没睡，坐在炕沿上抽烟。她说："我刚给小吴他俩送了床炕被。"

肖长茂问："咋这半天？"

二萍妈说："我觉得人家吴技术根本就没那个意思。"

肖长茂问："没啥意思？"

二萍妈说："人家根本就没喜欢二萍那个意思。"

肖长茂在炕沿上使劲儿磕了两下烟袋："你问人家了？"

二萍妈说："问了。"

肖长茂："咋问的？"

二萍妈说："我能直来直去地问吗？我说二萍她舅给她找了个对象，我摆一摆条件，你俩帮着出出主意，人家两人搜肠刮肚替我出了半天主意。看那个意思，人家小吴一点也没往别处想。"

肖长茂说："我说你这人咋这么不着槽道？跟人家说这个干吗？"

二萍妈说："一是试试小吴对二萍有没有意思，咱不能剃头挑子一头热；二是告诉小吴，二萍就要处对象了。"

肖长茂把烟袋往炕沿上磕得山响："你呀，成事不足，败事有余。"

9

苗圃里，朱晓、吴子明在给鸭舌帽等三人讲泡桐育苗的知识，二萍扛着苇箔过来了。她把一沓旧信封交给吴子明："看看有用吗？"

吴子明不解："什么？"

二萍说："你不是喜欢收集邮票吗？我这两天转了半个村子，凡是有在外当兵的、当工人的都去遍了，搜罗了这些信皮儿，看这上面贴的邮票你有没有用。"

吴子明看了一下，眼里放出光彩："太好了，太有用了。你看这是菊花票，这是金鱼票，还有唐三彩、牡丹、梅兰芳，都挺好。二萍，真难为你了，搜集了这么多。"

二萍说："你要真有用，我再去替你找，还有在城里有亲戚的人家、在外有学生上学的人家没来得及去找呢。"

吴子明说："那多麻烦呀！"

二萍说："只要你喜欢，我就不怕麻烦。"

夜里，吴子明在苗圃值班防霜冻，他在苗畦边点了几个小火堆，白烟在夜色里缭绕。他坐在一个火堆旁吹口琴，吹的是一支忧伤的曲子。二萍悄悄来了，站在他身后。吴子明吹完了一支曲子，二萍从身后给他披了一件外衣。吴子明吓了一跳，回身一看："二萍，你怎么来啦？"

二萍说："今天你值防霜冻的班，怕你冷，给你送件衣裳。"

吴子明说："这么晚了，你回吧。"

二萍说："怕啥？我多陪你会儿。"她坐在吴子明身边，"吴——子明，你的口琴吹得真好。"

吴子明不好意思地说："马马虎虎。朱晓对乐器才精通呢，二胡、三弦样样都能拿起来。"

二萍说："我唱一个，你拿口琴随上，好不啦？"

吴子明一怔："给你伴奏？"

二萍点点头。吴子明问："你想唱个什么？"

二萍说："唱个口外的酸曲吧。"

吴子明很感意外："啊，你也会唱酸曲？"

二萍说："我爹会唱。他早些年去过口外。我听我爹唱，一来二去就学会了一些。我给你唱一个，就唱个'对面圪上野雀子窝'。"

> 对面圪上野雀子窝，听见扬声不由我。
>
> 听见扬声不见人，惹得妹子肚子疼。
>
> 挨刀鬼婆婆倒灶鬼汉，哥哥来了俏眼看。

唱到后几句时，吴子明的伴奏已经天衣无缝了。

二萍说："子明，你的口琴一下就能跟上我唱了。"

吴子明说："听你爸唱过，觉得好听。词和谱我都记过。"

二萍说："你喜欢，那我再唱个。"

> 天上星星沙沙稀，地上穷人穿破衣。
>
> 阎家沟庄子水泉井，十回看你九回空。
>
> 阎家沟庄子湾套湾，来时容易走时难。
>
> 阎家沟庄子烂石头林，出来进去没好人。
>
> 阎家沟庄子不好伸，烂不了肝花烂了心。

吴子明高兴起来："二萍你唱得太好了。"

二萍说："你喜欢听，以后俺天天给你唱。"

吴子明问："二萍，你舅是不是给你介绍了个对象呀？"

二萍问："你咋知道？"

吴子明说："你妈说的。"

二萍问："我妈说这些干啥？"

吴子明说："你妈信任我们，跟我和小朱商量商量。"

二萍冷笑："你们觉得咋样？"

吴子明说："挺好呀，人家是木匠，有技术，人也挺好。"

二萍问："你这么认为？"

吴子明问："不对？"

二萍在他脑袋上敲一下："你脑子是不是少根筋？"

吴子明问："怎么了？"

二萍说："我妈那是跟你们商量呀？"

吴子明说："是啊。"

二萍说："她再问你，你就直接告诉她。"

吴子明问："告诉她什么？"

二萍说："除了你，我谁都不喜欢。"

吴子明问："除了你——你是说除了我？"

二萍说："对，除了你吴子明，我谁也不嫁！"

张小芳躺在床上看书，二萍回来了。张小芳问："二萍，上哪儿去了，弄了一身霜。"

二萍说："吴子明值防霜冻夜班，我去和他说了会儿话。"

张小芳问："说啥话？"

二萍说："他喜欢听酸曲，我给他唱了两个。"

张小芳说："行啊二萍，够痴情的。吴子明喜欢集邮，你满村给他找邮票；吴子明喜欢听酸曲，三更半夜跑过去给他唱酸曲。二萍，看出来你是真喜欢吴子明。"

二萍说："我是真的喜欢。"

张小芳问："那吴子明呢，他喜欢你吗？"

二萍说："他，我喜欢他，他一点也没感觉。"

张小芳问："怎么个没感觉？"

二萍说："我舅给我介绍了个对象，我妈找他和小朱商量，这哥儿俩帮我妈出谋划策，吴子明还帮我妈来劝我。"

张小芳笑了。二萍问："小芳姐，小吴心里是不是还有李丹呀？"

张小芳说："他们恋爱了四年，你说哪能一下子就在心里挤掉呢？"

二萍问："那我在他眼里是个啥？"

张小芳说："是个小妹妹，一个疼他亲他的小妹妹。"

二萍说："小芳姐，你得帮我。"

张小芳问："帮你什么呢？"

二萍说："我觉得，一个女人能找到一个好男人是一辈子的福分，我可不想放掉了吴子明，否则那就等于把我自己的福分放掉了。"

张小芳说："好妹妹，你很直率，也很纯真。不过这样的事不能着急。"

二萍舅那边捎来口信，今天垌阳的那个小木匠来相亲。一大早，二萍妈就忙上了，还指使小吴去公社供销社去打酒买肉，又喊来邻居两个女人帮忙。

一个胖女人问："老嫂子，你家今天来的这女婿是做啥的？"

二萍妈说："是个木匠，技术可好啦。比二萍大三岁。"

另一个瘦女人说："挺般配的。一个女婿半个儿，当木匠的到处有人求，吃香的喝辣的，老嫂子以后你要跟上姑爷享福了。"

胖女人问："老嫂子，二萍这对象是谁给介绍的？"

二萍妈说："她舅。"

吴子明回来了，手里拎着一块肉、一瓶酒："大妈，肉和酒买回来了。"

二萍妈说："小吴啊，你和小朱中午做陪客。本来二萍她舅是一起来的，有个急事来不了，二萍她对象自己来了。你们俩有文化，陪客最合适。"

吴子明说："大妈，我们都不会喝酒。"

二萍妈说："喝酒的事有你大伯呢。"

吴子明放下肉和酒走了。二萍妈追出去："小吴，别忘了叫上小朱早点过来。"

胖女人对瘦女人说："我看小吴这小伙子挺好的，又有文化，又是干部。听说二萍跟小吴挺好的，咋不给他俩撮合撮合？"

二萍妈进来，瘦女人一拉胖女人的胳膊。

10

村路边，鸭舌帽和两个伙伴在路边的树下打扑克。一会儿，一个骑自行车的小伙子过来了。小伙子二十多岁年纪，穿得干干净净。鸭舌帽和两个伙伴迎上去，拦在路中间。小伙子满腹狐疑地下了车。

鸭舌帽问："哥们儿，从哪儿来？"

小伙子说："堌阳。"

鸭舌帽问："到哪村去？"

小伙子说："老韩陵。"

鸭舌帽问："肖二萍家？"

小伙子说："你们咋知道？"

鸭舌帽问："兄弟贵姓？"

小伙子说："姓李。"

鸭舌帽推了一下帽檐："李木匠。对吧？"

小伙子问："你咋知我是木匠？"

鸭舌帽说："不但知道你是木匠，还知道你是来相亲的，对不对？"

小伙子说："对。"

"在这儿等你半天了。"

"等我？"

"等你。有件事要告诉你。"

"啥事？"

"李木匠，相亲你不必去了。"

小伙子怔住了。鸭舌帽说："肖二萍已经有对象了。"

"不会吧。昨天刚定了来的，哪会这么快就有对象了？"

"肖二萍自己处了对象，她妈也是今天才知道。"

小伙子直抓头皮。鸭舌帽说："李木匠，快回吧。幸亏我们在路上拦住你，你要进村，就很尴尬了。"

小伙子骑上车子返回去了。

二萍家菜上了桌，一等再等，等不到小木匠。二萍妈一个劲儿地催肖长茂："老头子，你去路上看看，咋回事呀，这时候还不见来。"

肖长茂去了。二萍妈又对陪客的吴子明、朱晓说："小吴、小朱，让你们挨饿了。"

　　朱晓说："大妈，没什么，也许是自行车坏了，多等一会儿没事。"

　　吴子明说："不饿。咱是来陪客人的嘛。"

　　二萍妈又叫二萍："把衣裳换了，一会儿人家来了，像个啥样子？"

　　二萍说："换啥衣裳，用不着。"

　　二萍妈说："借了对门你三嫂子的一套出嫁时穿的衣裳。"

　　二萍说："我不换。"

　　二萍妈说："人家就要来了，你这样咋见面哩？"

　　二萍说："他是相人还是相衣裳。相人就这样子，相衣裳把那套借来的衣裳迎门儿挂起来。"

　　二萍妈着急了："姑奶奶，到这时候了你还拗个啥劲。"

　　吴子明劝二萍："二萍，你听大妈的话，别让大妈生气。"

　　二萍到屋里把衣裳换了。

　　肖长茂回来了，说："人影不见一个哩。"

　　朱晓说："别急，再等等。"

　　鸭舌帽来了，在院里说："大叔，来了个送信的，说你家客人有急事来不了啦。"

　　二萍妈问："啥？有急事？还有比这事还急的事？送信的人呢？"

　　鸭舌帽说："走啦！"

　　二萍妈问："走啦？啥人？"

　　鸭舌帽说："一个三十多岁的人，进村问你们家，正遇上我，说完就走了。"

　　一屋子人全怔住了。二萍妈说："咋这事出得这么邪？"

　　肖长茂说："人来不了，咱也得吃饭，咱们自己吃。小伙子，来，坐下。"

　　鸭舌帽说："大叔，我在苗圃早吃过了，您看这都啥时候了。"

　　肖长茂说："那就坐下喝杯酒吧。"

　　鸭舌帽坐在炕沿上，肖长茂给他倒了一盅酒。鸭舌帽问："大叔，您这桌菜是给新女婿准备的？"

　　"是啊。"

　　鸭舌帽说："那就对了。"

　　"嗯？"

　　鸭舌帽说："我是说，招待新女婿，就得这么个样子。"

肖长茂点头："嗯。"

鸭舌帽端起杯："那我敬吴技术一杯。"

"嗯？"

鸭舌帽说："吴技术是我师傅。我借您的酒，先敬我师傅。"

肖长茂点头："嗯。"

鸭舌帽说："我再敬朱技术一杯。朱技术也是我师傅。"他给朱晓敬完了酒："大叔，这第三杯我隆重地敬您老人家。"

肖长茂端起酒杯："好。"

鸭舌帽说："我祝贺您老人家找了个好女婿。"

"嗯？"

鸭舌帽说："是预祝，预先祝。"

肖长茂点头："嗯。"两人碰了杯。

11

相亲的事，在二萍妈心里结了个疙瘩。几天过去了，她一直在琢磨这事怎么这样蹊跷，明明说好了的事突然就变了卦。这天二萍妈在院里洗衣服，肖长茂回来拿绳套，她对老伴儿说："你先别走，我跟你说个事。"

肖长茂说："说吧。"

二萍妈："我这两天一直琢磨，前天那事，咋琢磨咋不对头。你说咋会出这么巧的事呢？"

肖长茂说："可不是吗？没准儿是真有急事。要不就是人家想等她舅一块儿来。"

二萍妈说："或许是这样。她舅本来说好了一块儿来，是临时有事才让人家小木匠自己来的。"

正在这时，一个中年人推着自行车进了院子。二萍妈一拍巴掌："这不她舅来了，正和你姐夫说呢。"

二萍舅冷着脸说："姐，姐夫，你们家咋这么做事呢，丢死人了！"

二萍妈问："咋了？"

二萍舅说："相亲的事你们咋弄的？"

二萍妈说："正要问你呢。那天做了一桌子菜，等到大过晌等不来，让你姐夫到路上迎，人影也不见。一直等到下午，才有人送了信来，说有急事来不了啦。"

二萍舅说:"人家咋没来?还没进村就让人拦回去了,说你们家不让来了,二萍有对象了。"

二萍妈说:"咋会有这样的事?是个啥人拦回去的?"

二萍舅说:"小木匠说,是三个年轻人。姐,是不是你们在村上得罪了啥人,人家给从中挑拨是非?"

二萍妈说:"我跟你姐夫在村上大人小孩没伤过一个人,不可能。"

二萍舅很纳闷儿:"那是咋回事?"

二萍妈说:"说起来这事怪你。你说你早不有事晚不有事偏偏那天有事。你有事来不了,让她舅妈陪上来不也一样,让人家小木匠一个人来。"

二萍舅说:"宋庄她舅妈的婶子过世了,俺俩都上宋庄去了。"

肖长茂说:"事都是赶的,也别埋怨了。把这事给人家说清楚,别认为咱们家办事不着槽道。让她舅进屋喝水歇着,我上苗圃喊二萍去。"

苗圃里,几个人正在干活儿,肖长茂站在苗畦边喊:"二萍!二萍!"

二萍问:"爸,有事啊?"

肖长茂说:"你舅来了。"

二萍说:"爸你先回,我一会儿就去。"

肖长茂走了。二萍对吴子明说:"我舅来了,你跟我一起回家吧。"

吴子明说:"我还能去?你舅一定是为那天的事来的吧?"

二萍说:"肯定是。"

吴子明说:"二萍,你说你们闹出这么件事来,我蒙在鼓里,一点也不知道。"

二萍说:"早说开了不更好吗?"

吴子明说:"我还是不要去了。"

二萍说:"你不知我舅,他以前在县银行工作,一九六〇年年底因指标回了村,在大队当干部,他是个明白人。"

吴子明说:"我还是不要去了。"

二萍说:"去吧。"她拉起了吴子明。

到了家门口,二萍抓起吴子明的手。吴子明小声叫着:"二萍,别这样!"

二萍不说话,紧紧攥住吴子明的手,把他拽进了屋。进了屋,她叫了声"舅",就把吴子明推到前边说:"这是我舅。"

吴子明鞠躬:"您好。"

二萍说:"舅,他是吴子明。咱们县苗圃的技术员。"

肖长茂补充说："大学生呢。"

二萍说："舅舅，那天来的人是我让人给挡回去的。"

二萍妈问："你说啥？"

二萍舅说："姐，我明白了，全都明白了。二萍你也不要说了，舅能理解。你们要早跟我说，就不会有这事了。二萍，我能跟小吴同志单独说会儿话吗？"

二萍说："可以。子明，你跟舅舅说会儿话吧。"

二萍舅和吴子明进了东屋，坐在炕上，他说："吴同志，咱们直截了当，我就和你谈两个问题。第一个问题，你为什么要到兰考来？"

吴子明说："我在南京林学院学的是林学专业，毕业后又跟苏联林学专家实习，研究泡桐。我来兰考只有一个目的，这里有泡桐。泡桐就是我的事业。"

二萍舅说："第二个问题：你是从大城市来的，兰考的条件这么艰苦，你能在这里坚持多久？"

吴子明说："我选择了兰考，不仅仅选择了一个工作的地方，而是选择了一个理想。到兰考这么一段时间，我觉得我自己就是一棵泡桐树了，一辈子只能栽到这块土地上。我没有觉得兰考有多苦，真的，舅舅，我天天都很快乐。我想如果我生活在一个条件很好但没有事业的大城市里，是找不到真正的快乐的。"

二萍舅说："子明，你是个好孩子，舅舅谢谢你。"

二萍舅走到西屋说："姐，姐夫，二萍这丫头，眼里有水。你们依着她，没错。"

心里的光亮

1

河上刚完了工，老娘从山东老家来了。焦裕禄带着一家人来接站，他扳着指头算了算，已是九年没有见到母亲了。

母亲从火车上走下来，挎着一个篮子。她用眼睛在接站的人群里搜寻着。

焦裕禄一下子就看到了娘，他呼喊着："娘！娘！"

娘也叫着："禄子！禄子！"

几个孩子喊着"奶奶"，一起奔过去，扑在奶奶怀里。

焦母抱抱这个又抱抱那个。

徐俊雅说："妈，累了吧。"又拉过保钢："叫奶奶。"

保钢怯怯叫了声："奶奶。"

老娘笑着："这就是保钢啊，抱抱我的好孙子。"抱起了保钢亲着，又摸守云的头："二丫头多喜人，长高了，奶奶亲亲。"见守凤穿着工作服，又问："守凤呀，不上学了？"

守凤说："奶奶，我上班了。"

焦裕禄接过母亲手里的篮子："娘，可把您盼来了。"

娘说："禄子啊，这一晃你又有几年没回老家了。娘想你啊。"

焦裕禄说："俺也想娘，天天做梦。"

娘说："娘知道你忙。娘还挪得动，眼下是国家要你尽忠的时候，娘还用不着你尽孝。可是娘就是想你。"

徐俊雅说："娘心里多敞亮呀！"

娘问："他姥姥还好吧？看这些孩子一个个这么水灵，都是他姥姥的功劳。"

徐俊雅说："姥姥知道您来，高兴得睡不着。老撺掇我们到火车站来接，直说：'可别误了点儿呀。'"

进了院，姥姥迎出来："老姐姐，可把你盼来了。"

焦母拉住亲家的手："大妹子，这几年你可是操心受累了。我一下车，看见这几个孩子这么水灵，就说，这可看出你们姥姥的功劳来了。"

"啥功劳不功劳的，孩子们皮皮实实咱心里就踏实。在尉氏，有他们舅妈帮着拉扯，到了兰考，大的帮着带小的。老姐姐你快歇歇。"

徐俊雅绞了毛巾，让娘洗脸，焦裕禄说："娘，千把里地呢，您拎这么个大篮子，多累啊！"

娘往外拾掇着篮子里的东西："这是给你们带的腌香椿芽，咱自家院里那棵香椿树今年可旺盛了。还有给你做的鞋。"

娘从篮子里拿出几双鞋。焦裕禄问："娘，咋给我做了这么多鞋啊？"娘说："一年做一双，娘全给你带来了。也有给孩子们做的鞋，是比着村上同年岁的小孩子的脚做的，不知合不合脚。"

徐俊雅让孩子们试鞋："娘，真是合脚呢！"

焦裕禄说："你不知道，咱们老娘做鞋的手艺最棒！在咱们老家，全村大姑娘小媳妇都找咱娘要鞋样子呢！"

娘招呼孩子们："奶奶给你们带煎饼来了。吃煎饼！吃煎饼！"

焦裕禄拿了一张煎饼吃起来："娘，多少年没吃您摊的煎饼了，香！"

徐俊雅说："老焦这几年，常说做梦吃您摊的煎饼呢。我给他摊过几回，咋也摊不好。"

焦裕禄说："娘，您歇会儿，睡一觉，我还得去开个会。"

娘说："你去吧。"

徐俊雅说："娘，您看他总是忙，也顾不上跟您说说话。"

娘说："忙好啊。他爹在县里当家，忙的是大事，娘懂。"

2

焦裕禄开完一个造林现场会回到家，已经深夜。娘还没睡，正和俊雅说着话。

焦裕禄说："娘，你还没睡哪，都快半夜啦。"

徐俊雅说："娘等你，一直没睡。"

焦裕禄说："下乡回来又开会，刚忙完了。娘你快睡吧。"

娘说："你不回来，娘哪睡得着。"

焦裕禄对徐俊雅说："我在老家当民兵那时，常执行任务或开会到半夜，娘不睡，咋说也不行。"

娘说："禄子，娘这回来，看你气色不好，你不是有啥病吧？"

焦裕禄说："娘，我没事。"

娘说："你以前脸色不是这样的，有些发灰，哪儿不好？"

焦裕禄说："娘，我壮着哪。就是因为兰考这地方风沙太大，我这脸，是让风吹的。"

娘说："不对。我留心过，别人咋不这样？"

焦裕禄说："娘，我这脸皮不经吹。还有点水土不服。"

娘说："儿呀，你是累的。当一个穷县的家，不容易呀。"

"娘，县委有一个班子的人呢，还能累着我一个？"

"娘不知儿，谁知？你干啥事都要个好。"

"干啥事都要干好，是娘教我的。"

"在家想你的时候呀，我就拉着你侄守忠到院子里看星星。我问守忠：'忠呀，看看你叔那星星亮着没？'守忠说：'奶奶，我叔的星亮着呢！'我说：'那你叔天天做好事呢。'你天天做好事，娘就放心了。"

徐俊雅说："娘，早点睡吧，您累了。"

娘抬起身子："嗯。禄子，你也早点睡，啊。"

焦裕禄答应着："娘，我这就睡。"

娘刚一离开，他就坐到桌前写起来。徐俊雅进屋催他："快睡。你亮着灯娘又睡不着了。"

焦裕禄问："给娘铺好了？"

徐俊雅说："铺好了。前几天做的那床被正好给娘用上。你别写了。"

焦裕禄说："就一小会儿。你先睡吧。"

徐俊雅说："没见娘为你担着多大心，你可得心疼娘。这么大年纪，为你操了一辈子心，老了本该跟上你享享福，可还得为你牵肠挂肚的。"

焦裕禄说："是啊，想想我从小到这么大年岁，娘的心哪一天不在我身上。俊雅，你说的我不是没想过，我总是对娘说：娘呀，等我把哪一件事做完了，我就好好陪着您，一步不离开，可我从来就没做到啊。子欲孝而亲不待，我真怕我会为这事后悔一辈子。"

徐俊雅："别想那么多了，今天你早点睡，有事早晨起来再做，娘灵醒着呢，你这几天什么时候睡，老人家全知道。"

3

焦裕禄往自行车上捆行李卷，准备下乡。

刚办完退休手续的副县长老蔺，也推着个捆行李卷的自行车过来了。焦裕禄很惊奇，问他："蔺县长，你这是上哪儿去？给你派个车吧？"

蔺副县长说："伙计，真把我当老干部了？你是不是要到寨子去？"

焦裕禄说："蔺县长，我想到寨子看看锁龙潭的改造工程。"

蔺副县长说："伙计，你看，我也准备好了，我想跟你一块儿下趟乡。"

"蔺县长，你……"

"伙计，你是看我刚办了退休手续，身体又不好是不是？"

焦裕禄笑了。蔺副县长说:"伙计,我有些心里话要找个机会跟你说说,昨天问了李林,你要下乡,所以我也做好了准备。"

焦裕禄说:"那好,咱一块儿去吧。"

路上,俩人骑着自行车聊天儿。

蔺副县长说:"伙计,到了退休年龄就得退,这没得说。可我这心里这些日子总是闹腾腾静不下来。我年纪大了,但不想被当作'废品'处理掉。伙计,你就把我当个'次品'吧,我可以继续发挥余热。不能当副县长了,我还是个公务员,我得跟你要份活儿干。"

焦裕禄说:"伙计,我可不敢把你忘了。不能把你当'次品',更不能把你当'废品',而应该把你当成是咱们县的宝贵财富。只是担心你身体吃不消啊。"

蔺副县长笑了:"放心吧伙计,骨头架没散,心窝子还热着呢,还能暖化一块冰。"

焦裕禄说:"蔺县长,你挺让我感动的,这几年咱们县连年受灾,干部队伍思想不稳定,有些人想走,有些人想退,你是退了休还请求披挂上阵。"

蔺副县长说:"不光是我,咱县委、政府班子里的同志都被你感动了。你看看现在咱这个班子的精气神儿,跟前几个月不一样了吧?"

焦裕禄说:"确实不一样了,大家都成了除三害的拼命三郎。我现在担心的是,可别把咱这个班子的同志们全累垮了。"

"伙计你说得对,精神也是个原子弹。这原子弹能量大得很咧。你看看现在政府县委,哪一个领导还在办公室里?上班时间不到,自行车一辆一辆全出大院了,到晚上一片灯全亮着。大伙儿说:'老焦把命都泼上了,咱还有啥说的!'伙计你说得对,榜样的力量是无穷的!"

焦裕禄:"伙计,我可不是榜样,要说榜样,恰恰是咱们兰考救灾的干部群众,他们给我树了一个个样板。当队长的耩地要先下锄头,我这当班长的,不干在前头哪行?"

到锁龙潭工地时,汪湖工程师正在讲工程规划:"泄洪不只是解决排的问题,还要考虑到蓄。光泄不蓄,到了旱年就会有更大的麻烦。我们的想法是,借这次排水沟渠开挖,锁龙潭要改造成一个水库,涝了蓄水,旱了扬水灌溉。"

见焦书记来了,大家纷纷站起来打招呼。焦裕禄说:"我给你们带来个老黄忠。"

刘北说："好呀，蔺县长，你来坐镇俺们心里更有底啦。"

蔺副县长说："伙计呀，别把我当坐镇的，别忘了发我一把铁锨就行。"

汪湖问："焦书记、老县长，你们二位领导看看这次工程安排有什么要修改的。"

焦裕禄对蔺副县长说："蔺县长你管过水利，你说说。"

蔺副县长说："兰考治水关键是啥，你们都记得一个歌谣：'铜瓦厢，打开口，黄水先从庙台走。王里集上转三圈儿，一溜东北上三柳。'这一绕三转就到了锁龙潭。"他指着图纸，"汪工这个规划对头，我们考虑的就是全县分洪的流量。还有一九二八年六月二十一那场大水，黄河决口，水淹了考城全境，'六月二十一，冲开南北堤。先淹考城县，后淹小宋集。上边冲下好筏子，栽到锁龙潭坑里。堤西搭上沙土窝，堤东搭的是胶泥。不知黄水有多大，黄泥搭高整六尺'。这泄洪不光是'洪'，还得考虑泥沙。所以我建议，终端排放口的河道要适当加宽。"

汪湖说："蔺县长这个建议太及时了。"

焦裕禄说："姜是老的辣。蔺县长说别把他当'废品'，把他当'次品'，退了休发挥余热。我说你是咱们县的宝贝，现在看出来了吧？"

刘北在给大家发工具，发来发去没蔺副县长的。老蔺急了："伙计，我在你们眼里还真是'废品'！你看，发了半天不给我发工具。"

刘北说："蔺县长，我们说的是让您坐镇。"

蔺副县长说："伙计，你不发我工具就是拿我当'废品'！"

焦裕禄说："给老县长发工具。"

4

锁龙潭改造是个大工程，寨子大队男女老少齐动员，刘秀芝组织妇女劳力成立了一个妇女突击队，这天在大街口集合，准备开赴工地。

正在这时，刘秀芝的婆婆来了："秀芝，你这就走？"

刘秀芝说："娘，不是已经说好了吗？"

刘秀芝的婆婆说："你们扎窝棚，就住在洼里？"

"对，这回除了窑场的都上工地，吃住都在工地上。"

521

"你还嫌折腾得不够热闹啊。你还要住窝棚，嫌人家嚼的舌头不够咋的？"

"住窝棚大家都住，谁嚼舌根？我不怕！"

刘秀芝的婆婆说："别当着大伙儿的面说这些，你不嫌害臊，我还要脸哪！"

刘秀芝说："当大伙儿面咋了？娘，咱就当着大伙儿的面，说说。"

秀芝的婆婆说："你的脸真大。"

刘秀芝说："心里没病怕啥？娘，你说我哪儿错了？"

刘秀芝婆婆说："上回排涝你在外头那些日子，村上人说啥你知道吗？人家说你生米早成了熟饭，你还得意哩？"

刘秀芝一下子头蒙了："我和谁做下对不住人的事啦？娘，你咋跟上别人一块儿埋汰我？"

刘秀芝的婆婆说："还有更难听的呢，说你想把孩子生在外头。"

人越聚越多，男女老少围了一大圈。刘秀芝说："娘，你这话是当大伙儿面说出来了，其实一直有人在埋汰我我也知道，我最恨的就是这件事。乡亲们，我刘秀芝这些年，没干过对不起自己良心的事。我和豹子好有啥，我们做错了什么？今天我就当着大伙儿面讨个清白。"

她抓过墙上挂的一把镰刀，举过了头顶。一个女人喊："秀芝，你别胡来！"

刘秀芝说："娘，我让你、让大伙儿看看，我肚子里怀了谁的孩子！"

她把镰刀向自己肚子扎去。

在人们的一片惊叫声中，豹子瞬间冲上前去，紧紧抓住了刘秀芝的双手："秀芝，这是啥时候，你咋这么糊涂。"

他夺下了刘秀芝手里的镰刀，把刘秀芝拉起来："当着乡亲们的面，我也放下这话，我娶刘秀芝，娶定了！"

在锁龙潭工地的窝棚里，焦裕禄听豹子讲了秀芝的事，吓了一跳。他对豹子说："豹子，秀芝是个烈性的人，这件事真是太危险了。那一镰刀砍下去后果不堪设想。"

豹子说："是啊，当时我头都蒙了。"

焦裕禄说："你们俩的事，也别太急躁了。"

豹子说："刘秀芝这婆婆，整个一个滚刀肉。这些日子就没断了折腾，只要秀芝出来开会，就拿绳子追着秀芝要上吊，折磨得秀芝死的心都有。你想她怎么会抄起镰刀要劐自己肚子，她是不想活了。"

焦裕禄问:"这村上有没有对刘秀芝的婆婆能说进话去的人?"

豹子拍拍脑门儿:"我想想。有一个,是王家辈分最高的一个七爷,今年七十二岁了。他在村上有威望,还见过毛主席。这老爷子说话刘秀芝的婆婆能听进去。"

焦裕禄说:"那我有空找找这个七爷。"

豹子说:"就怕他不在家。"

焦裕禄问:"七十二岁了,他干啥去?"

豹子说:"要饭去,七爷从五岁要饭,要到了七十多岁。年年去蹭大轮子。"

焦裕禄说:"过几天我找找他看。"

5

工地上,焦裕禄和蔺副县长抬一副土筐,焦裕禄把后杠悄悄往自己这边拉筐绳,蔺副县长发现了:"伙计,你还是把我当'废品'。"

焦裕禄问:"又咋了?"蔺副县长说:"你咋把筐绳都拉你那头去了?"

焦裕禄说:"你这把老骨头不能压散了,很多大事还等着咱们做呢。"

这时,刘秀芝过来了:"焦书记,大队会计来说,税务局的人到村上收熬小盐的税,跟社员们闹起来了。"

"熬小盐的税?"

刘秀芝说:"咱们这里收入低,社员买不起盐,就到盐碱滩上去刮盐土,回来放在大缸里,加上水,淋出来的水再晒晒,就是小盐。盐含硝,又涩又苦,可总算解决了吃盐的问题。有的社员晒的小盐多,自己吃不了就拿到集上卖一些。这也不是什么产业,主要是解决自己的困难。你想他连盐都买不起,拿什么交税啊?"

焦裕禄说:"我去看看吧。"

他回到村上,见村头一户农家院里聚集了很多人,几个税务干部正在与村民们争执着。一个年轻的税务干部说:"你们晒小盐是经营行为,不纳税不行!"

农民们七嘴八舌:

"这小盐都是自家吃的,买得起盐谁还去刮盐土?"

"要能交税还买不起盐吗?"

523

税务干部说："自古种田纳粮，营业纳税，现有税务政策，谁说不纳税也不算数。"

这时一个七十多岁的老汉站过来，大声说："兰考晒小盐不纳税，是毛主席说的。"

税务干部说："毛主席在北京，我们没接到指示，税你还要交！"

老汉说："毛主席说的你们敢当耳旁风，告诉你，去县委打官司我也不怕。"

税务干部问："毛主席啥时说这话了？写在哪个文件上了？你把文件拿来！"

老汉说："我亲耳听毛主席说的。"

有人看见焦裕禄进了院，喊："焦书记来了，让焦书记评评理。"

老汉一把扯住焦裕禄："焦书记——"

突然他们俩都怔住了，焦裕禄认出，这就是他来兰考以前在开封收容站见过的那个老汉。焦裕禄说："大爷，咱们见过面。"

老汉说："对对，在开封收容站里。没想到你就是焦书记呀！"

焦裕禄说："您当时说过一句话，我印象特别深，您说'要上三年饭，给个知县也不干'。"

老汉不好意思地笑了："那是瞎说。谁拿要饭当乐子呀。受的那罪，大了。我从五岁蹬大轮子，今年七十二啦，再也蹬不动啦。"

焦裕禄说："这么大年纪，别出去啦。"

老汉说："不去了。今年村上分小片荒地，捎过信儿去，人全回来了。回来刮点盐土熬点小盐，还让交税，拿啥交哇？"

焦裕禄问："大爷，您刚才说毛主席说熬小盐不纳税，是怎么回事？"

老汉说："这是毛主席亲口对我说的。"

焦裕禄问："您老人家就是七爷吧？"

"嗯，在咱村上，俺辈分大，也就都这么称呼我。"

焦裕禄对税务干部们说："来来，你们都坐下，听七爷讲讲，好不好？"

大家都坐下了。焦裕禄给七爷搬了个板凳："七爷，您老人家坐下说。"

七爷说："这事也就是十一年前的事。一九五二年十月，毛主席来看黄河，大清早出来散步，走到俺家来了。当时俺去担水，不在屋，俺老伴儿在院里晒豆子，也不知道是毛主席，见来了客人，把客人让到屋里。毛主席问俺家有几

524

口人，生活咋样，还问：'这黄豆咋跟辣椒籽一样啊？'那年收成不中，黄豆粒小呗。俺担水回来，当时也认不出是毛主席，只是觉得这人很面熟，像是见过。毛主席问我多大岁数了，我回答：'属马的。'毛主席说：'属马的，咱俩一样大哩。'又问我：'身体可好呀？'我说：'好。农村人常年风里雨里的，不生病。'我问毛主席：'你身子骨可好？'毛主席说：'在河里洗澡能游上七八个来回呀。'"

七爷站起来，走到他家院子里那些晒小盐的破锅烂盆前："毛主席看到我家院里这么多破锅烂盆，问我：'这里边晒的啥呀？'我说：'没盐吃，刮盐土晒点小盐，还得纳税。'毛主席说：'以后就不纳税了。'毛主席走的时候，有个跟他一起来的同志问我：'和你说话的人是谁你知不知道？'我愣住了，那个同志笑着摸摸下巴。这一下我想起来啦，毛主席下巴上不是有个瘊子吗？我才知就是毛主席呀。"

焦裕禄带头鼓掌。他站起来，对税务局的同志说："这个故事我一到兰考就听说过，今天大爷一说，好比身临其境啊。这个故事的结尾是：毛主席没有忘记一位农民向他提出的要求，事后，同地方干部商量，在兰考免征小盐税。这回是个误会，一个是不知不为错，一个是记住了毛主席说过的话。这怨我们县委没有具体落实毛主席的指示。"

他拍拍税务干部的肩膀："同志们哪，毛主席工作那么忙，连老百姓的盐油小事都挂在心上，我们也更要关心群众的疾苦啊。"

税务干部说："焦书记，小盐税我们不征了。"

他们骑自行车走了。

七爷说："焦书记，你可帮了乡亲们。"

焦裕禄拉住七爷："七爷，我有件事正要找您呢，还得请您给我帮个忙。"

他把豹子和刘秀芝的事讲了。

七爷说："这个忙该帮，焦书记呀，俺知道了，你是个共产党的好官。这样的事你都操心，咱老百姓的事，件件在你心上装着哩。"

焦裕禄说："刘秀芝的婆婆这里，您老人家得空得多跟她讲讲。您老走南闯北，见得多识得广，多开导开导她。"

七爷说："焦书记你放心，当年福强他爹为扒太行堤让人打死了，那丧事全是我操办的，我还主张从族田里给了他家一亩上岗子地。我说话在这个村里的老王家中还占分量。再说都新社会了，哪有这么封建顽固的。"

6

焦裕禄回到家时，母亲在教俊雅摊煎饼。焦裕禄说："娘，这么晚了，还不睡呀？"徐俊雅说："娘说明天回老家，临走前教会我摊煎饼。"

焦裕禄说："明天回？娘，多住些日子，急啥？我还没来得及和您老人家多说会儿话呢。"

娘说："禄子，娘放心了。你能当好这一个县的家。只是苦了你自己了。"

焦裕禄说："娘，我不苦。"

娘说："有好几回，我听见你半夜里疼得哼哼呀呀的，知道问你你也不说，娘成夜睡不稳觉呀，在你的门口走过来走过去。不回吧，你哥在家里那个样子；回吧，娘心里实在挂牵着你。"

焦裕禄说："娘，我就是有时天不好腰疼，没大毛病，你别挂心。"

娘说："儿呀，这个时候国也需要你，家也需要你，你的身子骨不光是你自己的啦。看看你这一窝子燕儿，想想这一个县的百姓，你不照顾好自己，谁都对不住啊。"

"娘，你放心，我一定照顾好我自己。"焦裕禄声音哽咽了。

娘叹口气："我这次回去，把二丫头守云带到老家去。守凤上班了，国庆也大一些了，尽量让他姥姥也多歇歇。这回来见他姥姥身体也不如从前了。这些年，他姥姥跟上你们一天福也没享啊。"

"娘，好在那几年苦日子熬过来了。"

娘说："有时候真不敢往回想啊。听他姥姥说过，在洛阳工厂里，俊雅刚生了保钢，正奶着孩子呢，天天中午把饭省下带回来，自个儿冲酱油汤喝，腿肿得一按一个坑。厂里让她跳舞，她说'我跳不动，你们非让我跳我就退团'。就这么撑着，为的是不拖你的后腿。"

徐俊雅说："娘，都挺过来啦。最难的时候，老焦总是对孩子们说：'你们的奶奶说过，人到啥时都得把腰板挺起来，腰一塌人就垮了。'娘，咱一家大小就是靠这句话撑过来的。"

焦裕禄说："娘，早点睡。明天我去车站送您。"

老娘说："你用不着去，让孩子们送送就行，忙你的事吧。娘回到老家，每到晚上看见你那颗星星耀眼地亮着，就放心啦。"

温　暖

1

又下雪了。大团大团的雪，在无垠的原野上旋舞，天地一片银粉世界。

雪在呼啸的北风中扑打着窗户。李林和县委办公室的几个同志正围着火炉取暖，焦裕禄推门进来了。他一身都是雪。李林忙给他扑打身上的雪，问："焦书记，您这是上哪儿去了？"

焦裕禄说："刚到外边看了看。这大风大雪天，我们在屋里有火烤，可是全县人民住的咋样？有没有棉衣？牲口咋样？我想了几件事，你找张纸，帮我记一记，连夜发个通知给各公社，做好雪天工作。"

他口述，李林用铅笔在纸上记："第一，所有农村干部必须深入到户，访贫问苦。安置没房子住的人，发现断炊户，立即解决。第二，所有从事农村工作的人，必须深入牛屋检查，照顾老弱病畜，不能饿死、冻死一头牲口。第三，切实安排好副业生产。第四，教育全体党员，在大雪封门的时候，到群众中去，和他们同甘共苦……"

天刚亮时，雪下得更紧了，北风搅着漫天雪花在空中作龙蛇之舞。

县委的干部们在大院集合了。大家站在风雪里，一片跺脚之声。焦裕禄穿件旧黑大衣，戴火车头棉帽，来到队伍前。他问李林："人都到齐了吗？"

李林说："都到齐了。"

焦裕禄问："同志们，冷不冷？"

大家齐声应答："不冷！"

焦裕禄说："咋不冷？天寒地冻，大雪封门哪！不冷是咬着牙说的。可越是在这样的时候，老乡们最盼望的就是雪中送炭的人。我们要把党的温暖，及时送到那些被大雪封堵的人家。昨晚的通知大家都收到了吧？"

大家应答："收到了！"

焦裕禄说："今天机关的干部下乡去查看雪情，兵分四路，我和程县长各带一个组，钦礼副书记带一个组，组织部长带一个组，按昨晚通知的路线，分区分片，一个村一个村地看一看。强调要四进：一要进军烈属家，二要进五保户家，三要进断炊断柴的困难户家，四要进牛屋。晚上八点在机关开碰头会。"

各路队伍迎着漫天大雪出了县委大院。焦裕禄手里拿着探路的竹竿，走在最前头。一阵大风雪迎面扑来，焦裕禄打了个趔趄又向前走。那件破旧的黑大衣让风刮得鼓起来。焦裕禄一脚踏进冰窟窿里，拔出脚来，鞋已湿透。他急忙转身招呼大家："这儿是条壕沟，下边是薄冰，过不去，绕吧。"

走着走着，李林发现焦裕禄右耳冻得冒出血来，到脖子根儿，堆了一团雪。他说："焦书记，快把耳巴放下来！"

焦裕禄说："我不冷，身上还冒汗哩。"

李林说："你脸上堆了一团雪，耳朵都冻破了，咋还说不冷？"

焦裕禄用手去摸，雪花贴在脸上，又结成了冰。他半天才把那块冰揭下来："哎哟，冻得好结实哇！"

他看看在雪地里跋涉的同志们："咱们唱支歌吧，一唱就不冷了。"

他带头唱起了《南泥湾》。唱着唱着，焦裕禄的声音低下来，他双手按住腹部，腰往下弓。大家停下了。大伙儿说："焦书记，您脸上全是汗了，咱们别往前走了。"

李林忙扶住他："焦书记，要不咱们就近找个村歇歇？"

焦裕禄摆摆手："不要紧，你们接着唱。"

2

焦裕禄又一次来到孙梁村五保户梁大爷家。

梁大爷吃了一惊："焦书记，这么大的雪，你又来啦？"

焦裕禄说："我们来看看您老人家，缺不缺粮食，缺不缺柴火。"他把手伸到炕席底下，摸摸炕热不热，揭开米瓮，看看还有没有粮食。

梁大爷说："不缺，不缺！救济款早就下来了。啥困难也没有，焦书记呀你就放心吧。"

梁大娘摸索着过来了："我的儿来啦。这么大的雪，天寒地冻的，快在火盆上烤烤手。我摸摸我儿子。"

她伸出手在焦裕禄脸上抚摩着："儿呀，一年不见，你咋瘦了这么多啊，你累病了？"

焦裕禄说："您老人家别担心，我呀，壮着哪！"

梁大娘说："儿啦，俺去年说过不是，俺眼瞎了，心可没瞎。你真是瘦多啦，这都是为咱老百姓操心累的。"

梁大爷说："焦书记啊，你大娘看不见，你不光是瘦了，脸色也不太好，你得好好养养。你可千万别累倒啊。"

焦裕禄说："您老人家放心，我没事。"

他掀开缸盖看了看："水快没啦，雪天路滑，您老担水不方便，我担水去。"抄起扁担就要走，李林忙抢过扁担："我去我去！"

梁大爷说："焦书记啊，给你提个意见中不？"

焦裕禄说："中！中！大爷您说。"

梁大爷说："上级发救济款是好事，可要买度荒的代食品，就要到山东、安徽那边。要是把救济款集中起来，买些红薯干、萝卜干，就更好啦。"

焦裕禄说："好好好，大爷您这意见提得好啊。"他掏出小本子，记了下来。

3

三队的牛屋里，饲养员段大娘正在给刚生下小牛犊的母牛喂米汤。母牛身上盖着一床打了无数补丁的花被子，小牛身上盖着件老羊皮袄。牛栏里笼着一只火盆，烟熏火燎，段大娘不停地咳嗽。

段大娘把母牛的头揽在怀里，用调匙一勺一勺喂它，一边同它说着话："快喝吧，多香的小米汤啊。知道你有功有劳，头一胎就给咱队里生了个壮健牛犊子。你看看你儿子，多像你啊，这宝贝，连黑眼圈都像！长大了准是个有力气的。"

她没有察觉，焦裕禄和李林不知什么时候进了牛屋，就站在她身后。焦裕禄轻轻叫了声："大娘。"

段大娘一回身，吓了一跳："同志啊，你们找谁？"

焦裕禄说："大娘，我们是来看您的。"

"看我？这大雪天的！你们是谁呀？"

李林指着焦裕禄："大娘，这是咱县委焦书记。"

段大娘说:"焦书记呀,这么冷的天,你咋到俺牛屋来啦?"

焦裕禄说:"早听说有个饲养员段大娘,照顾牲口比自己的儿子还细心,匀草细料,温水暖屋。来了一看果然名不虚传呀,看您老人家伺候这生了牛犊的母牛,和伺候自个儿坐月子的儿媳妇一样呢。"

段大娘说:"这牛是生头胎,忙了一宿啦,刚拾掇好,给它煮了坐月子的定心汤,和它说会儿话,省得它害怕。这畜生呀,其实和人一个样,'羊马比君子',生头胎心里也没底不是?你看我跟它说了会子话,它安详多了。"

焦裕禄抚摩着小牛犊的鼻子:"好家伙,这小东西真漂亮!"

段大娘说:"一看就是个有力气的,看这腿,多硬挺!又给咱队里添了一个壮劳力!"

焦裕禄说:"大娘,咱队上一年添几头小牲口?"

段大娘说:"今年添了两头小牛犊,一头小驴驹,一头小骡驹,添丁最多的是今年。都是我自个儿接下的。"

焦裕禄问:"草够不够?"

大娘说:"够了。"

焦裕禄问:"大娘,您老今年多大年纪了?"

段大娘说:"六十八啦,从成立了公社就当饲养员,干五六年了。"

焦裕禄说:"这五六年,您老人家接了多少小牲口?"

段大娘说:"还真没留心算过,焦书记,你看这一棚牲口,差不多都是在我手上长起来的。"

焦裕禄说:"大娘,听说您老人家身子骨也不太好,真辛苦您了。"

段大娘说:"没大病,只是前二年落下个浮肿病,咋也去不了根。"

焦裕禄拉过老人的手,在老人手背上按了一下:"大娘呀,您老人家这浮肿不轻,手背上一按一个坑哩。回头我问问医生,给您带点药来。"

段大娘说:"焦书记,你那么忙,这事你千万别操心。"

焦裕禄从兜里摸出几十元钱:"大娘,咱们县里呀,有个规定,饲养员繁殖了小牲口,要给奖金,这不是,我把奖金给您带来啦?"

李林心里明白这钱是焦裕禄自掏腰包,想说什么,焦裕禄忙用目光向他示意。

段大娘说:"焦书记,您咋就知道俺们黑眼圈生了小牛犊呢,你比神还灵?"

焦裕禄说:"大娘呀,我可不是神,您老人家的事,一进村就有很多人跟我讲哩。"

4

寨子的社会主义大窑，一片繁忙。窑门口火焰正旺，一片热气腾腾的景象。

焦裕禄问烧火的满常："满常，这么冷的天还烧呀？"满常说："焦书记，坯子是上冻前打好了的，都拿草苫子盖着哩，不抢烧出来，再来场雪就烧不出来了。工地上正好完工，腾出来的人手就更多啦。"

刘秀芝来了："哎哟，焦书记，这么大的雪，你咋来了？"

焦裕禄说："唱着小曲来的，上你这地方来烤烤火！秀芝同志，这一阵窑上的情况咋样？"

刘秀芝说："挺好的。这几个月砖有多少就能卖多少。帮助咱度了荒。俺们又帮周围几个村建了大窑。到明年，俺们大队准备再建一座窑，扩大一下规模。"

焦裕禄说："好呀！今冬煤的问题怎么样？"

刘秀芝说："县物资公司把指标批了。"

焦裕禄问："群众生活有没有问题？"

刘秀芝说："没问题，明年一开春，我们就给社员建砖房。"

焦裕禄很高兴，连声说好。刘秀芝说："焦书记，把同志们请到我家，吃顿便饭吧。"

焦裕禄说："不用了，我们还是回县里吧，这次县里同志分了四个组到各公社，晚上要开碰头会呢。"

他们往回走的时候，月亮已经升了起来。月光如水，照在茫茫雪野上。焦裕禄扶着探路的木棍，走得跟跟跄跄。李林要扶焦裕禄，焦裕禄不让。

李林说："焦书记，咱从早晨出来，这一天跑了十九个村，你连口热水都没喝上，怎么受得了？"

焦裕禄说："没事。"

焦裕禄、李林又来到杜瓢村。他们进了饲养棚，饲养棚里井然有序，王老四正在给牲口添草。焦裕禄问："老四叔，过冬的饲草准备得充足不充足？"

王老四说："充足。上冻前我把今年队里的棒子秸、豆秧子全铡好了，存了四个草苫子。"

焦裕禄说："好呀。"

王老四说:"焦书记,今年咱们队上两个月发动群众打草,攒了好几个大草垛,咱自己队里的牲畜到开春吃不完。大伙儿的意思,是把节余的草支援缺草的生产队。"焦裕禄说:"太好了!"

5

清早,王长兴戴上套袖、垫肩,推出自行车,准备出门。他媳妇从外边回来,拦住他:"上哪儿去?"

王长兴说:"韩村挖沙哩,去工地。"

他媳妇说:"不是说好了,今天让我陪你去县医院检查检查吗?"

王长兴说:"用不着,睡了这宿觉,好多了。"

他媳妇说:"昨晚上你不说胸闷得喘不上气来,后胸像刀子犁着一样疼吗?"

王长兴说:"可能是昨天太累,睡了一宿觉歇过来了。"

他媳妇说:"连着一两个月住工地,你身子亏成这样,受不了,你就歇两天吧。"

王长兴说:"老焦的病不比我重得多,他不也在寨子那边工地上一住数个月吗?我没事。"

他媳妇说:"那我给你烙两张杂和面饼你带上。"

王长兴说:"不用。"

他媳妇嘱咐:"别往家捎干粮了,记住。这么累的活不吃饱了顶不住。"

王长兴答应着走了。

翻沙压碱工地上,人流穿梭,龙腾虎跃。几个社员给王长兴往架子车上装胶泥。车装满了,王长兴还说:"再装点。"

装车的社员说:"王社长,这胶泥特沉,你身体不好,别累坏了。"

王长兴见装车的社员不愿往上装了,他抄起一把铁锨,自己装起来。装满了车,他躬身拉着车,几个社员在后边和两侧推着。他们艰难地上坡。登上坡顶,王长兴突然晕倒在地。

王大水等人围上来,呼唤着、摇晃着王长兴:"王社长!王社长!"

"老王,你怎么啦?"

人们听到喊声,齐向这里赶来。社员们抱怨着:"你咋给老王的车装那么满哩?"

"他有病，哪能推这么重的车？"

"他这一两个月，没黑没白长在工地上，身子早拖垮了。"

"老王啊，一干活儿你就不要命啊，就是个铁人也撑不住啊。"

王大水托着王长兴的后背："王社长，王社长你醒醒啊。"

王长兴睁开了眼睛，他的身子不住地颤抖。王大水问："王社长，你哪里不舒服？"

王长兴指指自己的心脏。王大水说："我给你扑拉扑拉。"

王长兴见大家都围着他，安慰大伙儿说："我不要紧，歇一会儿就好了，大伙儿都干活儿去吧！"

王大水说："快弄好架子车，铺床箔，送王社长去公社医院！"

王长兴连说："不用，不……"

王大水说："王社长，你可别撑着啦！听我的，快送王社长上公社医院。"

他们把王长兴弄到车上，王大水拉起车拼命地跑，几个社员紧跟在车后。

6

常委会上研究救灾问题，各组都做了汇报，焦裕禄说："刚才几个组都通报了情况，咱们三十六个公社的底数大家也都清楚了，眼下最关键的，是安排好群众的生活。从各组情况看，牲口缺草仍然是个突出问题。全县还有一百零四个生产队缺草，要发动群众采取各种方式准备足饲草，余草队要对口支援缺草队。这样我们明年的春耕才有保证。我去孙梁村的时候，梁大爷提了个意见，咱们发下了救济款，群众拿来买代食品，要到安徽、山东那边去，十分不方便，咱们是不是拿出一部分救济款，让供销社去外省购买一些红薯干之类的代食品，解决群众的困难？谁还有要说的？"

张钦礼欲言又止。焦裕禄点将："老张，你说。"

张钦礼说："焦书记，有个情况，不敢跟你说。"

焦裕禄问："啥情况？说吧。"

张钦礼说："焦书记，王长兴同志病故了。"

"什么？"焦裕禄吃了一惊。

张钦礼说："公社刚把电话打过来，是昨天下午去世的。"

焦裕禄问："怎么回事？"张钦礼说："他连累带病，再加上营养不良，突然倒在韩村的治沙工地上,大家把他拉到公社医院,大面积心梗,没抢救过来。"

焦裕禄捂住脸,眼泪流下来。全场顿时沉默了。

焦裕禄问:"为什么不早告诉我?"

张钦礼说:"刚接到电话,没敢跟你说,可又不能不跟你说。"

焦裕禄掏出烟来,手发抖点不上火。李林给他点上烟。

焦裕禄对张钦礼说:"老张你陪我到王长兴家里去看看吧。"

张钦礼说:"焦书记,李林说你一天跑了十九个村,饭还没吃呢。你看这时都快半夜了,他家离县城还有十几里路呢。"

焦裕禄说:"老张,我心里难受啊,难受得猫抓一样。"

焦裕禄从王长兴家回来,坐到藤椅上,肝部剧烈疼痛起来,他用茶缸使劲儿顶住。这次顶的劲头太大,藤椅又顶出个窟窿。

程世平进来了。他默默坐在焦裕禄对面。半晌,他说:"对王长兴家属的抚恤工作,我让民政局今天去王长兴家了。咱们尽一切所能把他的家属、孩子照顾好。"焦裕禄说:"老程,我觉得我不但欠了兰考老百姓很多,对兰考的干部我一样欠了很多。"

焦裕禄拨了电话:"李林,你去,马上把人事局长给我喊过来。"

人事局长来了。焦裕禄问他:"赵局长,你说说全县干部的身体状况和死亡情况。"人事局长吞吞吐吐地说:"焦书记,全县干部身体状况……有些干部浮肿……死了两个人。"

焦裕禄神情严肃:"赵局长,你一定要从共产党员的党性出发,讲真话。"

人事局长才说:"从一九六〇年到现在,已经饿死、累死了二十七名基层干部。"

如一声惊雷,敲在焦裕禄的心上。他眉头拧成疙瘩,烟抽了一支又一支,泪水盈满双眼。沉默了一会儿,他说:"老赵,你把这二十七个干部名单抄给我一个。"

赵局长说:"焦书记,我很快抄给你。"

焦裕禄说:"对这二十七个干部的家属、子女,咱们一定要照顾好。党把这么多干部交给了我们,让他们带领群众斗三害,我们对干部关心太不够了,二十七个干部啊,我怎么对得起党,对得起他们的家属?从现在起,对全县干部进行一次体检，把权力交给医生，该休息的休息，该住院的住院，口粮方面要给予照顾。对去世同志的家属，要做好安置工作，赶快派人去外地购些议价粮。"

程世平说："老焦，这件事咱们得想个万全之策，购议价粮，要违反粮食统购统销政策。要不开个常委会？"

焦裕禄说："常委会要开，这件事出了问题我一个人顶！"

夜深了，焦裕禄在办公室里，用毛笔往白纸上抄写那二十七个死亡干部名单。

一张白纸一个名字，最后一个名字是：王长兴。

他的眼泪滴在纸上，墨洇开了。他又换了一张纸写王长兴的名字，照样是一片墨色迷离。一直到第三张才写成。

每个名字占了一张四开白纸，写一张往地上铺一张。二十七张纸铺了满地。

焦裕禄的心灵又一次受到了强烈的震撼。

二十七条鲜活的生命，把他的心揪得生疼。

很长时间，他总是一个人自言自语，他说出的那句话是："他们本来是可以不死的……"

走到房门外，大夜如磐，寒风的啸叫声如野兽低沉的悲鸣。

7

一九六三年十一月二十四日，开封地委再次就焦裕禄任职问题，呈请河南省委组织部批复，上报的干部任免呈报表是这样写的：

> 兰考县委缺书记，该同志去兰考这一段工作搞得尚好，可以胜任书记职务。

一九六四年一月二十七日，省委组织部终于批复，经省委研究，焦裕禄任兰考县委书记。此时，县委已不再设第一书记。

一九六二年十二月五日焦裕禄主政兰考，到名正言顺成为县委书记，差十天就是一年零两个月，而距离他病逝，仅有三个月零十七天时间。

换一句话说，焦裕禄在兰考工作一年半时间，其中四个月零二十天时间任代理第二书记（一九六三年四月二十五日省委组织部批复任第二书记），一年零两个月后正式任命县委书记。

8

县委常委会就购买议价粮问题展开讨论。

李成首先发言："我坚决反对去买议价粮。理由几乎用不着说，粮食统购统销政策是个红线，这个红线是不能碰的。"

张钦礼说："眼看要过节了，干部群众度荒都成问题，总不能让人们饿着肚子除三害吧。"

一个常委说："粮食有统购统销，代食品总没有这政策吧。我们可以组织人去邻近省买些山芋干之类的代食品嘛。"

李成说："咱们执行中央政策不能有任何打擦边球的想法。"

焦裕禄说："同志们，这个问题我的意思是不再争论了，咱们有二十九个县委委员，九个常委，是一个高度民主、高度集中的领导集体，任何重要决策，必须要经过这个领导集体的决议后才能实施。但这件事的确是责任重大，又刻不容缓，这样吧，我负全责，出了问题不让同志们跟上我背黑锅。"

县供销社组织了一百四十八人的业务员队伍，十几辆大卡车，走了安徽、山东、广东、广西、湖北、四川、江苏、黑龙江八个省和自治区，采购了粉条、粉面、苜蓿片、红薯干、蚕豆等代食品和副食品六十多万斤，在周边地区购了议价粮。这个举动，很快就震动了全地区，连省委也知道了。

亲自送走了采购大军，焦裕禄又来到孙梁村，直接进了段大娘的牛屋。

段大娘正在用糊糊喂小牛："乖，快吃快长，快吃快长！"

焦裕禄提着羊肉、黄豆进来了："大娘！"

段大娘迎过来："焦书记，你又来了？这天冷着哩。"

焦裕禄说："下雪不冷化雪冷。再冷的天，也会过去的。"

段大娘说："眼下交了四九。到五九六九就萌芽生了，七九河开，八九雁来，九九加一九，耕牛遍地走。春天一到，咱这牲口就有盼了。焦书记，你看这小牛犊，这些日子更盛茂了吧？"

焦裕禄说："嗯，是长了不少。大娘呀，我在红庙打听了个药方，治您这浮肿病挺管用，医生说，红枣、红糖、黄豆、羊肉放在一起熬汤喝。我买回来了，您试一试。"

段大娘擦起眼泪："焦书记呀，你让俺、让俺说啥……"

焦裕禄说："大娘，您啥也别说，您就把俺当您亲儿子，您病好了，俺就放心了。"

焦裕禄和李林自行车上驮着米袋和白菜，赶到苗圃。朱晓、吴子明两个人正在点炉子，两个人手忙脚乱，弄了一屋子烟，呛得直咳嗽。

焦裕禄放好自行车，说着："生炉子啊？这么大烟！"

朱晓说："老焦来了，屋里坐。炉子天天灭，总也弄不好。"

焦裕禄说："你们南方人，生火炉子不在行，我来，我来。"

他把炉膛里的东西掏出来，找了两张旧报纸，把劈柴架好，很快把火点着了。让朱晓找了一把旧蒲扇扇着风，火旺起来。焦裕禄说："小朱啊，这干啥事都有窍门，就拿这生炉子来说，人性要实，火性要虚，你们把劈柴压得满满的，气都透不过来，怎么能点得着？你看我把劈柴架在里边，用了你们生炉子的三分之一的劈柴，火就引着了。"又把煤加进去，盖好炉盖，扇几下风，"你看煤也着了。"

朱晓说："哎呀老焦你不知道，开头都是二萍帮着弄，这几天二萍去县里农林局上培训班，我俩天天折腾这炉子，头疼死了。"

焦裕禄说："你们要学会在北方生活，每一个细节都要注意。李林啊，你一会儿帮小朱他们检查一下烟道，别有不畅或者漏气的地方，小心中煤气。"

李林应着去了。

焦裕禄又说："大米快吃完了吧，今天带了一袋米来，还有些白菜、花生、大枣。数盼着就要过年了，这是你们在北方育林基地过的头一个春节，过来看看你们生活上还有没有困难。"

朱晓、吴子明都说："没困难。老焦您放心。"

焦裕禄说："林业关系着兰考沙区的生死存亡啊，沙区无林，一切无从谈起。按照县委定的造林意见，力争在三年内调整好林木面积，五年内得到收益，消灭风沙危害。到那时大家就不再是灾民了，而有运不完的花生、大枣、泡桐。你们是一线功臣啊。春天育苗的准备做好了吗？"

朱晓说："做好了。这个冬天把育苗地都整好了，下雪前铺了底肥，不同的桐树品种按照各自生长规律把握好育苗期，咱们明年繁育的就有白花兰考桐、毛泡桐、楸叶桐、光桐几个品种。焦书记，我们保证，不出三年，兰考大地将是遍地桐花！"

焦裕禄说："好！我前些日子做过一个梦，就是这个场景，兰考大地遍地桐花！"大家笑了。

焦裕禄问："小吴，你和二萍的事咋样了？"

吴子明说："我父母来信了，家里也对二萍很满意，让我们五一结婚。"

焦裕禄又问："小朱，你和张小芳呢？"

朱晓说："也准备五一结婚，就在老韩陵办婚礼，肖大爷老两口儿把房子都替我们布置好了。"

焦裕禄："好呀，到时我来给你们主婚。"

炉火越烧越旺了。

此生不料再还乡

1

地委扩大会议正在举行，参加会议的有地委常委、委员和各县不是地委委员的书记、县长。

地委书记张申主持会议，他总结了全地区的救灾工作，特别对兰考提出了表彰："我们开封地区的救灾工作，每个县都有自己的亮点。这次我到几个县看了看，很受启发呀。最穷的兰考县，步子迈得最大，虽然兰考的条件最差，但在困难的条件下做了很多事情。别的地方不敢干的事他们干了，除三害看得准，抓得准，方法与措施都对头，主要是县委的领导同志思想明确，下了决心。他们没喊大口号，稳扎稳打，除三害的措施都经过了群众的讨论和专家论证，符合地委提出的积极领导、稳步前进的方针。兰考过去要饭的多，全国闻名，现在转变过来了，这不是简单的事情。他们的经验值得推广。焦裕禄同志，你来谈一谈……"

坐在第四排的焦裕禄肝病又一次犯了，他咬紧牙关，疼得满头大汗。听见张申让他发言，他说不出话，痛苦地摆摆手。

张申见状大吃一惊，忙令："马上送医院。"

会议一散，张申马上跑到医院里，焦裕禄已经安置下来了，正在输液。张申说："老焦啊，今天你就在医院住下来，好好调养一下，不能再拼下去了。"

焦裕禄说："张书记，您不知道，我最害怕的事就是住院。一住院呀，耳朵里听的、眼睛里看的，都是病。人进了病圈子里，轻病也转重三分。一进入工作，反倒把病忘了。"

张申说："这回你什么也别想，什么也别说，配合医生，好好治病。"他又问旁边的县委宣传部干事小刘："你是兰考县委的同志吧？"

小刘说："张书记，我是县委宣传部新闻干事小刘。"

张申说："小刘同志，这个任务交给你了，让你们焦书记好好治病。一会儿几个专家就过来会诊。"

在医院里住了三天，焦裕禄就住不下去了。可是张申书记给医院和小刘都下了命令，小刘更是寸步不离地跟着他。早晨起来给焦裕禄打来开水，倒进杯子里，让他吃药，接下来又削了一个苹果。

焦裕禄说："小刘，让你这么伺候，我可是老大的不自在。"

小刘说："焦书记，你咋这么说，你是病人嘛。张书记关照了，你哪里也不能去，配合医生，好好治病。"

焦裕禄说："我说的咋样？一进医院，就真成病人了。"

小刘安慰他说："焦书记，你就当去开会了、去参观了，别想工作，治好病干啥不行。"

焦裕禄吃完药，躺下了一小会儿，又坐起来："小刘，你去帮我办个事行不？"

小刘问："啥事？"

焦裕禄说："到街上替我买盒牙粉去，记住要金鸡的。"

小刘说："焦书记，牙粉早没人用了，我给你买管牙膏吧。"

焦裕禄说："牙粉便宜，才一毛一一盒，牙膏太贵。"

小刘答应着要走。焦裕禄又说："你再去趟档案馆，查查咱县的旧县志，把历年闹灾的情况抄录一下给我看看。"

小刘犹豫了一下。焦裕禄说："我的检查结论还没出来呢，豁出去了，再住几天，看结果出来再说出院的事。"

小刘放下心来："中。焦书记，那我去办，您一定好好休息呀！"

焦裕禄在窗户上探探头，见小刘走了，急忙下床收拾东西。小刘办事回来，碰上了主治医师，主治医师把他拉到医生办公室，告诉他焦书记的化验检查和会诊报告出来了，情况不太好，要做好去郑州医院复查的准备。心事重重的小刘进了病房，焦裕禄的床已经空了。

2

这个时候，焦裕禄早已上了从开封开往兰考的公共汽车。车上满满当当，他买的票是一个靠窗的座位，开车前，上来一个七十多岁的老太太，焦裕禄把座位让给了老人，自己站在车厢里。

车走到半路抛锚了。司机招呼着："乘客同志们，抱歉抱歉，大家下来推推车吧，熄火啦。"

乘客们抱怨着下了车。焦裕禄跳下车，和大家一起推起车来。正推着，另一辆拉货的汽车停下，小刘从副驾驶座上跳下来，与司机挥挥手，货车开走了。他走过来拉起推车的焦裕禄："焦书记，你怎么跑回来了？把人急死了。"

焦裕禄喊："小刘，快帮着推推车。"

小刘说："焦书记，咱们别回兰考了，你从医院跑出来，我咋和地委交代。"

焦裕禄说："没事，我这老毛病，犯过去就好，一住院就真成病号了。"

司机探出身子："大伙儿再铆一铆劲，上坡啦。"

焦裕禄拍拍小刘的背："小刘，快，使劲儿推。"

他喊着号，大伙儿齐心协力，汽车打火开动了。焦裕禄不由分说，硬拉小刘上了车。

张申听说焦裕禄"逃"出了医院，无奈地摇头。他找了个老中医，给开了个方子，把药包了，让人带到兰考。这三服药吃下去，果然病情缓解得很快。小刘又照那个方子抓了三服。焦裕禄一问，药是三十块钱一服，他心疼了："小刘啊，这药太贵了，三十块钱一服呀，咱兰考是灾区，能省一点就省一点。吃完这三服药，咱们再换个方子。"

"焦书记……"

焦裕禄打断他："好了，说说《河南日报》让我们组织专版的事吧。"

小刘说："焦书记，上次报社刘总编告诉我，省委领导同志认为咱兰考县除三害搞得好，要推广我们的经验，报社决定发咱县一个专版，让县委赶快组织稿件，二十天之内送报社。"

焦裕禄问："组织哪个方面的文章？"

小刘说："刘总编说，围绕除三害斗争，请县委书记写一篇文章，再写一篇通讯，配上照片。"

焦裕禄说："好啊，这是省委对我们的关怀，报社对我们的鼓励，赶快组织力量，尽快完成，你拟个名单，通知他们到县委来开会。"

半夜里，焦裕禄正在伏案写作，肝区又疼得厉害，他不得不用钢笔杆努力顶住。一面大口地、发狠地吸烟，牙齿把烟嘴咬得咯咯响。

徐俊雅端来水盆："老焦啊，你又疼了？"

焦裕禄强扮出笑脸："没事。"

徐俊雅拿过桌上被咬断的烟嘴，焦裕禄掩饰说："烟瘾大，这烟嘴不结实。"

徐俊雅从他被窝里摸出一个茶缸："这又是你藏在被窝里的吧？疼了用这个顶着？老焦啊，你要疼得厉害，我去找医生给你打一针吧？"

"深更半夜的，吵醒人家多不好，没多疼啊，你睡吧。"

徐俊雅哭了："你不看看你瘦成啥样了。铁打的人也要歇一歇，有病的人，哪有不治病的？你什么都知道，就是不知道疼自己。"

焦裕禄说："反正睡不着，不如做点事情，还能把疼痛忘了。这样也好，工作的时间反倒多了。哎，俊雅，差点忘了，我前天让你问的红庙老中医治浮肿的偏方，你问来没有？"

徐俊雅说："你自己病成这样了，还给别人问治病的偏方哩。你能不能少操点心？"

焦裕禄说："一个模范饲养员段大娘，六十八岁了，手背上浮肿得一按一个坑，我咋能不管？"

徐俊雅告诉他："问来了，二斤羊肉、二斤红糖、三斤大红枣、五斤黄豆，熬汤喝，专治浮肿病。我给你抄好了，你烫烫脚，早点睡。"

焦裕禄说："这方子用过了，不怎么管用。俊雅，还有篇文章得赶一赶，省委领导同志认为咱兰考除三害搞得很好，让《河南日报》给兰考搞个专版。咱们正好借这个机会给群众鼓劲儿呢！"

徐俊雅往桌子上一看，摊开的稿纸上写了一个文章的标题"兰考人民多奇志，敢教日月换新天"。她把纸笔收了："不行！一个字也不能写了！"

这时，有人敲门。徐俊雅打开门："程县长啊，这么晚，您也没睡。"

程世平问："老焦睡了？"

徐俊雅说："没，这儿疼得厉害。"

程世平说："那我别打扰他了。"转身要走，焦裕禄听见了："老程，我没事，你进来。"

程世平进了屋："老焦，又疼了？"

焦裕禄说："你别听俊雅的，没大不了的事。"

程世平说："还是住几天院调养一下吧，总这么硬扛着咋行！"

焦裕禄说："一住院就真成病人了。我有个体会，病这个东西，在医院里才是病，出了医院，充其量也就是个不舒服而已。"

程世平说："你这人，办事讲科学，轮到自个儿身上全不是道理。这扛能把病扛好，要医院干啥？"

焦裕禄问："老程，你还是说说正事，是不是又有啥事了？"

程世平说："老焦，听说有人到省委去告我们的状了。"

焦裕禄问："告我们什么？"

程世平说："告我们违反国家粮食统购统销政策，买议价粮。又动用救灾款，到外地购买代食品。"

焦裕禄问："省委对我们的做法怎么看？"

程世平说："听说省委要通报批评我们。连《河南日报》我们那个专版也不发了。你说告黑状的这人有多可恨，背后打黑枪。"

焦裕禄劝老程："这事应该看得开，咱们是应急措施，难免会做得不妥，怎么能把人家的嘴给封住？"

程世平说："老焦，我真算服了你。"

兰考购买议价粮和代食品的事，成了一个"事件"。连开封地委的压力也大起来，焦裕禄和地委书记张申通电话，心情十分沉重："张书记，去外地购代食品是我让供销社的同志去办的，我负全责。如果组织上要给我们处分，只处分我一个人好了。不不，张书记，我真的不是说气话。我们已经有二十七名干部因为饿和劳累死在工作岗位上了，二十七名干部啊，我是县委书记，我有责任……"

电话的另一方，地委书记张申的声音有些激动："裕禄同志，地委不认为你和兰考县委在这个问题上有什么错误，干部是我党的宝贵财富，你们为保护干部采取了应急措施，不应该算是违反统购统销政策。我已经向省委做过情况说明了，裕禄你不要背思想包袱。你身体这个样子，上次从医院跑掉了，这怎么行呢？工作是干不完的，抽出时间一定要到开封的医院检查一下。"

焦裕禄说："谢谢张书记，我没事，老毛病了。吃中药了，还能顶得住，您放心。张书记，我先给您拜个早年了。"

放下电话，他的肝部又疼起来，他用短笤帚紧紧顶住，头上大汗淋漓。片刻，他又抓起电话手柄，吃力地摇着。

电话没来得及要通，程县长来了。两个人围着炉子抽烟。焦裕禄问："老程，今年春节你打算回家过年还是在这儿过？你要回去呢，我就留下值班。你要不回去呢，你就值班看门，我想带老婆孩子回趟老家，我已经好几年没回山东老家了。"

程世平说："我不回了。你走吧，家里老娘盼着呢，我值班，你尽管放心。"

焦裕禄笑笑："那好，老程，我还有点小事，能借给我点钱吗？三四百就足够了。"

"好。我叫财务科给你支四百块钱，不太够吧？穷家富路，应该多带上点。"

焦裕禄说："够了够了。连工资一共五百多块，足够用的了。这钱，我回来就想法还给你，路上能节省就节省了。"

炉火旺了，程世平觉得热，就脱掉了外边的棉衣，焦裕禄却还紧偎着炉子烤火。程世平说："老焦啊，这炉子旺了，屋里太热，把外边的棉袄脱了吧！"

焦裕禄忙说："不不不。"

程世平见他冻得直打哆嗦，心里一惊："老焦，是不是又犯病了？"

焦裕禄说："没，就是有点冷。"

程世平走过去摸了摸他的衣服，又是一惊："大冷天你穿个空心子棉袄，怎么能不冷，连件秋衣也不套，八面进风，还不冻坏了？"

焦裕禄苦笑一下："老程，咱没往里套的衣裳呀。"

程世平说："那就买布紧着做一件。"

焦裕禄说："没布票,手头也紧,将就着吧,有那么多群众连棉衣都穿不上呀。"

程世平说："没布票我给你找,无论如何也要做件内衣。你这个样子回去,老娘看了多心痛,心里是啥滋味。走,走,走,我陪你上趟街,买一件去。"

焦裕禄推着老程："别别,不用。"

"跟我你还客气个啥?走!"程世平强拉硬拽,把焦裕禄拉走了。

3

从打结婚之后,这是焦裕禄第一次举家返乡。

第一次回家过年的几个孩子非常兴奋,在车厢里跑来跑去。服务员推着餐车过来了,一边在车厢里走一边吆喝:"热包子,热包子!谁吃热包子?快点买啊,买晚了抢不上啊!"

车厢里的乘客纷纷买包子。流动餐车推到座前,几个孩子停止了嬉闹,眼巴巴地望着。服务员问焦裕禄:"同志,买包子吗?"

焦裕禄说："谢谢,不买了,带着馍呢。"

徐俊雅问："你们卖的汤多少钱一碗?"

服务员说："清汤五分钱一碗,鸡蛋汤两毛一碗。"

徐俊雅说："老焦,馍都裂干了,车上开水也供不上,给孩子们买碗汤吧。"

焦裕禄说："行,买两碗清汤。"

服务员问："你们一家六七口人,两碗清汤咋喝?"

焦裕禄说："孩子们分着喝,我们大人就不喝了。"

在博山下了火车,又坐了一段汽车,就上了山路。

十三年了!焦裕禄一天也没有忘记那个魂牵梦萦的老家。故乡的一草一木在他的忆念中,悲惨与欢乐,相交相融。稚气与豪气,生发有根。今天,他终于回到了故乡的怀抱,但那种"近乡情更怯"的心情,让他步履蹒跚。

第一次走故乡山路的孩子们却感到十分新奇。国庆说:"爸,奶奶要知道我们今天回来,不知该多高兴了!"

焦裕禄说："那当然了。"

国庆问："爸,你说咱们老家的山特别好看,咋看着一片灰乎乎的,一点也不好看？"

焦裕禄说："傻小子，这是冬天。到春天咱们这山就好看了，满山是花草，满山是蝴蝶。雪一化，泉水也多了，可美啦！"

玲玲问："爸爸，什么时候是春天呀？"

焦裕禄说："冬天过去，马上就是春天啦！"

他指着一片山："就在那里，那条小道，那是爸爸当年卖油走的小道。爸爸让日本鬼子抓到四十亩地，你们的奶奶天天要走这山路到县城去打听爸的消息，一步一步走三十多里远呀。"

孩子们点着头。

侄子守忠来迎接他们了，他喊着："叔！婶！"

焦裕禄高兴地拉过守忠："守忠，长这么高了。"又对孩子们说："这是你们的大哥，知道不？"

守忠说："奶奶和我爸等得着急了，让我来接接。"

焦裕禄问："奶奶身板怎么样？"

守忠说："奶奶身子骨还行，天天还纺线呢。"

进了院子，小院里早挤满了乡亲，大家拥过来问长问短。老母亲欣喜异常，抱了大的又抱小的，孩子们亲热地喊着奶奶。

焦方开说："禄子，这一晃你走十几年了。那次回来，你刚娶了媳妇；这次回来，儿女成群喽。"

焦裕禄说："可不是吗？要不咋觉得咱自个儿老得快呢。"

王西月问："禄子，你现在在哪儿工作？"

"河南兰考县。"

"做个几品官呀？"

"没什么官呢，在兰考县委。"

刘美元说："裕禄，我总记得你当年那个白面书生的样子，咋现在又黑又瘦了？"

焦裕禄笑笑："就这样，总也胖不起来。"

老娘说："是呀，儿啦，这回见你，咋这么瘦呀？脸都窄了。"

焦裕禄说："娘，您别担心，我身子骨壮着呢。"

老娘又问徐俊雅："他爸咋这么瘦？"

徐俊雅说："娘，他就是累的，休养一段就好些了。"

老娘只好再问大孙子守忠："你叔不是有啥病吧？看也看不出，他自个儿又不说，我怎么……老觉得他有病啊？"

守忠说："奶奶，我叔就是工作太累，回家歇些日子就会胖起来了。"

第二天，老娘早早起来，她在堂屋地上洒了水，仔细地扫着地。焦裕禄出来，忙抢过笤帚："娘，您歇着，我来。"

娘说："起这么早干啥，坐了那么远的火车，不多睡会儿？"

焦裕禄说："不累，早就醒了。"

扫完了地，他看见母亲坐在镜前梳头，就接过梳子来："娘，您的头发全白了！"

娘说："禄子，娘老了。"

焦裕禄说："娘，您这全是操心累的呀！"

娘说："禄子，娘看你脸色，一直没转过来，是不是哪儿不舒坦？"

焦裕禄说："娘，您别担心，没事。"

娘说："病宜早治，饭宜热吃。不舒坦早点上医院看看，千万别拖着。你是一家之主，身子骨要紧。"

焦裕禄说："娘，您放心。"

4

焦裕禄一个人悄悄走进南崮山小学院子里。学校里放了寒假，他在空旷的校园里走着，从窗户里一个教室一个教室地看。有一扇窗户没有关紧，在风里呼扇着。他把这扇窗户关紧了。

他的耳边回响起了张老师教他们读《孟子》的声音。

徐俊雅来了，悄然站在焦裕禄身后。焦裕禄问："俊雅，你听到一个声音了吗？"

"什么声音？"

焦裕禄说："张老师讲《孟子》呢。他的嗓音多洪亮啊。"

徐俊雅吓了一跳："老焦，你……"

焦裕禄说："你听不见，可是我听见了。张老师讲：孟子曰：民为贵，社稷次之，君为轻。孟子告诉我们：老百姓就是苍天，就是大地，那些忘了老百姓是苍天大地的帝王，往往就丢了江山社稷，最终丢了身家性命。他讲得多好啊。"

两个人离开学校，又上了山。焦方开早在山上等他们了。焦裕禄问焦方开："方开叔，您还记得吗？这边是咱们当年埋石雷的地方。"

焦方开说："是啊，还有那边的二道坡，当年咱们打过伏击。"

焦裕禄说："看不出来了，这条路也改道了。还有这儿……"他指着前头，"这边不是阚家泉吗？"

焦方开说："这里没泉眼了。"

焦裕禄说："方开叔，咱这儿土好，种啥就长啥，这一片荒山要是能绿化起来，这片风景就更美了。您看，这山顶的四周可以植造木材林，再往下，就种经济林，桃树呀，梨树呀，苹果树呀，花椒树呀，栽上这些树，年年有收成。在坡上打上两眼机井，天旱了也就能浇地。"

焦方开说："这儿让水利部门的专家看过，没找到水。"

焦裕禄说："肯定有水！这是阚家泉，能没水吗？"

焦方开说："是啊，我咋就没想到这儿是阚家泉呢！"

焦裕禄说："有了水，才会有荒山绿化，对不？"

焦方开说："是啊，可这水上哪儿找？"

焦裕禄说："去当年有泉眼的地方找。"

焦方开点头。焦裕禄说："方开叔，咱崮山是老区，可是乡亲们日子过得也挺艰难呀。当年咱把脑袋掖在裤腰里，流血牺牲，是为了守住这块土。现在我们没有理由不让这块土富裕起来呀。"

5

半夜里，焦裕禄疼醒了，他用藏在被窝里的笤帚拼命顶住肝部，实在疼得受不了，就摸出烟来，把烟折了在嘴里嚼。

徐俊雅问："又疼了？"

焦裕禄做个手势，小声说："轻点，别让老娘听见。"

徐俊雅说："娘这几天总问你的病。"

"千万别多说。娘为我操了一辈子心。"

徐俊雅点点头："这些天你也太累了，光串门就走了三十多家。"

焦裕禄抓住徐俊雅的手抚摩肝部："说实话俊雅，你摸摸这疙瘩，不是个好东西。俊雅，我总有个感觉，不知道下次回老家得哪年哪月了，也许……"

徐俊雅哭了。焦裕禄扳住她的肩膀："别哭。我把这病的脾性也摸透啦，你越怕它，它越怕你！"

第二天一早，他独自一个人上了山。他不时停下来，在地里抓起把土，用舌头舔一舔，或者拔几棵枯草，在手里轻轻揉着，然后掏出小本子记着什么。

哥哥焦裕生到山上来找他："禄子！"

焦裕禄问："哥，你咋来了？"

焦裕生说："找你大半天了，你一个人在山上转啥哩？"

焦裕禄说："哥，我转了这一会儿，看这山上的土质，大都是黄土，适合种苹果、梨、山楂、柿子，现在看来缺水是个大问题。方开叔说专家也认为山上不可能找到水源，你看呢？"

焦裕生说："这地方过去泉眼不少，咋说没就没了呢？"

焦裕禄说："你看这一片草长得多好！在草密的地方找，肯定能找到。"

焦裕生说："嗯。有道理。你身子骨不好，就多歇着。"

哥儿俩在石砬子上坐下，焦裕禄说："哥，我这次回老家，看见咱娘是真的见老了。我工作忙，咱娘全靠你照顾，我心里想起来挺不是滋味的。"

焦裕生低下头去："别说了。"

焦裕禄说："哥，这么多年，娘为我操心太多了，我真想能在娘身边守几年，一步也不离开。可是我现在做不到。看样子，以后这个希望也很渺茫了。"

焦裕生说："禄子，你咋说这话！"

焦裕禄说："哥，有些话我不能对俊雅说，更不能跟娘说，我自己身体的情况我自己知道。我现在是抓紧一分一秒，把该做的事尽量多做一些。"

焦裕生说："古圣贤说'大道之行也，天下为公'。你当县委书记，勤政自然是你的本分。哥能理解。可是，禄子，你刚四十出头，有病不怕，早点治。那工作再重要也不能拿命去拼啊。"

焦裕禄说："哥，兰考有三十六万奋争在饥饿与贫困线上的人，我是他们中的一个。在那里我只想拼一条路出来。我觉得值。哥你要到兰考走一走，你一定会觉得我值。"

焦裕生默然。焦裕禄又说："哥，你的字越写越好了，你把刚才那句话写一幅吧，就是'天下为公'这一句，我喜欢这句话。"

6

除夕之夜，堂屋里点着两根红蜡烛，外边传来阵阵鞭炮声。一家人团团圆圆围着一张大方桌，桌上摆着几碟简单的菜肴。

焦裕禄端起酒杯："娘，今天是大年三十，这头一杯酒，先要敬您老人家。"

他把杯子举起来："来，孩子们，敬你们的奶奶。"

全家人端起酒杯。焦裕禄说："孩子们，咱们给奶奶唱个歌好不好呀？"

孩子们齐声说："好！"

守云问："唱个啥？"

焦裕禄说："唱个《小老鼠上灯台》吧。我小时候，你奶奶就教我唱过哩。来，我给你们拉二胡。这把二胡在家里挂了这么多年，不知还行不行。"

他调了调弦，拉了几下："嗯，还行。唱吧，守云起头。"

焦守云起了个头，孩子们唱起来。唱完歌，守云看见奶奶擦眼泪，摇着奶奶胳膊，问："奶奶，您咋哭了？"

奶奶擦把眼泪："过年啦。咱家十多年没过这么个团圆年了。"

7

寒风料峭。老娘带着大儿子裕生、长孙守忠送焦裕禄一家去博山乘车。

焦母拉着孙子孙女的手，不停地给这个系紧围巾，给那个扣好扣子。

焦裕禄说："娘，回吧，天冷着呢！"

徐俊雅说："娘，你放心，我们到了兰考就给您拍电报。"

老娘摆摆手，抱起了最小的孙子保钢。

焦裕禄说："娘呀，您送多远儿也是要走，这么冷的天，您走十多里路了，快回吧。守忠，带奶奶回家。"

守忠说："奶奶，您不回家，我叔我婶他们咋走呀？"

焦裕生也劝："娘，回吧。"

"再走走。俺不累。"

又过了一道山口。焦裕禄说："娘，您回吧！"

老娘没停下步子："儿啊，娘再送送你。"

焦裕禄跪下了："娘！"

老娘拉住焦裕禄的手："禄子，这回，娘是真的不放心你啊！当年你去尉氏，娘找到尉氏，你去洛阳，娘追到洛阳，你就是让娘放心不下。"

焦裕禄说："娘，回吧。这回我又是穿上娘做的新鞋走的。娘，您说过，穿了娘做的鞋，走遍天下您也放心。明年我们还回家过年。"

老娘点点头。

孩子们向奶奶挥手："奶奶再见。"

他们走过了一座山岭，向来路回望，见母亲还定定地站在那里。

生命绚烂的霞彩

1

返回兰考第二天，焦裕禄主持召开了县委常委生活会。

他首先发言："咱们今天开的是县委常委生活会，我就亮亮我的思想。我个人的思想是，在兰考一天就要干一天。但最苦恼的是身体不好，肝疼，扁桃体肿大，现在又多了个腿疼，工作搞不上去……还有，春节回老家时，借了四百元钱，这个月就可以还一百元，争取四个月还清……我这个人哪，是个炮仗性子，有时对下边同志批评不够恰当。"

程县长说："老焦啊，你咋说起这话来了，听着让人心酸啊。你自己的身体也要真正当心啊，万一出了问题……咱兰考人民需要你，除三害的工作需要你啊……"他说不下去了。

焦裕禄笑笑："老程啊，我一个浑身是铁，能打多少钉子？党和三十六万人民，才是改变兰考面貌的力量啊。再说我这病，我就不信治不好它！"

常委会结束后，焦裕禄和副县长张钦礼、秘书李林又骑上自行车下乡了。这是焦裕禄最后一次骑车下乡，这一天焦裕禄有一种难以名状的激动，他看每一行树木、每一道沟渠、每一片庄稼，都露出爱恋的眼神。

看到一片新栽的泡桐林，他下了自行车，深情地抚摩着一棵棵小树，喃喃地自言自语："它们又长高了。"

李林说："焦书记，你看，桐树的花骨朵长出来了！再过些日子，它们就开花了！"

焦裕禄说："是啊，多少回我梦见咱们的泡桐开花了，开得一大片一大片的，咱兰考变成了一座花的海。"

李林兴奋起来："那多好啊。"

离开泡桐林，刚上路不久，风就大了。焦裕禄的肝病突然发作，不能骑车，弯着腰扶住车把，像拄了拐杖一样踽踽前行。李林说："焦书记，你的病又犯了，咱们还是回去吧。"

焦裕禄摆摆手："不要紧，走吧。"

张钦礼说："那就歇歇再走。"

三人找了个背风的地方坐下来。焦裕禄问："老张啊，六年前毛主席第二次来兰考时，对咱县农业问题说过啥？"

张钦礼说："主席问当时的县委程约俊书记：'兰考的小麦亩产多少斤？'程书记如实回答说只有一百多斤。其实毛主席对兰考的农业情况是熟悉的，他一九五二年第一次到兰考来，就问过：'怎么你们这里黄豆和辣椒籽一样大呀？'"

焦裕禄点点头。

张钦礼说："毛主席就在咱歇脚的前头，指着许贡庄西边的一片荒地问：'这地长不长庄稼？'程书记回答：'这片是盐碱荒地，我们正在三义寨修一个大闸，把黄河水放出来淤灌成好地，就能长庄稼了。'毛主席说：'荒地一淤就能长庄稼，你们为什么不早点办？'"

焦裕禄说："所以毛主席当时指示：'定计划要敢想敢干，既能调动群众的积极性，又要留有余地，有实现的可能。'这话说得多好！"

张钦礼说："毛主席看了兰考黄河淤灌工程图，说：'你们的规划实现了，兰考就和江南兰溪一样了。'毛主席还批评了一九五八年的浮夸风，指示我们把绿化工作抓紧抓好。"

焦裕禄说："老张，应该把毛主席两次视察兰考的情况印出来，发给每一个干部，让大家重温毛主席的教导，把除三害工作扎扎实实地做好。"

他站起来："咱们走吧。"

李林问："焦书记，您不疼了？"

焦裕禄说："不疼了。病这个东西，你硬它就软，你软它就硬。走吧。"

三个人又上路了。他们来到寨子村，村头上，社员们正在打夯。

满常端着茶壶茶碗过来了："乡亲们喝水了！"

他看到了焦裕禄："焦书记，你们啥时来了？"

焦裕禄问："满常，是谁家盖新房呀？"

满常说："是我家！焦书记，俺们大队今年开春有三十多户要盖新砖房呢。俺们支书刘北说，咱社会主义大窑的砖拿出两窑来，专给各家各户盖新房用。"

焦裕禄说："好呀！咱们寨子的土房换成了砖房，这才像个社会主义新农村的样子呢！"

满常说："俺当了大半辈子窑把式，住了大半辈子茅草土坯房，屋顶上连块瓦都没有。住砖房这可连做梦都不敢想呀！"

焦裕禄说："编凉席的睡光炕，当奶妈的卖儿郎，那是旧社会的事。劳动者享受劳动成果，这本来就是天经地义，你这窑把式最有资格住砖瓦房！"

满常说："焦书记，俺的新房盖好了，一定请您来住几天！"

焦裕禄高兴地答应着："好！好！我一定住住你们的瓦房。"

他们来到麦田里，麦苗刚刚返青。看苗情，这年的麦苗长势喜人，满眼一片娇嫩可人的新绿。张钦礼说："焦书记，你看这压沙的地上长出的麦苗，多茂盛啊！"

焦裕禄欣喜地说："可不是嘛，只要雨水能跟上，今年兰考肯定是一季好麦子。"

前不久，地委书记张申来过一趟兰考，看了他们压沙治碱的成果，大为赞赏。张书记说："原来对你们压沙治碱吃不准，总考虑压了沙会不会再让风刮起来，下了大雨会不会冲走沙土？这回看了一路，确实不错，这条路你们走对了。老焦啊，这回来，我可要跟上你多走走，多看看，我要读一读兰考这篇大文章。"

张书记在兰考走了四天，仔细看了治理三害的几个重点公社，在全县基层干部大会上讲话说："这次来兰考，体会有八个字：大开眼界，大开胸襟。总的印象是：兰考在发生变化，而且变化惊人哪！别的地方不敢想的事你们敢想，别的地方不敢干的事你们敢干，除三害被你们看准了、抓准了。兰考过去是要

饭的多，闻名全国，现在转变过来了，这是不得了的事！地委很赞成你们的做法，你们的经验应该在全地区推广。"

看着这大片大片返青的麦地，焦裕禄心里真是百感交集。兰考刚刚迈出了第一步，要做的事情太多太多。四月份治水有两大战场：调动一万民工，开挖贺李河，再调集一万五千民工，加固黄河土堤。还要种好十七万亩花生，大规模推进泡桐这个主导产业的发展……他真恨不得多长出几双手来。

张钦礼也陶醉在这满目苍翠中，他趴在地上，忘情地嗅着麦苗清新的气息。

看着老张这个样子，焦裕禄笑了。

从他进了兰考，老张就是他最为倚重的战友之一。老张从小生长在这块土地上，对这块土地、对农民的感情很深，也很受农民的拥戴，只要到了村子里，大人孩子都对他亲得不得了。有一件事对焦裕禄触动很深，在一个集市上，民兵们抓到了一个卖烟叶的小贩，要对他进行处罚。小贩被带到公社，正好张钦礼下乡也到了公社里，他让民兵把卖烟叶的人放了，只说了一句话："这年成，不要对人家太苛刻了，你们就不怕农民骂你们缺德吗？"

有这样的干部，兰考除三害就有了希望。

2

三个人到了葡萄架大队，看到那里也盖了不少新房，焦裕禄对张钦礼说："老张，今年咱们彩头不少哩。"

张钦礼说："是啊，除三害见了实效，大伙儿过日子的心气高。这心气一高盖新房的也就多了。"

焦裕禄说："咱们到供销社去一下，我买点糖果，顺便去看看小徐州。"

他们进了供销社，一个青年女营业员在和一个农民模样的顾客隔着高高的柜台吵嚷着。原来，有个农民要买一毛钱的红糖，营业员不卖给他。营业员说："这红糖是论斤卖的，两块钱一斤，一斤一包，你买一毛钱的红糖，只够半两，咋给你称？不中！"

顾客说："同志，俺就一毛钱。"

营业员说："一毛钱不卖！"

顾客苦着脸说："同志，俺求您了！"

营业员不耐烦地挥挥手："走！走！别在这捣乱。"

顾客说："同志，俺老婆生了孩子，要喝红糖水，俺捣啥乱哩？"

营业员问："你老婆坐月子，你买一毛钱红糖？"

顾客说："俺没钱哩。"

营业员冷下脸来："走吧，俺这里没法儿卖一毛钱的红糖。"

顾客央求着："同志——"

营业员不再理他，转过身问焦裕禄："同志，你买啥？"

焦裕禄说："二斤红糖，五尺小花布，还有一斤水果糖。"

营业员答应着，把红糖、水果糖和小花布交到焦裕禄手里。

焦裕禄问那个农民："你是哪个大队的？"

那人回答："前街的，俺叫孔令焕。"

焦裕禄把红糖、水果糖和小花布交给他："来，拿上。坐月子的妇女要喝红糖水，活血化瘀。这块布，给你小孩做身衣裳。"

那个农民怔住了。

到了张徐州家，焦裕禄发现小家伙长高了不少，也长胖了。他抱起小徐州在地上转着圈圈，逗得小徐州咯咯地笑。小徐州的父亲老张说："焦书记呀，你看这孩子，一天比一天壮实了。他这条命是您给的呀！"

小徐州的娘也说："俺这孩子福大命大，遇上了贵人。焦书记呀，您可是俺的大恩人呀！"

焦裕禄抱起孩子亲着："千万别这么说。看看你们这儿子，心里多踏实呀，对不对？孩子聪明伶俐，长大了，一定是个好材料！"

村里地里看了一遍，焦裕禄三人才进了公社。

公社书记汇报社里除三害的情况："……去年冬天拉沙盖碱的四百多亩碱地，今年春天小麦长势都比较好，前街的副业也搞起来了，用白蜡条子做加工、编筐。今年春天压碱深翻也比去年更有经验了……"

焦裕禄的肝病又犯了，手颤抖着握不住钢笔。公社书记停止了汇报："焦书记，您……"

焦裕禄抬抬手："没事，你接着说。"

公社书记继续汇报："救灾的情况也就那些了，再就是我们根据县委'四摆''两找''一树'的工作部署，发动群众摆成绩、摆变化、摆进步、摆好人好事，找差距、找原因，树各类标兵，这方面有个材料，不多说了，您还是先

休息一下。"

焦裕禄说："不休息了，一会儿还要到几个大队，去看看拉沙盖碱的情况。哎，老王呀，你们公社前街有个孔令焕，他媳妇生了孩子，到供销社买一毛钱的红糖，人家不愿意卖给他。你去他家看看，给他解决点救济款。"

公社书记说："焦书记您放心。您身体这样，还是先休息一下吧。"

焦裕禄摆摆手，要走。刚站起身子，就晕倒了。

醒来时，他已躺在县人民医院的病床上。徐俊雅用热毛巾给他擦着脸。焦裕禄轻轻叫了声："俊雅！"

徐俊雅端来水，喂了他一勺水。

焦裕禄看见了她眼里的泪花："俊雅，我这不是好好的吗？你哭啥？"

他伸出手，为徐俊雅拭泪。徐俊雅握住他的手："老焦……"

焦裕禄安慰她："俊雅，别担心，我的病我知道，我一硬气起来，它准会投降。"

主治医生进来了："焦书记，怎么样？"

焦裕禄说："王主任，谢谢你啊，总给你们添麻烦。"

主治医生说："焦书记，刚才地委张申书记来了两次电话，指示我们今天十二点钟前一定要派出车辆，送您到开封地区人民医院。"

焦裕禄说："我没那么严重。不用转院。"

主治医生说："焦书记，张申书记在电话上说，这是地委的决定。"

焦裕禄沉吟了一会儿："既然是组织决定，我服从。王主任，咱们妥个协，再给我一天时间行不行？我要安排一下县委的工作。"

主治医生无奈地摇头。

3

这争取来的一天时间，焦裕禄把它看得比金子还宝贵。他跟程世平县长谈了话，对工作做了一些安排，又把张钦礼和苗圃的小吴、朱晓叫来。

他的肝疼得一阵紧过一阵，他用力顶住肝部，藤椅上早就顶出了一个大洞。程世平用手去抚那个洞，他的眼里噙满泪水。

下午，他要了吉普车，去张营探望老洪。到了老洪家门前，李林搀扶焦裕禄下了车。他轻轻叩着门环。

门拉开一道缝，又关上了，并且上了锁。

李林大声喊着："洪社长！洪社长！洪社长你开门哪，焦书记看你来啦。"

门内悄无声息。

焦裕禄一手捂住肝部，一手扶住门框，额头上全是热汗。

李林再次敲门，敲了半天仍是没有应答。焦裕禄无奈地摆摆手，上了车。

夜深了。孩子们都已睡着，徐俊雅收拾着焦裕禄住院的用品。焦裕禄又痛得厉害了。他披衣半躺半坐在床上，被子上摊着稿纸，奋笔疾书。

摊开的稿纸上还是那个题目——"兰考人民多奇志，敢教日月换新天"。

徐俊雅去收纸笔，焦裕禄按住了徐俊雅的手。徐俊雅说："老焦，你这一天没闲下来过，明天就要去住院了，你这个状态，咋治病？"

焦裕禄说："俊雅，省报要的文章，还没写完，你来帮我参谋参谋，看这几个小标题咋样？第一，设想不等于现实；第二，一个落后地区的转变，首先是领导思想的转变；第三，榜样的力量是无穷的；第四，物质变精神，精神变物质。你说说你的意见？"

徐俊雅说："老焦，都啥时候了，你还惦着写文章，先考虑治病吧，病好了再写。"

焦裕禄抓着徐俊雅的手，让她去摸他的肝部："俊雅啊，这个硬东西不停地长，恐怕是凶多吉少。我得抓紧一切时间，把该做的事做完。"

徐俊雅说："别多想了，早点睡。"

她又一次把纸笔收走了。

一大早，成群的机关干部和群众就来到县委门前的街上，来为焦裕禄送行。

焦裕禄让徐俊雅和女儿守云搀扶着，气喘吁吁地弯着腰，缓慢地走向火车站。他不停地挥手："同志们回去吧，不要送了！"

但送行的队伍越来越长，形成了不见尽头的人流。焦裕禄抑制着剧烈的疼痛，努力做出笑容："大家不要担心，我很快就会回来。快回去吧同志们，早晨天还凉着呢。"

姥姥抱着三岁的保钢，带着国庆、玲玲等几个孩子也来了。

焦裕禄接过保钢抱在怀里，深情地看着小儿子。他把脸贴在孩子脸上。他给国庆正正棉帽，给守云系好围巾。

送行队伍默默伴着他前行。一张张焦虑的面孔。一双双流泪的眼睛。

临上车前，焦裕禄把张钦礼叫到面前，长时间凝视着他，一字一句嘱咐："老张啊，除三害是兰考三十六万人民的盼望，是党交给我们的任务。你们一定要领导群众把这件工作做好。我回来，还要看你们的成果呢。"

张钦礼眼里含着泪水："焦书记，您放心。俺们向您保证，一定做好工作！"

汽笛声响了，一双双手搀扶着他上了火车。火车驶出了站台，送行的人们没有离开。他们向出站的列车挥动着双手。

这一天是一九六四年三月二十三日，兰考人永远记住了这个充满了春天的忧伤的日子。

4

焦裕禄住进了开封人民医院。

刚住了三天，他又忍耐不住了。早晨，院长和主治医师来查病房，护士给焦裕禄测量完体温。主治医师接过体温计看了看，又掏出听诊器按在焦裕禄胸口上。他问："今天觉得怎么样？"

焦裕禄说："觉得好多了。我啥时能出院呀？"

徐俊雅说："王大夫，老焦昨晚还是疼得厉害，烤电的地方，皮肉上起了一层水疱。"

主治医生看了一下说："那就先不用烤电了。焦书记，您一定要配合治疗，务必注意休息。晚上一定不要再熬夜写文章了。"

焦裕禄问："王大夫，我啥时能出院？"

院长说："焦书记，您可不能着急。病这个东西，来如山倒，去如抽丝。既来之，则安之。眼下最重要的事就是治病、养病。"

焦裕禄说："不行啊院长，兰考是个灾区，那里除三害的工作刚开了个头，有那么多的事情在等着我，我在这里怎么躺得住啊？"

院长说："焦书记，地委指示我们，让我们做好您的思想工作，服从治疗安排，准备过两天转院到郑州。"

焦裕禄说："我的病没什么了不起，灾区那么穷，别把钱都花在治病上。我还是回兰考，一边治疗，一边工作嘛。"

查房结束后，徐俊雅进了医办室，问主治医生："王大夫，老焦的诊断结果出来没有？"

主治医生说："大致有了结果。"

徐俊雅觉得心像砸夯一样嗵嗵地跳，她忙问："什么结果？"

主治医生说："初步诊断的结果是肝癌，当然还要等到转院到郑州后才能确诊，我们联系的医院是河南省医学院附属医院。"

徐俊雅怔住了，眼泪无声地流下来。主治医生说："无论如何也要说服焦书记马上转院，再晚就耽搁了。"

徐俊雅说："老焦的脾气我知道，其实他心里也许早明白了啥，就是装糊涂，一个劲儿地闹着要回兰考，一边治病一边工作。"

主治医生说："我们院长已经向省委组织部汇报了，这一两天组织部的同志会来协同做好他的思想工作。焦书记听组织的。"

病房里，焦裕禄在地上做俯卧撑锻炼。他艰难地抬着身子，脸上大汗淋漓。他一边做着动作，一边问一旁的李林："小李，记住数了吗？"

李林说："记住了，二十三下了。焦书记，快歇歇吧。"

焦裕禄说："真得歇歇，觉得气短了。"

他停下来，李林递过毛巾。

焦裕禄一边擦着汗一边问："小李，县里的水利工程方案出来了没有？"

李林说："开挖贺李河的工程方案出来了，程县长主持了两次论证会，这个月能按时开工。加固黄河大堤的工程是张副书记主抓的，他现在还在测绘工地上。"

焦裕禄说："好。这两个工程是兰考的百年大计，出不得一点差错。当年毛主席视察兰考时，就专门过问了黄河大堤的事，还问到了在堤上打洞的狐狸还有没有。我们每一个方案，都要想到，不能忽视细枝末节。"

李林倒了杯水，递过来："焦书记，您放心。"

焦裕禄说："李林，有几件事，你拿支笔，记下来。"

李林拿来纸、笔。焦裕禄说："第一，组织好各种救灾物资的调运工作，成立一个指挥部，各公社一名党委委员负责。第二，可以把救灾物资分配到队，自由结合运输。五保户、困难户的东西，由生产队负责运回来。第三，分配的救灾物资一定要张榜公布，账面上要清楚。记好了吗？"

李林还没回答，院长陪着两位组织部的干部到了："焦书记，您又忘了纪律了。到这里不能谈工作。"

焦裕禄笑着点点头。院长说："焦书记，这是市委组织的两位领导，侯主任、吕科长。"

焦裕禄同两位客人握手。侯主任说："焦书记，地委决定您立即转院到郑州。"

焦裕禄问："二位是为这事来？"

二位颔首。焦裕禄说："我感谢组织上对我的照顾，我还是想待病情稍缓一些回兰考。那里是灾区啊。"

侯主任说："焦书记，张申书记让我们跟您说，让您去郑州，是为了尽快地治好病，这样才能更多地为灾区人民服务！"

焦裕禄低下头来。

半夜，徐俊雅给焦裕禄掖被角，发现他还没睡着："老焦，又疼了？"

焦裕禄摇摇头。徐俊雅问："那咋还不睡？"

焦裕禄说："俊雅，我刚把兰考的事过了一遍'电影'，觉得有些工作还没想到位。你明天给张钦礼打个电话，让他来一趟。"

徐俊雅说："县里的事，有老程、老张他们，你还有啥不放心的？过啥'电影'？"

焦裕禄说："这是多少年的习惯了，晚上不把白天做的事过一遍'电影'，就睡不着。"

徐俊雅说："快睡吧！明天就要去郑州了，休息不好咋行！"

5

河南医学院附属医院医办室里，徐俊雅和张钦礼、李林在焦急地等待检查结果。

窗外正下着第一场春雨。

女医生拿着病历夹进来了。张钦礼迎上去："医生，化验结果出来了吗？"

女医生说："切片化验的结果出来了。"

徐俊雅急切地问："怎么样？"

女医生摇摇头："肝癌晚期，皮下扩散。我们只能采取保守疗法，无能为力了。他的生命最多还有二十几天时间……"

大家一时怔住了，空气如同凝结。

炸雷在窗外响起。徐俊雅如雷击顶，把脸转向窗口饮泣。开头她只是小声哭，终于忍耐不住，大放悲声。张钦礼扶住她。徐俊雅给医生跪下了："医生，求求你救救他吧，救救他吧！我们家不能没有他呀。他一天好日子还没过呀。"

张钦礼、李林也都哭着求医生："医生，你一定要想尽一切办法救我们焦书记！兰考需要他，兰考的干部群众在等他，兰考的父老乡亲离不开他呀！"

在场的医生护士都哭了。医生拉起徐俊雅："焦书记的情况，在他入院时党组织已经告诉了我们。癌症现在还是一个难题，但我们会尽全力的。"

徐俊雅回到病房，焦裕禄看到了她脸上的泪痕，问："俊雅，你哭了？"

"没有啊！"徐俊雅想装出一副淡然的样子，可咋也装不出来。

焦裕禄说："告诉我，是不是我的病……"

徐俊雅说："你别乱想，我是想孩子了。"

焦裕禄不再问了，徐俊雅坐在床边，握住了焦裕禄的手。焦裕禄说："俊雅，我听医生说，还得往北京转院？"

徐俊雅说："医生建议到北京的大医院做个复查，人家那里条件好，设备也齐全。"

焦裕禄说："这么转来转去的……俊雅，你看，外边的树全都绿了。"

徐俊雅"嗯"了一声。

焦裕禄说："真的，你看绿得多好，像用水洗过一样，油光光的。咱们种下的泡桐肯定也绿得好看了。俊雅，咱们兰考绿起来可不容易啊！"

6

焦裕禄转院到北京第二天，兰考县民政局长袁汉琪也随之赶到北京。

袁汉琪进京，负有特殊使命。他是受县长程世平委派，协理办理焦裕禄治疗的相关问题。他还有一个重大使命，是设法见到中共中央书记处总书记邓小平，汇报兰考县委书记治病的事情。因为袁汉琪转业前在二野当过营长，和二野老首长邓小平相识。

袁汉琪到京后，直奔中南海。可值班的同志说，邓小平总书记不在北京，为兰考同志治病的事，可以通过其他单位协助。

袁汉琪急赶到协和医院去看焦裕禄。

见到袁汉琪，焦裕禄甚感意外，问："你怎么来啦？"

袁汉琪说："是程县长派我来的，我刚去找了二野的老首长邓小平总书记，想和他汇报你治疗的一些情况，不巧首长不在北京。"

焦裕禄立刻不安起来："中央领导工作那么忙，不要再给他们添麻烦了。"接着又说道，"我不能为党工作，还麻烦你们，真过意不去啊。晚几天止住疼，我就回去。"又问袁汉琪，"兰考有什么新情况？"

袁汉琪说："省委何伟书记前几天来兰考了。"

焦裕禄问："何书记有什么指示？提出啥问题没有？"

袁汉琪说："何书记对兰考工作很满意，他听说你来北京治病，很挂念，我来北京以前，他还让机关以省委名义写了一封信。"

焦裕禄说："省领导的肯定与信任，是我们做好工作的最大动力。咱们县是老灾区，民政工作尤其十分重要，汉琪，你们可要认真搞好调查研究，切实把工作做好。"

不几天，袁汉琪看报纸，有邓小平会见外国友人的消息。他心中一喜：邓政委回来啦！他决心再次求见邓小平。

邓小平在中南海接见了袁汉琪，袁汉琪汇报了焦裕禄的病情，提出了找专家会诊的建议，还汇报了兰考当前的情况。

邓小平听完汇报，从桌上的笔筒里取出笔，当场给中组部的领导写信，将焦裕禄查病的事交他们办理。写完信，又嘱咐袁汉琪写一份有关兰考情况的材料，主要包括三个方面的内容：第一，兰考的灾情；第二，兰考干部的作风；第三，重大问题。

中组部接到邓小平的指示，立刻协调中央有关部门和医疗专家给焦裕禄会诊，并安排了两辆小汽车，一辆由一名处长专门联系医疗专家会诊用，一辆供焦裕禄在京查病时乘坐。

中华医学会也派出了秘书长和周主任、李处长亲来医院探望焦裕禄。

焦裕禄支撑着病体，振作精神坐了起来，说："中央领导同志很忙，给首长添麻烦了。我的病是小事，影响中央领导的工作是大事啊。"

随后，中华医学会调集了多名医学专家，给焦裕禄会诊。这些号称"国手"

的医学大家反复会商，但冷酷无情的现实把他们美好的希冀打成碎片，最后，不得不怀着沉痛的心情，给出了医学结论。

这次转院到北京，北京专家的会诊证实了河南医学院附属医院的诊断。

肝癌晚期，群医束手，焦裕禄又被送回了郑州。

为了不增加焦裕禄的精神负担，北京的专家又写了一份慢性肝炎的诊断证明，交给李林，这份证明是写给焦裕禄看的。

李林回到病房，把诊断证明装进文件包里。焦裕禄慢慢地睁开眼睛："小李，你把北京的诊断书拿来，让我和老徐看看。不知怎么，这次得病，和往常不一样。"

李林从文件包里取出那份诊断书："焦书记，你看上边很清楚地写着是慢性肝炎，住院治疗，注意休息营养。"

焦裕禄看了一遍，觉得病情减轻了很多。他支起身子，靠在床头的被褥上："老徐，把窗帘打开，把窗盖支起来。"

徐俊雅把窗帘拉开，金色的阳光射进病房。

焦裕禄说："既然病不重，咱就回兰考治吧，一边治病，一边工作。"

李林说："焦书记，既然来了，还是一鼓作气，在这儿治好，病轻了，就回兰考。"

护士小田走进病房："焦书记，该打针了。"

焦裕禄问："小田同志，我什么时候能出院？"

小田说："焦书记，这要看你配合得怎么样。你只管安心养病吧。"

焦裕禄一笑："不就是个慢性肝炎吗？回兰考住院不是一样吗？"

小田说："这里医疗条件毕竟比县里好得多呀。"

焦裕禄说："小田，我可以带点药回去嘛。你要帮帮我的忙，给大夫说说，让我转回兰考。"

小田说："焦书记呀，这个忙我可帮不了。"

焦裕禄说："小田，你算不真正了解我的病，好一阵，歹一阵，现在就好了嘛！不信，来，咱俩下盘跳棋。"

徐俊雅、李林帮着摆好棋盘。焦裕禄说："小田，你先跳。"

小田坐下和焦裕禄下棋，徐俊雅面向墙角抹起了眼泪。

焦裕禄颤抖地捏起一个棋子，又从手中掉了下来，再用手去捏，无论如何也捏不住。小田惊慌地望着焦裕禄脸上滚动的汗珠，鼻子一酸，眼泪夺眶而出。

她怕焦裕禄发现自己的表情，掏出手绢捂住眼睛，站起身："焦书记，我不下啦……"她哽咽着跑出房门。

7

院长安慰徐俊雅："你记住，一定不要在焦书记面前掉眼泪，焦书记看到你哭，病情会加重的。要想让焦书记和你多处一些日子，你一定要忍住，不能当他面控制不住情绪。"

徐俊雅点点头。回到病房，她强颜为欢地问焦裕禄："老焦，你想吃点啥？我去买。"

焦裕禄说："豆浆便宜……喝几口豆浆吧，要有鲜黄瓜……买一根。"

徐俊雅出去了，小田来为焦裕禄打针。同屋一个病号叫着："哎哟，疼死我啦！"

焦裕禄说："小田，你听，这位病号……一定很痛苦，你快去给他看看吧。"

小田说："大夫一会儿安排来给他会诊，好的，我这就去。"

徐俊雅端着切成丝的黄瓜和豆浆走进病房，李林把被子垫在焦裕禄背后，扶他坐起来。徐俊雅用筷子夹着一点黄瓜丝，放进焦裕禄嘴里，焦裕禄不管怎么努力都咽不下去，又嚼了一阵，还是咽不下去，只得吐出来。徐俊雅眼泪夺眶而出，哽咽着："老焦，喝豆浆吧。"

她用小匙喂焦裕禄喝下一口豆浆，焦裕禄把豆浆噙在嘴里，仍咽不下去。徐俊雅把碗递给李林，跑出房门哭了起来。

焦裕禄撑起身子："我要吃……我要吃……吃东西对我来说，现在……比什么都重要。能吃一口饭，能喝一口汤……就是胜利。"

李林又往焦裕禄嘴里送一匙豆浆，焦裕禄使劲儿咽了咽，仍咽不下去。李林放下碗，叫来小田，只得给焦裕禄下胃管。

见徐俊雅不在病房里，焦裕禄对李林说："小李啊，现在我有两种打算……一是，尽最大努力……和这病做斗争。也有可能我胜了……咱们一块儿回兰考。二是……疼过去……反正我不行啦……你们多照顾老徐。你把小田再喊来。"

小田来了。焦裕禄说："小田，我有个想法。"

小田说："焦书记，您说。"

焦裕禄说："你给我说句实话，小田，我到底是什么病？不要瞒我，我顶得住。"

小田两眼含泪，不知该怎么说。

焦裕禄说："我要真的不行了……想让你们拿我……做个试验。"他指着肝区，"从这儿开个口，把那块硬东西……挖出来，你们可以做个研究、探讨，我要亲眼看看……那是个啥东西……"

小田说："焦书记，别乱想了，你会好的。"

焦裕禄说："不碍事，挖吧，关公还刮骨疗毒呢……"

小田说："焦书记，你别多想。"她再也止不住自己的眼泪，匆匆离去。

半夜里，刚刚睡下的焦裕禄被疼痛折磨醒了，他忍不住呻吟起来。

守候在他身边的徐俊雅惊心地看到，他已是满头大汗，牙关紧咬，在床上哆嗦成一团。徐俊雅哭了："老焦，我去叫医生。你看，输液的针头也拔出来了……"

焦裕禄忍着剧痛，摆手制止："别，别叫……深更半夜的，别，别惊动人家。"

看着他痛苦万状的样子，徐俊雅心如刀绞，她趴在床沿上哭起来："老焦……还是叫医生……打一针止止疼吧！我再也不忍看下去了……"

焦裕禄抬起无力的手，轻柔地抚摩着徐俊雅的肩膀，眼中闪射出柔和的光："俊雅，别哭……影响了其他病友，多不好。这病呀……就是个欺软怕硬的东西……你要是硬顶住……它，它就老实多了。你看……我不是……好多了……"

他努力想挤出一丝笑容，脸上的肌肉却痉挛起来。

徐俊雅哭得更伤心了："老焦啊，还是打一针吧，你都疼成这样了，干吗还硬撑着？"

焦裕禄说："打针止疼……顶不了多大会儿……打了还是白打。药挺贵的，浪费多少钱啊！我能顶住，省下些药来……给别的病人……"

又一次更剧烈的疼痛袭来，焦裕禄在床上滚来滚去，如油煎火燎。他双手痉挛地抓扯着被褥、衣服，在床上缩成一团。

徐俊雅艰难地扶住他。焦裕禄叫着："俊雅……快……快……"

他说不出话来，两手比画着。

徐俊雅问："老焦，你要啥？"

焦裕禄仍是比画着说不出话来。

徐俊雅说："急死我了，我去叫医生……"

焦裕禄拽住她的胳膊："别……快……给，给我……烟……"

徐俊雅听懂了，忙给他拿了一支烟。焦裕禄手抖得拿不住，徐俊雅给他点上。焦裕禄抽了一口，吸亮了烟头。他迅速地把烟按在自己的皮肉上，一下又一下……

徐俊雅再也忍不住，猛地哭出了声。

值班护士长、护士急匆匆跑了过来。她们看到这个场景，怔住了。护士长忙让护士去取烫伤膏，她给焦裕禄处理着胳膊上的烫伤："焦书记，千万别这样，就是铁人也受不住……我现在就给你打止疼针。"

焦裕禄摆摆手："这会儿不那么疼了……打止疼针是能止疼，可是能止多大会儿？药很贵……打了也是白打，白费多少钱啊……我能顶得住，省下药来……给别的病人……"

值班医生也来了。她看了看这情况，忙对护士长说："快把焦书记送隔音室。"

进了隔音室，医生说："焦书记，这里是隔音室，你要是疼得忍不住，就大声地喊叫几声，也不会影响别人。"

"医生，谢谢……谢谢了……"

医生、护士刚走，他又疼起来了。他仍旧用牙咬着被角，一声不吭。徐俊雅说："老焦，这是隔音室，你别强忍着了，疼就喊几声吧。"

焦裕禄摇摇头。他从床这头滚到那头，痛苦万状。他终于喊出了撕心裂肺的一声。

片刻，焦裕禄安静下来，徐俊雅给他揩着额头上的汗水。

焦裕禄问："俊雅，刚才我是不是喊叫了？会不会影响别人？"

徐俊雅安慰他说："不会。这里是隔音室。"

焦裕禄说："万一这隔音室隔音效果不好，还是会影响别人。"

徐俊雅说："不会，外边正下大雨呢，又刮风又打雷的，你在隔音室里啥也听不见！"

焦裕禄问："外边下雨了？"

徐俊雅说："下小半夜了。从咱们进了隔音室就下，你在这里听不见声音。"

焦裕禄说："那咱说会儿话吧。俊雅，这些日子，你累瘦了！"

徐俊雅说："我不要紧。"

焦裕禄说："这场大雨，不知兰考怎么样了？"

徐俊雅说："家里有老程他们呢，你别操心。"

焦裕禄说："俊雅啊，天明了，你回兰考一趟，看看那里淹了没有。"

徐俊雅答应着："嗯。"

焦裕禄又说："俊雅啊，这些天，我一直想洪哥，临住院前，我去看他，他又没开门。"

徐俊雅说："等出了院，我陪你去看他。"

焦裕禄说："昨晚上做了个梦，又梦见咱老娘了。"

徐俊雅说："那给娘拍个电报，让娘来一趟？"

焦裕禄说："别，让娘看了、看了我这个样子，娘哪受得了？"

徐俊雅说："那等你病好了，我陪你去看娘。"

焦裕禄长叹一声："俊雅，你说我还能回崮山吗？"

徐俊雅说："能！一定能！"

焦裕禄两眼闪了一下，接着又暗淡下去。他又长叹一声："唉！怕是不能了……"

8

一抹早阳投在窗户上，徐俊雅给焦裕禄用梳子梳理着头发。

门开了。大女儿焦守凤来了，还带了小儿子保钢。焦裕禄喜出望外："守凤，你咋把六子带来了？"

守凤说："爸，您好点了吗？我来看您，保钢非吵着跟了来。"

保钢偎在焦裕禄身边："爸，我可想你了！"

焦裕禄拍拍他的小脸蛋："真是好小子！"又问女儿："守凤，咱兰考淹了没有？"

守凤说："没淹！"

焦裕禄问："真没淹？"

守凤说："真的！去年冬天修的排水工程发挥作用了。"

焦裕禄有点不相信："守凤，你一定要说实话，兰考到底淹没淹？"

守凤说:"爸,真的没淹。您看看俺带来的县报,骗您俺宁愿让您打板子!"

焦裕禄露出欣慰的笑容。

他又开始疼了,他咬紧牙关,锁紧了眉头。他顺手拿过一根鸡毛掸子,顶在腹部。

保钢问:"爸,你又疼了?"

焦裕禄说:"爸好多了。保钢,听姥姥的话不听?"

"听。"

焦裕禄问:"上幼儿园去了没有?"

保钢点点头。焦裕禄又问:"在幼儿园学啥唻?"

保钢说:"学算术。"

焦裕禄说:"那我出个算术题考考你。树上十只鸟儿,来了一个猎人,砰的一枪打下来一只,树上还有几只?"

"九只!"

"错了,树上没鸟了。"

"为什么?"

"一响枪,树上的鸟儿全吓跑了。"

他的眉头再次皱紧,他用双手按住肝区。

保钢问:"爸,你又疼了吗?我给你唱个歌吧。"他唱起爸教他们唱的歌:

　　小老鼠呀上灯台,

　　偷油吃呀下不来。

　　喵喵喵喵猫来了,

　　叽里咕噜滚下来……

焦裕禄抱住保钢,满脸泪水!

9

遍野的桐花开了,兰考大地成了桐花的海。

一天一地的桐花如彩蝶翩舞,新闻干事小刘穿梭在桐树林里拍照。阵阵歌声里,牛铃响动,麦浪起伏。小刘很快被锄草的社员围住了。

人们纷纷向他问询：

"刘干事，焦书记咋样了？"

"刘干事，你啥时去看焦书记，带俺们去看看他吧，他是为了咱累病的呀！"

"大兄弟，你要去医院里看焦书记，千万别忘了代俺们问候他，俺们想他啊。告诉他，咱们的桐树长得可好了。"

小刘说："你们放心，我会把大家的心意带到的。我拍些照片，就是为了让焦书记看看。"

两天后，这些盛花期桐林的照片就捧在了焦裕禄手上。焦裕禄兴致很高地看着："小刘，咱们的桐林一开花，真好看呀！"

小刘指着一张照片："焦书记，您看，这棵开满花的小桐树就是您栽下的。"

焦裕禄端详着："好呀，我认不出了。"

焦裕禄示意小刘坐得近些："小刘啊，我想问问……咱县除三害的那组稿子，报社发不发？要是发呢，你就把这些照片挑选几张给他们……"

小刘说："这次我到报社送稿，专门问了一下，总编室的同志说，兰考的专版，暂时先不发了。"

焦裕禄问："什么原因？"

小刘说："总编辑说，兰考挪用了群众的救灾款，省里通报批评了你们。那边省委通报批评，这边我们报社表扬您，太不协调，以后发不发由省委决定。"

焦裕禄停了一阵，一字一停地说："这说明，我们的工作还做得不好。发不发……是省委的事，是报社的事……发了，对我们是个鼓舞；不发，对我们是个鞭策……"停了一会儿，焦裕禄转了话题，"小刘啊，前几天，一连刮了几场大风……又下了几场雨……沙区的麦子打毁没有？洼地的秋苗是不是淹了？"

小刘说："咱县封的沙丘，挖的河道，真正起作用了，连沙丘近旁的麦子都没被打死，长得很好，洼地的秋苗也全保住了。"

焦裕禄问："苗圃的泡桐栽了多少？"

小刘说："林场育的桐苗，全栽上了，成活率很高，长得绿油油的。"

焦裕禄又问："秦寨盐碱地上的麦子……咋样？"

小刘说："我刚从那儿来，群众都说：'看咱这麦子，长得平坦坦的，像块案板，这边一推，那边动弹。'"

焦裕禄脸上露出笑容。小刘又说："焦书记，机关的同志和乡亲们都想来看看您。"

焦裕禄说："小刘啊，千万别让大家来。我自己病倒了，不能工作，花了国家的钱，不敢再给同志们、老乡们添麻烦了。你也早点回去，跟同志们把我的意思讲一讲，让同志们把劲用在制服三害上。"

大地之子

1

肖长茂老人、梁老汉、豹子、刘秀芝等兰考的乡亲们，还有朱晓、吴子明、张小芳、二萍来探望焦裕禄了，男男女女十几个人，有的提着鸡蛋篮子，有的抱来两只老母鸡。他们被护士长拦挡在楼道里。

护士长一个劲儿地劝着乡亲们："对不起老乡们，你们焦书记需要静养，不能吵着他、累着他。院里规定，现在不能探视。"

梁老汉说："妮啊，你不是兰考人，不懂俺的心。从打焦书记住进了医院，俺们哪里吃得下、睡得着哇！妮啊，你就让俺们看他一眼吧。"

肖长茂说："妮啊，俺乡下人没进过省城，坐了火车坐汽车，来一趟不容易。俺是替全村乡亲们来的，焦书记是为俺们累病的啊，你就让俺看看他吧！"

刘秀芝说："好妹子，你放心，俺们见了焦书记，就在他病房里待五分钟，中不？"

泪花在护士长眼里打转，看着这一双双布满血丝的忧伤、渴望的眼睛，她真想把乡亲们领到他们日夜思念的焦书记身边，可是躺在病床上的那个人已弱不胜衣，哪怕不经意的一次情绪波动，都可能引发不堪设想的后果。她只能硬下心来再次劝导乡亲们："老乡们，你们的心情我完全理解，可是焦书记确实需要静养，他再也经不起劳累了。"刘秀芝哭了："妹子，俺们隔着窗户看他一眼行不？"

护士长决绝地说："不行，大家还是回去吧！"这句话，她是带着哭腔说的。

她背转身子，再也无法忍住满眼的泪水。

病房里，焦裕禄问小刘："小刘啊，你听听外边楼道里有人说话，挺耳熟哩。你去看一下。"

小刘打开门看了看："乡亲们来看您，护士长怕吵了您，把他们拦住了。"

焦裕禄起身下床："我去看一下。"

小刘忙拦住："焦书记，您……"

焦裕禄说："没事，我能动。"

他打开门，对护士长说："乡亲们既然来了，还是让他们进来吧！"

老乡们一起喊着："焦书记！"

焦裕禄喊着："乡亲们，快进来。"

老乡们拥进病房。护士长在后边喊着："老乡们，记住马上要出来啊！"

大家把焦裕禄扶到病床上，拉着他的手不愿松开。

梁大爷说："焦书记啊，你瘦多了，瘦脱了形啊。"

梁大爷给焦裕禄垫了个枕头："昨天早晨，俺说进省城去看焦书记，乡亲们挤了一屋子，都让俺给你带个好来。俺那瞎老婆子非要跟了来。俺说：'你少眼没户的，俺替你去看不是一样？'俺瞎老婆子说：'俺眼看不见，心看得见，俺摸摸俺儿的脸……'"梁大爷说不下去了。

焦裕禄眼里含着泪："梁大爷，您回去告诉大娘，我的病进了医院好多了，回去我再去看她。也谢谢乡亲们了。"又问肖长茂："肖大爷，您的牛屋又添丁了吧？"

肖长茂说："添啦，今年一冬一春，添了两头小骡驹，三头小牛犊。"

焦裕禄说："好啊，繁殖牲口的奖金发给您了吗？"

肖长茂说："发了。焦书记你还惦着这事。"

焦裕禄又问朱晓、吴子明："小朱、小吴，苗圃怎么样了？"

朱晓说："今年苗出得更好，张集、胡集和十几个村都建了育苗基地，咱兰考真的又成为泡桐王国了。"

焦裕禄说："好！秀芝啊，你们大队的大窑怎么样了？"

刘秀芝说："焦书记，今年春上俺们又建了一座大窑，收入翻了一番，现在有一半社员盖了新房。大伙儿都说，等您出了院，把您请到俺村新砖房里住几天。"

焦裕禄说："我一定去。前几天这场雨，咱们县淹了没有？"

豹子说："没淹。咱们压碱的地上种的麦子长得可好了。"

梁大爷说："焦书记啊，咱兰考除三害，给沙丘'贴膏药''扎针'，这一招最灵，用淤泥封沙丘，再种上泡桐，从根上治了沙，太好了！"

豹子说："程县长又包了咱村的点儿，天天长在咱村里，咱村的沙丘，全封住了。"

焦裕禄高兴起来："好！好啊！"又问豹子和秀芝："你俩的事怎么样了？"

刘秀芝看看豹子。豹子拿出一张大红结婚证："把证领了。年前办喜事。焦书记，等你出院喝我们的喜酒。"

焦裕禄说："好好！小朱、小芳，还有小吴、二萍，你们呢？"

小朱、小吴也拿出了结婚证："焦书记，俺们也带来了，让您看看。"

焦裕禄看着："我答应过你们，出了院，给你们主婚。"

护士长进来了："焦书记，您得输液了。"

焦裕禄说："晚一会儿再输吧，我再跟乡亲们聊聊。"

护士长说："焦书记，您得配合治疗，一定不能累着。"

刘秀芝说："焦书记，俺们看见您就放心了，俺们走吧。"

肖长茂等人全都站起来准备告辞，大家都流下了眼泪。

焦裕禄说："乡亲们，别哭。我不能死，我为党、为兰考人民做的工作还太少。"

护士长也在擦眼泪，焦裕禄说："护士长，我再和乡亲们聊十分钟，还有一些情况没问呢，就十分钟，中不？"

护士长无奈地摇摇头。

2

乡亲们来的那一天，是焦裕禄住进医院以来最兴奋的一天。兴奋加上肝疼，他整整一晚上睡不着，不疼时就和俊雅不停地说话，一直到上午八点医生查完房，才眯了一会儿。县长程世平来了："老焦睡着了？"

徐俊雅说："昨天来了几个乡亲，说话太多，兴奋了。晚上疼了一宿，刚睡着。程县长，您坐。"

程世平示意别吵醒焦裕禄，他坐在焦裕禄床边，看着他。焦裕禄嘴角挂着笑容。突然，他笑醒了，看见程世平坐在床边："老程啊，你来了。"

程世平说："你看看，怕吵醒你，你还是醒了。"

焦裕禄说："刚才我做了一个梦，梦见啊，咱兰考的小麦丰收了，收的麦子是仓满囤流，家家都蒸白面馍。你回去，一定让人把碱地上的麦穗给我捎一把来，叫我看看。"

护士长进来了："焦书记，打扰一下，报一下饭，今天中午您吃点什么？我们一定准备。"

焦裕禄说："不要麻烦你们，只要肝不痛，啥饭都能吃。现在的伙食已经够好了，你们知道兰考人民吃啥？红薯干也吃不饱啊。我现在吃的，已经过分了。"

程世平说："老焦，你是病人，想吃啥，这里没有的，我去办！"

护士长说："住了这么长时间，焦书记没吃过一回小灶，也从来没给我们伙食提过意见。"

焦裕禄说："护士长，今天我真还想提一条意见。"

护士长急忙掏出小本本。焦裕禄笑了："别记。不过这个意见不是对厨房说的，你们各方面都很好，就是报纸太少了点。"

程世平说："老焦啊，你住进医院是治病来了，这病三分在治七分在养，对不对？你注意休息，报纸还是少点好。护士长，这条意见不算数。"

大家笑了。

3

焦母让孙子守忠陪伴着，去县城赶火车。她问守忠："守忠，这封电报上咋说，你叔要紧不？"

守忠说："奶奶，我叔不要紧。他就是太累了，住进医院养几天就好了。"

老太太说："那咋不住兰考的医院，住了省城的大医院呢？你叔的脾性我知道，他但凡病得不严重，不会去住医院的。我这些日子心里觉得有些慌，总是

572

恬着你叔。"

守忠宽慰奶奶："奶奶您放心，我叔不会有事的。坐上火车，在车上喝点水。"

车到郑州已是深夜，老太太下了火车，站在站台上向人群中眺望。终于，她在接站的人群中看到了儿子。

英俊挺拔的儿子迈着矫健的步子，挥着手向她走来。

儿子高声喊着："娘——"

她答应着："哎——"

这时才看见喊"娘"的是一个陌生的小伙子。那个小伙子搀住了身边一个老太太的手臂。焦母揉揉眼睛，她这才意识到刚才自己出现了幻觉。

她怅然地立在站台上。站台上的人已走光了，空荡荡的站台，冷月如钩。

有人喊着"娘"向她走来。她不敢贸然应声，揉着昏花的眼睛。

走过来的人喊着："娘……娘……"

老太太仍然无声地伫立在站台上。

来人喊着："娘，我是俊雅，我接您来了！"

老太太这才回过身来，叫了声："俊雅！"俊雅扑在婆母怀里，放声大哭。

病房里，处在肝昏迷中的焦裕禄嘴唇微微动着，轻声呼唤着："娘……娘……"

徐俊雅对婆婆说："他这几天总是昏迷，一昏迷时就喊娘。娘，他是想您啊……"

老太太也唤着："禄子！禄子！娘来了！娘来了……"

焦裕禄醒过来了："娘……"

看着瘦得不成样子的儿子，老娘肝肠寸断："禄子，娘来了……"

"娘……来了……我，我不是……不是在做梦吧？"

徐俊雅附在他耳边轻声说："老焦，真的是娘来了！我从车站接回来的。"

焦裕禄挪了一下身子："娘，您老……累了吧……坐了，坐了这么远的火车……"

"娘不累。娘看见你就不累了。"

焦裕禄说："娘，我……我没想到……病成这样……让娘挂心了……娘，您老别担心，我病好了，还要回……回博山老家看看……"

"儿啊，你这么想就对了，等你好了，娘陪你一块儿回老家。娘给你做了新鞋。娘老了，这鞋做得越来越吃力了。"

焦裕禄接过鞋："娘，不知道，我……我还能不能……穿着这双鞋……再回博山……"

娘给他理了理头发："孩子，咋说这话？娘就不信还有治不好的病！等你病好了，就回老家养些日子。咱崮山上也找到水了，听说将来还要修水库呢。"

焦裕禄问："找到水了？在哪儿？"

娘说："就在你说的那个地方，阚家泉。你方开叔说是你画的图，村里让水文队把水找到了。"

焦裕禄说："好……有了水，再栽上……栽上果树，崮山就好看了。兰考……兰考的沙丘……用淤泥封固，又栽上泡桐……"

他一阵咳嗽，大口地喘气。小田进来了："焦书记，您累了，先休息一下吧。一会儿又要输液了。"

她示意了一下俊雅，老太太会意，站起身子："儿啊，话多伤身，你还是个病人呢，娘又不走，有的是说话的时候。你呀，就先歇会儿。"

看见俊雅陪母亲出去了，焦裕禄撑起身子："小田……我提一个要求……"

"焦书记，您说。"

焦裕禄说："不要给我……使用那么贵重的药了，应该……应该留给比我更需要、更有希望的同志。"

4

在张营公社，老洪匆匆收拾行装。刘旺进来了："洪社长，出门？"

老洪说："我刚得到信，老焦在郑州住院，病危。我马上去郑州。"

刘旺说："快去吧。"

老洪敲着自己的脑袋："老焦住院前，专门来看我，我犯浑，又没开门。刘旺你说我咋这么糊涂！"

刘旺说："洪社长，别说了。焦书记不知多想你呢。"

坐上了火车，老洪恨不得这火车再生出一副翅膀。出了火车站，他急匆匆向医院跑去。他越跑越快，不断地撞到与他擦身而过的行人。

5

此刻，病房里，医护人员在抢救又一次进入肝昏迷状态的焦裕禄。

女儿焦守云扶着奶奶站在他床前。站在床前的还有前来看望他的省委、地委组织部的部长和地委、县委的干部。

昏迷中的焦裕禄出现了幻觉：兰考的泡桐林，一天一地的桐花。

蝴蝶在花团锦簇中穿飞。焦裕禄拉着徐俊雅的手，在桐树林里奔跑着，桐花落了他们满身。不知什么时候，徐俊雅松开了他的手，向桐花深处跑去。焦裕禄在后边喊着："俊雅，俊雅……"

他用微弱的声音唤着："俊雅……俊雅……"

徐俊雅俯下身在他耳边喊着："老焦！老焦你醒醒啊！"

焦裕禄慢慢睁开了眼睛。俊雅轻声说："老焦，省委组织部的谢部长、地委组织部的郭部长看你来了。"

焦裕禄伸出了无力的手。谢部长、郭部长的手与他握在一起。焦裕禄无力地抬下手："部长，坐……坐吧……俊雅，给领导……搬……搬个凳子坐下。"

谢部长说："裕禄同志，你不要管我们……"他给焦裕禄掖好被角。

焦裕禄看着谢、郭两位部长："请……组织告诉我，我的病到底还行不行？"

谢部长轻声说："裕禄同志，党组织为了治好你的病，尽了最大的努力……但是，医生诊断，说你的病到了肝癌晚期，皮下扩散……目前，还没有办法治好这种病。你对后事有什么交代，对党有什么要求，请向组织上讲吧。"

焦裕禄吃力地抬着身子，徐俊雅忙去扶他。

病房内一时静寂得可怕。

焦裕禄紧握两位部长的手，平静地说："感谢……组织对我的关怀，我……没能完成……党交给的任务，没有实现……兰考人民的愿望，心里感到难过……"

两位组织部长眼中含泪，动情地说："裕禄同志，你在兰考工作很好，省委、地委都对你很满意。你已经出色地完成了党交给你的任务，无愧于一个真正的共产党员！"

焦裕禄几乎拼尽全身力气，断断续续说："我活着……没有治好兰考的沙丘……死后……希望组织上把我运回兰考……埋在沙丘上……看着兰考人民把沙丘治好，我……死后，不要为我多花钱，省下来，支援灾区……"

徐俊雅哭得全身抖动。焦裕禄又握住徐俊雅的手："俊雅……不要哭，好好生活，好好工作……这么多年，你跟我没少操心、受罪……孩子都还小……我死后……担子全压在你身上……你，多辛苦了。要教育好孩子，多叫他们参加劳动……不要伸手向组织上要钱、要东西……"

又对母亲说："娘，您年纪大了，没过几天好日子……我给俊雅说了，叫孩子们不忘奶奶……"

母亲忍住眼泪，抿紧了嘴唇，不哭出声，不流出泪，安慰儿子："孩子，说这些话干啥？没事，哪有治不好的病！"

焦裕禄点点头，又一次昏迷过去。

女儿守凤跪在床前，哭着："爸——爸——"

焦裕禄艰难地睁开眼睛。他把几个孩子招到床边，手指颤抖着，摸摸这个的脸，扯扯那个的手。

孩子们哭起来。焦裕禄拉长女焦守凤的手："守凤……你们姊妹几个，数你大……是大姐姐……以后要听妈妈的话……带好弟弟妹妹……你已经工作了……爸爸没有什么送给你……这套《毛泽东选集》……就留给你了……毛主席会告诉你怎样工作……怎样……怎样做人……怎样……怎样生活……"

徐俊雅和孩子们哭成了泪人。

一九六四年五月十四日九时四十五分，大地之子焦裕禄停止了呼吸。

老洪跌跌撞撞跑进医院大门。

他在甬路上几次摔倒。

进了病区，看到楼道里的医生护士哭声一片，老洪向医生询问了一句，他的腿一下子软了，手里的包掉了下去。

他跪在地上，哭喊着："老焦！禄子！我的好兄弟——你咋不等等哥啊——"

6

兰考大地一片悲泣。

县委举行焦裕禄追悼会，乡亲们用泡桐枝和青松翠柏扎了花圈。

成千上万的乡亲手执香箔、纸钱，遍地焚烧。对于兰考的百姓，焦裕禄的离去让他们顿时有了天塌一角、地陷一方的感觉，他们只能用泣血的哭诉来倾诉对他的怀念。女人们长哭当歌，诉说着他的苦、他的累、他的大德大善。男人们长嗥如雷，诉说着他的情、他的义、他的大仁大爱。

他们摆上了上供的枣篮、馍篮，围着供品跪下来，齐声哭叫："焦书记，苦死累死的好心人呀！你在俺家吃的是薯叶窝窝，现如今收麦了，俺蒸了馍，你尝尝吧……"

程世平、张钦礼、李林、老潘、老蔺和县委的同志们……梁大爷、双目失明的梁大娘、肖长茂、王老四、刘秀芝、被焦裕禄救活的张徐州的爹娘抱着两岁半的张徐州……还有朱晓、吴子明、张小芳、二萍……还有洛矿的涂明伦、大老李、张德昆、钟霞等工友……

泪水在每一张脸上淌成河流。

老洪哭昏了过去。

大雨滂沱。雨水模糊了一张张流泪的面孔。送葬的队伍前不见头后不见尾。

7

焦母走在蜿蜒的山路上。

山景依旧，云淡天高。

焦裕禄逝世四天后，焦母回到崮山。

在焦裕禄的追悼会上，无数的人安慰着承受着巨大的失子之痛的母亲，叫她"妈妈""奶奶"，这位坚强的母亲眼中却没流一滴眼泪。

那个时候，她必须激励儿媳俊雅挺住。俊雅还太年轻，只有三十六岁。一踏上老家的土地，踏上儿子从小走过的山路，她却再也撑不住了。母亲在山路上的步子踉跄起来，儿子童年、少年、青年时的身影在她眼前闪现：

背着书包放学的儿子，稚声叫着：娘，我回来了……

从大山坑煤矿逃回的儿子，叫着：娘，我回来了……

当了县委书记的儿子，叫着：娘，我回来了……

儿子喊娘的声音在四山回荡：娘，我回来了……回来了……回……

她突然变得衰老了，再也迈不开步子。

她扶住一棵树，跌坐在地上，放声哭喊着："儿啊！儿啊！"

她哭得昏天黑地，手中抓了满把的青草。

她的哭声在四山回应：

儿啊……儿啊……

儿啊……儿啊……

儿啊……儿啊……

风把一个母亲悲怆的呼唤传送到更加辽远的远方。

2010 年 8 月—2010 年 12 月，

完成于北京雪雅小庄—沧州渔书楼。

2011 年 1 月—2011 年 4 月 18 日，

再改于杭州、北京、哈尔滨、黑河。

2011 年 5 月 7 日 11 时 25 分，三稿于沧州渔书楼。

2011 年 11 月 5 日 23 时，五稿于沧州渔书楼。

2020 年 9 月 17 日—2021 年 2 月 7 日，

再次修订于沧州《四库全书丛编》项目中心。

后记

2010年春天，河南文艺出版社副总编辑陈杰、编辑部主任许华伟和编辑杨彦玲等一行五位老师，坐了几百公里的火车，从郑州赶到沧州，来找我谈一部长篇传记小说的选题，他们想让我承接这个选题，这部长篇传记小说的传主是焦裕禄。三四天时间，我们更多的谈的是作品架构还有对人物的把握，却没有马上签约，我明白陈杰老师的意思，她想留给我一个充分思考的时间。

这的确是一个富有挑战性的选题。一是关于焦裕禄，人们已经写了很多，20世纪60年代有产生过重大影响的报告文学《县委书记的榜样——焦裕禄》；90年代有电影《焦裕禄》，有好几部已出版的人物传记，还有各种形式的文艺作品。焦裕禄这个形象，在全国人民心目中定了型，甚至定了性，再写很难出新意。二是时代变了，这个人物的典型意义不容易把握。当年焦裕禄当县委书记，下乡骑自行车、住牲口棚，进了农民家就喊爹喊娘，吃农民要饭要来的"百家干粮"，脱光了膀子在工地上抬大筐、推大车，脸上的汗、身上的泥比群众还多，对现在的领导干部还能那样要求吗？

再三思虑之后，我承接了这个选题。因为焦裕禄一直是我心目中高山仰止的人物。

这之后，我沿着焦裕禄的足迹，走了四个多月，四下兰考深入生活，两赴焦裕禄的故乡山东淄博市博山区北崮山村，也到过焦裕禄学习、工作过的哈尔滨工业大学、洛阳矿山机器厂（现为中信重工集团）、河南尉氏县，采访过焦裕禄生前的乡亲、战友、同事、领导一百二十多人，最直接的感受是，焦裕禄离开我们近半个世纪了，一提起焦裕禄，人们还在落泪，每一次采访中都有人泣不成声。在中信重工集团采访时，那些八十多岁的焦裕禄当年的老工友一个个哭成了泪人。初到兰考，先去拜谒焦陵，焦裕禄墓前摆放的供品——蒸馍和苹果，还是新鲜的。五十年来，兰考的乡亲们时常来看望为带领他们除"三害"累死的焦书记，从未间断过。

在兰考的日子，我去的最多的地方是泡桐林。焦裕禄当年亲手栽下的小泡桐，已长成了三四个人合抱粗的大树，被称为"焦桐"，树大根深，枝繁叶茂。我一个人走在林子里，抚摸那些有灵性的树木，看到的全是当年焦裕禄行走在兰考大地上的身影。

我下乡走了很多村子，当年焦裕禄树的自力更生除"三害"的榜样——秦寨、赵垛楼、双杨树……村村都有人家在盖新房。在双杨树村赶上了一场扬沙天气，那天风不小，足有七八级，我在村委里同老乡们座谈，村委会的廊道和窗台上积了厚厚一层沙土。老人们说："这已经不算啥了，要在当年，这么大的风扬起的沙子，不知要打毁多少庄稼。"

焦裕禄之后，兰考的县委书记换了一茬又一茬，他们坚定不移地走着焦裕禄的道路，曾任兰考县委书记的魏治功说："在兰考当书记，心里要永远揣着一面镜子。"

这面镜子，就是焦裕禄精神。这种精神，就是把广大人民群众装在心里，把全心全意为人民服务作为自己的宗旨。如习近平同志所指出的，其内涵在于学习焦裕禄的"公仆精神、奋斗精神、求实精神、大无畏精神和奉献精神"。焦裕禄精神，已经成为中华民族的一份精神不动产。

我们这个时代，从未停止过对焦裕禄的呼唤。

长篇小说中的焦裕禄，不仅是一个文学形象，更是一种精神的承载。焦裕禄的故事用不着刻意去设计，也更不容"戏说"。我写焦裕禄，只想把一个真实的公仆形象和他的成长展现给世人。首先，焦裕禄不应是一个被贴了标签的人物，他的青少年时代，有着鲜为人知的传奇经历。他不只是一个勤苦质朴的工农干部，而且是一个受过传统教育，又进过大学校门，且经过大工业历练的有知识、有学养，又有能力的复合型人才。其次，焦裕禄是一个热爱生活，又钟情于艺术的人。在家乡读小学时，他就是学校"雅乐队"的成员，能吹笛子、小号，拉一手好二胡。在大连起重机器厂实习时，苏联专家很愿意拉他跳舞，他是舞会上的"白马王子"。他喜欢吹拉弹唱，文章写得好，说话幽默，又智勇双全。剿匪反霸时期，他同尉氏匪首黄老三斗智斗勇，至今仍是流传在民间的佳话。其三，焦裕禄是一位受过中国传统文化濡染的知识型干部，他的故乡是诞生了孔、孟二圣的山东省，中华传统文化的濡染，孔、孟之乡深厚的文化积淀和故乡山水之钟灵毓秀，形成了这位"大地之子"生身的"规定情境"。在焦裕禄身上，体现着最典型的中华传统文化精神。

很多朋友对我说，焦裕禄在兰考工作了一年多时间，大部分写焦裕禄的作品只是写了他在兰考的生活，这一年多能有多少故事？我写出了焦裕禄人生的每一个重要阶段，但仍然把笔墨聚焦在兰考。我把焦裕禄在兰考的四百七十多天排了一个详细的日程表，发现几乎每一天都有让人激动的故事。在兰考，他经历了奋斗的艰辛，也经历了思考的痛苦。焦裕禄精神形成的历程贯穿了他的一生，但兰考的确是他生命的华彩乐章。

《焦裕禄》2011 年由河南文艺出版社出版，几次重印。2019 年人民文学出版社将其选入"新中国 70 年 70 部长篇小说典藏"再度出版。连同人民文学出版和学习出版社联合出版的本书精装本，印数应该是一个庞大的数字。

这次出版的，是这部小说的修订版。说是修订版，实际上是把这部小说重写了一次，增加一些新材料，也对一些章节做了较大调整。

关于焦裕禄，除本书外，我还出版了《焦裕禄传》（河南文艺出版社）、《焦裕禄画传》（人民出版社）、《焦裕禄和谷文昌》（人民出版社）三部文学传记，以及长篇电视剧《焦裕禄》的文学剧本。在全国六十余座城市做过同读者的互动活动，人们对焦裕禄的热爱之情常使我耿耿难眠。

我试图把这部长篇传记小说写成一部"男人书"。一个传奇的焦裕禄，一个坚忍的焦裕禄，一个真实的焦裕禄，一个成长的焦裕禄，构成了这本书最基本的文化底色。

我期待读者的批评。

2021 年 2 月 8 日《四库全书》新馆

中原担当

——评长篇小说《焦裕禄》

李庚香

即使再过一百年，人们依然会记得焦裕禄。

作家何香久说，这句话是中国传记文学学会会长万伯翱请他创作电视剧本《焦裕禄》时讲的。正是因为这句话，他坚定了承接这个课题的信心。

现在我们读到的是长篇小说《焦裕禄》——一部第一次以小说的形式表现焦裕禄生平事迹的作品。这部作品已没有电视剧本的痕迹，而成为一个全新的文本。

焦裕禄是县委书记和广大干部的光辉榜样，是中国共产党历史上的不朽巨人。焦裕禄，这个名字让人温暖，让人感奋，让人感受到信仰和灵魂的力量。长篇小说《焦裕禄》真实地展现了这位大写的人民公仆的成长历程，再现了这位大地之子生身的"规定情境"和他之所以成为全国人民公认的德政楷模的轨迹。

小说中的焦裕禄，是一个文学形象，这个形象是真实可感、血肉丰满的。这部长篇小说写出了焦裕禄多侧面的人生经历，少年时代的血气方刚，青年时代的大智大勇，以及工业化时代的奋发有为、勇于担当，兰考工作时期的勤政爱民、鞠躬尽瘁。作家把更多的笔墨集中在了兰考的四百七十多个日夜，虽然焦裕禄只活了四十二岁，他在兰考也只工作了一年多的时间，却给我们的民族留下了一份珍贵的精神不动产。

长篇小说《焦裕禄》是一部宏大叙事。由于题材的原因，这部长篇会在历史的真实和文学的虚构方面出现困惑，作者很巧妙地处理了这个问题，作品中的很多人物和主体事件都是真实的，但这并不妨碍作品构思的灵动和叙述的超脱。我想，这得益于作者对作品细节独具匠心的营造。作品中有很多颇具震撼力的细节，比如焦裕禄下乡，见到年龄大的老太太总是喊娘，并且说，"在俺山东老家，俺娘也是您这个岁数"。焦裕禄终其一生保持着对母亲深深的依恋。焦母是一位坚强的山东母亲，焦裕禄少年时被抓进日军宪兵队，母亲隔一天就要去一趟县城，往返七十多里山路，一双小脚，不论刮风下雨还是大雪封山。开始是为了营救儿子，当营救无望时，她去县城的唯一目的就是知道儿子还活着。她常给儿子讲的一句话是："天上一颗星，地下一个人。人做了好事，他的那颗星星就是亮的；人做了坏事，他的那颗星星就是暗的。"这句话影响了焦裕禄一生。焦裕禄在外工作，顾不上回老家，娘就每年给他做一双鞋。焦裕禄说："穿上娘做的鞋，走路踏实。"正是这些平实的细节，串联起焦裕禄成长的脚印。焦裕禄到了老乡家里吃"派饭"，吃的是要饭要来的"百家干粮"，那些干粮发了霉，长了绿色的长毛，只好用水洗一洗，再煮一煮。焦裕禄吃百家干粮，老乡蹲在地上哭，说："焦书记，等咱日子好了，给你炖老母鸡。"焦裕禄考察农村小片开荒，帮大娘翻地，吃了饭还给饭钱，大娘问他，他说是来"还愿"的。一句"还愿"，饱含了多么丰富的内容。他自己病得站不起来，还惦记着浮肿的饲养员段大娘，为她讨了偏方，买了药和红糖。下乡的蔺副县长病了，他忍着剧烈的肝痛赶到老县长下乡的村子，背他上了车。正是这些催人泪下的细节，烘托出了焦裕禄的人格底色。

小说浓墨重彩地大写了焦裕禄带领兰考人民"除三害"所进行的殊死斗争，他带领"除三害"工作队冒着风沙一次次勘察风口沙路，他要"亲自掂一掂'三害'的分量"。他问计于乡亲专家，反反复复探讨着治理"三害"的办法。他身体力行，同"三害"以性命相拼，他的办公桌就设在"最大的沙丘上"，身上的泥巴、汗水比谁都多，以至于到兰考视察救灾工作的省委副书记"四追焦裕禄"，感慨"我这四个轮子硬是撵不上你的两个轮子（自行车）"。他为风沙打毁的小苗而落泪，也为一片崭新的桐芽而欣喜若狂。"干部不领，水牛掉井""没有救灾的干部，就没有救灾的群众""吃别人嚼过的馍没味道""榜样的力量是无穷的"……这些掷地有声的话语，穿越历史的时空，至今仍回荡在天地之间。

他心里装着全县的干部群众，却唯独没有自己。他牵挂着百姓的疾苦，对自己、对家人却时时处处严格要求。儿子不买票看了一场"白戏"，妻子从县委伙房要了小半桶水，都受到了他严厉的批评。大女儿中学毕业，他退回了很多单位送上门的招工表，女儿自己考上了邮电局的话务员，他硬是把女儿送到县食品厂当临时工，而且要求把女儿分配到最苦最累的酱菜组，挑着担子走街串巷去送酱油。县委书记的女儿送酱油，曾成为兰考县城最让人动情的场景。焦裕禄的想法最为质朴，他对岳母说："妈，跟上我这个当县委书记的，咱家里所有的人都受了不少委屈。别人能做的事，咱家里的人不能做；别人能享受的东西，咱家里人不能享受。我心里觉得特别对不起咱家里每一个人。妈，您想想，家里有一点好吃的，您这做老人的，总是心疼着儿女晚辈们，我这当县委书记的，就应该把每一点好处都让给别人，您说是不是这个理儿？"没有大道理，没有豪言壮语，这掏心窝子的朴实话语，却最能拨动人的心弦。

作品写出了焦裕禄的奋斗和牺牲，更写到了他的困惑和痛苦。他大胆起用并关心被打成右派的专家，为错划成右倾的干部平反奔走呼号，当他得知三年自然灾害以来有27名干部饿死、累死、病死在工作岗位上，心如刀绞，彻夜难眠，毅然决定冒政治风险派出采购团队，去全国五六个省份采购代食品和议价粮，挽救饥饿线上的干部和群众。为此，他差点受了处分。兰考连年受灾，灾民潮迭起，他大胆推行小片开荒，坚信"天留不住人，地可以留住人"，使灾民潮变成了"回乡潮"。为鼓励发展林业，他又推出了林木和林地承包方案，这一切，他要承受的，不仅仅是政治风险，而且还有难以言说的隐痛和隐忧。还有当时出现的种种不正之风和以权谋私、"走后门"现象等，这些都让主人公深感忧虑和不安。作者没有回避当时种种社会矛盾对主人公思想的冲击和影响，而使置身于种种矛盾之中的主人公更加具有了信仰的力量。

作品成功地塑造了焦裕禄这一硬汉形象，也塑造了一个有个性的集体的群像：与焦裕禄相濡以沫、温柔贤淑而又坚忍刚强的妻子徐俊雅；焦裕禄的知音和"伯乐"——知人善任又在关键时刻为他遮风挡雨的地委书记张申；敢于坚持真理，一根肠子不打弯，"嗓子眼通着屁股眼"的李明；性格倔强、心热如一团火的老洪；一心扑在工作上的程县长、张副县长、寨子村妇女主任刘秀芝；立志在兰考干出一番事业的大学生吴子明、朱晓、张小芳等等，无一不性格鲜明，血肉丰满。尤其是老洪，这是一个贯穿全书的人物。焦裕禄少年时被日寇抓到东北大山坑煤矿，因会拉二胡而结识了在矿井看门的老洪，俩人遂成忘年之交。老洪两次救过焦裕禄的命，最后一次，焦裕禄打死日本监工，是老洪冒死把他送出了大山坑，后自己逃回河南考城县老家，参加县大队，打鬼子，当了县大队长，入了党。20世纪50年代兰封、考城合并，成立兰考县，老洪又当了公社社长。而焦裕禄南下留在河南工作，在尉氏剿匪，搞土改，之后去洛阳搞工业，在哈工大做调干生，之后在洛矿九年，又回到尉氏，最后到兰考当县委书记，二人相见，恍如梦中，悲欣交集。因为老洪犯了多吃多占的错误而受了处分，这给两个人的生死交情蒙上了阴影。老洪执意不再同焦裕禄相见，但他心里珍藏着对焦裕禄的那份感情，也由衷地佩服焦裕禄。他受了处分之后却变成了另一个焦裕禄，克己奉公，处处严格要求自己和家人，大伙儿说他"处处学着老焦干，就是不见老焦面"。最后得知焦裕禄病危，急如星火赶往郑州，跌跌撞撞跑到医院，却没能见上老焦最后一面。一声撕心裂肺的哭喊"禄子"，让天地为之动容。这个人物的后半段故事，是作者设计的，却符合人物性格的发展脉络和文学创作的规律。这一群相关人物，成为焦裕禄精神的折光。

应该说，尽管时代在不断发生着变迁，对焦裕禄这个人物，是没有产生过杂音的，但也毋庸讳言，有人对焦裕禄精神的当下作用提出了质疑。作者说，他在采访和写作过程中，就有人问："焦裕禄精神是不是'过时'了？"作者的回答是："只要中华民族的人文精神不'过时'，那么焦裕禄精神就永远不会'过时'。"

我赞同作者之言，焦裕禄精神是中华民族的一份精神不动产，他身上所体现出的"天下为公"的奉献精神、"厚德载物"的人格精神、"经世致用"的责任精神、"仁者爱人"的博爱精神、"自强不息"的进取精神、"革故鼎新"的变革精神、"克勤克俭"的艰苦奋斗精神等，都属于中国传统人文精神的重要内容。

尽管现在是一个张扬个性、尊重个人利益诉求的时代，但焦裕禄精神并没有形成与这个时代的冲突，相反，我们更加需要焦裕禄这种对社会和民族命运的担当与奉献的精神。焦裕禄精神，集中体现着共产党人的核心价值观，从这个基点上说，长篇小说《焦裕禄》的贡献，是让更广泛的读者通过文学进一步走进一个伟大的灵魂。

因为我们的时代，从未停止过对这个伟大灵魂的呼唤。

2012 年 5 月 23 日《中华读书报》

回归乡土叙事的《焦裕禄》

陈晓明

2011 年年底，何香久的长篇小说《焦裕禄》出版，仅三个月就再版，可见在读者中引发的强烈反响。虽然不排除有行政作为在起作用，但从可观印数上还是可以看出群众自发的阅读热情。这部书有着感人至深的魅力，每个人阅读它都是一次精神洗礼；也是对一个人的奋斗、成长、献身历史的领略；更深一层来说，也是对乡土中国生存的坚忍性的体验。

关于焦裕禄的故事，相信当今中国人无不家喻户晓，在当今时代，要重新写出焦裕禄的故事，要写得感人、动人、激励人，并非易事。今天的中国在精神上到底处于何种状况，众说纷纭，谁也没有能力概括如此复杂丰富多样的当代中国现实。但有两点是可以肯定的：其一，今天的人们生长于相对平和舒适的环境中；其二，今天的人们在很大程度上已经淡忘了奉献精神。在当今现实境况下，讲述焦裕禄的故事，既合时宜，又紧迫必要。今天，可以说大多数干部都是秉持为人民服务的宗旨，恪守不渝，但也有相当一部分人，见利忘义，无所顾忌。人民群众中也滋生着一种对干部和体制不信任的情绪。改革发展到今天，其实是堆积了很多问题、难题，中国比任何时候都面临好的机遇，也比任何时候都面临艰巨的挑战。所有的法律法规都制定得很健全，所有的政策、文件都很完备，但人的精神、人的品格，一句话，为国为民的奉献精神却成为严峻的问题。所有这些，都使得焦裕禄的形象、焦裕禄的精神显得无比重要、迫切和及时。

自从 1966 年 2 月，新华社播发长篇通讯《县委书记的榜样——焦裕禄》以来，关于焦裕禄的故事就有无数的作品问世，在如此汗牛充栋的作品面前，何香久的这部长篇小说有何独到之处？有何值得肯定的理由呢？

在我看来，这部长篇小说以其充足丰富的艺术容量，写出了焦裕禄完整的英雄故事。过去关于焦裕禄的故事虽然很多，但多是报道、新闻特写以及电影和中短篇故事，长篇小说以其篇幅上的优势，再现了这位平凡却又传奇的人民公仆一生的故事，展示了更为完整的焦裕禄的英雄形象。

小说从焦裕禄的少年时代写起，那样的一个成长的人生阶段，正值日本鬼子侵略中国，侵入焦裕禄的家乡。这个本来是小油坊第五代继承人的十六岁少年，现在面临着人生第一个严峻考验。小说把人物放在乡土中国，亦即中华民族的大命运中去考察，看到焦裕禄这个英雄人物的成长历史，那是在中华民族艰难困苦岁月中成长起来的一代人。中华民族面临三座大山的压迫，焦裕禄的家庭同样在艰难困苦中挣扎生存。在我们称为进入现代中国时期，中国的乡村遭受着贫困、饥饿与灾祸的侵扰。小油坊主焦家负债累累，全家的生存居然维系在一头疲弱不堪的老骡子身上，老骡子不堪重负倒下了，全家的生活也由此崩溃，乡村中国的小户人家在那个年月生存何其困苦！而日本人的侵略，更是给贫瘠的中国乡村以致命一击。父亲亡故，焦裕禄被日本人抓进监狱，后来送去矿山做苦工，少年焦裕禄就是在如此悲风苦雨的年月里成长起来，目睹了国破家亡的所有的凄凉景象。日本人在矿山的掠夺，封井口不顾矿工死活，所有这些日本人的暴行和欺辱，更使焦裕禄从小就知道什么叫家仇国恨。

小说关于少年、青年焦裕禄的故事写得相当细致生动，这使小说的前半部显得十分吸引人。英雄的历史是成长的历史，过去的焦裕禄形象主要是讲述兰考县的一段历史。焦裕禄作为一个党树立的模范榜样，他的形象被政治叙事的权威性所规定，固然高大完美，但血肉丰满的完整性不够。何香久的长篇小说则可以从容细致地写出英雄丰富完整的一生，补上他青少年的故事，人们终于可以看到一个完整丰满的焦裕禄的形象。这是小说做出的独特贡献。

英雄不是一日成就的，只有这样的历史叙事的完整性，英雄的形象才更能令人信服，让人感受到一个活生生的焦裕禄形象。

正是与民族、国家同呼吸、共命运，焦裕禄的成长才显得扎扎实实、坚定有力。青年焦裕禄历经了抗战的胜利、解放战争、剿匪、斗恶霸……他成长为一个坚强的党的基层干部。就这一线索来说，这部关于焦裕禄的长篇小说，也可说是中国版的《钢铁是怎样炼成的》。

这部小说在叙事上的艺术特点在于：始终在民族国家的大历史关节点上来刻画人物的性格，表现人物的精神。因为与国家民族同呼吸共命运，这才有焦裕禄历经的种种磨难与考验，这才有他的精神闪耀光芒的那些场所和时刻。哪里最困难，哪里就有他；哪里有危急，他就出现在哪里。小说把新中国成立后的社会主义革命和建设的各个阶段的大事件都涉及了，焦裕禄在国家需要的时刻，他能挺身而出，交出自己的答卷。过去叙述的焦裕禄的故事，给我们的印象至少有两点几乎是把焦裕禄固定住了：其一，焦裕禄是农村干部，排除万难，在兰考县治理恶劣的自然灾害；其二，焦裕禄是一个忍受艰难、忍受身体病痛的献身型的好干部。这两点无疑是焦裕禄最可贵的，也是最值得人民学习的品格。但这部小说显然写出了更为丰富的焦裕禄形象。小说讲述的少年焦裕禄的故事就很传神，这段故事突出了焦裕禄从小就聪慧好学，而且多才多艺。比如焦裕禄会拉二胡，这样的才艺就让读者看到焦裕禄的另一面。小说讲述了焦裕禄原来在工业战线上工作，在洛阳矿山机器厂和大连起重机器厂艰苦创业。在工业战线上经受的锻炼，也可以说焦裕禄有过从农民到工人的经历。在革命和建设的年代，中国社会主义事业需要工人阶级的领导，在革命意识形态的叙事中，工人阶级是领导阶级，其阶级属性具有革命的先进性。就这一意义而言，后来焦裕禄转到农业战线上，就可以理解他的工作作风和献身精神所具备的工人阶级品格。

这部小说的故事相当吸引人，引人入胜又让人回味无穷，这得力于小说叙事把传奇性与日常性结合得恰到好处。这部小说的新奇在于前半部分关于青少年焦裕禄的故事，这部分故事是在过去作为政治宣传或新闻的特定的焦裕禄故事中所没有的，何香久重新讲述了一个完整的焦裕禄的故事，新讲述的故事要能衔接得上后来作为政治象征的焦裕禄的故事，并非易事。作者的叙事策略就在于赋予"新故事"以传奇性，老故事加入日常性，这样，整体故事就既具有可读性、可观性，又具有生活的感染性与政治伦理的崇高性。

少年的故事作为小说的开篇，必须能抓住人心。这方面，何香久的叙事是颇见功力的，其情节的设计相当精彩。少年焦裕禄一出场，家里就遭遇老骡子死去的变故，接着是日本人入侵、父亲亡故、家道败落，而少年焦裕禄的经历也十分坎坷传奇：打死小日本、入狱、到矿山做苦工、遇矿难救工友……小小年纪就可见焦裕禄的小英雄气概。青年焦裕禄加入民兵打日本鬼子，后来又参加淮河大队支前，开始了革命的战斗生涯，新中国成立前后就已经是区长，打土匪，斗恶霸，焦裕禄显示出他过人的英勇智谋。这些故事，让我们重温了具有传奇性的革命历史叙事，这与《敌后武工队》《小兵张嘎》《平原枪声》《林海雪原》《暴风骤雨》等这些革命历史叙事同属于一个谱系。

这部小说在日常性和生活的细节方面也很见功夫。小说的生活味浓厚，写出了中国北方乡村生活的朴实、坚忍与泥土味。原来存在于政治神话中的英雄人物，现在就在乡土中国文学叙事中复活了。不管是革命战争年代的故事，还是工业战线上艰苦创业的故事；不管是少年焦裕禄生动活泼的故事，还是带领兰考人民奋战的故事；不管是在工作中、战斗中、家中，还是与战友、与亲人、与乡亲，都可以看出那些活生生的生活过程……小说叙事有一种朴实的真实性，那些细节自然而又本色，给人以鲜明生动的印象。

总之，这部作品以其丰富的内容含量、引人入胜的故事、朴实本色的生活细节，创造了一个小说中的焦裕禄形象。从根本的意义上来说，这就是一部实实在在的长篇小说，小说中的焦裕禄，就是一个富有艺术感染力的人物形象。不只是在当代关于英雄人物的政治叙事方面，塑造了一个更加完整的焦裕禄，就是在文学的意义上，也给我们创造了一个饱满的可以留存下去的艺术形象。

刷新典型形象，还原真实的焦裕禄

刘海燕

从 20 世纪 60 年代中期，《人民日报》发表穆青那篇著名的通讯《县委书记的榜样——焦裕禄》，到今天，近半个世纪过去了，"焦裕禄"——这个火热年代的典型人物，这面在历史上空飘扬的鲜艳旗帜，依然被众人所瞩目。但我们对焦裕禄的了解，也许是符号化的了解，是在宏大的时代主题词下的了解，诸如"人民的好公仆""党的好干部"等；对于他的业绩，我们能像背书本似的背出来——整治兰考内涝、风沙、盐碱三害，种植泡桐。而对于全面真实的焦裕禄，他在那个年代到底是怎样做的，怎样生活的，也许我们知道得还太少。

何香久的长篇小说《焦裕禄》，在尊重历史真实的基础上，努力向深处挖掘了焦裕禄身上独有的人格魅力、气度和风度，丰富了焦裕禄作为大地之子的形象。大致可归纳如下：

（1）焦裕禄不是一个简单的行政干部，而是一个很有头脑、现代、善良、幽默的亲和型领导。

譬如，焦裕禄因为工作做得好，频繁地被领导点名主持新的工作，他在洛阳矿山机器厂筹建期间，夜里自学《机械工业企业管理概论》《机械制造工艺学》等，无论是搞农业还是工业，他都迅速地让自己成为行家。厂里生活条件简陋，男女轮流去涧河洗澡，一个习惯独行的男青年技术员记错了日期，搞了一场误会，大家都说他品德有问题，还断章取义地以他的诗句举证。焦裕禄在会上宣读了他的整首诗，并对这位京城来的青年人做了知根知底的解释，以高水平的感人方式化解了误会，台下的青年人就哭了。

厂里搞唱歌比赛，焦裕禄说："一组唱得好，激情豪迈；二组唱得也好，热情洋溢。可是这红旗给谁呢？"一组的喊："一组！"二组的喊："二组！"焦裕禄说："那这样吧，一组二组，各奖红旗一面……"他的爱心、幽默，给所有人带来快乐。

（2）焦裕禄不是一个只埋头工作的人，而是一个有胆略、有气度，站在真实立场上的百姓代言人。

在兰考期间，灾荒搞得老百姓外出讨饭，焦裕禄想了很多救灾的办法，其中之一就是烧砖窑，因为村里很多人有烧砖的手艺，兰考又有铁路，可以运出去卖。烧窑缺燃料，有人就偷着砍树，焦裕禄为了保护兰考的三件宝——泡桐、花生和大枣，就与主管煤炭的领导交涉。在当时的主流意识里，煤炭是给工业用的，烧砖窑是搞副业，不是方向，根本就不可以。当主管煤炭的领导面对面地这样说时，焦裕禄恼火地拍桌子："你懂得什么叫为人民服务吗？农民利用自己的资源，烧砖支援城市建设，生产自救，不是方向是什么？"焦裕禄的气度、胆略、真实，不仅在那个一言论的时代，就是在今天，也依然是罕见的。因此，焦裕禄感动大众，成为传奇，并非偶然。

焦裕禄深知百姓的苦和难。很多时间，他都在田间地头，在百姓的灶台前。用今天的话来讲，就是他在一线生活，不仅是了解，而是就在其中。他是老人们的儿子，村民们的亲人，还是第一个冲到险情中去的人，是个自自然然的父母官。他绝对不是为了搞政绩，只是希望百姓都能过上好日子。当宣传人员拍摄他劳动的镜头时，他说："你的镜头应该对准老百姓，可别总追着我。咱兰考的老百姓在重写改天换地的历史，你要把这个场面记录下来。"

一个不要荣誉的有天地正气的人，历史才赋予他盛大的荣誉。

（3）焦裕禄不是只会拼命干活儿的"土老帽"，而是一个有文化品位、有生活情趣的开放型人物。

在宣传媒体上，我们看到的多是焦裕禄的那张经典照片——披着外套，双手叉腰，头发凌乱，一副不修边幅的形象。当然，这个形象更像老百姓。在这部作品里，焦裕禄是一个多才多艺、善于接受新知识的开放型人物。如他在洛阳矿山机器厂期间，去大连起重机器厂实习，演奏二胡独奏曲，其精湛的技艺，受到苏联专家的赞赏；他很快就学会了跳舞，他穿着蓝呢子中山装和穿着布拉吉的妻子，一时成为舞会的中心人物。他时常赶写文章，也时常想象泡桐花盛开的兰考原野……这个尊重科学、有才华、有情趣的人，在艰难的岁月里，方能智慧地找到改变穷困的路子。他带领人们种植适宜在那片土地上生长的泡桐，今天人们亲切地称之为"焦桐"，这些桐树成为今日兰考的主要产业资源，用来生产民族乐器，广销国内外。

何香久的这部作品，刷新了焦裕禄这个"典型人物"的既定面貌，让我们看到一个更真实全面的焦裕禄。了解了历史情景之中的焦裕禄，才能明白历久弥新的"焦裕禄精神"是什么。在真正了解的基础上，才能真正地学习，而不是流于形式。这就是在今天阅读《焦裕禄》这部作品的意义。

焦裕禄的"一口气"

何向阳

少年时，我读书的军区小学组织去郑州烈士陵园扫墓，第一次见到焦裕禄的墓，少年的我们献上采来的野花，并不深知墓碑上照片人的事迹，只隐约记得他是因公累死的，死之前疼痛的他用胳膊把藤椅硌出了一个大洞。到研究所工作后去党校学习，毕业时我们青干班考察地在兰考，兰考焦裕禄墓前，青年的我们献上花篮，绕行一周，照片中他脸上的光辉并没因岁月荏苒而有丝毫暗淡。而兰考，也再不是风沙蔽日，那个春天，正值泡桐开花时节，重重的花瓣漫向天际，像笼罩在这个城市之上的紫色的浓云。浓云之下，这个将"大道之行也，天下为公"的古圣贤语赋予了当代意义的共产党人，近半个世纪以来，一直是衡量我们做人和工作的标尺。

对于焦裕禄这个耳熟能详的名字，我们所知来源于早年穆青、周原等写的长篇通讯《县委书记的榜样——焦裕禄》，来源于近年由李雪健主演的同名电影。但长篇通讯与电影作品呈现的都是兰考时期的焦裕禄，在做县委书记之前的他是什么样的，我们并不知道，中年之前的焦裕禄在我们的脑海里是一片空白，直到读到新近出版的何香久的长篇小说《焦裕禄》，我们才有机会了解一个英雄的诞生、一种人格的完善。依照唯物辩证法，事物总有本原，犹如人总有来处一样。小说《焦裕禄》的可贵之处是向我们呈现了一个人的成长、一个人精神的来源，它以大量的细节，讲述了这个主人公的生身、经历，讲述了他少年时人格形成的经过，讲述一个人是如何在困难面前一步步向前终将自己锻造成一个俯仰天地、无愧人生、尽职尽责的共产党人的。

小说里有一个细节，对于我们认识焦裕禄很有裨益。在被抓去大山坑采炭所的矿上，日本人让中国矿工学狗叫，谁学狗叫给谁窝头吃，少年焦裕禄宁肯挨饿也不学狗叫，这一点让比他年长的工友深感惭愧，他对工友们讲："人活个啥？活的就是一口气！"小说的另一章节，焦裕禄对这口气做的注解教人过目

594

不忘："这口气是啥气？就是'浩然之气'呀。"

"敢问何谓浩然之气？"两千年前公孙丑曾问孟子。

孟子的回答是："其为气也，至大至刚，以直养而无害，则塞于天地之间。"

博山县第五区第五小学课堂上，四年级的焦裕禄对于"浩然之气"的解答是"天地间的正气"。"一个人有了这天地正气，能顶天立地；一个国家有了这天地正气，它就不会被别人打垮！"正是因为一直有这样的"一口气"，少年焦裕禄才可能冒着生命危险从死人堆里将工友救出来，也才可能在青壮年时能够以这样的"一口气"投入工作，无论尉氏、郑州、洛阳还是兰考，有这口气在，他才可能事事处处从老百姓的利益出发，才可能为了百姓能摆脱贫穷而夜以继日地工作，为的就是让百姓顶天立地地活着，不向贫穷低头，不为了吃饱饭像狗一样讨生活，而要活出人的"一口气"来。

20世纪60年代的兰考，刚经历了三年自然灾害，兰考人要饭要到了全国，当时流行的顺口溜"十二愁"是其情状的真实写照——"吃也愁，穿也愁，住也愁，烧也愁，前也愁，后也愁，黑也愁，白也愁，进门愁，出门愁，愁来愁去没个头"。天灾人祸，最难改变的是被称为逃荒要饭的"兰考路线"，焦裕禄可谓临"危"受命，对应"十二愁"的仍是他的"一口气"。这口气是摘掉兰考的穷帽子，让兰考人民顶天立地地做人。

有这口气在，他才会在常委会上毅然做出将劝阻办公室改为"除三害"（风沙、内涝、盐碱）办公室，他才会在解决内涝问题上与曹县联手，不仅化干戈为玉帛，还要造福两县为民谋利，他才会在大雪天扛着棉衣棉被一家家走访受灾群众，把党的温暖传递到村民心中；有这口气在，他才会一次次忍住个人的病痛坚持把工作做到尽职尽责、尽善尽美，才会绞尽脑汁想尽办法让老百姓致富，对逃荒的"兰考路线"回答说，"只有苦干才有出路"。

同样，也是因为有这口气，焦裕禄才在对待某干部趁困难时期倒卖煤票以权谋私时深恶痛绝，而自己和家属看电影则一律坚持买票就座。这口气还表现在对上海分来兰考的大学生的态度上，当别人都责难上海大学生因吃不得苦而请假回沪不归时，是他爱惜人才一再写信打电话迎接这位年轻人的归队；但对于自己的女儿，他的要求又几近严苛，他不接受下属单位对女儿的照顾，并辞去了女儿考取的优越工作，坚持让女儿下到食品厂车间补上劳动的一课。这样对比的细节在书中不胜枚举，"这口气"也在焦裕禄的人生中贯穿始终——直到他在病床上握住爱人徐俊雅的手，用尽他生命的最后一口气，说："教育好孩子……不要伸手向组织要钱、要东西……"

大道之行，天下为公，共产党人除了人民的利益之外，没有个人的利益。焦裕禄以一己个体的生命实践了对于信仰的承诺，他没有给子女留下什么，但某种程度上他给他们包括我们留下了很多，"这口气"——人间的正气，便是他留给我们的最有价值的遗产。焦裕禄走了，但这个走了的人留给了我们他的宝贵的价值观。

正因为有一代代秉承这样价值观的人，我们的民族，才可能走到今天。

2012 年 5 月 14 日《文艺报》

《焦裕禄》：热血男儿传奇，人生平凡追求伟大精神

崔向东

焦裕禄，一个四十余年来不曾被中国的老百姓忘记的姓名，一个为大家所熟知和景仰的"县委书记的榜样"。他在兰考县率领群众战天斗地的事迹曾因著名记者穆青撰写的长篇通讯而广为流传，感动了一代又一代人，成为我们民族精神的一个象征。然而，在到兰考之前他的生活轨迹是如何划过这片美丽而多难的土地，又是怎样哺育他并给了他如此丰厚的精神积累，引导他走向壮丽的人生的呢？著名作家何香久先生的长篇小说《焦裕禄》为我们全面展现了焦裕禄传奇、真实的一生，向我们揭示了他那逐步成长而臻于至善至美之境的精神密码。

焦裕禄真实的一生其实极富传奇色彩。他的老家在山东博山。虽生逢乱世，长于苦难，却识文断字，有勇有谋。十六岁时他就赤手空拳把那凶恶至极的日本兵和狼狗扔到了悬崖之下；被日本鬼子当作"八路嫌犯"抓去后，又大难不死，被送往东北煤矿做苦力；在东北又历经苦难，九死一生，最终杀死日本监工逃出煤矿，却有家不能回而背井离乡；日本投降后他回到家乡参加民兵，与还乡团和土匪斗智斗勇；新中国成立后，他投身经济建设，先后在洛阳、大连等地工作，还到哈尔滨工业大学学习深造；因成绩优异和熟悉地方工作，被组织上派往最穷最困难的兰考县担任县委书记；到兰考后，他一心扑在治理严重的内涝、风沙、盐碱的除"三害"工作上，查风口、查沙源、查水害，带领群众固沙丘、修水利、栽泡桐，全然不顾自己已然是重病之身。终于，就在新一年的春天来临，漫天飘洒的细雨和着渐欲迷眼的花色开始铺盖大地，兰考开始走出穷苦困境时，焦裕禄却病倒了，带着对兰考大地和人民的无限眷恋与遗憾走完了他四十二岁的短暂的人生之路。小说以朴素的文字，告诉我们一个朴实的事实：县委书记的好榜样就是这样炼成的。

小说的结构一如主人公之性格，很传统很朴实，以一明一暗两条线来结构

全篇：

明线是时间。按照岁月的流向，洋洋洒洒，一路走来，让读者看到焦裕禄的成长和变化。为了揭示焦裕禄成长的内在因素和环境因素，作者在叙述性的简略描写之中，在焦裕禄成长的不同阶段，对一些关键的事件做了详细的描述，详略结合，相得益彰。例如在剿匪斗争中，为了打开局面，焦裕禄和匪首黄老三展开了智勇对决，先是独自一人赴黄老三摆设的鸿门宴，连饮六大碗酒勇夺先声；接着对两次送上门来的黄老三敲而不抓，敢放长线，最后一举将黄老三的土匪势力剿灭干净；焦裕禄又单枪匹马与黄老三周旋六天，终于将其制伏，捉拿归案，明正典刑。再如写他与老洪的交情，老洪是焦裕禄的救命恩人，曾两次救过他的命，焦裕禄对老洪是感恩至极。但是，当他到兰考后，目睹老洪把群众的困难放在一边，自己领着一班人吃喝享乐，他的愤慨之情溢于言表，坚持从严处分老洪。老洪不服，焦裕禄说到动情处有一段话："洪哥……你要是知道你救下来的这个人以后是个鱼肉百姓的贪官，是个不辨青红皂白的昏官，你后悔不后悔？"尽管老洪当时听不进去，但最后，在焦裕禄曾经的病床前，老洪那撕心裂肺的哭声表明了一切，让人不能不为之动容。这些浓墨重彩的描写把焦裕禄热血男儿的英雄本色揭示得可谓淋漓尽致。

暗线是情义。其中既有母子情、夫妻情、父女情，又有战友情、兄弟情、主仆情，全书一以贯之，让读者感到焦裕禄对家人、对同事、对群众的深情始终不变，至孝至纯，愈久愈浓。因为作者的初衷就是要"把这部长篇小说写成一部男人书"（小说作者语），所以他在处理情感描写的时候，首先摒弃了那种卿卿我我花前月下的写作手法，而把焦裕禄的大情大爱置于新中国成立前后那种轰轰烈烈的战争和建设的时代背景下，写他对侵略者和反动派的仇恨，对老百姓的热爱，对家人友人的诚挚，这成为他一生之中做人做事做官的基础，也是他一生平凡追求的出发点和落脚点。对母亲的孝，是通过他无时不在的惦念和挂牵来映衬的；对子女的爱，是通过他严厉得有点不近人情的言语行动来体现的，特别是不让女儿到邮电局上班而一定要让她下工厂劳动，但是又特意抽出半天的时间陪着女儿挑着酱油担子去门市上送货一段，让人感受至深；对下属的关切，是通过仗义执言敢于负责的精神来表现的，当二十七个累死病死的基层干部名单摆在他的面前时，他震惊、他惭愧、他揪心，他决定动用救济款去购买代食品和议价粮，对担心犯错误的不同意见当场拒绝，毫不犹豫地独自承担可能的非议与责任，至死不悔；对群众的关切之情，是通过他与老百姓密不可分的鱼水关系来描写的，他骑上自行车带上铺盖卷走村串户，吃百家饭，打地铺，睡牛棚，嘘寒问暖，人们起初或许把他当技术员，当农民，当村干部，当办事员，唯独没有把他与县委书记联系在一起。

当作者把这样一个有血有肉、有情有义、敢作敢为、敢爱敢恨的真男儿形象诉诸笔端推到我的面前时，我的心震颤了，眼湿润了，这个形象体现了焦裕禄的平易，体现了焦裕禄的平常，同时也造就了焦裕禄的伟大。焦裕禄的伟大其实正寓于他始终如一的平凡与真诚之中：他始终如一地忠实于党的事业，始终如一地摆正自己的公仆地位，始终如一地把自己置于组织和群众的监督之下，始终如一地把基层干部群众的吃穿温饱柴米油盐挂在心上；因而，他愿意"把心挂在胸膛外面"，与干部群众赤诚相见，听他们的苦，听他们的怨，做他们最需要的事情；愿意亲自踏查沙源风口，"掂掂'三害'的分量"，不"吃别人嚼过的馍"；愿意把自己的女儿送到最脏最累的地方去工作，不让她享有一点特殊的待遇和优越感，而唯一的理由就是"谁让你是县委书记的女儿"；也愿意为了科技人员的生活琐事跑前跑后，为的是换来他们对兰考的真情付出。我们可以从这个历经四十余年风霜洗礼而依然能够感人至深的人物形象之中寻觅到两个世纪的心灵呼应，也可以感受到在一个跨越时空的英雄人物身上所体现出来的"三平"精神。习近平总书记最近批示"大力弘扬焦裕禄精神"，既说明了在新世纪新形势下继续发扬光大焦裕禄精神的必要和必需，也说明了焦裕禄精神正是目前改革发展关键时期鼓舞士气克难攻坚所需要的精神动力。

何香久先生为了写作《焦裕禄》而多次赴兰考，曾经在焦裕禄亲手植的桐树下徘徊，用心去聆听那不曾散去的话语；也曾在焦裕禄陵园中，面对天天不断的鲜花和络绎不绝的祭拜人流而感慨而落泪。他在《焦裕禄》重印之际所做《后记》中说得好："愿焦裕禄和《焦裕禄》都与我们同在。"诚哉，斯言！

2012 年 11 期《东方教育》

历久弥新的焦裕禄精神

——评何香久长篇小说《焦裕禄》

李静宜

焦裕禄，在中原大地乃至整个中国，可以说是一个家喻户晓的名字。通过电影、电视、戏剧、诗歌、报告文学等各种艺术表现形式，焦裕禄的事迹、焦裕禄的形象、焦裕禄的精神，已经深深地镌刻在人们的记忆中。而何香久这部传记式长篇小说《焦裕禄》，则会使人们尘封的记忆重新开启，那种高尚的情操、崇高的境界、金子般可贵的精神，依旧会撼动人们的神经。焦裕禄的形象并不因时间的流逝，而削减他榜样的力量。同时，这部长篇小说因记叙了焦裕禄完整的成长史，而得以使人们更深入地了解一种品格的铸造是怎样完成的。

借助小说的艺术，何香久这部长达五十三万字的传记式小说《焦裕禄》，全方位地展现了焦裕禄一生的生命历程。小说以形象的表现手法，让逝去了的焦裕禄的生活重新跃然纸上，这正呈现了小说艺术的优势。同时，这部书又是以真实的人物为原型，以真实的素材为基础，尊重最基本的事实。作者曾数度深入兰考生活，沿着焦裕禄曾经工作、学习、生活过的机关、乡村、大学、工厂、故里等地采访、座谈，而得以完成了这部作品。可以说，这部小说真实地再现了焦裕禄完整的成长轨迹，表现了他以往鲜为人知的生活层面，更丰富地展现了焦裕禄的性情性格，也更深入地揭示了焦裕禄的内心世界。

焦裕禄杰出品格的形成，并非偶然。小说展现了焦裕禄一生的传奇性经历，他人生中诸多的生活事件和细节，也都揭示了焦裕禄从一个普通人成长为一个英雄、一个品格高尚者，他的不一般的性格磨砺和思想成长的过程。比如：正是生活的磨难，锻造了焦裕禄坚忍的性格。焦裕禄有着令人难以置信的苦难经历，命运多舛，受尽欺凌和压迫。但在诸般的困苦中，焦裕禄从不向命运屈服，表现出硬汉的性格。比如：胆识和勇气。焦裕禄多年投身革命，血与火的锤炼，让焦裕禄尽显了孤胆英雄的气概。另一方面，也正是中国传统文化的熏染，使焦裕禄有着一种大仁大义、心存悲悯的情怀。他从小受母亲的教诲：天上一颗星，地上一个人，人要是做了好事，天上他那颗星就是亮的。焦裕禄敬母、孝母，也将天下百姓视为父母、兄弟姐妹。也因此，当他一切从百姓的利益出发，面对兰考的逃荒大军，他才能深明大义天理，不僵化，实事求是地化解逃荒困境。他对工厂的每一个部下，才能以仁慈之心，爱惜、善待；做县委书记，也才能那样地体恤百姓。他也才能克己，宁愿受冻，不要公家配的棉衣、布票。他也才是无私的，身上、家里的东西，随时拿出来，给困难的、需要帮助的人。他才廉洁，一张电影票的钱或公家鱼塘里的几条鱼，也要送回去。他才秉公办事，不徇私情，严格要求干部，制定干部"十不准"。他才自律，任何时候不搞半点特殊化，哪怕去看电影时的座位。他最终也才会豁出了性命，带领干部群众，排除万难，殚精竭虑，治理风沙、内涝、盐碱三害。小说中所展示出来的焦裕禄这样的一种坚毅、宽厚、质朴、纯洁的品格，他身上的这种大慈大悲、大仁大爱的情怀，都将会感染和教育一代又一代的人们，使焦裕禄的光辉形象，具有了彪炳史册的永恒意义。

人物的立体性塑造，同时也填补了焦裕禄历史记述的空白。一个立体的多侧面的丰满的焦裕禄形象，使我们得以更全面地了解焦裕禄，懂得了焦裕禄，理解了焦裕禄。比如：物质的充沛，对人的幸福究竟占多大比重？充实而高尚的、被人们需要和爱戴的一生，就是幸福的一生，哪怕物质贫乏，时光短暂。

当下的社会，受日益物化的影响，人们的价值观念发生了变化，精神性的东西也显见了萎缩。社会正需要矫正的力量。《焦裕禄》这部长篇传记式小说，具有在这个时代更为重要的现实意义。可以说，焦裕禄精神历久弥新，它是我们这个社会一笔宝贵的精神财富和永久的净化剂。

焦裕禄的立体新形象

——长篇小说《焦裕禄》简评

何弘

焦裕禄是全中国人民耳熟能详的人物。但对于焦裕禄其人，除了他在兰考的一段经历外，其他情况一般人所知并不多。由何香久创作的长篇传记小说《焦裕禄》是全面记述焦裕禄一生的文学作品，对全面深入了解焦裕禄，弘扬焦裕禄精神，无疑具有重要的意义。

用长篇小说的形式塑造焦裕禄的光辉形象，既相对容易又异常困难。说它容易，是因为焦裕禄作为一个真实人物，一生贯穿了抗日战争、解放战争、土地改革和新中国建设的重要历程，他的一生有许多真实而感人的故事，足以支撑起一部长篇小说。而且对焦裕禄这个人物来说，大的事件也容不得虚构，因而叙事的进行相对而言不会太费思量。说它容易，还因为写焦裕禄不会面临目前一般长篇小说写作所面临的小说叙事方向与历史方向不一致的困难。目前中国的长篇小说写作，前半部写得好而后半部没写好的作品很多。如果把这些作品归结为罪与罚、苦难与拯救、现实与超越等类型的话，就会发现，作品对罪、苦难、现实的描写往往准确而深刻，而在写到罚、写到拯救、写到超越，也就是说要给人物的未来一个可行的方向时，则遇到了极大的困难，作家的叙事方向或者说给作品主人公设定的方向很难得到读者的广泛认可。其根本原因就在于当前缺乏一种共同的信仰、信念支撑作家把叙事进行下去，并得到读者的认可。对于纯虚构的小说来说，作品主人公完成超越成为一个英雄，其内在的成长逻辑即小说的叙事逻辑，会因共同信仰的缺乏而广受质疑。而在对焦裕禄的书写中，这个困难基本不存在，焦裕禄成长为一个英雄、一个楷模，人物外在的发展路径与小说内在的叙事路径是一致的，而且不会被读者质疑，这成为小说《焦裕禄》的叙述可以很好展开的内在依据。

小说《焦裕禄》写作的困难其实又和前面的两点密切相关。焦裕禄一生的经历、事件是历史存在的，是不容许进行大的虚构的，在此基础上的写作，如何出新，如何对读者有足够的吸引力就成为一个难题。另一个难题在于，焦裕禄作为一个公认的英雄、楷模，他的成长轨迹自然不会受到大家的怀疑，这为小说的叙事带来了便利，但如果仅止于此，小说的价值就会大打折扣。对长篇小说《焦裕禄》来说，把英雄成长的内在逻辑揭示出来才是其意义所在。这个内在逻辑能够被作家、读者一起认同，一个共同的信仰就可能由此在全社会建立起来，我们就可以因此为社会主义核心价值体系的建立增添一块坚强的基石。可喜的是，长篇小说《焦裕禄》对以上几个创作难点做了很好的处理，使作品在具有较好可读性的同时，又具有比较深刻的思想意义。

首先，《焦裕禄》不仅全方位展现了焦裕禄多彩传奇的一生，而且改变了过往焦裕禄土气的工农干部的形象，写出了新意。焦裕禄青少年时代，有着父亲被逼自杀、自己被抓坐牢、当煤矿苦工、逃亡、扛长工、参加革命打游击、搞土改、当区长和团干等丰富而具有传奇色彩的经历，作品对这些经历真实而生动的表现，对读者而言是新鲜而生动的，使作品的可读性大为增强。同时，由于过去很多人对焦裕禄形成了朴实、苦干、忘我、奉献的简单印象，《焦裕禄》特别描写了主人公在洛阳矿山机器厂工作时对"单凭热情，不懂业务、技术，根本不适应现代化的工业生产"的切身认识，描写了他在哈尔滨工业大学学习，到大连起重机器厂实习，通过刻苦钻研，成为"最棒的车间主任"，由"政治科长"成为工业战线上的红旗手这样的成长经历。如此一来，焦裕禄的形象就丰满起来，就不再是只有热情、只讲奉献、只知苦干的平面人物，而是一个经历传奇多彩、富有政治智慧、尊重科学技术、兼具人文情怀，同时忘我奉献的立体人物形象。

其次，作品不仅展现了焦裕禄的精神风貌，更深入挖掘了其精神内涵，尤为难能可贵的是，对焦裕禄精神形成的时代因素、内在逻辑进行了深入而准确的揭示。生于孔孟之乡，中国传统文化精神的濡染是其人文情怀和质朴、宽厚、仁爱、悲悯精神形成的内在原因；苦难的少年、革命的青年、奉献的中年，人生的独特经历是其坚忍、刚毅性格形成的决定条件；多样的工作经历和工业实践是其政治智慧、科学精神形成的环境要素。这种深入的揭示，使我们看到了一个真实焦裕禄的内在成长。只有当读者对这种内在的成长有真切的感受和根本的认同的时候，焦裕禄精神才真正在读者的心中生根，开花结果，焦裕禄精神才能不因时代的变化而具有恒久的价值。这也正是这部作品的深远意义所在。

当然，作为长篇小说而言，这部作品还多少带着些电视剧本的影子，描述性、介绍性文字较多，而文学化的叙事手段运用则相对不够；同时，以语言艺术标准来衡量，文字本身所展现出的语言魅力和张力、内在韵味和美感，稍嫌不够。这对作品的文学性产生了一定影响。

他是公仆，他是一面镜子

——评长篇小说《焦裕禄》

孟繁华

1966 年 2 月 7 日《人民日报》发表了穆青、冯健、周原合写的长篇通讯《县委书记的榜样——焦裕禄》，因为这篇通讯，全国人民知道了中国有这样一位县委书记。在这篇通讯中，我们读到的关键性的句子是"当群众最困难的时候，共产党员要出现在群众面前""他心里装着全体人民，唯独没有他自己""他没有死，他还活着"。这些表达在那个时代不是随便说的。这是对一个有信仰、言行合一的共产党人的真实评价，也是对一个人民公仆的最高赞誉，当然，这是焦裕禄形象的真实写照，他当之无愧。将近半个世纪的时间里，虽然焦裕禄的名字很少被提起，但是我相信，在兰考人们心中，或者经历过那个时代的人们，都没有忘记县委书记的好榜样焦裕禄。

过去我们了解的焦裕禄，是作为"县委书记的榜样"的焦裕禄，是在兰考县鞠躬尽瘁死而后已的焦裕禄。现在我读到的长篇小说《焦裕禄》，是一部文学化的焦裕禄的完整传记，塑造的是一个文学中的焦裕禄的形象。在这部小说中，不仅有焦裕禄的"今生今世"，同时书写了我们不曾了解的焦裕禄的"前史"。焦裕禄出身于穷苦家庭，当过矿工，做过长工，打过鬼子，当过筑路工程的领导，做过"调干生"和车间主任等。这些经历不只是焦裕禄个人履历的介绍，重要的是在这些人生经历中，作家着意刻画了焦裕禄与人民的血肉情感和平易又凛然的个人品格。无论是在血与火的年代还是大规模的社会主义建设时期，焦裕禄朴素又自觉的政治信念，是他成为一个伟大的人民公仆的基础。因此，焦裕禄的"前史"对这部小说来说是相当重要的，它是人物成长的内在逻辑的需要。

一般说来，文学作品正面人物的塑造是有难度的，特别是共产党人形象的塑造。原因是，百年中国的历史叙述，就是中国共产党人的历史。在这个历史长河中，有无数个热血喷涌、惊天动地的共产党人的形象。因此，在文学作品中要成功地塑造焦裕禄的鲜明个性并非易事。特别是当疾风暴雨式的革命过去之后，在和平时期的日常生活中塑造正面人物是相当困难的。在小说《焦裕禄》中，我发现何香久还是遵循了现实主义的原则，贴近人物的真实，塑造真实的人物。他的具体方法就是通过细节的真实再现了焦裕禄的平凡和伟大。应该说，焦裕禄的"前史"只是为了人物成长的铺垫，他在建立现代民族国家过程中的业绩，我们在很多作品中都可以读到。但是，在和平时期一个领导干部如何做到公仆的形象，是我们更关心的。焦裕禄走上领导岗位的时期，正是国家处在最困难的时期，物质生活的极度匮乏，特别是粮食的紧缺，是那个时代国民的最大焦虑。但是，当焦裕禄看到厂里的杨工程师吃不了北方的高粱、玉米，人都浮肿的时候，毅然和岳母商量将家里仅有的二十斤大米换回了工程师的高粱，而哺乳的妻子却没有奶水给自己的婴儿。这不是"苦情主义"的叙述，凡是经历过那个时代的人，都会知道二十斤大米对一个家庭来说意味着什么。他担任尉氏县委副书记时，自己下乡调查研究，第一顿饭吃的就是"百家干粮"，然后还要遵守干部纪律留下"伙食钱"。但是，一个普通机耕队的拖拉机手如果没有达到被招待的目的，居然会故意将土地耕得七零八落。面对这种情形，焦裕禄不是雷霆震怒，而是说了一句："你们也是农民出身吧，咋不想想他们的难处呢？"并且替他们交了饭钱。这些细节，在今天看来或许有些"卑微"，一个县委书记凭什么如此"唯诺"迁就？但是，就是这样的情感和工作方式，把机耕队员"全镇住了"。

当然，小说的关键性情节，还是焦裕禄到了兰考县任县委书记之后。那时的兰考是河南著名的贫困县，一贫如洗，百废待兴。但是焦裕禄面对的问题并不仅仅是国家普遍面临的经济问题。贫穷的兰考寸草不生，满目疮痍。看到这一切，焦裕禄放行了外出要饭的人群，撤销了"劝阻办"机构，处理了大吃大喝的干部，制止了"白看戏""批条子"……这是日常生活的小事，这些小事在今天几乎不值一提，但千里之堤溃于蚁穴，正是通过这些小事，表达了焦裕禄作为一个公仆的与众不同。作为一个县委书记，焦裕禄当然不能把全部精力用在处理这些事情上。在兰考，风沙的危害首当其冲，如何阻止风沙的侵袭是改变兰考面貌的关键。经过调查研究，焦裕禄不仅掌握了兰考沙丘、风口的分布图，而且找到了治理风沙的办法。但是焦裕禄面对的困难在今天是难以想象的，除了治理风沙就是救灾，除了规劝调离的干部就是顶"违规"的压力。超负荷的工作和病魔的摧残，终于让这个壮志未酬的县委书记——一个真正的男人撒手人寰。"对兰考的老百姓来说，焦裕禄的离去让他们顿时有了天塌一角、地陷一方的感觉，他们只能用椎心泣血的哭诉来倾诉对他的怀念。成千上万的乡亲手执香箔、纸钱，在门前屋后焚烧，寄托绵绵哀思。人们摆上了上供的枣篮、馍篮，围着供品跪下来，流着泪说：'焦书记，苦死累死的好心人呀……'"焦裕禄受到人们如此的追思，受之无愧。

作为小说的《焦裕禄》写得感人至深。但是，在我看来更重要的是它的当下意义。我们的文学塑造了许多当代官员形象，从省委书记到普通干部，但真正深入人心、被人们经久不忘的还是焦裕禄。是其他文学作品的文学性不够吗？是作家的文学功力不够吗？是那些作品没有感人之处吗？我看未必。重要的是焦裕禄的事迹即便不加工虚构，他的那些事迹足以震撼人心。这就是生活永远大于艺术的根本原因。作者何香久说："在他工作过的兰考、尉氏、洛矿……每一次采访中都有人泣不成声……写到动情处，一个人蒙上被子哭个痛快。"他说的是写电视连续剧剧本《焦裕禄》时的情形。剧本被导演李文岐称为"大孝之作"，这真是一个有文化、有眼光的导演。小说是另一种艺术，我感到惊奇的是，小说完全去除了电视剧剧本的痕迹，是一种全新的创作，这是非常可贵的。

焦裕禄离开我们将近半个世纪了。半个世纪过去后的中国发生了天翻地覆的变化，今天的兰考早已改变了模样。但是，中国的现代性是与魔共舞的现代性。发展的同时也伴随着我们不愿意看到的东西，干部队伍中的贪污腐败层出不穷，邪恶之风弥漫四方，道德底线被彻底击穿，社会更需要焦裕禄式的干部。现在，作家何香久重新发掘了作为精神遗产和资源的焦裕禄，让我们有机会再次领略了国家曾经有过这样的县委书记；他是公仆，他更是一面镜子。我们在动容追忆的同时，当然也祈望还能够有焦裕禄式的干部出现。这就是《焦裕禄》的当代价值和意义。

2012 年 5 月 15 日《人民日报》

用真诚的文字塑造"大写的人"

——读长篇小说《焦裕禄》

付红妹

读何香久的长篇小说《焦裕禄》，如同接受了一场灵魂的洗礼。主旋律的文艺作品如处理不当很容易流于说教和呆板而让人心生抵触，但这部主流意识形态色彩如此鲜明的小说却真真切切地让人动心、动情。这在漠然已成为精神痼疾的当下，无疑是难能可贵的；对一部小说而言，无疑也是成功的。究其原因，既来自传主焦裕禄本身的事迹，也离不开何香久对题材的驾驭能力和开掘能力。这部感动人心的小说促使我们思考文学创作的两个基本问题：写什么和怎么写。

当前的中国文学创作可谓多元共生、众声喧哗。但在多元话语中，我们不无忧虑地发现宏大叙事的薄弱。为数不少的作家自觉或不自觉地回避宏大叙事，而乐此不疲地投入个人化、世俗化、日常化的写作中。诚然，这种直视个人经验、贴近平民生存、走进日常生活的倾向是值得肯定的。但是，如果一个国家的当代文学缺少了表现时代精神、反映民族命运的维度，不能不说是一种缺憾和损失。文以载道，这一中国文学的优秀传统，虽然把文艺沦为政治工具的"左"倾思潮曾让其蒙尘，但拨开历史的迷雾，我们仍可看到经典的文学作品无不有一种天道人心的担当。何香久继承了这一传统。面对当下信仰缺失、价值混乱的社会现实，他把笔触对准了焦裕禄这位人民公仆。从抗日战争到剿匪、到土改，再到工业建设，直到带领兰考人民战天斗地，所有这一切不仅让我们感受到焦裕禄顽强、务实、仁厚的人格魅力，敬佩他的胆略、胸襟和智慧，更让我们触摸到他精神的质地和硬度。他把自己的生命化作一种"必须"，血脉贲张、义无反顾地将全部身心投入一项认定的神圣事业中，集合起身体的能量和灵魂的热度冲向一道道障碍，打败一个个敌人。那坚定的信念和强悍的力量荡涤了人性的琐碎与卑微，让人摆脱了精神上的匍匐和低回，从而成为一个大写的人、一个坚挺的人。他那蓬勃的生命姿态给了我们一种启示，也引领我们对生命意义的追寻与思索。而他那些掷地有声的话语，"共产党是一心一意为老百姓的，这个宗旨永远不会变"，"我们干部队伍里如果蛀虫多了，老百姓有可能永远过不上好日子"，等等，更是有着鲜明的现实指向。何香久在对历史的书写中表明了自己对现实的态度，彰显了一位作家的良知和责任感。他以文学的方式介入现实，建立起文学和现实的关联，坚守了作家对重大现实问题的言说权，让自己的作品参与时代精神的塑造。在中国社会转型的重要历史时期，作为一名作家，不必求"文起八代之衰"的丰功伟业，但应自觉担起用真情书写天道人心的社会责任。这，应是何香久的创作之于当下中国文坛的一种启示意义。

《焦裕禄》不仅是一部好的小说，而且是一部好看的小说。作者没有炫技，没有搞令人眼花缭乱的创新实验，而是尊重现实主义的叙事艺术，在人物塑造、情节设计、环境描摹上下足功夫，打磨出了一部质地优良的小说。质而无文的传记是乏味的，尤其焦裕禄这样一个旗帜性的人物更易符号化、标签化。作者成功地避开了这一窠臼，用富有个性化的语言、行动刻画人物性格，在一个个的矛盾冲突中展现人物品质，用大量生动、合理的细节让人物鲜活起来。何香久充分调动各种艺术手段，把一个血肉丰满、可触可感的焦裕禄交给了读者。小说的情节也是始终沿着人物性格演变的轨迹推进，跌宕起伏，张弛有度，引人入胜，增加了小说的叙述魅力。环境从来都是人物生存的根据。作者用文字勾勒、渲染出了那个激情洋溢、淳朴真诚的年代，为焦裕禄的诞生提供了精神的气候和土壤。无论是那回荡耳边的《我们走在大路上》等昂扬的歌曲，还是萦绕眼前的乡亲们的热泪，都让我们感受到那个时代、那段历史壮美而朴素的主旋律。在这样的背景下，焦裕禄的出现就成为一个必然。这部小说捧在手里，似可感受到作者身体的温度，似可聆听到作者心灵的澎湃。作者把一次次采访中亲历的感动灌注到笔下，浸泡着文字。作者走进人物的精神世界，和人物进行心的交流，用真诚和温暖在人物和读者之间架起了桥梁，引领读者进入小说创造的那个世界，在不知不觉中被焦裕禄打动和征服。

焦裕禄已离开我们四十八年。历史的风烟散尽，但英雄没有也不能淡出画面。历史就是记忆，正确的记忆是历史探查和自我反思的逻辑前提，也是一个民族自我更新的动力。记忆，无论是对一个民族还是对一个个体，都是一笔宝贵的精神财富。何香久的《焦裕禄》用文字还原了这位"大地之子"的本来面目，为我们保留了一段难忘的历史、一份珍贵的记忆。他用责任和诚意，为历史、为记忆补上了血肉和肌理，更为当下的社会现实提供了一个参照。

2012 年 12 月《环渤海文化报》